Günter Herburger
Thuja

Günter Herburger
Thuja
Roman

Luchterhand
Literaturverlag

Die Arbeit am Schlußroman »Thuja« wurde zeitweise vom Deutschen Literaturfonds e.V. unterstützt.

Lektorat: Klaus Siblewski

Umschlagmotiv: Gemälde von Friedrich Hechelmann
Satz: Uhl+Massopust, Aalen
Druck und Bindung: Wilhelm Röck, Weinsberg
Printed in Germany
ISBN 3-630-86765-0

I

Wie sie sich bewegten Hand in Hand auf den Wegen zwischen den Findlingen, Marmorplatten und schmiedeisernen Kreuzen, vor denen manchmal ein welkender Strauß lag, während auf frischen Gräbern sich die Kränze je nach Ansehen und Vermögen türmten, doch wir wußten, daß die Gärtner einige Stücke zum Wiederverkauf an anderen Orten aus den Blumenhügeln retteten, denn es tat auch weh, so viel Kunst und Arbeit hinter den Geräteschuppen vermodern zu lassen, bis nur noch Drähte und Reifen übrigblieben, die früher, in Zeiten der Not, von neuem verwendet worden waren, und wären für uns Vorteile noch wichtig gewesen, hätten wir die glanzvollsten Gebinde später auf Straßen gelegt oder sie in Schulräumen und in Rathäusern verteilt, doch auf die beiden groß gewordenen Kinder war, als spürten sie die fortwährende Gegenwart dessen, das verging, Verlaß, und meistens war es Angela, die bald einen in einem Busch versteckten kleinen Rechen fand, mit dem sie Kies zur Seite kratzte, bis sie eine sich in einem Pfad herunterschlängelnde Rinne zustandegebracht hatte, die Ameisen oder Käfern als sichere Furt dienen sollte, wobei Angela nicht an Verfall denken mochte, vielmehr an Vereinigung, schimmernde Neugeburt, und David, den Kopf lauernd immer ein wenig zur Seite geneigt, als versuchte er mehr zu sehen als sein Blickfeld erlaubte, machte sich meistens daran, mit Buntkreide die ausgemeißelten Buchstaben und Zahlen der Inschriften zu füllen, eine großzügige Aufgabe, wobei er vor Freude mitunter in Gesang verfiel, der allerdings klang, als rieben trockene Brettstückchen aneinander, und seine Schwester stimmte das begonnene Lied heller an, fand Worte dazu, die sich zum Teil sogar reimten, und wenn sie, gebückt über ihr Grabwerk für Getier und Herzen, nicht weiter wußte, fing sie wieder von vorn an. Alles, was sie tat, mußte sie, wenn sie unterbrochen würde, neu beginnen.

Verdeckt durch wuchernde Hecken, auch durch alte, mächtige Familienanlagen, zogen die beiden weiter, befreiten einen Wurm aus trockener Beklemmung, ließen Spucke auf ihn rinnen und gruben ihm ein Loch; oder sie pflückten eingepflanzte Primeln, darauf achtend, keine kahlen Stellen zu hinterlassen und schmückten mit der Beute ein verkrautetes Grab, dessen Holzkreuz einem verdorrten Schlinggewächs ohne Stamm glich, nur noch aufrechtgehalten von Vogelkot und verharztem Gewebe. Oder sie legten sich plötzlich auf einen Grasfleck und starrten in die Luft. Oder, was auch geschah, sie mußten austreten und taten es, entweder zu einem Zierstrauch gewandt oder in der Hocke neben einem Grabstein.

Früher dienten Friedhöfe auch zum Essen und Trinken, es wurde dort Handel getrieben, Viehtausch, Geldwirtschaft und Liebesverkehr, es mischten sich Düfte und Stimmen, dagegen ging es heute öde zu. Während der letzten Generationen war die Geschichte überaus vernichtend gewesen, und niemand traute sich mehr, die durch Verschweigen mühsam errungene Ruhe zu stören.

Falls sich ein Wärter unabsichtlich den Kindern näherte oder eine der vielen Witwen, die ihr Gewissen durch Grabespflege verklärten, zu neugierig wurde, mußten wir eingreifen, was wir ansonsten verabscheuten. Bisse der Frosch einen Stein, hieß ein Sprichwort in unserem Reich, spürte Pein erst das Wasser.

Wir regten eine hohle Nuß an, von ihrem Zweig zu fallen, oder wir stießen eine Wolke um, damit sie einen Regenstreifen vorzeitig ausschickte. Meistens schreckte Angela zuerst hoch, wenn die Geschwister nebeneinander ruhten, schlug um sich, traf die Sattelnase ihres Bruders oder verletzte mit dem Absatz ihres Schuhs den eigenen Knöchel. David wehrte sich, hieb zurück, doch obwohl alle Bewegungen bei den Kindern heftig ausfielen, hielten sich Kränkung und Vertrauen die Waage.

Angela schwankte ein wenig, verfiel auf Unebenheiten in Watschelgang, eine Besonderheit ihrer verspäteten Entwicklung. Wenn sie mit den Armen schwang, pendelten ihre spastisch nach außen gebogenen Hände, als wären sie nur lose angenäht.

Ein kleines Loch im Herzen, das sie gehabt hatte, war längst zugewachsen, ihr Gesicht, das sich manchmal teigig verschob, war in der senkrechten Achse definiert, und ihr dichtes Haar entzündete sich im Gegenlicht wie eine glühende Haube. Wir gewahrten es, kühlten uns daran.
David wirkte für sein Alter athletisch, was von Kampfübungen und einer Lust für das Langstreckenschwimmen herrührte. Sein Gesicht schien verkleinert zu sein mit stets neu entstehenden Mitessern um Kinn und Nase, und da er immer angespannt lauschte, aber nie etwas hörte, auf die verschiedensten Arten von Wellen angewiesen war, von denen wir zahllose kannten, sah er mißtrauisch aus, abwesend. Vielleicht vermochte David mit dem Jakobsonschen Organ zwischen den Augenbrauen, das seit der Schlangenzeit verkümmert war, zu orten, Wärme und Infrarot. Die Nagelbetten seiner großen Hände waren schmutzig, Gewehrfett und -ruß hatten sich darin eingegraben.
Die Fehler des Paares behagten uns, nicht weil wir, millionenfach gepackt, in den Windungen einer vergessenen Schraubenmutter Platz fanden oder uns auch wie ein Spiralnebel hätten ausbreiten können. Angelas und Davids Einbußen spotteten der Milieutheorie, die den Himmel verdammte, so daß die verschiedenen fehlerhaften Erbteile der Kinder sich geradezu ergänzten, als hätten wir es mit eineiigen Zwillingen zu tun.
Die Geschwister kamen in die Nähe des Ausgangs, wo eingelassen in eine mittelalterliche Mauer, die vor fünfhundert Jahren eine Familie Buffler zum Heil ihrer Seelen gestiftet hatte, ein Ahnenschrank stand. Der Gemeinderat hatte nach Debatten über Erbsuche oder, wie es hieß, Sinnforschung, der Restauration des Gehäuses zugestimmt, eine Ausgabe in Höhe von wenigen Tausend Mark, was dem Preis von zwei Kugellampen in einer verwaisten Fußgängerzone entsprach.
Angela rüttelte an der versperrten Tür, bat ihren Bruder zu öffnen.
David sagte, dann gebe es Krach, er sehe Gießkannen, alte Weiblein, auch einen Schubkarren oben am Weg.

Angela, nur Momentanem verhaftet, auch beschützt von ihrem Bruder, hatte keine Bedenken. Sie wolle das Innere des Schranks sehen, befahl sie und rief, »ach, die Wespe, schau, wird so lang, kann nicht heraus!«

Das Tier teilte sich, ließ im engen Spalt des Holzes ein Stück seines geringelten Leibs zurück und flog, mühsam startend, noch einmal einer Sonne entgegen, auf Angelas Gesicht zu. Als das Insekt sich an den Lippen des Kinds festklammerte, zückte es, bevor es unter Gezitter starb, noch matt seinen Stachel.

Angela behauptete, sie habe keine Schmerzen gespürt, obgleich ihre Unterlippe schwoll. David wurde angeherrscht, er solle sich beeilen.

Er entgegnete, sie sei immer hintendran, und, log er, einen Führerschein für alle Klassen, den er schon lange habe, für Motorrad, Auto, Lastwagen, Omnibusse, würde sie nie kriegen.

Angela verstand vom Gurgeln ihres Bruders nichts. Sie reichte ihm eine Haarspange, die David auseinanderbog, und mit dem Draht gynäkologisch vorsichtig stochernd, hob er langsam den Riegel des Schnappschlosses, bis die beiden Flügeltüren des Schreins sich öffneten. Aus dem zart grauen, aber widerstandsfähigen Gebilde, der tropfenförmigen Behausung der Wespen, die genau in der Mitte hing, von wo die Fadenkreuze der Geschlechter, in Gold, Silber und Pech gefaßt, ausgingen, kamen keine Angreifer mehr. Angela sagte, »alles leer«.

Unter dem honigfarbenen Firnis der Ahnentafel, die von Kniehöhe an meterhoch aufragte, verzweigten sich die Fäden und Spuren der Familien, bildeten Nester, kleine Trauben oder endeten, mit Kreuzchen versehen, abrupt, Zeiten der Pest oder Hungersnöte. Auch gab es gegabelte Stellen, die vielarmigen Leuchtern glichen, oder mit schwungvollen Schnecken am Rand wurde beendet, was trotzdem jenseits des Geisterhäuschens in den Auswandererländern Australien, Neuseeland und Südamerika weitergewachsen war. Kostbar gemalte Blumen saßen zwischen den Hauptnamen, zierliche Pfeiler und gotisierende Streben unterteilten aus Jahrhunderten herauf bis in die

Gegenwart, kaum mehr sichtbar unterm Dach des Schranks, wo das Gewebe aufeinandergetröpfelten Wolken ähnelte. Auch wir kosteten aus, wenngleich geniert, als kniffe man sich selbst, teils aus Bedauern oder aus nachträglichem Begehren.
Angela fragte, wo sie seien?
David hatte nicht von ihren Lippen abgelesen, ahnte jedoch, was seine Schwester wollte und zeigte in die Höhe. »Dort vielleicht, noch nicht registriert.« Er gab sich Mühe, sein unartikuliertes Bellen zu dämpfen.
»Wir gehören dazu«, stellte Angela fest. »Bestimmt.«
»Für ewig.«
Sie umarmte ihn, sagte, Liebe, Liebe, eine der Entschiedenheiten, auf die sie sich, ob voll Zweifel oder sich gewiß, verlassen mußte, was wir, solchen Siedepunkten nicht mehr ausgesetzt, genossen hätten, wenn wir noch mit diesem Agar-Agar-Boden der Gefühle verquickt gewesen wären.
Da Angela ihre Bewegungen nicht zügeln konnte, und David, obwohl breit dastehend, trotzdem wankte, stürzten sie beide und zerstörten das gleichmäßige Muster des gerechten Kies.
Die Gießkanne war näher gekommen, eine alte Frau, an deren Hand das verbeulte, seit einer halben Generation, nachdem der Mann früh gestorben war, benutzte Gefäß hing. »Hätte ich keine Röcke an, hätte ich Hosen haben wollen«, beschied die Greisin den Kindern.
Fort war sie. Angela und David, sich gegenseitig aufrichtend, buchstabierten die Namen der Familien, wobei Angela, als könnte sie von den Lippen ihres Bruders ablesen, indem sie seine unterdrückten Laute wiederholte, im Grad ihres Nichtverstehens eifrig wurde, bis David, der mit seinem nassen Zeigefinger besänftigend über den Mund seiner Schwester strich und, als könnte er beinahe hören, nun deutlich vorlas:
»Hiller, Märzen, Weberbeck, das sind wir, die Mitte, blas die Wespen weg«. Angela tat ihm den Gefallen.
»Darunter, darüber, schau«, sagte er: »Agosta, Babel, Zöberitz. Die einen ausgewandert nach Venezia, die anderen nach Odessa. Die letzten, glaube ich, blieben und hörten nachts im

Krieg die Nachrichten von Radio Monte Ceneri und Radio Ljubljana.«
Angela wandte ein, sie beide seien hier doch gar nicht geboren worden?
Ihr Bruder erwiderte, ihre Mutter stamme von diesen Leuten ab. Auch sein Vater, Johann Jakob Weberbeck, der vielleicht gar nicht sein Vater gewesen sei, und Hella Munz, seine Mutter, hätten in der Nähe gelebt, während der Kinderlandverschikkung.
Angela bekam bei dem langen Wort Angst.
»Im Krieg wurden Großstadtkinder aufs Land gebracht, zu Familien oder in Lager. Außerdem hieß Hella in Wirklichkeit Schmuck.«
Angela suchte und fand, als könnte sie halluzinatorisch lesen, diesen Namen auf der Tafel, eine Seitenlinie der Geschlechter Asam und Strickele, die seit Jahrhunderten hier ansässig gewesen waren, dann brachen auch diese Linien ab. Dazwischen saßen die Fusils und Passmorés, die Grüns und Seitenverkehrt, doch nur die Männer waren weitergeführt worden, und bei Kindern hatten namenlose Schwarmzahlen wie 5, 7 oder 11 genügt.
Woher er so viel wisse, fragte Angela ihren Bruder.
»Von den Toten«, antwortete er.
Erleichtert stimmte Angela zu.
Erstaunlich, denn wir hatten nicht eingegriffen. Zwar sind uns Zeit und Orte verfügbar, auch können wir in chemischen Ketten Platz nehmen oder deren Ordnungsgewichte verändern, zudem stehen uns die Schlafdecken der Träume zur Verfügung. Nur die noch älteren Gebilde der entwickelten Gehirne bleiben uns unzugänglich, und im Mikrokosmos verzagen wir vor den Teilchen geringster Dichte, deren Zerfall durch das ganze Universum hallt.
Entweder schwindelte David oder er hatte den Aufbau der Kerne studiert, oder es waren die Elemente der Barbarei, auch der Harmonie, wie sie auf Friedhöfen zu tanzen beginnen, in ihn eingedrungen als festlicher Zusammenprall.

Angela entdeckte in dem Ahnenschrank, wo die ersten Namen auf Meir am Bach, Bloch und Grütze lauteten, einen verstaubten Ölkasten, in dem kleine Dachshaarpinsel für Penibelmalerei lagen.
Wortlos gingen die beiden Kinder auseinander und fingen zwischen den Gräbern, in Hecken, Blumenvasen und unter angesammeltem Laub zu suchen an. Herzergreifend ihr Geschick, wie sie sich mühten, Spuren prüften und wieder verwischten.
Zurückgekommen, steckten sie ihre Funde in einen Spalt am Fuß der Namenstafel. Es waren: Eine Sonnenbrille, eine halb aufgerauchte Zigarre, ein Spielzeugpropeller, ein Sandförmchen, eine angebissene Käsesemmel, der abgerissene Fetzen eines Seidenschals, eine opalisierend versteinerte Wurst Hundekot, ein Blechlöffel und ein leeres Fläschchen Pfefferminzlikör. Dazu gaben die Kinder noch Ahornblätter, Thujazweige, so daß wir seufzten, und lange Gräser, an denen kleine, grüne Kapseln hingen. Sie sprangen, wenn man sie berührte, ab.
Angela kniete, ein für sie schwerfälliges Unternehmen, vor dem auch thailändischen oder indischen Geisterhäuschen nieder, schlug mit dem Daumen ein Kreuz über Stirn und Brust und wollte mit hocherhobenen, zusammengepreßten Handflächen beten, doch ihr Bruder erlaubte es, furchtsam geworden, nicht, sondern zog seine Schwester wieder hoch, einen Kuß über ihren Scheitel hauchend, was Angela, sich schüttelnd, als lästig empfand.
Wir sahen es mit Schadenfreude und halfen mit einem atmosphärischen Fingerzeig den beiden weiter, damit sie das Tor erreichten.
Alles, was wir uns gestatten, könnte auch anders erfolgen, das heißt, ein Stoß mag eine Veränderung im Gefühlsleben hervorrufen, oder es donnert eine Verschiebung durch den Löß der Chemie, so daß Genickstarre, Hepatitis, auch Depression, die auf Selbstmord zusteuerte, einträten.
Angela klappte die Flügeltüren des Schranks zu, und David drückte so lange auf das Schloß, bis der Riegel wieder einschnappte. Am Ausgang des Friedhofs nahm Angela, zum

Entsetzen ihres Bruders, einen Schluck aus einem niedrigen Weihwasserbecken. Habe, sagte sie, gut geschmeckt. Als sie noch einmal trinken wollte, stieß David sie beiseite.
Sie warf sich auf den Boden, und plötzlich sprangen aus ihren Augenwinkeln dicke Tränen, wie angetrieben von kleinen Windmotoren, aber David ging einfach weiter, ließ seine Schwester liegen.
Neben dem schweren, von Rosetten und Girlanden durchbrochenen Eisentor verlief die Straße an der abfallenden Kirchhofsmauer entlang. Autos und Lastwagen, nach der letzten Steigung wieder in größere Gänge geschaltet, wurden von keinen Ampeln aufgehalten.
Links stand das mehrmals umgebaute, einem kleinen Kongreßzentrum mit Kupfergiebeln ähnelnde Haus eines Zahnarztes in der dritten Generation; daneben lag das Geschäft eines ehemaligen Ofensetzers, der, außer elektrischen Geräten und Kesseln für Ölheizungen, seit neuestem auch in Schweden und Norwegen hergestellte, schwarz lackierte Kanonenöfen für Holz und Sägemehl im Schaufenster stehen hatte; und, nach einer Senke, hinter klassizistischen Einfamilienhäusern, vor hundert Jahren hochmütiger Stadtrand, ragte ein rosaroter Betonbau mit quadratisch blanken Fenstern auf, das Schwesternheim, welches das alte Krankenhaus verdeckte.
Darin waren die Jüngsten von uns gestorben, doch die Schicksale der vielen anderen, die sich im Gedränge der Blattadern und in den Haarwurzeln eines Thujabaums am Kopf des Familiengrabs der Weberbecks und Passmorés vertauschten, hatten mit der Erfindung eines Gebäudes für Geburten, Operationen und Siechtum nichts zu tun.
David und Angela gingen Hand an Hand weiter auf einem der erhöhten Trottoire, die zu Zeiten der Kutschen und Boten noch unbekannt gewesen waren. Die Bevölkerung ging zu Fuß, Rocksäume und Hosenbeine starrten vor Schmutz, und wenn es regnete, verwandelten sich die ungepflasterten Straßen in Furten voll Morast.
Nach zusammengewachsenen Häusern, einst Gastwirtschaf-

ten, auch Stubenkirchen evangelischer Sekten waren darunter, und dazwischen lag der letzte Bauernhof der ehemaligen Reichsstadt, kamen die Geschwister an einer von Blechschichten verkleideten Baracke vorbei, die nicht aufgekauft und abgerissen worden war. Sie gehörte einem Schneider, der nur noch Aufträge zum Flicken oder Ändern erhielt. Sein Vater war vor einer Generation erster Hersteller für handgenähte Anzüge und Hochzeitskleider gewesen. Als handelte es sich um einen Schmied für Zwirn und Ösen, hatte er an einem Ohr eine nach außen gestülpte Verwachsung gehabt, die einem feinbehaartem Amboß ähnelte.

Der Sohn besaß noch die bucklige Behendigkeit des Vaters, durfte aber nicht mehr mit Kreide und Stecknadeln unter hocherhobenen Achseln oder im Schritt von Beinröhren hantieren, er und seine Frau kürzten Hosen oder setzten nach zehn, fünfzehn Jahren Erweiterungszwickel ein, verengten Puffärmel oder sollten sie, mit ähnlichem Stoff, später wieder bauschen. Oft waren Knöpfe zu versetzen, meist nach innen.

Der einzige Sohn der letzten Schneiderfamilie hatte aus Trotz das Kochhandwerk gelernt, lief nun, verrückt geworden im Dampf, unentwegt um die Baracke, schlug Rosenblätter von den Sträuchern oder legte sein Ohr an die Pracht der Rhododendronbüsche, die dem, der zu hören verstand, Sorgen und Herrlichkeiten zuflüsterten.

Zahlreich die Kirchen und Türme, die sich alle innerhalb der noch bruchstückhaft vorhandenen Stadtmauer befanden. Die einzige Kirche außerhalb, Sankt Maria, war ein romantischer, in Weiß und Scharlach getauchter Bau, der einer hochgezogenen Torte glich. Immer wenn Angela vor ihr stand, wollte sie hinein, nicht nur, weil St. Maria stets besucht war, es gab dort auch täglich in der Frühe und nachmittags Messen mit Weihrauch, Zimbelgeläut und einem überirdischen Licht um das von Scheinwerfern bestrahlte Altarbild, auf dem die Gottesmutter mit ihrem Kindlein im Arm in einem flatterndem Azurgewand gen Himmel flog. Das wogende Blau entzückte Angela, denn die Farbe kehrte bei Kugelschreibern wieder, magische Geräte

für das Mädchen, und auch alle Milchtüten der Region waren in Blau getaucht. Angela trank fast nur Milch, litt an Verstopfung, die Leberwerte waren hoch.
David kaufte sich in einem Papiergeschäft wie jeden Monat die Jagdzeitung, dann gingen die Geschwister einen kurzen Anstieg hinauf. Die Straße besaß eine durch Makadam und mehrere Asphaltschichten gewachsene Wölbung.
Generationen waren hier zur Schule gewandert, die oben gestanden hatte, zuerst ein Gebäude aus Stroh, Balken und Lehm, später eine Ziegelfestung. Sie hatte einer offenen Markthalle, unter der Tiefgaragen eingebaut wurden, und einem neuen Postamt aus Sichtbeton weichen müssen. Grundschule und Gymnasium lagen nun an der Stadtgrenze zwischen dem letzten Eichenhain und einem Kranz Sauerwiesen, die verschiedene Interessenten begehrten.
Auch sie kenne die Toten, behauptete Angela.
Er habe nichts gesagt, wehrte David ab.
»Vorher hast du mit ihnen gesprochen.«
Auf Friedhöfen sei alles anders.
»Was haben unsere Eltern erzählt?«
»Welche?« David schwenkte seine Jägerzeitung.
Angela, der es Mühe bereitete, zwei Gedanken parallel zu führen, geschweige einem Dutzend Denkgefühle als auf- und abschwellendem Bündel Raum zu geben, rettete sich in Konfusion und rief, »Ameise, Ameise!«
David stellte sich taub.
Seine Schwester fiel wieder auf die Knie, dieses Mal ohne Rücksicht, so daß sie vor Schmerz schrie und ihr Bruder sich erschreckt bückte, um in einer Furche der schwarzen, ausgewaschenen Teerdecke ein von Angelas Zeigefinger verfolgtes Tierchen auszumachen, das, verlassen vom Strom der Instinkte, allein durch das unabsehbare Gebirge irrte, über Schroffen hinauf und hinab, scheinbar einem Ziel entgegen, vielleicht seinem Bau im ausgetrockneten Wassergraben der Stadt, der zu einem Spazierweg ordentlich eingeebnet worden war, und wir, auch nah, zählten auf dem Rücken des Vielfüßlers ein paar

tausend Seelen, obgleich dort mehr Platz gefunden hätten. Ein Streit entflackerte, da eine Primzahl behauptete, sie stamme aus Capri, einer der Sehnsuchtsinseln, während eine größere, ebenfalls nur durch sich selbst teilbare Schaumzahl räsonierte, sie begleite die Schwester.

»Hast du gehört«, fragte Angela.

Ihr Bruder versuchte, die Ameise zu zerdrücken, was ihm nicht gelang, worauf Angela mit einem spitzen, kleinen Stein das Tier zerquetschte.

»Jetzt können wir gehen.«

Erleichtert zogen wir uns zurück, nachdem das Mädchen für Augenblicke in den Bereich unserer Zustände geraten war.

Jenseits des Stadtgrabens verlief unter Ulmen und Linden noch ein abgeschiedener Weg, auf dem oft Gelähmte des Versehrtenheims in ihren stählernen Elektrowägelchen verkehrten. Die Abfallkörbe waren mit leeren Bierflaschen und gebrauchten Spritzen gefüllt. Darüber rauschten die Häupter der Bäume, in kurzwelligem Licht gelb und blau geflammt. Vögel, die dort wohnten, trugen bereits auch ein krankes Kleid.

Angela, den Mund geöffnet, sah mit ihrem dritten Auge, als entfernte sich daraus ein Stern, das Kreuz des Südens.

Sie wolle heim, sagte sie.

Sie müßten noch einkaufen, erwiderte David, bitte, Beeilung.

Angela wich nicht, behauptete, die Eltern winkten.

»Dann setz dich und warte, bis die Toten vorbei sind.«

Wir vermerkten es, hatten jedoch mit Geschiebe zu tun, das immer wieder die Gezeiten, als brächen sich Wellen strandauswärts, umkehrte. Diese Art Turbulenzen würde Wetterforscher schon im Ansatz überfordern. Ihre Hochleistungsrechner spuckten nur noch ein graphisches Rauschen aus.

Auf einer Anhöhe hinter bemoosten Obstbäumen, die bald fallen würden, stand eine mehrmals erweiterte Brauerei aus dem letzten Jahrhundert. Inzwischen diente der sakrale Bau, dessen zum Teil geborstene Scheiben durch Bretter ersetzt worden waren, der Zucht von Batteriehühnern. Aus einem Blechrohr blies der Gestank einer Tag und Nacht erhellten

Fruchtbarkeit in Richtung Friedhof, wo sich der ägyptische Ammoniak mit anderen Schwebeelementen vereinte.
Ein Kriegsverstümmelter und eine Motorradgeschädigte, die ihren Führerschein mit siebzehn Jahren erworben hatte, fuhren vorüber. Sie hinterließen eine Spur aus Orangenschalen, die nach Magenbitter roch.
An der offenen Seite des verwilderten Obstgartens senkte sich das Gelände, früher eine Schlittenbahn; unten waren einst Zigeuner ansässig gewesen, auch Schießbudenbesitzer hatten dort überwintert. Danach begann ein gewalzter Platz, auf dem Mietshäuser entstehen würden mit Terrassen hängender Gärten voll Espen und Hartlaub, Gewächsen, die auch im Bleisturm entlang Autobahnen gediehen.
Auf der neu geschaffenen Siedlungsebene hatte die Peitschen- und Skistockfabrik der Familien Weberbeck, Schmuck und Passmoré gestanden, ein zuerst neugotischer Ziegelriegel, später waren Anbauteile aus Zement, dann Eisenbeton, schließlich nach dem Krieg aus Wellblech und Asbestfaser dazugekommen. Vier, fünf Generationen hatten sich bemüht, den ehemaligen Handwerksbetrieb wechselnden Wirtschaftssystemen anzupassen, bis die Firma, hoch verschuldet, verkauft worden war und die Gebäude aufgegeben wurden. Wir hörten das Knirschen der Baggerschaufeln, den schwingenden Ton der Einreißkugel, das Ächzen der zusammenstürzenden Dachsparren, aus denen Staubfahnen und Wolken entsetzter Larven flohen.
Wir hatten uns dort wohl gefühlt, zum Beispiel im Heizungskeller neben dem vielfach geflickten Kessel von 1871, einem Siegesjahr über die Franzosen. Auch hinter der kleineren, doch wirkungsvolleren Verbrennungseinheit aus den vierziger Jahren, in der jedoch nur wesenlose Abfälle vernichtet worden waren, hatten wir gesiedelt, während oben, im Spinnsaal, die genieteten Transmissionsriemen über die hölzernen Räder holperten und der alte Hörger, der als einziger noch Zierrat in Silberknäufe und Galoppstecken zu hämmern oder ein zwölfsträhniges Ledermuster um elegante Trabergerten zu flechten

verstand, eine halbe Stunde vor der Mittagspause sich erhob, in die Landschaft hinein nach Hause ging und nach dem Essen wieder an seine Arbeitsstätte zurückeilte. Erst in seinem 87. Jahr hörte er mit seinen Gängen auf, starb, den Kopf zurückgeworfen auf dem bestickten Ruhekissen seines steilen, kurzen Kanapees, das er seinen Kindern und Enkeln nie erlaubt hatte, durch ein bequemeres Möbel zu ersetzen.

Wir dachten, als wir ihn empfingen, an Bibi Maméle, einen versprengten Hungerläufer aus Äthiopien, der zu uns gestoßen war, und forschten, da wir Unterschiede genossen, nach Familienadern, sippenhaften Korallenbänken.

David sagte zu Angela, sie müsse sich gedulden, eines Tages könne sie schreiben und rechnen wie er. »Hör zu«, erklärte er, die Lippen seiner Schwester ganz nah. »Als der alte Philosoph, ein verwachsenes Männlein, das kaum atmen konnte, wie jeden Nachmittag nach der Haferflockenmahlzeit vierzig Schritte voraus, vierzig Schritte nach links, vierzig zurück und dann noch mal vierzig entgegen dem Uhrzeigersinn, was mit den Verdrängungsverhältnissen in seinem schiefen Körper zusammenhing, wieder durch seinen quadratischen Buchsbaumgarten gegangen war, da dachte er plötzlich an den Tod.«

»Wie Susanne, meine beste Freundin.«

»Dann können wir jetzt gehen?«

»Ich brauche mein Tier.«

»Gibt's nur im Bett.«

»Ach ja, und die Zahnspange.«

David erzählte noch, daß der bucklige Greis, nachdem er das Nahen des Sterbens gefühlt habe, im Bett geblieben sei, geplagt von Träumen über Satzbau.

Angela drängte ihren Bruder, sich im Grabenweg ans Ende der Bank zu setzen, weil sie ihm den Nacken und die verspannten Rückenmuskeln massieren wollte. Obwohl sie es nie gelernt hatte, brachte sie, nicht nachlassend, die richtigen Griffe an, so daß David immer mehr einsank, bis sein Kopf auf dem Rand eines Abfallkorbs ruhte, der gleich neben der Bank stand.

Die beiden gingen danach über das eingeebnete Gelände gegen-

über dem Friedhof, wo auch das mehrstöckige Holzhaus des Forstmeisters, das einer norwegischen Stabkirche ähnlich sah, gestanden hatte, und sie gedachten der vier rothaarigen Töchter, die eines Morgens, friedlich in einer Reihe liegend, gefunden worden waren, die Hälse durchschnitten. Der Vater folgte seinen Töchtern an einem Kälberstrick noch am selben Tag. Auch die Spielgefährten der Mädchen, zwei Schweißhunde, ein zahmer Dachs und eine abgerichtete Graugans, die mit ausgebreiteten Flügeln auf einem gespannten Seil hatte balancieren können, waren von dem Forstmeister gerichtet worden. Seine Frau, die seinen Jähzorn nicht mehr ausgehalten hatte, war ihm vor Monaten entlaufen, unauffindbar, auch nicht bei Verwandtschaft in Vorarlberg und Tirol.
Den Tieren, zerschmettert durch Schrot aus einer schweren Büchse, schenkten wir keine Beachtung. Im Reich der Toten hätte die gewaltige Masse von den pflanzenfressenden Sauriern bis zu den Viren, die noch keine zusammengesetzten Säuren für organisches Leben besaßen, keinen Platz gehabt, es sei denn in einer anderen Umlaufbahn für Warmblütler, Insekten, Würmer, sogar Gräser, deren Leben schon alterte, als unseres noch gar nicht begonnen hatte. Diese Grenze machte uns zu schaffen. Wir beachteten sie, vielmehr sie sickerte in uns ein.
Bruder und Schwester streiften über den leeren Platz. David rüttelte an einem rostigen Moniereisen, das noch aus dem Boden ragte, sagte, darunter liege vielleicht ein Keller, nicht ganz eingestürzt, »und, stell dir vor, es wäre noch jemand drin, ein Serbe, der sich während der Arbeit schlafen legte.«
Angela wollte sofort mit den Händen zu graben beginnen, meinte, sie höre etwas.
David beschwichtigte, es sei nur ein Scherz gewesen.
Er lüge immer und immer, sagte sie.
Manches Mal, wenn die Bewegungen derer, denen wir verbunden waren, uns traurig machen, geben wir, als besäßen wir noch Festigkeit, ineinanderverschachtelt nach, so daß neben dem Moniereisen die festgestampfte Erde anfing, einzubrechen, zunächst wie die Futterfalle einer Grille, doch es kam mehr ins

Rutschen, und zuerst das Mädchen, danach sein Bruder schlitterten auf einer sich öffnenden Bahn in die Tiefe. David lachte und schrie, Angela blieb stumm.
Die Geschwister landeten nicht zwischen den Heizungskesseln, sondern auf dem Grund eines Gewölbes, in dem noch Kanister voll Farben und Nitroselack lagerten.
David schimpfte, er hatte sich am Bein verletzt. Angela fing leise zu weinen an, verlangte in der Dunkelheit nach ihrem Bruder, der, weil er nichts sah, auch nichts hörte.
Aber er fühlte Wärme, einen sanften Strahl, der über sein Gesicht strich, und kroch auf seine Schwester zu, die seine Hand ergriff.
»Ach ja«, seufzte sie.
Der eingeschlossene Lack, mit dem einst die Peitschen und mehrfach gespleißten, dann umklöppelten Skistöcke behandelt worden waren, bestand aus Nitrozellulose, die dem Ring der Glyzerin-Familie angehörte, einem Sprengstoff, der in kleinen Dosen auch als Lösungsmittel von Blutpfropfen diente.
Der Stapel verbeulter Kanister, an denen noch Zettel mit Herstellungsdaten klebten, begann, je mehr sich die Augen der Kinder daran gewöhnten, zu schimmern, ein Turm phosphoreszierender Farben, deren leuchtende Blässe wie im Takt der Atemzüge der Geschwister pulsierte.
Angela sagte, »lieber Bruder, sind tot, keine Angst.«
David schüttelte den Kopf.
Erde rieselte aus der einen Seite des Gemäuers, kurz darauf brach gegenüber eine Wand aus Sand ein und deckte die Kinder zu, die mit Schwimmbewegungen, spuckend und prustend, sich an die Oberfläche arbeiteten. Der Sand kühlte Davids schmerzendes Bein.
Vielleicht gab es einen unterirdischen Gang, der in die Stadt hineinführte und sich dort mit anderen Stollen vereinte, wie sie im Dreißigjährigen Krieg vom Kloster und von den Kirchen zum Rat- und zum Zinshaus und unter Jauchegruben und Wehrwällen hinaus in die Sauerwiesen gingen, wo Ausstiege in Gehölzen und inmitten bewachsener Weideninseln gelegen

hatten. Jetzt waren andere Systeme wichtig geworden, Starkstrom, Telefon, Kanalisation, die neuen Lebensadern, dazwischen standen Tiefgaragen.
David sagte, es rieche nach Gas.
Er zog eine alte Prunkfahne aus dem Sand, um die es im April 1751, als die Magd Lärcha Seuflin zu Grabe getragen wurde, Streit gegeben hatte, da auf der einen Seite des Tuchs das Fegefeuer mit dem heiligen Joseph abgebildet war, auf der anderen Seite der Tod. Die Beerdigung konnte erst stattfinden, nachdem ein Abt den leidtragenden Protestanten erklärt hatte, das Fegefeuer stelle hinfür die Hölle dar.
Mit der Fahne als Unterlage schoben sich die Kinder auf der nachgiebigen Schräge aus trockener Erde höher, bis sie das Tageslicht erreichten. Oben schüttelten sie die Leichenschabracke aus und bestaunten das züngelnd gestickte Fegefeuer, in dem Leiber brieten, begrüßt von dem tanzenden und trommelnden Gerippe des Tods. Nach verstecktem Gas roch das doppelt gewirkte Banner nicht mehr.
Angela wollte nicht glauben, daß Gestorbene bestraft wurden. Alle kämen in den Himmel, erklärte sie.
Ihr Bruder entgegnete, früher hätten die Leute vor Hölle, Pein und Fegefeuer gezittert.
»Was sagte Mutter Maria mit dem Kind Jesus dazu?«
Wisse er nicht. Gott habe entschieden.
»Und warum werden Leute böse?«
»Weil es den Teufel gab.«
»Gibt es den noch?«
Wisse er auch nicht. Vielleicht sehe der Teufel jetzt anders aus, wie ein Schlauch und rieche nach Marmelade, und der Tod sei auch kein Gerippe mehr, sondern ein unendlich langes, dünnes, weiches Brot, das unsichtbar am Himmel schwebe oder leise pfeifend sich durch die Erde schlängle.
»Ein Wurm?«
»Ja, mit Schlitzen an allen Seiten.«
Angela, das Gesicht verschmutzt, blickte gebannt über den Platz, was geschähe, und atmete uns durch ihren geöffneten

Mund ein. Wir fühlten uns entlang einer pochenden, flüsternden Vielzahl von Regelkreisen, in milliardenfachen Anlegestellen, auf Schildern und Nervenzweigen überaus wohl, doch im Allerinnersten beachteten wir die Grenze, die unüberschreitbar war. Sie hatte Seele geheißen, wurde nun Individuum genannt, ein Zustand, den wir mieden.
Als habe sie etwas vernommen, eine Art singende Schwere, die durch sie zog, ging Angela schwankend über das Fabrikgelände in Richtung Friedhof und winkte, zuerst mit einer Hand, dann mit beiden Händen, blieb stehen, und hätten wir Tränen gehabt, wir hätten sie benützt. Fröhlich kehrte Angela zu ihrem Bruder zurück.
David, bleich im Gesicht, rollte die Leichenfahne ein und warf das Paket in die Höhle hinab. »Komm«, sagte er. Sein verletztes Bein schien nicht mehr zu schmerzen.
Sie kauften gefrorenen Fisch und gefrorenen Spinat. Am Marktplatz, vor Elisabeths Blumengeschäft, zögerten sie, betraten den Laden aber nicht. Sie hörten durch die beschlagenen Schaufensterscheiben die Litaneien der abgeschnittenen Blumen. David riß von einer kleinen Lärche, die in einem Zementeimer wuchs, einen Zweig ab, zerrieb ihn und warf ihn weg.
Angela bemerkte, daß die Jagdzeitung fehlte.
»Vergessen«, sagte, immer noch wütend, David. »In dem Loch.«
Auf der Kreuzung der beiden Hauptstraßen bei den Arkaden der Apotheke und des Rathauses staute sich samstäglicher Verkehr. Touristenautos waren unterwegs zum Bodensee und in die Schweiz, und vom Land fuhren Bäuerinnen zum Einkaufen in die kleine Stadt. Dazu kamen ausländische Lastwagen aus Jugoslawien, Bulgarien oder der Türkei, die das Fahrverbot für schwere Fahrzeuge an Wochenenden nicht achteten.
Als die Geschwister, das Mädchen den kalten Fisch, sein Bruder den Frostspinat in der Hand, eine Lücke ausnützend, die Straße überquerten, wobei Angela von einer Limousine mit gelbem Nummernschild gestreift wurde, und als sie in Sicherheit vor dem Kleidergeschäft für Damenmoden Kaflawik waren, auf

dessen Flachdach zwischen Giebelfassaden vor kurzem noch den ganzen Tag der letzte aus dem früheren Kaufmannsgeschlecht schon im Kreis spazierte, bis er nach ein paar Wochen Freiheit wieder in die Nervenheilanstalt Schussenried eingeliefert werden mußte, erklang eine zuerst festliche, dann gewalttätige Begrüßung aus Hupen, Klingeln und Sirenen. Vom Wassertor herauf ritten mit Steigbügeln, die rote, batteriegespeiste Rückstrahler besaßen, hoch zu Roß zwei unbekannte Polizisten.
Sie wanden sich, ihre nervösen Pferde zügelnd, an engen Stellen durch die teils stehenden, teils schiebenden Autoreihen, um im Sattel neben Lastwagen Strafmandate auszuschreiben, weshalb eines der Pferde mit Drehungen sich zu befreien versuchte, was in dem Gedränge nicht gelang.
Die Verhandlungen mit den ausländischen Fahrern brauchten Zeit, bis die Chauffeure überhaupt die Fenster herunterkurbelten, aber dann wollten sie immer noch nicht verstehen, verweigerten, im Leerlauf laut Gas gebend, die scheinbar fremden Formulare, doch es half nichts, sie mußten, wurde ihnen nachdrücklich von den Berittenen bedeutet, sofort in bar bezahlen. Ausflüchte, sie hätten kein Geld, nützten nichts; alle führten sie in den verschiedenen Währungen zum Tanken große Summen mit sich.
Einer der übernächtigten Fahrer, ein Grieche, kletterte aus dem Gehäuse seines Sattelschleppers und zerriß, bevor er seine Strafe hinblätterte, feierlich einen Zehnmarkschein, dessen Schnitzel er bespuckte.
Es gab Beifall aus Personenwagen und von Neugierigen an der Straße. Die beiden Polizisten ließen sich nicht beeindrucken. Sie gaben, nachdem sie kassiert hatten, für eine Weile den Verkehr frei, trabten aber in der Mitte der Straße hintereinander weiter. Neben den Arkaden hielten sie einen italienischen Milchtransporter, der ihre Stoppzeichen nicht beachten wollte, mit hochgerissenen Pferden an. Am nächsten Tag würden Photographien schäumender Gebisse und in Höhe schlagender Vorderhufe, in der Zeitung veröffentlicht werden, wie auf der Hauptkreuzung der Transporter zum Stehen gebracht worden war.

Der Fahrer, schon jahrelang dreimal die Woche über den Brennerpaß in diese Ecke Süddeutschlands unterwegs, wo der Export überschüssiger Milch in Großstädte der oberitalienischen Tiefebene wichtiger Handel bedeutete, behauptete, er habe sich nur verspätet und werde, eine kurvenreiche, steile Abkürzung durch den Bregenzer Wald nehmend, bald wieder an der österreichischen Grenze sein.
Die beiden Polizisten im Sattel hatten kein Einsehen: Entweder bezahlen oder bis Montag früh, was nicht die ganze Strafe kosten würde, parken neben dem Gymnasium unter den Eichen.
Inzwischen hatten sich Autos einen Weg durch Seitengassen bahnen wollen und steckten fest. Selbst die neu eingerichtete Fußgängerzone, eine schmale, kurze Kuppe aus zierlichem Kopfsteinpflaster wurde von ihnen benutzt. Kinder hatten dort auf Decken Comichefte, zerschrammtes Spielzeug, gestohlene Tulpenzwiebeln und im Müll entdeckte Schuhe ausgebreitet und waren mit Geschrei und waghalsigen Sprüngen den Autos ausgewichen. Ein Fahrzeug, das die Richtung verlor, prallte gegen eine Kugellampe internationalen Stils.
Auf der Hauptstraße zur 1000jährigen, mit Hilfe von Zement und Eisenkrampen zusammengehaltenen Linde, hinauf und vorbei an Sportgeschäften, restaurierten Wohnhäusern, Friseurläden und an dem einzigen, aus der Nachkriegszeit übriggebliebenen Kino, in dem, außer Heimat- und Karatefilmen, nachts, obgleich spärlich besucht, noch Pornos gezeigt wurden, sprengten die zwei Reiter. Kein Auto oder Pritschenwagen, keines der teuren Geländefahrzeuge mit breiten Reifen und saurierhaften PS-Zahlen, als gebe es nur Knüppeldämme und Sümpfe in der asphaltierten Landschaft, wagte, die zwei aufgerichtet galoppierenden Polizisten zu überholen, deren rote Steigbügel in unseren dunklen Augen brannten, und als die nächste Anhöhe erreicht war und der Blick frei zu den von glitzerndem Firn bedeckten Säntis, den Drei Schwestern und dem Rindalphorn schweifte, nahm die Geschwindigkeit der Vorauspreschenden noch zu.

Später wurde erzählt, der blitzende Aluminiumkessel des Milchtankers sei vor der Grenze explodiert, oder das Gefährt habe sich, herausstürzend aus einer Serpentine des Bregenzer Walds, in den Abgrund eines Wasserfalls gebohrt. Auch die Anwesenheit der zwei Geisterreiter, ihre Strafmandate, dann ihr gestrecktes Jagen in den Horizont hinein, der im Föhn über dem Bodensee sich schwarz widerspiegelte, wurde in Reportagen ausgeschmückt.

Unter den Arkaden hatten sich arbeitslose Jugendliche mit ihren Frisuren wie für Hahnenkämpfe, ein paar Nichtseßhafte aus der Provinz, härteste Sorte unlustiger Wanderer, und Verstümmelte aus St. Mathilden und St. Florian gesammelt. Angebrochene Flaschen kreisten, und aus einem bestickten Säckchen wurden getrocknete Pilzstücke angeboten, von denen es hieß, genügend eingespeichelt und gekaut, verschafften sie, nach ein wenig Übelkeit, einen funkelnden Ritt durch Raum und Zeit, beschrieben im ältesten Herbarium, eine Rarität des Stadtarchivs, gegründet von der Patrizierfamilie Buffler, die auch die Mauer um den Friedhof gestiftet hatte. Die verschimmelten Pilzringe und -lamellen, die aussahen, als seien sie vergessene Meeresfrüchte, brachten keine Wirkung. Einkaufende mit vollen Tragetaschen drängten sich. Aus der Apotheke strömte unentwegt Kundschaft, für das Wochenende mit Köstlichkeiten versorgt, die die Krankenkassen bezahlten.

Vor den bleiverglasten, mit bräunlichen Alpenmotiven bemalten Butzenscheiben des Café Schatten gegenüber standen auf dem Trottoir ein paar runde Tische und Stühle, alle besetzt, eine großstädtisch wirkende Frivolität dieses Frühsommers. Der Wirt, ein Hüne, dessen verstorbener Vater ebenfalls mehr als einen Doppelzentner gewogen hatte, bediente, schüchtern Eisbecher in seinen Konditorpranken haltend, selbst, wahrscheinlich aus Mangel an Personal, denn Türkinnen oder Flüchtlinge aus Eritrea, einem missionierten, äthiopischen Aufstandsgebiet, stellte er nicht ein.

Elisabeth schloß bereits ihr Blumengeschäft am Ende des Marktplatzes. Daneben ragte der Blaserturm hoch, auf dem früher ein Fanfarenbläser genächtigt hatte, der, falls Feuer ausbräche, die Bevölkerung wecken sollte, denn damals waren die meisten Häuser noch aus Holz, nur die Reichsten besaßen welche aus Stein mit Fachwerkbalken dazwischen. Durch die Enge schoben sich zwei Postomnibusse, die, da die beiden Bahnlinien nach bayerisch Kempten und württembergisch Leutkirch nicht mehr bestanden, den Überlandverkehr von Dorf zu Dorf versahen.

Herunter die andere Hauptstraße, wo oben St. Maria, die neuromanische und jüngste der drei katholischen Kirchen stand, fuhr eine Kette schwerer Motorräder auf die Kreuzung neben dem Marktplatz zu, verkleidete Maschinen, auf denen in Leder und mit genageltem Nierenschutz gerüstete Ritter, hinter sich im Sattel angeschmiegte Fräuleins, aufgerichtet saßen, als sie die Kehre bei gedrosselten Motoren ansteuerten, den verlagerten Schwerpunkt niederdrückend, um, während die Vordergabeln in ölgedämpften Teleskopen einsanken, danach den Griff für Gas gebend aufgedreht, gleich einer Reihe Weihnachtslichter zur 1000jährigen Linde hinaufstürmten, ab und zu lichtes Oktangas ausstoßend.

Die Kinder aus der Fußgängerpassage eilten, ihre aufblasbaren Frösche und Digitaluhren im Stich lassend, unter die Arkaden, wo die letzten, die ihre Einkäufe nach Hause schleppten, ebenfalls stehenblieben, denn, nachdem ohne Sturz die Windsbrut verflogen war, warteten alle, die Gäste vor dem Café Schatten, der Besitzer des Käseladens, der aus seiner Verkaufshöhle trat, die sonnenverbrannten Kleinfamilien, die sich auf Bauernhöfen einen Urlaub gönnten, die Spastiker oder erst innwärtigen Rüttler und Schüttler, daß sich noch etwas ereignete, und sie wurden belohnt, da wieder von St. Maria mit dem blauen Gewand ein schwierig abzubremsendes Gefährt herunterschwankte, ein Wohnmobil, vorn Motor, dahinter Schlafstätten nebst Küche, Duschbad und beleuchtbare Schränke, ein übergewichtiges Gehäuse auf Rädern.

Es kam, und hinterher wurde behauptet, der Frau, die es fuhr, habe ihr Mann, der neben ihr saß, ins Steuer gegriffen, in der

Kurve, die zu bewältigen war, gefährlich in Kipplage, denn geradeaus ging es nur, Neugierige überrollend, Stufen hinauf zur Apotheke, ein Relikt unter Denkmalschutz der Dekorationsepoche, doch nach zwei Schlenkerern, wobei das vollgepackte Vehikel, das einem zu kurz geratenem Lastkahn glich, sich einmal zur einen, dann zur anderen Seite steif verneigte, als grüßte er das alte Städtchen und seine freundliche Bevölkerung, fiel die mobile Ferieneinheit überraschend wieder auf seinen Breitwandreifen in die Spur zurück, aber hätte es, der 1000jährigen Linde entgegen, keine Steigung gegeben, eine Wohltat für Vierradantrieb, sonst wäre der Kastenwagen an der Ecke vor der nächsten Arkade, unter der sich eine Reinigung und eine Metzgerei befanden, zerschellt.
Schwalben umkreisten schreiend im Musterflug den Blaserturm, in dessen Aufwinden sich Mückenschwärme tummelten, so daß die Vögel nur ihre Schnäbel aufzusperren brauchten, jagend durch Futter.
Elisabeth vom Blumengeschäft legte den Schlüssel auf die obere Kante des Türrahmens. Der unverheiratete, ältere Bruder würde später noch einmal nachsehen, ob Temperatur und Feuchtigkeit stimmten. Die Geschwister hatten sich dazu entschlossen, ein teures Klimagerät einbauen zu lassen. Der Umsatz war gestiegen, da sie inzwischen aus Belgien miniaturhafte Kakteen bezogen und aus San Remo paketweise Nelken, zum Teil eingefärbte, genannt falsche Pastoren.
Die Kinder des Trödelmarkts bündelten ihre Waren in Decken, die Fußgängerzone verwaiste, Zeit für das Mittagessen, ein Gesetz der Besinnung. David und Angela hielten sich noch an der Ecke beim Rathaus auf.
Vom Wassertor herauf, der Hauptstraße aus dem württembergischen Allgäu, die andere Straße vom Kemptener Tor bei St. Maria herab gehörte zum bayerischen, kam, nicht zu übersehen, in mäßigem Tempo ein Moped gefahren, das knatterte, als hätte es Wäscheklammern zwischen den Speichen. Es strebte geradeaus weiter, obwohl von oben ein kleiner Volkswagen niederstieß und funkensprühend zur nächsten Parkuhr

auf dem Marktplatz schleuderte, an der er, die Schnauze eingedrückt, strandete, während das Moped platt am Boden sich auf der Stelle um sich selber weiterdrehte, und seine Fahrerin, die durch die Luft gewirbelt worden war, daneben, als hätte entstandene Hitze sie zurückgetragen, auch liegenblieb.
Niemand betrat die Kreuzung, das strahlende Bukett. Nur der Pförtner am Portal zur neuen Sparkasse, die früher das städtische Altenhospital gewesen war mit Bänken davor und einem Kirchenraum über der Gewölbeküche, schrie, »Sani, Sani, Sanitäter«, wie er es auch in Stalingrad gerufen hatte.
Angela, die Hände schlenkernd, schritt sicher, ihren großen Kopf prüfend nach vorn geneigt, hinaus auf den Asphalt und kniete vor dem Unfall nieder, schob den Helm, eine Wehr aus Blau und glitzernd aufgesprühten Sternen höher, rollte nur die Frau ein wenig zur anderen Seite, damit Erbrochenes aus dem Mund, der stöhnte, fließen konnte. Es roch nach Fenchel, Zwiebeln oder nicht verdauter Wurst. Angela griff tiefer, entfernte zersplitterte Teile eines Kunstgebisses, legte sie vor das Gesicht der Sterbenden und sagte immer wieder, »bin da, ach ja, bin da.«
Sie bettete den Kopf in ihre Arme, zog das Kleid, ein gelb bedrucktes Fähnchen, das hochgerutscht war, wieder zu den Knien, legte eine abgesprengte Sandale neben den erschreckend bloßen Fuß, aber schon begann das Rieseln, Zucken und inwärtige Verneigen, der Kampf der Mächte um den Sieg.
Aus der Frisur, verklebt mit ein paar Löckchen um eine kahle Stelle am Hinterkopf, kroch Blut, und aus dem Ohr quoll, als brüllten die Tiger dieses Lebens oder auch Elfen, die hochmütig gewesen waren, sich dort drinnen zum letzten Mal zusammen, ein dicker, roter Strom, der genügend Platz fand und sich verbreiterte, doch dann, mit einem Pfropfen, schwarz, verebbte er.
»Ist tot«, sagte Angela.
Noch nicht. Die Glieder der Frau, seltsam verrutscht, zuckten wieder, die Lider hoben sich mit einem Ruck. Angela nahm aus dem wächsernen Gesicht eine leer gewordene Brille, in deren

Rändern noch ein paar Splitter steckten, so daß das Licht mit aller Macht in die Pupillen eindringen konnte. Noch weißer schoß es gebündelt durch Netze und dichtere Geflechte, bis es ein letztes Bild entwarf tief innen, wo sich Rundblicke vergangener Gegenwart einen Wettkampf lieferten mit Empfindungen, in die noch die Spitze eines Turms, das schiefe Blau des Himmels und neugierig verkleinerte Fenster eines Hauses hineinragten.

Ein Teil von uns hatte sich genähert, jedoch, obgleich das Herz nur noch flimmerte, lief aus dem Schädeldach ein Klosten hinab zum ältesten Gehirn und holte sich dort Speise vom Beginn der Wirbel, aus der Vorzeit, als wir noch schwammen oder schon an Land krochen, die Kiemen wechselnd mit den ersten, scheuen Lungenklappen, schmerzhafter Unterricht.

Der Ring der Zuschauer hatte sich geschlossen. David kniete neben dem Moped, zog es zur Seite, hob das Handgelenk der Toten und schaute auf eine überraschend große Uhr aus Stahl, deren Ziffernblatt mit Zahlen für Mondphasen, Kalenderdaten und einstellbaren Zeiten für Eisprünge bedeckt war.

Jemand rief nach dem Notdienst, einem Arzt.

Zwei Frauen, leicht gekleidete Feriengäste, traten entschlossen vor, hielten in den zusammengepreßten Händen, von denen es tropfte, Kugeln aus Speiseeis, das sie sich im Café Schatten hatten geben lassen, doch Kühlung war nicht mehr vonnöten.

Sie ließen die Hände sinken, wichen zurück. Auf der Asphaltdecke vermischte sich das Eis mit Blutschlangen.

Ein Mann näherte sich, wollte seine Aktentasche unter den Kopf der Verletzten schieben, gab, als David hochblickte, erschreckt auf. Auch die Schwalben um den Blaserturm hatten ihre engen Flüge beendet, waren ihrem Futter, das eine andere Thermik mitgenommen hatte, nachgezogen.

Später, nachdem Polizei und ein Unfallwagen gekommen waren, beseitigte der Pförtner der neuen Sparkasse mit Wasser aus einem Schlauch, den er an den Feuerwehrhydranten angeschlossen hatte, alle Verunreinigungen. Das leere Brillengestell, hin- und herhüpfend in den sich widersprechenden Ergüssen, so daß es nicht weichen konnte, hob er schließlich auf, steckte es in seine Brusttasche. Es gelang ihm, den wieder einsetzendem Verkehr mit majestätischen Fontänen noch kurz aufzuhalten.

Inzwischen hatte der Empfang begonnen. Wir leckten und zappelten, teilhaftig des endlich abgelösten Dunsts, der, befreit gleich uns, durch Schnitte tausendfältiger Räume floß, strahlend blau verwundert, nicht mehr angewiesen auf diesen jetzt zusammengepackten Leib, der in den Leichenraum im Keller unter dem Betonriesen des Schwesternheims transportiert würde.

Frage auf regionalem Grund: Asparagus oder Thuja?

Antwort: Sie stamme nicht von hier, sei eingewandert aus Rumänien; Flüchtlingsausweis, Ansiedlung, Heimarbeit. Ihr Sohn, der in Hamburg Tropenkrankheiten studiere, habe ihr sein Moped dagelassen, dem sie, zunächst auf Waldwegen übend, viel Freude verdankte.

Sie hieß Ursula Kappenmacher, geschiedene Badolescu. Ihr Mann war Fahrer am Goethe-Institut in Bukarest gewesen, früher Heeresschauspieler, dann Regieassistent am deutschen Theater in Temeschwar; an Geflügel, Heizungsmaterial und Uhren habe es ihnen nie gefehlt.

Weitere Fragen erübrigten sich, denn im Herzen der Helligkeit, einem klimageregelten Spinnsaal anderen Sinns, spielten Ideen nur statistische Rollen, falls überhaupt. Wie beispielsweise sollte eine nach Wurzeln grabende Keltin, gestorben im Alter von 17 Jahren an vereiterten Zähnen, mit einer Redakteurin der Streitschrift Nadel, Faden, Fingerhut, schließlich begann Lymphdrüsenkrebs, verglichen werden?

Aus dem Hintergrund trotzdem noch eine Frage: Weshalb Uhren?

Seien dort leichter zu haben als Whisky. Zigeuner brächten sie aus Bulgarien mit, wo sie hergestellt würden, Imitate für den italienischen Schwarzmarkt.

»Und warum bist du falsch gefahren?«
»Ausbezahlt zwei Wochen Heimarbeit, ich wollte einkaufen, war froh. Mein Liebhaber wartet noch zu Hause.«
Er komme, verlängerter Spanne, folgte als Antwort.
Keinerlei Erstaunen, daß Leid und Glück nur noch ein Schienbein, ein Rippenbogen sein mochten, die nach dreißig Jahren sowieso aus den bezahlten Gräbern entfernt wurden, es fehlte überall an Platz. Bei Feuerbestattung, die zunahm, hieß die Devise »Asche und Wind«. Wilde Hunde oder Geier besorgten das Werk nur noch in heißen Öden und auf entlegenen Gebirgen zum Verständnis der Wiederkehr des Fleisches, eine bedrückende Idee.
Ein Sehnen Ursulas galt noch dem Sturzhelm, dem teuren Gebilde mit Genickschutz und breitem Riemen, dessen Lackazur und aufgesprühte Sterne aussahen wie einst Gelehrte, als Adam und Eva noch von Gott erschaffen wurden, sich die Welt vorstellten: sündig begrenzt, die Achsen fest, kaum Rotation.
David hatte sich des Helms bemächtigt. Er prüfte, streichelte ihn, fand keine Risse, nur innen klebten ein paar gekreuzte Härchen auf gestocktem Blut.
Die Beute unterm Arm, ging er zu dem Volkswagen, besah die Autoschnauze und die geknickte Parkuhr. Die junge Fahrerin war von der Polizei schon vernommen worden, lehnte verlassen an ihrem Fahrzeug und weinte zitternd, der Schock begann erst.
David hörte nichts, doch fühlte er den Kranz aus Angst und Vorsicht, niemand kümmerte sich um die junge Frau, nur Angela winkte von der anderen Seite mit der zersprungenen Brille, die ihr der Pförtner der neuen Sparkasse, mit seiner Säuberungsarbeit zufrieden, geschenkt hatte. Als Angela trotz des Verkehrs sich anschickte, die Straße zu überqueren, sie wollte wieder zu ihrem Bruder, aber vorher hatte sie noch den Pförtner umarmt, behauptend, sie kenne, liebe ihn, gab David mit seiner freien Hand, die groß und schmutzig an ihrem langen Arm hing, der jungen Fahrerin des Unglückswagen eine

Ohrfeige und noch eine, wobei die zweite behutsam ausfiel, trotzdem hallte auch sie für David, er nahm die Luftverdrängung wahr.
Die junge Frau vergaß ihren Schmerz, zornig um den nächsten bemüht, und Angela hatte ihr Ziel erreicht.
Die Geschwister wurden gestoßen, geschlagen, mehr Passanten eilten hinzu, ergriffen Partei.
Die Kinder flohen hinüber unter die Arkaden der Reinigung und Metzgerei, dann weiter in die Altstadt, wo es Winkel mit morschen Gattern aus ein paar Latten und losen Riegeln gab, und im Weberviertel angekommen, einem stillgelegten Fabrikquartier mit feuchten Gebäuden, in denen Ausländer wohnten, fühlten sie sich wieder sicher.
Angela verkündete, auf einem Basaltring sitzend, der einen Brunnen eingefaßt hatte, sie gehe nie mehr auf den Friedhof, Gott gebe es nicht.
David, witternd den Mund offen wie Angela, wenn sie ihr drittes Auge benützte, sagte in seiner verschluckenden Sprache, er habe den Schlüssel vergessen, sie kämen nicht in die Wohnung.
»Macht nichts«, antwortete Angela. »Wir gehen zum Doktor.«
Sie meinte die Ärztin, die sich im einstigen Salzhaus angesiedelt hatte, eine Person kleiner Statur, deren Mann bei Radio Monte Ceneri arbeitete, ein Buchliebhaber, er kam einmal pro Monat zu Besuch.
Sie verweilten im Wartezimmer, ein Oval ohne Tür, aßen Bonbons aus einer Schale, sahen den Mädchen an der Theke des Empfangs zu, die Rezepte ausschrieben oder Apothekenwaren verteilten, Musterproben der Chemie.
Nachdem der letzte Gast, ein arbeitsloser, erlenhafter Schäfer zwischen zwei Aluminiumkrücken, der Bier oder wenigstens Gutscheine dafür haben wollte, was selbst die geschickten Mädchen ihm nicht gewähren konnten, maulend gegangen war, wurden die beiden Kinder ins Sprechzimmer gerufen.
»Was ist? Bitte deutlich, ihr könnt es.«

Lillit Babett Prinz war Hebamme gewesen, studierte später Medizin, ein mühevoller Weg, sichtbar an dem Kranz kleiner Sprünge, die in der Haut von den Augen zu einem Garçonschnitt führten, dessen Ränder sie oft am Tag niederstrich.

Die Geschwister erzählten durcheinander, David wartete die stockenden Sätze seiner Schwester nicht ab. Die Ärztin unterbrach:

»Was für ein Unfall? Ich habe doch Notdienst?«

Sie fragte ihre Mädchen nach einem Anruf. Es hatte keinen gegeben.

»War ein Kollege da? Vielleicht der alte Landau?«

Die Kinder hatten nur Polizei gesehen und einen Wagen der Feuerwehr.

»Zeigt den Helm.«

David hielt ihn fest, doch als die Ärztin ungeduldig aufstand, reichte Angela den Helm über den Schreibtisch.

»Wer war die Mopedfahrerin?«

Sie wußten es nicht.

»Am Kopf verletzt?«

Sei tot, sagte Angela, im Himmel.

»Unsinn! Sie haben mich wieder ausgelassen, die Futterneider!«

Draußen bei ihren Assistentinnen, begann die Ärztin zu telefonieren, lachte schließlich, so daß Angela, die sich ängstlich den strahlenden Helm aufgesetzt hatte, erlöst ebenfalls lachte.

David wollte ihr den Helm abnehmen, was Angela nicht zuließ, zum Empfang hinausschreitend, ein wenig schwankend unter dem schweren Schutz, der ihr fast bis zu den Schultern reichte.

Die Ärztin rief, »ach, mein Mädchen«, rührte den Helm jedoch nicht an. David war mürrisch nachgekommen.

In der Hölle bei den Farben habe sie ihre Eltern gesehen, erklärte Angela, und Davids Jagdzeitung, für sie höchst schwierig auszusprechen, sei auch dort geblieben.

Unverständlich für Dr. Lillit Babett Prinz, wozu uns einfiel, gäbe es den Tod nicht, müßten wir den Braten lebendig essen, oder, noch ein Zitat aus Triest, gelangten die Hexenverbrenner wieder auf die Welt, hätten sie dann Gewissensbisse?
Die Ärztin und ihre beiden Mädchen gingen in die Hocke um die beiden Kinder. David stand steif aufrecht, seine Schwester verzaubert unter ihrem Helm, die Arme angehoben, als noch jemand sich zu ihnen gesellte, der zur Praxis gehörende Haushamster, ein Geschenk mesopotamischer Kundschaft. Hinter dem schnüffelnden, trippelnden Tier verlief eine Spur schwarzer Brösel.
»Schaut, alle freuen sich«, rief die Ärztin. »Ich weiß, wo noch ein Schlüssel ist.«
Angela riet: In der Mauer? An der Treppe? Auf dem Dach?
»Hast du zehn Meter lange Arme?«
Angela sagte, hundert Meter.
»Und du, David?«
Die Ärztin habe doch einen Ersatzschlüssel in der Tasche, entgegnete er. Gekränkt riß David die Eichentür des Salzhauses auf, rief, er gehe!
Angela, den Zeigefinger nachdenklich auf die Lippen gelegt, fragte, ohne ihren Bruder zu beachten: »Im Milchladen?«
»Kaufst du schon allein ein?«
Ob der Schlüssel in der Wäscherei sei?
»Bist du dort gewesen?«
»Ja«, antwortete Angela ernst. Sie habe in den Brunnen geschaut.
Es handelte sich um ein wiedergefundenes Relikt alter Stadtkultur, das von einem Photographen, der das ganze Anwesen gekauft hatte, entdeckt worden war.
»Was hast du gesehen?«
Angela überlegte; der Hamster richtete sich an ihrem Bein hoch, als könnte er mittun, bis Angela schließlich unter ihrem Helm hervor antwortete: »Den Froschkönig.«
»Was hatte er dabei?«
»Nichts«, schrie David von der Tür.

Angela wandte sich zu ihrem Bruder und fing, während wir schon mitrannen, zu weinen an. Das Schluchzen brach sich an dem Schutzgewölbe des Motorradhelms Bahn.
Die kniende Ärztin erhob sich und überreichte Angela den Ersatzschlüssel, den sie in der Manteltasche gehabt hatte. Zu ihren Assistentinnen sagte sie, sie könnten gehen, Schluß der Praxis, Wochenende.
Der Hamster ließ sich wieder auf alle vier Pfoten nieder, gab ein wenig Kot von sich, trockenes Gekräusel, und eilte über den Ziegelboden davon, quer im Maul die abgebrochene Nadel einer Einwegspritze mit sich schleppend.
Draußen gingen die beiden Geschwister durch kleine Seitenstraßen der ehemaligen Spinnerei Springer, ein altes Viertel verwaister Lagerschuppen mit einem einzeln stehenden Kesselhaus, dessen dicke, kurze Schornsteinarchitektur aus Ziegeln einer sumerischen Sternwarte glich.
Angelas Helm war nach vorn gerutscht, sie streckte ihre Hand, mit der sie den Schlüssel umklammerte, anklagend nach David aus, der seiner Schwester, ihre Schulter berührend, die Richtung wies. »Du schließt auf«, sagte er.
»Kann ich«, antwortete sie.
Die Geschwister wohnten im Kolosseum, einem vor Jahrhunderten aus Flußquadern der Ach und aus Steinbruchplatten geschichteten Gebäude, das, sich nach oben zu einem Turm verjüngend, über das Dach des Wehrgangs der Stadtmauer ragte. Die Mitte des ungeschlachten Hauses war von einem Tor durchbrochen, einst Zollschranke und Ende der Reichsunmittelbarkeit. Eine hölzerne Außentreppe führte zur Empore hinauf, die außen lag. Innen gab es eine Wendeltreppe mit hohem Geländer zum nächsten Stockwerk, dann stieg die Treppe ohne Windung weiter nach oben von Wohnung zu Wohnung.
Wir trieben durch Mauerspalten und schlecht schließende Fenster, in die früher öliges Pergament gespannt gewesen war. Zwei Kaminschächte verführten zu leisem Heulen und Fauchen, es ließen sich auch die Heizspulen eines elektrischen

Speicherofens dafür benützen, die Mündungen von Wasserhähnen, der Abfluß eines Spülbeckens und die Seier erst neulich eingerichteter Duschen. Das Frostfach eines Eisschranks stellte ein notdürftiges Gräberimitat dar.
David wohnte unten. Als seine Schwester, immer noch den riesigen Helm auf, über die zweite Binnentreppe hochgestampft war und die Falltür, deren Zuggewicht, ein Sandsack, an einem Stück Seil hing, das über eine Rolle führte, aufgestemmt und offengelassen hatte, nahm David keine Rücksicht mehr, drosch mit einer abgebrochenen Vorhangschiene auf einen Stuhl ein, schlug Ahnen, Seelen, vergangene Schmerzen.
Angela hatte zugehört, rief hinunter.
»Keine Angst«, schrie David hinauf, »ich arbeite!«
Wann die Lehrerin komme?
Wisse er nicht!
Angela legte sich auf das Schafsfell ihres Himmelbetts, rollte das Oberteil ihrer Strumpfhose herunter und bearbeitete mit dem Finger ihr Spältchen, die kleine, durchblutete Harmonika, dachte an ihre Mutter, die längst bei uns weilte, Rosa Kästle, ein nicht mehr seufzendes Wesen, das sich, wie wir, schon auf dem Knötchen ihrer Tochter niedergelassen hatte.
Angela sang den Mond an, der sich noch nicht zeigte, doch hinter dem Dach des Kolosseums aufsteigen und sein Licht über die Glieder des Kinds wandern lassen würde.
Unten hatte David zwei Zimmermannsnägel in einem Meter Abstand voneinander in die Wand geschlagen, hing daran seine Zwei-Kartoffel-Uhr, ein digitales Wunderwerk, dessen Elektronenfluß durch eine Zinkzwecke, hineingestoßen in die eine Kartoffel, und durch eine Kupferelektrode, versenkt in die andere, freigesetzt wurde. In einem durchsichtigen Plastikgehäuse verabschiedeten sich fortwährend Ziffern aus Silicium.
David rief: »Die Uhr der ganzen Welt!«
Er hätte auch geballten Spinat nehmen können, Weidenblätter, Broccoli oder Lauch, Möhren, Rettiche, Bier. Jede organische Einheit beherbergte, solang sie noch lebte, elektrische Paare,

die sich trennten, wieder zueinanderstrebten, ein Zustand, den wir kannten.

Oben, im letzten Stockwerk des Kolosseums, wohnte eine Lehrerin der Unordentlichen Werkstätten.

2

Ihre pragmatische Reife, die wenig Melancholie zuließ, nötigte uns immer wieder, ihre Gehirnlandschaften zu erkunden. Wir schmiegten uns der dichten Rinde an, glitten durch deren Täler, stiegen Schroffen hinauf, die, bei einer Vierzigjährigen üblich, kleine Verödungen gleich Eiskäppchen besaßen. Männer trugen meist schon Gletscherhüte, gestülpt über die mechanischen Weichen der Reflexgeschäfte, abzulesen an stocherndem Gang, als lauerte nach jedem Schritt ein Fehltritt.
Verlockend war der ein wenig schiefe Mund, als habe Hassel Ruth Weidenbacher in der Jugend eine Schlagberührung gehabt. Es handelte sich um einen genetischen Hüpfer wie im Tabakmosaik. Sie hatte große Hände, breite Schultern und große Füße, vielleicht wegen einer Spur zu viel männlicher Hormone.
Beim Zuhören schaute sie ihr Gegenüber ruhig an, unterbrach fast nie, dabei geriet ihr rechtes Auge in Bedrängnis und begann, leicht nach innen schielend, wie um Milde zu bitten. Ihr Mut dokumentierte sich in kurzen, gesträubten oder langen Haaren, zur Zeit trug sie eine hochgesteckte Frisur, deren künstliches Blond ihr neuen Glanz verlieh.
Wenn sie nach Hause kam, schleppte sie Taschen voll Schulmaterial und Werkzeug mit sich. Nahrungsmittel kauften die beiden Kinder nach einem von allen drei beratschlagten Wochenplan, der entweder eingehalten wurde oder nicht. Tagelang gab es Nudeln, saure Milch sollte Fleisch ersetzen, Gemüse brannte meistens an, oder sie löffelten habhafte Salattunke mit eingebrockten Backerbsen.
Die Lehrerin brachte, wie oft, Susanne mit, ein zwergenwüchsiges Mädchen mit hoher Stirn, bekränzt von rotbraunen, federleichten Haaren, die ihm Ähnlichkeit einer Spielgefährtin der Infantin Margarita auf einem Gemälde von Velasquez gaben. Susanne glich auch dem gestauchten Widerschein von

Davids Mutter, Hella Munz, der Lohfarbenen, die, nachdem sie ihr Kind auf einem Schlitten über die vereiste Morgenthauidylle und durch einen Giga-Wurm gerettet hatte, bei einer Implosion der Universität Essen in Flammen aufgegangen war.
Der Zwergin mußte über die steilen Stiegen geholfen werden. David zog sie in seinen Raum herauf, danach ging der Marsch weiter zum nächsten Stockwerk empor, wo Angela auf der Falltür saß.
Susanne stieß mit dem Kopf dagegen, schrie. Die Lehrerin, hinter ihr gebückt, schwieg ungeduldig.
Angela rief: »Wer da?«
»Ich! Aufmachen!«
Die Falltür hob sich langsam, ein Fuß zeigte sich im Spalt, dann fiel die Tür wieder zu, doch gemeinsam, Susanne stemmend, Angela ziehend, brachten die zwei Kinder die schwere Tür im Bretterboden auf.
Triumphierend sagte Angela: »Susanne, Susanne, mein Schatz!«
»Bin nicht dein Schatz! Wir spielen jetzt. Guck nicht so blöd.«
Die beiden umarmten sich.
Die Lehrerin stieg, mit einem suchenden Gruß, der auch Timbur gelten konnte, der Krähe des Kolosseums, die jedoch nicht da war, ins oberste Stockwerk hinauf, wo die Lehrerin ihre Tür nach einer Anstandspause leise senkte.
Hassel Ruth Weidenbacher würde die vollen Taschen fallen lassen, die Schuhe ausziehen und unentschlossen in ihrem Mauergelaß umherwandern, ob sie duschen sollte, aber dafür müßte sie wieder zu David hinunterklettern, oder ob sie sich an den Stutzflügel setzte, der, in Einzelteile zerlegt, von einer Brigade der Unordentlichen Werkstätten, es hatte einen halben Tag gedauert, heraufbefördert worden war. Der tumultöse Transport war mit einem geleerten Kasten Flaschenmilch beendet worden.
Meistens tat die Lehrerin weder das eine noch das andere, sondern sie legte sich auf ihr Bett und drehte eine Zigarette mit hineingerolltem Filtermundstück zum endgültigen Beweis

ihres Geschicks, daß sie am Tag viele Aufgaben bewältigt hatte.
Im Zwischenstock badeten Susanne und Angela eine Puppe, die ebenfalls Susanne hieß, im Klosettbecken, bis kein Wasser mehr kam, legten das Kind schlafen, weckten es wieder, puderten, wickelten es zum dritten, vierten Mal, schlugen es, schleuderten es auch zu Boden und rissen an einem Ärmchen, so daß die Gummistränge der Befestigung aus der offenen Achselhöhle schnellten. Danach wurde die Puppe erneut gebettet und mit Kleidern, Strampelhosen zugedeckt. Angela tat es als Vater, Susanne als Mutter oder umgekehrt.
Angela sagte, sie habe sich heute mit der Schere aus dem Bauch eine schwarze Ameise geschnitten. Sei jetzt tot, der Zorn auch.
Susanne erwiderte, sie habe es mit einem Messer getan, sei eine Ente gewesen, hellblau, nicht gestorben.
Angela fuhrt fort, der Kopf sei weg, zerschmettert, aber jetzt kehre er zurück, hurra!
Susanne ging zu einer Fensterluke, sagte, sie könne fliegen, komme nie mehr, obgleich sie auf Zehenspitzen mit ihrem Velasquez-Kopf nicht bis zum Gesims reichte.
Die beiden faßten sich an Händen und trippelten im Kreis, schneller und schneller, bis sie taumelten, sich gegenseitig umklammernd, dann fielen sie schließlich um, die Zwergin auf den Bauch ihrer Freundin.
Wir müssen auch an junge Pfleglinge erinnern, die aufgeregt im Tagesraum ihrer Anstalt saßen und auf den Abtransport warteten. Sie sagten, sie hätten keine Angst, gern wollten sie dem Vaterland dienen, wie versprochen, auch wenn man ihnen die Ohren, die Nase, die Lippen abschnitte, sogar die Augen, was nur bei lebendigem Leib geschehen dürfe, könnten weiterverwendet werden. Sie wollten, auch wenn sie stürben, für die Verwundeten im Krieg nützlich sein und für den Führer.
Eine weinende Epileptikerin antwortete in die Stille hinein, sie wisse, wohin sie kämen. Draußen stehe schon der Omnibus mit den zugemalten Scheiben.

Eine Generation später wurden über dem Meer Aneinandergefesselte aus Hubschraubern gestürzt; davor war den Gefangenen mit Haken der Magen aufgeschlitzt worden, damit, eine Vorsichtsmaßnahme, im Wasser unten die Toten auch für immer versänken.
Wir hätten lächeln können, der Bitternis und gegenseitigen Beschuldigungen ledig dahintreibend in einem Sog lichten Gehalts. Obgleich wir nicht mehr einzeln waren, überall sein konnten, war jeder trotzdem an einen Platz verbannt und begleitete geliebte Missetäter oder Opfer.
Im Zwischenstock besprachen die beiden Kinder, wer Königin sei, wer König, es fehlten aber die Kleider.
Angela rief der Lehrerin, Susanne wiederholte es.
Als keine Antwort kam, öffneten sie die Bodentür und stiegen zu David hinab, der mit einer dünnen Stricknadel in Ösen seines Digitalwerks stocherte, das, getränkt vom Partikelfluß der frischen Speisekartoffeln, laut Eisprung- und Mondphasenuhr der verunglückten Mopedfahrerin zehn Sekunden vorauseilte.
Was die zwei Mädchen wollten, verstand er nicht. Sie holten aus seinem Schrank soviel sie brauchten und stampften bepackt wieder hinauf. Erst als ein Schuh vor David fiel, schreckte er auf, sah zu seinem verwüsteten Schrank, besann sich, während links und rechts seiner Nase leuchtende Spuren zum Kinn liefen und wieder erloschen. Er riß die Kontakte aus den elektrischen Feldfrüchten und preßte sie an das Innenfutter seines Stiefels, begierig zu erfahren, ob Schweiß, Schmutz, angestrengtes Leben dort sich entluden.
Nichts dergleichen geschah, jedoch unabsichtlich waren zehn Sekunden verschwendet. Die Kartoffeluhr ging wieder richtig wie zurückgepolt.
David rief zu den Kindern hinauf, er habe auch magnetische Radiergummis, die überall hängenblieben!
Keine Antwort. Die Kinder zogen sich an, drehten sich voreinander in hochgekrempelten Hosen, trugen große Pullover und mächtige Schuhe. Angela hatte wieder den Motorradhelm

aufgesetzt, und das Puppenkind wurde, gebunden an einen Bademantelgürtel, aus dem Fenster gehängt.

Wären die Toten im Himmelreich, müßten sie verzichten.

Die Königin habe tausend Kinder, sagte die Zwergin.

Nein, sie sei die Königin, erwiderte Angela.

»Ich werfe dich ins Feuer«, sagte Susanne. »Dann bist du nicht mehr da.«

Angela antwortete, sie habe ein Kleid aus Eisen an.

Sie eines aus Gold, sagte Susanne.

Sie habe tausend Füße.

Sie hundert Augen.

Sie Geld.

Sie noch mehr.

Über die Treppe herab kam die Lehrerin, in der Hand zwei Frühlingshüte aus Blumen und Stroh. Das Geschrei sei nicht auszuhalten für Erwachsene, sagte sie.

Angela rief: »Ach, meine liebe Mama!«

Susanne wiederholte: »Ach, kenne ich!«

Die beiden Kinder warfen sich Hassel Ruth entgegen und waren erst zufrieden, als die Lehrerin mit ihnen zusammen auf den Dielen lag.

Davids Kopf zeigte sich in der unteren Falltür. Ob er helfen solle? Niemand beachtete ihn.

Nach einer Weile hatte sich das Knäuel auf den Brettern entwirrt. Die Lehrerin bat um eine neue Zigarette und um ein Glas Wein.

Die Kinder stiegen hinauf, die Lehrerin blieb liegen. Nachdem es oben geflattert oder geschnattert hatte, als wäre Timbur, die fehlfarbene Krähe eingekehrt, kletterten die beiden Mädchen über die Treppe wieder herab. Angela trug einen bis zum Rand gefüllten Kristallkelch vor sich her, die Zwergin hielt eine gerollte, bereits angezündete Zigarette in der Hand. Niemals würde zu erfahren sein, wie die Mädchen ihr Werk vollbracht hatten. Hassel Ruth schien sich nicht zu wundern, rauchte und trank.

»Hättest du nicht gedacht?«

»Doch«, sagte die Lehrerin. »Abends denke ich nicht mehr nach«.
»Bist du so müde?«
»Wie ein Waschbecken.«
»Willst du essen?«
»Nein.«
»Dann gehen wir.«
»Bitte sehr.«
Sie rauchte, als sollte sich der Erdball schneller drehen, oder als wollte sich Rosa an Stelle der Lehrerin setzen, um Angela, ihr Kind zu betten, und Hella, vormals Schmuck, zöge David, ihren Sohn, an den Haaren, was nicht möglich war. Der Sekundenfluß der Kartoffeluhr stockte jedoch für Augenblicke, während Hassel Ruth Weidenbacher inhalierte.
Hätten wir uns auf Gefühle verlassen können, wären uns wieder Sinne gewachsen. Obzwar der Erdball für uns zu klein war, hatten wir uns Pflicht zu Anwesenheit auferlegt, denn Tote ohne den Tod gab es nicht.
Die Lehrerin erklärte, ihr sei schlecht, sie müsse in die oberste Wohnung, weg von allen Kindern!
Susanne und Angela, die Frühlingshüte auf, sagten, keine Mutter mehr, sie brächten sich um.
»Dann tut es!«
Sie verkündeten, daß die eine sich einen Schlauch von der Waschmaschine in den Hals stecke, die andere, Susanne, klettere aufs Dach und bleibe, ohne zu essen, dort auf einem Bein stehen.
Eine Stunde später kam die Lehrerin aus ihrem Stockwerk wieder herab, betrachtete die beiden Mädchen, die in Angelas Himmelbett taten, als schliefen sie, stieg weiter hinunter zu David, der allein dasaß wie in einem lautlos dröhnenden Gehäuse. Sie legte ihm einen Zettel hin: Muß zur Elterngruppe.
David strich den Satz aus, schrieb darüber, strich nochmals durch, schrieb endgültig: Kartoffeln, Gelberüben, Wirsing, Arnika, Most, abgeschnittene Finger und Ohren.
Als Susanne nach Hause gehen wollte, nahm er Angela, die

nicht allein sein konnte, mit über die Straße zur ehemaligen Wäscherei, die dem Photographen gehörte. Oben wohnte Mira Stojadinovic, Susannes Mutter.
O seien willkommen! Die Jugoslawin leerte eine mit Stummeln überhäufte Untertasse in einen Eimer, zündete eine nächste Zigarette an, fragte, ob die Kinder Hunger hätten? Brei, Hühnchen, alles da. Ob Herr David ein Bier wolle, Schnaps, mitgebracht aus Ferien?
David versuchte, die Zipfel der glatten Haare in Beziehung zu setzen mit den Mundwinkeln, in denen noch ein wenig Schminke saß, doch aus den schnell wechselnden Positionen war nichts abzulesen.
»Schlaft da?«
»Ja«, riefen die Kinder.
Die Zigarette war schon zur Hälfte verglüht, die Asche lag am Boden. Welches Bett?
»Bei der Mama!«
Susanne auf ihren kurzen Beinen hastete, kaum zu entdecken, unter dem Tisch umher, häufte Prospekte, Fernsehprogramme, Windeleinlagen, als näßte Velazquez mit, auf einen Stuhl, erklärte, Angela solle weg.
Das andere Kind wurde von jähem Selbsterbarmen eingeholt, Tränenkugeln sprangen aus den Augen: »Freundin, ich bin doch deine Königin?«
Frau Stojadinovic schlug vor, die beiden Mädchen könnten ein Märchen aus dem Kassettenrekorder hören. Oder möchten Zwiebeln? Ihre Großmutter habe die Schalen gezählt, dazu geredet, was vergangen, wieviel wert.
Vor zehn Jahren eingewandert in die Fremde, arbeitete die geschiedene Mira Stojadinovic in einer Wohnwagenfabrik, zuerst angelernt als Polstererin, nun, nachdem Türken entlassen worden waren, nietete sie im Akkord Aluminiumplatten auf Rahmen.
Susanne entschied, sie sei auch Königin, worauf Angela ihren, dann Susannes Frühlingshut herunterriß. David rettete die Kopfbedeckung vor dem Zertrampeln, und Frau Stojadinovic

hielt die beiden Mädchen auseinander: »O Kinder, Kinder, warum immer böse?«
Die Erwachsenen, einst selber Kinder, fürchteten sich vor schnellen Wechseln, so wie wir nicht mehr begriffen, was der Tod bedeutete. War er nur eine Pause vor einer nächsten Vergangenheit, die Tür zu Parallelen, als ob die Lebenden noch mehrmals vorhanden wären? Oder besser ausgedrückt: Blieb Totsein ein Scherz, wenn wir nicht mehr wüßten, was Totsein ist?
Das weiße Rauschen entlud sich nicht in Harmonie, der Gesang der Vögel war schneidendes Geschrei, die Futtergrenzen zu beachten; und Wanderer, die auf die Gräber Steine legten zum Gruß, kamen keine mehr vorbei: laut restaurierten Ahnentafeln ausgestorben oder totgeschlagen.
Was für ein Gedränge in Thujas Haargefäßen, es schoben sich Vettern, Basen, früh verschiedene Englischlehrer, rauchende Leichen durcheinander, und eine Schwangere herzte ihr verharzt im Bauch gebliebenes Kind. Aus Leguminosenknötchen von Wurzeln kläfften stickstoffhaltig tiefere Schichten, darunter eine Petronella Haggenmiller, Viehdiebin und Pflanzensteckerin, und ein Johann Jakob Weberbeck, Nadlergeselle, dann Matrose auf dem holländischen Kriegsfahrtsegler Admiral de Ruyter.
Erinnerungen an Schuhe blieben liegen, an überzwerch gepackte Lumpen, auf den Galoschen eines Pflichtanwalts namens Adolf Wormbs, der sich in seiner Gartenklause die Adern geöffnet hatte; an Gummistiefel für die verschiedenen Wetter Morgenthaus; an italienische Sandalen; an luxuriöse Herrenschuhe aus Argentinien, gesandt nach Thüringen in der DDR.
Die Alleen formierten sich. David und Angela hatten Mühe, sich auf der kurzen Strecke zwischen Wäscherei und Kolosseum zu orientieren, Kunststoffröhren flammten auf. Der Verkehr vom Rathauseck zu den Arkaden war spärlicher geworden, die Zuschauer verkrochen sich, die Hausbesitzer schlossen ihre Türen. Wer noch zu Fuß war, beeilte sich.
Ein früher Samstagabend, vergleichbar einer aufgepumpten

Schweineblase, entwickelte sich, unter deren gespannter Haut sich Feuerzeichen wanden: Ein Überangebot an Fetten in der Leber, die chemische Reinigung; mehrfach Drehmomente aller Autos; die Formeln medizinischer Pastillen; die ruinöse Flut der Jauche; nicht geborene Kinder abgetrieben, womit wir noch zu tun hätten; wenig Platz mit einheitlich Gras auf Wiesen. Aus den Kellern abgerissener Werkstätten leuchteten Spuren. Ursula Kappenmacher, jüngster Unfall, galoppierte, wie mit Holzschuhen klappernd, entlang der milchig verstockten Hülle, ohne Sturzhelm endlich befreit. Den Leichnam hatte inzwischen Lillit Babett Prinz begutachtet. Es gab keine Fragen mehr, der Totenschein war gestempelt worden.

Noch eine Begrenzung lockte uns. War die Zahl Null wichtiger als die Eins? Die Eins veränderte sich, sobald sie nochmal auftrat. Die Null schaukelte ähnlich wie wir, als wollte nichts mehr geschehen, für Mathematiker und Schachspieler ein Ärgernis.

David kämpfte mit seiner Schwester, die entsetzt vor Angst nicht wußte, wo sie schlafen sollte, da die Lehrerin gegangen war.

»Im Himmelbett?«

»Nein!«

»Bei mir?«

»Nein!«

»Wo dann?«

»Will zu meiner Mama.«

»Muß arbeiten, kommt erst nachts.«

Angela kauerte sich nieder, patschte immer schneller mit der flachen Hand auf die Straße, bis ihr Bruder diesem Schmerz, den sie anscheinend nicht mehr fühlte, Einhalt gebot.

Die beiden gingen in der Altstadt zum Kraftsportzentrum, in das sie nicht hineinsehen konnten wegen geriffelter Scheiben. Sie läuteten bei der Ärztin, die den Ersatzschlüssel gehabt hatte, doch alle Fenster im Salzhaus blieben dunkel.

David sagte, die kleinen Kinder schliefen schon allein, was Angela keinerlei Eindruck machte. Sie streiften weiter. Verwaist waren das Blumengeschäft, Apotheken und Cafés. Ein paar Mopedfahrer und -fahrerinnen kreisten um den leeren Marktplatz, glitten davon Richtung Bayern durchs Kemptener Tor.

Sie wolle zur Linde, sagte Angela, bei dem Kino, wo neben einer kleinen Anlage der Pulverturm stand, seit kurzem ein Versammlungsort.

Dorthin dürften sie nicht, sagte David.

»Muß zu meiner Mama!«

»Ist nicht deine.«

Angela sank erneut nieder, nun auf Kies, dessen Reste von den Nationalsozialisten stammten, die damals einen Bronzebauern in dem öffentlichen Garten aufgestellt hatten. Inzwischen war das Denkmal durch eine drei Meter hohe, geschnitzte Figur Almas ersetzt worden, des legendären Rennschweins, das manchmal, wenn es mochte, hatte sprechen können.

Als die Kinder die Tür des Pulverturms öffneten, schlug ihnen Rauch entgegen. Obwohl schüchtern eingetreten, wurden sie sofort wieder hinausgewiesen. Die Erwachsenen müßten allein sein, hieß es. Hassel Ruth Weidenbacher, die mit anderen an einem großen, runden Tisch, widersprach nicht.

Draußen fing Angela wieder zu schluchzen an. Daheim im ersten Stockwerk, bettete sie ihr Bruder in sein Bett, legte das zerlumpte Bärchen, Angelas Tier und den grünen Schleier eines verblichenen Hochzeitsumhangs auf das Kopfkissen, pfiff auch aus der Fensterluke nach Timbur, der Krähe, daß sie komme und mittröstete, aber der Vogel trieb sich vermutlich am Gezweig eines Schlafbaums umher, aus dem er, sobald er sich zu der trauten Menge seiner Artgenossen wagte, als Fehlfarbener weggehackt würde und wie immer zum Kolosseum zurückkehrte.

Entsprach die Beseelung geflügelter Tiere einer Zahlenmelodie, dann entschied ohne Eins die Null, die in der Tiefe des Himmels und in der verdunkelten Bläue der Gräber nicht zerrann.

Erlebnisse bräuchten Zeit, schrieb Johann Jakob Weberbeck, der Nadlergeselle, in seinen Berichten, als die Särge der an Pest,

Ruhr und Pocken Gestorbenen im Frühjahr, nachdem das Eis an der Mündung gebrochen war, wo die holländische Kriegsflotte monatelang festgesessen hatte, wiederauftauchten und aufs Meer hinaus davonschwammen.
Im Pulverturm herrschte Stille. Eltern belauerten sich gegenseitig, wer beginnen würde.
Schließlich sagte Hassel Ruth, Frau Stojadinovic entschuldige sich, sei sei allein mit ihrer Tochter, und Herr Scheilala werde nie mehr kommen. Er habe nicht nur seine Arbeit als Journalist verloren, auch seinen Sohn. Markus lebe nun in einem Heim. Der Vater habe sein Kind oft geschlagen.
»Schlimm für beide«, sagte jemand.
Nein, gut; besser so als anders; nein, ins Gefängnis! Die Meinungen gingen durcheinander bis: Man könne nichts dazu sagen, und, die Katastrophe habe zu lang auf sich warten lassen.
Wo die Mutter von Markus sei?
Verschwunden, vielleicht tot, habe an Depressionen gelitten.
Warum?
Niemand wußte es.
Die Lehrerin schrieb in ihr chinesisches Merkbüchlein, das sie immer bei sich hatte: Das Leben, unübersichtlich. Ein Satz wie schwarze Kohle, weißer Schimmel, weshalb sie ihn wieder strich.
Abwartend hielt sie den Kopf gesenkt. Von oben tropfte es ein wenig, hörte auf. Im brüchigen, aus dem 16. Jahrhundert stammenden Pulverturm sammelte sich Sickerwasser, das durch die aufgestrichene Zementdecke einen Weg fand.
Lächelnd unnachgiebig fragte die Lehrerin, ob jemand sein Kind auch schon geschlagen habe?
Furchtsames Schweigen; plötzlich sagte die Mutter von Laura, »ja, ich«.
Und der Vater des fast gänzlich gelähmten Kinds, der mit seiner Frau an den Versammlungen immer teilnahm, wiederholte, »ich auch«.
Niemand antwortete. Es war ein Augenblick der Herrlichkeit,

weshalb Hassel Ruth sich aufrichten und, im Kreis blickend, die beiden Eltern um eine Erklärung bitten konnte.
Ihr sei die Hand ausgerutscht, sagte die Mutter von Laura. Nachmittagelang das Hin- und Hergeschiebe, sie habe auch das leise, kaum verständliche Sprechen nicht mehr hören können, die Mama solle das und jenes tun, aufheben, holen, wegbringen.
Der Vater gestand, daß er seiner Tochter, als sie sich zum vierten, fünften Mal aus dem neuen, kostspieligen Elektrowägelchen hatte fallen lassen, eine Ohrfeige gegeben habe. Er bereue es, seine Geduld jedoch sei keine Trockenbatterie.
Leise Frage der Lehrerin: »Hat Laura verziehen?«
Ja, sie glaubten es, müßten es tun. Das Kind habe kaum geweint, hätte vielmehr seine Eltern zu streicheln versucht.
Es war eine mühsame Steuerarbeit für die wie durchsichtigen Vogelkrällchen Lauras gewesen. Der schmächtige Körper des Kinds hing schief im Karren mit zur Seite geknicktem Kopf auf dem dünnen Hals.
»Haben Sie geweint?«
»Ja«, antworteten beide.
Beinahe hätte die Lehrerin erwidert, sie sei zufrieden mit dem Ergebnis, unterdrückte aber ihre Lust.
Aus der Runde folgte die Frage, ob Strenge schade? Sie hätten ab und zu auch einen Streich verabreicht, es täte ihnen leid. Sie wären allein mit allen Mühen.
Ob sie die Zusammenkunft im Pulverturm schätzten, fragte die Lehrerin.
Nein, es sei eine Qual.
Weshalb sie trotzdem kämen? Es gebe keine Verordnung, schon gar nicht von der Schulbehörde.
Angst, Vorsicht, Vorauserinnerung, was geschehen könnte.
»Wohlverhalten? Haben Sie den Verdacht, es würde nützen?«
Verlegenheit, neu entzündete Zigaretten, auch wurde hastig aus Mineralwasserflaschen und aus mit Wein gefüllten Blechtassen getrunken.
»Fürchten Sie sich vor mir?«

Keine Antworten.
»Sie sind doch ein Ursprung Ihrer geplagten Kinder? Fühlen Sie sich schuldig?«
Nein, ja, nein, bleibe widersprüchlich, ein Schicksal.
Was prophezeiten die Kirchen, die katholische, die evangelische? Hassel Ruth Weidenbacher schüttelte sich beinahe.
Lauras Vater, wenige Haarstränge von einer Seite zur anderen über den Kopf zurechtgestrichen, entgegnete, sie gingen jeden Sonntagmorgen zusammen in den Gottesdienst. Es sei schön, auch erholsam. Und ein anderer Vater, der zum ersten Mal anwesend war, sagte, in ihrer Siedlung werde sein Kind geachtet.
Gemeint war Eva, hinter deren Ohr ein Röhrchen befestigt war, durch das eine Überproduktion an Lymphe in ein Säckchen unter das Schlüsselbein abgeleitet wurde. Das Kind hatte meist ein Trachtenkleid an und gab schnelle, kurze Sätze, die automatenhaft klangen, von sich.
Sie bitte um Verzeihung, sagte die Lehrerin.
Lauras Mutter, ähnlich bleich wie ihre spinnenhafte Tochter, ging um den großen, runden Tisch zu Hassel Ruth, um ihr einen scheuen Kuß aufs Haar zu drücken.
Errötend bedankte sich die Lehrerin, wartete bis nach einer Stille reihum erlöst Gespräche begannen, die sich um Mietpreise, Schuhkauf oder das Unvermögen von Ärzten drehten, worauf Hassel Ruth nochmal fragte: »Es könnte nicht schaden, sich mit mir gut zu stellen?«
Erneute Verlegenheit, doch Evas Vater, der auf einem Kinderstuhl saß, im Pulverturm fanden auch andere Zusammenkünfte statt, entgegnete, er habe vor der Schule meistens Angst gehabt, seine Tochter aber gehe morgens gern weg von zu Hause.
»Vielleicht strengt sie sich an, um nicht nur Ihnen, sondern auch mir zu gefallen? Die Angst wird nur verlagert, auf Evas Kosten.«
»Nein«, sagte er. »Die Kinder sind nicht für Sie da, es ist umgekehrt.«
»Sind Sie davon überzeugt?«

»Wer es begriffen hat, läßt nicht mehr los.«
»Dann delegieren Sie«, sagte die Lehrerin, »was Schwierigkeiten bereitet aus Vorsicht oder Bequemlichkeit in unsere Werkstätten, und ich bin für Sie eine bezahlte Dienstleistung.«
Ob sie etwas anderes sei?
»Ja, Ihre Gegnerin.«
Verstehe er nicht. Evas Mutter, die, wenn sie zu sprechen wagte, nervös mit ihren dünnen Ringen spielte, von denen sie mehrere an unscheinbaren, doch kräftigen Fingern hatte, sagte den Tränen nahe, sie habe so viel Vertrauen gehabt. Endlich eine Schule wie, sie suchte nach einem Vergleich, fand ihn schließlich, wie ein Bauernhof.
»Als Paradies«, fragte Hassel Ruth Weidenbacher und fuhr, weil keine Antwort folgte, fort. »Auf einem Bauernhof geht es laut zu, Arbeit von früh bis spät. Es wird gefüttert und Mist gefahren, und manchmal gibt es eine Notschlachtung.«
Von Kindern?
»Sie tun es oder sind selbst an der Reihe.«
Lauras Mutter sagte erschrocken, die Kinder kämen morgens in einem ordentlichen Zustand in die Schule, aber abends brächten sie Störungen in die Familie.
»Was wäre das Ideal?«
»Daheim und Schule eins.«
»Haben wir nicht. Was in den Familien geschieht, ich erfahre es, verschlüsselt oder direkt, durch die Kinder. Solang ich mit ihnen zusammen bin, plädiere ich für sie. Die Kämpfe von zu Hause trage ich nicht aus. Ich besänftige, schiebe zurück zu den Eltern. In der Klasse haben wir genügend mit uns zu tun. Wir lernen das Einhalten von Grenzen, und manchmal toben wir, bis es schmerzt.«
Frage nach der Notschlachtung: Was damit gemeint sei?
Zwei Opfer gebe es täglich, sagte die Lehrerin. »Wir lernen von einander.«
Von ihnen, den Eltern, wurde eingewandt, aber bestimmt auch.
Ein Vater, der bisher nicht gesprochen hatte, bedankte sich

sarkastisch, ein Klinikarzt, der seine Frau vertrat, die als Teilnehmerin an einem Preisrätsel einen Freiflug nach Thailand gewonnen hatte und tatsächlich abgereist war.
Durch das Gemäuer des Pulverturms rieselte es. Gesang wäre zu hören gewesen, der keine Harmonie besaß, jedoch mindestens 78 verschiedene Intervalle. Wenn wir an Übermut litten, hätten wir Ohrläppchen, Nasen und Kinnpartien der Anwesenden für Rutschpartien benützt, so daß die Gesichter, wie mit Gewölle bedeckt gewesen wären oder verwischten Kopien geglichen hätten.
Die Lehrerin fragte den Arzt, ob er gekränkt sei?
Ja, er sehe die Flucht seiner Frau nicht ein, müsse Urlaub ohne Bezahlung nehmen, in einem Krankenhaus kaum zu bewerkstelligen. Sein Sohn kehre mit dem Schulbus schon um ein Uhr nach Hause zurück.
»Was machen Sie zusammen?«
Wisse er nicht: Kochen, Staubsaugen, Aufräumen? Die Wohnung ähnle einem Stall voll Müll, doch Ordnung sei nicht das halbe Leben.
»Sind Sie Internist?«
»Nein, Orthopäde. Ich zementiere künstliche Hüften ein.«
Der Arzt, Vater von Tacitus, und die Lehrerin schauten sich nicht an, hielten die Köpfe gesenkt, die anderen fühlten sich herausgefordert.
Nach einer Weile sagte Argat, die auch noch nicht gesprochen hatte, Mutter von Torsten, Tacitus habe sich gestern die Finger an der einzigen Rolltreppe der Stadt verletzt. Ob der Vater abends nichts bemerkte?
»Mußte weder geschient noch verbunden werden, Arnika genügte.«
»Tacitus schrie die ganze Zeit, hielt seine blutenden Finger hoch. Wir wußten nicht, was wir tun sollten.«
»Sieht meistens schlimmer aus, als es ist.«
»Torsten hat seitdem Durchfall.«
»War er dabei?«
Die Lehrerin griff ein, sagte, Beschuldigungen würden nicht

helfen. Torsten habe geraspelte Blockschokolade bekommen, Tacitus mußte jedem seine abgeschürften Finger zeigen.
»Ich bin auch allein«, rief Argat. »Ich kriege noch ein Kind, bin im vierten Monat!«
Der Vater von Tacitus fragte nach ihrem Mann.
»Er reist für die Armee.«
Dann fehle es ihr jedenfalls nicht an Geld.
»Ich bin froh, daß er selten da ist. Ich bin keine gute Mutter. Torsten gerät oft in Gefahr, läuft plötzlich auf die Straße oder er stellt ein Chaos mit Mohrenköpfen an, dann wieder schläft er ununterbrochen, und wenn ich ihn wecke, schreit er.«
Wer von den Eltern etwas dazu sagen möchte?
Ein Skandal, erklärte Evas Mutter, daß es im Büro der Schule keine Telefonnummer gebe, wo der Vater von Tacitus zu erreichen sei. Auch habe niemand den Namen der Klinik gewußt.
Evas Vater schloß sich der Empörung seiner Frau an.
»Wir klammern uns an Formales«, sagte die Lehrerin. »Ein Anruf hätte nichts an den Verletzungen geändert. Wir schwindeln uns nur darüber hinweg, wie im deutschen Straßenverkehr. Fallen die Ampeln aus, sind nicht wir schuld, wenn etwas passiert, sondern die fehlende Elektrizität ist es. Der Vater von Tacitus hat sich nicht beschwert, und seinem Sohn geht es wieder gut.«
»Aber meinem geht es schlecht«, erwiderte Argat.
»Nein, Ihnen.«
»Sagte ich doch.«
Er bewundere ihren Mut, erwiderte der Vater von Tacitus zu Torstens Mutter. Es höre sich wie eine Gleichung an: Ihr fehle der Mann, ihm die Frau, als sollten sie sich zusammentun.
»Wer? Die, die da sind, oder die, die fehlen?«
Könnte erforscht werden. Die Lehrerin lachte, beschwichtigte dann, der Frohsinn täusche.
Die Eltern schwiegen pflichtgemäß, wie es ihre Kinder bei einem Verweis in der Klasse nicht getan hätten.
Als Hassel Ruth Weidenbacher den Orthopäden überaus höflich ansah, winkte er mit einer Geste ab.

»Sie wundern sich?«
»Ich füge mich den Regeln«, antwortete er.
»Die Sie gar nicht kennen.«
»Ich vergaß, daß ich hier Patient sein soll.«
»Ein schlechtes Gefühl?«
»Eher ein Versteck, wenn andere Autoritäten das Kommando führen.«
»Wird Ihnen bekannt sein.«
Der Arzt gab keine Antwort mehr. Er hatte graue, kurzgeschnittene Haare und einen gesprenkelten Bart, sah jugendlich aus mit gebräuntem Gesicht. Sein Sohn, ein zappliges Kind, das ein Bein nachschleppte und gern auswendig lernte, indem es Zahlenreihen und kleine Aussagesätze immer wieder von vorn begann, war gehirngeschädigt.
Wenn der Raum sich nicht ausdehnte, dann wäre der Himmel begrenzt wie ein Wesen. Doch stürben wir nicht, was täten wir mit uns? Besäße Eva kein Röhrchen hinterm Ohr, schliefe Torsten nicht zu viel, erreichte Susanne normale Größe, oder nähme Timbur, die Krähe, das Kolosseum in Besitz, um dort Platz zu schaffen für seine Brut, die mit den Flügeln buchstabierte, und aus den Vogelschnäbeln quölle vermenschlichte Wut?
»Wollen wir für heute aufhören«, fragte die Lehrerin.
Einige Eltern griffen nach Gläsern, andere in die Konfektschachtel, die jemand auf den Tisch gestellt hatte. Lauras Mutter flüsterte mit einer Mutter, die nie etwas sagte. Deren Kind hieß Larissa; es saß meistens in einem Lebkuchenhaus aus bemaltem Karton, das nur für Larissa errichtet worden war.
Sie müsse noch ein paar Unannehmlichkeiten sagen, fuhr die Lehrerin fort. Eine Dachrinne lecke, zwei Fenster seien kaputt, die Behörden zögen dringliche Zahlungen hinaus. Und ein Kind liege im Sterben, das Jüngste der Försterfamilie. Man habe es nach Tagen unter den Brettern der zertrümmerten Hundehütte gefunden. Es gebe keine Rettung mehr, schwerster Schädelbasisbruch.
Der Vater von Tacitus sagte, er habe davon gehört.

»Wüßten Sie einen Weg?«
»Es wird noch beatmet.«
»Und wenn Sie den Schlauch entfernen?«
»Nicht in diesem Land! Es ist noch nicht lang her, daß unsere Kinder, die Gebrechlichen, die Schüttler, Rüttler oder vermeintlich Stumpfsinnigen, die ein Bein nachschleppen, weggebracht worden wären zur Vernichtung, und fast niemand hat sich damals dagegen gewehrt. Selbst Ordensschwestern versuchten es nicht. Sie verabreichten noch Todesspritzen.«
Die Mopedfahrerin Ursula Kappenmacher trieb ohne ihren im Stich gelassenen Geliebten, der immer noch wartete, und ohne gepanzerten Kopfschutz vorüber, höchst geduldig.
Dann hebe sie für diesen Abend, sagte die Lehrerin, die Versammlung auf.
Keine Stühle wurden verrückt, die Eltern blieben sitzen. Zigarettenrauch, der nach oben zunahm, teilte sich in Schichten.
Argat, die blonde Mutter Torstens, fing zu schluchzen an, ihr rundes Gesicht allen zugewandt. So, sagte sie, könne sie nicht gehen. Ihr Kind sei normal.
Ja, selbstverständlich, wurde geantwortet.
Und das nächste in ihrem Bauch werde es auch.
Argat weinte langgezogener, freier, sagte: »Ich fürchte mich, daß meine Kinder wie ich werden. Ich fühle mich in der kleinen Stadt wie in einem Krankenhaus. Mein Mann reist für das Heer, soll er doch! Früher habe ich selber Geld verdient, wurde photographiert. Ich bin früh aufgestanden, im Sommer nahmen wir ein Duschbad im Brunnen vor der Universität, gingen dann in die Hörsäle, tropfnaß. Kennt ihr Christoph Maria Maisstreb, den Soziologen mit der Hasenscharte, und seine Telepathin Lilly? Ich habe sie nie gesehen, die Säle waren überfüllt, wir guckten nur Lautsprecher an. Ich war befreundet mit einem Chemiker aus Damaskus, der tagsüber Teppiche klopfte und Hunde spazierenführte. Er nannte die Ohren die Schaukel, die Augen den Hammer der Ohren in dieser Welt. Später hat er ein Flugzeug entführt, wurde erschossen. Ich las es in der Zeitung.«

Gesprengt die Kammern der Märchenerzähler, das Futter gärte unter Planen, beschwert von alten Autoreifen, und auf den schwelenden Gräbern tanzten die Kinder in schwarzen Chiffons.

Die Lehrerin war um die mächtige Tischplatte gegangen und hatte die Mutter von Torsten umarmt.

»Nein, nicht«, wehrte sich Argat. »Wenn mich jemand berührt, bewegt sich das Kind. Ich kriege keine Luft mehr.«

Lauras Mutter sagte, o ja, kenne sie. Und Lauras Vater wiederholte es träumerisch.

Inzwischen war der Geliebte der toten Mopedfahrerin, ein arbeitsloser Architekt, ansässig in Eisenharz hinter dem Wald bei den Dörfern Göttlishofen und Christazhofen, so unruhig geworden, daß wir in seine Motorik eingriffen, für ihn ein zunehmendes Sausen, brummendes Kreiseln, das sich, bevor er die einzige Telefonzelle des Ortes erreichte, steigerte, und er ohnmächtig zu Boden stürzte. Ein Auto fuhr an ihm vorüber, hielt nicht. Bauernkinder, die mit Laternen, auch Taschenlampen einen Umzug veranstalteten, fanden ihn. Ein Mädchen sagte, jetzt habe es ihn endlich erwischt, den Nichtstuer.

Im Pulverturm räumten die Eltern auf, säuberten die Gläser. Besprochen wurde noch, wie der morgendliche Abholdienst anders eingeteilt werden könnte, damit nicht immer dieselben sehr früh aufstehen müßten; auch daß die jugendlichen Hilfskräfte mehr Geld bekommen sollten, jedoch woher, von wem?

Weitere Fragen waren: Ob Sarah, die Kuh, die keine Milch mehr gebe, geschlachtet werden solle? Nie und nimmer!

Wilhelm der Iltis, ebenfalls uralt, ein Geschenk der längst gestorbenen Ordensmutter aus Morgenthau, habe bei einem Sprung aus seinem Käfig das Kreuz gebrochen, könne nur noch kriechen. Kot und Urin müßten wie bei einem Querschnittgelähmten abgesaugt werden. Was tun? Der Tierarzt saufe nur noch, lebe in Scheidung.

Und zu viel Katzen, überall Gestank und kleine Junge, sogar in Büchertaschen. Die Kinder hätten gern Hunde.

Niemals! Der Vater von Laura und der Vater von Tacitus zitierten, sich gegenseitig überbietend, Statistiken, daß eineinhalb Millionen Hunde im ganzen Land täglich eine Million Kilogramm Kot voll Spulwürmern und Toxoplasmen produzierten, verstreut auf Gehsteigen, Fluren und in Spielkästen. Eine Delegation Chinesen habe sich gewundert, weshalb KZ-Spitze, Spaniels, Rehpinscher, Doggen und Mastdackel, solche Leckerbissen, frei herumliefen?
Die beiden Väter behaupteten, auch abgerichtete Schäferhunde verhielten sich, wenn die Sicherungen ausfielen, wie Bestien. Im Gschwend-Wald habe man einen Rentner, der auf Pilzsuche war, gefunden, den Malermeister Ebenhoch, völlig zerfleischt. Vierzehn Kilogramm seien dem armen Mann ausgerissen worden. Was für ein Tod!
Hassel Ruth Weidenbacher erwiderte, ihre älteste Tante habe bei einem Verkehrsunfall den halben Arm verloren, gequetscht und abgetrennt von Blechteilen im Wrack, auf dem ein anderes lag, das zu brennen begann.
»Und die Tante?«
»Bringt seither mit ihrem Stumpf am Sonntagstisch das Familiensilber durcheinander.«
Die Mutter von Laura, dem Karrenkind, lachte und schlug sich, eine Entschuldigung stammelnd, auf den Mund, unterbrochen von neuem Gelächter.
Auch andere lachten, sagten, als Ghetto-Eltern hätten sie die Erlaubnis dazu.
Eine schöne Nacht wünschte allen die Lehrerin voll Mut.
Über dem Pulverturm stand der Mond, versprach höhere Erträge und Fruchtqualitäten: Hämorrhoiden und Warzen schwänden; bei den Eskimos nähme die Geschwisterliebe zu; Schlafwandler balancierten sicher über Firste; das Kaninchen im Mond würde vom Beil der Mondgöttin getroffen, und seitdem gab es Hasenscharten; Tau tropfte dem Mann im Mond aus den Zähnen auf Wiesen hinab; das Totenreich finge vor dem Silbergebirge an; und ein Hirte in Sumatra, der ein Nest Schlangeneier zerschlagen hatte, bat den Mond, ihm zu helfen,

worauf die Mondfrau der zornigen Schlange versprach, sich einmal pro Monat von ihr verschlingen zu lassen, weshalb der Mond seither regelmäßig immer wieder untertauchte.
In der kleinen Anlage, früher Hitler-Wall geheißen, plätscherte ein Brunnen neben dem Kino, und die Statue von Alma war perlmuttfarben übergossen mit Harztränen auf Holzwunden. Am Bauch trug die aufgerichtete Figur die geschnitzten Merkmale einer Operationsnaht.
Entsprach die Menstruation einem Mondmonat, 28 Tagen? Sank und stieg die Körpertemperatur im Mittel gleich einem Mondtag nach dem Sonntag?
Die Mutter von Torsten rief, die Erde schwanke!
Zweimal täglich hob der Mond das Festland um etwa 26 Zentimeter, ein Atmen der Meeresgezeiten mit ihren sich stapelnden Flutwellen. Durch die ständige Reibung zwischen Wasser und Kontinenten wurde die Erddrehung langsamer, der Tag verlängerte sich nach einer Million Jahre um 16 Sekunden. Vor 225 Millionen Jahren, als wir noch nicht waren, besaß ein Tag erst 23 Stunden. In 5 Milliarden Jahren, wenn auch die Käfer und Steine verglüht sein würden, dauerte der Planetentag 40 Stunden, ein langsames Poltern um die müde Achse.
Argat sagte neben dem Brunnen, sie sei wie Wasser. Wurde ihre Zellflüssigkeit, aus der sie zur Hälfte bestand, von der bleichen Kugelgestalt am Himmel angezogen?
Einstundenmücken, zwei Millimeter groß, die während ihres schnellen Lebens weder aßen noch tranken, paarten sich, indem die Männchen die noch in Larven umherliegenden Weibchen aus ihren Schutzverbänden schälten. Dann flogen sie ein Stück gemeinsam und ließen sich an seichten Bachstellen zum Sterben nieder, getaucht in blaues, kurzes Licht, das aus dem Weltraum näher eilte.
Neben den Kieswegen der Anlage standen Tafeln, in die Gedenksprüche und Namen berühmter Schützen und Skispringer eingebrannt waren. Eine dieser hölzernen Stelen sah aus, als trüge sie eine Kinnbinde. Eine weiße Strumpfhose war um Hals und Mund der Figur gewickelt.

Die Gruppe wanderte durch die Nacht, machte sich auf noch beleuchtete Fenster aufmerksam. Namen wurden genannt, Berufe, Schuljahre und Heiraten.
Einige der Frauen waren hier aufgewachsen, später weggegangen, dann wiedergekommen. Die Männer stammten alle von außerhalb.
Ein Scheinwerferpaar streifte über einen Höhenzug, senkte sich und tauchte in eine Straßenfurt, die sich von der Insel der Eichen beim Gymnasium herabwand, und Motorengeräusche kamen nach. Unten am ehemaligen Zolltor streifte das Auto funkensprühend einen Markierungsstein. Der kleine, schiefe Opel machte einen Sprung zur Seite.
Bald auch tot, hieß es, ein betrunkener Lehrling.
Die Lehrerin sagte, genug des Kampfs für heute.
Der Vater von Tacitus erklärte, Jubel oder Fegefeuer seien, vor allem nachts, dasselbe, wenn die Schwerkraft des Mondes Gebeine aus den Gräbern ziehe, aber auch Schiffe versenke.
»Wo, Herr Orthopäde?«
»Ich bilde mir ein, es zu hören. Weit weg in der Karibik oder im Pazifik entsteht gerade ein Loch im Meer, in dem die Spanten, Schotten und die Brücke eines Tankers zusammengepreßt werden, eine kreischende Musik vom Wirbel bis zur Zeh.«
»Eilen Sie nach Hause, Ihre Frau kehrt zurück.«
»Wir könnten noch in den Schwarzen oder in den Goldenen Adler gehen, in die Traube, den Hecht, ins Café Schatten, ins Kronenwetter oder in den Frommknecht, in eine von den dreiunddreißig Wirtschaften.«
»Scheint Ihre Frau nicht interessiert zu haben.«
»Vielleicht schickt sie nur noch Schecks zum Einlösen?«
»Aber der Sohn bleibt.«
»Kalte Ravioli, größerer Staubsauger, Betten zusammengeschoben, manchmal der Papa betrunken, stutzt sich morgens mit der Papierschere den Bart, bevor er zum Dienst geht.«
»Sonst noch Gebrechen?«
»Nicht ohne Wein, Bier.«
Die Lehrerin sagte allen gute Nacht. In vier Tagen träfen sie

sich wieder. Jeder, der nicht kommen könne oder wolle, solle sich bitte entschuldigen, schon der Übersicht wegen.
Hassel Ruth würde bei ihrer Freundin, der Ärztin, einbrechen, sie besaß einen Schlüssel für das umgebaute Salzhaus. An der Empfangstheke drückte sie auf eine Klingel, darunter griffe sie nach einer Kognakflasche, sich versichernd, ohne einen Schluck zu nehmen, daß im Notfall ein Elixier vorrätig wäre, falls Lillit Babett Prinz sie hörte, aus einem der oberen Stockwerke herunterkäme, oder auf den Stufen der Wendeltreppe zeigte sich zuerst der Haushamster, genealogischer Vorfahre aller Wild- und Flußschweine, auch der selten gewordenen Erdferkel. Hassel Ruth säße, beschienen von kleinen Galerieleuchten, im offenen Oval des Wartezimmers und hielte versonnen ihr aufgeschlagenes Merkbüchlein im Schoß.
Die Elternpaare hatten sich zerstreut. Lauras Vater und Mutter gingen, Hand in Hand vorbei am Spritzenhaus, und über einen Steg durch die Sauerwiesen zum städtischen Bauhof, wo an einer Ecke abgekoppelte Schneepflüge und Streumaschinen inmitten eines Brennnesselgestrüpps standen. Als sie die Kehren zum Eichenhain hinaufstiegen, unter dem es noch Keller gab, in denen früher Bierfässer gelagert worden waren, doch nun Altpapier gepreßt, Bunt- und Flachglas zerstoßen wurde, hörten sie ein Klingeln und Schaben.
In einem steilen Gartenstück, dessen moderner Lattenzaun zu schwelen schien, stocherte der alte Schäfer mit einem Spaten erbittert im schwarzen Erdreich. Seine silberglänzenden Aluminiumkrücken lehnten an einer Bank.
»Helft mir«, rief er. »Die Steine sind wieder gewachsen.«
Lauras Vater und Mutter fanden ein schief hängendes Türchen. Beim Eintreten rutschten sie sogleich auf feucht gewordenem Gras aus und fielen auf den Rücken.
Sei ihm auch passiert, sagte der Schäfer. Ein Schluck Bier gebe Gleichgewicht. Die Flasche hänge im Brunnen.
Die zwei blieben sitzen, rührten sich nicht.
Zwischen Erdbrocken, Krautreihen, matten Blumengeschöpfen und Stauden schimmerten große und kleine Steine, die ab

und zu kaum sichtbare Blitze emporschickten, als handelte es sich um kaltes Licht der beiden für Ingenieurskunst unerreichbaren Teufelsmoleküle Luciferin und Luciferase.
Unten, am Ende des Gartens, war ein Wall aufgehäuft. »Rest vom Vorjahr«, sagte der Schäfer, »sinkt schon wieder ein. Ich säe nicht, ich ernte nur und frage mich, warum Steine gedeihen? Manchmal habe ich den Eindruck, es geschieht aus Bosheit, doch wer steckt dahinter? Der Hang oder Wasser im Schotter? Es könnte auch sein, daß die Landschaft dem Mond entgegen-, dann wieder von ihm zurückschwankt. In Physik- und Geisterbüchern steht davon nichts.«
Lauras Mutter nahm einen Stein, befühlte ihn, sagte, sei unten kälter als oben.
Müsse umgekehrt sein, erwiderte der Schäfer.
Vielleicht, sagte Lauras Vater, hänge es mit dem Steilhang und den Bäumen zusammen? Im Boden säßen Nässe und Frost vor allem unter den Steinen.
Wieso?
»Weil Wärme leichter ist und aufsteigt.«
Der Schäfer schlug mit der Kante seines Spatens auf einen schwierigen Kanisfluhbrocken, so daß Funken hochstiebten wie aus einem Feuerzeug und rief: »Wasser gefriert schneller darunter . . .«
». . . dann dehnt sich das Eis«, fuhr Lauras Mutter fort, »und drückt nach oben, wo's Platz gibt.«
Der Schäfer schleuderte Steine, die auf dem Schaufelblatt schlurrten, über den Kopf; es prasselte und klatschte. Ein paar Zaunlatten sanken getroffen mit ihrer verpilzten und von Moosen gesprenkelten Rinde zu Boden.
»Wie schade«, sagte seufzend Lauras Vater. »Keine Wunder mehr.«
Sei ihm recht, antwortete der Schäfer. Die Steine wüchsen nicht, würden vom Unterschied der Temperaturen geschoben. Er werde es Ungläubigen, die ihm ein Freibier mißgönnten, erklären.
Lauras Mutter, die noch im Gras saß, hatte Herzklopfen be-

kommen, sagte, während sie sich von ihrem Mann hochziehen ließ, es sei fabelhaft, daß ausgerechnet sie etwas entdeckt habe, als könne sie lateinische Inschriften an Gräbern und Denkmälern lesen.

Ungeduld ließ den Schäfer, der mit seinem Spaten wieder zustach, auf dem nassen Reich der Beete ebenfalls ausrutschen, was er verfluchte. Es hob ihn vom Steilhang seines Gärtchens hinaus in die Weite über Formationen noch ungelüfteter Steine hinweg, aber Lauras Vater und Mutter unterbrachen das Spiel, indem sie sich, damit der Gärtner nicht weiterrollte, auf ihn setzten.

Eine Sternschnuppe zog entlang der nach innen gerichteten Schwärze des Himmels ihre Bahn und verlosch hinter nahen Tannenspitzen. Ein Kakadu schrie, oder war es ein Betrunkener, der, von Ahnungen und Selbstmitleid getrieben, eines der Fenster des Schützenhauses oben am Eichenhain geöffnet hatte?

Der Schäfer mußte gestützt werden, er verlangte nach den Krükken von der Gartenbank. Lauras Eltern halfen ihm dorthin.

Wo der städtische Bauhof lag, hatte früher ein fahrbarer Galgen gestanden, abwechselnd behangen von polnischen Kriegsgefangenen und von Pimpfen, die ihre Panzerfäuste weggeworfen hatten, nach Mutter, Großeltern, Ahnen rufend. Hanfschlingen, die mehrmals gerissen waren, hatten Seiler im Wehrgang auf der Stadtmauer hergestellt. Einer Jugoslawin, ihre nicht gefesselten Hände zwischen Strang und Hals geklemmt, war es gelungen, so heftig hin- und herzuschaukeln, daß das Gerät umstürzte: ein spätes Gottesurteil. Die Jugoslawin, eine gefangene Partisanin, wurde freigelassen und der Galgen nie mehr benützt.

Vorher, Stalingrad war noch nicht von den Pulswärmer strikkenden Volksgenossinnen beklagt worden, wurde auch ein Klappsarg verwendet, aus dem jeden Tag kleine Frachten in Gräber fielen, unlebenswert genanntes Leben, zu Tode gespritzt, verhungert oder unter Kissen erstickt.

Lauras Eltern geleiteten in ihrer Mitte den Schäfer hinauf zum Schützenhaus, wo er einkehren wollte. Seinen Spaten hatte er in einen Sack gesteckt und im Garten unter der Bank verborgen.

Allein gingen die Eltern weiter durch die Nacht, aus der Timbur sich einen Fluchtweg nach Hause suchte, verjagt von seinem Schlafbaum durch andere Krähen.
Das Licht wechselte, empfangen als laue Wärmestrahlung vom Grübchen zwischen Maul und Augen einer unterkühlten Viper. Ihre Bilder hätten, aufgeteilt in Blau, Gelb und Rot, Zakken gehabt, die sich fortwährend änderten. Ein Haus wäre wie brennend gewesen, ein Gebüsch hinter der Gartenbank hätte geflackert, und ein Gesicht, wenn Lohe beim Sprechen aus ihm stieß, hätte die Ofenhitze eines Maulbeerstrauches angenommen.
Im obersten Stockwerk des Kolosseums stand die Lehrerin vor einem Fenster und ließ sich vom Mond bescheinen. Sie rauchte eine schlecht gedrehte Zigarette, deren gefilterte Wolken in Streifen davonzogen. Alle Falltüren unter Hassel Ruth Weidenbacher waren geöffnet.
Vielleicht dachte sie an ihren früheren Mann, einen Schiffsmakler, bei dem ihre Tochter aufwuchs, oder sie stellte sich einen fernen Geliebten vor, den sie noch nicht kannte, der jedoch schon vorhanden war bei der einzigen Telefonzelle des Dorfes Eisenharz, einige Zeit ohnmächtig, inzwischen aber wieder aufgerichtet von den Lampionkindern.
Im mittleren Stockwerk schlief, rücklings ausgestreckt, als wartete sie auf Erweckung, Angela, den Ersatzschlüssel der Ärztin in der Hand. Ein Wärmebild hätte gezeigt, daß das Kind den Schlüssel oft geküßt hatte.
Darunter, im ersten Stock, lag David quer über seinem Fell- und Pfadfinderlager, hatte scheu die Unterhose anbehalten. Seine große Hand umschloß die Kartoffeluhr, deren Sekunden paradieshaft weiterglitten.
Timbur mühte sich, mit den Flügeln schlagend, über die Stiegen hoch.
Die Lehrerin hatte den Hausvogel gehört, lockte ihn. Nach einem Flug durch die letzte Tür hinauf, landete Timbur, tief seufzend, was sich anhörte wie die Melodie aus einem Gurre-Lied, auf der Schulter seiner Königin.

3

Madagaskar-Bambus wuchs in wenigen Monaten haushoch; ein Aal roch noch Spuren eines Parfümtropfens, verteilt im Genfer See; Sperbergeier flogen an einem Tag zweihundert Kilometer über der Wüste hin und her; ein Stechmückenmännchen schwirrte mit seinen Flügeln in der Sekunde fünfhundertmal, und geheimnisvoll blieb, wie das Insekt die Verwindungen ohne Gelenke ertrug; Tundra-Röschen ließen sich verbrennen, sprossen im nächsten Jahr aber wieder; und Sonnenschein floß in Maiswurzeln hinab, als bestünden sie aus Glasfasern. Wo aber waren wir?
Das Verzehren verdorbenen Getreides hatte während der Altzeit als Stärkung gegolten; später waren Mumien zerrieben worden, ihr Pulver wurde teuer für Langlebigkeit verkauft; noch in diesem Jahrhundert tauchten Gläubige ihre Finger in Hallstatt-Schädel des Salzkammerguts.
Timbur, auf isländisch Holzvogel, hätte gesagt: taktu tryggingu ekki ahaettu; hast du Versicherung, kein Risiko.
Es handelte sich in feuchtem Korn und auf verwestem Gebein um Sporenpilze, heute hergestellt als Tetracyclin, wobei der künstliche vierte Strang erst das dauerhafte Ringsystem eines Antibiotikums zustandebrachte, in hohen Dosen auch verwendet zur Eindämmung schwärender Psychosen.
Waren wir Figuren im Nebel oder eine chemische Allee, widerstandslos preisgegeben den Gedanken und Gefühlen der noch Lebenden? Hätte es sein können, daß die Toten trotz ihrer Namen auf Tafeln keine Rolle mehr spielten?
Weiter weg um den Thuja auf dem Friedhof lagen strahlenförmig am Ausgang der Täler verschiedene Orte wie Rohrdorf, Beuren, Christazhofen, Eisenharz, Gestraz, Maierhöfen und zurück Richtung Friedhof Seltmans, Großholzleute und Ratzenhofen.
Darüber zogen bewaldete Höhen dahin wie die Adelegg, der

Hain von Aigeltshofen, die Hirschach, das Hoch-Harprechtser-Moos, der Osterwald, der Iberg, die Kugel und das Sonneneck.

Für uns war es vorteilhaft, daß die Flut der Geister und wechselnden Bestimmungen nicht zu einer Ebene wurden. Löcher in der Landschaft mußten bewahrt bleiben.

Fragen in den Nadeln des immergrünen Dauerbaums, ob, wer sich meldete, auch vorhanden sei?

Rosa, Angelas Mutter, rief: Ach, meine Tochter!

Und Hella, Davids Mutter, schrie gemäß ihrer hysterischen Herkunft hinterher: Ach, mein Sohn!

Mära-Mära, die Jugoslawin mit den Goldzähnen, breitete die Arme aus, als wollte sie noch einmal die letzten Skifahrer nach dem Flug über einen Sommergletscher an ihrer Brust auffangen.

Ludwig Lichtenberg, ehemaliger Oberkellner, dann irrlichtiges Goldkügelchen in Verliesen, zitierte das bucklige Männlein Immanuel Kant, das zwischen Buchshecken über Meteroismus- und Kausalitätsprobleme sinniert hatte.

Gürü, der türkische Arbeiter, Charly, der Einfetter, auch Arno Axmann, der Wissenslagerist, und Xander Gommern, taubstummer Einrichter an Karosseriestanzen, traten auf, nie risse die Reihe ab, die vorher Fusil und Passmoré, Schmuck und Agosta, Asam und Strickele geheißen hatte, noch früher Meir am Bach, Bloch und Grütze.

Die Finger vieler Kinder, die, bevor die Elenden sprechen gelernt hatten, bereits gestorben waren, griffen aus ihren Marmorschatten nach jenem Ahnen, der in seinem Tagebuch beschrieb, wie er zum holländischen Flottenmatrosen gepreßt worden war.

Ähnlich hätte der Maxwellsche Dämon antworten können, eine Art Ewigkeit im Ausmaß eines nicht mehr teilbaren Körnchens, das hinter dem Ereignishorizont saß, und zu den sieben Pfeilen der Zeit hätte sich ein chemischer, der achte, gesellt. Selbst das Chaos suchte fortwährend nach Nachbarschaft, gebärdete sich nicht unentschieden.

Ursula Kappenmacher behauptete, ihr Kopf schmerze, sie brauche ihren Motorradhelm, das glitzernde Gewölbe, bevorzugt in Angelas Schlafkammer vom Mond, dann von ersten Sonnenstrahlen.

Reiher gingen aus und ein, auch Pelikane und andere Schnabeltiere der Heraldik. Zitternd hielt unser Stammbaum dem Ansturm der Erinnerungen stand.

Morgennebel trieben von den Hochmooren durch die Straßen, beringten Kirchturmspitzen, flossen nieder und hinterließen an Fenstern feuchte Spuren.

Im Käse beschleunigte ein wenig der Schimmel; unerschütterbar blieben Wurst und Fleisch im künstlichen Frost; Mehl war gefügig, Backwaren gediehen. Hinter Elisabeths Panoramascheibe hoben die Blumensträuße ihre Köpfe.

Noch herrschte, als habe ein elektromagnetischer Puls eingeschlagen, Stille. Radios und Zündfunken für Motoren schwiegen, und es wäre denkbar gewesen, daß aus den überdüngten Wiesen ein Wall wirbelnder Teilchen wüchse, der die Talausgänge schloß, oder daß aus allen Betonbrücken und den Zementteilen neuer Gebäude radikal gewordene Saccharide entwichen, die einen Gürtel um den mittelalterlichen Kern legten.

Über einer Tankstelle war ein Reklamefähnchen bestrebt, sich zu entfalten. Kühe grasten gleichmütig auf Weiden; Mücken wurden von Vögeln verschlungen; Käfer begatteten sich übereinander, fügten sich zu Ketten zusammen, als wollten sie in Prozessionen das Gebiet umwandern, bedrängt von Ameisenheeren aus der Tiefe.

Schlaftrunken war Hassel Ruth Weidenbacher aus ihrer Höhe heruntergeklettert, versuchte Angela zu wecken, legte sich schließlich neben sie.

Das Kind hatte sich mit offenen Augen aufgerichtet, war stumm wieder zurückgesunken.

Im unteren Stockwerk träumte David, als kämpfte er sich durch Gehörwindungen. Auf seiner gewaltig arbeitenden Brust saß, mit den Flügeln um Gleichgewicht schlagend, der

Kolosseumsvogel und pickte nach der Schulter des schlafenden Riesen.
David rief: »Tabletten im Schloß, Gewehre normal!«
Plötzlich war das Zimmer überfüllt. Die Ältesten hielten sich vorn auf, wir mußten uns hinten begnügen. Das Ährenfeld verblaßter Großmütter, Urahnen neigte sich neugierig von allen Seiten über den dampfenden Burschen, forschte nach Lücken.
Erbost flatterte der Vogel hoch, stäubte sich mit seinen Schwingen durch mehrere Generationen, was keine Wirkung erzeugte, schrie, wir sollten weg, weg!
Als er wieder auf seinem Platz saß, schloß er ergeben die Flügel.
Ob er sich zutraue, andere zu wecken, die ganze Stadt?
Das täten schon Storch-Eintracht, Weißkehlchen-fröhlich-Quartier, Uhu-Unglück, Habicht-Naso-Streit, Schwalbe-Schlupfwinkel, Geschlechtslust-Sperling, auch Biene-Bedeutung und Schlange-Königsberg.
Der Thuja-Chor bestrich die Nomenklatura noch mit Kieselmager, Quasar-gleißend und mit Quassel-finster.
Hustend ließ die Krähe aus ihrem Schnabel die lange Zunge hängen, deren Schutzhäutchen ausgefranst war: eine vergilbte Geschichte der Evolution.
Wieder allein, verkrallte sich Timbur in der Bettdecke, so daß David sich erschreckt mit aufgerissenen Augen aufrichtete, als habe er mitgehört und fragte: »Rodel, Schlittschuh, Israel?«
Der Vogel klopfte sanft auf Davids Wangen, hielt kurz vor einem Pickel inne, bezähmte sich.
Von oben rief die Lehrerin: »Wieviel Uhr?«
Der Verkehr hatte, noch ein wenig zögernd, quer durch die Stadt oder hinaus zu den wenigen Fabriken und Werkstätten wieder begonnen. Auch Rentnerinnen und Kranke aus den Hospitälern waren unterwegs, doch niemand schien sich über den Ausfall persönlicher und fremder Energie, der eingetreten war, zu wundern. Es war, als würde die dämmrige Pause gutgeheißen.

Ähnliche Zeitsprünge hatte es bei wöchentlichen Kasteiungen calvinistischer Christen gegeben, noch früher bei Kurieren, die mit versiegelten Briefen und Botschaften am Wanderstab über Stock und Stein geeilt waren, verehrungswürdige Läufer, deren flatternde Synapsen nach dem Stoffwechselsprung kaum mehr Warnsignale in die Zellen übermittelten.

Die Sparkassen öffneten, das Kleidergeschäft Kaflawitz und die Apotheken ebenfalls; Gregor, in der Hand einen angebissenen Kuchen namens Bienenstich, trat aus dem Schatten seines Cafés.

Im Eichenhain fing die Arbeit wieder an: Photosynthese normal; drei Kuckucksnelken erholten sich am Hang; die langen Verteilerfinger in den Becken der Kläranlage setzten sich, nach den ersten Zündfunken, erneut in Gang.

Angela sang: »Geh aus mein Herz und suche Freud in dieser lieben Sommerzeit an deines Gottes Gaben; schau an der schönen Gärten Zier und siehe wie sie mir und dir sich ausgeschmücket haben!«

Hassel Ruth Weidenbacher zog umständlich, als wär's ein Laster, ihre Strumpfhose, die sie von oben mitgebracht hatte, an und sang die 3. Strophe: »Die Lerche schwingt sich in die Luft, das Täubchen fleugt aus seiner Kluft und macht sich in die Wälder; die hochbegabte Nachtigall ergötzt und füllt mit ihrem Schall Berg, Hügel, Tal und . . .«

Von unten hatte David mit der Internationalen geantwortet, die in eine reimlose Etüde Hindemiths, den »Gang durch eine Fabrik«, überging. Davids Faust hob sich durch die offene Falltür, dann kam er selbst nach, die letzte, 15. Strophe des Paul-Gerhardt-Lieds singend: »Erwähle mich zum Paradeis und laß mich bis zur letzten Reis an Leib und Seele grünen; so will ich dir und deiner Ehr allein und sonsten keinem mehr, hier und dort ewig dienen!«

Wir erkannten die Not, die Bewohner des Kolosseums jedoch dünkten sich hellwach, stiegen, ohne zu frühstücken, hinunter und verharrten auf dem Söller hinter den Geranienkästen, als wollten sie Beifall aus der Fußgängerzone empfangen.

Die Lehrerin nahm Angela mit. David würde allein zu seiner Werkstatt gehen, vorbei auch an der Friedhofsmauer der Bufflers, ein langer Weg.
Nach dem schläfrigen Morgen starben im Krankenhaus überraschend Alte und Operierte an Zusammenbrüchen der körpereigenen Immunsysteme. Bei Leutkirch, hinter dem Tal gelegen, hatte es in einer genossenschaftlichen Kunstmühle eine Staubexplosion gegeben, die Galerien brannten noch.
Erst nach Tagen wurde entdeckt, daß die feuersicheren Pforten zu den sieben Bibliothekstürmen, wichtige Außenstelle der Unordentlichen Werkstätten, sich nicht öffnen ließen, eine Ringarchitektur trockengelegter und innen ausgebauter Futtersilos, in denen einige hunderttausend Kinderzeichnungen, gestapelt in Mappen und Regalen, gelagert waren, Schenkung des Malers Richard Ott, der während seines ausschweifenden Lebens auf allen Kontinenten die Elaborate gesammelt hatte.
Aus Angst vor Implosion oder Brand durch einströmenden Sauerstoff, da die stählernen Zugänge nur mit Schneidbrennern hätten aufgeschweißt werden können, blieben die Silos geschlossen, und niemand würde erfahren, ob der Maler recht behalten hatte, daß sich in den vielen Raben- und Sonnengesichtern der Zeichnungen, woher sie auch stammten, eine Art Schöpfungsumriß der Seelen nachweisen ließe, vergleichbar Höhlenbildern.
Die Türme standen am Birkenweg zwischen Stadtrand und den Heimen St. Mathilden und St. Florian, wo in einer ansteigenden Wiese noch Mauerreste und Dachbalken einer gesprengten Schweinefarm lagen.
Auf die Trockenheit des Morgens antwortete ein Echo aus dem Himmel. Es begann ohne Wolken zu schneien, zunächst senkrecht, dann, gejagt von Böen, horizontal. Der Wettereinbruch geschah, als habe in großer Höhe ein Forschungssegler schwadenweise Silberbromid versprüht, und David, noch unterwegs, sah zuerst Kirschblüten herbeistürmen, durch die er sich kämpfte, schließlich Flamingoheere, so weich und dicht, daß er sich zu Boden warf.

Angela und die Lehrerin waren schon in Sicherheit, hatten draußen ein uraltes Sammelvehikel bestiegen, das zum Schrekken der Auto- und Lastwagenfahrer von Pferden und Mulis gezogen wurde.

In den Zementbaracken der Schule, nach dem letzten Krieg ein Baubüro, als für Elektrifizierung von geradezu russischen Ausmaßen alle Ausgänge des Tals durch Staumauern hatten geschlossen werden sollen, herrschte Durcheinander: Epileptikerinnen schwiegen verhängnisvoll; Zwerginnen und andere mit großen Köpfen sprangen durch die Korridore; Fuß- und Gehirnbehinderte verhielten sich mit Blicken auf die weiß gewordenen Fenster, gegen die der Sturm schlug, als wären sie gezähmt; dazwischen ging, Lücken ausnützend, eine Bergziege aufrecht auf zwei Beinen, und Spielratten lagen, wie gewohnt, als lebende Pelze um die Nacken der Kleinsten.

Ein KZ-Spitz heulte jämmerlich, daneben wollte sich Elsa, die trächtige Schäferhündin, auf einen Putzlumpen legen, um vielleicht zu gebären, doch stand wieder auf, erschreckt durch fremden Geruch. Der Lappen war ein ausgeweidetes Kaninchen ohne Kopf, eingeschleppt von dem Schutthügel der Feldherrnhalde, an deren Knick unten die Baracken standen.

Beschützende Lehrkräfte schritten auch umher, kapuzenhaft erstarrt ähnlich Pinguinen, darunter die Direktorin, sehr groß, in einen schwarzen Mantel gehüllt, der Drohung ausstrahlte. Die Vorsteherin hatte Brustkrebs, wehe!

Als die Flocken an den Scheiben schmolzen und das Geschiebe in den Korridoren abnahm, entledigte sich die Direktorin ihres Schutzes, warf ihn über Elsa, die nun in Dunkelheit inmitten des Lärms vier, fünf Junge gebären würde. Die Direktorin befahl Schülern mit leiser Stimme, wer Klage habe, solle in ihr Büro kommen, wer austreten müsse, solle sich anstrengen und nicht immer wieder die Türen verwechseln.

Hassel Ruth Weidenbacher, endlich in ihrem Klassenraum angekommen, schlug gegen den Rand der schwarzen Wandtafel. Darauf waren ein Mond gemalt und arabisch geschriebene Ziffern von eins bis zehn.

Vor den Baracken setzte sich ein Mann in den Führerstand eines Schaufelbaggers. Büsche und ein Brennesseldickicht mußten eingeebnet werden, doch das schwere Gerät tat nicht mit, schien nur erhaben zu gähnen. Der Mann ging in die Gemeinschaftsküche der Werkstätten, bekam Tee, blieb mit vorgewölbtem Bauch auf einem Hocker sitzen, während Blutdruckinseln in seinen Augäpfeln wuchsen.
Angela hieb Laura auf den Kopf; Eva-mit-dem-Röhrchen-hinterm-Ohr verfolgte Tacitus; Susanne kletterte auf einen Stuhl; Stumm-Larissa erhob sich in ihrem Lebkuchenhaus, so daß mit einem Knall das Dach aus Karton wegflog. Andere Kinder gebärdeten sich auch entschieden; und zwei junge Assistentinnen, die mageren Schulterblätter auseinandergestellt, begannen frierend zu flattern.
Vor allem die ältesten Kinder hatten anderen geholfen, wobei sie, vertraut darin, die Grenzen zwischen Zuspruch und Zwang einzuhalten, verstanden, was den Erwachsenen aus falscher Rücksicht oft mißlang.
Es wurde zugepackt und geschoben, aber auch Speichel abgewischt und liebkost. Ein Mädchen ließ drei Buben unter ihren Rock; der beste Fußballspieler zog ein Kind, das zitternd nackt am Fenster stand, Wäsche und Arme entwirrend, wieder an; Schuhe fanden sich in einem Kartoffeleimer.
Bald würden Lastwagen kommen, um Gemüse aus den wilden Gärten abzuholen, Autokühler aus der Spenglerei, Matten und Lampenschirme aus der Flechtwerkstatt. In der Küche wurden unter Aufsicht, doch manchmal schlüpfte trotzdem ein Batzen Schweineschmalz dazwischen, Diätspeisen auch für das städtische Krankenhaus zubereitet. Neueste Entwicklungen der Werkstätten waren handgenähte Lederstrümpfe und geschnitzte Zylinder für einen Mailänder Auktionar, Spinnenbrillen ohne Gläser, genarbte Unschlittseifen, mittelalterlich stinkend, und entrollbare Zebrastreifen aus Wolle.
Addition, Multiplikation und Bruchrechnungen dröhnten aus Klassenzimmern, mitunter glichen Zähler und Nenner verzweifelter Xylophonmusik.

Buchstaben wandelten für die, denen das Lesen, mehr noch das Schreiben Mühe bereitete, in Gestalt Verkleideter durch die Turnhalle, das grüne A mit offenem Mund, das graue M als Paar oder das gefleckte S wand sich zischend auf dem Boden.
Die Strafzettel verteilenden Geisterreiter hätten gesagt, kein Fortschritt ohne Leiden, was die Kinder kannten. Sie mußten lang sitzen bleiben.
Angela, die Zahlen und Buchstaben nur behielt, wenn sie das Einmaleins und das Alphabet wieder von Anfang aufsagte, um dann dort anzukommen, wo sie hätte beginnen sollen, wurde erst entlassen, nachdem sie Schicht um Schicht bis an den Rand ihrer Welt gelangt war. Aus Ehrgeiz, wie die anderen zu werden, vermied sie es, zur Lehrerin im Unterricht manchmal Mama zu sagen.
Wir Heimsuchenden, über das siebenflüglige Primgehäuse der Zementbaracken gebeugt, erinnerten uns an Zucht, Ordnung, beschrieben in den Biographien Wahnwitziger eines Christian Heinrich Spieß, Bezdiekau bei Klattau, Böhmen, 1795.
Susanne Stojadinovic beharrte darauf, daß ihre Freundin weiterbuchstabierte und allereinfachst malnahm, dann zeigte die Zwergin zu einem beschlagenen Fenster, in dem die geöffneten Lippen der beiden Mädchen sich wie Pforten widerspiegelten.
Susanne rief durch die Halle der Buchstaben, sie gingen jetzt! Einverstanden?
Die Lehrerin antwortete, indem sie einen Tennisball zur Stirnwand schleuderte und ihn, als er durch zunehmende Geschwindigkeit härter geworden, geschoßartig zurückkam, mit der Hand wie bei einem Pellotspiel auffing und wieder wegschlug, ungeachtet der Bruchrechnungs- und Alphabetkinder, die ihre Köpfe nicht einzogen: dageblieben!
Beim dritten Mal verfehlte Hassel Ruth den Ball, der sich zunächst prallend, danach hüpfend in der Menge, die Jagd auf ihn machte, verlor.
Unterwegs in den Korridoren der Baracken, wo an Haken Kleider hingen und an Anschlagstafeln ungelenk beschriebene Zettel für Schuh-, gleichwohl Schallplattentausch klebten, für

ein eigenes Zimmer, lange Regen oder kurze Winter, wurden Susanne und Angela von zwei Burschen aufgehalten, die Zoll verlangten, Geld oder Goldzähne.
Hätten sie nicht, sagten die Mädchen, Platz!
Die beiden Jungen, Tobias und Sobitka, ein Freundespaar, bekannt als anspornende Begleitsänger des Ziehharmonikaorchesters, ließen nicht nach, trieben Angela und Susanne vor sich her und drohten, sie zögen sie aus, Zunge raus, hinlegen!
Angela begann zu weinen, klammerte sich an ihre Freundin, die dem großen Tobias befahl, seinen Kopf zu senken und stillzuhalten.
Wir sahen, als schauten wir durch eines der dick verglasten Spähaugen, wie Milli und Scheindel Zipfele, kleine Berlinerinnen, Baldur der Koch oder Rachel-Hasenscharte, Fromm-Arthur-schwul und Petronella Haggenmiller, die Viehdiebin, gestorben waren, geduscht von Granulat. Ein Vater, der Kiesgrubenbesitzer gewesen war, hatte sein Kind, bevor das Gift die Lungen fraß, mit aller Kraft, als jubelte er, entzweigerissen. Mira und Makaron-Nudel, zwei Polinnen, versuchten unter sich Säuglinge zu ersticken, dabei hielten die jungen Frauen ihre Gesichter empor, um die Kinder vom Todesregen noch ein wenig abzuschirmen.
Tobias mit seinem dunklen Wust aus Locken bekam von Susanne, die sich auf die Zehenspitzen stellte, einen gewaltigen Schlag gegen die Backe, wie ihn nur Zwerginnen verabreichen konnten. Tobias schüttelte sich, als behagte es ihm, sich seines Standorts gewiß zu werden.
»Fertig«, fragte er.
Susanne wollte, daß ihre Freundin eine zweite Ohrfeige gäbe, aber Angela traute sich nicht.
Sobitka, von den Erwachsenen auch K 2 oder Nepal genannt, befahl seinem Freund Tobias, vor den Mädchen auszuspucken, bestaunt von anderen Wesen, blaß und klein, als wären die Kinder Zions Welle um Welle aus den Öfen zurückgekehrt, Zahnsplitter, Bibelreste und Fleischbrocken ausspuckend.
Angela und Susanne gingen in der Menge, die sich auf den

Korridoren zerstreute, zu ihrem Raum, wo sie, wie jeden Tag, Geld verdienten, das ihnen gehörte.
Susanne schnitt Saiten zurecht, die sie auf winzige Violinen heftete, eine Liliputarbeit selbst für sie, da jeder Schweißtropfen, der fiel, eine klebrige Überschwemmung verursachte, eine für das Instrument betunkte Freude, die durch vorsichtiges Blasen getrocknet werden mußte. Es kam auch vor, daß ungeschickte Finger gleich niederstürzenden Felsen das begonnene Werk zertrümmerten.
Manchmal schrie Susanne vor Wut, sagte, sie müsse jetzt wie ihre Mama rauchen. Dann holte das Kind einen abgenagten Bleistift hervor, Mikadohölzchen oder, wenn die Not am höchsten war, von der Lehrerin eine Zigarette aus Schokolade.
Angela flocht Krönchen, doch noch nie hatte eines der unförmigen Gebilde auf die bemalten Wachsköpfe gepaßt, die aufgereiht in einer Schachtel lagen. Angela bog Golddrähte zurecht, benützte manchmal eine Flachzange dafür, und wenn zwei, drei Gespinste oder Reußen fertig waren, stand das Kind auf, verbeugte sich und verlangte nach Applaus, den es meistens bekam.
Entlang der Tränenpfade in getrampeltem Morast zu früheren Krematorien wuchs jedes Frühjahr ein Heer von Krokussen, die, in den Mund gestopft, heliotropischen Schein entwickelt hätten, gnädige Sehstörungen.
Angela drapierte auch, angeleitet von der Zwergin, in Firmenkartons angelieferte und schon zurechtgeschnittene Brokatgewänder um Kegel aus Geflecht, woraus Rauschgoldengel entstehen sollten, Wesen des gehobenen Bedarfs für Weihnachten und amerikanische Hochzeitsgedecke. Oft war Angela mit Schwüngen im schweren Saum nicht zufrieden, steckte um, benützte flüssigen Kleber aus der Tube und beugte sich seltsam entschlossen über zurückgebliebene Tropfen, die sich nicht mehr entfernen ließen.
Froschgrün oder in phönizischem Purpur entfalteten sich Rüschen, wuchsen zu den Schultern empor, fielen wieder, ein

entsetzlicher Fleiß der Niedlichkeit, doch wenn die verworrene Pracht aus Lochstickereien und gewirkten Bändern festsaß, erhob sich der Engel auf dem Arbeitstisch, und es mußte nur noch ein zipfelnder Unterrock mit ein paar Stichen zu einem geheimen Gummistrang hochgeheftet werden.
Die Engel waren stets weiblich, hießen Katharina von Siena, geboren 1347, gestorben als Pflegerin von Pestkranken; oder Katharina Tekawitha, geboren 1656 in Ossernenon, heute Auriesville, Staat New York; oder Kinga von Polen, Schwester Belas IV und Schwester der seligen Jolenta, alle in enthaltsamer Ehe.
Die Kinder nannten die Engel auch, kaum auszusprechen, Liutbirg, freiwillig eingemauert als Reklusin bei der Roßtrappe südwestlich Magdeburg.
Freitag nachmittag wurde die Ware abgeholt und bar bezahlt, eine Höflichkeit des Studios Taka Kose Tellego, ansässig in Fachwerkhäusern hinter einem schnell gewachsenen Pappelwald am Fuß der Adelegg.
David hatte sich indes aus dem dichten Schnee befreit, der wieder schmolz, und war zwischen den Gehöften Ziegelstadel und Schließlang in seinem Betrieb angekommen, ziemlich durchweicht.
Niemand war da. Der Ausfall der Zündfunken hatte allen Linienfahrzeugen Verspätung eingebracht. Im neukatholisch kahlen Treppenhaus wartete oben nur Besra Lu Winterstein, der Chef.
Rufend stürmte er herunter, umarmte David, fragte, ob ihm etwas passiert sei? Handtuch, Heizung, Hirsebrei? Es gebe Aufträge, das Telex funktioniere.
Beinahe erstickt wäre er, antwortete David, dieser Schnee! Er habe eine Flocke auf dem Handrücken betrachtet. Sie sei ein Monster gewesen, ein riesiges Fraktal aus der klassischen Geometrie, unzerstörbar. Er schüttelte sich.
»War nur ein Schwamm«, sagte Winterstein.
David hörte, buchstabierte nicht mit, obwohl einer seiner Finger auf den Lippen Wintersteins lag, die sich bewegten, als

zuckten 27 Muskeln durcheinander, doch wenn daraus 7 Stück entfernt wurden, das Mittlere und sechs angrenzende, und die restlichen 20 zuckten weiter bis zum Stillstand, ergab dieser Rechenprozeß, erfunden 1943 von Richard Rudolf Menger, ein Beispiel für Krieg: Volumen gleich Null, Oberfläche unendlich.

David wurde von seinem Chef getröstet, der wissen wollte, ob Angela die Schule erreicht habe oder in einer Wächte stecke, halb erfroren?

Fasanen flatterten, nachdem die Tür sich automatisch geöffnet hatte, herein; David klammerte sich an Winterstein.

Die Vögel waren von Besra Lus Frau, ehemals eine Hürdenläuferin, gezähmt worden, eine Zirkusarbeit. Früher hatte das kinderlose Ehepaar Hunde besessen, Chow-Chows und Schlitten-Huskies, die sich in Zaunpfähle, Postboten und Kinderschenkel verbissen.

Die konfusen Rennvögel begannen, auf David einzupicken, umkreisten ihn, so daß Winterstein nichts anderes übrigblieb, als einen der Flügel knacken zu lassen.

Er kündige, rief David in seiner Lallsprache.

»Hast genügend gelernt, du bleibst.«

Er höre nichts, erwiderte der Lehrling.

»Wie immer! Ab in den Keller«, sagte Winterstein.

David gehorchte, auch gezwungen durch sinkenden Kalziumspiegel. Das Gehirn schwamm in der schwachprozentigen Lösung. Wurde sie verändert, fielen Ströme aus, als stemmten wir uns wie Bergziegen matter und matter gegen einen Steilhang auf Suche nach Salzsteinen.

Wenn wir von Thuja hinauf über die sieben Höhenrücken, zwischen denen dieselbe Zahl Talausgänge lag, wieder zurück in den Kern zogen, sahen wir an den aufgeschlagenen Türhälften des Ahnenschranks im Friedhof für die Himmelskönigin einige Votivbilder hängen, alle unter Glas gemalt: scheuendes Pferd, stürzender Traktor, Schalttafel elektrisch mit Blitz und Wolken, Eiserne Lunge und geweißelter Blindenstock.

Von dort gab es Verbindungen zur Ringarchitektur der sieben

Silotürme am Birkenweg, wo für eine halbe Ewigkeit die versiegelte Sammlung der Kinderzeichnungen ruhen würde, ihre Monde und Sonnen.
Die Naturwissenschaften hatten eine prähistorische Kamera entdeckt, die biologische, Augen in Pflanzen und in modernen Tümpeln.
David im Keller, über dessen Pforte zwei gekreuzte Spielhahnfedern steckten, das Firmenwappen, jedes Jahr nach der Schonzeit für Birkhühner wieder erneuert, schaltete verblendetes Flutlicht ein und schloß hinter sich die Schotten. Das Reich der Treffsicherheit durfte ohne Davids Erlaubnis von niemandem betreten werden. Besra Lu Winterstein hatte sich diese Auszeichnung einfallen lassen.
Auf einer Anzeigetafel leuchteten ziffernhaft gebrochene Buchstaben auf: Arbeit, Arbeit.
David schrieb am Digitalpult zurück: N 1 Axon N 2 Ende. Es bedeutete: schlechte Zündung, Chefzeit gelöscht.
Winterstein beherzigte den Rat, würde oben, wenn nach den morgendlichen Wirrnissen endlich die verspäteten Fachkräfte eintrafen, zur Beruhigung der Sitzriesen silbern verkapselte Pilsfläschchen austeilen, vielleicht auch Rosinenbrote, die seine Frau aus der Kleinstadt geholt hatte, nachdem es ihr gelungen war, die Fasanen, deren Häuptlingsvogel sich nur noch um den gebrochenen Flügel drehte, ohne Mühe einzufangen.
David machte Freiübungen, kontrollierte den Atem. Das Licht im Keller schien zu sprühen. Zuletzt riskierte der Lehrling hundert Liegestütze, eine Arbeit der Rückenmuskeln, Schultern, Oberarme, auch des Nackens, in dem es zu pochen begann. David zitterte und keuchte, ein Zustand der Durchlässigkeit. Dann nahm er aus einem Gestell, in dem mehrere Doppelbockbüchsen hingen, das teuerste Modell, eine Winterstein-Achtkant mit türkischer Nußbaumbacke und warf, nachdem er den Zwilling gespannt hatte, das Gewehr auf eine Unterlage zur Prüfung, ob es sich entlüde.
Das Schwinggewicht im Schloß glich die Erschütterung aus, es löste sich kein Schuß.

Die beiden Läufe waren brüniert und bronziert, innen wie bei Hochgeschwindigkeitsgeschützen glatt gezogen. Die Zieselierung außen mutete teils cimbrisch, teils spättirolerisch an, und eine gelackte, schottische Fischhaut mit eingeprägtem Muster umspannte den Kolben.
Taub-Flamingo nahm die Waffe links, rechts war David kurzsichtig. Ohrenschützer benötigte er nicht.
David schoß freihändig hintereinander, nicht atmend, die Kammer leer hinaus in die Bahn, an deren Ende um die schwarze Mitte der Zielscheibe gefranste Löcher entstanden, aus denen paralleles Licht zurückstob und über Davids linken Augapfel glitt, während ein Rest, von der Netzhaut empfangen und weitergeleitet, im Rechensieb der Gehirnhälfte verschiedene Bilder entwarf, die der Lehrling nur mit unserer Hilfe kennen konnte. Es waren:
Ein Hippogryph, halb Adler, halb Pferd, das als Roßgreif in Bojardos Stanzenepos »L'Orlando innamorato« seine ersten Flugversuche genossen hatte. Darum herum lag ein Kranz Gebisse heulender Hunde, die aus der Tiefe einer galizischen Ebene stammten, dazu zeigten sich Hütten und schüchtern Rauch.
Rechts oben tauchten Viehwaggons auf, die Luken, hinter denen sich Gesichter drängten, mit Stacheldraht vernagelt, worauf erklärlich, das parallele Licht, das im Schießstand an die Mauer schlug, sich zu Asthma, Allergie, auch mathematischer Intelligenz verdünnte, gleichzeitig zu Lernbehinderung.
Ein anderes Bild schob sich dazwischen, die Mammut-Eisenbahn des Führers mit sechs Meter breiten und zwei Stock hohen Salonwagen, unterwegs von der Reichshauptstadt Berlin bis zum Ural.
David setzte, ausatmend, das Gewehr ab: Schnitt durch die Hemisphären, der schwelende Balken Corpus Callosum wurde transparent, was in dem zu der Zielscheibe zurückflutenden, einfasrigen Licht wehleidige Phantasmagorien erzeugte.
Das Röslein windisch Pulsatille Anemone, ein Hahnenfußgewächs, schnappte nach Halt. Den Mantelkragen hochgeschla-

gen, die Militärmütze auf, tätschelte vor seinem letzten Geburtstag Hitler mit der nicht gelähmten rechten Hand die Wange eines Kindersoldaten.

Das Ideal, auch Monopol genannt, schlug wieder die Tür zu. Allein Angela stichelte weiter am Gewand eines Rauschgoldengels.

Ein armenischer Astrophysiker, Viktor Ambarzumjan, hatte behauptet, daß aus Mangel an zählbaren, massenlosen Teilchen in einem versenkten Gebirgstank es noch etwas anderes geben müßte, unendlich schwergewichtige Klumpen, divine Pollen oder geschwärzte Götterriffe, die das fortwährende Auseinanderstreben betrieben.

David kippte die Zwillingsläufe auf, roch an den Kartuschen, ein Stilleben wie mit einem Notenzettel daran, auf dem stände: »Er wat buten maat bestaat, in onmaats quaat verghaat«, wer außer Maß besteht, in Ohnmacht dann vergeht, Sinnspruch auf dem Oktagon eines flämischen Malers, der im Gefängnis, wo sein Kiefer gebrochen worden war, verhungerte, bevor der Künstler gehenkt und gevierteilt wurde wegen Gottesschmähung.

David nahm eine andere Büchse, einen Bergstutzen mit deutscher Backe und Eichenlaub-Arabesken, schraubte ihn im Schießbock fest, setzte ein Zielfernrohr auf und justierte. Im offenen Fadenkreuz erschien das Ziel gestochen scharf.

Er gab Dauerfeuer, lud nach, schoß wieder, war zufrieden: keinerlei Abweichung. Obwohl seine akustische Landkarte leer war, selbst der durchdringende Perlhuhntriller in Jamben kurz-lang, kurz-lang hatte seine Kükenregion im Gehirn nicht geprägt, erreichten ihn trotzdem Schallwellen, krochen raum- und zeitversetzt durchs Außenrohr, dann über die Gebirge St. Hammer, St. Amboß und Piz Steigbügel, wo sie sich ballten, um ins Labyrinth zu fließen und beschleunigt nach der Enge dieser Gärten in der Schnecke vom Turm der Haarzellen empfangen zu werden. Dort staute sich der Schwall, weshalb der Lehrling sein Gleichgewicht verlor, schwankend unter dreitausend Hertz samt Obertönen.

David bückte sich, blickte durchs Zielfernrohr. Aus seinem Mund kroch ein Speichelfaden, der sich heraldisch entrollte, an seinen Säumen magnetisch geladen wie die Flügelspitzen einer Eiderente im Wechselspiel mit Strömen aus der Tiefe.
Vom Lauf des Bergstutzens startete eine Schwebefliege namens Syrphus, deren Brutgebiet sich auf dem Festlandsockel der Großen Syrte befand. Die Facettenaugen des schnellen Fliegers hatten das vorderste Cirrusgebilde der Spucke geortet, ein für diesen Jäger sexuelles Ziel.
Für uns bedeutete das Wechselspiel, daß es lohnte, dem irdischen Leben zu schmeicheln, ein Bild der Demut und Begeisterung, als drehten sich in Sonnenbalken Mückenschwärme.
Syrphus, befreit, verließ sich auf die tausend Schärfeteile seiner Augen, die dem Gehirn stapelweise Hochrechnungen sandten, wohin das Speichelflöckchen flattern könnte, das sich schon wieder senkte und sich ringelte wie in einem Binnenvakuum, beschleunigt von der Erdanziehungskraft.
Die Fliege verfolgte ihre Beute nicht, sondern verstand es, abzukürzen, indem sie Manöver abbrach, neu begann, jeweils mit wechselnder Geschwindigkeit den Ort am Himmel ansteuernd, den der Cirrus noch gar nicht erreicht hatte. Sie flog in komplizierten Kurven wie durch Alleen, Buchsbaumhecken und über Flutlichthöfe. Durchgepaust hätten die akrobatischen Schlingbewegungen ausgesehen wie Linien von Schnittmusterbögen.
Als David, wieder im Gleichgewicht, einatmete, sog er auch das Gespinst des Speichels im Gewitter der verteilten Ladungen mit zurück, worauf Syrphus seinen Kurs abbrach und in konventionellem Direktflug auf dem Lauf des Bergstutzens landete. David räusperte sich. An seinem Kinn hing der größere Teil der Spucke, während die Fliege sich in einer abgetrennten Nässewolke wälzte, darin beinah ertrank.
Und Angela? Sie hatte sich verheddert und gestochen, wollte ihre Heimarbeit zerschmettern, deren Brokat sich verschob, so daß Angelas Blick unter das Kleid fiel. Der Engel blute, rief sie, sei erwachsen geworden!

Unter den gekreuzten Spielhahnfedern öffnete sich die Tür. Besra Lu Winterstein betrat den Schießstand, rief, Pause, Besinnung, die ganze Landschaft zittere noch, oben gebe es Rosinenbrote und einen Schluck Bier.
David wandte sich um. Entweder hatte er Besras Schweiß gerochen oder sorgenvolle Wärme hatte ihn berührt.

4

Wir leuchteten, hieß eine der Behauptungen. Zu sehen seien schnell rotierende Punkte wie nach einem Faustschlag auf die Augen.

Skeptische schränkten ein, es habe nichts mit Funkenflug entzündeter Gase über Mooren oder aus Gräbern zu tun, vielmehr stelle sich das verdichtete Neuronenfeuer der Gehirne selbst dar, vergleichbar einem galaktischen Haufen sich drehender Methanol- oder Formaldehydnebel, die von Molekül zu Molekül überschüssige Energie abgäben, aufgeheizt gleich Radiosonnen.

Uns lieber waren die kleinen, roten Wunden, die entstehen, wenn Darwin-Finken auf einer der Galapagos-Inseln brütenden Seevögeln mit Schnabelhieben die Federkiele knickten, um Blut abzuzapfen, Zusatznahrung.

Noch besser paßten ins Bild paarweise auf- und niedersegelnde weiße Wale in der Mündung des St. Lorenz-Stroms. Sie würden sich nicht vermehren, waren unfruchtbar geworden durch Chemieabfälle, die in das Wasser eingeleitet wurden.

Wir, je nach Willkür einzeln oder im Überfluß, blickten durch die Jalousie zwischen Vergangenheit und Gegenwart mit der leidenschaftlichen Eisenfarbe scheu.

Der Geliebte der Mopedfahrerin war ins gemeinsame Haus, ein notdürftig vernagelter Bauernbau ohne Rinder, Geißen, Enten am Rande von Eisenharz zurückgekehrt und hatte vom Postboten des Dorfs, der aus dem kleinstädtischen Krankenhaus angerufen worden war, den Tod der Ursula Kappenmacher erfahren. Ihr Leichnam liege im Keller des Schwesternheims.

»Schon gut, schon gut«, tröstete der Bote, streichelte über den Rücken des Weinenden, versuchte es jedenfalls.

Im Gedächtnis des Architekten bäumte sich eine Brücke aus Zigarettenpapier auf, deren messerscharfe Wölbung im Moor zwischen Göttlishofen und Christazhofen verschwand, wo er und sie Beeren gesammelt und manchmal mit Hasenkot verwechselt hatten. Vor allem auf einem Jägerhochstand ließen sie sich nieder, er hinten, sie vorn, sich verausgabend mit angehaltenem Atem, ob unten nicht jemand auf dem Krautpfad vorüberschliche und sie beobachtete.

Als der Postbote gegangen war, hörte der Geliebte der Toten zu weinen auf. Dort beim elektrischen Heizofen, den sie, weil der Kamin des Kachelofens nicht mehr zog, angeschafft hatten, standen die hochhackigen Goldsandaletten der Ursula Kappenmacher, von ihr angezogen, wenn sie müde, griesgrämig gewesen war, besonders nach Tagen der Arbeitssuche.

In der Küche, eine in vielen alten Bauernhäusern niedrige Vierung mit Eingang, dann links Kuhstall, rechts Wohnstube, dahinter Vorratsscheune, stand noch die Pfanne auf dem Herd. Der Zurückgebliebene kratzte Eierreste und verschmorte Gurkenstücke vom Rand, darauf achtend, daß sein Zeigefinger nicht von Fett verunreinigt wurde.

In den Stall, der leer war, hätte Vieh eingetrieben werden können, zehn Stück, heutzutage zum Überleben von zwei Personen die Mindestzahl.

Die Scheune war voll verrotteter Maschinen ohne Motor, auch ein Heuwender mit Deichsel und ein Kibitken, ein russischer Zweispänner ohne Dach und Federung hatten Platz gefunden. Zu sehen waren im Dämmer unter dem Heuboden noch eine handbetriebene Häckselmaschine für Pferdefutter, ein Fuhrwerk mit Speichenwänden, ein Hühnerkäfig aus verbeultem Gitter und ein Schweinekoben mit klaffenden Bohlen.

Der Geliebte ging in die Küche zurück und durch die Wohnstube in die Schlafkammer, eine Art Raum im Raum, als hätte ihn Raffael entworfen, dessen Ehrgeiz war, Bilder seiner reichen Auftraggeber hold zu malen, doch manchmal betrog er, indem er beispielsweise unterhalb einer Renaissancefamilie den Kopf eines Jungrinds auftauchen ließ, das die Wiederkäuerzähne bleckte und ein Halsfell voll teuflischer Flecken besaß.

Der stellungslose Architekt schlug die ungelüfteten Betten zum

Fußende um, als sollten er und sie, das Paar, das sie gewesen waren, einkehren. Er zögerte, was ihm noch einfiele?
Schließlich zog er die Schuhe aus und horchte, als käme sie wieder, schmisse die Tür zu, donnerte die Pfanne auf die Herdringe, schöbe das eiserne Gerät hin und her und beklagte sich laut, es stänke, sei nicht aufgeräumt, während er hinter ihrem Rücken leise die Küche beträte und einen Salzstein ihr über die Schulter reichte, den sie krachend in eine Ecke beförderte, rufend »mein Schatz, mein Schatz!« Manchmal hatten sie den Stein, der bitter schmeckte und von Schafszungen ausgehöhlt worden war, gemeinsam abgeleckt.
Er tauchte seine Hände in die Mehltruhe und verließ das Haus, ging barfuß querfeldein zu einer Senke, den Kopf erhoben, damit neue Tränen schneller trockneten. Seine Haltung war in Schrittmaß und Armbewegungen gemessen, der aufrechte Gang rührte jedoch eher von den Stoppeln der gemähten Wiese her. Auf einem Maulwurfshaufen, der kühlte, besann er sich.
Das Mehl an Händen und Armen hatte sich verflüchtigt. An zwei, drei Fingern waren jedoch Streifen wie weiße, kleine Ringe zurückgeblieben, die, als er sie, in der Luft vorsichtig Klavier spielend, betrachtete, sich zu bewegen begannen, über die Gelenke zu den Fingerspitzen und unentwegt weiter glitten, Paar um Paar, mal eng zusammen, dann flach gedrückt, beinahe zerfließend, um sich in der Aufwärtsbewegung einer Brise wieder aneinanderzuschmiegen, bevor zwischen Wolken herunterschießende Sonnenstrahlen sie zerstörten oder achtlos umhertobende Mücken und Fliegen immer mehr Risse in ihre Konsistenz brachen. Die Insekten benützten die flüchtigen Mehlspiralen als Badegelegenheiten. Zwei Ringe hatten sich entfernt, und der Geliebte bildete sich ein, sie Seite an Seite um die Kirchturmspitze von Göttlishofen schweben zu sehen, so daß er vor Rührung vom weichen Erdreich des Maulwurfhügels heruntertrat, worauf diesmal Schmerz aus seinen Fußsohlen in ihm hochstieg, als läuteten im Dorf die Glocken. Er fing zu traben an.

Am nächsten Zaun, ein elektrischer Draht, der summte, hatte er das Verlangen, seine wehen Füße zur Kühlung den, dünkte ihm, schneeigen Korpuskelströmen in dem blanken Strang entgegenzustemmen. Er faßte sich, kroch unten hindurch.
Die Senke wurde abschüssiger, führte zu einem Wald, der wie eine dunkle Wetterfront aus geschlossen stehenden Tannen aufragte. Dort fände er Schutz, vor allem besseren Boden, denn die Stoppeln der Wiese stachen unnachgiebig in die bloßen Sohlen, bis er am Ende beinahe zu fliegen verstand über das stachlige Gras, in dem vereinzelt wieder Butterblumen und Hahnentritt sprossen, als wären die Goldsandaletten seiner toten Geliebten in tausend kleinen Teilen verstreut angewachsen.
Als der stellungslose Architekt den Wald erreicht hatte, mußte er sich unter tief hängende Zweige bücken. Kratzend fuhren Nadeln über sein Hemd, dann konnte er sich aufrichten und zwischen den Stämmen angenehm gehen, während feuchte Kühle um ihn strich, als werde er willkommen geheißen.
Die Trauer zog sich zurück. Ein vermischt düsteres Licht, in dem wirbelnde Strahlen kreuzten, nahm seine Aufmerksamkeit in Anspruch. Manchmal hörte er Mücken, auch Vögel riefen über ihm im Nadeldach, so daß er sich wie in einem Raum erinnerter Vergeßlichkeit befand und Hunger bekam.
Er fand nichts, keine Beeren, keine Pilze, der Boden war in dem vor zwei Generationen eng angepflanzten Holzschlag leer geblieben. Nur an einem Moortümpel, der wie vom Himmel gefallen dalag und über dem Fichtenwipfel, auch Kronen einiger Laubbäume, sich nie geschlossen hatten, wuchsen auf einer trockenen Stelle taube Nesseln, deren weiße Blütenpropfen nach Honig schmeckten. Vor allem gab es kurze Schachtelhalme, die sich aus ihren im Sumpf versenkten Schäften ziehen ließen. Er kaute die gelben, ein wenig wie gebutterten Enden. Impulsiv schluckte er noch zarten Glimmerspat mit, als hätte er Brausepulver auf der Hand gehabt. Nun konnte der Magen, rumpelnd wie beim Vogel Strauß, den Zellulosebrei um- und umwenden.

Der Geliebte hatte später das Verlangen nach einem Hut, zum Beispiel nach einer Glockenblume, doch dazu hätte er eine Vergrößerungswurzel benötigt, Bärenklau, der nirgends zu entdecken war. Enttäuscht zog er sich aus, vergaß seine Kleider, wanderte nackt weiter. Blonde Härchen, aufgerichtet an Bauch und Lenden, trugen schließlich kleine Tropfen, herbeigesegelt aus der Kühle. Der Geliebte fing zu schimmern an, als trüge er ein Vlies.

Da der Abend im Wald früher als draußen begann, schienen die Stämme zu frieren, wurden rötlicher, erhielten einen murrenden Klang. Der Geliebte schritt wie durch Flöze.

Angst spürte er nicht, vielmehr die Aufforderung, sich zu bewähren, solang das Licht noch reichte, denn die Toten, die Toten beschützten im Tal der Welt die Verwirrung.

Nach dem Ried schritt er über den Grashügel des Haldenhofs, bückte sich unter Elektrozäunen, und einige Besucher, die auf der Terrasse der Wirtschaft saßen, sollen dem Entblößten nachgeblickt haben, sich die Augen reibend.

Der Geliebte tauchte bei Bauers wieder abwärts in den Wald und verfing sich in lappigen Gewächsen, wildem Rhabarber, während Feuchtigkeit, auch ein Rauschen zunahmen, und folgerichtig erreichte er die Untere Argen, wo der Fluß eine Lößwand freigelegt hatte.

Auch wir atmeten aus, hätten wir Lungen und Zwerchfell gehabt. Insgesamt war die Operation bisher gelungen, die Trennung des Schmerzes von der Gegenwart.

Der Geliebte watete durch den Fluß, ein trügerisches Unternehmen, denn zwischen spitzen Steinen, von Gewässern umschäumt, gab es Untiefen aus glattgeschliffenem Kanisfluh, einem nach der letzten Eiszeit gebackenem Gneis mit verhärtetem Lehmschiefer, doch der Wanderer rutschte nicht aus, mußte nur einmal durch einen ausgewaschenen Gumpen schwimmen und fing, tropfnaß am anderen Steilufer angekommen, sofort zu klettern an, als wollte er nach Kapf hinauf, zu einem Weiler, der in der Höhe hinter einer Tannenschonung lag.

Etwa in der Mitte der Lößwand schob sich der Geliebte in einen Gang hinein, früher eine Pforte für Köhler, als der Fluß noch höher gestanden hatte. Der stellungslose Architekt schien sich drinnen umzutun, kam wieder heraus und saß, die Beine baumeln lassend, am Abgrund. Er hatte sich angezogen, trug einen Mantel aus gelbem Erdreich und glich einem Tibeter.
Wir waren beruhigt. Selbst Ursula Kappenmacher, die Rumänin, schaute, als würde sie über ihre Schulter blicken, etwas, das sie ohne Fugen genoß.
Aus der an vielen Stellen angebohrten Steilwand schossen Turmschwalben, die dem letzten Futter nachjagten, Millionen Eintagsmücken, welche, ohne gegessen zu haben, bereits wieder starben. Auf dem Fluß trieben ihre kleinen Körper davon und verfingen sich in angeschwemmten Rinden und stillen Buchten. Nur wenige der nächsten Generation Insekten würden sich nach der Schneeschmelze aus Dotterbläschen, in denen Nahrung, einst ihre Eltern, zurückgeblieben war, ans Frühlingslicht retten können.
Dazu hätte Cembalo-Musik von Domenico Scarlatti gepaßt, der 355 ganzzahlige Sonaten schrieb und zuletzt, verarmt in Madrid, sich eine Hütte aus Laub und alten Brettern im einzigen Raum seines ebenerdigen Hauses baute, damit seine Familie ihn beim Komponieren weniger störte.
Der Geliebte blieb sitzen, die ganze Nacht, mochte Gespenster, nasse Gewänder oder sich selbst entzündende Funkenreigen gesehen haben. Scheinbar unerschütterbar zog er erst gegen Morgen eine vom brüchigen Kamm des Steilufers herabwehende Bartflechte um sich, in der Nebelspuren und Wasserdampf vom Fluß hingen.
In diesem Stadium konnten Speisen vergessen werden, nur Durst brauchte Füllung, vorhanden im Überfluß, damit die inneren Organe sowie das Blut sich nicht verdickten. Geringatmer wie Molche, Lungenfische, auch in Kältezellen gepackte Heilige oder Selige hatten es dabei auf über hundert Tage gebracht.
Der Geliebte zögerte nicht, manchmal hinabzusteigen. Gegen-

über, auf einer kleinen Landzunge, begehrter Badeplatz, den vor allem Kinder benützten, die die Höll' besuchten, wie die Schlucht genannt wurde, fand er nicht ganz ausgetrunkene Colabüchsen, weggeworfene Brotschnitten und einmal einen noch ungeöffneten Plastikbecher Sahnejoghurt von einem Kilo-Jubilate-Joules.
Er versuchte auch, Fische zu fangen, denn verrückt war er nicht, hatte sich nur abgesondert, um seine Trauer zu bewahren, weshalb, wenn er Stimmen hörte, er sich sofort zurückzog hinter den Bart vor der Höhle.
Bauernsöhnen, die nach einem abendlichen Biwak halbgeleerte Flaschen zurückließen, hätte er gern die Hand geschüttelt, er blieb jedoch bis zum Hals im kalten Wasser unentdeckt stehen und wagte sich erst heraus, als die Burschen mit durchdrehenden Autorädern davongefahren waren. Er trank die Reste, die, glaubte er zu spüren, für das Überleben alle notwendigen Spurenelemente enthielten: Hesperin, Weißdorn und Herzgespann, Adenosin, Eisen, Vitamin B und Niacid, eine sanfte Säure, die in langsam wachsenden Felsflechten vorkam. Erst nach zwölf Jahren konnten sie geerntet werden, Isländer und Finnen hatten sie früher zum Brotbacken verwendet.
Eine Kalamität blieben die Fische, obgleich er sie zu bannen trachtete, indem er im Köhlergang ihre Gestalt in Wände ritzte. Sie waren zu geschwind, zu schlüpfrig und scheu. Einmal rief er, niemand war da, er hatte darauf geachtet: »Herrgottsack noch mal!«
Ob Reuse aus dünnen Weiden- und Pappelzweigen, versenkt unter der Stufe einer Stromschnelle, ob ein zugespitzter Haselnußspeer, ob geschleuderte Steine oder wenn er in flachem Wasser sich mit einem Splint in der Faust über den Schatten einer Forelle beugte, er hatte kein Glück. Die Fische, die Fische, sie bezeugten, daß er nicht dazugehörte.
Es blieb ihm nichts anderes übrig, als nachts Streifzüge zu wagen, wobei sachter Regen sein lehmiges Gewand zusammenhielt. Bei Wärme trocknete der Tarnmantel aus, bekam Risse, sprang schollenweise ab.

Hinter Dengeltshofen fand er in den Abfalltruhen der Knochenmühle eines Sanatoriums frische Speisen, vor allem Hühnerteile und Wurst, für ihn Notnahrung, die er ungern aß. Außerdem war die Rückfront des terrassierten Gebäudes die ganze Nacht über beleuchtet, so daß jeder Schatten, der durch Wind sich bewegte, ihn wieder zur Flucht trieb.
Süßkastanien gab es in den Wäldern nicht, und in der Wiesenlandschaft vor den Alpen nicht einmal Milch, da das empfindliche Fleckvieh, eine hybride Kreuzung, nur tagsüber auf der Weide gehalten wurde. Aber hätte er irgendwo eine verlassene Kuh entdeckt, sie wäre bockend davongesprungen, weil sie nur an Melkapparate gewöhnt war.
Traurig wanderte er flußabwärts, benützte Pfade, falls sie von Buschwerk beschützt waren, sonst bewegte er sich entlang des Hangufers, ein mühsames Klettern und Balancieren über Wurzeln und bemooste Schroffen. Manchmal, wenn er eine Pause machte und Strahlen des Monds ihn trafen, schimmerte sein Erdkleid in Silber und flackernden Kupfertönen, Schuppe um Schuppe wie gemalt von Meister Altdorfer.
Die Straßenkreuzungen Unterried und Staig mied er. Autos, auch Motorräder konnten spät noch unterwegs sein. Er durchquerte ein Gehölz und stieg, wieder im Freien, zum Gehöft Prinzen hinauf, wo ein Kettenhund jaulte, dann bellte, doch den kratzigen Lauten war anzuhören, daß der Hund keine Witterung aufnahm, sondern nach Flöhen im Fell biß, außerdem an Katarrh litt.
Der Geliebte war im rauhen Gras inzwischen seiner angebakkenen Strümpfe ledig geworden. Die nackte, bleiche Haut zuckte, und die Sohlen brannten. Auf ihnen saß noch nicht genügend Hornbelag, nur Schmutz war gewachsen und hatte sich wieder gelöst.
Bei den Bauernhöfen Butscher und Greut, die hinter der Wiesenkuppe lagen, und daneben stieg der Wald jäh an, durchschnitten von einem kurvenreichen Teersträßchen, aus dem die Scheinwerferbündel der Fahrzeuge, gesteuert von letzten Gästen eines Hotels weiter oben, wie betrunken um sich griffen,

hoben wir den einsamen Strauchler ein wenig an, so daß er glaubte, strampelnd durch die Luft zu radeln.
Wir trugen ihn weiter und ließen kurz vor Sommersbach über einer Kluft los. Er stürzte gegen ein Geländer, schrie auf vor Schmerz oder Lust, aber duckte sich und kroch auf warmem Asphalt bis zum Ende der Brücke, da er Gestank aus dem Gebläse einer Hühnerfarm roch.
Der Tibeter lief von einem Mauerschatten zum anderen, stutzte nur, als das blaue Licht eines Fernsehapparats über ihn fiel, doch ging dann aufrecht zu einem Brunnen im Dorf, trank, schien vergessen zu haben, wo er sich befand, trank noch mal aus der gußeisernen Röhre, die ein Pfeifen und Schnalzen von sich gab, das Gebirgshirten einst beherrscht hatten. Inzwischen klangen nur noch Schnelldrucker elektronischer Rechner ähnlich.
Wir griffen nicht mehr ein; der Geliebte war im Glück, unverzichtbar für einen Gratwandler. Am Rand des Dorfes hatte ein Bäckereifahrer seinen Pritschenwagen abgestellt, auf dem außer einem Sack zerbrochener Altbrote, die für Zwieback oder Semmelbrösel wiederverwendet wurden, noch nicht ausgelieferte Laibe lagen.
Er nahm den Sack und glitt wie auf Eis zurück durch das Dorf zu der Brückenkehre, von der aus er abkürzen konnte, hinauf nach Kapf über der Steilwand am Fluß.
Kleines Getier schlurfte mit durchs Gehölz oder sprang plötzlich, dünne Laute ausstoßend, sich gegenseitig an. Krähen erhoben sich mit klatschendem Flügelschlag, es krachte und tobte, bis alle Vögel den Schlafbaum verlassen hatten und wieder Ruhe einkehrte im nächtlichen Wald, durch den der Geliebte sich tastete. Als er gegen einen Ast stieß, kauerte er sich nieder, wobei Stücke seines Erdkleids an Rücken und Hüften aufrissen.
Ihn fror. Weshalb hatte er keine Schuhe an? In der heißen, gleißend von der Sonne angestrahlten Telefonzelle war ihm, den Hörer, der drohend roch und den er hocherhoben in der Hand nicht loszulassen vermochte, übel geworden, aber nun

konnte er erwacht sein mitten in der Nacht oder er träumte sich, um abzukürzen, aus Angst vor dem nächsten Sturz in eine Ohnmacht hinein. Der zweite lange Aufschlag dauerte, weshalb er sich, zum wiederholten Mal angekommen in seinem statischen Reich, erholt aufrichtete.

Obwohl er in der Dunkelheit kaum sah, bewegte er sich sicher zwischen Stämmen und über Unebenheiten, vergewisserte sich, als er Kapf, den Weiler auf der Höhe, erreicht hatte, wo er sich befand und fühlte eine Vorauserinnerung, obgleich er noch nie dort gewesen war.

Am Rand der Steilwand stellte der Geliebte seinen Brotsack ab. Es schauderte ihn, er wollte schleunigst hinab zu Lehm und Löß.

Ein Seil besaß er nicht, würde auch keines finden. In ein Haus oder in einen Stall einzubrechen, kam ihm nicht in den Sinn, da unterdessen ein Zerren, gelindes Lärmen in seinen Schläfen begonnen hatte, als würden Magnetitkristalle, die im Kopf saßen, in eine Richtung sich ordnen.

Er hopste ein wenig auf der Stelle, lachte unterdrückt, erfaßte die Außerordentlichkeit seines Zustands und legte sich, um besser nachhorchen zu können, auf dem Boden in ein Bett aus Tannennadeln.

Draußen, jenseits des Steilhangs, zogen über den bis zum nächsten Horizont aus Gebirgen sich staffelnde Weiden und Wälder durchhängend Regenwolken, und nur aus einem fernen Mundstück sprudelte noch Licht, als wäre der Mond ein Wasserhahn.

Der Geliebte der Verunglückten, längst vom Postboten des Dorfs Eisenharz als vermißt gemeldet, wurde in der dritten oder vierten Nacht vom Ältesten der Polizeistation gesucht, einem Bergläufer, der Besra Lu Winterstein, seinen Freund, überredet hatte, mit ihm zu fahren. Die beiden saßen im Geländewagen des Gewehrfabrikanten.

Der Tibeter, verleitet von dem magnetischen Gebraus in seinen Schläfen, war nah an den Abgrund gekrochen, als kenne er die Gezeiten der Bruchphysik, berüchtigt auch als Rennen der

Gesteine in der Arktis während Jahrtausenden oder explosionsartig auftretend beim mechanischen Zerkleinern von Kandiswürfeln zu Puderzucker. Der Geliebte fing zu scharren an, zog ein Kabel aus dem Boden, Rest einer Überlandleitung, die nach dem Krieg gesprengt worden war und deren ledige Strombruchstücke in den fein gewickelten Strängen ihm noch Signale gaben.
Er seilte sich ab, hielt inne, hatte seinen Brotsack vergessen, kletterte, die nackten Füße wie Haftschalen gegen die Wand gestemmt, wieder hinauf. Blätter, die er von Büschen abriß, benützte er in den Händen als Bremswerg, um sich erneut, den Sack über der Schulter, dessen Vorderteil er zwischen den Zähnen hielt, hinunterzulassen zum Eingang seiner Höhle, wo er mit einer artistischen Wendung sich zu dem Köhlergang hinpendelte und darauf vertraute, daß der schwere Sack auf seinem Rücken, geringfügig zeitversetzt, sich mitbewegte und ihn stabilisieren würde.
Der Geliebte schlief einen Tag, eine ganze Nacht, aß ab und zu verkrümeltes Brot, hatte sich in ein frisches Erdkleid gewickelt, einen gelben Mantel vom Hals bis zu den Füßen, es standen nur die Zehen hervor.
Der Polizist und sein Begleiter entdeckten keine Spur. Der Waffenhersteller erzählte es später seinem Lehrling, und David riß hochspringend eine der über der Pforte zum Schießkeller gekreuzten Spielhahnfedern ab, brachte die Beute seiner Schwester ins Kolosseum, den Bericht seines Lehrherrn ausschmückend, als habe jener einen Überlebenden der Arche Noah gejagt.
In Sommersbach, Christazhofen, Göttlishofen, auch auf der anderen Seite der Argen in Neutrauchburg, Rengers, Rohrdorf und noch in Rimpach, wo in Form einer Containerschachtel ein neuer Schlachthof gebaut worden war, nahmen Rentner, Arbeitslose, Kinder und alte Frauen die Suche auf. Die beherrschende Zeitung der Provinz brachte Leserbriefe darüber, auch Lock- und Heiratsanzeigen für den Geflüchteten.
Der Geliebte schlief, besaß, wenn er sich aufrichtete, einen so

niedrigen Ruhepuls, als sei er Berufsathlet geworden: Käfer süß, Engerlinge bitter, Wurzeln zäh, Luft genügend, Wärmemantel backofenhaft, ein wenig gesalzen von Schweiß.

Wenn der Tibeter am Eingang der Höhle saß, die Sonne zwiespännig mit Hilfe seiner Lider niederzwingend, daß es bald wieder Nacht würde, sang er manchmal. Es war ein tiefes Murren, ein langsamer Kanon, als wälzte der Flüchtling Steine über das Hochland der Toten, deren Glieder gebrochen und deren Gedärme herausgezerrt waren, bereit zum Aufräumen durch Geier und Krähen.

Einmal wagte er sich in die Stadt. Es war ein langer Weg entlang dem Roten Moos, wo er seine Lehmstrümpfe verlor. Nebelwalzen boten Schutz, doch am Beginn der Hochhaussiedlung Dreifingerbach fing sein Herz zu hämmern an, denn überall brannten Lampen, und aus einer der Straßen entfernte sich vorsichtig ein Auto. Am einzigen Lebensmittelgeschäft dort wollte er das Schaufenster einschlagen, was ihm, obwohl er einen Stock mitgenommen hatte, nicht gelang. Das Glas wimmerte, schrie, blieb federnd im Rahmen stecken.

Entsetzt wandte er sich heimwärts, huschend durch die Blumenanlagen von Neutrauchburg, einem in konzentrischen Kreisen angelegten Klinikort für psychosomatische Medizin, wo er gegen einen spät umherirrenden Patienten prallte.

Der Geliebte war noch schlüpfrig und fast unsichtbar in seinem Kleid, doch der wehe Kranke, zu Boden gestürzt, umklammerte die bloßen Beine des jäh aufgetauchten Partners, flehte um Beistand, Bier, Likör, eine kleine Spritze.

Es war herzzerreißend: Gejammer, Wut, erneute Demutsklagen, während der nächtliche Passant an dem Geliebten hinaufzugreifen begann.

Loslassen, er habe nichts zu sagen, bat der Flüchtling.

Der Patient, inzwischen kniend, die zwei Beine noch betastend, lud zur Einkehr in sein Zimmer ein.

Die beiden gingen quer über einen aufgeworfenen Hang und betraten eines der Gebäudeovale, deren Fenster alle zur Mittagssonne ausgerichtet waren.

»Willkommen«, sagte der Patient, sich nicht wundernd, als er den Tibeter im hellen Zimmerlicht sah, vielmehr drehte er über einem Spülbecken den Hahn auf und benetzte mit vorsichtigen Güssen den gelben Lößmantel, damit er in der Trockenheit des Appartements nicht Schaden nähme.
»Was zu rauchen oder zu essen?«
Ob ein Telefon vorhanden sei, fragte der Geliebte.
»Am Bett, bitte sehr.«
Aus seiner neuen Diaspora rief der Tibeter zu Hause an, in dem vernagelten Bauernhaus, wo niemand war, doch er ließ es läuten und läuten, während er in den hocherhobenen Hörer lauschte, als stünde er in der Eisenharzer Telefonzelle. Gleichzeitig begannen seine Hüllen abzugleiten, in ganzen Stücken, entgegen den Regeln der Stückwerksphysik. Als er nackt dastand, gab ihm der Klinikpatient seinen seidenen Morgenmantel und begleitete den Geliebten, der passende Schuhe nicht haben wollte, durch Korridore und Galerien bis zum Ausgang.
Wieder begannen Tage und Nächte im Löß. Unten auf der Landzunge lagerten noch einmal Badende, auch kleine Feuer wurden entfacht; Duft von gebratenen Fleischstücken und Würsten wehte herüber.
Wenn der Tibeter sich aus seiner Höhle an den Abgrund schob, glaubte er, das Pulsieren der Sonne zu spüren. Die Heliumswirtschaft hoch droben zog sich in einer zehnstündigen Pause zusammen, um dann über den Rand hinaus zu explodieren, ein siedendes Zittern, als flöge er mit den ausgeschütteten Teilchen über alle Gebirge zum Meer.
Eines Nachmittags ließ er sich an einer Bartflechte der Höhle und an Hängewurzeln hinunter, schwamm durch den Gumpen, in dem der Seidenmantel, aus dem er geschlüpft war, unterging, und trabte Richtung Wald. Kaum im Dunkeln, hatte er eine Epiphanie, sah vor sich einen Zebrastreifen liegen, dessen Wellen zum Nähertreten verlockten.
Die Kinder der Unordentlichen Werkstätten, hinter Bäumen versteckt, bedeuteten sich gegenseitig mit dem Zeigefinger auf

den Lippen, stillzuhalten. Die Lehrerin besaß nicht so viel Kraft, fing zu husten an, erhielt von Tobias, dem Tänzer und Sänger, der sich neben ihr duckte, einen Schlag.

Erschrocken hatte der Geliebte einen Satz auf die Straßenüberquerung getan, über die er flüchten wollte, doch die lange, weiche Strickware verleitete, stehenzubleiben, Sanftmut und Noppen mit bloßen Füßen zu liebkosen. Der Tibeter brach in die Knie, streckte seine Glieder aus.

Die Kinder preschten hervor. Was für ein Geschäft, die Beute einzurollen, die sich nicht wehrte, eher die vielen, kleinen Finger genoß, auch bestrebt war, sich leicht zu machen, als die Kinder den in Wolle gewickelten wilden Mann auf ihre Schultern heben wollten, doch die Fracht war zu schwer.

Es gab trotzdem eine Prozession. Den Gefangenen in der Mitte, wanderten die Kinder durchs Hochmoor und über Streuwiesen um die Stadt herum. Den Schluß bildete die Lehrerin, die Drops, Stöcke, kleine Pilze, vor Eifer fallen gelassen, wieder auflas. Einmal rief sie wütend, wer, wie der wilde Mann, auch barfuß gehe, solle gefälligst seine Schuhe selber tragen!

Der Geliebte hatte sich verausgabt; er schwankte, brauchte Stütze. Sein Leuchten im Gesicht war ruhiger geworden, rotblonder Bart und rotes Haupthaar ermatteten. Susanne, die Zwergin, die nah vor ihm ging, als wäre er blind, klagte ebenfalls, sie sei müde.

Die letzte, dünne Lößschicht des Geliebten hatte sich panzerartig wieder verhärtet, bisher nur bekannt bei Seekühen. Wenn diese Tiere ihre tägliche Portion von einem Doppelzentner Wasserhyazinthen gefressen hatten, konnte die Haut von keinem Geschoß mehr durchdrungen werden.

Der Geliebte glaubte, auf der Rosenbrücke zu stehen, eine der Besonderheiten im Weltall, wenn vor einem Schwarzen Loch ohne Zeit und Raum ein singulärer Horizont entstünde, der nach Ewigkeit klänge.

Die Lehrerin überholte ihre Truppe, gebot an einer verkehrsreichen Straße Halt. Der wilde Mann, sagte sie, benötige jetzt

eine Medizin, damit er keinen Herzschlag kriege oder wieder davonrenne.
Drops waren zu schwach, die Pilze zu wenig giftig, Hassel Ruth Weidenbacher gab dem Geliebten deshalb zwei Tollkirschen, die er ohne weiteres aß.
Wartend begutachteten die Kinder und ihre Lehrerin die Wirkung des Heliotrops, das eine Schaukelbewegung zwischen Lähmung und Beschleunigung verursachte, so daß der Geliebte, die Straße betretend, mit ausgestreckten Armen den Verkehr aufhielt, während Kinder und Lehrerin sicher überquerten.
Später berichteten Bauern, die in der Nähe auf Feldern gearbeitet hatten, dem städtischen Polizeiposten, Autos und Lastwagen aus beiden Richtungen seien noch lang stehengeblieben, aber Geisterreiter hätte diesmal niemand gesehen.
Der Geliebte wurde, als die Kinder mit ihm vor dem Zaun des Schuldorfes der Unordentlichen Werkstätten, eine Nachkriegsgründung der ursprünglichen Erweckungssiedlung Neu-Pasua für Waisen rumänischer Donauschwaben, ankamen, wieder unruhig. Er warf sich zu Boden, robbte zum Maschendraht und verbiß sich in ihn. Schaum und Flocken traten aus dem Mund.
Angela stampfte zu dem Stöhnenden, brach Brennesseln ab, indem sie von unten nach oben am Stiel, so daß die Blätter nicht wehtaten, hochgriff, ließ die Pflanzen jedoch, sich besinnend, wieder fallen.
»Poi, poi«, lockte sie flüsternd.
Der Geliebte sagte, kaum hörbar, er sehe eine Sperre, tausend Tote.
Umständlich sich niederkniend, betupfte, streichelte schließlich Angela den noch gepanzerten Rücken des Geliebten, sagte, Pferdchen könne wieder, auf, auf!
Die Kinder zogen weiter bis zu den Zementbaracken, mußten vorher noch den Schlamm eines kleinen Tals durchwaten, das Ende der Birkenallee, wo in einer fünfhundertjährigen Buche, gestützt und auszementiert wie die tausendjährige Linde am

Ausgang der Stadt, wahrscheinlich eine Eule hauste. Niemand hatte den Vogel je gesehen.
Die anderen Kinder in den Baracken bildeten kein Spalier, hatten in ihren Klassenräumen auf den Korridoren zu tun. Toilettenpapier fehlte, deshalb wurde Huflattich sortiert, auch große Blätter eines Gartenrhabarbers, außerdem war das schwächste Junge von Elsa angenagt worden und gestorben. Die Hündin bekam Prügel, biß oder wehrte sich aber nicht, bemüht um ihre Brut am Bauch, der sie im Staub einen Wall bilden wollte.
Als die Erregung sich gelegt hatte, waren auch wir zufrieden, die Seelen kleiner Hunde interessierten uns nicht. Tausend tote Donauschwaben vom Zaun der Schule erhoben sich massenlos spiegelverkehrt ins Erdreich hinab, das sie in einem Schwall durcheilen mochten, um auf der anderen Seite des schief auf seiner Achse sitzenden Erdballs wieder aufzutauchen, doch so weit kamen sie nicht, da kaum jemand mehr eine Erinnerung an sie besaß. Nur Ursula Kappenmacher hatte noch Kraft, rüttelte am Dynamomantel des Magmakerns, wurde aber von dessen Elektrizität zurückgeschleudert. Es konnte auch die Macht des Geliebten gewesen sein.
Für uns unbekannte Tote waren auf einer Murmelfahrt ebenfalls vorbeigeschweift, hatten sich absichtslos mit uns gemischt, im Schlepp die Kinder, deren Hände die Gestorbenen küßten, dann erst küßten die Kinder die Hände der Älteren. Begehrenswert, daß es diese Sitte noch gab.
Der Geliebte schlief inzwischen, war von den Schülern hinter einer Schrankwand auf den Zebrastreifen gebettet und mit Taschen, Tüchern, auch mit Vesperbroten bedeckt worden. Er zuckte im Traum, erbrach sich einmal, es waren Froschbeine noch aus der Zeit seines Höhlendaseins.
Die Lehrerin sagte: »Auf die Plätze, bitte schön!« Sie hielt einen Zeigestock hoch, den sie Eva-mit-dem-Röhrchen-hinterm-Ohr übergab.
Eva fing, den Stock in der Hand, automatenhaft von der Tafel vorzulesen an, der Mond sei rund, der Mond sei rund gewesen,

der Mond habe viel gewogen, wer den Mond gesehen habe, werde froh.

Tacitus entriß, sein gelähmtes Bein nachschleppend, Eva den Stock und rief: »Das ist ungerecht!« Er wollte auch laut lesen, begann mit »der Mond ist rund, der Mond war rund, der Mond ist schwer, der Mond hat viel gewogen«, kam jedoch nicht weiter, weil Stumm-Larissa-mit-der-Zahnspange, wie immer in ihr Lebkuchenhaus gekrochen, plötzlich die bemalten Kartonteile auseinandersprengte, rufend: »Kann ich auch!«

Sie wand Tacitus, der sich wehrte, den Stock aus der Hand, während der Junge, auf dem gesunden Bein stehend, versuchte, Larissa umzustoßen, was ihm nicht gelang, so daß er sich zu Boden warf. Er schrie vor Zorn.

Die Klasse hörte und sah neugierig zu, denn Larissa, mit dem Stock der Lehrerin zur Tafel zeigend, fing zu buchstabieren an, obgleich die Tafel leer war. Sie glänzte, abgewaschen, grüner als der Wald, in dem die Kinder den Geliebten eingefangen hatten.

Larissa wiederholte, daß der Mond rund gewesen sei und viel gewogen habe, nackt und bloß, als Sobitka vor Ungeduld aufsprang und rief, Larissa sei zu langsam, dumm.

Sei er selber, entgegnete Tobias-mit-den-Locken, Sobitkas Verhaltenszwilling, und wurde immer lauter, indem er Sobitka einen Trottel, einen Dreck, einen nassen Sack nannte. Dazu machte er mit hochgerecktem Mittelfinger aus der Faust das Arschloch-Zeichen für Autofahrer.

Die Lehrerin rührte sich immer noch nicht, blickte allerdings zu Susanne und schüttelte den Kopf, damit die Zwergin, falls die zwei Freunde aufeinander losgingen, als Schlichterin nicht eingriffe, und links und rechts Ohrfeigen austeilte, zu denen die beiden großen Jungen sich wieder auf Susannes Befehl hinuntergebeugt hätten.

So weit kam es nicht, da Larissa, mutlos geworden, den Zeigestock sinken ließ und stumm in ihr Lebkuchenhaus zurückkriechen wollte, das nur noch aus umherliegenden Stücken

bestand. Auf dem Boden kniend, hielt sie zwei Kartonhälften wie vergessene Schmetterlingsflügel in der Hand.
Eine der Assistentinnen der Lehrerin wollte Larissa beim Zusammenstecken des Hauses helfen, doch die junge Hospitantin, erst seit kurzem in der Klasse, wurde von einem Weinkrampf geschüttelt, so daß Larissa erschrocken hinter die Schrankwand floh, wo der Geliebte schlief.
Hassel Ruth Weidenbacher griff ein, fragte laut: »Wo waren wir?«
»Im Wald, im Wald«, riefen die Kinder, »ganz lange!« Sie gingen an ihre Plätze.
»Hat es uns dort gefallen?«
»Ja«, riefen sie.
»Hat es uns dort nicht gefallen?«
»Ja«, riefen sie, ebenfalls im Chor.
»Seid ihr dumm?«
»Nein, nie!«
»Warum nicht?«
»Weil«, antworteten sie, und Eva sagte, weil ihre Mutter und ihr Vater nebst Straßenheiligen neuerer Zeit eingriffen, und Tacitus antwortete, weil sein Vater Arzt sei, und Torsten, der geschwiegen hatte, verkündete, seine Mutter sei die Allerschönste. Auch Laura steuerte einen Grundsatz bei, doch ihre schwache Vogelstimme ging unter, denn Tobias und Sobitka riefen dazwischen, daß sie Kämpfer seien, die jede Schlacht gewönnen.
Angela schwieg und blickte wie oft, wenn sie nicht begriff, hilfesuchend zur Lehrerin. Susanne dagegen kniete bereits auf ihrem Stuhl und schrieb, gebeugt über ihren Tisch.
Hassel Ruth bedankte sich und bat, sie sollten sich bitte alle setzen, aufrecht zurücklehnen, nicht mehr sprechen, nur noch atmen.
Die Kinder, geübt darin, vertrauten sich den Strömen ihrer Erinnerungen und dem ruhiger werdenden Fließen in ihren Körpern an, wobei nervöses Husten oder beiseite huschende Blicke zwar noch vorkamen, der zunehmenden Stille jedoch

nicht schadeten. Die beiden Assistentinnen taten dankbar mit, und Sobitka hörte mit seinem verächtlichen Schnarchen, da Tobias es nicht beachtete, auch auf.

Wir liebten Gesetze, Pflichten, Sitten, Gewohnheiten, ihre verschiedenen Bastionen, auf denen wir uns zu sammeln vermochten, als lebten wir in juridischer Existenz oder hörten noch das Malmen der Berichte, der Toten Zeitpfeil, welcher aus der Vergangenheit in die Gegenwart mündete und schon wieder verging.

Schuld und Sühne spielten keine Rolle mehr. Abgrund und Kuppel spiegelten sich ineinander wie die beiden Hälften desselben Gehirns, dessen Gewitter Gedanken und Gefühle erzeugten. Wir waren abhängig von entstandenen Säuglingen, nach deren Sterben genügend alt geworden spätestens mit der 51. Zellteilung.

Wenn wir in dem Klassenzimmer der Zementbaracken eines der Kinderhändchen begutachteten, seine leise zitternden Finger, die angenagten Nagelbetten, aufgerichteten Härchen, die einem Wald aus Lanzen glichen, die Porenkrater und Lymphseen, die Zellwände oder entfernteren Gebirge der Hautlandschaften, dann fanden wir uns in einer Alexanderschlacht wieder, einst gemalt auf Lindenholz:

Klirrende Rüstungen, gepanzerte Pferde, dramatische Beleuchtungen auf Fahnen und über dem Heerbann der Glieder. Das Getümmel, in dem ein persischer Sichelwagen eine einsame Fluchtbahn freimähte, floß wieder zusammen in Form eines Dreisatzes: Wer nicht kämpft, überlebt; wer stirbt, läßt einen anderen übrig; kämpften alle, stürben sie auch.

Dieses fortwährende Gerinnen zwischen zwei Zuständen bescherte uns Anwesenheit. Wir bestimmten Anhäufungen von Ähnlichkeiten, hausend auf einer Kindhand.

Im Klassenzimmer am Fenster knisterte es. Die Sprosse einer dort stehenden Topfpflanze war um mehrere Zellkerne gewachsen.

Die Lehrerin hielt den Atem an und schlug die Augen auf. Eine Strähne, die sich aus ihrer hochgesteckten Frisur gelöst hatte, hob sie, zweimal auf dem Weg zum Kamm im Haar innehaltend, wieder an ihren Platz. Die Finger schienen größere Gelenke bekommen zu haben, als wollte Hassel Ruth Weidenbacher neuen Schmerzen begegnen.

Die Kinder seufzten, klopften auf den Tisch. Eines mußte aufs Klo, eines hatte Hunger, die anderen redeten untereinander, nur Laura rührte sich nicht, war in ihrem Wagen mit Kopf und Hühnerschultern auf dem Stellbrett vornübergebeugt eingeschlafen. Im Spülbecken brach ein aufeinandergestellter Turm schmutzigen Geschirrs, als sei er angestoßen worden, klirrend auseinander. O Gott, die beiden Assistentinnen beeilten sich.

Die Lehrerin rief die Mädchen zurecht. Rechnen sei, sagte sie, an der Reihe, wofür, wie in der Konferenz besprochen, einige Kinder Hilfe bräuchten. Und zu ihnen im Klassenraum gewandt, fragte sie: »Wer fängt an? Wir gehen über den Zehner hinaus bis zwanzig oder hundert, sogar bis hunderttausend.«

Eva meldete sich, schwang ein Lernheft, das ihre Eltern jeden Abend kontrollierten. Auch Torsten faßte Mut, und die eine Assistentin, die geweint hatte, schnalzte mit den Fingern, als sei sie wieder Schülerin.

Sie warte, entgegnete die Lehrerin.

Das Kind des Kolosseums erhob sich und schritt, sein Gesicht zerflossen nach dem Traum der Leere, ohne über den Zeigestock, den Larissa-mit-der-Zahnspange fallen gelassen hatte, zu stolpern, zur grünen, abgewaschenen Tafel und ergriff ein Stück Kreide. »Was würde ich tun«, fragte es vorsichtig.

»Zähle zusammen fünf und fünf. Du kannst es.«

Schüchtern wiederholte Angela: »Kann ich?«

Nach einer Weile, in der kein Teller mehr verrutschte, kein Keim sproß, wandte sich Angela um und schaute über die Klasse. Sie habe es gewußt, sagte sie hilfesuchend.

Wie unbarmherzige Erwachsene verharrten die Kinder und schwiegen, so daß Angela anfing, ihre zwei Hände zu bemühen, Finger um Finger bis zum Ende, dann rief sie: »Ich weiß es, zehn!«

Die Lehrerin war noch nicht zufrieden, formulierte eine nächste Aufgabe, wieviel fünf und sieben seien?
Angela schaute ihre Finger an, wußte nicht weiter: Sie habe Halsweh, sagte sie. Ihr sei schlecht.
Die Lehrerin wiederholte die Aufgabe, stand auf, setzte sich wieder, als bewegte sie ein geheimer Rhythmus.
Angela bekam kleine Schatten unter den Augen, die früher ins Jenseits geschielt hatten. In dem Klassenzimmer der Baracken ging sie versonnen an den Tischen entlang, hinter denen die anderen saßen.
»Was soll ich tun«, fragte sie.
»Fünf plus sieben«, antwortete die Lehrerin.
»Wieviel?«
»Fünf und fünf und zwei«:
Wisse sie nicht, habe sie noch nie gesehen.
»Dann streng dich an. Wir lieben dich alle, das weißt du.«
Hassel Ruth Weidenbacher war wieder aufgestanden, dieses Mal aus Verzweiflung, Sorge, Beeilung, aber Tobias-mit-den-Locken, bei dem Angela angekommen war, hatte seine rechte Hand mit gespreizten Fingern auf das Pult gelegt. »Kannst du haben«, sagte er, »leih ich dir.«
Angela zählte, geriet zu ihren Händen, begann umgekehrt noch mal und hätte gern, wenn sie nicht angewachsen gewesen wären, auf ihrem Gang zur Tafel zwei Finger von Tobias mitgenommen. »Zwölf«, sagte sie triumphierend.
Die Lehrerin bat, die Zahl hinzuschreiben.
Das Kind versuchte, leise wiederholend, bekannte Teile als Laute in dem Wort zu entdecken, wie zum Beispiel dreizehn oder vierzehn, aber zwölf blieb schwindelerregend. Es kritzelte ein paar Haken auf, die zur Not auch als Ziffernbruchstücke hätten gedeutet werden können, doch die Lehrerin unterbrach, sagte, Angela solle zehn schreiben, dann elf, dann zwölf.
Tat sie nicht. Konfus malte sie eckige Nullen oder Monde, leere Köpfe, warf die Kreide weg, ging schlenkernd an ihren Platz zurück neben Susanne, die noch auf dem Stuhl kniete und schrieb. Als sie mit Susanne tuscheln wollte, wehrte sich die

Zwergin, hatte zu tun. Angela versank stumm über einem aufgeschlagenen Buch, einer Lehrlingsfibel ihres Bruders. Sie küßte eines der Bilder, eine in viele Einzelheiten auseinandergelegte Bauanleitung für ein Gewehrschloß, das, seinen Strichen, Schraffierungen, Winkeln und dunklen Perspektiven nach, aufgerichtet dem Kolosseum ähnelte.
Hassel Ruth Weidenbacher hatte die Zwölf an die Tafel geschrieben. Es meldeten sich Eva und Torsten, beide addierten, nahmen mal, zogen ab, alles auswendig. Der Wettstreit steigerte sich und zerrte an den Kindern.
Die Tafel bedeckte sich mit Zahlen, die Kinder wechselten sich ab. Es rechnete auch Wächsern-Laura, eine Schreibmaschine namens Erika vor sich auf dem Stellbrett, doch hätte sie einen Tischcomputer mit Anschluß zur Tafel gehabt, wären die Ergebnisse auch dort erschienen.
Die Lehrerin verkündete, Schluß, aus, Freiübung!
Die Kinder konnten zur Erholung allein weitermachen oder Zirkel bilden, wie sie es gewohnt waren; ausgeteilt wurden Früchtetee und Brote.
Barbara, die blonde Assistentin, ging zu Angela, wollte über ihren gesenkten Kopf streicheln. Das Kind rief, weg, weg, es brauche nichts!
Diese Abwehr sahen wir wie einen Tiefseegraben, in dem die größten Tiere, nachdem sie vor fünfzig Millionen Jahren vom Land ins Meer gewandert waren, einander Lieder zuschickten, einzigartigen Gesang, der den ganzen Erdball umspannte und so geschwind war, daß er in einer halben Stunde die Textmasse der Bhagawadgita, des Alten und Neuen Testaments oder des Korans enthielt und beliebig ohne Fehler wiederholt werden konnte, ein Gedächtnis völlig anderer Vernunft, das keine planetarisch zerstörerischen Handwerkszeuge gebar, weshalb das Überleben dieser Tiere fortwährend gedauert hatte. Aber die Jäger warteten schon.
Die Assistentin fragte, ob sie Angela vorlesen solle?
»Nein, Susanne!«
Die Zwergin jedoch ging auf Zehenspitzen hinter die Schrank-

wand, wo der Geliebte mit sich auflösender Panzerkleidung, die in die Zebrastreifen sickerte, schlief. Neben ihm lag, nicht zugedeckt, Larissa-mit-der-Zahnspange.

Im Korridor draußen gab es Krach, als stießen galoppierende Ritter zusammen. Die andere Assistentin, Monika, rief von der aufgerissenen Tür her, die Direktorin sei gestürzt! Hassel Ruth Weidenbacher eilte hinaus, einige Kinder folgten.

Die Direktorin half in ihrer großen Duldsamkeit, welche ihr eines Tages die um sich fressende Krankheit bestätigen würde, ein paar Krüppeln und begeisterten Mongoloiden, eine lange, schwere Stange, die zu einem Vogelhaus oder in ein Zelt gehörte, durch den Gang zu transportieren. Dabei stießen sie immer wieder an, rissen Plakate von den Wänden, und eine Leuchtstoffröhre war schon geplatzt. Außerdem hatte sich der schwarze, allen Jahreszeiten trotzende Einheitsmantel der Direktorin verwickelt, war hochgeschoben bis zum Hals.

Hassel Ruth Weidenbacher rettete: Gelächter, Beteuerungen, Entlastung. Die Stange wurde wieder aufgenommen, wanderte Richtung Ausgang, wo sie im Freien keiner Beschränkung mehr unterläge, was auch immer mit ihr geschähe. Ein Dreiklang ertönte wie in einem Aufzug.

Die Verhaltenszwillinge und Angela waren im Klassenzimmer geblieben, standen einander gegenüber.

Angela protestierte, die K 2 hätten ihr nicht geholfen.

Tobias erwiderte, sie könne nicht schreiben, nicht rechnen, nicht lesen, sei dumm.

Und Sobitka sagte, sie habe immer Spucke am Mund.

Das Kind, die Augen verdreht, die Finger, als wäre es wieder zwei Jahre alt, geisterhaft gekrümmt, stampfte auf die beiden Freunde zu, schon ausprobierend in der Luft, ob es schlagen, beißen oder zwicken sollte.

Die zwei Jungen ließen Angela zwischen sich durch und versetzen ihr einen Stoß, daß sie gegen die Tafel prallte. Sich umdrehend rief Angela, »hat weh getan, mir!«

Geflüster wie aus Wehmutskiefern: Die Lebenden waren Labormäuse, Schmerz und Verlangen paarten sich.

Sie müsse gehen, zur Musikstunde, schrie Angela in Not, doch die zwei Freunde versperrten ihr die Tür. Das Kind verlangte nach der Lehrerin, nach Bärbel, Monika, doch niemand kam. Jetzt weine es gleich, lautete die letzte Drohung.
»Tu's doch, tu's«, erwiderten die beiden und fingen, mit den Fingern die Haut unter den Augen herunterziehend, ihre Gesichter glichen mageren Eulenfratzen, zu wehklagen an, während es Sobitka gelang, als er sich rücklings an seinen Freund lehnte, mit hochgeschwungenem Fuß, der auf die Klinke fiel, die Tür zu öffnen. Nun weinte Angela endgültig und ließ erschreckt ihr Farbmäppchen fallen, das Geburtstagsgeschenk einer geliebten Tante, die im Winterhalbjahr auf Hawaii sich im Sonnenschein vergnügte und an Hautkrebs litt.
Die drei Kinder stürmten durch die Tür und den Korridor hinunter, was Vorbeikommende, ob kleine oder große, nicht störte. Ein andächtig Humpelnder, der einen leeren Mülleimer vor sich herschob, wurde umgestoßen.
Am Ende des Mittelgangs, durch dessen Zementdecke es bei Regen tropfte, und im Winter bildete sich an ihr manchmal Eis, lag der hellste Raum, das quadratische Musikzimmer. Drinnen war bereits das Aufwärm- oder Begrüßungslied angestimmt worden, dessen erste Strophe hieß:

Wo ist die Feuerwehr?
Sie sitzt da und wartet,
denn wenn sie es nicht gerne tät,
dann wär sie schon gestartet.

Die Zuspätgekommenen reihten sich mitsingend ein, und wir wärmten uns an den Tönen, deren Wellen in der Luft zerrannen.
Es wurde bedacht, was die Feuerwehr macht. Wie schnell, wie klug sie sei, beschrieben in Strophe drei und vier. Die letzte erläuterte, wer Hilfe brauche, der rufe an, doch wer sie nicht benötige, der sei am allerbesten dran: Applaus und ausgehustete Krümel, die von alten Weihnachtskeksen stammten.

Den Vierviertaltakt hatte, eine Badesandale in der Hand, der Musiklehrer geschlagen, der auch Turn- und Religionslehrer war. Bestandene Examen hatten ihm wenig genützt, er war, da kommunistenverdächtig, nicht in den Staatsdienst eingestellt worden.
»Schuh aus, Schuh an«, rief er.
Nachdem er die bleiche, wie versalzt aussehende Billigsandale wieder angezogen hatte, befahl er den Kindern, noch näher zu kommen, denn nun werde er wie in der letzten Stunde vor einer Woche, den Oberlippentanz vorführen. Bitte Ruhe, Augen auf, Elefantenohren!
Einer der größten Jungen mit Locken, ähnlich denen von Tobias, riß den Arm hoch, eine segensreiche Beschleunigung, damit Anspannung abnahm. Vielleicht hatten die Mädchen, darunter Angela, ein wenig Furcht, sie ließen alle anderen vor.
Was für ein Klang, als werde an einem Feiertag plötzlich schneidend Licht! Der Lehrer hatte eine Piccolotrompete aus der Legierung Thujasilber-Messing angesetzt und blies das Feuerwehrlied als schnellen Walzer, in dem expressive Schnalzer entstanden, es hätten auch Zitate von Krankheitszuständen sein können oder eskapistische Löcher, die die Kinder, ohne geübt zu haben, brummend und summend intervallgenau ausfüllten, so daß die Trompete immer schneller werden und höher klettern konnte, gesichert von den orgelnden Kontrapunkten der jugendlichen Bässe.
Viel Speichel floß, auch beim Musiklehrer, der nach erneutem Atemholen fragte: »Noch mal, noch besser?«
»Ja«, riefen die Kinder und begannen im Chor wieder mit dem Feuerwehrgesang, dessen banale Pracht von einer zweiten und dritten Stimme begleitet wurde. Der Trompetende konnte sich trotz Überdruck auf das robuste Waschsystem seiner Lungen verlassen, deren innere Oberfläche hundert Quadratmeter umfaßte, bestückt mit dreihundert Millionen Bläschen, die dem Blut die schwere Kohlensäure abnahmen und ihm dafür Sauerstoff bescherten, ein extrem verwirbelter Vorgang, dem wir, falls Biologie auch heiter gewesen war, in diesem Fall erleich-

tert als strudelnde Poltergeister über Stiegen hinab in einen Haushalt, dem sie einst angehörten, beitraten. Der Musiklehrer bekam einen Hustenanfall.
»Macht nichts, aufhören«, rief er, wollte mehreren Kindern nicht wehren, ihm auf den Rücken zu klopfen. Ein Kreis schloß sich, um dem Lehrer zu helfen, indem er geschlagen wurde.
Wie auf Schienen herbeigezogen füllten zwei Gestalten, Larissa-mit-der-Zahnspange und der Geliebte, die aufschwingende Tür. Beide waren blaß und schwankten. Der Geliebte hatte einen Regenmantel an, aus dem noch Lößerde tropfte, und Larissa gelang es nach mehreren Ansätzen, sich auf die Zehenspitzen zu stellen, als trage sie Ballettschuhe.
Lothar begrüßte die beiden, war nicht überrascht; eine seiner Behendigkeiten.
Larissa und der Geliebte betraten das Musizierzimmer, doch als sie sich wieder auf den Boden legen wollten wie vorher hinter der Schrankwand, machte Angela der Schlafsucht ein Ende, packte den Flüchtling am Mantel und zog auch Larissa am Rock.
Sie müßten mitsingen, kommandierte sie.
Larissa und der Geliebte wurden, damit sie aufrecht blieben, in die Mitte genommen. Lothar, der seine Trompete beiseite gelegt hatte, nahm eine C-Flöte und spielte ein anderes Lied:

Der große Kopf,
Mund, Augen und die Glieder
sind noch nicht müde,
trotzdem zu Bett, zu Bett,
die Wiesen werden naß.

Die Kinder,
sie verbeugen sich
und sagen gute Nacht.
Sie frieren jetzt nicht mehr,
obwohl es keine Heizung gibt.

Erst kommt das Frühjahr,
dann kommen Sommer,
Herbst und Winter,
die Toten werden
schon wieder totenblaß.

Wer keinen Vater hat,
hat eine Mutter,
wer keine Mutter hat,
wird weinen, weinen
auch im Schlaf.

Wobei die Flöte schrill überblasen wurde, als irrte eine vertrocknete Girlande durch die Wüste. Dann fiel die dornige Melodie nach unten, was die Kinder veranlaßte, als wären sie noch mal sehr klein und sängen ein Häschen-Lied, in die Hocke zu gehen. Zuletzt richteten sie sich wieder auf und schmetterten den Schluß:

Wir bleiben da
und freuen uns,
denn wer noch Angst hat
dreht sich um
und schaut uns an.

Tür auf, Tür zu: Herein kam die Lehrerin ohne ihre beiden Assistentinnen, die draußen auf dem Gelände sein mochten, wo die Stange eingepflanzt wie auf einer Osterinsel stand.
Die Lehrerin sagte, es habe längst geläutet, die Stunde sei vorbei, sie nehme Angela mit und den Flüchtling.

5

Im Rosenreich am Hang hinter den schnell gewachsenen Pappelreihen herrschten Zuversicht und Stille, als lägen wir in Gestalt von Marmorengeln im Garten oder stützten als Säulen das verschwenderisch eingewachsene Haus. Bienen stolzierten über die Köpfe der Blume Adorata und über die der sehr groß gewordenen Polyantha, die eigentlich Wichuraiana hieß, kochendes Kleid, worin ein Lehnwort steckte, Wakkusi, Skiwachs.

Pfingstwurz, Akelei und ein lohender Spazierstrauch waren mit dabei. Rüssel und Fühler vieler Insekten tauchten in Blüten, die sacht besprüht wurden von einem kreisenden Seier. Antrieb dafür war ein Kanister voll Kuhfladengras, das aus einem weiter unten liegenden Bauernhof stammte.

Im Bad, eingebaut in einen Hügel, schwamm schwermütig Taka Kose Schmitz, paddelnd in der leichteren Dichte des beheizten Wassers. Über sich sah er tanzende Ritterheere und beringtes Wurzelwerk. Die Badeflüssigkeit warf gebrochene Reflexe an die Kacheln und Fliesen der Decke.

Er drehte sich, ruderte bäuchlings, besah unter sich, am Ende des Beckens, eine kleine, schwarze Unendlichkeit, den Stöpsel.

Als er, lang vergangen, im Gefängnis gewesen war, betrieb er, obgleich er Angst davor hatte, seine Angleichung, ließ sich tätowieren. Auf dem Bauch, angespannt liegend, hatte er gefühlt, wie eine Nadel oder, trotzdem kaum spürbar, daß viele in seine Haut eindrangen. Er hatte sich, als wäre er Meister mit schwarzem Gürtel, einen Adler oder einen Schmetterling gewünscht. Andere Zellinsassen, die begutachtend um ihn standen, lobten seine Geduld, damit das Werk gelänge.

Tage der Andacht, er besah sich nicht. Später, während einer kleinen Revolte für einmal warmes Wasser pro Woche zum Duschen, entdeckte er, nachdem ihm ein wütender Wärter, der ihn knebeln wollte, das Hemd heruntergerissen hatte, im Spionspiegel an der Korridorecke, daß sich von seinem Rücken kein Adler mit ausgebreiteten Schwingen erhob, vielmehr saß zwischen seinen Schulterblättern bis hinunter zum Gesäß eine tintenfarbige Waschmaschine, Marke Miele, damals ein Wiederaufbaugut.

Sentàkuku blieb haften, wobei sentàn, als würden Waschmaschinen zerfetzen, Zacke hieß, und sentà-rain bedeutete Mittelstreifen auf Straßen.

Unruhig wälzte Schmitz sich im warmen Bad, hörte das geschäftige Schlürfen der Filter, die, es stand im Büroplan, ausgewechselt werden mußten, und kniff die Lider zusammen. Das Chlor im Wasser, das in seinen Augen brannte, sollte nicht noch mehr ätzen.

Keineswegs im Altherrenstil schwamm er Bahn um Bahn, vollführte am Beckenrand komplizierte Vorwärtswenden, sich mit geschlossenen Beinen von der Mauer abstoßend, und achtete auf das kostbare Pumpen der Atemstöße. Er nahm nicht zuviel Luft in die Lungen auf, denn zusätzliche Kraft wäre dadurch nicht entstanden, nur überflüssiger Auftrieb, der wieder hätte niedergezwungen werden müssen. Energie wäre verlorengegangen. Solch einfache Überlegungen im Takt der schäumenden Kraulbewegungen, die ihn vorwärts trieben, bescherten ihm Freude, bis er zu erlahmen begann und, auf dem Rücken liegend, sich keuchend erholte. Von der Stirnwand des Badetempels leuchtete in gepunzten Farben eine Elsässer Fliese gleich dem Auge einer Monstranz. Dort saß ein eingemauerter Herzbeutel, den Schmitz furchtsam im Blick behielt, worauf er, als wollte er entfliehen, sich noch einmal herumwarf und schwimmend sich verausgabte. Seine Koronargefäße, die er seit Monaten trainierte, waren wieder durchlässig geworden.

Dieses Brummen und Singen, als es um Brust und Rücken enger geworden war, und er, schweißübergossen, sich aufzurichten versucht hatte, gehen wollte, rennen, springen, sich trennen von sich. Er hatte Bäume gesehen, verdunkelte Wälder, die sanken, bis auch er auf dem Boden lag, noch zuckend, damit

der Schmerz, der ihn durchschnitt, haushälterisch bewältigt werden konnte.
Im Krankenhaus, Patient; im Kurheim unter Gleichen, Fürst; auf einem Fahrrad ohne Räder, einem Ergometer, häßliche Gefühle, als sei er zu einem Kamin geworden, der wüchse. Er war zu dick, zu alt, doch auf dem Rücken beschützte die Miele-Waschmaschine gegen alle Pein.
Kinder wären notwendig gewesen, zum Beispiel eine Tochter mit Namen Goretta Ruach, gekommen wie aus einer Grotte, wohin Krüppel, Rüttler und Schüttler wallfahrteten; einige hätten kurzweilig Gesundheit verspürt, bevor sie wieder spien.
Vorstellbar, sie wandelte den Garten entlang, ein Röckchen mit Glöckchen um den Saum an, auch vorn auf den Sandalen klingelten im Maß der Schritte angenähte, kleine Schellen.
Goretta hielte eine Heckenschere in Händen, beschnitte wilde Triebe der Wistarien, japanisch veredelten Floribunda aus der Familie der Leguminosen, die gelernt hatten mit Hilfe des Lichts im Wurzelwerk Stickstoff zu bilden, ihren eigenen Dünger. Die lilafarbenen Trauben der Blüten bedeckten Mauern, Lauben, Altanen. Obwohl anlehnungsbedürftig, konnten die Pflanzen dreißig Meter hoch werden. Dazwischen wuchs noch die Ruhmesblume Clianthus, hellrot mit Seidenhaaren, auch Blasenstrauch genannt.
Schmitz hatte sich hinaufgestemmt, saß frierend auf dem Bekkenrand, obgleich es genügend warm war. Das Herz, es pochte noch, jedoch aus wehem Mund strömte Gestank, die Angst.
Er ließ sich wieder in das Bad hinab, glitt tiefer und wartete unter Wasser mit aufgerissenen Augen, an denen entzündete Flocken vorübertrieben, schwebender Chlor in feinem Schlamm, daß eine Explosion geschähe, die endgültig sein Herz entleerte. Die Enge verdichtete sich, doch zwang ihn, wieder aufzutauchen. Auch das verzehrende Mantegna-Blau der Bodenkacheln verlor an Schärfe.
Taka Kose stieg, die Holmen des Geländers umfassend, langsam das Eisentreppchen hinauf und blickte durch die geschlos-

senen Fenstertüren, gegen die draußen im Wind Ranken schlugen. Schmetterlinge, ein ganzer Schwarm, begehrten sich drehend um Einlaß. Die Farbplättchen der Flügel sprangen ab, und es begann zu regnen, ballte sich zu Tropfen, die, getroffen von Sonnenstrahlen, an den großen Scheiben herabrannen. Früher war Taka Kose vor Zuschauern stehend im Sattel geritten und dabei war es ihm manchmal auch gelungen, mit einer Peitsche Blumen zu köpfen, in einem Streich wie ein Samurai.
Er preßte sein Gesicht ans feuchte Glas und sah, daß im Garten draußen ein zaghaftes Feuer brannte. Wahrscheinlich hatte die junge Bedienerin, wie heute früh angeordnet, den Unkrauthaufen angezündet, war nicht dabeigeblieben, um immer wieder mit einer Heugabel den schwelenden Kompost von unten her zu lüften. Die Flammen krochen nur noch, mochten gleich ersticken im schweren, bleichen Rauch, der ebenfalls um Platz rang, niedergedrückt durch Gegenwind, der von den Pappeln kam, die ihre eigene Zugluft entfachten, als müßten sie sich wehren. Jedoch die Tochter, zurückgekehrt von ihrer Wanderung entlang der Hecken, winkte oder schnipste mit Daumen und Zeigefinger, und fügsam, als habe er darauf gewartet, fing der unentschlossene Rauch im Garten sich zu sammeln an, ballte sich über dem Unkrauthaufen und begann eine Treppe zu bilden, Stufe um Stufe, über die Gorette, das nie gehabte Kind, hinaufstieg und entschwand.
Schmitz bekam nicht einen die Herzadern verstopfenden zweiten Anfall, der hätte tödlich sein können. Er atmete durch, zog seine schwarze Badehose hoch, ein Lurexmaterial mit Goldnähten, und stieß sich, ohne auf den Abstand zwischen Fenstertüren und Beckenrand zu achten, vom glitschigen Marmorfußboden rücklings hinab ins Schwimmbad, über dessen Wasserfläche, noch nie geübt, jetzt aber vollbracht, er einen gespannten Körperbogen zustandebrachte, so daß er, ohne zu spritzen, eintauchte.
Er schwamm aus Enttäuschung oder Triumph noch einmal sechs Bahnen, danach ruhte er, immer weniger keuchend, auf dem Rücken aus.

Goretta würde nicht wiederkehren. Tränen rannen aus Taka Koses Augen.
In der mit Schmuckfliesen gekachelten Bergseite wurde, die beiden Taxusbäumchen links und rechts daneben schwankten, eine Pforte aufgerissen. Dahinter lag ein Gang, der im Winter von Pyritkies gelb vereist war. Der Tunnel führte zur Pappelwand, wo das Arbeits- und Lagerhaus stand, ein mehrstöckiger Fachwerkbau.
Bella Mainz war hereingestürmt, rief, die Kinder streikten!
»Dann zahle ihnen mehr«, sagte Schmitz.
Der Tarif sei staatlich festgelegt, könne nicht erhöht werden.
»Eine Schenkung an die Heimverwaltung der Baracken, oder du fährst hin, legst ein Kuvert Geld auf den Tisch, oder du kaufst zehn Kuchenbleche Bienenstich.«
Unsinn, es werde eine grundsätzliche Frage gestellt.
Welche?
Ob Kinder überhaupt beschäftigt werden dürften, gleichgültig der Kosten? Er solle sich abtrocknen, mitkommen.
Er fühle sich wie falsch geboren, deshalb neu.
Bella zündete eine Zigarette an und atmete den Rauch ein, der in ihrem Innern sein Gift verteilte, worauf, gereinigt, eine dampfende Säule wieder aus Bella stieß und sich im Baderaum verteilte. Das noch nicht erloschene Streichholz warf Bella ins Becken, was vielleicht am Berg ein wenig das Wetter änderte.
Außerdem, sagte sie, wolle sie endlich einen Mandelbaum. Die widerstandsfähigste Sorte gebe es in Kalifornien, gekreuzt, damit sie Frost und Hitze standhielten. Sie brauche hauseigene Mandelkerne, die sie in den Täschchen der nächsten Kreation Weihnachtsengel verstecken könne.
Ihr Mann gab zu bedenken, daß Kinder, die die Kerne äßen, blausäuregeschädigt würden.
In seinem Schlafzimmer, entgegnete sie, sei die Uhr stehengeblieben, die Speisezwiebeln besäßen kaum mehr Strom.
Er nehme wieder Kartoffeln, auf die sei Verlaß.
»Versuch es mit Bier, Bananen, Gurken oder mit der Haarbürste deiner Mutter, getaucht in Sodawasser.«

»Im Prinzip möglich«, antwortete er, »doch es bleibt, so lang wir noch leben, bei der Kartoffelzeit.«
Vermutlich ritten wir auch auf Ionen, die durch Zwiebeln und Kartoffeln strömten, während an nichtpolaren Achsen die Ladungen, matt geworden, sich torkelnd überschlugen, dann sprangen wir schon wieder ab, bevor die Partikel sich selbst entleibten, zu noch kleineren Teilchen wurden, auf denen sogar Tote nicht mehr Platz gefunden hätten.
Es gab keine Marschsäule aus dem Tal, keinen Kinderkreuzzug hinauf zum Studio Taka Kose Tellego. Die Fahrerin eines Lieferwagens sagte, heute habe sie nur ein paar Schachteln voll Ware. Elsa habe eines der Jungen gefressen. Es seien fünf gewesen, die Hündin habe aber nur vier Zitzen.
Bella Mainz ergriff die Hand der Fahrerin und beschwichtigte, ein abgebrochenes Psychologiestudium verleite zu Kurzschlüssen.
Die Fahrerin gab der Puppenfabrikantin abrupt die Schlüssel des Lieferwagens, entgegnete, sie verzichte und ging, ohne sich umzusehen, die kleine Straße hinab, die vor kurzem frisch geteert worden war.
»Sie will nicht mal ihren Lohn«, empörte sich Bella.
»Vielleicht kehrt sie um, wenn sie sich beruhigt hat.« Taka Kose küßte die Hand seiner Frau, an deren Fingern barocke Ringe saßen, kostbarer jedoch waren die Altersflecken der Haut.
»Und wenn nicht?«
»Stellen wir eine neue Studentin mit Führerschein ein.«
»Ich brauche sie aber sofort!«
Bei Streik gebe es keine Regelmäßigkeit.
Sein Optimismus sei schändlich. Bella eilte, da sie ihre Zigaretten im Badetempel gelassen hatte, zum Gartentisch, wo eine nächste Packung lag.
Aus dem Lagerhaus kam Charlotte, die Bedienerin, rief, die Engel seien verdorben! Sie zitterte vor Empörung.
Seufzend gürtete Schmitz seinen Bademantel unter dem Bauch fester, versprach, in den Unordentlichen Werkstätten anzurufen, doch erst nach dem Tablettenfrühstück.

Bella rauchte, die Zigarette im Mundwinkel, die Hände in die Hüften gestemmt, wie eine Moorarbeiterin. Zwischen Goldlack, an Klettergerüsten gewachsenen Winden und Passionsblumen gingen die beiden Frauen, besprüht von dem kreisenden Regenspender, hinüber zum Lagerhaus, wo Charlotte die gelieferte Ware zeigte. Sie entdeckte geknickte Flügel, verschmierte Wachsgesichter, nur lose angenähte Borten, keine einzige Figur schien in Ordnung zu sein.

Diese Rüttler und Schüttler, diese Wasserköpfe hätten schon immer schlampig gearbeitet und zu langsam, ereiferte sich die Bedienerin. Früher habe es kaum Ausschuß gegeben. Sie kündige, wenn Frau Mainz wieder ein gutes Herz zeige. Die Engel litten darunter, es sei eine Sünde!

Bella machte sich daran, zu reparieren, doch schon bei einem musizierenden Hirten, dessen roter Mantel zu hoch abgeschnitten war, so daß die Beindrähte hervorsahen, versank sie in Sinnen. »Nicht schlecht«, sagte sie, »die Schuhe waren schon immer falsch, wir brauchen Renaissancestiefel, sonst paßt der Hirte nicht zum Krippenensemble. Kniestrümpfe gab es erst ab 1850.«

Die Zigarette wurde in einer Schale für Glasaugen ausgedrückt, und hinauf ging es über die Stiege in den zweiten Stock des Fachwerkbaus, wo die Stoffe lagerten, auch Leder, Garne, Metallproben, Gold und Silber. Charlotte blieb unten, schnitt störrisch neue Flügel.

Bella suchte im Chaos, das auf verschiedenen Auslegetischen herrschte, nach einem, wie rief sie, Kunststoff wie Krötenhaut! Sie habe ihn vor einem Jahr neben einem mißratenen St. Blasius deponiert, aus dem dann der Schuhplattler geworden sei für Harrods und das KaDeWe!

Keine Antwort, doch Bella hatte das Stückchen Unke bereits gefunden, hielt es ans Licht, spuckte darauf, wendete und knautschte es, war unzufrieden, rief, sie brauche Hutsamt und den Hirten!

Charlotte brachte beides, außerdem eine von Bellas Brillen, die nicht so zahlreich herumlagen wie Rauchzeug.

Der Hirte wurde entblößt, nur sein Kopf mit silbernen Locken und seine Stupshände blieben übrig. Der Leib aus Draht mit Gaze darüber erhielt neue Biegungen. Charlotte griff ein und brachte dem Gestell wieder Stand bei, während Bella mit leichter Hand einen lila Mantel, der erste war schwarz gewesen, formte, ihn mit schnellen Stichen raffte, bauschte, eingefädelte Nadeln steckten überall in Kissen. Dann wurde der Mantel mit einem Kleber versteift und, um die Figur gezogen, nochmals drapiert. Stumm gingen die Frauen zurück und betrachteten das Werk.
»Die Stiefel!«
Das sei kein Hirte mehr, sagte Charlotte.
»Was nun?«
»Stab, Gürtel und eine Bibel.«
»Richtig, mein Schatz!«
Von einem der Tische, wo kleine Christbaumkugeln, Sträuße und Gestecke lagen, holte Charlotte ein genopptes Band und einen zierlichen Silberast. Bella Mainz nahm ein Wachstäfelchen, das zwei Putten zwischen sich getragen hatten mit einer Klammer dahinter. Es stammte aus einer begehrten Serie Weihnachtsschmuck.
»Jetzt sieht er aus wie Moses«, sagte Charlotte.
»Stimmt! Können wir nicht brauchen. Wenn wir mit dem Alten Testament anfangen, müssen wir ganze Schlachten nachbauen. Und wohin damit? Auf Hochzeitstafeln oder ans Sterbebett amerikanischer Juden? Wird kein Geschäft.«
»Er braucht Schlüssel.«
»Haben wir nur in Gold.«
Winzige Schlüssel waren, neben minimalisierten Löffeln, Gabeln, Messern, wichtiger Inhalt von Besteckkörbchen, die als Verlobungsgeschenke besonders nach Italien verkauft wurden. Charlotte spritzte mit Silberlack ein Paar Schlüsselchen um, das an den Fingern klebenblieb; Bella riß es ab.
»Paßt! Weg mit der Heiligen Schrift.«
Der Mantel sei zu hell.
»Der gute Hirte ist jetzt ein Bischof.«

Nicht in Lila, erwiderte Charlotte, aber auch nicht in Schwarz.
Bella überlegte: Stab, Gürtel, Schlüssel? Hätten sie zwar noch nie gehabt, Petrus vor der Himmelstür sei aber übergeordnet zeitlos, könne aufgestellt oder von der Zimmerdecke an einem Faden hängen als Aufsicht, Beschützer, Großvater, den die Ein-Kind-Familien nicht mehr besäßen oder abgeschoben hätten in Pflegeheime. Der Petrus bringe Schwung ins Gemüt.
Der neue Mantel wurde zum Golgatha der zwei Frauen, oben im Stockwerk der Stoffe, staubdurchflirrt. Plüsch, Chintz gewürfelt, Seide gestreift, Baumwolle mit Sternchen, alles war ungeeignet. Charlotte rief: »Der Missionsneger!«
Sie wies auf eine Devotionalienfigur aus bemaltem Gips, die mit dem Kopf nickte, wenn ein Geldstück in den Schlitz des Sockels fiel. Der Neger trug um den Hals ein gemustertes Schottentüchlein. Bella meinte, es sei zu folkloristisch.
Charlotte nahm eine Schere, begann abzuschneiden, übergab die Arbeit der Meisterin, die, ab und zu über ihre Brille blikkend, welche nur aus halben Nahsichtgläsern bestand, wie sie Börsenmakler trugen, die Verkleinerung vollendete.
Leim aus einer Dose, diesmal ungeniert aufgetragen, brachte den Mantel in gewölbte Formen mit weiten Ärmeln.
»Ein verwegener Petrus vor der Himmelstür«, sagte Bella. »Als nehme er sein Amt nicht mehr ernst, zur Heiterkeit der Ungläubigen.«
»Und die Füße«, fragte Charlotte.
»Vergessen, aber Renaissancestiefel wären falsch. Hat Raffael Petrusse gemalt? Bei Giorgio Vasari steht nichts darüber. Soll ich nachschlagen? Nein! Mut zur Entschiedenheit. Wer behauptet, erzeugt Ehrfurcht.«
Sie nahm Watte, klebte sie unter den Mantel, zupfte daran herum, bis das Wolkengebilde genügend groß geworden war als Standplatz und Schwebevorrichtung im Verhältnis zu der Figur.
Geschaffen das Modell einer neuen Serie! Der Beschützer oder Pförtner des Paradieses sei, genügend licht gewandet, für jeden

Kulturkreis möglich, vielleicht sogar, dann aber mit Locken, Bart, Gürtel, Stab und Schlüssel aus Gold, für die Arabischen Emirate, wohin sie schon Tisch- und Lampenschmuck geliefert habe.

Petrus wurde auf die Töpferscheibe gestellt, fiel zunächst um, doch als die Wolken in der verborgenen Mantelmitte noch einen Batzen Knete zur Beschwerung erhalten hatten, vermochte er sich zu behaupten, schwankend wie ein Stehaufmännchen.

Bella klatschte, die Begeisterungs- und Erlösungszigarette bereits im Mund, in die Hände, wollte, nach der Bedienerin greifend, ein Tänzchen veranstalten, doch Charlotte wich aus, fing zu weinen an.

Sie schäme sich, sagte sie schluchzend, habe nie Einfälle, sei dumm, ein Flüchtlingskind, das einen Milchkuhbauern geheiratet habe, aus dessen Stall nur das Tierfladengras stamme für den Motor des Regenspenders.

Sie beide, obgleich unterschiedlichen Alters, hätten keine Kinder, was auch verbinde, tröstete Bella.

Aufweinend erwiderte Charlotte, es nütze nicht.

»Ich fürchte, du hast recht. Komm, mein Schätzchen, beruhige dich, wir schauen Petrus an und geben ihm einen Schubs, damit er auf seiner Wolke Gleichgewicht findet. Unter ihm dreht sich die Erde noch als Scheibe, was geschichtlich erst später korrigiert wurde.

Die zwei Frauen umarmten sich und nahmen Platz. Hätte Taka Kose zusehen können, wäre er, allein im Wohnhaus, ungeduldig geworden trotz seines Tablettenfrühstücks, das er mit einem Brei aus Hefe, Magerjoghurt, Hafer- und Roggenflokken fürsorglich beendet hatte.

Pracht und Ungeduld seien wichtig, sagte Bella, die Neugierde, das Abenteuer, sonst werde die Haut gelb, das Herz schrumpfe und die Altersflecken flössen ineinander.

Ob Frau Mainz nie ein schlechtes Gewissen habe, wenn sie erfinde?

Nein!

Ob sie selbstgerecht sei?
Ja!
Erneuter Weinkrampf Charlottens, darauf die Frage, wieso weder die Seligen noch die Heiligen oder auch nur die Gebenedeiten gesprochen hätten wie Frau Mainz?
»Weil«, antwortete Bella und zerstampfte ihre Kippe auf den Dielen, »ich nichts weiß. Ich sträube mich, was du, mein Kind, auch tust, indem du beim Verlangen nach Schönheit eine Wut bekommst, wenn ein Engel nicht so aussieht, wie du es dir vorstellst.«
Charlotte schmiegte sich an die Frau, legte den Kopf auf deren Schulter und guckte, ausatmend, leer wie ein Kind geradeaus.
Auf einem der Tische läutete das Telefon.
Entweder bemühe der alte Mischling sich jetzt herüber oder er kümmere sich um den Streik, sagte Bella.
Ob Herr Schmitz tatsächlich Japaner sei, fragte die Bedienerin.
»Seine Mutter war Gewerkschaftssekretärin, sein Vater kaiserlicher Kurier des japanischen Corps in Berlin. Aufgewachsen ist er bei seinen Großeltern im Elsaß. Er besitzt drei Pässe.«
Charlotte entschuldigte sich, daß sie wissen wolle, woher Herr Schmitz komme, aber schon viele Leute hätten sie gefragt.
Frau Mainz setzte die Töpferscheibe wieder in Schwung und schaute zu, wie Petrus, nickend auf seiner beschwerten Wolke, aufrecht blieb, dann suchte die Ältere plötzlich bei der Jüngeren Schutz, umklammerte sie so heftig, daß die Bedienerin alle Kraft benötigte, damit sie beide nicht umfielen.
Bella begann zu schluchzen, sagte, ob eigene Kinder oder nicht, es bleibe ein Skandal.
Sie roch betäubend, stimmte jeden Morgen ihre Ringe mit Güssen aus Parfümproben ab, die sie regelmäßig per Post erhielt, weil sie irgendwann einen viertel Liter Stachelbeergrün oder Irisch-Küste gekauft hatte.
»Was für eine erhabene Wolke«, verkündete sie. »Petrus steht!«
»Ja, sehr schön«, wiederholte Charlotte tapfer.

»Mit wem schläfst du? Tust du es überhaupt?«
Die Bedienerin erstarrte. Vorsichtig löste sie ihre Arme von Frau Mainz, die zu schluchzen aufgehört hatte.
»Ich mochte nie«, sagte Bella. »Es hat etwas Banales, als werde Teig gemischt, in Form gebracht und in den Ofen gesteckt. Vielleicht ist mein Mann deshalb krank geworden? Er trägt einen Stausee unter dem Herzen, das nun ertrinkt.«
Bitte, sie solle nicht so sprechen. Arbeit, Arbeit, die Reparaturen warteten, beschwor die Bedienerin.
Gleichgültig, sie habe genügend Geld.
Sie nicht. Viele Mädchen und Frauen müßten dazuverdienen, die Viehwirtschaft bringe wenig ein, nur die Großbauern bekämen Kredite, pachteten jede Wiese. So viel Kühe wie jetzt habe es noch nie gegeben, aber Land gebe es immer weniger.
»Ihr müßt veredeln.«
Verstehe sie nicht.
»Statt Kuh- vielleicht Mäusemilch? Laboratorien bezahlen für einen Liter tausend Mark. Vogel-Strauß- oder Dammwildmilch? Unsere Rauschgoldengel sind zwar noch jung, doch wer weiß, ob nicht eines Tags wegen der allgemeinen Akzeleration ...?« Hustend faßte sich Bella, entfernte von der Unterlippe einen Tabakkrümel, der von Schminke rot war. Früher habe ihre Mutter, sagte sie noch, wenn irgendeine Situation undurchdringlich geworden sei, gerufen: Ruckedidu, Blut ist im Schuh!
Der Tischapparat läutete zum dritten Mal. Bella hob ab, hörte zu, entgegnete, nein, Tarif bleibe Tarif, sie könne die Arbeiten auch per Luftfracht nach Sizilien oder nach Israel schicken. Fleißige Hände warteten überall. Sie legte den Hörer wieder auf die Gabel.
Die zwei Frauen verließen das Stockwerk der Stoffe und des Leders, nahmen aber das Petrus-Modell von der Töpferscheibe mit. Unten packten sie die restlichen Kartons aus, in denen auch nur fehlerhafte Ware lag. Es sei eine Provokation, wahrscheinlich von Lothar, dem kommunistischen Turn- und Musiklehrer, sagte Bella.

Die Bedienerin ließ einen trompetenden Cherub, dessen Instrument sie hatte zurechtbiegen wollen, fallen, entgegnete, ohne Lothar keine Kinder. Sie errötete, sich abwendend, um Halskrausen, die vergessen worden waren, anzupassen.
Sonnenstrahlen traten durch die Fensterscheiben und zerteilten den Souterrain des Lagerhauses in lichte Treppen. Wir benutzten wirbelnde Staubflöckchen für einen Rutsch, links und rechts Ohrfeigen austeilend, die niemand spürte, denn unklar blieb, wie unser Raum beschaffen war. Es gab mehrere: Die Zimmerschachtel, vor allem dieselbe noch mal, als flöge sie, befördert von der Zeit, der wir nichts abgewinnen konnten, davon, während jede Flocke zu einem Schlauchgewürfel oder Blasengeschlinge wurde, und steckten wir Kopf oder Hand durch das Ende der Räumlichkeiten, entstünde an dieser Stelle nur eine neue Blase, die sich ausdehnte. In allem hatten wir mühelos Platz, das heißt, nur wer erinnert wurde, hielt sich im Schaum der Geschwindigkeiten. Schon nach zwei,- dreihundert Jahren gab es nur noch Lexikageschöpfe, meistens Männer.
Als Dessauer Werkstudentin habe sie Reichskanzler Brüning Vorhänge genäht, sagte Frau Mainz. Ihr nächster Auftrag sei die Einrichtung der Villa eines Handschuhfabrikanten gewesen. Nach der Bombennacht von Dresden Flucht ins Allgäu. Hier habe sie im Pelzmantel Ski fahren gelernt, beim Schiedel, einem Einödshof, wo jetzt die Landschaftsmalerin wohne mit einem Sekretär. Schmitz sei damals, kurz nach dem Krieg, eine Art französischer Besatzungsoffizier oder Übersetzer gewesen und habe sie zur ersten Handelsmesse mitgenommen, nach Dornbirn in Vorarlberg. Ein Mann namens Erhard habe ihr dort alle Puppen abgekauft, 25 Stück, und gesagt, ihre Sennerinnen und Hirten sähen zu elend aus, die Leute bräuchten Glanz. Zwanzig Jahre später sei dieser Erhard Bundeskanzler gewesen und fett. Trachtenfiguren hätten nur Amerikaner genommen, die Deutschen wären von den Puppen noch an die Blut-und-Boden-Vergangenheit erinnert worden. Deshalb sei sie zur Wieskirche gegangen, ein tagelanger Fußmarsch, um

barocken Jubel der Putten und Engel kennenzulernen. Die Stoffe dafür habe sie gegen Butter und Eier getauscht, die sie vorher gegen Löffel, Uhren und Ringe bei Bauern eingehandelt habe.

Charlotte, beschäftigt mit einem Hirschgespann, das einen ramponierten Schlitten zog, dessen Kufen geklebt werden mußten, schien nicht zugehört zu haben, doch als Frau Mainz schwieg, fragte Charlotte: »Und Herr Schmitz?«

»Taka Kose war kein einziges Mal in Japan, sein Vermögen waren die drei Pässe. Er konnte sich ungehindert in allen vier Besatzungszonen bewegen, auch in der russischen, und betrieb Vermittlungsgeschäfte. Entweder trug er Uniform oder Pfeffer und Salz. Es ging von ihm eine verführerische Leichtigkeit aus, der ich erlag in diesem Nachkriegstheater. Zum Beispiel fuhr einmal pro Woche von Klagenfurt nach Bremen, wo die Amerikaner ihre Schiffe liegen hatten, ein Zug. Wir besaßen reservierte Plätze. Um den nächsten Bahnhof zu erreichen, mußten wir aber vorher über die Träger und Schwellen gesprengter Brücken balancieren. Taka Kose hatte drei Stangen Chesterfield dabei, ich einen Rucksack voll Schweizer Kochschokolade, Schwarzmarktwert etwa eine halbe Million Reichsmark. Als wir nach einem Gewaltmarsch endlich in Ulm ankamen, fuhr gerade der Zug ein, mit zehn Stunden Verspätung, wir konnten sofort einsteigen. In einem Tunnel gab es dann reihenweise Tote, weil auch alle Wagendächer besetzt waren. Gehalten wurde erst wieder in Stuttgart, einem Sackbahnhof, wo eine frische Lokomotive ans vordere Ende gekoppelt wurde. Wir vertraten uns die Beine auf dem Perron, sahen noch Blut an den Waggons kleben und eine Geköpfte, im Arm gehalten von displaced persons. Es waren Polen, die nach Hause wollten.«

Charlotte hatte den Schlitten, der einen halben Fingerspann lang war, noch in der Hand, da die Schabracken, die die Hirsche trugen, damit die Tiere nicht in allen Einzelheiten ausgeführt werden mußten, ebenfalls nachlässig gearbeitet waren, so daß selbst bei Weihnachtslicht Blicke ins vulgäre Darunter möglich gewesen wären, besonders von Kindern, die vor Krip-

penaufbauten knieten. Die Bedienerin zündete, was sie noch nie getan hatte, aus einer der umherliegenden Packungen eine Zigarette an und übergab sie Frau Mainz.
»Meisterhaft, mein Kind. Wirst du jetzt Raucherin?«
Charlotte konnte nicht mehr widerstehen, erzählte, sie habe Ferkel gesäugt, sei später Lehrling in einer Metzgerei gewesen. Die Würste hätten beim Füllen bis zur Tür hinaus gereicht. Sie habe den ganzen Tag drehen und drehen müssen, Darm um Darm. Theo, ihr Mann, der weinen, aber auch wütend werden könne wie ein Kettenhund, habe ihr gesagt, das sei keine Zukunft.
»Du schläfst mit ihm also nicht?«
Was Frau Mainz denke, sei so nicht geschehen.
»Brav, mein Schatz«, sagte Bella. Das Glück habe viele Sprossen, Bescheidenheit sei kein Unglück.
Die beiden Frauen prüften nun Winter- und Spieglein-an-der-Wand-Madonnen, deren weiße Musselinroben teils schmutzig oder wie mutwillig zerschnitten waren. Einer der ekstatischen Gestalten fehlte der Kopf, es steckte jedoch auf der aus dem Hals ragenden Drahtspitze eine blaue Maulbeere.
Die dummen Kinder seien, statt zu lernen oder zu arbeiten, wieder im Moor gewesen, erklärte Charlotte. Und die Lehrerinnen und Lehrer? Genauso zerstörerisch!
»Dann auch dein Sport- und Musik-Kommunist.«
Er müsse fast alles Geld seiner geschiedenen Frau geben.
»Woher weißt du das?«
Lothar und ihr Mann seien miteinander befreundet.
»Was für ein Gethsemane!«
Verstehe sie nicht, murrte die Bedienerin.
»Wenn die Geschäfte brenzlig wurden, schickte Taka Kose mich vor«, erzählte Bella. »Wir fuhren damals nicht weiter, blieben in Stuttgart. Obwohl die Stadt bombardiert worden war, stand mitten in den Ruinen der Tagblatturm. Dorthin gingen wir und quartierten uns im obersten Stockwerk ein. Darunter war das Offizierskasino. Es gab kein Wasser, doch mir zuliebe ließen die Amerikaner die Leitung reparieren, da-

mit ich im ehemaligen Büro des Besitzers duschen konnte. Die Wieder- oder Rückerziehungsfachleute boten meinem Mann eine Zeitungslizenz an. Dafür reichten die Zigaretten und die Kochschokolade nicht aus, aber wir entdeckten zwei Widerstandskämpfer, reiche Liberale, die im Gefängnis gesessen hatten. Die Jagd nach Papier, Druckerschwärze, Maschinenöl und Redakteuren begann. Ich entschied mich für Engel, Schmitz sich für die Zeitung.«

Warum sie keine Kinder hätten, fragte Charlotte.

»Ich wollte keine. Ich hätte auch keine bekommen, erfuhr ich erst später, als ich dachte, ich hätte Krebs.«

Das Hirschgespann, einigermaßen in Ordnung gebracht, erhielt noch Watte unter die Kufen, und Bella klebte ein Zwetschgenmännchen hinten an den Schlitten.

Charlotte riß den Stilbruch ab, ersetzte ihn durch den neuen Petrus, dessen Gold jedoch nicht mit dem Silber der Tiere übereinstimmte, worauf Bella den Petrus wieder entfernte.

Charlotte war empört, sagte, nun habe sie endlich eine Idee gehabt, die nicht gelten dürfe!

»Zutaten sind Quatsch«, erklärte Frau Mainz. »Wir hätten bei der ursprünglichen Produktion bleiben müssen, den Engeln, denn vor unserer Geburt wußten wir alles über Leben und Tod. Weil uns diese Kenntnisse jedoch zerstören würden, hat uns ein Engel auf die Stirn geküßt, damit wir vergessen. Unwissend treten wir in die Welt und erinnern uns nur an den Engel.«

Sie erinnere sich an nichts, entgegnete die Bedienerin. Sie könne kein Blut sehen, und Kinder seien laut und ungezogen.

»Dann bist du eine Steiß- und Zangengeburt gewesen oder mit Hilfe eines Kaiserschnitts geboren worden. Was hat deine Mutter erzählt?«

»Nichts. Es ging ihr immer schlecht. Sie stand am Fenster und weinte. Wenn ich ihr Blumen brachte, sagte sie, ach Kind, nicht nötig.«

»Entsetzlich! Sie sehnte sich nach ihrem Engel.«

»Nein, nach meinem Vater. Er war in einen Omnibus gestiegen und weggefahren, kam nie zurück.«

»Wie im Krieg.«
»Keine Schule, keine Ferkel, keine Wurstdärme mehr. In der Großstadt hätte ich gern Fotografin gelernt. Als Theo mich heiraten wollte, war es ein Lichtblick. Melken kann ich trotzdem noch nicht. Ich bin dumm und ungeschickt.«
»Was täten wir ohne dich! Das Haus würde verrotten, die Lieferungen klappten nie, Schmitz hätte keine Tabletten und ich keine Brillen und Zigaretten. Daß dein Mann eifersüchtig wird, darauf warte ich schon lang.«
Charlotte war zum Tischapparat gegangen und hatte die Nummer der Wohnung gewählt. Niemand meldete sich.
Schmitz kümmere sich endlich um den Streik, sagte Frau Mainz, warf, sich aufrichtend, ihre an einer Nackenschnur hängende Brille ab, eine theatralische Angelegenheit, und rief, schnell, schnell hinterher, sie wolle mit.
Die zwei Frauen eilten aus dem Lagerhaus und quer durch den Garten, achteten nicht auf den kreisenden Sprühregen des Wasserspenders und wurden nicht einmal von einem Beet Rosen aufgehalten, dessen bis zu den Schultern reichende Ranken sie zur Seite schlugen.
Ihre Hand blute, rief Bella. Dornen hätten sie geküßt!
Taka Kose, unter dem geöffneten Schiebedach sitzend, hatte sein Auto langsam durch die Kehren des Sträßchens hinunterrollen lassen und lauschte auf seine Krankheit, so daß er, obwohl er wußte, was geschehen würde, die Scheibenwischer einschaltete, die nur angeklebte Mücken zerrieben und verschmierten, weshalb er anhielt. Die beiden Frauen prallten gegen den Kofferraum des Wagens und schlugen aufs Blech.
Schmitz faßte sich ans Herz, stieg aus und sagte, Verzeihung, es tue überhaupt nicht weh, er habe die Geste in einem Film gesehen.
Das Reich der Rauschgoldengel sei gefährdet, rief Bella. Das Unkraut nehme überhand, die Zeitungen lügten, die Beschützer seien sich ihres Besitzes nicht mehr gewiß!
Das Ehepaar ließ das Auto stehen, ging untergehakt bis zu einem Zaun, der noch aus Pfählen, Latten und Stacheldraht

bestand, dann kehrte das Paar um und betrat den Stall des an der Straße liegenden Bauernhofs. Drinnen klatschte Taka Kose in die Hände, rief: »Theo, wo sind die Kühe, hol uns Stühle!« Charlotte erwiderte vorwurfsvoll, die Milchrinder seien auf der Wiese, und ihr Mann arbeite in der Wohnwagenfabrik.
Taka Kose entschuldigte sich, er werde vergeßlich, vielleicht komme es von den vielen Tabletten, dieser Dämpfungs- andererseits koronaren Erweiterungschemie. Manchmal habe er das Gefühl, sein Kopf schwebe weg von Miele, dem Gefängnis.
Bella schaute ihren Mann an, sagte, ob er nicht lieber zurück wolle und sich hinlegen? Der Streik der Kinder sei eine Nebensache. Sie werde bezahlen, Gesundheit gehe vor.
Sie meine seine Krankheit, erwiderte er dröhnend. Die fleißigen Kleinen entsprächen angestrebter Norm, die ganze Landschaft sei überdüngt, sprenge die Herzen. Es werde Zeit für Verkrautung!
Das Licht im Stall dampfte. Strahlenbündel ersetzten die hölzernen Balken, Fruchtfliegen taten sich gütlich in liegengebliebenem Mist, aus einer offenen Futterkiste flatterte ein Huhn und lief mit aufgesperrtem Schnabel panisch stumm vorüber, als wollte es einem Herzschlag entfliehen. Dann läutete ein Wecker, der in einer weißen Schüssel stand.
Taka Kose schwankte, streckte seine Hand aus. Bella geleitete ihren Mann zum leeren Schweinekoben, wo Schmitz sich anlehnte. Dahinter lag der Pferdestall, ebenfalls verwaist.
Charlotte sagte, der Wecker sei falsch gestellt. Er klingle sonst erst abends, damit Theo oder sie nicht vergäßen, das Vieh einzutreiben.
Sie war zu einer Luke gegangen, hatte Uhr und Schüssel ergriffen und wollte beide zu Boden schmettern.
Taka Kose schrie vor Entsetzen, ließ sich die Schüssel geben, drehte sich im Licht, als könnte er durch sie hindurch etwas entziffern.
»Woher«, fragte er.
Sei schon immer dagewesen, früher für Sauerteig und Essigmutter, antwortete Charlotte.

»Gibt's noch andere Kostbarkeiten im Stall, im Haus? Ein Kruzifix aus Elfenbein, ein Hinterglasbild mit Einhorn oder eine kleine Schnitzerei?«

Nichts, erwiderte die Bedienerin. Sie zog das Läutwerk des blechernen Weckers auf und stellte die Uhr wieder in die Luke.

»Eine Kostbarkeit«, sagte Schmitz, die Schale in der Hand. »Der Schein des Wassers, ehrwürdiges Porzellan. Kaolin wurde mit Urin versetzt, Kuhseiche, so daß sich die Kristallschichten, geschmiert durch Harnstoff, wie Spielkarten verschoben und übereinanderlegten. Es kann auch sein, daß abgesessene Reiter ihre Blasen in Gemengselgruben entleerten, und später entdeckten listige Mönche den Vorteil zusätzlicher Chemie. Nichts geht verloren.«

Charlotte nahm die Schüssel, rieb sie blank. Wohin damit, fragte sie.

»Ins Heu.«

Hätten sie keins, nur Kraftfutter in Säcken.

»Dann ins Bett.«

Welches?

»Schlaft ihr nicht zusammen?«

Habe schon seine Frau wissen wollen.

Schmitz glitt durch den leeren Stall, dessen Bohlen schlüpfrig waren. Der schwere Mann bewegte sich wie über Eis. Er erklärte, nur wenn sich nichts mehr ereigne, die Stille zu einem langen, tiefen Ton werde, der immer wiederkehre, stellten sich die Ohrenlöffel hoch. Mut sei eine Frage der Bescheidenheit. Er habe allmählich das Gefühl, daß sich sein Körper spalte, einerseits in Erinnerung an Tüchtigkeit von einst, andererseits in pelziges Holz, und er schaue den beiden Zuständen zu wie herab vom Mond.

Er stürzte nicht, kam, Hell und Dunkel zerteilend, bis zur Futtertraufe und blieb zitternd stehen. Er sei, sagte er, zu einem Aluminiumdepot geworden, sammle Leichtmetall im Nervensystem und Gehirn. Folgen? Gefäßverengung, Schwachsinn, also Morbus Alzheimer.

Bella befahl, Autoschlüssel her, sie fahre zu den Unordentlichen Werkstätten, er solle ins Bett, ins Bad oder zu seinen Rosen, außerdem habe sie ihre Zigaretten vergessen.
Nach ein paar Schritten überreichte Charlotte aus ihrer Kittelschürze eine angebrochene Packung samt Feuerzeug.
»Vielen Dank, trotzdem, ich fahre.«
Die Kinder verdürben nicht, antwortete Taka Kose. Sie würden älter, ob mit oder ohne Hilfe. Insgesamt seien sie in der reichen Landschaft zu einer Art Religionsüberbleibsel geworden. Stürbe eins, bekäme die beleibte Bevölkerung in ihren Siedlerhäuschen kostenlos Gelegenheit, sich Schuldgefühlen hinzugeben. Im Leben aber würden Kinder bestenfalls wie Engelchen auf dem Friedhof mit einem Dauerkranz aus Acryl behandelt, ostdeutsch Dederon, russisch phonetisch Pschütt, neuägyptisch Akram, aber dieses Wort hänge mit Tränen zusammen oder mit einer Weinsorte.
Bella küßte ihren Mann, sagte, sie überlasse ihm alle Regelungen. Er wisse, sie bewundere ihn, er sei der Allerbeste. Und beiseite zur Bedienerin sagte sie, natürlich gehöre Charlotte auch dazu.
Eine Wolke Parfüm, getragen auf den Rücken ausgestoßener Schweißpartikel, breitete sich aus, noch duftend im Lichtvorhang am Stallausgang, als drehten sich veresterte Äste rechtsherum, was nur um Kometen und im Weltall möglich war.
Sein Vater, der Japaner, sagte Taka Kose, seine Mutter, die kommunistische Putzfrau, was für ein Gespann auf der Achse Berlin–Tokio! Aber er? Im Tagblatturm, am Rosenhang, im weichen, lauen Bad? Das Puppenreich müsse gestürzt werden!
Bella hielt umarmend ihren Mann fest, als Theo, der Rucksackbauer, zurück von seiner Schicht in der Wohnwagenfabrik den Stall betrat, ingenieurhaft blond und bärtig wie sein Freund, der Turn- und Musiklehrer. Im Eingang hatte sich für einen Augenblick das Licht nach innen gewölbt, dann war es, freigelassen von der drängenden Gestalt, wieder nach draußen gewichen.

Taka Kose bot Theo, ohne ihn zu grüßen, für die Porzellanschale, die Charlotte vorsichtig mit beiden Händen umfaßte, zweitausend Mark. Oder, sagte er, noch mehr.
Er sei müde, antwortete Theo, und das Vieh müsse in den Stall.
Sie hätten einen Schatz, erklärte Charlotte. Er sei so viel wert wie eine Kuh.
»Wer sagt das?«
»Herr Schmitz, und Frau Mainz sagt es auch.«
Sie steigere nicht mit, widersprach Bella, ob es sich nun um ein Hilfsprogramm handle oder um eine Marotte ihres Manns.
Taka Kose atmete in der Düsternis schmerzhaft leise, und Charlotte, die milchweiße Schüssel demütig vorgestreckt, ging ihrem Mann entgegen. Er solle sie nehmen, sie gehöre ihm.
Er habe, begann Theo, es noch nie leiden können, daß seine Frau bei reichen Leuten arbeite, statt Kinder zu kriegen. Es sei eine Schande. Und lauter werdend beklagte er zornig, dazu komme, daß er in die Fabrik müsse für die Erhaltung des Hofs. Selbst der Gestank des Düngers werde verkauft. Er kündige im Wohnwagenwerk und Charlotte ihrer Chefin, denn wenn sie, zwar jung, nicht wie andere leben könnten, stürben sie trotzdem noch nicht. Worauf er die Schüssel ergriff und gegen die Wand warf.
Das Porzellan zersprang in Stücke, die zu Boden fielen, wo sie Theo zusammenscharrte; es war ein mürrischer Vorgang mit seinen Stiefeln.
Bella Mainz ging zu der Luke, legte neben den Wecker ein Bündel Scheine und verkündete, die Schüssel sei bezahlt. Bevor Theo aber das Geld zerreiße, nehme sie es wieder an sich.
Er lasse es liegen, bis eine Kuh es gefressen habe.
Sie bewundere Hochmut, erwiderte Bella, die Feier zitternder Gefühle, doch, da sie sich schuldig fühle, widerrufe sie ihr Angebot.
»Nein, nicht!« Charlotte ging mit schnellen Schritten zu Bella und riß ihr das Geld, das Bella schon ergriffen hatte, aus der Hand. Gott vergelt's, sie bedanke sich, sagte sie leise.

Als Theo seiner Frau befahl, sie dürften sich nichts schenken lassen, aber Charlotte die Scheine in die Kitteltasche stopfte, worauf der junge, stolze Bauer seine Frau zwingen wollte, das Geld herzugeben, und die Auseinandersetzung zu einem Handgemenge auszuarten drohte, dem Bella voll Genugtuung schweigend zusah, stieß sich Taka Kose von den hölzernen Rippen des Futterkobens ab und trat, den Kopf gerötet, aus der Dunkelheit. »Abscheulich«, rief er.
»Keineswegs«, sagte Bella. »Es ist mein Geld.«
»Es gehört dem Vieh, oder wir verbrennen es. Das Porzellan war mehr wert. Wer in Versuchung führt, soll darin umkommen.«
»Willst du mich nun verfüttern oder anzünden«, fragte Bella.
Er schlage vor, sagte Schmitz, das Geld den streikenden Kindern zu schenken. Die Krise sei da, es müsse anders verteilt werden.
Charlotte habe damit schon angefangen, entgegnete Bella. Sie hakte sich bei der Bedienerin unter, und beide Frauen verließen, unerklärlich lachend wie zwei Freundinnen, den Stall.
Die beiden zurückgebliebenen Männer standen sich gegenüber, während das Geflecht der Sonnenstrahlen über ihren Köpfen weiterrückte und wir, im Gemüt oder in den Herzen der zwei Kolosse uns tummelnd, ahnten, was geschehen würde, wenn das Gemälde der Alexanderschlacht noch nicht gerahmt gewesen wäre, denn Theo griff nach einem Prügel, der neben dem Schweinestall lag, holte aus, reichte ihn aber dann dem auf seinen Füßen unsicheren Taka Kose, der ihn als Spazierstock nahm.
Wo sein Rucksack sei, fragte Schmitz den Bauern.
»Noch draußen am Moped.«
»Gut, gehen wir auch.«
Charlotte, die wartend schon vorn im Auto neben Bella saß, hatte den Rucksack auf ihrem Schoß und rief, bitte, eingestiegen! Sie hätten entschieden.
Die Männer gehorchten, während ein Huhn, das vorher schon aus dem Stall geflüchtet war, die kurzen Flügel ausgebreitet

über den Hof bis zum Gartenzaun lief, in dessen Maschendraht, den Kopf voraus, es sich verfing.

Sand und Kies stiebten auf, Bella war gestartet. Danach rollte das Auto die kleine Teerstraße hinunter, vorbei an den vier, fünf Gehöften Wehrlangs, an die sich noch ein paar neue Häuser anschlossen. Zuletzt, vor der Kreuzung, stand hinter einer rechteckig gestutzten Buchenhecke ein glasiger Flachdachbungalow mit vielsprossiger Fernsehantenne und einem in den Rasen eingelassenen Zierbecken, worin Goldfische schwammen.

Dort wohne eine Frau, sagte Taka Kose Schmitz, die früher, als sie noch nicht krank gewesen sei, hundertköpfige Schifferklavierorchester zum Lobe Stalingrads oder der Firma Hohner dirigiert habe. Sie heiße Luise Masch Babel, ihre Vorfahren stammten aus Pfronten.

Taka Kose grüßte die unsichtbare Kranke, indem er im Fond der dahinschwebenden Limousine die Hand hob.

Bella ließ das Steuer los. Da es geradeaus und sacht hinabging, gelang es ihr ohne Schwierigkeit, nur mit angestemmten Knien, zwischen denen sich der Kleiderstoff spannte, das Auto zu lenken. Wer ihre Ringe haben möchte, fragte sie auffordernd.

Obwohl keine Antwort kam und Charlotte sich eher neben ihr duckte und Theo dahinter noch steifer aufrecht saß, streifte sie alle Ringe ab, die kleinen Kirchen und Kuppeln ihrer Träume, und warf sie durchs offene Fenster. Wieder das Steuer ergreifend, sagte sie, Reichtum fürs Vieh.

Kurz darauf hielt sie und fuhr wieder zurück. Charlotte und Theo stiegen aus, um das dichte, längst von Blumen verlassene Grüngras, das schon mehrmals gemäht worden war, zu durchforschen. Sie fanden die Ringe und gaben sie Bella Mainz.

Schmitz riet seiner Frau, sie solle ihren Schmuck verschlingen oder vor die Reifen legen. Ihr Mutwille sei nichtig.

Auf abfallenden Wiesen vor dem Kranz der Berge weideten Kühe, von denen sich einige niedergelegt hatten, damit das gewaltige Futter, das wenig Nährstoffe besaß, aus den mehrfachen Mägen wiederaufstieg und in den Mäulern der Tiere nochmals gekaut und fermentiert wurde, ein, außer biologischer Notwendigkeit, katastrophales Bild einer Wiederkehr für Taka Kose.

Auf den großen Augen der Kühe, dem Himmel oder den Insassen des Automobils zugewandt, kollidierten Mücken, die in der Feuchtigkeit der Glaskörper sich ballten, bis ein Lidschlag sie zerquetschte und zum Rand schob, wo sie einen Wall bildeten, der von Zuckungen des Epithels weiterbefördert wurde, hinaus in den Weltraum der Haut.

Die andere Verteilung, sagte Taka Kose, beginne nicht mit ein paar tausend Mark oder ein wenig Schmuck. Sie bedürfe einer Herzoperation und neuer Adern.

Er verwechsle seine Krankheit, die ihn auch noch politisch stimme, mit einem geschenkten Sommertag, erwiderte seine Frau. Sie führen nicht ins Grab, nur hinab nach Rotenbach.

»Und unsere Arbeit«, fragte Charlotte.

»Bleibt stehen oder liegen.«

Theo fragte verwundert: »Sie wollen melken und unseren Stall misten?«

»Wir haben es noch nie getan, also lernen wir es.«

Bedauerlich für die Kühe, entgegnete Schmitz, wozu Bella schwieg, jedoch der Rucksackbauer und seine Frau lächelten höflich.

Nach den Gehöften von Rotenbach, in deren rückwärtigen Scheunenwänden die Gebläse der Heutrockner heulten, gabelte sich das Sträßchen, führte über die gebuckelte Argenbrücke zur Barackensiedlung Weidach und zu einem Mülloch, auf der anderen Seite nach Dürrenbach. Bella hielt an einer Wiese, viele Autos und Motorräder standen schon dort.

Beim Aussteigen sagte Theo, er würde hier einen Zaun aus doppeltem Stacheldraht ziehen, daß niemand mehr das Gras verschandeln könne.

Nützte nichts, sagte Taka Kose. Erholungssuchende walzten alles nieder.

Und die Polizei?

»Seien wir froh, je weniger sie tut.«

Die kleine Gesellschaft schlenderte zum Fluß. Bella machte zunächst an einem alten Seitenkanal halt, der Wasser zu einer Sägerei leitete. Staubretter des Wehrs waren hochgezogen, so daß herabfallende Strudel aus dem höher gelegenen Bett sich ergossen, bevor sie in der von Moos bewachsenen Furt sich wieder beruhigten.

Davon gab es ein Bild, das Traudel Herzgespann, die Landschaftsporträtistin, gemalt hatte, ein unüblich quadratisches Format, auf dem die Stützbalken des Wehrs zugleich den Rahmen darstellten, aus dessen Tiefe, einem Gletschergebirge, dem Betrachter glasklares Wasser entgegenschoß, das sich, während es über blankgeschliffene Steine stürzte, in der Mitte teilte. Rechts schien es, noch durchsichtiger geworden, vergrößert stehenzubleiben mit einem Trichter aus Kies, in dem das erstarrte Ende eines Wurms steckte. Die linke Hälfte toste wie im Sturm zur Seite, wurde zu Flocken, verlängerten Tropfen, schließlich parallel geführten Geschossen, die weniger Licht durchließen, so daß von einem Frosch, der entsetzt sich aus explodierendem Gestein abstieß, nur noch der Kopf zu sehen war, der mit klaffendem Maul fast schon den Rahmen des Bilds oder das Balkenwerk des Wehrs erreichte.

Fliehkräfte und Hemmungen rieben sich in dem Gemälde übereinandergelegter Glasuren, doch hinter der aufspritzenden Gischt schimmerte der Kopf einer Iris, deren geöffnete Blütenblätter unbewegt blieben, nur ein paar Tropfen standen auf ihnen. In der Perspektive teilte sich minutiös Geäder, unterbrochen von Erhebungen, wie sie als Geschmacksknospen auf Zungen saßen, und wiederum in der Mitte dieser Bläue erhoben sich, den Eingang zum Paradies versperrend, zwei lanzenförmige Gebilde des Fruchtstempels, dessen zusammengewachsener Schaft abweisend gelb gemalt war.

Wenn der Blick von den Rändern her sich im Zentrum verfangen hatte, kristallisierte sich das Gewässer des Kanals, saß fest. Links streckte sich der Zeitfrosch umsonst zum Rahmenwerk, rechts war der Wurm auf seiner Flucht in die Tiefe erfroren.

Sie komme oft hierher, sagte Bella Mainz. Die Strömung ziehe, sobald sie hinabschaue, mit und sogleich höre sie keinen Lärm, kein Brausen mehr. Sie stelle sich jedesmal vor, wie sie weitergerissen werde, die Angst nehme zu, aber bevor das Wasser in der Dunkelheit unter der Sägerei am Ende des Kanals zwischen schweren Schaufelbrettern sich überschlage, habe sie sich zurückgerettet ins Licht, sei nicht zerschmettert worden, und dieselbe Faszination beginne von vorn. Eines Tages werde sie sich, gesichert durch ein Seil, hinunterwagen, sie nehme auch einen Rettungsring mit, trotzdem habe sie das unerträgliche Gefühl, zuletzt wie ein Baumstamm auf dem Schlitten vor den Sägeblättern zu liegen.

Der Jungbauer und seine Frau, die den kleinen Ausflugsrucksack trug, waren weitergegangen über das schmale Brückenbrett des Wehrs zur Argen. Das ältere Paar, Bella und Taka Kose, kam nach.

Der Fluß führte wenig Wasser, strömte kaum merklich über bewachsene Steine, an denen lange, sich schlängelnde Gewächse hingen, Zeichen der Überdüngung.

Ein breiter, dünner Wasserfall wurde von zwei Kindern benützt, die von oben mit gestreckten Beinen und die Nase mit den Fingern zusammengeklemmt, in einen Gumpen hinuntersprangen, den das Wasser in die Kanisfluh des Flußbetts gegraben hatte. Die Kinder tauchten wieder auf und schwammen hinter den Wasserfall, durch dessen Vorhang ab und zu ihre aufwärtsklimmenden Körper verzerrt zu sehen waren. Oben platschte ein Schäferhund hin und her, der noch erregter wurde, sobald die Kinder sich ganz zu ihm hinaufgeschwungen hatten. Sie kümmerten sich nicht um das Tier, holten nur ein paarmal Atem und sprangen erneut hinab, nun mit angezogenen Beinen im Beckensitz. Die beiden Kinder schrien schon vorher aus Lust und Schmerz, um dann aufzuschlagen und in Fontänen zu verschwinden.

»Hier könntest du üben«, sagte Schmitz zu seiner Frau, »wie früher vom Dreimeterbrett. Der Wasserfall ist mindestens so hoch.«

»Die Kinder würden mich auslachen.«

»Trau dich doch.«
»Zu alt«, sagte sie. »Du hast es auch nie gewagt.«
»Ich bekäme sofort einen Herzschlag«, antwortete er. »Man müßte es jedoch probieren. Vielleicht würde die Angst nicht vor dem Sprung, doch vor dem Sterben verfliegen.«
»Nein, nein, mein Schatz«, rief sie, »ich brauche dich noch! Gestorben wird im Bett.« Sie umarmte ihren Mann, ihr Gesicht gegen seines gepreßt, dabei rüttelte sie ihn ein wenig.
Theo hatte aus dem Rucksack seiner Frau eine Wurst genommen, einen Schiebling. Damit lockte er den Hund, der nicht wußte, was er tun sollte: auf seinem Wächterplatz bleiben oder nachgeben? Schließlich trabte er, das Gebiß zeigend, knurrend näher, streckte sich am Uferrand, nahm vorsichtig die Wurst und behielt sie quer im Maul. Zurückgekehrt auf die Mitte des Wehrs, scheute er, die Hinterläufe angespannt, unruhig auf der Stelle, bis er mit einem Satz jaulend den Kindern nachsprang.
Charlotte umarmte ihren Mann noch mal, rief, sie liebe ihn! Beide klatschten sich Beifall, neugierig vortretend und hinunterblickend in das Tümpelloch.
Das Wasser hatte sich schon beruhigt. Die Kinder und der Hund saßen bereits hinter dem Wasserfall in ihrem kühlen Versteck, wo sie sich die Beute teilen würden.
Die Wärme hatte zugenommen. In großer Höhe zogen Dunstschleier auf, die nach verschiedenen Richtungen spähende Zungen ausschickten, so daß sich zwischen Erde und Himmel, dessen Horizont blasser wurde, ein neues Gewölbe schob. Darunter segelten, getragen von unsichtbaren Aufwinden, Störche dahin, die verspätet von den Senken und schwarzen Klöstern Abessiniens kamen, unterwegs nach Sibirien, wo sie brüten würden.
Die beiden Paare gingen über einen Trampelpfad zum nahen Wald. Fahrräder lehnten an Stämmen, dazwischen stand ein abgestellter Kinderwagen, war leer, was Bella veranlaßte, zu sagen, ein kleiner Moses habe schon wieder das Weite gesucht. Unten am Ufer glomm in der Asche einer Feuerstelle noch Glut, am Leben gehalten von Kühle, die der Fluß auf seinem

Rücken mit sich trug. Zu hören waren außer dem Schlürfen der seichten Argen, die Torkel- und Schleifenflüge zahlreicher Hummeln und Bienen, vor allem in der Nähe von Brombeerbüschen, deren Blüten zitterten.
Die Bedienerin stimmte einen Ton an, den sie, als er auf- und abschwellte, hielt. Erstaunt drehte sie sich um.
Sei ein Gis gewesen, behauptete Taka Kose.
Sie probierte, ohne zu überlegen, noch mal. Es erklang der Ton auf derselben Höhe wieder.
Bella versuchte es auch und brachte, wie ihr Mann erklärte, ein H hervor, weil sie sich angestrengt habe. Er zeigte nach oben. Über der Schneise hingen schwere Trossen einer Überlandleitung, wie in Amerika, wo die Wechselstromfrequenz 60 Hertz betrug.
Der Strom enthalte, sagte Taka Kose, keine kosmische oder biologische Harmonie, eher ein in Panik treibendes Gefühl. Menschen und erfundene Technik gehörten zusammen. Vielleicht gebe es einmal ein Wechselspiel zwischen Bäumen, den größten Rechenanlagen unter dem Himmel, und Gehirnen. Für photosynthetische Schaltkreise stünden unendliche Blatt- und Nadelmassen zur Verfügung. Die Computerzentren lägen dann in den Tropen, so daß die armen Länder die materiellen und geistigen Verkehrsflüsse der Reichen bestimmten, eine Revolution.
Die Prophezeiung verhallte ungehört, denn Schmitz war in die Mitte genommen worden, damit sie gemeinsam die seichte Argen durchwaten konnten. Ihre Schuhe hatten sie wegen der Steine alle angelassen.
Das Steilufer gegenüber versperrte ein Lattenzaun, den die beiden Frauen überkletterten, doch Taka Kose blieb, obwohl geschoben und gezerrt, oben sitzen und erklärte, er könne nicht weiter, sei todkrank.
Bella und Charlotte liefen weiter durch hohes, strohiges Gras, das nie gemäht worden war. Rufe ertönten, und aus der Ferne klatschte es, als schlügen nasse Flügel gegeneinander. Auch eine Möwe schwirrte vorüber, stieg flatternd auf und ließ sich

kreischend wieder fallen, da ein anderer Vogel hinter ihr herjagte, Timbur, die fehlfarbene Holzkrähe aus dem Kolosseum, die sich unbedingt paaren wollte.

Ein langgezogener Baggersee erstreckte sich, eingewachsen von Haselnuß- und Weidenbüschen zwischen den Gehölzen der Argen und dem Bahndamm der nicht mehr befahrenen Linie nach Kempten. Das Wasser hatte eine blaue Farbe angenommen. Schlick und Lehm im Untergrund waren alkalisch geworden; es gab nur noch eine Sorte Fische, Stichlinge, die in silbernen Schwärmen wie kleine Zierdolche aussahen.

Die Ufer, soweit zugänglich, waren besetzt. Erwachsene ließen sich bräunen, ruhten auf Luftmatratzen und Decken, und aus gemäßigt eingestellten Kofferradios erklangen Stimmen und Musik. Vereinzelt wanderten Kühe, die großen Schulterknochen unter dem Fell scheu hochgestellt, auf Suche nach Futter durch den Wildwuchs. Überall hatten sich Kinder gesammelt, die Kleinsten alle nackt, während die Größeren Badehosen, auch Oberteile anhatten.

Es herrschte geräumige Zuversicht, manchmal unterbrochen von einem Schrei, dem Gelächter nachhing, dann lag der künstliche See, an dem vor einem Jahr noch Kieszertrümmerungsmaschinen, die inzwischen zerlegt und abtransportiert worden waren, gestanden hatten, wieder friedlich da. Die Geleise und Betonsockel der Anlagen waren bereits überwachsen.

Zwei junge Männer hielten sich schwankend an Zweigen fest und urinierten so hoch und weit es ging ins Wasser. Neben ihnen lehnte, schräg gegen einen Baum gestellt, ein Kasten Bier, zur Hälfte leergetrunken.

Timbur war kein Erfolg beschieden gewesen. Immer mehr Möwen hatten sich gesammelt und ihn verfolgt, so daß er zum nächsten Bergkamm, der Adelegg entfloh, wo er sich im Trichter einer Parabolantenne erholte, umspült von langen Schwingungen, ein Ereignis auch für ein Vogelgehirn.

Theo und Taka Kose ließen sich, nachdem der Zaun überwunden war, von einer jungen Kuh, die Zeit für Entscheidungen

brauchte, durch ein Dickicht zum Ende des Sees führen, wo sie bis zum Bahndamm vorstießen, auf dem neue Badegäste ihre Fahrräder über Schwellen und durch Arnika schoben.
Taka Kose verdächtigte Bella und Charlotte, sie hätten die Gelegenheit benutzt, sich selbständig zu machen. Theo beruhigte ihn, sagte, warum wären sie sonst mitgekommen?
»Meine Frau verliert sich gern in Einfällen«, erwiderte Schmitz.
Aber es sei doch auch seine Frau dabei, sagte Theo, der Bauer.
Taka Kose wußte im Augenblick nicht, wer Charlotte war, teilte, mit den Armen rudernd, Zweige und beschimpfte Fliegen, Schmetterlinge, klebriges Grobzeug.
Schließlich erreichten die zwei Männer eine Lichtung, auf der sie durch laues Wasser wateten. Sie zogen ihre Schuhe aus, gingen barfuß weiter. Die beiden Frauen lagerten am Rand der sumpfigen Wiese, hatten nichts mehr an, die Röcke jedoch über den Schoß gebreitet.
»Ein Tag der Erweckung«, rief Bella. Vor ihr und Charlotte lagen gekochte Kartoffeln im Gras, Schinkenscheiben, Möhren und eine Tüte Salz, der Inhalt des Rucksacks. Eine Flasche Rotwein wollte nicht stehen bleiben, mußte, da schon geöffnet, zwischen Knie geklemmt werden.
Die Männer zogen sich auch aus, behielten aber ihre Unterhosen an. Sie setzten sich, die Beine verschränkt, mit dem Rücken zu den Frauen.
In der Ferne, wo die Weidenbüsche aufhörten und die glatte Seenfläche zu schimmern begann, gab es einen Badeplatz. Frohes Entsetzen erscholl von dort, wenn die vielen kleinen Leiber ins Wasser drängten.
Ein paar Eltern, fast nur Frauen, hielten Handtücher bereit oder kümmerten sich um die Ventile von Schwimmflügeln. Erneut setzte ein Rennen zum Wasser ein, so daß den Erwachsenen nichts anderes übrigblieb, als mitzutun. Lillit Babett Prinz, die Ärztin, war darunter und trug ihr jüngstes Kind im Arm, begleitet von den beiden Helferinnen.
Taka Kose aß und trank, sagte mit Behagen, die Verteilung der

Güter sei momentan geordnet. Er schlage vor, sie öffneten ihr Haus für die streikenden Heimarbeiter.
Bella erwiderte, er könne Kinder und Eltern nicht trennen.
»Wir bauen an«, fuhr er fort. »Baumhäuser am Hang, Schlafstollen im Berg, das Geld verwaltet eine Stiftung.«
Das neugierige Rind, das vorher durchs Dickicht vorausgestapft war, hatte sich näher gewagt, stülpte seine Zunge in die Salztüte und warf sie, obgleich das Tier keinen Rüssel besaß, hoch, so daß ein trockener Regen niederprasselte. Theo sprang auf, schlug auf die Kuh ein, doch sie wich nicht, begann vielmehr, die bloßen Rücken der Lagernden abzuschlecken, eine rauhe Liebkosung, die alle drei auf die Beine brachte, worauf das Rind davongaloppierte und erst am steilen Bahndamm wieder umdrehte.
Charlotte sagte zu ihrem Mann, er solle das blöde Vieh wegjagen, sonst geschehe noch ein Unglück.
Es beruhige sich gleich, meinte Theo, brach aber von einem Stück Wellblech, das zum Dach der Kiesmaschinen gehört hatte, eine angeschraubte Latte ab.
Kinder waren herbeigerannt, wollten die Kuh vertreiben. Sie schnaubte und scheute, landete in einer Grube voll Sumpf, aus der sie kaum mehr herauskam. Theo mußte, bis zu den Knien in dem Schlamm, von hinten schieben. Schließlich trabte das Tier, das nun Moorstrümpfe trug, unwillig weiter, umschwärmt von Stechmücken und Fliegen.
Doch die Kinder hatten eine Gelegenheit entdeckt: Mit Anlauf sprangen sie in die Grube. Es gewann, wer am tiefsten steckenblieb. Einige schmierten sich noch ein, auch Kopf und Haare.
Bella rief, »ein Jungbrunnen, oh, unschuldiges Nazi-Land!« Nackt lief sie zu dem Weitsprunggraben und stürzte sich hinein, ziemlich unglücklich, daß nur noch ihre Beine herausragten. Charlotte, ebenfalls nicht mehr auf ihren Rock achtend, mit dem sie sich bedeckt hatte, kam zu Hilfe, befreite Bella aus ihrer unwürdigen Lage.
Die Kinder hüpften gleich Fröschen von allen Seiten dazu. Bella rang nach Luft, sah, Augen und Mund aufreißend, einer

schwarzen Unke ähnlich, während Charlottes Gesicht nur an Stirn und Schläfen, als habe sie eine spanische Frisur bekommen, von Flocken bespritzt war.
Der Himmel hatte sich bei fallendem Luftdruck bezogen. Dunkle Wolken hingen stillstehend tief, auch das Gewirr der Stimmen an den Ufern schien in der lastenden Hitze zu versinken. Nur der See fing wie ein biegsamer Körper zu schwingen an, verdoppelte von einem Ton zum nächsten seine Klanghöhe, und dieser Rhythmus wäre mit Geduld, wenn das langsame Wasser stieg und träge wieder fiel, auch zu beobachten gewesen, eine Melodie erzeugend gleich einem Orgelspiel.
Die Landschaft schwieg, horchte nach. Der nächste See, ein paar Kilometer entfernt, der Hengelesweiher, war verstimmt, da von den Hängen zuviel Phosphate in ihn geronnen waren, und der kleine Biesenrohrweiher, zwischen Burkwang und Lukasreutehof gelegen, gurgelte von Jauche erstickt wie Schokolade, wenn es dafür noch hörbare Töne gegeben hätte.
Taka Kose, zurückgeblieben bei Theo im Gras, sagte, er könne kaum mehr atmen, doch tue es.
Theo reichte ihm die Flasche Rotwein.
Bella hatte ihre Ringe abgestreift und im Sumpf versenkt, aber zunächst hatte sie noch jedes einzelne Kleinod vor den Augen der Kinder hin- und hergeschwenkt. Danach wälzten sich die beiden Frauen aus dem Schlamm und gingen tropfend zu ihren Männern, umtanzt von Gewitterfliegen.
Die Kinder suchten nach dem Geschmeide, holten es aus der Grube und steckten es an Daumen und große Zehen. Verkrustet, doch an einzelnen Stellen funkelnd, gingen die Kinder zu ihren Eltern und Klassenkameradinnen, auf dem Weg dorthin die Kostbarkeiten in Sicherheit bringend, indem sie die Ringe in der Hand verbargen.
Der Himmel war noch schwärzer geworden, die Hitze unbewegter. Schmitz, auf der von seinem Herzen abgewandten Seite liegend, erklärte, er sehe, daß gemeine Graswespen für den letzten Schliff ihrer Hängenester winzige Steinchen in den Kiefernzangen mitbrächten, um Fugen zu schließen und Erhe-

bungen zu glätten. Außerdem speihten sie eine regenbogenartige Flüssigkeit aus, Leim als Verschlußmaterial. Er habe, obwohl ein dunkler Punkt im Blick mitwandere, sieben verschiedene Steingrößen gezählt, welche die geflügelten Arbeiter verwendeten.

Libellen, stahlblau die Männchen, die Weibchen unscheinbar braun, freßgierige Agronomen, stellten sich an Blatträndern zu bebenden Herzschleifen hoch und paarten sich für eine Insektenewigkeit, so daß der Baggersee neue Akkorde anstimmte, die nach Teufelsnadel und Chitinpanzer klangen.

Es sollten, behauptete Taka Kose, Höhe und Breite der Gartenzwerge endgültig vermessen werden, er stelle einen Antrag. Zu unterteilen wären Kopf, Brust und Unterleib, sowie Beine und Füße in künstlerische und materielle Werte, auch sei die Frage nach Entwässerung noch nicht geklärt. Beginnende Freiheit müsse in einem Land, das unterirdisch bebe vor Angst, geschichtslos werden wie die kleingewachsenen Sklaven, die aus Kreta gekommen seien, um den Salz- und Erzabbau in europäischen Bergwerken zu revolutionieren. Gegen Steinschlag hätten die Wichte gepolsterte Hauben aufgehabt, Zipfelmützen.

Von Bella und Charlotte fielen Fladen getrockneten Schlamms ab. Theo tat, als genierten ihn die nackten Frauen nicht mehr, prüfte mit nassem Zeigefinger die Windrichtung, sagte, das Wetter rase von Westen her, er rate einzupacken.

Die Kühe müßten in den Stall, rief Charlotte. Zeit zum Melken!

Doch Taka Kose ließ sich weder auf die Füße stellen noch anziehen. Er habe, sagte er, Vertrauen in den stürmischen Frieden, auch sei die Flasche Wein noch nicht geleert. Sein Herz schlage stetig mit langen Pausen, der dramatische Himmel beschere Kraft.

Bella zerrte an ihrem Mann, ließ wieder los, jagte ihren Kleidern nach, die der beginnende Sturm davonschleppte.

Blätter wurden von Bäumen gerissen, das verwilderte Gras legte sich zu ergebenen Frisuren flach. Vom Badeplatz flohen Kinder und Erwachsene zu einer Unterführung im Bahn-

damm, und die Sonnenbadenden vom gegenüberliegenden Ufer waren schon durch den Fluß zu ihren Autos und Motorrädern geeilt.
Bevor das Gewitter losbrach, öffneten sich im Himmel blaue Lücken, aus denen, umzäunt von senkrechtem Regen, grelles Licht herabstieß, das in Kegeln als Scheinwerferhosen über die Landschaft strich. Dann krachte Donner, aus hochelektrischen Klüften zuckten Entladungen.
Theo hatte ein Stück Blech ergriffen, doch die zwei Frauen rissen es ihm wieder aus der Hand, stopften ihre Kleider und den Rucksack darunter.
Blitze schlugen in den Baggersee, dessen Oberfläche wie zu kochen anfing. Kopfschüttelnd erhob sich Taka Kose, ging zum Wasser, watete hinein. Schwimmend verschwand er in der Regenwand, kurz eine Spur hinterlassend mit Miele auf dem Rücken, dem Gefängnis.

6

Der Friedhof funkelte, als sei in seine Gräser und Sträucher der Botenstoff Luciferase der Leuchtkäfer eingeschleust worden. Nicht nur Lieferanten für Engelmaterial, auch Heimarbeiterinnen waren gekommen, desgleichen Kinder aus den Unordentlichen Werkstätten mit Hassel Ruth Weidenbacher, an deren Seite Poi Amber Braun, der Geliebte, stand. Er trug einen Anzug, war nicht mehr in Löß gehüllt.
Ein Pfarrer sprach Verse. Ein alter Redakteur erzählte kurz die Wiedererschaffung der Stuttgarter Zeitung im stehengebliebenen Tagblatturm. Bella, ein wenig schwankend zwischen Charlotte und Theo, hatte einen Florentinerhut aus schwarzem Reisstroh auf, der ihr Gesicht beschattete. Sie weinte, lächelte jedoch auch.
Der Sarg senkte sich, und Diener verbeugten sich, bevor sie die Gurte, die den Sarg gehalten hatten, wieder heraufzogen.
Die Kinder warfen ein paar Ringe, gerettet aus dem Schlamm der Weitsprunggrube am Baggersee, ins Grab hinab. Tobias, Sobitka und Tacitus streuten Erde hinterher, nur Angela kniete sich hin, schlug ein Kreuz in die Luft und betete stumm.
Larissa-mit-der-Zahnspange schrie plötzlich, wollte sich in den Kranz- und Blumenschmuck flüchten, als wäre er ein Hexenhaus. Poi Amber Braun nahm sie unter die Fittiche seines Anzugs.
Eva-mit-dem-Röhrchen sagte laut zu Torsten, sie könne nicht weinen, denn sie kriege, wenn sie groß sei, keinen Mann, weil sie überall Narben habe.
Torsten erwiderte, sie solle zuhören, nicht sprechen, worauf Eva ihr Ohr an Torstens Ohr preßte.
Susanne fragte, ob alle wüßten, wie Mehl aus Korn werde? Da niemand antwortete, nahm sie eine Handvoll Weizen oder Gerste aus einem Beutel, den sie umgehängt hatte, und kaute die Körner, während Bella schluchzend zusah und sich bei-

nahe, wäre Charlotte nicht eingeschritten, eine Zigarette angezündet hätte. Schließlich war Susanne fertig und spuckte einen Brei auf die Erde: »Mehl, bitte sehr.«

Der Pfarrer gab der Zwergin die Hand, bedankte sich. Der Schlußchor erklang, eine mehrstimmige, drängende Weise mit hüpfender Melodie, und die Gemeinde ging.

Im Ahnenschrank neben der Friedhofspforte verzweigten sich die Sprünge im Decklack, so daß zwischen den Familiennamen noch andere Platz gefunden hätten. Uns, deren Unruhe höchstens die Windung einer Schraube benötigte, dünkte, daß die Risse im Stammbaum einer Spinne glichen, die links und rechts schwere Koffer trug, während sie sich durch die Korridore eines Schnellzugs zwängte, der Tag und Nacht über Schienen und Weichen glitt.

Die Schöpfung mußte eine Vorliebe für Geziefer gehabt haben. Es stellte den dauerhaftesten Teil unter den Lebewesen dar. Weil aber nur erinnerte Tote nicht völlig tot waren, flossen Milliarden und Milliarden Unbekannter in den Kern zurück, zum Beginn der Weltzeit, die sich in viele Räume ausdehnte und aus Rümpfen, ineinandergesteckten Löchern und Geschwindigkeiten bestand, so daß ihre Dicke oder Gärung ständig zu- und wieder abnahmen.

Bildeten die schwermütigen Krümmungen im Raum eine Symmetrie? Im Ahnenschrank, wo am äußersten Rand die Namen Jakob Edelstein, Paul Eppstein und Benjamin Murmelstein fehlten, die von 1941 bis 1945 nacheinander in Theresienstadt dem Ältestenrat angehört hatten, der die Transportlisten für die Vernichtungslager zusammenstellen mußte, hätte der Wahlspruch gelautet: Einmal geht es doch auf nile, heißend, zu Ende.

Vielleicht hatte sich die Göttin Sapientia mit dem einschichtigen Donnergott Jahwe vereinigt, so daß Fenster für Kontakte geöffnet blieben, denn in allen Religionen ereigneten sich dauernd Buße, Zerschmetterung, Erlösung, erneute Abkehr, womit Göttinnen und Götter, unterminiert durch vital sterblicher Kreatur, sich Selbstbewußtsein schufen.

Bella Mainz hatte nach der Beerdigung im Goldenen Adler, einer Wirtschaft mit eigener Metzgerei, zur Leichentafel geladen. Es gab Kaffee, Obstkuchen und Torten, auch Bier und aufgeschnittenen, kalten Braten. Die Stühle reichten für alle, die mitgekommen waren, aus. Die Kinder, ihre Lehrerin und der Geliebte hatten sich vorher verabschiedet, wollten unbedingt die Turnstunde, in der ein eingeladener Akrobat aufträte, nicht versäumen.
Auf den Gasttischen lagen Gestecke des Studios Tellego, zauberhafte Witwenhütchen, unter deren Schleiern mimosenhafte Pralinen ruhten. Um die Teller gruppierten sich lavendelfarbene Ameisen, die Stiefelchen aus Samleder anhatten und auf ihren Schultern versilberte Eichelspieße trugen, als wollte ein kleines Heer das rauhreifweiße Geschirr besetzen. Zwischen Tellern und Tassen breiteten, unterwegs von Porzellan zu Porzellan, Flamingos und metallisch schimmernde Eisvögel ihre Flügel aus.
Bella erinnerte daran, daß die Gegend hier mit ihrem dummen, grünen Gras, in dem kaum mehr Blumen wüchsen, noch vor hundert Jahren zur Flachsblüte bis zum Fuß der Alpen blau überhaucht gewesen sei.
Wir hätten hinzufügen können, irdische Pracht ereigne sich auch im Pelz des Fischotters, der fünfzigtausend Haare auf einem Quadratzentimeter besitze; die Larve des Laufkäfers schwitze ihre Exkremente aus, damit sie zu einem für alle Feinde ungenießbaren Gestrüpp erstarre; der Bombardierkäfer spritze zur Verteidigung eine siedendheiße, ätzende Flüssigkeit aus seinem Hinterteil, was sogar bei der Raubspinnenart Tesla minutenlange Lähmung verursache.
Wind wogte durch die sieben Taleingänge und strömte zu den mit Kinderzeichnungen gefüllten Bibliothekssilos. Die Versiegelung der Türen nach dem elektromagnetischen Puls hätte vielleicht mit einem Bohrer geöffnet werden können, auf den eine quadratische Spitze gesteckt worden wäre, einer kurz vor dem Ersten Weltkrieg im amerikanischen Patentamt angemeldeten Erfindung des Ingenieurs Harry James Watts nach dem

Reuleauxschen Dreiecksprinzip für viereckige Löcher, die, kreuz- und quergeschnitten, dann runden glichen.
Wir hingen eher der Partisanenmethode an, indem wir die Schatztürme, als wären sie Brücken, allmählich durch Gleichschritte in Kolonnen zum Schwingen gebracht hätten, bis Risse in Beton entstanden wären.
Tage nach der Beerdigung standen Rauschgoldengel und Teller für Spenden neben den Ausfallstraßen. Zwei Engel wurden überfahren, alle anderen blieben heil. Die Teller füllten sich, nur betrunkene Bauernburschen, die am Wochenende in ihren Autos von Gaststätte zu Gaststätte unterwegs waren, genehmigten sich manchmal Ausleihen, die sie am nächsten Morgen wieder zurückbrachten mit mindestens zehn Prozent Zinsen freiwillig dazu.
Dann stürzte eine Brücke ein, die über die Argen führte. Der Verkehr mußte umgeleitet werden. In Zeitungen wurde berichtet, die Ursache des Unglücks sei noch nicht gefunden worden, allerdings hätten sich an Bruchstellen unkonventionelle Säge- oder Bißspuren gezeigt. Die Behörden verdächtigten Terroristen.
Und Timbur blieb aus, kehrte auch nachts nicht ins Kolosseum zurück. Angela war verzweifelt, rief immer wieder nach ihrem Vogel, sagte, sie könne ohne ihn nicht leben. Ihr Bruder und die Lehrerin versuchten, sie zu trösten, doch erst als Susanne die Zwergin kam, beruhigte sich Angela.
Die Holzkrähe hatte sich hinter den Pappelreihen in einem der Fachwerkbauten eingenistet, wo sie auf den Vorratstischen in Stoffresten herumhüpfte, vor allem mit Gold- und Silberfäden schnäbelte.
Charlotte und Theo behaupteten, der Vogel bedeute Schutz. Es bleibe gar nichts anderes übrig, als ihn zu beherbergen, denn draußen werde er gejagt. Sein Gefieder war noch heller geworden, der orangefarbene Glanz brachte, wenn Timbur blitzend über der Landschaft kreuzte, die ganze Vogelwelt in Aufruhr, was, überlegte wiederum Charlotte, auch an Krankheit, Flucht, Elend und Tod denken lasse.

Bella Mainz telefonierte mit Firmen, bestellte Matratzen, Wolldecken und Geschirr. Dem jungen Ehepaar erklärte sie, da ihr Mann sich immer eine Tochter gewünscht habe, müsse das Rosenreich am Hang bereit sein für Gäste.
Sie sprach mit der Direktorin der Unordentlichen Werkstätten, lud Kinder zu sich ein, die zusammen mit ihren Eltern, damit keine Trennungsschmerzen aufkämen, bei ihr wohnen sollten. Sie wolle auch die Heimarbeit an den Märchenfiguren, Gestekken und Engeln günstiger verteilen, vor allem über Tarif bezahlen. Für Streiks, sagte sie, gebe es in Zukunft keine Notwendigkeit mehr.
Die Direktorin bedankte sich, sagte, sie werde in der nächsten Lehrerkonferenz darüber berichten. Es stehe noch die monatliche Schenkungspauschale aus, die das Studio Taka Kose Tellego der Schule großzügigerweise seit Jahren gewähre. Die Spendenquittung sei schon abgeschickt worden.
Bella gestand, ihr Mann habe anscheinend Geheimnisse vor ihr gehabt, doch sie werde in seinem Sinn den Betrag, wie hoch er auch sei, weiterhin überweisen.
Ein Summen schwoll an, wurde energisch, daß Bella ein Gefühl bekam, als würden alle Tischapparate, verteilt in den Stockwerken der Wohnung und in den Vorratshäusern, auf der Stelle zu hüpfen beginnen und mit herausgerissenen Steckern, die Leitungen hinter sich herschleppend, gleich kleinen Drachen ihr entgegenstreben. Sie ließ den Hörer auf die Gabel fallen, floh zum Schwimmbad im Berg.
Als sie tagelang keine Nachricht erhielt, auch niemand sie besuchte, nur die Matratzen, Wolldecken und das Geschirr waren geliefert worden und versperrten Platz, setzte sie sich eines Morgens ins Auto, mußte es aber unten im Weiler Rotenbach stehenlassen, denn die Brücke lag in der Argen. Schäumend ergoß sich das Wasser über Mauerbrocken und umspülte einen steinernen Nepomuk, der senkrecht von der Brüstung hinabgestürzt war, aber immer noch als Wächter aus einem Strudel ragte.
Bella balancierte über einen Notsteg und sah ängstlich zur

Sägerei zurück, den ratternden Gattern, die von früh bis spät auf Schlitten gekettete Baumstämme zu Brettern schnitten. Beim Bahndamm atmete sie den Duft von Hundskamille, dünnem Seidelbast und Spitzwegerich ein, wieder gewachsen aus dem Schotter, seitdem die Strecke nicht mehr befahren wurde. Mit dem Autoschlüssel schlug sie auf die verrosteten Geleise, einmal, zweimal, dem Klang nachlauschend in Erinnerung, als der letzte Schienenbus, ein blechernes Gefährt mit einem angehängten Eisenbahnwaggon, der noch aus der Zeit der Dampflokomotiven stammte, langsam in die Kurve eingebogen war, die durch das Gehölz führte, hinter dem der Baggersee lag. Beim nächsten Sommerregen würde Bella dort noch einmal schwimmen gehen und im Wasser leise nach ihrem Mann rufen, der ihr immer im Abstand gefolgt war, mahnend, sich Zeit zu lassen, seine Badehose rutsche. Sie würde kraulen, bis sie sich verschluckte. Er bevorzugte den Seitenstil, eine Technik alter Herren, deren Umständlichkeit er gravitätisch demonstrierte, bevor er sich auf den Rücken legte, um mit durchgezogenen Armen als erster das Ufer zu erreichen, von dem aus er ihr die Hand entgegenstreckte.
Bella vergewisserte sich ihrer festen Schuhe; der in eine Wiese getretene Pfad wurde rutschig. Im Gras funkelte es, als hätten sich aus Zellkammern, in denen Wasserstoffgas und Alkoholdampf siedeten, überall reine Kohlenstoffe niedergeschlagen, kleine Diamanten.
Der Weg stieg an, hinauf zu einem Hügel mit einem Zementsockel, in den eingemeißelt war, daß hier ein Römerkastell gestanden habe. Als Bella nach dem letzten Krieg sich entschlossen hatte, über dem Fluß am Berghang gegenüber schnell wachsende Pappeln anzupflanzen und dahinter ihr Puppenreich zu errichten, war die Erde um die ehemalige Befestigung von Kindern und Erwachsenen auf Suche nach alten Münzen aufgegraben worden, die in Fleisch umgetauscht werden konnten, Hundebraten zu Weihnachten oder Ostern.
Sie kam nach Klein-Haslach, eine Siedlung, die damals erst von Flüchtlingen aus Siebenbürgen und dem Banat in Nachbar-

schaftshilfe erbaut wurde. Andere hatten hundert Kilometer weiter Neu-Gablonz gegründet, ein Zentrum der Schmuckindustrie.

Niemand war unterwegs, auch die Garagen standen leer. An einem Zaun hing ein Zigarettenautomat, neben einem Lebensmittelladen lehnten schwarze Tafeln, auf die Sonderangebote geschrieben waren, und in einem der geschorenen Vorgärten surrte ein eingepflanztes Windrädchen. Davor hieben zwei Wichtel mit ihren Hacken ins Leere.

Ein großzügiger Taumel erfaßte Bella, als gelänge es ihr wie auf einem Tablett mit hinterherflatternden Straßen als Hochzeitsbändern, davonzufliegen.

Bella hörte das Gurren versteckter Tauben, zu dem sich das Trommeln von Hasenpfoten gesellte, aus Ställen, die hinter den Häusern angebaut worden waren. Das gedämpft wirbelnde Musikstück begleitete sie bis zu einem Gehege, an dessen Maschendraht mit überschlagendem Gebell ein Schäferhund hochsprang. Die Wut des Tieres ließ nicht nach, so daß Bella gebückt zu laufen begann und am liebsten in einen frisch aufgeworfenen Maulwurfshügel geschlüpft wäre, doch dazu hätte sie eine Verkleinerungswurzel benötigt, die ihres Wissens selbst von geübtesten Sammlern seit langem nicht mehr entdeckt wurde.

Außer Atem kam sie in eine Senke, dem Wasserschutzgebiet der Ach. Der Quelltopf des Stadtbachs lag, umstanden von schützenden Weidenbüschen, kreisrund inmitten einer Wiese.

Danach führte der Weg an einer alten Scheune vorbei. Dort war von früh Begeisterten der Hitlerjugend, die weder bei der Reiter-, noch Motorradstaffel Platz gefunden hatten, in Heimarbeit das erste Segelflugzeug gebaut worden, ein Hängegleiter mit Gitterschwanz, Flügeln aus Holzrippen und Pergamentbespannung. Anstelle der Kanzel hatte es vorn einen freien Sitz gegeben, auf dem die jungen Piloten angegurtet wurden, die meisten noch, da sie zu leicht waren, auf einem Sack voll Backsteinen saßen. Die Mannschaft zog an einem Gummiseil das gezimmerte und dick verleimte Großmodell so lang hinter sich

her, bis es sich, endlich losgelassen hüpfend für wenige Meter in die Luft erhob. Nach dem Krieg hatte die Scheune wieder als Werkstatt gedient, diesmal für elegantere und leichtere Maschinen aus Aluminiumgestänge und Kunstfiber.
Bella stieg die Treppe zum Vorstadtfriedhof hinauf, einer kleinen Anlage aus dem letzten Jahrhundert mit Einsegnungskapelle und Aussicht zum Gebirge. Hier wollte sie ohne Stein oder Kreuz begraben werden und nicht auf dem großen Friedhof, der mittelalterlichen Stiftung Buffler, wofür sich ihr Mann entschieden hatte, ein alter, nun beendeter Streit, der vielleicht, dachte sie, wenn sie gestorben war, von neuem begönne.
Diese Lebenslust war umsichtig, als wüßte Bella, daß wir ebenfalls um günstige Gelegenheiten stritten und begierig hochstiebten, wenn in ein paar Kilometern Höhe ein Flugzeug explodierte und einen majestätischen Schirm aus Trümmern und Körperteilen am Himmel entfaltete.
Bei der Wachszieherei Zengerle, in deren Schaufenster nach Größen geordnet Gebrauchs- und Schmuckkerzen aufgebaut waren, zwischen denen elektrisch betriebene Windlichter brannten, und vor der Ladentür standen links und rechts eine zentnerschwere, gelbe Katafalkkerze mit gewundenen Intarsien, Figuren und lateinischen Sprüchen, fing Bella sich zu ängstigen an, warum sie immer noch kein Auto gesehen habe.
Die Landschaft schwieg, als sei ihr Last aufgeladen worden. Mehrstöckige Mietshäuser, an denen klobige Balkone hingen, schienen sich immer mehr zur Seite zu beugen, und im Sägeweiher, auf dem Bella im letzten Winter, nachdem sie eine ovale Bahn Schnee weggekehrt hatte, Schlittschuh gefahren war, trieben schwarze Kadaver, nein, sie zählte drei, fünf, sieben aufgeblasene Schläuche von Lastwagenreifen.
Es konnte sich um eine Rechenaufgabe handeln, die, weil sie keine Perioden besaß, sich für Verschlüsselungen eignete, eine für uns köstliche Untiefe. Bella fürchtete sich vor der geteerten Straße, auf der, erst eine Generation her, von Schlagloch

zu Schlagloch noch knarrende Pferdegespanne unterwegs gewesen waren, die für Einzelschicksale taugten.
Sie betrat einen Hohlweg, der zwischen Gärten und einem verwilderten Park hindurchführte, in dem der Wohnpavillon des letzten Fürsten der Kleinstadt lag. Der schon in jungen Jahren eisgrau Gewordene lebte vom Verkauf seiner geschädigten Wälder, auch besaß er ein paar tausend Hühner in Legebaracken. Besser Raucherzähne im Mund, als abgeschnittene Beine in der Hand, lautete einer seiner Wahlsprüche.
Bella spürte ihre Knie surren, als säßen in ihnen zwei Dibbuks, verirrte, galizische Teufel, die nach Heimstatt suchten, und sie roch Schweiß, der sich in ihrer Seidenbluse gesammelt hatte, wobei sie sich mit Beklemmung erinnerte, daß Taka Kose von einem kolorierten Holzschnitt fasziniert gewesen war, auf dem eine Geisha mit hochgerafften Röcken ihre handtellergroßen Schamlippen zeigte, einst ein sexuelles Idol japanischer Männer.
Eher wüchsen ihr Flügel, als daß sie sich ähnlich herrichtete, hatte sie gesagt. Er solle eine Schreibtischschublade, sein Sattelzeug oder den Balg eines Rauschgoldengels benützen.
O die Verlegenheit und fahrige Schamröte des alten, kranken Manns! Mit einem Himbeerbonbon zwischen den Lippen hatte sie ihm einen Kuß angeboten, den er mit geschlossenen Augen genoß, um anschließend das süße Diabetikergift zu essen.
Am Ende des Hohlwegs unter Kastanienbäumen spähte Bella zu einer Gärtnerei hinüber, vor der in einer Umzäunung die Hütte eines Esels stand. Das silbergraue Tier zeigte sich nicht, nur sein Husten war aus dem einsamen Stall zu hören. Kinder behaupteten, der kleine Esel könne manchmal sprechen, türkisch oder tschechisch. Schon zweimal hatte er durch eine Notoperation gerettet werden müssen, weil er mit Kaugummi gefüttert worden war.
Bella kürzte, vorbei am Schloß, ab, das die Mutter des letzten Fürsten vor der Währungsreform für eine Million Reichsmark an die Stadt Stuttgart verkauft hatte. Seither diente die barocke Anlage als Altersheim, aber auch hier, wo sonst noch Hoff-

nungsvolle auf Parkbänken saßen, sah sie niemanden. Sie flüchtete sich in die nächste Gasse.
Aus einem geöffneten Fenster der Praxis eines blinden Masseurs klang Radiomusik, und auf der Sandsteintreppe des Hauses daneben sonnten sich die beiden Windhunde einer Augenärztin, die ihren Beruf nicht mehr ausübte.
Bella wandte den Kopf, als hörte sie Beifall, doch es waren wir, ein stummer Schwarm, den sie einatmete und in dem sie sich bewegte. Sie mußte auf Querrinnen und Kopfsteinpflaster achten, auch kam ihr die enge Gasse herauf ein Lieferauto entgegen, so daß sie in die Einfahrt zu einem Garagenbau auswich, auf den ein steiles Holzdach, wie es Markthallen besessen hatten, gesetzt worden war mit offenen Giebeln für die Lüftungsschächte.
Drinnen brannten Neonröhren, und ein Einkaufswagen, durch dessen Gitter spärliches Licht irrte, stand verlassen in der Leere.
Bella wollte den Karren beiseiteschieben, damit das Rattern der Rollen die lauernde Absichtslosigkeit unterbrach, doch vier, fünf Schwalben, vielleicht auf Suche nach Nestmaterial, das sie draußen in der versiegelten Landschaft nicht mehr fanden, schossen hintereinander herein und jagten unter der niedrigen Decke schreiend im Kreis, worauf sie flatternd über dem Einkaufswagen, in dem eine faulige Mandarine lag, stillstanden und auf die Beute hinabstießen. Für einen Augenblick gelang es ihnen, die Frucht aufzuspießen und gemeinsam hochzuheben, aber auf dem Weg weiter nach oben brach sie auseinander und fiel in Stücken durch das Karrengitter. Schreiend verließen die Vögel in einer Kette den festungsartigen Ort.
Bella lief ihnen nach, sah sie noch zwischen Dächern und Kaminen gleichzeitig auf die Seite kippen, als stießen dort Luftgebirge zusammen, deren schnell wechselnde, thermische Schluchten und Klüfte nur in akrobatischem Messerflug zu passieren waren. Ein Herzschlag darauf schmolz der Verband zusammen und löste sich auf.
Ein zehrendes Gefühl blieb zurück, das in Furcht und Fremde

umschlug. Bella glaubte, wie auf einem Röntgenschirm sich selbst zu begegnen, ihrem Knochengerüst, in dem, gespeist von pulsierenden Flüssigkeiten und chemischen Gefällen, Weichteile und Organe schaukelten.
Taka Kose hatte einmal erzählt, zwei arbeitslose Samurai seien an einen Fluß gekommen, den sie überqueren wollten, doch sie hätten kein Boot gefunden, keine Brücke. Da habe der eine auf das Wasser sein Schweißtuch gelegt, um das erbärmliche Stück Stoff zu betreten und sei sicher ans nächste Ufer gelangt.
Unsinn, habe der Gefährte gerufen. Das gehe doch nicht?
Siehst du aber, habe es herübergeschallt.
Bella hatte ihren Mann gefragt, was mit dem anderen geschehen sei?
Der sei untergegangen, war die Antwort gewesen.
Sie ging in die Trinkstubengasse hinein. Die buckligen Häuser hatten Anbauten, weißen Verputz und trostlose, neue Fenster erhalten, und wo früher eine Ziege oder ein Schwein auf Kot und verschimmeltem Stroh manchmal noch vor dem Schlachttag verendet waren, standen Garagen mit Kipptoren, oder in einem geteerten Innenhof gruppierten sich Gartenstühle um einen wetterfesten Bauerntisch, dessen Füße aus auffällig krummen Astholz waren.
Die Trinkstubengasse stieß unten auf die Kemptener Straße, an der gegenüber das Uhren- und Optikergeschäft Schwarzenberger lag, ein schmaler, zwischen einer Gastwirtschaft und einer Eisenwarenhandlung eingezwängter Laden. Tür und kleines Schaufenster steckten in Friesen und säulenartigem Laubwerk aus dunkelgrünem Stuck.
Die Stille, in der Bella, seit sie vor der eingestürzten Rotenbacher Brücke ihr Auto hatte stehen lassen müssen, dahingeeilt war, wurde vom Lärm des Durchgangsverkehrs unterbrochen. Erst nach ein paar Versuchen gelang es Bella, wobei nicht eingetrocknetes Blut der tödlich verunglückten Ursula Kappenmacher, sondern ein schillernder Streifen Öl auf dem Asphalt den Weg wies, die Straße zu überqueren. Drüben drückte Bella stürmisch die Tür auf.

Drinnen herrschte wieder Stille, in der es nach angesengten Blättern roch. Hinter der ab und zu erzitternden Verkaufstheke stand, in das eine Auge ein schwarzes Okular geklemmt, das andere Auge zugekniffen, schwergewichtig vorgebeugt der alte Schwarzenberger, dessen zerbeulte und von Äderchen eingesponnene Nase ebenfalls ein optisches Gerät hätte sein können.
»Willkommen«, sagte er. »Warum haben Sie Angst?«
»Irgend etwas ist geschehen«, erwiderte sie. »Ich kriege keine Antworten mehr, bin wie auf der Flucht. In der Vorstadt sah ich niemanden, war ganz allein, und im Sägeweiher schwammen Leichen, es waren aber Autoschläuche.«
»Es spielt sich nur der tägliche Kampf ab«, antwortete Schwarzenberger. »Hören Sie zu.«
Der Verkaufstisch wurde wieder durch ein von der Straße hereingeschicktes Beben erschüttert, während Schwarzenberger sich tiefer beugte, um Staubspuren durch sein Vergrößerungsglas auf der Platte vor sich zu verfolgen.
»Haben Sie ein Schräubchen verloren«, fragte Bella.
»Und wo sind Ihre Ringe«, entgegnete er.
»Das wissen Sie doch.«
»Ich habe den Einfall bewundert, als die Kinder Ihren Schmuck ins Grab warfen, aber Sie auch, daß Sie nichts dagegen hatten. Vielleicht«, sagte Schwarzenberger seufzend, »ist heute wieder ein Tag der Toten, der Unruhe. Die Gestorbenen wehren sich, damit wir sie nicht aus dem Gedächtnis verlieren. Wo die Grenze verläuft und wie lang sie besteht, möchte ich nicht wissen.«
Als Puppenherstellerin denke sie praktischer, sagte Bella. Nach ein paar Jahren täten Liebe und Schmerz nicht mehr weh. Sie wolle ihre Firma verschenken.
»Wem«, fragte er.
»An die Unordentlichen Werkstätten, die sowieso fast alle Aufträge bekommen. Ich werde es der Direktorin vorschlagen.«
Schwarzenberger schüttelte den Kopf, sagte, viel zuviel, das

gäbe eine Mißwirtschaft. Der schwierige Schulbetrieb sei für die Erwachsenen ohnehin eine Überforderung.
Er blickte, im Auge immer noch sein Okular, das einem kleinen Fernrohr glich, nach oben und beschwor das Chaos des Staubs. Vorher hätten durch Erschütterungen auf der Tischplatte sich Ammonshörner und Gitter gebildet, jetzt ordneten sich dahintreibende Sternenhaufen und Milchstraßen, aus denen Explosionen durch das Weltall seines Ladens stiegen. Die leiseste Strömung verändere das wirbelnde Bild. Vielleicht brauche es Jahre, bis der Staub zur Ruhe komme, selbst nachdem Türen und Fenster zugemauert worden wären.
Bella fragte ungeduldig, wo das Klo sei.
Es tue ihm leid, er habe keines, gehe nebenan ins Gasthaus Zum Rößle.
»Ach, Meister Schwarzenberger«, sagte Bella laut, »ein Zauberer sind Sie aber nicht.«
»Keineswegs, Verehrteste. Die Rechnung geht nicht auf. Ich gehöre ins Altersheim. In den dreißiger Jahren bin ich, damit ich nicht in ein Lager abtransportiert wurde und später wahrscheinlich totgeschlagen worden wäre, nach Argentinien ausgewandert. Fünf Jahre nach dem Krieg kehrte ich schon wieder zurück. Ich mußte mein Geschäft, obwohl ich es einem Treuhänder überlassen hatte, nochmal kaufen, als hätte ich es nie besessen. Jetzt wäre ich es gern los, doch niemand will es.«
Sie kaufe es, sagte Bella. Welcher Preis?
Seine Hand erhebend, antwortete Schwarzenberger, er habe gelogen. Wenn Frau Mainz aufs Klo wolle, hinten im Korridor sei eines. Mit einer schnellen Bewegung fing er das Vergrößerungsglas, das er aus dem Auge fallen ließ, auf.
»Kompliziert«, sagte Bella. »Ich brauche zwar keine Brillen und Uhren, aber ich fühle mich hier sicher. Das Geschäft tickt verschwenderisch.« Und ihre Hand ausstreckend, erklärte sie noch: »Sehen Sie die Altersflecken? Sie ähneln Strohblumen, die allerdings wachsen.«
Er habe manchmal den Eindruck, antwortete der Optiker, die Toten schaukelten auf den Pendeln der Kuckucks- und Kü-

chenuhren. Die Verwesten kröchen auch in elektronische Werke, die er in Sammlerstücke, für die es keine Ersatzteile mehr gebe, einbaue. Das Gewicht der Verblichenen, obwohl er sich gar keines vorstellen könne, behindere die Sekundenschläge, als werde sein kleiner, düsterer Laden zu einem Raumschiff, das mit höchster Geschwindigkeit davonfliege.
Oh, diese Geschichte kenne sie, antwortete Bella. Wenn Meister Schwarzenberger nach tausend Jahren zurückkomme, sei er nur ein wenig älter geworden, während hier niemand mehr lebe und die ganze Landschaft sich in eine umgestülpte Großstadt für Käfer verwandelt habe.
Schwarzenberger log, ob sie ihm nicht doch noch die Ehre erweise, sein Klosett zu benützen? Er habe es erst vor kurzem einbauen lassen.
»Alte Frauen halten stand, alte Männer sind gefährdet«, erwiderte Bella fröhlich. »Würden Kinder von Männern auf die Welt gebracht, wären wir längst ausgestorben.«
Seines Wissens habe Frau Mainz keine, antwortete er.
»Ich kaufte meinem Mann lieber Krawatten oder teures Parfüm oder bereitete ihm exotische Süßspeisen, als wollte ich ihn unter die Erde bringen. Verstehen Sie, ich bin sehr traurig. Ich hätte ihn gern wieder, doch der Schritt ist getan. Wenn ich einmal sterbe, wird es undramatisch zugehen, ohne Donner, Blitz, Regen und Hagelschlag über einem See.«
Er sei leider nie verheiratet gewesen. Sonst wäre er auch nicht zurückgekehrt, hätte zusammen mit seiner Frau in Argentinien bleiben mögen, sagte der Optiker.
»Und Ihre Eltern, Großeltern, Neffen und Nichten?«
Tot, das heißt, eine entfernte Verwandte gebe es noch, eine kleine, dicke, schreckliche Person, eine Dirigentin, Luise Masch Babel. Sie wohne in einem abscheulichen Bungalow vor der Pappelallee des Puppenreichs im Weiler Wehrlang.
Bella erwiderte, ihr Mann habe Frau Babel aus Sympathie für ihre Herzkrankheit geschätzt.
Die Babels, erklärte Schwarzenberger, stammten aus Pfronten und hätten als Hausierer, Schankwirte und Viehhändler ihr

Auskommen bestreiten müssen. Während der Hungerstürme und Verfolgungen Mitte des letzten Jahrhunderts seien sie nach Südrußland ausgewandert. Auf einem alten Friedhof lägen noch Babels, und er kenne Bücher eines Isaak Babel aus Odessa, der als Militärkorrespondent an der russischen Revolution teilgenommen habe. Vielleicht sei diese Luise Masch Babel, die eine Vorliebe für Mundharmonika und Schifferklaviere hege, eine gebürtige Russin, denn ihr zweiter Vorname Masch lasse sich auch als Abkürzung für marxistische Abendschule lesen.

Bella ging um den Verkaufstisch herum und umarmte den Uhrenmacher und Zweifler, der, obwohl er noch immer vorgebeugt aufragte, auf einem Drehhocker saß. »Armer, Herr Schwarzenberger«, sagte sie. »Soll ich nun aufs Klo oder soll ich Ihr Geschäft kaufen?«

Er könne, antwortete er, bevor er ins Altersheim Sonnenhalde gehe, seinen Laden, wie es Frau Mainz mit ihrem Puppenimperium vorhabe, auch verschenken, doch klug sei das nicht. Dafür gebe es eine Geschichte aus dem jüdischen Taschenkalender:

Eines Abends seien in einer Wirtschaft ein paar Gäste gesessen, hätten getrunken, gegessen und über ihre Kümmernisse geredet. Die wichtigste Frage habe gelautet, woran jeder dächte, wenn er einen Wunsch frei hätte?

Der eine wollte Geld, der andere einen Schwiegersohn für seine taubstumme Tochter, der dritte eine Hobelbank.

Da habe es wütend aus der dunklen Ofenecke geknurrt. Es sei jedoch kein Hund gewesen, sondern ein Bettler, völlig zerlumpt.

Nun, lieber Freund, hätten die Gäste gefragt, welches Begehren zu wünschen?

Er wäre, habe der Bettler gesagt, ein mächtiger König gewesen, habe über ein weites Land geherrscht und hätte nachts schlafend in seinem Palast gelegen, als von der Grenze berittene Feinde hereinbrachen und ohne Widerstand bis zu seinem Schloß vorgedrungen seien.

Aus dem Schlaf aufgeschreckt, nur ein Hemd an, hätte er die

Flucht ergriffen, Tag und Nacht über Berge, durch Täler und Wälder, um in der Ecke auf der Ofenbank anzukommen. Das sei sein Wunsch gewesen.
Frage: Was er davon gehabt hätte?
Antwort: Ein Hemd.
»Ach, Meister Schwarzenberger«, sagte Bella, »darauf kann ich nur mit alten Schlagertexten antworten. Kennen Sie, wir machen Musik, da geht uns der Hut hoch, da geht uns der Bart ab? Oder: Ich pfeif heut nacht vor deinem Fenster und komm dann sacht zu dir ins Bett? Oder: Ich bin ja heut so glücklich, so glücklich, so glücklich?«
Kenne er.
Könne er nicht kennen, er sei damals doch in Argentinien gewesen?
»Später«, sagte er, »hörte ich die Musik in Filmen. Es war anrührend, wie Mädchen mit ausrasierten Achseln oder in weißen Fräcken pfeifend und singend über glitzernde Treppen herabtanzten. Dazu spielten Violinenorchester und Ziehharmonikas.«
Er verwechsle es mit sonntäglichen Wunschkonzerten im Radio, erwiderte sie, die er in Südamerika auf Langwelle empfangen habe.
An ihren Fingern zerrend ging Bella in den Korridor hinein, an dessen Ende, wie Schwarzenberger behauptet hatte, das nicht vorhandene Klosett läge. Sie fand eine Mauer mit feuchter Tapete. In einer Seitenkammer stand, von einer Schirmlampe beleuchtet, ein Sofa, überhäuft von aufgerissenen Kartons und zerschnittenen Schnüren, Verpackungsmaterial gelieferter Waren.
Wenn Bella, den Schlüpfer heruntergelassen und mit dem Rükken in der Hocke an das Sofa gelehnt, noch einem Wunsch ihres Mannes hätte huldigen wollen, wir wären von Pendeln und aus Quarzwerken zu ihr geschwärmt und hätten ihr geholfen, wie wir es schon bei Angela getan hatten, als das Kind im Mondlicht auf dem Bett sein Knötchen rieb.
Zurückgekehrt sagte Bella, sie gehe ins Rößle, dort seien die

sanitären Verhältnisse hoffentlich günstiger. Ihr Kaufangebot halte sie aufrecht. Nächste Woche komme sie wieder, vielleicht habe Meister Schwarzenberger sich dann entschieden.
Eingesunken in seinen abgeschabten, dunklen Anzug, der an einigen Stellen grünlich schimmerte, verharrte der alte Mann hinter der Verkaufstheke, die Hände auf die Glasplatte gelegt, als spendete ihm deren leises Zittern, das wieder eingesetzt hatte, Halt. Er könne, sagte er, die Staubspuren ohne Vergrößerungsglas verfolgen. Ihre Äste, Gewölbe und Gitter würden von jedem Lastwagen, der draußen vorüberfahre, durcheinandergebracht und neu geordnet.
Ihr Mann, meinte Bella, habe auch unter Blutdruckschwankungen gelitten und sei blasenkrank gewesen. Schwarzenberger müsse sich behandeln lassen. Nachdem sie ihm noch einen Kuß auf die Haarsträhnen gedrückt hatte, verließ sie den Laden, in dem der Uhrenmacher und Optiker, auf seinem Drehhocker sich hin- und herwiegend, in einen brummelnden Gesang verfiel.
Draußen staute sich die Kemptener Straße herab der Verkehr, den nur Geisterreiter hätten auflösen können. Am Marktplatz vorbei zogen langsam fahrende Trecker, zwischen denen Vieh trottete, dessen große Euter beim Gehen hinderlich waren, hinauf zur tausendjährigen Linde beim Obertor. Mitgeführte Plakate verkündeten Protest gegen Beschränkungen von Milchmengen, Pachtverteuerung und Subventionsschwindel. Der Tierbestand hatte sich seit einer Generation verdoppelt, während die Wiesenflächen durch Zersiedlung abnahmen. Auch fehlten Knechte und Mägde, niemand wollte mehr auf dem Land arbeiten. Jeder Hof war mit zehnmal mehr Maschinen als früher ausgestattet, Überproduktion und Verschuldung steigerten sich.
Taka Kose hätte gesagt, erst wenn wie bei einer Glasgarnele der Magen in den Kopf rutsche, begönnen Habgier und Einsicht sich gegenseitig zu durchdringen. Wie Toten angehörig, kümmerte er sich, falls überhaupt, nur noch um die Pracht des Hohns oder um Madonnendotter, den Engerlinge ausschieden.
Bella ekelte sich vor den Kühen, deren grünen Fladen verspritzt

auf dem Asphalt. Benzin- und Dieselgestank wurde vom Geruch verdauter Zellulose überlagert, ein Triumph der Vielfachmägen des Viehs, das schwankend mit gespreizten Klauen sich weitermühte auf der Glätte.
Bella eilte an Elisabeths Blumengeschäft vorbei und tauchte in die nächste Gasse ein, wo ein Laden für Jägerutensilien lag, den Besra Lu Wintersteins Frau, die ehemalige Hürdenläuferin, sich eingerichtet hatte, und Bella sah, weshalb sie ihm nachrief, obwohl er gar nichts hören konnte, an der ehemaligen Schmiede, in der jeden Herbst noch gemostet wurde, die Torflügel standen dann offen, um Wagen voll Äpfel und Birnen rückwärts einzulassen, David entlangrennen, die Arme angehoben.
Sie kürzte zu einer Metzgerei bei der Hauptstraße ab und drängte sich, den Atem anhaltend, durch das Ende des Protestzugs zur Altstadt hinüber, wo sie wieder Stille und bessere Luft erwarteten. Am rückwärtigen Gartenzaun des Salzhauses, der Praxis Lillit Babett Prinz, holte sie David ein. Er keuchte und stammelte.
Sie verstehe ihn nicht, sagte sie, langsam, langsam.
David, das Gesicht verschwitzt, versuchte zu erklären, daß er von Lärm oder Getöse, also Wellen, die er gehört habe, erschreckt worden sei, als er die Tür des Schießstands in Wintersteins Keller öffnete. Nur er kenne die Ziffern der Magnetverriegelung, doch mit Druck oder einem Knall sei die Tür vor ihm aufgesprungen. Für ein paar Sekunden habe er sich in einer krachenden und pfeifenden Welt befunden, dann sei sie wieder übersichtlich und ruhig geworden.
Ob ihn Winterstein nach Hause geschickt habe, heulte ihm Bella in ein Nasenloch und gegen den Kehlkopf, als säße dort ein zusätzliches Organ. David hörte nichts, doch verstand. Er wies lachend zum Haus der Ärztin und sagte, Schlüssel.
»Hast du keinen?«
Er komme ins Kolosseum auch ohne hinein, behauptete er.
»Weshalb willst du dann einen?«
Zusammenzuckend hielt sich David die Ohren zu und rief entsetzt: »Oh, nein!«

»Beruhige dich«, sagte sie. »Wir gehen zum Kolosseum. Dort kannst du dich einschließen. Wann kommt Hassel Ruth Weidenbacher nach Hause?«
Abends, wenn sie nicht noch zu tun habe.
»Und deine Schwester?«
Angela finde den Weg allein, bummle noch herum, seitdem sie sich sicher fühle.
»Kocht bei euch niemand? Wer führt den Haushalt?«
Alle, keiner oder Timbur die Holzkrähe, entgegnete der Einschießer von Luxuswaffen. David begann zu lachen, hörte jedoch, sich nochmals die Ohren zupressend, wieder damit auf.
»War es so schlimm?« fragte Bella.
Den Kopf schief haltend, lauschte er vorsichtig, ließ schließlich die Hände sinken, selig lächelnd erneut angekommen in seiner Welt.
Die beiden gingen bis zum stillgelegten Kesselhaus der Spinnerei Springer, in dem sich ein Faschingsverein eingerichtet hatte. Das Kraftsportzentrum dahinter war nicht beleuchtet, und auch ein Architekturbüro, seit kurzem ansässig in einem der Lagerhäuser, schien nicht besetzt zu sein.
Nur oben auf einem Bretterstapel an der Stadtmauer saß starr ein türkisches Kind, das eine tropfende Eistüte in der Hand hielt.
Erschrocken rief Bella, als wolle sie grüßen, »bir, iki, üç, yirmi bir«, ein, zwei, drei, einundzwanzig, die einzigen Worte, die sie auf türkisch kannte.
David winkte mürrisch ab. Entweder kannte er das Kind oder er war es leid, Vorfällen, die Erwachsenen fremd waren, Bedeutung beizumessen. Vor dem Kolosseum klatschte er in die Hände und verlangte so laut nach Kreide, daß bellender Hall durch die leere Fußgängerzone trieb.
Kreide habe sie, antwortete Bella überdeutlich, nie dabei, auch nicht Mehl, Graupeln oder Weizengrieß. Sie fahre Auto und gehe in Notfällen zu Fuß.
Dann solle sie ihm wenigstens in die Hände spucken.

Tue sie auch nicht, sagte sie. Speichel schlucke sie oder verwende ihn zum Befeuchten von Nacktschnecken, die im Sommer auf Gartenwegen liegenblieben.
In seinen Cowboystiefeln, falschem Schuhwerk zu dieser Jahreszeit, stampfte David wütend auf, spuckte schließlich selbst in seine großen, von Patronenrauch geschwärzten Hände und begann ohne Vorwarnung, an der linken Mauer neben dem Torbogen des Kolosseums hinaufzuklettern, zunächst eine Partie ohne Schwierigkeiten, genügend Steine ragten heraus. Er hangelte sich, wenn er rutschte, frei höher, geriet unter einen zementierten, glatten Überhang und suchte rechts davon eine neue Passage, kam jedoch aus dem Klettertakt. Als er schon abzustürzen drohte, vollführte er, sich auf einem Gesteinsquader abstützend, einen Überschlag und schnellte wie ein Zirkusartist empor.
Bella schrie nicht, sondern blickte vor Entsetzen stumm beiseite zu Kugellampen, eine Ausstattungspest, die auch kleinstädtische Zonen erreicht hatte, während David sich mit den Schnäbeln seiner Schuhe in den Rand der Geranienkästen, die ans Gesims der Balustrade geklammert waren, einhängte und kopfunter im Torbogen mit herabhängenden Armen zur Erholung auspendelte.
Er solle sich nicht bewegen, rief Bella. Sie sei gleich bei ihm!
Bevor sie über die seitliche Außentreppe bis zu David gelangt war, hatte er sich in einer Schraubbewegung, die aussah, als stülpe sich ein Kunstspringer in Zeitlupe auf sein Brett zurück, schon zu den Blumenkästen hinaufgebogen und rollte mit einem letzten Ruck, da seine Stiefel dem Druck nicht mehr standhielten, über die Geranien hinweg. Dahinter fiel er auf Hände und Knie.
Außer Atem fragte Bella, ob er sich verletzt habe?
Keine Angst, Timbur sei da, antwortete David.
Am Ende der Brüstung saß der Vogel und kämpfte mit einer Silberschnur, die aus dem Vorratslager des Puppenreichs stammte. Sich duckend und wieder aufrichtend, trippelte Timbur hin und her, wollte einer Schlinge, die sich um seinen Hals

gelegt hatte, entrinnen, doch bei jeder Bewegung zog sich die Schnur enger zusammen, so daß die Krähe ihren Schnabel aufriß, als riefe sie, schon beinahe erstickend, um Hilfe.
David lallte Unverständliches und bewegte auffordernd die Hand, Timbur solle hüpfen, was der Vogel schließlich tat, worauf durch die abrupte Bewegung die Schlinge sich öffnete, während Timbur mit ängstlich gespreizten Krallen auf Davids Handrücken landete. Triumphierend schlug die Krähe mit den Flügeln und suchte, ein Krächzen ausstoßend, wieder das Weite. In engen Bögen und Volten flog sie durch die Schlucht der Fußgängerzone, die Silberschnur, die sie nicht losgelassen hatte, hinter sich herschleppend, deren langes Ende die Flugfiguren nachbeschrieb und bei einem simulierten Absturz mit anschließender Steigspirale leise knallte.
Genug der Vorführungen, sagte Bella, sie wolle ins Kolosseum, David solle aufschließen.
Natürlich hatte er einen Schlüssel dabei, behauptete aber, und wich von der Tür wieder zurück, er könne sie nicht öffnen, sie sei voll toter Schweine.
»Was für ein Unsinn. Du hast dich zu sehr angestrengt, jetzt willst du auch noch Gespenster sehen.«
Nein, er zerspringe vor Angst.
Sie ließ sich den Schlüssel geben und versuchte, ihn ins Schloß zu stecken, doch eine unnachgiebige Gewalt, die in Wellen auf sie zukam, schob sie zurück, so daß sie unwillkürlich mit den Armen Schwimmbewegungen ausführte. Sie wurde ebenfalls von Angst erfaßt, rief nach David, aber der Taube war schon mit seinem Vogel zusammen geflüchtet. Timburs Silberschnur lag abgeworfen in den Geranien.
Schweine sah Bella nicht, die Holzmaserung der Tür bewegte sich jedoch wie eine schwarze Flüssigkeit, strömte in sich zusammen, breitete sich wieder aus und verdickte sich am Rand zu einer Beule, aus der, bevor sie platzte, eine Zunge unsicher, dann zielstrebig erneut zur Mitte kroch, wo die Lava mit einer Ausstrahlung fürchterlicher Trauer zitternd stehenblieb, während Tür, Holz und Maserung weiterhin sichtbar blieben.

Die Qual dort häufte sich, griff um sich und hüllte Bella ein, als würde sie von warmen Glas umflossen, in dem sie zwar noch alles wahrnahm, aber ihre Schreie würde niemand mehr hören.
Die ineinandergleitenden, jammervoll wieder zerrinnenden Ansammlungen in der Tür waren nicht von uns verursacht, sondern die Seelen getöteter Schweine hatten sich, nachdem die Tiere wie jeden Tag zu Hunderttausenden in Fabriken getötet und verarbeitet worden waren, den Eingang zum Kolosseum als Hort ausgesucht. Die Schweine beklagten sich nicht, daß sie gewaltsam hatten sterben müssen. In eine Hausschlachtung hätten sie sich ergeben, noch einmal Geruch und Futterbilder von Hof und Angehörigen aufnehmend in Regen und Wind, Sonne oder in einem Trog voll Blut, doch die Tiere waren zusammengepfercht in mehrstöckigen Wagen am Ende einer rasend blinden Fahrt ohne Zorn oder Schrecken von elektrischen Nadeln der Schlächter getroffen worden, und ohne Aufenthalt hatten sich ihre Körper in einen Fluß aus Fleischportionen, Wurstteig, Knochenmehl und Vogelfutter verzweigt.
Nähe, die beim Sterben gefehlt hatte, zerrte an Bella, als sollte sie auch aufgelöst hineinschlüpfen in die Tür, um den Schweineseelen noch einmal Wärme zu spenden. Ein Fluch der Hochachtung von Taka Kose hätte wabi-sabi geheißen, was sowohl vergangen wie schön bedeutete, Patina auf japanisch.
Vorsichtig, wobei sie sich bückte, ging Bella rückwärts, als müßte sie aus einem unsichtbaren Netz, das nicht zerrissen werden durfte, sich winden. Bei der Treppe angekommen, richtete sie sich mit einem Ruck auf, stieg so schnell sie konnte von der Balustrade hinunter und eilte durch den Torbogen des Kolosseums, ängstlich ihren auf dem Pflaster hallenden Schritten nachhörend.
Verfolgt wurde sie, wie sie sich einbildete, von Osika der Ferkelseele, dem einsamen, versprengten Tierkind, das in einer Scheune unter Gerümpel erstickt oder im Freien von einer einstürzenden Wand aus aufgeschichtetem Wurzelholz erschlagen worden war und auf der Suche nach einer Heimstatt

sich ausgerechnet Bella ausgesucht hatte, der es lieber gewesen wäre, sich einem Schreikrampf hinzugeben, als diesen kleinen, ohnmächtig roten Punkt, da und dort bettelnd, aufglühen und wieder verlöschen zu sehen, eine infame Herzlosigkeit, für die Bella, hätte sie den Mut dazu gehabt, sich jemandem zu erklären, ausgelacht worden wäre. Dagegen behielt das Bild von ein paar hunderttausend in eine Türfüllung geflüchteter Schweineseelen ernsthaftes Ausmaß.

Bella umging die Altstadt, flüchtete sich zu einem Pfad, der zwischen der Stadtmauer und der verwahrlosten Spinnerei Springer hindurchführte, eine Abkürzung, die den Kothaufen nach von Kindern und Hunden benutzt wurde. Gestank und Hast verbanden sich zu einem Gemisch, das den Atem beschleunigte, auch Schweiß brach aus, und Bellas Herz klopfte immer schneller. Osika, die sich im Gebüsch zu zeigen trachtete, war nicht zu entrinnen.

In den Anlagen beim Pulverturm, wo Almas geschnitztes Standbild mit der verharzten Operationsnaht am Bauch stand, schien die bettelnde Ferkelseele ihre Verfolgung aufzugeben, als finde sie bei Alma Schutz, doch erst oben an der Straße fand der Spuk endgültig ein Ende, als es Bella gelang, im Blick den flehend umherirrenden Rubin in das Rot einer Ampel hineinzuzwingen, so daß Einbildung und Verbotsfarbe ineinander verschmolzen.

Obwohl sie ein schlechtes Gewissen hatte, lief Bella weiter, eine Lücke hinter den letzten Kühen des Demonstrationszugs und dem nachdrängenden Verkehr ausnützend, auch darauf achtend, daß sie auf breitgetretenen Fladen nicht ausglitt.

Das Vieh hatte einen Bauzaun niedergetrampelt und war auf die Erdterrasse eines neuen Stücks Umgehungsstraße gestürmt, wo es kein Futter fand, sondern vor einem Bodenhobel, einem Bagger und einem Raupenschlepper ergeben stehenblieb und von gestikulierenden Arbeitern nicht mehr wegzutreiben war, obwohl einige mit Latten und abgebrochenen Ästen auf die Rinder einschlugen.

Auch bei einer Tankstelle, an der einige Bauern, um sich zu

sammeln, ihre Trecker angehalten hatten, drängten sich Kühe zusammen, als wollten sie sich an einer bisher unbekannten Tränke bedienen.
Bella bog in eine Siedlung ein, war vom blassen Rot eines kleinen Fensterladens, der ein Wichtelhaus in einem Vorgarten schmückte, angelockt worden, als winkte von dort noch mal Seelendurst, und ärgerlicherweise war sie sich der Törichtheit des Zwangs bewußt, aber kaum, nachdem sie wütend eine andere Richtung eingeschlagen hatte, hinüber zur Birkenallee, an deren Ende einer der Bibliotheks- oder Silotürme stand, fiel ihr Blick auf die rote Markierungsklammer am Ohr einer Kuh. Daß sich das Tier bis hierher verirrt hatte und mit gesenktem Kopf bewegungslos auf einer leeren Kreuzung zwischen protestantisch dreistöckigen Wohnhäusern wartete, in denen Waschzwang und Kalendersprüche herrschten, sowie eine patente Art von Fröhlichkeit, die vor allem Schwerkranke für die Ewigkeit begeistern sollte, brachte Bella derart in Wut, auf das arglose Tier loszustürmen und an ihm zu schieben und zu zerren, als würde, träte die Kuh beiseite, auch der Wahn in sich zusammenfallen. Während Bella gegen Fell und Knochen hieb, verletzte sie sich an der Hand, und der erste Blutstropfen setzte eine weitere Täuschung in Gang: Aus Osika der Ferkelseele, die sich am Firmament verloren haben mochte, wurde, es war schiere Dreistigkeit, ein feurig abstürzender Mikojan und Gurewitsch, die Namen der beiden Konstrukteure einer legendären, russischen Jagdmaschine, der Mig, zusammengezogen aus den Anfangsbuchstaben, was gleichzeitig »Blitz« bedeutete.
Die Kuh vermißte, da sie Herdentrott gewohnt war, ihr nächstes Leittier und blieb mit abgewandtem Kopf auf der Kreuzung stehen, eine Irritation, der Bella hätte ausweichen können, indem sie mit großen Schritten von dem Platz fortgegangen wäre, aber verstockt begann sie, an dem umfänglichen Tier Griffe und Tritte anzuwenden, die einer koreanischen Sportart angehörten, für den Schwanz einer Kuh und deren heftig geschütteltem Ohr eine gänzlich falsche Methode. Außerdem

drohte die rote Ohrklammer, wieder zu der um Hilfe suchenden Ferkelseele zu werden, so daß Bella bald davon abließ, den Fleischberg mit Faust- und Fußtechniken zu traktieren und sich empört nach irgendeinem menschlichen Wesen umblickte, jedoch die Siedlung war, wie schon die Vorstadt, ausgestorben, nur von der Hauptverkehrsstraße ließen sich gleichmäßig Tierlaute und Motorengeräusche vernehmen, was Bella aufschreien ließ, nicht laut, eher höflich, und sie in Panik das Rind nicht mehr bekämpfte, sondern nun zu umarmen trachtete und dabei den warmen Ammoniakgeruch aus Schmutz und Stall einatmete und ihren Leib an den von viel Grünfutter prallen Bauch der Kuh preßte, die, aus Langeweile den Kopf noch tiefer dem blanken, nährstofflosen Asphaltboden entgegenstreckend, ihre beiden Hinterbeine auseinanderstellte und aus ihrem verkrusteten, jedoch unter zunehmendem Druck sich zu einer rosaroten Blüte entfaltenden After, der zugleich die Scheide war, eine gewaltige Masse Wasser ausschied, die in einem armdicken Strahl, der sich spachtelförmig ausbreitete, abwärtsstürzte und nach dem Aufprall in einer wirbelnden Gischt von der Straße wieder aufwärts an Bellas Beinen bis zum Kleidersaum hochschlug.
Bella geriet in hellen Unmut, vor allem auch, weil sie schon seit Stunden ohne Zigarette war und entsetzt feststellte, daß sie nicht einmal welche bei sich hatte, weshalb sie sofort von dem verirrten Rind abließ, das aus der Reihensiedlung wieder zurück auf die Hauptstraße in die träge Herde finden würde, während ihr nur Rettung in den Unordentlichen Werkstätten geschähe, wo es gemäß Verteilung der Lasten, mehr Raucherinnen als Raucher gab. Entschlossen setzte sich Bella in Trab, laut ausrufend: »In allen Geigen steht es drin: Ye hudi, desto menuhin!«
Am Fuß der Feldherrnhalde, einem Grasrücken, auf dem oben in Form eines Findlings ein Gedenkstein für Remigius Netzer stand, ein Obrist, dem es gelungen war, mehrere napoleonische Regimenter zurückzuschlagen, indem er Tausende von Huintzen, Heu behängte Pfähle mit Querstreben, in gestaffelten Rei-

hen hatte aufstellen lassen, die im Frühnebel den Anrückenden wie wartende Bataillone vorgekommen waren, kletterte Bella, das Kleid hochgerafft, über den Zaun, und diesmal nisteten keine Toten in ihm, wie sie der von den Kindern eingefangene und in seinen Lößmantel gehüllte Poi Amber Braun, der Geliebte, gespürt hatte, als er niederkniend sich vor uns fürchtete.

Ein Schwarm war damals, den Erdmantel durchstoßend, in die Rinde des wie ein enormer Dynamo arbeitenden Magmakerns geraten, aus der bestialische Kräfte die eingedrungenen Toten wieder verstießen, eine für uns bittere Erkenntnis, als gebe es Stadien unerreichbaren Dursts.

Bella scheute nicht. Sie ging durch eine verkrautete Wiese zur nächsten Zementbaracke und schaute durchs Fenster. Drinnen regte sich nichts. Sarah, die alte Kuh, die keine Milch mehr gab und einem geheiligten, indischen Knochenrind glich, trottete um die Ecke, gefolgt von Elsa, der Hündin, deren vier Zitzen fast bis zum Boden hingen, was der jugoslawischen Hausmeisterin gleichgültig blieb, die die das Tier nie fütterte, das taten die Kinder, doch sie schlugen es auch.

Wenn die Lehrerinnen und wenigen Lehrer abends in Sitzungen über Kümmernisse sprachen, wurden die Grausamkeiten der Kinder Galapagoseffekt getauft, da von Segelschiffen, die einst Wasser und Fleisch bunkerten, geflohene Ratten, auch ausgesetzte Hunde und Ziegen fast die gesamte Tierwelt auf diesen Inseln unterjocht hatten.

Hieße das, fragte Hassel Ruth Weidenbacher, wir sollten einen Teil der Kinder abschlachten?

Die Runde verneinte.

Oder aber, sagte die Lehrerin, wir müßten, um ein Gleichgewicht herzustellen, wie die Eskimos es tun, die Alten, damit sie nicht überhandnehmen, in den Tod jagen, weil es bei uns immer weniger Kinder gibt?

Musik war zu hören, Paul Hindemiths »Gang durch eine Fabrik«, ein stampfendes Klavierstück aus chromatischen Akkorden, verweht vom Wind, der sich gedreht hatte. Hinzu kamen

Verkehrsgeräusche von der Hauptstraße, die ab der tausendjährigen Linde am Stadtausgang über Schweinebach nach Dorenwaid hinunterführte, zarte Klänge von Treckern, Lastwagen und Omnibussen, nun ähnlich einem Pachelbelschen Orgelwerk.

Wären wir Feen und Prinzen gewesen, hätten wir uns der Tesla-Wellen einiger überquerender Stromleitungen bedient, die vor kurzem, als Bella Mainz mit ihrem schwerkranken Mann und Charlotte, der Bedienerin und deren Mann, Theo dem Rucksackbauern, zum Baggersee gegangen war, in ihren Schläfen hatte leise tosen hören. Wir überließen Bella ihrer eigenen Orientierung.

Nachdem sie sich in eine der Zementbaracken gewagt hatte, entdeckte sie niemanden, die Korridore waren verlassen. Nur ledige Schuhe und Pantoffeln lagen wie üblich umher, aufgespürt von Enten, die bis aus dem Sägeweiher hierhergekommen waren, um, was die Kinder Domino nannten, Paare zusammenzustellen, was selten gelang, wenn aber doch, dann bugsierten die Enten ihre Beute unter Mühen hinaus in Gesträuch oder in eine Brennesselecke, um ein Gelege daraus zu machen, aus dem, wir hätten es gern gesehen, obgleich Lebewesen ohne Gewissen nicht zu unserem Einfluß gehörten, nie Junge schlüpften.

Bella rief: »Ist hier niemand?«

»Hier da, hier da«, kehrte ein schwaches Echo zurück.

Den gehäkelten Zebrastreifen, mit dem der Geliebte in der Wildnis eingefangen worden war, über ihrem schwarzen Gewand um die Schultern gelegt, kam aus einem Seitengang, der zur Küche, dem Laboratoriumsbezirk führte, die Direktorin.

»Schnell, schnell«, sagte sie, »sie stirbt.«

»Wer?«

»Hassel Ruth Weidenbacher, meine Kollegin.«

»Haben Sie nach der Ärztin telefoniert, Lillit Babett Prinz?«

Nichts funktioniere, erwiderte die Direktorin, nur aus einer Waschmaschine der Handwerksabteilung fließe unablässig rote Brühe.

Das sei, sagte Bella Mainz, von schlecht gefärbtem Garn für die Umhänge der billigen Rauschgoldengel, die sie nach Spanien exportiere, wo die Farbe an Stierkämpfe vor Weihnachten erinnere, ein Mißverständnis, an dem sie und die Schule verdiene. Doch warum sie noch keine Antwort auf ihr Angebot bekommen habe, ihren ganzen Besitz den Unordentlichen Werkstätten zur Verfügung zu stellen?
Die Direktorin, den Kopf schüttelnd, schluchzte einmal auf und eilte davon.
Im Klassenraum des letzten Barackenflügels lag vor dem Waschbecken aufgebahrt Hassel Ruth, die Lehrerin. Sie preßte die Arme steif an sich, ihr Kopf ruhte zur Seite geneigt auf einer zusammengerollten Decke, während aus ihrem mehr als üblich verzerrtem Mund ein Speichelfaden rann.
Als Bella Mainz sie ansprach und niederkniend eine Hand in ihre Hände nahm, reagierte die Lehrerin nicht.
»Was ist? Fühlen Sie sich nicht wohl? Haben Sie einen Schock, einen Krampf?«
Eva-mit-dem-Röhrchen, die, ein volles Wasserglas neben sich abgestellt, beim Schrank stand, der das Schulzimmer unterteilte, sagte, die Lehrerin sei plötzlich umgefallen und habe geseufzt, oh, wie schrecklich, alles werde zu lang, zu hoch, zu breit! Ihrer Meinung nach habe Frau Weidenbacher einen Anfall, wie sie früher selber welche gehabt habe, als noch nicht das Röhrchen vom Kopf zum Schlüsselbein gelegt worden sei. Ihre Mutter und ihr Vater riefen jeden Tag, Eva, Eva, wir müssen dankbar sein!
Die Direktorin fing zu husten an und hielt mit übereinandergelegten Händen eine ihrer Brüste fest.
Larissa-mit-der-Zahnspange kam hinter dem Schrank hervor, streckte sich neben der Lehrerin aus, die Arme angelegt, den Kopf abgewandt und den Blick nach oben gerichtet, so daß ein seitenverkehrtes, auf der einen Hälfte verkürztes Bild der Friedfertigkeit entstand, das Bella Mainz entrüstete.
»Kind steh auf«, befahl sie. »Hier wird nicht gespielt.« Und zur Direktorin sagte sie, sie solle noch mal zu telefonieren ver-

suchen, und wenn der Apparat immer noch tot sei, die Hausmeisterin zur Ärztin schicken.
Die Jugoslawin habe keinen Führerschein, anwortete die Direktorin.
»Dann fahren Sie selbst.«
Nicht einmal ein Schulbus sei da, erwiderte die Leiterin. Das Verhängnis, schon in der Frühe begonnen, habe wie eine Epidemie um sich gegriffen. Fast niemand sei gekommen. Sie könne sich das Fernbleiben von Schülern und Personal nicht erklären.
Vielleicht hänge es mit dem Protest der Bauern zusammen, sagte Bella Mainz. Ein paar tüchtige Idioten hätten vielleicht auch noch Strom und Wasser abgestellt?
»Moment, Moment«, erklärte Eva-mit-dem-Röhrchen. Sie ging zum Spülbecken und drehte den Hahn auf; das Wasser floß. Ein paar Schritte weiter knipste sie einen Schalter an, worauf an der Decke mit einem labialen, verhaltenen Knall, dem sich ein Rauschen anschloß, alle Leuchtstoffröhren, die in offenen Vierecken angeordnet waren, aufflammten. Ihr Vater, verkündete Eva, arbeite für die Stadt, besitze für wichtige Stellen einen Schlüssel.
Angeekelt rief Bella Mainz, ohne das Kind anzublicken, bravo und klapste Hassel Ruth Weidenbacher besorgt auf die Wangen, was zunächst keine Wirkung erzeugte, aber dann spieh die Lehrerin Schleim aus und richtete ihren Kopf gerade. Sie wollte etwas sagen, würgte und strengte sich an, bekam immer mehr Angst, zitterte und versuchte, sich aufzurichten. Es war ihr anzumerken, wie sehr sie sich Mühe gab, sich aus dem Gefängnis, in dem sie stak, herauszuarbeiten, jedoch die Kräfte schwanden wieder, und geschlagen gab sie sich eher dem fremden Zustand hin, in den sie gefallen war.
Larissa-mit-der-Zahnspange, die noch neben ihr lag, erhob sich und ging zum aufgestellten Lebkuchengehäuse, ihrer Fluchtburg. Sie riß eine Giebelseite an sich, so daß das bemalte Kartengebäude einstürzte, und legte die Vorderwand auf die Kranke. Jetzt, sagte sie, könne sie auch rechnen und buchsta-

bieren. Der Mond habe eine Hälfte und noch eine. Nehme er ab, beginne sein Rücken mit einem kleinen a, werde er größer, schaue Zickezackezettel zu.
Viel Aufwand für die Kleine, wir waren besorgt. Vielleicht hätten wir einige Opferflammen von den Leuchtstoffröhren abziehen und in Schalen bergen sollen, oder wir wären einigen Enten, die hereinmarschierten, aufgesessen. Tote, wir wissen es, unterliegen, solang benötigt, einem Erneuerungstrieb, einer Augenwischerei infolge leerer Höhlen.
Ein unablässiger Ton war zu hören, ein in sich drehender Schrei, der näher kam. Draußen vor den Fenstern lief, die Hände gegen die Ohren gepreßt und nach vorn gebeugt, David entlang des Zauns, den er mit angewinkeltem Bein gleich einem Hürdenläufer vollendet übersprang, und dann jagte er, schon nicht mehr zu hören, den Steilhang der Felderhalde hinauf, entschwand. Timbur mochte in großer Höhe ihm gefolgt sein, war jedoch nicht zu sehen.
Ins Klassenzimmer herein stürmte die Ärztin, die sich sofort neben Bella Mainz niederkniete und mit einer Taschenlampe die Pupillenreflexe von Hassel Ruth Weidenbacher prüfte.
»Wahrscheinlich eine Schlagberührung«, sagte sie. Die Lehrerin müsse sofort ins Krankenhaus nach Lindau am Bodensee gebracht werden, wo Schichtaufnahmen des Gehirns vielleicht Erklärung brächten.
Ihr Auto stehe hinter der eingestürzten Brücke in Rotenbach, sagte Bella Mainz. Sie bezahle einen Hubschrauber, wenn nötig.
Von der Tür rief die Direktorin, gute Idee, sie veranlasse es!
Eva-mit-dem-Röhrchen wandte ein, das Telefon sei doch kaputt, und es gebe nur noch Fuhrwerke, als Larissa-mit-der-Zahnspange sich über Hassel Ruth Weidenbacher warf, sie umklammernd stammelte, die Lehrerin dürfe nicht weg, sonst stürben alle.
Lillit Babett Prinz befahl Beeilung, dann fliege Larissa eben mit, während die Direktorin nicht von der Tür wich, obwohl sie längst ins Büro hätte unterwegs sein müssen.

Wir verließen den Ort, warfen noch einen milden Schein auf die Kranke, daß sie zur Ruhe käme, liegend wie aufgebahrt, während Wilhelm der Klasseniltis, der in einem Gipskorsett steckte, da sein Kreuz nach dem Unfall noch nicht geheilt war, aus seinem Käfig näher schlich, sich mühend auf dem Weg zwischen den Kolonnaden des Gestühls und der Beine.

7

Bei Aufruhr ziehen wir uns zurück. Er ist Vorbedingung, ein mißliches Gewoge voll Übersicht durch Abschiede. Beispielsweise ödet uns die schon zitierte Alexanderschlacht von Altdorfer, der wie alle Maler seines Zeitalters an einer Bleiweißvergiftung litt, an. Krieger ballen sich, trennen sich, die meisten Drohgebärden, ausgeführt mit Schwertern und Hellebarden, verhindern den Kampf, dagegen katapultiert uns Stille in ein Stilgemisch aus Erwartung und prompt sich anbahnenden Sterbens hinein, dargestellt auf dem besten Gemälde der Welt als eisige Bläue idealistischer Ferne aus Gipfeln und daran gebauten Kleinodstätten, weshalb wir auch das Durcheinander des sich auflösenden Protestzuges der Gegenwartsbauern mieden und beim Dreifingerbach, einer Neubausiedlung, deren Rinnsal, früher versumpft und von Kresse gesäumt, schon längst durch eine Zementdrainage verrohrt worden war.
Angela und Poi Amber Braun waren in der Schule gewesen, hatten aber, bevor die Lehrerin umfiel, die beginnende Katastrophe gespürt, die für sie nicht auszuhalten gewesen wäre. Sie hatten sich vorher auf Flucht begeben.
Der Geliebte kannte sich aus, war, noch in seinen Lößmantel gehüllt, früher in dieser Gegend nachts umhergeirrt und hatte aus Hunger mit einem Backstein eine Schaufensterscheibe, die nicht zerbrach, einwerfen wollen. Jetzt ging er, gekleidet in dem Begräbnisanzug, zwischen Hochhäusern dahin. Gepäck hatte er keines dabei, aber eine Krawatte umgebunden.
Angela stampfte neben ihm, hielt mühevoll mit. Sie hatte den azurblauen, mit glitzernden Sternen bedeckten Motorradhelm der verunglückten Ursula Kappenmacher auf, und an den Arm geschnallt deren rumänische Stahluhr mit Mondphasen, Kalenderdaten und Eisprüngen.
Nach der Hochhaussiedlung begann ein Pfad durch Sauerwiesen, der sich vor Neutrauchburg fortsetzte, der Fürst Wald-

burgschen psychosomatischen Kliniken, als Nächte vorher ein verzweifelt umhergeisternder Patient an Poi Amber Brauns Beinen hinaufgegriffen hatte. In einem Jungwald und in Stangengehölzen, vor Bungalows und Rolladenhäusern der Mittelschicht verlor sich der Weg.

Der Geliebte wählte die neue Teerstraße, eine Sackgasse, die am Klärwerk, einer ringförmigen Anlage, vergleichbar der Engelsburg in Rom, endete, die Altdorfer, gäbe es ihn noch, sicher gemalt hätte.

Die drei wichtigsten Landschaftsporträtisten des Allgäus, Louis Ferdinand Pfrang, der als Restaurator für Schränke und Barockaltäre gelernt hatte, inzwischen Spezialist für eingefrorene Mädchengesichter und Tang geworden war, Lwow Lemberg, gelernter Gärtner und Organist, der eine Art bedrohlicher Bühnenbilder entwarf, und Traudel Herzgespann hatten sich das neue Objekt noch nicht vorgenommen, denn Voraussetzung wäre gewesen, daß alle, ohne Sicherheit, im Ruhrgebiet, besonders zwischen Essen und Recklinghausen, wo aus verlassenen Arealen, beschützt von Brennesselwäldern, die Walrücken der Walzwerke alter Industrie aufragten, zunächst Studien betrieben hätten.

Angela sagte, sie komme nicht mit, habe Hunger und Durst.

Der Geliebte gab ihr Pfefferminzbonbons, die ihr zusätzlich Luft und Speichel bescheren würden.

»Nein, Arschlochficker«, rief sie. »Ich kann nicht mehr, brauche eine Pause, will heim zu Mama!«

Sei tot, sagte er.

»Ist nicht, blöde Sau! Meine Mama lebt immer.«

Gestorben, gebe es nicht mehr, war Brauns Antwort.

Nicht wahr, sagte Angela, warf sich zu Boden, stand wieder auf, sah nichts mehr, weil der Helm über ihr Gesicht gerutscht war. Poi Amber Braun nahm, was sie zuließ, ihr den Kopfschutz ab und schlang den Riemen um seinen Arm, so daß der Helm wie ein funkelndes, riesiges Nadelkissen auf seinem Handgelenk saß.

»Wenn wir umkehren«, sagte der Geliebte, »werden wir auch

krank. Wenn wir weitergehen, treffen wir deine Mama in Rotenbach oder bei der Malerin.«
»Versprochen?«
Versprechen könne man brechen, erwiderte er, aber da sie ein großes Mädchen geworden sei, kenne sie die Regeln. Sie bräuchten nur noch etwas zu essen.
Zu trinken, erwiderte sie.
»Milch?«
Ohne einander aufzufordern, gingen sie auseinander und machten Jagd auf eine Kuh, die ausgebrochen aus einer Umzäunung, umständlich am Wegrand fraß, Cäsiumgräser mit tickenden Halbwertzeiten von dreißigtausend Jahren, Asphaltkrumen, leckere Phosphate und vom Winter übriggebliebene Salze, körnig eingebettete, holographische Passepartouts.
Angela streichelte die warme Flanke des Rinds, sagte ängstlich, schöne Kuh, liebe Kuh, küßte vorsichtig das verklebte Fell, während Poi Amber Braun versuchte, in der Hocke am Euter zu zerren, was das Tier, das nur Melkapparate gewohnt war, mit Bocken beantwortete. Angela wurde zur Seite geschleudert, der Geliebte fiel rücklings auf die Straße. Das Tier sah sich noch einmal um, bevor es die Flucht ergriff, ungeschickt mit seitwärts gestellten Klauen auf glattem Asphalt davongaloppierend. Ein Auto, das entgegenkam, mußte halten und rückwärts fahren, da die Kuh konfus nach links und rechts scheute, nicht wußte, wohin sie sich wenden sollte, bis sie endlich an dem Fahrzeug vorbei in einen Seitenweg einbiegen konnte, der zu einer Reihe Garagen führte, die vor der nächsten Hangsiedlung stand. Eine dieser Herbergen war, das Tor unter die Decke hochgeklappt, offen und leer, doch das Vieh beäugte nur den engen, dunklen Schlund, wandte sich wieder ab.
Wir ritten in den behaarten Klüften des Rückgrats, das in seinen endlosen Verwerfungen einem Gebirgszug glich. Von hier aus hätten wir ein Donnern einleiten können, einen atmosphärischen Niederschlag entgegengesetzt der totenstillen Pulsation im Magnetfeld, als alle Zündvorgänge elektrischer Ströme ausgefallen waren, doch wir demonstrierten uns nicht.

Lähmung, Desinteresse, vor allem Scheu hielten uns zurück, schließlich waren wir Gestorbene, unser Schicksal gehörte der Kategorie Null an, andererseits war diese Vorsichtsmaßnahme wie ein Quader, der finster in sämtlichen Zahlentheorien steckte. Würde die Null zum Versiegen gebracht werden, flösse angeglichen Materialität ohne Widerstand in ihr Gegenteil über: Die Konservenindustrie bräuchte keine Blechhüllen mehr; Nahrung ließe sich wie zwischen Luft und einem überraschend daneben beginnenden Vakuum einschließen; Benzin wäre unnötig; Ottomotoren liefen durch Ansaugen ohne Differenz; Komplementärfarben ließen sich nicht mehr mischen; frühzeitig abgetriebene Kinder lebten noch; oder wir müßten uns nicht mehr darum bemühen, im Falz des Unhörbaren steckenzubleiben, sondern wir könnten uns, selbst wenn die Gedächtnisse der Lebenden ausfielen, in sie bekömmlich einhaken.

Angela weinte, hatte sich verletzt. Es war nur eine kleine Schramme am Kinn, aber das Kind schrie, es blute, es blute!

Der Geliebte nahm Angela an der Hand, stieß besänftigende Worte aus, ein Gemisch aus Cimbrisch und Italienisch. Beide marschierten sie zurück Richtung Kleinstadt, doch zögerten dann.

Poi Amber Braun schlug vor, in Lwow Lembergs Zitadelle gebe es Sahne und Milch mit Brombeeren zu trinken.

»Und meine Mama« fragte das Mädchen.

Sei nicht tot, antwortete der Geliebte. Er habe falsch gedacht. Sie schlafe, erschöpft durcheinander. Wenn sie sich wieder aufrichte, freue sie sich, schicke ein Telegramm.

Ob das wahr sei?

Hand aufs Herz, Schwurfinger und zweimal ausgespuckt, er lüge nicht.

»Du bist mein Freund«, sagte das Kind.

Lwow Lemberg arbeitete in seinem Garten, der steil zu einem Karpfen- und Forellenteich abfiel. Der Maler hatte ausgebeulte Hosen an, sein entblößter Oberkörper war mit bleichem Fett behaftet, sein nachlässiger Haarschnitt hielt die frühzeitig weiß

gewordene Frisur kaum mehr zusammen. Auf den Kanarischen Inseln besaß er noch ein Haus, einen quadratischen Glasbungalow, den seine Mutter bezahlt hatte.
»Kommt herauf«, rief er, schwang einen Spaten.
Poi Amber Braun setzte sich auf einen Schneeschlitten, der als Dekoration vor dem einstigen Pesthaus, wie es genannt wurde, stand, das der Maler mit viel Aufwand restauriert hatte. Kapuzinerblüten wuchsen überschwenglich, die, obgleich ihre scharlachfarbenen und gelben Blüten, mit rohen, schwarzen Fruchtstempeln darin, giftig aussahen, gegessen werden konnten. Sie schmeckten wie scharfe Kresse.
Angela sagte zu dem Maler, der eher einem Brunnengräber glich, obwohl sie ihm nie begegnet war, sie liebe, kenne ihn, er solle sie umarmen. Lwow Lemberg tat es, geniert den Bauch einziehend.
Der Geliebte trank sauren Most, der in einem Krug, um den Wespen surrten, auf dem Trockenschlitten stand. Angela ging probeweise über grobes Gneispflaster vor der Tür des Hauses hin und her, fragte den Maler, ob er eine Frau habe, Kinder, sie möchte sie gern begrüßen.
Antwort: Habe er, leider, zur Zeit nicht.
Rückruf: »Oh, du Armer!«
Ob sie ein Kleid aus Peru, Bolivien haben möchte?
Brauche sie nicht. Daheim im Kolosseum vor dem Fernsehapparat, den sie sich wünsche und den ihre Mama bald kaufen werde, liege schon alles, was sie brauche. Timbur komme nachts auf ihr Bett, bringe im Schnabel Geschenke mit. Neulich, habe der Vogel, sagte sie, ihr ein Ringlein hingelegt, die Verlobung. Sie sei jetzt groß, leide an ihren Tagen, der Regel, müsse zur Schule genügend Einlagen mitnehmen.
Er begreife, sagte Lwow Lemberg. Sie solle alles betrachten, untersuchen, es sei ihm eine Ehre.
Angela stampfte zum Pesthaus, in das im späten Mittelalter Kranke verbannt worden waren, später nisteten sich dort Vaganten, schließlich Holzknechte ein. Daneben, in der innen wie außen geweißelten Kapelle, stellte Lemberg seine Gemälde aus,

überdimensionale Formate in Aluminiumrahmen. Auf einem Bild wurden die drei Kirchtürme der Kleinstadt, umgeben von peinlichst ausgeführten, weißen Furunkeln mit schillernden Ackerfurchen und explosionsartigen Wolken darum, die entweder die Pracht von Düngemitteln oder die der genauso prekären Hydrotriloxideen in sich bargen, gleich Raketen in Höhe gehoben, als wollten sich die drei Türme für immer in den Orbit verabschieden.
Lwow Lemberg hatte in die Scheune, die an sein Haus anschloß, die Orgel aus dem einstigen Hospital, das zu einer Sparkasse geworden war, eingebaut. Und es war ihm gelungen, geknickte Baßpfeifen, größte Herausforderung, von einem letzten Schnitzer, den es in der Gegend des Bregenzer Walds noch gab, instandsetzen zu lassen.
In der Kapelle betrachtete Angela die Gemälde, die an gebuckelten Wänden hingen, und erklärte, wieder draußen bei den zwei Männern, sie habe eine Idee.
»Welche«, fragte der Maler, abgeschnittene Brombeerzweige, grüne Äpfel und andere unreife Früchte im Arm, als sei er Arcimboldo.
»Wir Kinder sind schlecht dran«, erklärte Angela in fließender Sprache wie noch nie. »Wenn wir über die Straße gehen, müssen wir aufpassen, nicht die Autos tun es. Möchten wir fliegen, bräuchten wir ein Billett, das viel kostet. Ich hätte gern eine U-Bahn unter Wiesen und Häusern hindurch wie Maulwurfsgänge. Wir könnten von einem Ort zum anderen fahren, ohne daß wir Angst haben müßten. Wir steigen bei der Schule aus, zeigen den Ausweis mit der Klebemarke, auch wenn alle Kinder nachmittags wieder nach Hause fahren.«
Der Geliebte, der dem Most zugesprochen hatte, schien ein wenig betrunken zu sein. Lemberg nahm das Kind ernst, vielleicht, weil er sein ganzes Anwesen verkaufen wollte und darüber nachgedacht hatte, was es wert sein könnte in dem stumpfen Winkel zwischen einem Fichtenwald, einer abrasierten Senke, dahinter einem verborgenen Friedhof und einem Klinikbau aus Pavillons für Knochengeschädigte. Die ganze Land-

schaft umd die ehemalige Reichsstadt war mit Hospitälern, Kliniken, Erholungszentren und Heimen für Uralte, die niemand mehr haben wollte, ausstaffiert.
Lwow Lemberg, der Autos hortete, die er wieder in Gang brachte, eine Opel-Limousine sechssitzig, einen Vorkriegs-BMW mit Lederriemen über der Motorhaube, einen General-Motors-Wagen mit sechs Liter Hubraum, der pro hundert Kilometer eine Büchse Öl benötigte, und einen Borgward, Inbegriff steigenden Wohlstands der fünfziger Jahre, fragte, ob das Kind mehr wisse als er?
Ja, möchte es.
Der Kunstmaler entgegnete, in der Scheune spiele er Angela zu Ehren ein Orgelstück. »Wenn's dir guttut?«
Poi Amber Braun trank weiter Most und aß dazu Kapuzinerblüten, eine Rohkost aus inwendig Säure und außen grellen Farben, die vor allem Hummeln anzogen.
Angela blieb in der Toreinfahrt stehen, traute sich nicht in die von ein paar Sonnenstrahlen durchschnittene Dunkelheit hinein. Heu hing von der einen Seite des Dachbodens herab, als sei es struppiges Haar, unten stand die Deichsel eines Anhängers hoch, auf der anderen Seite war Lwow Lemberg auf eine Empore geklettert. Er spielte Variationen von Johann Pachelbel, die wie Fingerübungen begannen, dann wurden sie grimmiger, unterbrochen von Akkorden, in denen Dissonanzen erklangen, vor dreihundert Jahren eine Kühnheit. Zungen- und Kornettstimmen wechselten mit Moll- und Durläufen, worauf wieder einfache Motive anfingen, die in eine Fuge der verzehrenden Partita »Christus, der ist mein Leben« überführten und mit einem mächtigen Choral, bei dem Lwow Lemberg weit ausgreifen mußte, schloß.
Des Künstlers Füße traten ächzende Holzpedale nieder, als tanzte der Pianist wie auf der Stelle. Schweiß rann über des Organisten Rücken, der, fortgerissen von dem Spiel, nicht aufhören wollte, wenn nicht eine Syrphus-Fliege, angelockt von so viel Bewegung einer glänzenden Rückenpartie, ihn gestochen hätte. Fluchend sprang der Pianist auf, schlug um sich.

Angela rief, das sei die Strafe Gottes, des Herrn im Himmel und auf Erden und der Frau Mutter Maria mit dem Jesus und der Milchtüte auf dem Schoß.
Lwow Lemberg antwortete, die Leiter herunterkletternd, dummes Kind!
Sei sie nicht, schrie Angela, blöder Arschlochficker!
Aber doch!
Nein, nicht!
Sie solle still sein, könne weder schreiben, lesen noch rechnen, sei hinten dran!
»Woher weißt du das?«
»Geht dich nichts an.«
Weinend lief Angela zu Poi Amber Braun, verlangte, er solle sie trösten, sie brauche es.
Der Betrunkene streichelte und herzte, war ungeschickt, roch nach Most, was Angela empörte. Er faule und röchle. Sie wolle nach Hause.
Er entschuldigte sich, sagte der Geliebte. Im Aufstehen, wobei er beinahe umgekippt wäre, doch er hielt sich auf den Beinen, bückte er sich noch, nahm einen Stein und schleuderte ihn Richtung Lwow Lemberg, der mit einem Sprung auswich.
»Was für eine Verrücktheit! Seid ihr alle wahnsinnig?«
Seien sie, sagte der Geliebte. Der Nachmittag habe erst begonnen, breite sich allmählich aus. Die Insekten vereinigten sich mit den Beladenen, die Kühe mit den Ministerien, die Motorenzylinder der alten Autos mit dem technischen Überwachungsverein und die Kiemen der Fische mit den Lungen der Warmblütler, die vor Zeiten an Land krochen.
Angela hatte in einem Glas, das auf dem Trockenschlitten stand, zwei Zahnbürsten entdeckt, die sie untersuchte, als könnte sie daraus ablesen, wie lang sie schon benützt wurden und von wem. Zu dem Maler sagte sie, die eine Bürste gehöre ihm, die andere einem Mädchen oder einer Frau. Ob sie gegangen sei?
Ja, sie habe ihn verlassen.

»Bist du traurig?«
»Nein, wütend.«
»Dann komm her zum Trösten.«
»Geht nicht.«
»Doch, trau dich.«
Der Maler näherte sich, wandte sich jedoch ab und tat, als müsse er, hinunterblickend zu seinem von Jauche und Düngemitteln verseuchten Weiher, die dahintreibenden Rücken der Karpfen und Forellen, die manchmal die Oberfläche des Wassers durchbrachen, zählen.
Ob der Stich noch weh tue, fragte das Kind.
»Nicht mehr so schlimm.«
Dann könnten sie jetzt gehen. Und zu dem Geliebten sagte sie, los, los, du Muttermüller.
Diesen Ausdruck kenne er noch nicht, antwortete der Geliebte. Ob sie solche Sachen in der Schule lerne?
»Ja. Wir sind nicht dumm.«
Die beiden verabschiedeten sich, nahmen nichts mit, weder Sesambrötchen, noch Speck oder eine Flasche Holundersaft. Sie bräuchten nichts, es gebe überall genügend.
Inzwischen hätte Hassel Ruth Weidenbach im Rettungshubschrauber zum Krankenhaus nach Lindau am Bodensee ausgeflogen werden sollen, oder aber nicht. Es waren viele Arten der Führung, auch katastrophaler Dramaturgie möglich, auf die wir uns hätten besinnen können. Jede Variante gab ein wenig bürgerlichen Halt, der uns kaum interessierte. Wir verließen uns auf die Hintergrundstrahlung, ein Echo der ersten Explosion, als die Welt in einer geballten Faust entstand. Alle Abweichungen davon bildeten einen Gestaltungskranz, sprühende Spuren in der Nebelkammer. Die Auszählung der Richtungen ergab einen statistischen Wert, der romantische Unschärfen in sich barg, blinde Stellen, in denen wir als Gewölk kreisten, heißes Gas des Tods, das einer Erkaltung widerstrebte.
Und David? Oben angekommen auf der Feldherrnhalde, beim Gedenkstein des Obristen Netzer, wird der Taube, die Hände

gegen die Ohren gepreßt, weitergehastet sein auf der Flucht vor Geräuschen, Tönen, die vermehrt in ihn drangen, ein entsetzliches Erlebnis. Vielleicht fand David im Stangenwald ein wenig Ruhe, hatte sich auf den Boden geworfen und versuchte, sich in ihn einzugraben, als würde der Einschießer für teure Präzisionswaffen, je mehr seine Augen durch feuchtes Erdreich verklebten, desto weniger hören.

Poi Amber Braun und Angela wanderten weiter. Sie kamen zu stattlichen Höfen, an die neue Ställe angebaut worden waren, niedrige, containerartige Schachteln für Massentierhaltung einer einzigen Sorte, Schweine, Kälber, Fleischbullen oder Milchrinder.

Auf einer der großen Wiesen hatte sich, o Wunder, ein Wiedehopf angesiedelt, wie es sie nur noch im tränenreichen Tal der tausend Tempel von Pagan, Burma, gab. Der Vogel tauchte seinen langen, gebogenen Schnabel in einen Kuhfladen, forschend nach Würmern und Insektennahrung. Nervös um den zerlaufenen Speisefleck hüpfend, versenkte er sein Freßwerkzeug immer wieder in die Tiefe, ruckte und war nicht beschmutzt. Sein Federkamm stand vom Kopf ab, den er schief stellte, um erneut aus einem günstigen Winkel die Futterstelle zu betrachten. Plötzlich hob er ab, flog knapp über das kurze Gras auf Angela und den Geliebten zu, stieg, während Angela »mein liebes, liebes Tier« rief, hoch und schwirrte, kleiner werdend, davon, bis er in der Ferne zerschmolz.

Timbur, ihre Krähe, wäre dageblieben, sagte Angela. Sie müsse weinen und weinen, was sie jedoch nicht tat.

Timbur warte auf sie, versprach Poi Amber Braun. Der Vogel wisse immer, wo sie seien, wenn nicht, schicke er einen Drachen aus.

»Kennt er einen« fragte das Kind.

Gelogen, antwortete der Geliebte. Sei ihm gerade eingefallen.

Angela erklärte: »Hör zu, du darfst nicht lügen. Wir glauben alles, sonst wissen wir nicht, wo wir sind. Ich spaziere mit dir weiter, aber wenn du mich enttäuschetest, werde ich blind.«

Antwort: Woher sie den seltsamen Konjunktiv kenne, die

Möglichkeitsform? Er habe früher nur cimbrisch, altbayerisch und italienisch gesprochen.
»Verstehe ich nicht.«
Er bald auch nicht mehr.
»Liebst du meine Mama?«
»Ja, sehr.«
»Ich auch. Dann sind wir eine Familie«, sagte Angela. »Bitte, küsse mich.«
Moment, Moment, per dio sapristi tonnère. Er sei mit der Lehrerin nicht verheiratet, habe in Eisenharz gewohnt, bei Ursula Kappenmacher. Poi Amber Braun wies auf den Motorradhelm, das sternenübersäte, blaue Monstrum, das an seinem Armgelenk hing.
»Ach, ja«, sagte Angela. »Ich war da, als sie starb und zitterte und bebte, die Frau auf der Straße mit dem Blut und dem kleinen Motorrad. Wie heißt es?«
»Moped, gehörte ihrem Sohn.«
»Wo ist er?«
»Weiß ich nicht.«
»Macht nichts. Er wird kommen.« Sie hob ihren Arm, um den die rumänische Stahluhr mit Mondphasen, Kalendertagen und Eisprüngen geschnallt war. Sei ein Geschenk, sagte Angela. Vielleicht werde die Frau wieder gesund, dann kriege sie ihre Uhr zurück.
»Tot, tot«, rief der Geliebte. »Schluß und vorwärts!«
Wir begleiteten die zwei, die zum Galgenbühl kamen, einer Anhöhe, auf der sich Teerstraßen kreuzten. Früher war dort die Hinrichtungsstätte gewesen, ein Jammern der zu Hängenden, zu Pfählenden, zu Vierteilenden oder zu Verbrennenden. Lastwagen fuhren vorbei, Luft verdrängend, dazwischen rumpelten langsam Trecker, die Kühe aus dem Protestzug mochten noch bei der Kleinstadt im Verkehrsgewühl stecken. Am Rand des Asphalts lag ein überrollter Klumpen, der nur an seinen ausgestreckten Pfoten als Hase zu erkennen war.
Unten, wo die Argen in einem gemauerten Bett floß, bogen die beiden Touristen nach Achen hin ein, einem Weiler, wanderten

an der neuen Mülldeponie vorüber, bei der die Baracken der Siedlung Weidach lagen, nach dem letzten Weltkrieg ein Ort für die Allerärmsten, die ihre Kinder zum Teil in Heuschobern oder in Leiterwagen hatten schlafen lassen müssen, die sie mit alten Decken ausgepolstert hatten. Jetzt residierte dort ein Verein für Schäferhunde, von uns KZ-Tiere genannt. Anderthalb Millionen wurden in dem bebenden Deutschland geschult, doch es gab sie auch als Kontrolleure in vielen anderen Nationen.

Es solle schneller gehen, sagte der Geliebte zu dem Kind.

»Warum?«

»Sie bellen.«

Oh, sie hätte gern einen Hund, sagte Angela, einen großen. Er wäre ihr Freund, sie müßte sich nicht mehr fürchten. Er täte ihr aus der Hand fressen und käme, wenn sie riefe, sofort zurück.

So sei es, antwortete Poi Amber Braun.

»Hast du Angst?«

»Selbstverständlich, dummes Kind.«

Er sei ein Arschloch- und ein Handschuhficker, eine Hurenfikkersau.

Hand in Hand erreichten die beiden Ratzenhofen, bäuerliche Gehöfte mit einer alten Molkerei, die sich ein Stadtflüchtling zu einem Refugium mit Glasziegeln ausgebaut hatte. Davor parkte ein Geländewagen, als seien alle Wege, um Bewährung als Heilshoffnung erleiden zu dürfen, versumpft.

Am Ende der Anwesen war eine Firma für Zahnersatz entstanden. Hinter den Fenstern hingen die heruntergelassenen Plastiklamellen wehrhafter Jalousien.

Es gab außerdem noch einen Betrieb für Madonnen aus Holz, die in einem Simultanverfahren nebeneinander aus Lindenblöcken geschnitzt wurden. Chips steuerten die von Motoren betriebenen Messer.

Er solle schauen, rief Angela dem Geliebten zu. Oh, wie schön! Die Jungfrau Maria, aber keine sei blau angemalt.

»Kind, Kind«, rief Poi Amber Braun, »wir haben keine Zeit.«

»Bist du mißtrauisch?«

»Ja.«

»Dann denkst du an meine Mama.«
Tue er, sagte der Geliebte. Vielleicht sei die Lehrerin schwer krank.
»Dann bist du jetzt ein Mitglied. Timbur und David und die Ärztin, die ich, sage ich dir jetzt, nicht mag, ich habe Angst vor ihr, weil sie immer alles besser weiß, wir alle werden dich beschützen.«
Ob sie genügend Tampons dabei habe, fragte Poi Amber Braun.
Sie nehme Binden mit Watte. Seien in der Rocktasche. Tampons könnten nur Frauen gebrauchen, einem Kind täten sie weh.
»Verstanden«, antwortete der Geliebte.
»Ich glaube, du liebst mich«, sagte Angela. »Umarme mich.«
In diesem Augenblick, weil das Konzept zu schnell aufging, störten wir, massenreich von einem der aufgedampften Sternchen des Motorradhelms ausschwärmend. Beide Personen erhielten einen Streich über die Wange, als habe sie tethaförmige Wellen, lange Schwingungen im Gehirn, aus einer der Starkstromleitungen, die das ganze Voralpengebiet durchzogen, getroffen.
Angela rief, eine Wespe!
Poi Amber Braun beruhigte das Kind, sagte, er sehe nichts. Es sei vielleicht ein Nerv gewesen.
»Sind das die kleinen Schlangen, die sich bewegen, wenn ich nicht einschlafen kann?«
»Sie leben nicht, sie geben Befehle.«
»Wie denn?«
»Streck den Arm aus und laß ihn wieder fallen.«
Das Kind tat es, sagte dann, es habe nichts gehört, nichts gespürt.
»Siehst du, sie folgen dir. Du möchtest etwas tun, gleich ist es geschehen, aber daß deine Muskeln sich zusammenziehen und sich wieder entspannen, wissen sie erst, wenn durch die Leitungen ein schwacher Strom geflossen ist bis zu der Stelle, der die Elektrizität einen Schlag versetzt, eine Aufforderung.«

»Sehr gut«, erwiderte Angela, »probiere ich aus.«
Mal hüpfend, wieder innehaltend und nachlauschend, mal in Tanzschritten, in Seitwärtsgängen wie ein berockter Krebs, schließlich rückwärts und die Augen geschlossen, bewegte sie sich vorwärts, die Arme ausgebreitet, den Kopf schief gelegt im Vertrauen darauf, daß sie nicht stolperte und das Sträßchen leer blieb. Poi Amber Braun folgte ihr bedacht, sein Rausch war noch nicht ganz verflogen.
»Nun«, fragte er.
»Ich habe nichts gemerkt.«
Das sei die Ingenieurskunst des Leibes, das Komplizierteste, was es auf Erden gebe. Sie könnten sich darauf verlassen, selbst wenn sie krank würden.
Er hatte sie gesagt, nicht wir: Ein Fall von Vorsicht durch Sprache oder der Abstandswürde, beschämend für uns, die wir solche Unterscheidung nicht benötigten, jedoch neugierig oder hurensauarschlochfickrig, wie Angela es ausgedrückt hätte, folgten wir einem Rauschen, damit wir uns noch innerhalb Jahrtausenden und Sekunden vergnügen konnten, da jeweils ineinanderstürzten, ein Gewühl verschiedenster Physiken, auch Kopenhagener Handschuh genannt, als zum ersten Mal der Baum der Atome, später der Zusammenhang von Raum und Zeit im Mikro- wie Makrokosmos beschrieben worden war. Literatur darüber lagerte zuhauf in Bibliotheken, doch würden die Bücher gegen molekularen Zerfall nicht präpariert oder auf Filme übertragen werden, besäßen die nächsten Generationen schon kein Wissen mehr, es sei denn, blinde Märchenerzähler kündeten auf Marktplätzen wie Accra, Wladiwostok (Herrscherin des Ostens) oder Frankfurt am Main darüber.
In Rotenbach, dem nächsten Weiler, stand noch verlassen das Auto von Bella Mainz vor der eingestürzten Brücke. Flutlichter waren aufgestellt worden, die hinunter ins Flußbett, in dem das Wasser um Zementbrocken schoß, leuchteten. In der Sägerei daneben, vor der die Königin der Rauschgoldengel so viel Angst gehabt hatte, wurde ratternd ein längs auf den Förderschlitten gelegter Baumstamm zu Brettern geschnitten, und

Bauarbeiter mit gelben Schutzhelmen kletterten an der Ach über Trümmer hinauf und hinab, einen Kran dirigierend, der Brocken, umschlungen von einem Stahlseil, heben sollte. Auch ein Hund war dabei, der aussah wie ein kleiner Bär. Er sprang am Ufer, Schaumkronen verbellend, hin und her, als müßte es ihm gelingen, mit der Pfote verirrte Forellen aus dem Gebräu, in dem sich Zweige und Äste überschlugen, zu fischen.
Poi Amber Braun zog seine Anzugjacke aus, gab sie Angela und kletterte zum Fuß eines Pfeilers, der stehengeblieben war, hinunter. Er prüfte Brüche und Zementzacken, kümmerte sich nicht darum, daß der Vorarbeiter rief, er solle heraufkommen, Gefahr, Gefahr, es könne noch mehr einstürzen.
Der Geliebte fuhr mit dem Zeigefinger zerbröselte Stellen nach, legte die Hand flach auf Male im Beton, interessierte sich nicht für herausstehende Moniereisen. Irgend etwas Unscheinbares oder Merkwürdiges beschäftigte ihn. Ein-, zweimal wäre er beinahe ins Wasser gefallen, aber er rettete sich wieder herauf, um noch mal von vorn zu beginnen, bis er schließlich, am Steilhang klebend, ein schwarzes Klümpchen in die Höhe hielt.
Wieder oben, sagte er, das Geschimpfe des Vorarbeiters unterbrechend, Rhéomir, das Erdferkel, sei dagewesen. Hier der Beweis: Kot.
Antwort: Er solle sich beruhigen, die Arbeit nicht stören.
Von einem der Scheinwerfer in hellichten Tag getaucht, beharrte der Geliebte auf seiner These, die Brücke sei nicht schwach geworden, sondern ein Erdferkel, auch Ameisenbär genannt, versprengt aus seiner Heimat hoch über Trento, Südtirol, den Hochebenen der Sette Comuni, der sieben Gemeinden, habe im Beton nach Sacchariden gesucht, molekularen Verschiebungen, die hunderttausendmal süßer als Zucker seien, ähnlich dem Thaumatin, einem Mondsamengewächs, in dem sich die Aminosäureketten zu Beta-Faltblättern, Bindungen der Rezeptoren, zusammenschlössen. Dasselbe komme in altem Zement vor, dessen Struktur sich ändere, als verwandle es sich in Mais oder Hirse.

Der Vorarbeiter winkte einen seiner Gesellen herbei, sagte, als sie zu zweit waren, sie würden der Brücke wieder auf die Beine helfen. Ob der Herr ein Hustenbonbon wolle, er habe welche dabei.

»Sehr gern.«

Es war Kandiszucker, den Poi Amber Braun zu lutschen bekam. Das Erdferkel, fuhr er unbeirrbar fort, sei sechzig, siebzig Kilo schwer wie etwa ein Mensch und auch fast so groß, habe Ohren wie eine Fledermaus und eine spitze Schnauze mit einer langen Zunge, damit es Termiten oder andere geflügelte Insekten, die in unseren Breitengraden kaum mehr lebten, aus Höhlen schlecken könne, doch einzigartig seien seine Krallen, hart und scharf wie geschliffenes Titan, deshalb biete selbst Eisenbeton ihm keinen Widerstand. Nicht auszudenken, wenn die kleine Tierkolonne, die es bei ihm zu Hause um Luserna herum, noch gebe, sich ausbreitete und, auf Suche nach Süßstoff, über feste Gebäude und Konstruktionen herfalle.

Der Vorarbeiter sagte, er habe recht, vielen Dank. Ob er ein Bier wolle?

Müsse nicht sein.

Doch, doch, sie hätten immer ein paar Kästen.

Nachdem der Vorarbeiter einen sehr hohen Murmeltierpfiff ausgestoßen hatte, wanderte eine Flasche von Hand zu Hand bis zu dem Geliebten, der sie, obwohl sein Zeigefinger nicht hornig war, mit einem Hieb, von unten nach oben geführt, entkapselte. Poi Amber Braun trank, gab die Flasche weiter.

Angela rief: »Und ich?«

Sie bekam auch einen Schluck, war begeistert. Mehr behelmte Männer traten hinzu, ebenfalls mit Bier im Anschlag. Auch der Hundebär, der nichts gefangen hatte, drängte sich, den Kopf erhoben nach Aufmerksamkeit verlangend, zwischen den vielen Beinen, während die Lichtbündel der aufgestellten Arbeitslampen sich über dem Fluß kreuzten und das gleichmäßige Rattern der nahe gelegenen Sägerei dazu erklang.

Der Arbeitsfrieden tat uns wohl. Die Szene vermittelte Eintracht körperlicher Tüchtigkeit mit technischem Wissen, wo-

bei uns der Stolz darüber störte, denn im Reich der Toten herrschte kein Unterschied zwischen einem strikt diesseitigen Konfuzianismus oder einem in wohltuende Leere zielenden Hinduismus oder auch zwischen Schamanentum und atheistischem Altruismus. Gesetzmäßigkeiten strahlten nur noch den Charme einer, als habe ewiger Winter begonnen, geschlossenen Eisdiele aus.
Poi Amber Braun und Angela verabschiedeten sich, wanderten auf den Schwellen der rostigen Bahngeleise, an die, sich niederkiend, Bella Mainz in Erinnerung an die letzte Fahrt mit einem Stein geklopft hatte, weiter. Taubnesseln wuchsen aus dem Schotter, wilde Kamillen, ab und zu eine Gänsedistel, auch Ackerstiefmütterchen und violette Kornwicken, Pflanzen, die armen Boden bevorzugten. Manchmal standen die Kräuter und Blumen so hoch, daß der Geliebte und das Kind Hecken durchbrechen mußten. Dann traf ihr verzögerter Schritt die nächste, unsichtbare Schwelle nicht mehr, sie stolperten, hielten sich gegenseitig fest.
Angela sagte, sie fürchte sich, wolle zurück auf die Straße.
Ihr Begleiter erwiderte, sie solle sich vorstellen, sie sei eine rollende Ratte, habe Räder statt Füße.
Ein törichter Vorschlag: Blutgefäße und Nervenzellen würden sich verdrehen, die Gelenke sprängen aus den Pfannen. Nur Bakterien war es gelungen, das Problem mit Hilfe von Härchen, die die Achsenlager ersetzten, in der homogenen Umgebung, einer wäßrigen Lösung, zu umgehen. Räder am Leib müßten, damit Unebenheiten überwunden werden könnten, riesig groß sein, was bei Menschen ein Mißverhältnis zum Rumpf erzeugte und übermäßig das Gewicht steigerte.
Gehölze fingen an, eine Schneise führte durch den Wald, hinter dem der Baggersee lag, sommerlicher Ausflugsort. Nebel hing über dem tiefblauen, sauren Gewässer, niemand war an der Stätte, nur das Dröhnen von Fröschen war zu hören und Schreie der durch Schwaden stoßenden Möwen, wo Taka Kose Schmitz mit Miele, der tätowierten Waschmaschine auf dem Rücken, in sein Grab geschwommen war.

Nach einiger Zeit kamen Angela und Poi Amber Braun zu einer Brücke, deren Eisenkonstruktion sich an einer Seite gesenkt hatte. Sich abstützend, balancierten sie über einen Geleisstrang, stürzten nicht, gerieten sicher auf die andere Seite, wozu einst Verfolgte, stöhnend unter Gepäck, gesagt hatten: Eine Geige besitze mehr Seele als ein Klavier, entspreche auch besser dem jüdischen Charakter, denn mit einem Saiteninstrument unter dem Arm zu entkommen sei noch möglich, mit einem Klavier jedoch nicht.

Im nächsten Ort, Großholzleute, einer verlassenen Station, die einem Steuerberater aus der Großstadt als Ferienkloster diente, waren links und rechts des Bahndamms Stämme gestapelt, Fichtenabfall aus den Wäldern des Adelegg, auf zwei Meter Länge geschnitten und befallen von aggressivem Regen und Käferfraß. Es gab in Großholzleute noch eine Bierschenke und ein altes Gasthaus, der Adler, früher eines der Gehöfte zum Wechseln der Pferde, als Thurn und Taxis noch das Postmonopol besaß.

Angela erklärte, sie sei müde.

Der Geliebte nahm sie auf den Schoß, umschloß sie mit seinen Armen und wiegte sie hin und her, leise in ihren Nacken summend, an dem, funkelnd aus den dicken, langen Haaren, Pickel sprossen wie bei David, dem inzwischen vom Lärm der Welt Geschädigten.

Der Geliebte spürte auf seinem Knie das auseinandergedrückte Spältchen des Kinds, wurde achtsamer und ein wenig erregt. Es war keine Kleinigkeit, entgegen Begehren, das sofort wieder ins Vergessen verbannt wurde, Geduld zu wahren.

»Müde, müde«, wiederholte sie.

»Liebe, Liebe«, antwortete er.

»Weiß ich.«

Das Kind gegen ihn gelehnt, war schwer, hing mehr, als daß es saß. Er mußte seine Füße auf die Zehenspitzen stellen, damit seine Schenkel waagrecht blieben. Angela roch nach Schweiß und einer Mischung aus Klee, Ampfer und dem Rost der Bahngeleise, ein frühsommerlicher Duft, den Poi Amber Braun

gedankenverloren einatmete. Dazu kam noch scharfer Harzgeruch von den haushohen Holzstapeln, die sich wie erstarrte, schmutzige Wellen bis zum nächsten Waldrand hinzogen.
Unweit floß Verkehr auf der Straße nach Kempten, Personenautos, Lastmobile und Omnibusse. Im Überholungssturm peitschten die Gräser am Teerrand auf und nieder, und Möwen, die es überall gab, da sie alles verzehrten und besonders den Inhalt von Müllhalden genossen, stießen in Schwärmen auch auf die Fahrzeuge herab.
Plötzlich stoppte das Gedränge, es hupte, und Bremsgeräusche nahmen überhand. Von der anderen Straßenseite, nachdem sie für einen Zaun nur einen besonders stolzen Schritt benötigt hatten, eilten zwei Strauße mit nach hinten gelegten Stummelflügeln durch eine Lücke im Verkehr. Auf dem vorderen Vogel ritt Traudel Herzgespann, die Landschaftsporträtistin, auf dem zweiten ihr Sekretär, Joseph der Knecht.
Das Paar hielt die Tiere vor Angela und dem Geliebten an. Die nervösen Vögel waren kaum zu zügeln. Sie rissen mit ihren Klauen Grassoden aus, schleuderten vom Weg mit Erde verbackene Kieselbrocken hoch, und ihre kleinen, auf langen Hälsen sitzenden Köpfchen, in deren aufgesperrten Schnäbeln dünne Trensen lagen, ruckten feindselig hin und her.
»Aufsitzen«, rief Traudel Herzgespann.
»Warum«, schrie Poi Amber Braun. »Es geht nicht!«
Angela, sich an den Geliebten klammernd, fing vor Entsetzen zu schluchzen an und schlüpfte mit dem Kopf unter die Jacke ihres Gefährten.
Den beiden Reitern gelang es, die Vögel nahe an den Holzstoß zu bugsieren, so daß Poi Amber Braun schließlich zum Sekretär hinüberklettern konnte, und das Kind, allein gelassen, die Hand der Malerin ergriff und mit Schwung hinter ihr zu sitzen kam.
Festhalten, hieß es, Augen zu, voran!
Hintereinander trabten die beiden Strauße, die kurzen Flügel nun, um das Gleichgewicht trotz der doppelten Last auf dem Rücken zu wahren, gespreizt, entlang den Baumstamm-Wäl-

len, auf die sie scharf umrissene Schatten warfen, bis zur nächsten Kreuzung, wo die Eisenbahngeleise die Straße überquerten. Autos und Omnibusse, hinter deren Fenstern Neugierige um Sicht kämpften, hupten, und nach einem Sprung über einen Graben, gewannen die Vögel gleichmäßig an Tempo, während sich die Reitenden im Takt der ausgreifenden Schritte wiegten.

Bei der Argen angekommen, scheuten die Tiere. Angela schrie vor Angst, klammerte sich noch fester an Traudel Herzgespann, die Schnalzlaute ausstieß und am Zügel ruckte, worauf ihr Strauß, den Hals vorgestreckt, langsam zu einer Furt im Fluß hinunterstieg. Der zweite Vogel, der mehr Gewicht trug, folgte, mit den Beinen sichernd den Untergrund prüfend.

Nachdem dieses Hindernis überwunden war, begann die Jagd über ebene Wiesen hin zu den Gehöften von Langfeldhof, Rain und Moos, früher Bauernhöfe, jetzt Häuser von Fabrikarbeitern mit Wohnungen für Feriengäste. Eine altrömische Mauer stand im Weg, deren Backsteinziegel ziemlich neu aussahen. Auf der Krone des Festungswalls wuchsen Weidenbüsche. Die Landschaftsporträtistin rief ihrem Sekretär zu, er solle vorausreiten.

Vom steilen Straußenrücken rutschte Poi Amber Braun immer wieder nach hinten, weshalb er vorschlug, zu Fuß zu gehen, doch davon wollte der Sekretär nichts wissen. Nach vorn gebeugt, spornte er mit Fersenschlägen sein Tier an, und quer hinauf über den Hang von Hochreute ging es in einem Stolpertrab, die nervösen Beine der Vögel fanden auf der Steile keinen Rhythmus mehr.

Unter den Trossen eines Schleppschiffs hindurch, dessen Bügel, da es seit ein paar Jahren kaum Winter mit Schnee gegeben hatte, morsch geworden waren und elend von ihren Halterungen hingen, führte der Ritt weiter. Fichtengruppen fingen an, und eine Scheune, in der schon lang kein Heu mehr aufbewahrt wurde, stand eingesunken neben einem aufgeschütteten Vorsprung. Dann verwehrten Inseln aus Brombeerbüschen den Weg, mußten umrundet werden, ein schwieriges Manö-

ver, weil die Steppentiere ihrem Instinkt nach geradeaus strebten.
In einer Waldschneise wurden sie wieder schneller, galoppierten, die Hälse, um vermeintliche Feinde zu sichten, gereckt, durch Dunstschleier und Nebelvorhänge, die sich in den Gehölzen gebildet hatten.
Angela rief, die Malerin fest umarmend, »oh, ich freue mich, habe keine Angst!«
Wir hatten auch keine, wußten, was geschehen würde. Die Kavalkade erinnerte uns an die Askar, berittene Heerscharen, die den christlichen Kreuzzüglern siebenmal in drei Jahrhunderten zu Schlachten engegengezogen waren, und jedesmal war der Kampf in einem Rausch aus Blut und Waffenlärm untergegangen. Gesiegt hatten immer, bis sie endlich vertrieben wurden, die gepanzerten Ritter, die Jerusalem erobern wollten. Sie raubten alle Schätze, schlitzten Bäuche von Schwangeren auf, weil sie darin Juwelen vermuteten, enthaupteten Kinder und zerstörten Tempel.
Der Wald lichtete sich, und die beiden Vögel jagten in ein Gehege hinein, dessen Drahtgitter, als sie hindurch waren, hinter ihnen zufiel. Joseph der Knecht ließ sich, den Geliebten mit sich reißend, in einen aufgeschütteten Strohhaufen fallen, dasselbe tat Traudel Herzgespann mit Angela. Ein anderes Absteigen war von den zur Flucht getriebenen Straußen nicht möglich.
Jetzt sei sie aber froh, rief die Malerin.
Angela, die neben ihr lag und niesen mußte, erwiderte, sie kenne sie, habe sie schon oft gesehen, sie seien Freundinnen.
Der Sekretär wand sich aus dem Stroh, neben sich Poi Amber Braun, der schwankend aufstand. Joseph betätigte einen Akustikgeber hoher Frequenz, den er aus seiner Hosentasche geholt hatte, um sich zu vergewissern, ob das Gatter geschlossen war.
Die beiden Vögel liefen noch im Kreis, pickten mit den Schnäbeln nach Grassamen. Auf dem Gefieder der Reittiere hatten sich Spatzen niedergelassen, die nach Ungeziefer suchten.

»Willkommen«, sagte Traudel Herzgespann. Sie sei angerufen worden, denn alles funktioniere wieder, daß zwei Wanderer Hilfe bräuchten. Bevor sie zur nächsten Station aufbrächen, sollten sie sich erholen.
Das Bauernschloß mit Pergola, Wintergarten und einem Erker aus Glas, in dem die Malerin ihre Gemälde entwarf, lag eingebettet am Hang. In einer schmiedeeisernen Volière nisteten Schopftauben, die sich dorthinein flüchten konnten, wenn ein Falke sich am Himmel zeigte. Im Garten, der von einer fast schwarzen Thujahecke umgeben war, wuchsen Apfelbäume und wetterfeste Miniaturakazien, eine genetische Neuschöpfung. Zwerghühner, die gesprenkelt braune Eier legten, gingen Terrassen hinauf und hinab. Vier, fünf weiße Pfauen stießen ihre häßlichen Schreie aus, und in einem Weiher, aus dessen Mitte das Falsifikat einer Brunnenfigur von Bernini ragte, zeigten sich, mit ihrem Rücken die schlammige Oberfläche durchpflügend, Karpfen und Regenbogenschleien.
Poi Amber Braun sagte, es fehle nur noch ein Bär.
Eine schöne Idee, antwortete Joseph der Sekretär, jedoch die beiden Straußvögel bereiteten genügend Mühe: Beherbergung, Auslauf, richtige Nahrung, im Winter einen Stall, der noch gebaut werden müsse. Außerdem gebe es weiße Kaninchen mit blutroten Augen, die jede Nacht ins Bett kommen wollten.
Joseph trug italienische Jeans der Alta Moda und ein kleingewürfeltes, blaues Hemd mit weißen Manschetten, die von goldfarbenen Spangen zusammengehalten wurden. Er war drei- oder viersprachig, früher jugendlicher Direktor eines Alpenhotels gewesen.
Seine Arbeitgeberin, für die er Ausstellungen, den Verkauf der Bilder, Interviews und die Präsentation von Persönlichkeitsfilmen regelte, eine magere Person mit einem blonden Anflug auf der Oberlippe, hatte eine zerschlissene Samthose und eine schwarze Wickelbluse voll Speiseresten, die auch von der Fütterung der zahlreichen Tiere stammen konnten, an. Ihr verschwitztes Haar, das sie sich immer wieder aus dem Gesicht

blies, stand nach allen Seiten ab. Die Augenbrauen waren sichelförmig, wie ausrasiert.
Im weit geöffneten, von Kletterpflanzen bewachsenen Wintergarten, tranken alle vier Hagebuttenmilch, eine, wie der Sekretär erklärte, Erfindung des Hauses.
Sei falsch, sagte Angela. Sie kenne so etwas aus einer italienischen Eisdiele.
Ob sie schon in Italien gewesen sei, fragte höflich Joseph der Knecht.
Ja, oft.
Glaube er nicht.
»Doch, du Sauarschlochficker!«
Verwirrtes Schweigen, das vom Gurren der Tauben und einem Pfauenschrei unterbrochen wurde. Traudel Herzgespann erwiderte gezwungen, die Wahrheit der Kinder sei eine Last, darum hätten sie keine.
Angela sagte, sie müsse sich schminken, stand auf und ging in das Haus hinein, kam aber gleich wieder zurück und wollte ihren Helm. Poi Amber Braun, der ihn die ganze Zeit an den Arm geschnallt getragen hatte, gab ihr das blaue Monstrum. Das Kind setzte es auf und ging erneut, gefolgt von einem der weißen Hasen.
Draußen im Garten hob ein flatternder Aufruhr an. Ein Schwarm Möwen war, auf Suche nach Futter, eingedrungen, weshalb die Schopftauben sich in den obersten Teil der Volière gerettet hatten, wohin die gierigen Möwen ebenfalls wollten. Ein Kampf um Raum fand statt. Die vielen Zwerghühner liefen verschreckt in die Thujahecke, während die beiden Strauße hinter den Drähten ihres Geheges mit ausgebreiteten Flügeln sich auf ihren Stelzenbeinen, die kleinen Köpfe vorgestreckt, bis sie den Boden berührten, immer wieder verneigten, als wollten sie Hochzeiter begrüßen.
Schreiend und gestikulierend liefen die Malerin und ihr Sekretär hin und her, warfen mit Steinen, auch mit Holzscheiten, die neben der Terrasse aufgeschichtet lagen, nach den Möwen, die sich erst, nachdem sie einen Napf voll Körner geleert und

übriggebliebene Pumpernickelscheiben vom Frühstückstisch im Freien zerrissen und teilweise gefressen hatten, verjagen ließen.
Die Malerin rief, die Natur sei heillos durcheinander. Sie brauchten scharfe Hunde oder Füchse und Schakale!
Der Sekretär wandte ein, dann halte hier nichts mehr stand. Am besten wäre, den Schlüssel abzuziehen und auszuwandern.
Deshalb male sie, sagte Traudel Herzgespann, nur Landschaften, solang es hier noch bewohnbare Winkel gebe. Menschen seien uninteressant, eigneten sich nur noch für Zeichnungen als Gnome oder biedermeierliche Autotrabanten.
Poi Amber Braun hatte bei der Vertreibung der Raubmöwen nur vorsichtig mitgetan, war vom Verbeugungstheater der beiden Strauße angezogen worden und hatte sich auch einmal, zweimal vor den beiden großen Vögeln verneigt, worauf die Steppentiere noch ausladender in ihrem balzartigen Tanz, der Staub aufwirbelte, geworden waren. Jetzt stand der Geliebte neben der Volière, und eine der Schopftauben, die sich herausgewagt hatte, saß, schüchtern mit den Flügeln schlagend, auf seiner ausgestreckten Hand.
Der Sekretär machte davon eine Aufnahme mit einer Polaroidkamera, die am zugeklappten Sonnenschirm neben dem Frühstückstisch gehangen hatte. »Fürs Archiv«, sagte er. »Aus tausend Motiven wird schließlich ein Gemälde. Wir strengen uns Tag und Nacht an.«
»Oder aber nicht«, entgegnete die Landschaftsporträtistin. »Wer zuviel Vorrat hat, wiederholt sich. Wer aber die Augen schließt, findet.«
Es war ein alter Streit, ob Wissen bildnerische Kunst verhinderte, die früher der Unterweisung, zugleich der Magie gedient hatte, was eine verklärende Vision oder Theodizee voraussetzte, die spiegelverkehrt auch Höllenschrecken in sich beherbergte, oder ob Kenntnisse im Zeitalter des Informationsüberflusses nicht Voraussetzung waren, um wieder zu dem einen Ziel, das Schönheit wie Häßlichkeit als Mahnung beinhaltete, zu gelangen.

Langsam entwickelten sich auf dem Polaroidphoto, das der Sekretär hin- und herschwenkte, die Farben. Die weiße Taube war zu sehen, dahinter die Volière und das entferntere Bauernschloß ertranken in einem tintigen Blau und Grün, denn Poi Amber Brauns rote Haare und roter Bart überstrahlten alle Tönungen.
Er sehe scheußlich aus, sagte er, als stehe er für Whisky Reklame. Er müsse sich unbedingt rasieren.
Joseph der Knecht und die Landschaftsporträtistin geleiteten ihn ins Haus, wo sie ihm im ersten Stock, zu dem es über eine enge Stiege neben einem Kachelofen, den Traudel Herzgespann selbst entworfen hatte, hinaufging, das Badezimmer zeigten, dessen Wände mit lackiertem Schilf tapeziert waren, der je nach Lichteinfall aus einer Fensterluke im Dach lavendelfarben oder in Zebrastreifen schimmerte. Waschbecken und Wanne, bestückt mit allen technischen Notwendigkeiten, waren aus reinem Achat.
Sie sollten das Kind suchen, bat der Geliebte, vielleicht habe es sich verirrt.
Einer der Hasen führe es doch, antwortete der Sekretär. Außerdem habe es den Motorradhelm auf. Wenn es aus einer der vielen Türen, in die Selenzellen eingelassen seien, sich davonstehlen wolle, läuteten Alarmglocken.
Warum sie die Warnanlagen immer eingeschaltet hielten?
Sie trauten hier oben auf der Höhe niemandem. An der anderen Seite des Bergs liege eine Gewerkschaftssiedlung zur Erholung kinderreicher Arbeiterfamilien.
Die Malerin und ihr Sekretär verließen den Geliebten, schwärmten im Bauernschloß aus. Sie schauten hinter Filetgardinen, von ihnen auch gehäkelt, kletterten in den Keller hinunter, in dem ein Faß mit zehn Jahre altem Most, einem Essigelixier, auf einem Bock lag. Im Wohnzimmer, einer niedrigen Stube, deren Holzdecke mit Schnitzereien versehen war, so daß sie einer hellen Tropfsteinhöhle glich, war niemand, auch nicht, wieder oben, im verglasten Atelier, wo auf Parkett und Arbeitstischen opalisierende Materialien sich häuften und ein an-

gefangenes Großformat, ein satanisches Wolkenmotiv mit verborgener Erdschlucht, an einem fast leeren Bücherregal lehnte. In einem Rekordergerät lief ewig eine Schleife mit einer arabischen Schalmeienmelodie.

Erst unterm Dach, in einem von Treppen unterbrochenen, vieleckigen, mit schwarzem Velours ausgeschlagenen und von Punktstrahlern beleuchteten Ausstellungsraum, glaubte Joseph der Knecht, ein Stöhnen zu hören.

Lebensgroße Puppen saßen dort, verzückte Greise, schneeflockige Mädchen, die kostbare Kleiderschürzen anhatten, auch ein bitterböser Dirigent, der ein Rohr, das ebenso ein Federmesser sein konnte, vorwies, dazu Tiere wie Huhn, Schwein und Pamelan, eine mißratene Kreuzung aus Panther und Languste. In einer Ecke stand eine zwei Meter hohe Gans mit obszönem, dünnen Hals.

Alle Figuren hatte Traudel Herzgespann aus Schaumstoff entworfen, dann bemalt oder bekleidet. Sie konnten nach Belieben bewegt werden, in manche ließ sich sogar hineinschlüpfen, wie zum Beispiel in die Gans, die in einem Märchenfilm für eine süddeutsche Fernsehanstalt eine tragende Rolle gespielt hatte. Die Malerin agierte mit oder in jeder Puppe selbst, die, Phase um Phase rückprojiziert auf Gebirgswiesen und Stadtkulissen der Landschaftsporträtistin, ein mühsames Verfahren, abfotographiert wurde.

Eine Zwergin, nicht Susanne Stojadinovic, Angelas Freundin, schien sich zu erheben und wieder zurückzusinken. Dagegen fiel ein Pelikan jäh um, seinen weichen Schnabel zur Seite geknickt.

»Das Kind hält uns zum Bossen«, rief Joseph der Knecht, was hieß, es treibe Schabernack.

»Nimm du die Gans«, schlug Traudel Herzgespann vor, »ich nehme die Kröte.«

Beide öffneten sie die Tiere, guckten hinein, fanden niemanden, doch überwältigt von der Gelegenheit, streiften sie sich die Geschöpfe über und manövrierten sich aufeinander zu, der Sekretär mit stolzen Schritten, die Malerin kriechend parterre.

Auf diese Weise besuchten sie die anderen Schaumstoffgestalten, als könnten sie dadurch das versteckte Kind hervorlocken, doch nichts geschah, so daß die Gans schließlich, den Hals bittstellerisch gewunden, einem Gemälde, das eine grüngeflockte Erdkugel hoch über Wolkenmassiven zeigte, entgegentänzelte, und die Kröte sich einem darin vorgelagerten Bergrücken, der auch ein schlafender Drache sein konnte, näherte.
»Wo bist du« rief die Gans.
Eine Gruppe winziger Skifahrer, die von einem Wolken- oder Schneehang aus die Erdkugel betrachtete, deren Gefilde in Wälder und Auen, die sich dem Horizont zu verkleinerten, aufgeteilt waren, rührte sich nicht, aber ein schwaches Echo schien nach dem Ruf der Gans zurückzueilen.
»Du hättest den Planeten als Wüste malen sollen«, sagte die Gans, »dann wäre jetzt mehr Übersicht übrig.«
»Als Hiesiger muß ich unsere Gegend bewahren«, antwortete die Kröte, »bevor die Bäume sich entwurzeln und die Wiesen in Stickstoff untergehen.«
»Oder ganz in Blau, wie aus dem Weltraum gesehen, als würde die Kugel nur wieder von Meeren bedeckt.«
»Dann wäre das Kind längst ertrunken.«
»Es ist doch nicht dort.«
»Den Skifahrern gelingt es auch nicht, hinüberzukommen, selbst wenn sie Motordrachen dabeihätten«, sagte die Kröte.
»Ein hübscher Einfall für ein neues Gemälde«, meinte der Sekretär. »Irdische besuchen als Kolonisten ihren eigenen Planeten.«
Die Kröte richtete sich vor dem schlafenden, grünen Drachen auf. »Vielleicht ist sie dort«, sagte die Malerin.
Über eine von Moosen bewachsene Steilflanke mühten sich vier, fünf kleine Wanderer, die kurze Schatten warfen, hinauf. Weiter oben lag noch Schnee, und durch Kare und Rinnen, deren Gefälle in Dunkel sich verlor, mochte Wasser hinabstürzen. In der Ferne besaß der Bergrücken ein paar stumpfe Gipfel, die Höckern oder Halswirbeln glichen. Der Gebirgsstock senkte sich nochmal, und wo der von Flechten und Krüppelge-

hölzen bewachsene Rachen des Drachens in bläulichem Gewölk wie in einem Pfühl ruhte, gab es wulstige, jochbeinartige Felsvorsprünge.

»Er zwinkert«, rief die Kröte. »Gleich wacht er auf!«

»Unmöglich«, antwortete die Gans. »Du hast die Augen der Kletterkamine nicht offen gelassen, sonst wäre die Anspielung zu deutlich geworden.«

»Aber der Rücken regt sich! Gleich geschieht ein Unglück.«

Tatsächlich, einer der Wanderer, obwohl Gans und Kröte immer wieder nachzählten und sich stritten, wieviel es gewesen waren, blieb verschwunden, hatte wahrscheinlich den trügerisch harmlosen, niedrigen Bewuchs, wie es, besonders nach Regen, auf Allgäuer Bergmatten jedes Jahr geschah, unterschätzt, auch falsches Schuhzeug angehabt, war ausgeglitten und abgerutscht. Ohne Halt immer schneller werdend, hatte er sich überschlagen und war schließlich in ein Tobel gefallen.

»Kind halt dich fest«, rief die Gans.

»Es hat, glaube ich, nur Sandalen an«, sagte die Kröte. »Ich hätte noch zwei von der Bergwacht dazumalen sollen.«

»Mit Tragbahre! Oder auch einen gelben Rettungshubschrauber, der im Tiefflug aufsetzt.«

»Es wäre unpoetisch, aber in einem Bild hat viel Platz, außerdem entspräche es mehr der Wirklichkeit, die ich meistens ausspare«, antwortete die Kröte.

»Dann hättest du den Drachen als Gebirgsgrat deutlicher kennzeichnen sollen, nicht grün, sondern mit verschorfter, uralter Lederhaut. Darauf wären Strommasten wie Haare gestanden. Irgendwo hätte sich ein Stausee mit Wehrdamm und verzweifeltem Elektrizitätswerk einfügen lassen, und oben auf dem Schulterhöcker wären ein Fernsehumsetzer und eine Radarstation gestanden.«

»Pfui Teufel«, sagte die Kröte. »Diese Pest wollen wir doch abschaffen?«

»Möchtest du kein elektrisches Licht, keine Alarmanlage für deine wertvolle Sammlung«, fragte die Gans. »Sollen wir das Bauernschloß wieder mit Torf und Buchenschlegeln heizen,

und ich müßte jeden Morgen die Asche aus dem Herd räumen, Reisig zum Anfeuern sammeln, und eine Spülung für die Klosetts gebe es auch nicht, weil wir keinen Motor für die Wasserpumpe besäßen?«
»Was schlägst du vor?«
»Es müßte anders verteilt werden. Der Drache als Landschaft merkt, daß er zu sehr benützt wird. Er reißt die Augen auf, regt und schüttelt sich, die Strommasten brechen, die Radarstation fliegt davon, der Stausee durchstößt den Beton und läuft aus.«
»Ein schwieriges Bild«, sagte die Kröte.
»Breughel und Bosch haben es auch gewagt, Materialien und Ideen ihrer Zeit zu benützen«, erwiderte die Gans mit gerecktem Hals. »Sie erfanden Paradiese, Jungbrunnen, vergnügte Winter, entsetzliche Fressereien, sommerliche Höllenfahrten und Qualen in Eierschalen.«
»Aber wir hätten«, sagte die Kröte, »wenn der Drache die Industrie zerstört, kein elektrisches Licht und keinen elektrischen Backofen für Nudelaufläufe mehr.«
»Wir haben aber Strom«, besänftigte die Gans. »Wir sind ans städtische Netz angeschlossen.«
»Und wer beliefert die Stadt?«
»Das weiß ich nicht.«
»Siehst du, genauso malst du«, erwiderte der Sekretär.
Gekränkt zog sich die Kröte zurück, über die mit Velours ausgelegten Treppenabsätze hinunter, und es hatte den Anschein, als wollte die Landschaftsporträtistin aus ihrer Verkleidung schlüpfen, doch sie war vor einem ihrer düstersten Bilder angekommen, dem Schlaf der Türmer, zu dem sie gedankenverloren hinaufsah: Riesen, die teils aus Dunst, teils wie aus Gestein bestanden, lehnten, die Köpfe gesenkt und umflort, an einer imaginären Wand, oder aber sie stellten ein Gebirge dar, aus dem sie sich teilweise befreit hatten, um die Welt, die zu ihren Füßen verschwamm, trauernd zu betrachten.
Ruhe, sie höre etwas, sagte die Malerin.
Ungeschickt näherte sich die Gans, hatte Schwierigkeiten auf der Treppe, da der Sekretär in der Schaumstoffbrust des Tiers

nur durch diskrete Schlitze, die sich bei Bewegungen immer wieder schlossen, kurz zu blicken vermochte.
»Sie singen«, behauptete die Kröte.
Riesen seien stumm, entgegnete die Gans.
»Vielleicht ist es das Kind? Es sucht einen Vater.«
Die Gans lauschte, sagte, wenn überhaupt, dann vernehme sie nur blasse Bässe, die nicht von einem Mädchen stammen könnten.
»Der Gesang verliert sich in den Bergen, wandert hinauf in die Luft und kommt, falls es ihn gibt, aus Not zurück«. Schluchzend warf sich die Kröte zur Seite, sagte noch, sie habe Schuld auf sich geladen, denn wer ins Reich der Türmer gerate, finde keinen Ausweg.
Sie habe, erklärte die Gans, Allegorien satt. Die verfluchte Vatersuche sei nach dem letzten Weltkrieg im Wiedergutmachungsrücksturz untergegangen, und wenn Traudel Herzgespann immer noch einer verfälschten Kindheit nachweine, solle sie gefälligst die Schrecken beim Überschreiten der Schwelle ins nächste Jahrtausend, das sie noch erleben könnte, verwandeln. Entweder verschlüssle Kunst und bewahre oder sie kläre auf, besser, es gelinge ihr beides ineinander.
Rücksichtslos zerrte die Gans die Kröte zum Ausgang des Ausstellungsraums, einem niedrigen Torbogen, über dem ein frühes Werk der Malerin hing, ein Triptychon, drei Inseln aus dem Meer aufgetaucht: die erste war blank, die zweite beflaumt, die dritte bewachsen.
Dort könne Angela nicht sein, sagte die Gans. Sie hätte durch Jahrmillionen schwimmen müssen.
»Entsetzlich!«
»Komm mit. Ich weiß, wo sie ist.«
Kröte und Gans betraten eine Galerie aus Holz, einen verschalten Söller, gingen vorbei an Aquarellen, Federzeichnungen und gerahmten Kostümentwürfen und wollten hinüber zur großen Schlafkammer, in der ein von beiden gezimmertes Himmelbett mit geblümten Vorhängen stand, als sie es unter sich, als sei ein Steinschlag ausgelöst worden, prasseln und poltern hörten.

»Schnell, schnell«, rief die Gans. »Gefahr für das Kind!«
Über eine winklige, breite Treppe, um die einst der Bauernhof gebaut worden war, eilten, voraus jetzt die Kröte, die Gans hinterher, die zwei hinunter ins Kaminzimmer, dem Prachtraum, in dem Chintzsessel, vor allem ein langer Speisetisch mit siebzehn schmalen, hochragenden Stühlen, deren Sitzflächen von Blinden aus einer Anstalt in Bad Wurzach geflochten worden waren, standen. Die Primzahl entsprach einem bisher unausrottbaren Verwandtschaftsverhältnis.
An den Wänden hingen Gemälde, die die Landschaftsporträtistin nie verkaufen wollte. Das größte stellte einen Faltenentwurf dar, oder aber es war, sorgfältig gemalt und teilweise wieder ausgeschabt, wofür Traudel Herzgespann ein halbes Jahr Mühsal aufwandte, ein Gletscher, der sich zu vereisten Gipfeln hinaufwand, doch kurz davor endete er in einem Haarkranz, der auch ein blanker Hinterkopf, umgeben von Geröll, sein konnte.
»Dort guckt er weg«, sagte die Gans, »dein Papa.«
Es gab ihn noch. Er besaß ein Eisenwarengeschäft, in dem auch Freizeitschaukeln, Mistforken, Autobatterien und Windlichter für Friedhöfe verkauft wurden, und das neben dem stuckverzierten Laden Meister Schwarzenbergers lag.
Sie sei taub, sagte die Kröte, wolle nichts mehr hören.
Traudel Herzgespann hatte früh ihre Mutter verloren. Letzter Blick war zu einem Sarg, in dem die Tote, angetan mit einem verknitterten Papiergewand, ruhte, schwermütig im Gedächtnis geblieben. Später wurde das erwachsende Kind zu einer Tante nach Wien geschickt, damit es bei einem Kunstmaler, wofür der Eisenwarenhändler, ein Fortschritt, jahrelang Schulgeld bezahlte, lernen konnte. Der österreichische Handwerks- und Gesellschaftsfürst namens Ridokos Renard besaß zwei Ateliers, eines für Kaltnadel, das andere für Siebdrucke, dazu noch ein Palais für Öl.
Die kleine Traudel, die sich noch nicht zwischen Röcken und Hosen entscheiden konnte, hatte nachts in der Wohnung ihrer asthmatischen Tante, die das Mädchen mit Liebe, Kandiszuk-

ker und gestrickten Strümpfen überhäufte, zum ersten Mal zu nähen begonnen, nur Hemden, die allmählich größer, vielfältiger wurden, zuletzt, als es wieder bei seinem Vater, dem Eisenwarenhändler, wohnte, ein vieldimensionales, riesiges, aus ein paar hundert Metern Stoff bestehendes Totengewand aus helvetischem Organza, an dem die Künstlerin über ein Jahr arbeitete. Ein einziges Mal war das Hemd im Kunstverein Stuttgart ausgestellt worden, drapiert über ein Gerüst, das ihr Vater dafür selbst geschmiedet hatte.
»Was für eine Vergeudung«, sagte Joseph der Knecht. »Eines Tags bricht das Gletscherbild entzwei. Du hast zu wenig Eiweiß zum Verkleben der Farben genommen.«
Damals habe sie, sagte die Kröte, noch keine Hühner gehabt, auch nicht ihn, einen Sekretär als Gans.
Das Gemälde müsse unter Panzerglas mit einem Stahlrahmen darum.
Dann habe das Kind überhaupt keine Chance mehr, es ersticke.
»Es ist doch nicht vereist worden, ohne Ausrüstung und Winterkleidung! Es hat sich irgendwo im Haus versteckt oder hat draußen den Hühnerstall entdeckt«, sagte die Gans.
»Du vergißt das Kaninchen«, antwortete die Kröte. »Ich hatte es schon immer in Verdacht, daß es sich herumtreiben kann, wo es will.«
»Aber nicht in einem Ölbild.«
»Es ist weiß, mümmelt manchmal, als spreche es, gehört zur Gattung englischer Märchenhasen und benützt den Zeitpfeil.«
Eine mögliche Idee des vielfachen Raums ineinandergeschobener Schlingen, was dem Hasen gestattet hätte, aus der Gegenwart nicht nur in die Zukunft, sondern, noch verheerender, auch in die Vergangenheit auszuweichen, zudem wäre es ihm anheimgestellt gewesen, eine Begleitung mitzunehmen, ein Kind; Erwachsene scheuten solche Gelegenheiten.
»Es wäre verloren«, sagte der Sekretär.
»Nicht mit dem Kaninchen. Als ich an dem Bild arbeitete, habe

ich verschiedene Zeiten durcheinandergebracht, zur Sicherheit aber noch eine dazugemalt, die stillstehende Gegenwart, denn mein Vater vergnügt sich in seinem Geschäft, war Bergsteiger, und wenn ich um seine Glatze ein wenig Geröll malte, fühlte er sich als Gletscher oder Kletterer wohl.«
»Schluß mit den Wirrnissen«, verkündete die Gans. »Dein Vater schüttelt sich wie der Drache, Steine brechen los und erschlagen Kaninchen und Kind.«
Die Kröte erhob sich auf Zehenballen und ließ, die Pfoten schalenförmig um das Maul gelegt, einen trillernden Jodler, wie ihn Hirten ausschickten, erschallen. Da keine Antwort kam, auch das Echo ausblieb und das Gemälde still verharrte, versuchte sich die verpuppte Malerin noch mehrmals mit demselben Ruf, bis sie nur noch ein Krächzen ausstoßen konnte. Enttäuscht ließ sie sich zu Boden fallen.
Die Gans trippelte zum offenen Kamin, dessen Umrandung aus erhabenem Basalt in den Eßsaal ragte, und rief, Kopf und langen Hals, die behinderten, mit einem Flügel, in dem sich die Hand befand, zur Seite gedrückt, in den verrußten Schlund hinauf. Auch hier regte sich nichts.
Das Mädchen sei entwischt, vielleicht nach Hause gegangen. Nicht durch den Kamin. Dieser Weg sei nur bösartigen Gestalten vorbehalten. Und heim in die Schule oder ins Kolosseum finde es über den Bahndamm ohne Begleitung sowieso nicht.
»Wäre eine Kleinigkeit, wenn es die Zeiten wechselte, aber wir bewegen uns schon zu lange im Unsinn«, sagte verärgert der Sekretär.
Er hatte sich beschmutzt, klopfte und putzte an seinem heiklen Gefieder, dessen Elektrostatik, vom Schaumstoff hervorgebracht, jedes Flöckchen anzog, weshalb sich die Verunreinigungen noch vergrößerten.
Joseph wollte sich aus seiner schweißfördernden Hülle schälen, als der Geliebte das Tafelzimmer betrat. Der Bart war abrasiert, nur noch auf dem Kopf lohte rotes Haar, kreuz und quer kleingeschnitten. Erschrocken, übergroßen Tieren gegenüberzustehen, bat er um Verzeihung und wäre wieder gegan-

gen, wenn die Kröte nicht gerufen hätte, er solle bleiben, sie seien nur eine Scharade zur Erforschung abgewandter Welten.

Er suche Angela, sagte Poi Amber Braun, mache sich Sorgen. Im Haus habe er sie nicht gefunden, draußen auch nicht.

»Wir bildeten uns ein«, erwiderte die Gans, »wir hätten sie gehört, aber die Vermummung nützte nichts, das Kind ließ sich nicht herbeilocken.«

»Vielleicht hat es sich verkrochen, schläft irgendwo, ist müde geworden nach der langen Wanderung?«

Das Problem sei das Kaninchen, antwortete die Kröte. Es galoppiere ohne Bedenken durch Zeit und Raum, habe sich nach den Gesetzen der Beschleunigung vergrößert und das Kind auf den Rücken genommen.

Poi Amber Braun half kopfschüttelnd dem Sekretär und der Malerin aus ihren Verkleidungen. Die Krötenhaut lag wie schwebend im Widerschein des blank gebohnerten Parketts ausgebreitet, die Gans lehnte ohne stützenden Inhalt zwischen zwei Stühlen.

Betrübt gingen Joseph der Knecht, Traudel Herzgespann und ihr Gast hinaus in den Wintergarten, setzten sich in Korbsessel und schwiegen.

Obwohl die Flügeltüren geöffnet waren, herrschte in dem von Pflanzen durchwucherten Glasgehäuse feuchte Hitze. Es tropfte und summte, Insekten flogen umher, auf die ein Sperling Jagd machte. Eine grasgrüne Viper, die kein Gift besaß, hing züngelnd vom Geäst, im Blick einen gebannten Rostkäfer, dem sie noch ein paar Augenmerke gönnte, und über die Terrasse herauf stolzierte ruckweise ein weißer Pfau, schaute kurz herein, schien befriedigt und ging dann, ohne einen Schrei auszustoßen, wieder.

Der Sekretär zerkrümelte einen Hirsekeks, fragte, ob jemand einen Eistee wollte oder kalten Kakao?

Keine Antwort.

Wir hätten den Schleier des Vergessens über die Idylle werfen sollen. Sie wäre zugewachsen. Da und dort hätte sich noch eine

kleine Kreatur bewegt, bis auch sie schließlich erstarrt wäre wie die beiden Straußenvögel; ihre mißtrauischen Köpfe hatten sie hingebungsvoll auf den Rand ihres hohen Geheges gelegt.
Und die drei? Ähnlich uns wären sie alterslos geblieben, einem Reich zugeordnet, in dem, da nur in den Industriestaaten die Kindersterblichkeit abgenommen hatte, Jugendlichkeit überwog. Daß erst im Alter gestorben wurde, war eine Sage aus Furcht. Die Rotten der Toten hätten einen neuen frühmittelalterlichen Kreuzzug bilden können, der wieder ins gelobte Land aufgebrochen wäre.
Es krachte; drinnen im Speiseraum fiel ein Stuhl um, dann war nach einer rigorosen Stille, die den im Wintergarten Lauschenden ein Erschrecken bescherte, leises Schluchzen zu hören. Sekretär, Malerin und Gast sprangen auf, traten vorsichtig über die Schwelle.
Auf dem Boden neben dem Tisch saß, die Hände am Kopf, als habe sie ihn sich angeschlagen, Angela. Tränen rannen über ihre Wangen. Sie sah zerzaust aus, im Gesicht verschmiert, und ihre Sandalen standen offen.
»Mein Kind, mein Kind«, flüsterte der Geliebte. Er beugte sich zu ihm hinunter, doch wurde zurückgewiesen mit einer der schnellen Beschwörungen: Sauarschlochhund oder Arschlochficker.
»Wo warst du?«
»In den Blumen.«
»Nicht möglich, ich habe auch dort gesucht.«
Doch, sagte das Mädchen, aber es seien viel zu viele gewesen. Es habe sich allein gefühlt und in dem weißen Wald nichts mehr gesehen.
Traudel Herzgespann stieß einen Ruf aus und zeigte auf ein Gemälde, das gegenüber dem Gletscherbild hing. In einem Tal, das jenseits begrenzender Hügel aus wäßriger Helligkeit auftauchte, fluteten dichtgewachsene Margeriten, die, je näher sie an den unteren Teil des Rahmens, als zöge sie eine immer höhere Geschwindigkeit mit sich, gerieten, ihre Blütenmäuler aufrissen.

Etwas stimme nicht, habe sich verändert, sagte die Landschaftsporträtistin. Die Spur im Blumenmeer sei nicht von ihr. Eine Linie, kaum zu sehen, schlängelte sich durch die Margeriten, verlor sich, geriet an anderer Stelle wieder ans Licht und bildete ein Nest, bevor sie, mißraten, im Vordergrund erneut zu einer Furche wurde, als habe sich jemand einen Weg gebahnt.
»Wo ist der Hase«, fragte Traudel Herzgespann.
»Weiß ich nicht. Vielleicht wieder im Gebirge. Es war mir zu rutschig und zu kalt«, sagte das Kind.
»Bist du einem Drachen begegnet?«
Angela kannte diesen Ausdruck nicht, behauptete, sie habe in Moos gelegen und geschlafen und als sie wieder aufgewacht sei, habe eine grüne Sonne oder ein großer, grüner Mond geschienen.
»Waren Skifahrer unterwegs?«
Sie gab keine Antwort, weinte und streckte einen Arm, an dessen Gelenk sich noch die rumänische Stahluhr befand, nach Poi Amber Braun aus. Er zog das Kind hoch und preßte es an sich.
Plötzlich stemmte es sich wieder weg, rief erstaunt: »O, wo ist dein Bart?«
»Habe ich abrasiert.«
»Jetzt siehst du schön aus«, sagte es. »Oh, ich liebe dich.«
Nochmal ein wenig weinend, jedoch nicht mehr so laut, schlüpfte es in den Schutz des Geliebten zurück und gestand, es habe sich im Haus mit den vielen Treppen und Türen verirrt.
Joseph der Knecht kniete nieder und schloß Angelas Sandalen. Triumphierend hielt er Pflanzenreste hoch, sagte, »Moos und Blumenstengel.«
Gebe es im Garten auch, sagte die Malerin.
»Nicht diese harte, kleine Gebirgssorte, und Margeriten haben wir gar nicht.«
Wüchsen wie Unkraut unten am Zaun.
»Du verwechselst sie mit Gänseblümchen«, antwortete der Sekretär. »Außerdem, seit wann brauchst du Vorlagen?«

Die Landschaftsporträtistin wurde wütend, schrie, sie benötige alles, solang der Himmel noch nicht einstürze! Wünsche erzeugten Wunder, damit die Schrecken abnähmen im Feld. Niemand habe zum Beispiel an Reitstrauße geglaubt, obwohl sie schon in Südwestafrika von deutschen Kolonialtruppen, den Askari, benützt worden seien.
»Gut«, antwortete Joseph der Knecht. »Wenn alles in Gleichgewicht gebracht werden kann, dann fehlt dir auch kein Sekretär. Er kann gehen.«
Könne er nicht, sonst fielen die Pumpen aus, die Tiere verhungerten, die Farben trockneten ein. Und wer tränke das Mostfaß leer?
Malerin und Sekretär umarmten sich, wie es schon Poi Amber Braun und Angela taten. Das Kind streckte die Arme aus, zwang alle zu einem gemeinsamen Kreis und sagte seufzend, nun seien sie zusammen.
Der Geliebte unterbrach die Rührung, fragte nach dem Motorradhelm.
Den habe der Hase mitgenommen, erklärte Angela, hinauf in das Gebirge.
Verständlich, sagte Traudel Herzgespann, denn genau betrachtet, löse sich aus dem Geröllkranz im Gletscherbild bei Tauwetter ab und zu ein Steinschlag, der unter sich begrabe, was nicht mehr gebraucht werde.

8

Sie übernachteten im Bauernschloß. Da Angela nicht ihr Schlaftier dabei hatte, gab Traudel Herzgespann dem Kind ein Hasenfell, von dem es nach sorgfältiger Prüfung eine Pfote, damit sie den richtigen Geruch bekam, einspeichelte und mit Nasenschleim befeuchtete. Doch zu voller Zufriedenheit fiel die Imprägnierung nicht aus, sie hätte Wochen gedauert.
Nachts richtete sich das Kind im Doppelbett des Gastzimmers mit offenen Augen auf und erzählte dem Ton nach eine dramatische Geschichte, die Poi Amber Braun nicht verstand. Es fiel schlafend wieder zurück, war nicht aufgewacht.
Am nächsten Morgen telefonierte der Sekretär mit Bella Mainz, die aus Lindau am Bodensee zurückgekehrt war. Der Lehrerin gehe es schlecht, sagt sie. Die Starre oder innere Verkapselung sei nicht zu durchbrechen, andererseits könne sie auch ein Schutz gegen Überforderung, große Not sein. Die Apparatemedizin, der sie in diesem Fall traue, werde das Geheimnis klären. Lillit Babett Prinz, die zuversichtliche Ärztin, und Larissa seien im Taxi mit nach Hause gefahren. Von David habe sie nichts gehört, wahrscheinlich arbeite er.
Angela wurde der Bericht verschwiegen. Poi Amber Braun hörte ihn sich ohne Anteilnahme an. Er bestand darauf, daß Angela und er weiterwanderten. Proviant oder Regenmäntel wollte er nicht, er habe Geld dabei, wisse, wohin die Reise gehe. Er verfolge eine Spur.
Die Malerin und ihr Sekretär ließen die beiden ziehen, standen, umflattert von Tauben, winkend vor der Garagentür, einem Schnitzwerk, hinter dem zwei Autos Platz hatten, eine Limousine und ein Geländewagen.
Das Kind ging über einen Pfad voraus, der durch Fichtengehölz führte. Das braune Nadelgeäst der jungen Bäume verflocht sich zu einem undurchdringbaren Dickicht, in dem Kühle und Dunkelheit herrschten. An einer Stelle, wo der Weg

sich um einen kleinen Bergkegel wand, hatte Sturm eine Bresche in den Wald geschlagen. Zweige und abgebrochene, dünne Stämme lagen durcheinander und gaben den Blick frei hinunter ins Tal.
Der Geliebte spähte nach einer Brücke, fragte Angela, ob sie eine sehe? Das Kind entdeckte auch keine.
»Es muß aber eine geben«, sagte er Poi Amber Braun.
»Vielleicht ist sie kaputt?«
»Wenn sie eingestürzt ist, müssen wir nicht weiter. Unsre Mission wäre erfüllt.«
Was das Kind nicht verstand. Es strebte weiter, hinaus zu einem Hochmoor, dem Beginn eines Plateaus, über das sich eine aufgeschüttete Straße schlängelte, deren weißer Kies zwischen längs im schwarzen Torf gelegenen Wassergräben in der Sonne brannte. Es war mühsam, dorthin zu gelangen. Sie mußten eine Wiese aus Zittergras, in der sie bis über die Knöchel einsanken, wieder verlassen und am Waldrand entlanggehen, wo Wurzeln wie niedrige Torbögen aus dem Boden ragten und Äste den schmalen, trockenen Saum versperrten. Nachdem sie diese Schwierigkeiten überwunden hatten, kamen sie zu einem Brettersteg, der morsch war, ludernd und seufzend im Morast.
Angela balancierte, die Arme seitwärts ausgestreckt, ohne Scheu, jubelte sogar einmal, als ein Brett zu kippen drohte, doch ein paar Schritte danach blieb sie stehen und wagte sich nicht weiter.
Der Geliebte trug sie, vorsichtig Fuß vor Fuß setzend, da er kaum sah, wohin er trat. Unter der Last gruben sich die alten, grauen Hölzer in den weichen Untergrund ein, und braunes Moorwasser drang herauf.
Als sie wieder auf der Straße angekommen waren, sagte Angela, es sei schön gewesen, sie möchte getragen werden.
Dazu sei sie zu groß, antwortete der Geliebte. Bald seien sie am Ziel.
Schmetterlinge umflatterten ihn, Schillerfalter, Trauermäntel und Admirale, auch Schwalbenschwänze und Baumweißlinge,

sogar ein paar Mehlmotten waren darunter, die sich alle an seinem Schweiß laben wollten, so daß er allmählich einem Baumwollkrieger glich, dessen Rüstung sich in Flocken auflöste, und drehend wandte er sich hin und her, als werde er von einer Zuschauermenge gegrüßt.
Angela schlug eifersüchtig nach den Schmetterlingen, rief, sie sollen weg, weg! Kaum hatte ein Zitronenfalter sich auf dem Haaransatz ihrer Stirn niedergelassen, um mit seinen Füßen noch ein Hunderttausendstel tiefer Süße in den Poren zu ergründen, hielt sie still und schielte hinauf, bis der Falter sie wieder verließ.
Auch der Hase im Gebirge habe an ihr geschleckt, sagte sie.
Ob sie wahrhaftig dort gewesen sei, fragte Poi Amber Braun.
O ja, Skifahrer hätten gewunken und ihr Stiefel gegeben. Dann seien die Männer alle auf die grüne Erde hinübergesprungen, nur der Hase habe es nicht geschafft, sei abgestürzt.
»Wohin?«
»In die Blumen.«
Dann sei er tot.
»Weiß ich nicht. Er hat ein Lied gesungen.«
»Hattest du Sandalen an oder Stiefel?«
Hätten nur Skifahrer.
»Haben sie gesungen?«
Stiefel sängen nicht.
Wind blies Staub von der Straße hoch, schlug ihn nochmal nieder und fegte ihn über den Kies, aus dem noch mehr Staub gezogen wurde, der als Spirale in die Höhe stieg, sich um sich selber drehte und wie zu tanzen begann, zwei Schritte vor, zwei Schritte zurück, zwei beiseite.
Das sei das Lied, rief Angela. Sie erkenne es wieder.
Er höre nichts, sagte der Geliebte, aber sehe der hin- und herschwankenden Staubsäule die Melodie an, die ihm bekannt vorkomme.
Da das Kind ohne Worte sang, sann er nicht weiter nach, sondern stimmte mit ein, bis sie sich noch bei der Hand nahmen und ein Menuett mit langsamen, dann allmählich schnelleren

Schritten ausprobierten, wobei sie sich der Staubspirale zu nähern versuchten, als sollte daraus ein Lullysches Trio werden, aber der Strudel eilte voraus, manchmal einen kreisenden Ausfall über das Moor beschreibend, der Birken und Vogelbeerstauden einhüllte, doch beim nächsten Takt kehrte die Kehrichtsäule auf die Straße zurück, um dort in einer Schraubbewegung wirbelnd emporzusteigen, so daß sie immer dünner wurde und in ihrer Taille entzweizureißen drohte, jedoch im letzten Augenblick blieb sie stehen, Luft oder einen Tonrausch einatmend und brach, eine Schleppe auswerfend, zusammen, schlurfte noch weiter, bevor das Tanzpaar sie endgültig einholte, mit Schritten voraus.
Das Menuett über Kalk und Kies in der Mitte des Moors hörte, während die Sonne Umrisse flimmernd in Hitze tauchte, am Ende der Straße, wo der Wind nachließ, auf, und der Staub wurde zu einer gewöhnlichen Wolke, in der, als sie zu Boden sank, das Paar verschwand. Hustend wartete es, sich die Augen reibend, bis es wieder sah.
Poi Amber Braun bedankte sich bei Angela. Sie halte den Takt auch ohne Musik.
Sie habe Gesang gehört, sagte sie. Unten aus der Wolke.
Es sei durchaus möglich, erklärte er. Wenn Wind, vermengt mit Sandkörnchen, über scharfkantige Kiesel streiche, könnten Töne entstehen. Auch Telefondrähte sängen manchmal im Sturm.
»Nein, es war der Staub«, widersprach sie. »Ich habe genau gesehen, wie er den Mund aufgemacht hat. Seine Zähne waren rot, Zunge hatte er keine. Darum ist er so laut gewesen, ich habe mich nicht gefürchtet. Wir müssen hier ein Haus bauen, und der Staub kriegt einen Stall. Wenn er ausgeschlafen hat, saust er auf die Straße und schreit.«
»Es war der Wind«, sagte er. »Staub und Dreck gibt es überall. Sie bleiben liegen.«
»Versteh doch«, versuchte Angela es noch einmal. »Der Wind und der Staub waren in der Wolke. Sie haben geheiratet. Die Wolke hat gesagt, bleibt da, sonst verdurste, nein, ver-

schmachte ich. Ohne die Wolke wäre nichts, denn sie spricht und macht Musik.«
»Es ist umgekehrt«, antwortete Poi Amber Braun. »Der Wind fällt vom Gebirge herunter, holt sich Staub und läßt ihn kreisen. Daraus wird eine Wolke. Den Wind können wir nicht sehen, doch die Bewegungen des Staubs zeigen ihn uns.«
»O nein, du lügst«, sagte sie. »Zuerst war die Wolke. Ich tue keinen Schritt mehr, will nach Hause. Du hast mich verschleppt und verführt. Mein Bruder haut dir auf den Kopf.«
Ihr Bruder, sagte er, müsse das Kolosseum hüten, damit, wenn die Lehrerin zurückkomme, sie sich auskurieren könne. Die Genesung werde lang dauern.
Das Kind hob einen Stein auf und warf ihn nach Poi Amber Braun, traf aber, obwohl der Geliebte nur Meter entfernt stand, nicht. Er solle tot sein, tot, tot, rief Angela. Ihre Mutter sei nicht krank, gehe in die Schule und regiere.
Diese Nachricht wünsche er sich auch, sagte Poi Amber Braun. Wenn sie noch im Moor blieben, gerate er in einen Zustand wie damals, als er über dem Fluß in der Lehmwand gewohnt und einen Mantel aus Löß angehabt habe.
»Wir haben dich gefangen auf dem Zebrastreifen«, sagte Angela. »Wie dumm. Im Wald gibt es doch keine Autos.«
»Du wärst nicht über den Zebrastreifen gegangen?«
»Ich wäre davongelaufen. Er war ein Schal, den wir gestrickt haben.«
»Ich war froh, als ich ihn sah«, sagte er. »Meinen Mantel aus Erde wollte ich nicht mehr, sondern einen Anzug wie jetzt.«
Angela bückte sich, prüfte sorgfältig Stein um Stein, deren Ecken und Kanten von Reifen gewalzt und von Kuhklauen angetreten oder aufeinandergeschoben worden waren und die in einer Unterlage aus Sand und feinem Kies ein von Regengüssen und Schnee bereitetes Bett gefunden hatten. In der Sommerwärme waren die Steine getrocknet und weiß geworden, überzogen von Kalkmehl.
Sie finde den Mantel wieder, versprach sie.
Der Geliebte wollte weitergehen, hinunter zum Weitnauer

Bach, wo die Bahnlinie verlaufe und es noch eine Brücke gebe, die er unbedingt untersuchen müsse, doch Angela gestattete ihm erst einen Schritt, als sie den Stein, der ihn nicht getroffen hatte, an ihm vorbeigetragen und an derselben Stelle, wo sie gestanden hatte, wieder fallengelassen hatte.
»Bist du nun zufrieden«, fragte er.
»Du verstehst«, sagte sie, »ich muß mich kümmern, sonst gibt es ein Unglück. Die Wolke kommt wieder, nein, falsch, es ist der Wind, der in die Straße ein Loch gräbt, und wir fallen hinein.«
Poi Amber war einverstanden, hatte es eilig. Seine Krawatte steckte schon in der Jacke, die er auszog und zusammengerollt sich um die Hüften band, mit den Ärmeln vorn verknotet.
Sie verließen das Hochmoor, konnten noch eine Weile die Straße benützen, die dunkler wurde, feucht, bis sie in eine Sauerwiese überging.
Rechts lag ein Gehölz, aus dem ein Geröllkegel aufstieg, der dem Abraum eines alten Bergwerks glich. Dahinter erhob sich eine der grünen, teilweise bewaldeten Hügelketten, die, wenn sie von der Landschaftsporträtistin gemalt wurden, Tarnkleider schlafender Tiere oder Riesen glichen.
»Liebst du meine Mama«, fragte Angela.
»Nein«, erwiderte der Geliebte.
»Sie liebt dich auch nicht.«
»Woher weißt du das?«
»Hat sie mir gesagt. Sie liebt mich, meinen Bruder, Timbur die Holzkrähe, Susanne die Zwergin und die Ärztin. Erwachsene Männer kann sie nicht leiden. Sie sind ungeschickt und riechen schlecht.«
»Wahrscheinlich hat sie recht«, sagte er. »Darum sind vorhin die Schmetterlinge auch zu mir gekommen und nicht zu dir.«
Angela stapfte voran, war in einen kaum sichtbaren Pfad eingebogen, den früher Holzknechte und Hirten getreten hatten. Damals waren noch Schafe über das Moor und Schweine zur Mast in den Mischwald, wo sie Bucheckern und Eicheln fraßen, getrieben worden.

Das Kind drehte sich um und sagte erbittert, die Schmetterlinge hätten sich geirrt. Poi Amber Braun habe sehr gut gerochen, sei nach dem Rasieren voll Parfüm gewesen. Schmetterlinge könnten nicht zwischen Schweiß und schönem Geruch unterscheiden. Bei ihr, fuhr sie, den Zeigefinger erhoben, fort, sei ein Zitronenfalter gewesen, genau zwischen Stirn und Haar und habe leise gesagt, er fliege nicht fort.
»Aber wo ist er jetzt«, fragte der Geliebte.
»Zu Hause. Du hast doch auch keine Schmetterlinge mehr.«
»Meine sind satt. Sie bekamen Rasierwasser und ausgeschwitzte Salze.«
»Meiner holt andere, bringt sie zu mir.«
»Und was kriegen sie bei dir?«
Scholastiken, wie sie vor ein paar Jahrhunderten noch üblich gewesen waren, hätten sich an der Nahrungsfrage kontinentaler Tagfalter entzünden lassen, was uns, die wir mitunter als konservierte Moorleichen in Museen aufbewahrt wurden, entzückt hätte, da in unseren aufgeblätterten Kadavern noch Mineralien und Enzyme steckten, an denen sich durch offene Türen hereingeschwärmte Insekten hätten laben können, und wir wären in unseren Glaskästen und Vitrinen, deren Scheiben dem Ansturm nicht standgehalten hätten, von der Vielfalt bunter Flügel, die sich ständig bewegten, bedeckt gewesen, so daß aus schwarzen Hüllen, die einst römische Krieger auf der Flucht waren oder eine Familie keltischer Hintersassen, noch einmal für kurze Dauer wie erweckt Schlafende geworden, so daß es hätte vorstellbar werden können, wie wir, vorsichtig uns erhebend, damit die zerbrechlichen Trockenschichten und Knochen nicht verfielen, allmählich uns auf den Weg ins Freie getraut hätten, taumelnd Treppen hinab und vorbei an Lichtschranken, die Alarm auslösten, aber Wächter wie Besucher wären vor dem raschelnden, knisternden Zug, um den die gierigen Falter schwärmten, zurückgewichen, denn wir hätten, schließlich auf die Straße gelangt, nur geschmückten Stöcken geglichen, wie sie früher Hochzeitsbitter benützten, die Brautpaaren Anzahl und Wert der Geschenke und Rang der Gäste

ansagten, jedoch bald, schon bei einer Drehung des Winds, oder im Strom einer neuen Duftbegegnung hätten uns die Schmetterlingswolken verlassen, und wir wären, derart entkleidet, auf der Stelle in uns zusammengesunken und zu Staub geworden mit Zähnen und Knochensplittern verstreut darin.
Jetzt aber waren wir die Begleiter, wobei wir Mühe hatten, dem Kind und dem Geliebten an der Seite zu bleiben, die nichts ahnten von der Gruft, durch die sie wateten, denn im Frühjahr anno 1505 waren unter den Geistlichen der freien Reichsstadt zwei mit Namen Jacob Loffershofer und Valentin Hypolt gewesen, welche miteinander in der Kirche von St. Nicolaus einen Zank angefangen und in Zorn über Sträßlein bis in Mooren geloffen sey, wo jener über syn Brüder gefallen und ihm 7 Wunden gehauen habe, dieser aber, der Loffershofer, da er sich nothwendig wehren mußte, hätte endlich dem Hypolt einen Hieb über den Kopf beygebracht, so daß der Priester des anderen Tags davon gestorben, sein Mörder doch die Absolution um seine vorige Caploney von dem Papst erhalten hat dürfen, zuwas aus dieser Historia erhellt zugleich werde, selbigen Zeiten seien Degen und Säbel von Geistlichen ohne Scheu getragen worden.
Angela und Poi Amber Braun waren kaum ein Dutzend Schritte weitergegangen, als sie in eine Mulde kamen, die genau hundert Jahre später, ebenfalls im Frühjahr, zu einem Gebeinlager geworden war aus Nöten der Zumpften, deren Zahl größten gewesen in Städtelyn, das kein Land vor Muren gehabt, hat alles dem Kloster und Graffen gehört: So sind in fruhen Lycht gegangen 1 Barbier, 2 Blättersetzer, 1 Beindreher, 2 Bortenwirker, 10 Brodbäcker, 1 Buchdrucker, 1 Bürstenbinder, 2 Färber, 1 Flaschner, 1 Görtner, 1 Glaser, 1 Goldarbeiter, 4 Hafner, 2 Hufschmiede, 1 Hutmacher, 1 Instrumentenmacher, 5 Karenfuhrleute, 1 Kammacher, 1 Knopfmacher, 2 Küfer, 2 Kupferschmiede, 1 Kaminfeger, 2 Kürschner, 1 Kleinuhrmacher, 13 Leineweber, 1 Lumpensammler, 2 Leimsieder, 10 Maurer und 9 Gesellen, 1 Maler, 14 Metzger, 2 Nagelschmiede, 4 Nadler, 1 Pflästerer, 12 Rohgerber, 2 Seiler, 1 Seifensieder, 1 Sattler, 2

Schlosser, 4 Schreiner, 1 Sporer, 1 Schuhflicker, 3 Schneider, 7 Schuster, 1 Siebmacher, 1 Strumpfweber, 1 Wagner, 1 Weißgerber, 1 Zeugmacher, 2 Zinngießer, 17 Zimmerleute mit 11 Gesellen und 1 Zuckerbäcker zu Stellen wyt in Landen und san nyt umgekehret. Messen worden gelesen, zahlreich Fürbytten, aber, heißt es verschämt in Chroniken, die Handwerker seien für immer weggeblieben, als hätte es sich um eine Auswanderung gehandelt, die erst Mitte des 19. Jahrhunderts einsetzte, zunächst nach Südrußland, dann nach Nordamerika.

In Wahrheit wandten sich die 171 Meister und Gesellen, um in ihren überbelegten Zünften Platz zu schaffen, und eine ähnliche alttestamentarische Entwicklung ist aus keiner Stadtgeschichte Mitteleuropas bekannt, gegen sich selbst, säbelten, stachen, würgten und schlugen einander in der Verborgenheit des Moors nieder, in das damals noch keine Straße führte, wohl wissend, daß sie nie in geweihter Erde liegen würden, auch diese Schmach wollten sie ihren Angehörigen nicht aufbürden, obwohl überall nach ihnen gesucht wurde. Boten eilten nach Venezia und in spanische Handelsniederlassungen, nur die berüchtigte Gegend um die alten Bergwerke für Silberblende wurde ausgelassen, so daß die Leichen, obenauf zuletzt die Metzger, die tüchtig geholfen hatten, das Werk zu vollenden, in Ruhe versinken konnten im Sumpf, der sie in allen Einzelheiten bewahrte, bis die Wiederauferstehung mit Hilfe Schmetterlingen geschähe.

Im Hochmoor starb während eines Ausflugs, den er allein unternahm, auch der protestantische Stadtpfarrer Rieber, welcher auf Sedansfeiern gewöhnlich die Festrede hielt. Seine patriotische Begeisterung erweckte großen Eindruck. Bei dem Toast auf Kaiser und Reich wurden Beifallsstürme entfesselt. Rieber wies nach, daß Bismarck von hier stamme: Seine Ur-ur-ur-urgroßmutter usf. war eine Eberz gewesen, geboren 1624; sie heiratete einen Memminger Bürger, über den die Linie weiter nach Leipzig und Preußen ging. Somit besäße Bismarck unter den 64 Ahnen der 6. Generation $1/64$ unseres Bluts, und ein erklecklicher Teil der Besten und Verdientesten begönne mit

Bismarck eine Reihe von Vorfahren aus dieser Gegend, was allen zu Ehren gereiche.
Rieber wurde erst nach Tagen gefunden, war schon in Auflösung begriffen mit leeren Augenhöhlen, ein Werk von Dohlen und Saatkrähen. Er lag in übermäßig gewuchertem Heidekraut, aus dem auch Nießwurz und kantiges Rollgras wuchsen. Alle Sprossen besaßen einen verdoppelten Chromosomensatz, den schwache Gaben von Kolchizin, einem Gift der Herbstzeitlose, im Boden hervorgerufen hatten. Seither gediehen in diesem Moor botanische Irrläufer, die einer Artenverarmung vielleicht Einhalt gebieten konnten.
Der Geliebte und das Kind waren bereits wieder im Wald. Sie kämpften mit blasigen Gewächsen, die in Lücken zwischen Birken und vereinzelten Buchen wuchsen. Poi Amber Braun schlug mit einem Ast in das verworrene Grün, ein paar Schritte hinter ihm ging Angela, die ihre Hände schützend über den Kopf hielt. Eine Flut aus Blättern und losgerissenen Lianen war auf sie heruntergestürzt.
Nach einer Lichtung, in der Sonnenstrahlen über Moospolster ein Gitter aus verschiedenen Helligkeiten warfen, begann wieder ein Fichtenwald, dessen astlose Stämme in der Dämmerung unter dem verzweigten Dach der Kronen und Wipfel in Reihen geordnet waren. Angela blieb stehen und begann zu zählen, vergaß eine Zahl, setzte wieder von vorn ein und geriet voll Eifer bis vierzig, fünfzig, sechzig, immer lauter werdend, so daß sie ab siebzig, einundsiebzig, wohin sie noch nie gelangt war, fast schrie, als wollte sie sich durch Lautstärke zwingen, in der Regelmäßigkeit der Baumstämme nicht steckenzubleiben.
Käfer marschierten unbeirrt über den Teppich abgefallener Nadeln, die für Wanderameisen das Ausmaß von Urwaldgehölzen besaßen und in Stürmen durcheinandergeworfen worden waren. Eine Maus hob ihre Nase gegen den Wind und filterte vielleicht Spuren rascher Gerüche, die das Zahlengeschrei mit sich trug, heraus.
Poi Amber Braun war vorgegangen. Der Hang fiel steil ab, die Fichtenstangen wichen weiter auseinander. Angela, die schon

beinahe bei hundert angekommen war, verlor die Übersicht und wollte noch mal bei eins beginnen. Sie rutschte aus und schlitterte im Sitzen, die Füße ausgestreckt, auf dem glatten Nadelboden ein weiteres Stück hinunter bis vor den Geliebten.
»Beeilung«, sagte er. »Wir müssen zum Bach, ich höre ihn schon.«
Sie erwiderte, er sei ein Saudreckschwein, sie habe sich weh getan.
»Wo?«
Sie wußte es nicht, zeigte auf Bauch, Arme, Schenkel, dann zur Nase, sagte, hier habe sie etwas getroffen, eine Kugel, ein Stein.
»Unmöglich«, rief er. »Komm.«
Poi Amber Braun schlug mit dem Ast auf einen neuen Dschungelvorhang ein, der aus meterhohen, hellgrünen Nolimetangere-Stauden gewachsen war. Von den bebenden Stengeln standen lanzenförmige Blätter ab, aus denen Stiele mit grünen Fruchtkapseln ragten. Bei der geringsten Berührung sprangen sie in Spiralen auf, und Samenpäckchen wurden gleich Geschossen hinausgeschleudert.
Im Regen der kleinen Pflanzengranaten duckte sich der Geliebte, hinter sich mit eingezogenem Kopf das Kind, das nach dem Motorradhelm verlangte, den es entweder auf dem Gletscher oder im Margeritenfeld verloren hatte, was bezweifelt worden war, doch wenn Sekretär und Landschaftsporträtistin die rumänische Stahluhr kontrolliert hätten, wäre ihnen, falls sie sich auskannten, die falsche Mondphase aufgefallen, außerdem hatte sich die Anzahl der Eisprünge, die Angela noch gar nicht haben konnte, verdoppelt, als wäre das Mädchen Monate unterwegs gewesen.
Der Geliebte wütete mit Hieben zwischen den Rühr-mich-nicht-an-Gewächsen, die leicht knickten und im Fallen noch ihre Fracht zur Fortpflanzung von sich schleuderten, nachdem sie zu hybrider Größe gediehen waren, an der Methangas überfüllter Felder und das Zellprogramm vermehrter Photosynthese ihren Anteil hatten.

Zwei Jagdflugzeuge vom Horst Landsberg am Lech schossen im Tiefflug über die Berge, ließen sich kurz in die Täler fallen und stiegen danach mit einem Ruck wieder auf zum nächsten Sprung, hinter sich auseinanderlaufende Schallwellen schleppend, deren Teppiche zu Boden schlugen, auch in den flirrenden Nolimetangere-Wald, so daß die dünnen Pflanzenstengel erzitterten und Samenschoten aus ihren Fruchtverliesen platzen ließen.

Ein Hase lief entsetzt Haken, stolperte in einer Kuhle und blieb, als Angela rief, er solle schneller springen, am Wurzelballen einer umgestürzten Tanne, welche es nur noch selten gab, hängen.

Die dunklen, aufgerissenen Augen des Tiers blickten erstarrt, seine Ohren hatte es zurückgelegt, und seine Bauchflanke hob und senkte sich unter Atemstößen.

Poi Amber Braun kam im Gegenlicht aus einem Blättertunnel, fragte flüsternd, ob es der Hase aus den Gemälden sei?

Angela antwortete ebenso leise: »Er ist braun, meiner war weiß.«

»Stimmt es überhaupt?«

Hier sei kein Ölbild, sagte Angela, die langsam ein paar Schritte auf das Geschöpf, das sich nicht bewegte, zugegangen war und behutsam die Hand ausstreckte. »Wie heißt du«, fragte sie.

»Weiß ich nicht«, erwiderte Poi Amber Braun an Stelle des Tiers.

»Das ist aber schade«, sagte sie. »Du bist Leo.«

»Das paßt nicht.«

»Sei froh, daß du einen Namen kriegst, sonst mußt du sterben.«

»Wirst du auch tun.«

»Erst wenn ich tot bin.«

»Nein, vorher.«

»Stimmt nicht. Ich habe zugeschaut.«

»Wer stirbt, ist noch nicht ganz tot«, sagte der Hase.

»Es gibt einen Unterschied«, widersprach Angela. »Entweder sterben oder tot sein.«

»Was merkst du zuerst? Den Tod oder das Sterben.«
»Wenn ich tot bin, bin ich gestorben. Vorher kann ich mich noch bewegen, weil ich viel Arbeit habe, bis ich im Himmel bin.«
»Nein, in der Erde.«
»Das ist nicht wahr«, sagte sie. »Alle kommen in den Himmel.«
»Im Himmel ist nur die Seele«, antwortete er. »Der Leib verfault in der Erde. Er kann auch verbrannt werden.«
Sie mochte überlegen, ob sie gegen diese empörenden Zustände protestieren sollte, doch sie blickte zu dem Hasen, der immer noch nicht weggelaufen war, sondern sich aufrichtete, während aus seinen geweiteten Nüstern und den Maulwinkeln Schleim floß.
»Was ist die Seele«, fragte sie.
»Sie ist unsichtbar«, antwortete das Tier. »Sie macht mit und stirbt nie. Sie steckt in uns und befreit sich, wenn wir sterben, aus dem Gefängnis.«
»Meine Seele ist nicht eingesperrt. Sie kann gehen, wohin sie will.«
»Dann befiehl ihr, sie soll fliegen.«
»Gehen«, sagte sie, »sonst findet sie den Weg nicht.«
Das Kind machte mit den Händen ein paar Zeichen, als signalisiere es dem Hasen seinen Wunsch, indessen wir, überdrüssig solcher Debatten, uns abwandten und den Platz, auf dem Angela einen Knicks machte und ein Kreuz über Gesicht und Brust schlug, Ernsthaftigkeit und Reinheit überließen, die in jedem Todeskampf zerstiebten, falls Sauerstoffmangel das Gehirn nicht noch zur Ausschüttung von körperlichen Opiaten reizte, die das Ende in Lichttaumel und Chorgesang hüllten.
Der Hase schüttelte sich und fing an, vor dem Wurzelballen sich im Kreis zu drehen, wobei er näher kam, so daß Mann und Kind unwillkürlich zurückwichen.
»Er begrüßt uns«, sagte Angela.
»Er ist krank«, sagte Poi Amber Braun. »Er hat Tollwut, deshalb ist er so zutraulich. Er darf uns nicht berühren, sein Schleim ist giftig.«

»Und meine Seele?«
»Fürchtet sich nicht, bleibt unbeschädigt«, sagte er.
Der Hase trampelte auf der Stelle und schnaubte Schleimflokken aus, die an Blättern hängenblieben, dann über den Rand rannen, noch einmal, zweimal, infolge ihrer Konsistenz sich zurückzogen, bevor der größte Teil sich abschnürte und zu Boden fiel, während das Tier, auf die Hinterbeine erhoben, sich verausgabte und, aufrecht mit den Vorderpfoten dazu, in der Luft um Gleichgewicht schlagend, kleine Schritte versuchte, bis es ihm gelang, einen Rückwärtssalto zu vollbringen und aufgetaucht emporschnellend noch einen, wozu Angela unterdrückte Laute ausstieß.
»Weg, weg«, rief Poi Amber Braun. »Wenn wir gebissen werden, kriegen wir auch die Tollwut.«
»Der Hase will zu uns«, schrie Angela. »Laß mich los!«
Der Geliebte riß links und rechts Stengel beiseite und brach durch den Rühr-mich-nicht-an-Wald. Das Mädchen folgte nicht, es schaute zu dem Tier, das inzwischen schwer atmend oben auf dem gekippten Wurzelballen kauerte, Lefzen und Augen mit einer Pfote abwischend.
Hase und Kind, einander gegenüber, hörten noch nicht, doch spürten, daß die beiden Jagdflugzeuge in ihrem ehrgeizigen Tiefflug über Höhenzüge und durch Täler wiederkamen, pfeifenden Lärm, nachdem sie schon vorüber waren, hinter sich herziehend, der in ein Jaulen überging, als würden eingesaugte Vögel von den Schaufeln der Rotoren zerkleinert, was uns einen neuen Auftritt bescherte, da Technik, je komplizierter sie geworden war, uns desto eher reizte, wenn wir durch die heißen Gase strudelten, als befänden wir uns auf der Balz in undicht gewordenen Leitungen, in denen wir auf ein paar Stückchen der zerhackten Vögel in die nächste Brennkammer geritten wären, aus der der Hitzestrahl als Schub wieder branden sollte, aber wir, ähnlich tanzenden Elektronen um einen Kern, hätten die Reste der Möwen und Störche zu einem Pfropfen zusammengebacken, der sich nicht mehr hätte ausspucken lassen, so daß den Piloten der kreischenden Maschinen

nur noch übriggeblieben wäre, sich in ihren Schleudersitzen hinauszukatapultieren und, falls die Schirme sich entfaltet hätten, während die Flugzeuge sich in den nächsten Bergrücken bohrten, wo sie als Feuerball explodierten, wären wir um die kopfnickenden Kapitäne gestrichen, die in ihren Rettungssesseln gehangen hätten, ihre Gewissen unter Helmen gesenkt uns nah.

»Du mußt keine Angst haben«, lockte Angela den Hasen. »Ich weiß, wie du heißt.«

Das Tier hatte sich auf dem Wurzelballen geduckt, daß nur noch Ohren und Augen zu sehen waren. Argwöhnisch beobachtete es das Kind, das wieder Schritt um Schritt näherkam, die Hand ausgestreckt, in der es Gräser hielt.

»Leo, ich gehe mit dir«, sagte Angela. »Du verstehst mich. Du weißt, was ich will. Hast du mich gehört?«

Schniefend scheuerte der Hase mit der Schnauze über Erde und Moos, was nicht nach Antwort klang, doch für Angela genügte die Bewegung, sich noch weiter vorzuwagen. Das Gesicht hin- und herwendend, blickte sie mit geöffnetem Mund, als gehe von dort ein Leitstrahl aus, suchend in die Umgebung, ob sich in ihr irgendeine Feindseligkeit verbarg.

»Du bist krank«, sagte sie. »Ich werde dich pflegen. Du bekommst ein Bett, Zwieback und Milch. Wenn ich keine Milch habe, kann ich nicht schlafen.«

In diesem Augenblick mochte sie sich besinnen, daß sie heute nacht im Bauernschloß keine Milch getrunken und mit offenen Augen gesprochen hatte. »Oder willst du«, fuhr sie fort, »Marmelade und Spinat? Saft haben wir auch. Du mußt es nur sagen.«

Das Tier blieb, kaum mehr sichtbar, in seiner geduckten Stellung sitzen, neigte sich jedoch, für eine Antwort noch wenig, zur Seite, als überlegte es und wurde dabei von einem gewaltigen Niesen unterbrochen, das in bellenden Husten überging.

»Siehst du, es ist höchste Zeit«, sagte Angela. »Du hast Fieber, brauchst einen Doktor, sonst mußt du sterben. Und ich muß dann weinen, aber im Wald ist das verboten. Wer es trotzdem tut, wird auch tot. Alle sind gestorben, nur wir sind noch da. Ach, mein Tier, du mußt mir helfen. Ich bin ganz allein.«

Sie kniete vor dem Hasen und dessen Aussichtsthron aus Wurzelwerk und Erdreich nieder, die Gräser, die sie in der Hand gehalten hatte, selber kauend und die Arme erhoben. In Abständen rollten außergewöhnlich große Tränen über ihre Wangen, und ein Schluchzen, das sich nicht mehr hinunterschlukken ließ, stieg die Kehle herauf, bis Angela, von ihrem Schmerz überwältigt, flehend sich so weit nach vorn beugte, Übergewicht bekam und sich aufstützen mußte.

»Ich habe nur noch dich«, sagte sie. »Mein Mann hat mich verlassen, meine Mutter liegt im Krankenhaus, meine Kinder sind ertrunken.« Weinend verbarg sie ihr Gesicht in den Händen.

Der Hase, den vielleicht die fremden Geräusche störten, zog sich noch mehr zurück und legte sich auf die Seite, doch eine innere Unruhe widerstrebte dieser Haltung, schnaubend sprang er wieder auf, wobei er sich in der Luft zusammenkrümmte und auf die andere Seite fiel, was ihn noch mehr erschreckte. Mit den Pfoten trommelte er auf seine weiche Unterlage und stieß Schleimflocken aus, die er aufzuschnappen versuchte, aber seine Bewegungen gerieten zu kurz, und sein Kopf fuhr, geschüttelt von einer chaotischen Kraft, ins Leere.

Angela war aufgestanden und vor den Wurzelballen getreten, auf dem das Tier kauerte, durch das wellenförmige Krämpfe liefen. Ob es Durst habe, fragte das Kind. Oder ob es einen Verband brauche? Es könne seine Bluse ausziehen und ihm um den Leib wickeln?

Viren, die sich ins Gehirn des Tiers gegraben hatten, und wahrscheinlich war die Übertragung der Seuche durch eine Verletzung am Rücken eingetreten, als ihn ein tollwütiger Fuchs biß, beschleunigten ihr Werk, indem sie das Geschöpf ein paarmal hochschnellen ließen, wobei es wieder hustete, dann trat eine vorübergehende Lähmung ein. Die Augen schlossen sich, und der Atem ging in ein Röcheln über.

»Mußt du jetzt sterben«, fragte das Kind.

Es erhielt keine Antwort, doch wenn wir den Körper besetzt hätten, den Myriaden von Impulsen durchkreuzten, hätten wir uns diesem noch lebenden Wesen anverwandelt.
»Nein«, würden wir geantwortet haben.
»Hast du Schmerzen«, fragte das Kind.
»Ich weiß nicht, was Schmerzen sind.«
»Es tut weh und blutet«, hätte das Kind gesagt. »Du brauchst Arznei, sonst kriegst du Angst.«
»Ist Angst«, wäre die nächste Frage gewesen, »wenn ich nichts sehe, Hund und Jäger höre und Spuren im Moos rieche?«
»Der Jäger und der Hund sind Freunde.«
»Nein, Feinde. Sie zerfetzen und erschießen.« Ob er nun gestorben sei, hätte der Hase noch gefragt.
»Nein«, antwortete das Kind. »Zuerst bist du tot, kannst dich nicht mehr bewegen, aber innen brennt noch eine kleine Lampe. Ich schneide dir den Bauch auf und blase das Licht aus.«
»Es wird dunkel.«
»Wie in einem kaputten Aufzug.«
»Was ist das?«
»Oh, wie dumm«, hätte Angela gesagt.
»Bin ich nicht«, hätte der Hase geantwortet. »Ich muß in keinem Haus wohnen, und Kleider wachsen mir umsonst. Mein ganzes Leben lang laufe ich durch Nahrung, die ich fresse, auch im Winter wächst sie unter Schnee. Sterbe ich, muß ich nicht tot sein. Bin ich tot, merke ich nicht, daß ich gestorben bin.«
Ob er nicht in den Himmel wolle?
Wo immer er sei, hätte er gesagt, reiche der Himmel so weit, wie er sehe. Erde und Wolken gehörten zusammen, seien unten und oben, wenn er stehe, oder umgekehrt, wenn er sich auf den Rücken drehe.
Wir wären von der Einfalt befriedigt gewesen, da sie Leiden, das der Sterblichkeit stets vorangestellt war, gar nicht kannte, so daß auch der Schmerz sich zu einem zitternden Kreis schloß, dessen Wehen und Brennen gleich einem Tagtraum sich mit

keinem Jenseits vertrug. Der Himmel der Tiere entsprach der ewigen Futterkammer Erde ohne Türen.

Poi Amber Braun hatte die Nolimetangere-Gehölze hinter sich gelassen und war über einen von alten Birnen- und Apfelbäumen bestandenen Rain, den ein Weg durchquerte, zum Weitnauer Bach hinabgeeilt. Dort untersuchte er zuerst auf der einen Seite den Sockel einer kleinen Eisenbrücke, die zu einem Bahnübergang führte, dann gegenüber den anderen, entdeckte aber, obgleich er, um genau zu sehen, in seichtes Wasser watete, keine Biß- oder Kratzspuren an dem von Flechten und Weidenschößlingen bewachsenen Gemäuern. Da die Pfeiler nicht aus Beton waren, hätten sich in ihnen auch keine aus Molekülketten gequollener Monosaccharide finden lassen. Entlang der steilen Uferböschung suchte er, wenn zwischen den aufgeschichteten Quadern eine Stelle aus Kies oder Lehm offenlag, vergeblich nach Trittsiegeln, deren Markierung durch messerscharfe Krallen gezeigt hätten, ob das Erdferkel hier vorbeigeschnürt wäre.

Entweder hatte das Tier geahnt, daß es an der verlassenen Bahnstrecke nur noch auf Eisenkonstruktionen und unergiebige Ziegelbefestigungen aus dem vorherigen Jahrhundert stoßen würde, oder sein Hunger nach Termitenfutter, seiner bevorzugten Nahrung, die in dieser Landschaft unbekannt war, hatte es bereits in höhere Regionen getrieben, hinauf zu Kahlschlägen und in verkrüppelte Trockenwälder, wo die Heere der Wanderameisen seit der Klimaverschiebung sich vermehrten.

Das Erdferkel müßte, um bei seinem Gewicht einigermaßen satt zu werden, meterlange Züge aufschlecken, ein geräuschvolles Werk, und beim Fressen würde, während die lange Zunge hervorschoß, das Schnauben aus der spitzen Schnauze die nicht versteckten und viel leichteren Ameisen beiseite wirbeln, so daß die Jagd nach ihnen zu einem mühsamen Lernen entgegen der Instinkte werden konnte, und dem Ferkel erst, wenn es abgemagert wäre, genügend Beute gelänge, indem es nicht mehr nur auf der Spur blieb, sondern auch kreuz und quer spränge. Wer auf das Tier träfe, das in diesen Breitengraden nicht vorkam, hätte mit einer Art urzeitlichem Knochenfrosch oder mit einem schuppenlosen, kleinen Drachen zu tun gehabt, der sich wie durch eine Blöße der Jahrmillionen gerettet hatte, von dem bisher in Schieferplatten keinerlei Abdrücke verzeichnet worden waren.

Der Geliebte war in Sorge, rief nach dem Kind. Es spazierte langsam unter den Bäumen den Rain herunter, hielt im Arm den Hasen.

»Laß ihn los«, rief das Kind.

Der Geliebte kletterte in seinen nassen Schuhen, die er bei den Untersuchungen nicht ausgezogen hatte, über die Brücke zurück, doch Angela marschierte, geradeaus blickend, vorbei bis zum Bahndamm, wo sie dem Hasen, ihrem Opfer, wiederbegegnete.

»Tot«, sagte sie. »Er ist jetzt im Himmel bei der Frau mit dem Helm.«

Sie müsse sich sofort waschen, sagte Poi Amber Braun, sonst werde sie von den Tollwutviren verseucht.

Er drängte, befahl, aber Angela rührte sich nicht, schien nichts zu hören, so daß er sie schließlich zum Bach zog. Auf einem Stein nahm sie Platz, ließ sich teilnahmslos Schmutz und Schleim abwischen, wofür Poi Amber Braun kurz geratene Halme nahm. Zuletzt schöpfte er mit hohlen Händen Wasser und schüttete es ihr ins Gesicht. Sie wehrte sich nicht, schloß nicht einmal die Augen.

»Kind, Kind, was ist mit dir«, rief er.

Angela blieb, auch als der Geliebte sie rüttelte, ihr Kinn hochzwang und ihr in die Augen sah, um die Pupillenbewegungen zu beobachten, stumm. Sie begegnete seinem Blick nicht, starrte durch ihn hindurch, so daß er sich umdrehte und schaute, ob vielleicht am Bahndamm der tote Hase wiederauferstanden war.

»Frierst du oder ist dir heiß?«

Sie gab keine Antwort. Aus einer leichten Abschürfung am Knie rann hellrotes Blut am bloßen Bein hinunter, was den Geliebten dazu trieb, die Wunde auszusaugen. Auch davon ließ

sich Angela nicht beeindrucken, obwohl Poi Amber Braun mehrmals heftig ausspuckte und danach mit einem Hölzchen die Zunge abkratzte.
Ob sie sich noch bewegen könne, fragte er.
Sie nickte und sagte ruhig, das Tier brauche ein Grab, sonst finde es seine Seele nicht.
»Kommst du dann mit?«
Sie nickte, blieb sitzen. Der Geliebte stieß am Bahndamm mit den Schuhspitzen gegen den Tierkadaver, besah den elenden, struppigen Leib nach Krankheitsmerkmalen wie wunden Augen, aufgesprungenen Lefzen ab. Da Poi Amber keine Schaufel besaß, suchte er nach einem Stock, besser nach einem Eisen, das vielleicht noch zwischen den verrosteten Geleisen läge. Er hatte kein Glück und fing an, Gras auszureißen, einzelne Sodenstücke, bis er kniend mit den Händen hartnäckig Erde wegscharren, schließlich in ihr graben konnte, eine Anstrengung, weil er immer wieder auf Steine stieß, die er hinter sich warf, Drecksarbeit, Saustück, Hurenstück fluchend, wie von Angela gelernt.
Das Grab bestand nur aus einem nach unten sich verengenden Loch, in dem der hineingestopfte Hase nicht ganz Platz fand, so daß der Geliebte auf ihn einstampfte, doch Pfoten ragten noch über den Rand. Poi Amber Braun sammelte die weggeworfenen Steine wieder ein, holte noch mehr vom Bahndamm und schichtete sie über den Hasen, legte die Grassoden darauf, die er festpatschen mußte, war aber unzufrieden. Zur Vollendung des Werks hätte er Wasser zum Angießen benötigt, das er vom Bach nicht in hohlen Händen hertragen konnte, außerdem saß dort am Ufer das Kind, dessen Trauer durch ihn in Zorn umschlüge, weshalb er auf den kleinen Hügel urinierte, als segnete er eine prähistorische Beute.
Erleichtert rief er zu Angela, das Grab sei fertig.
Sie ließ sich Zeit, verstaute irgendetwas an sich, kam auffällig langsam näher, beachtete die Stätte jedoch kaum, auf die Poi Amber Braun noch eine Schraubzwinge vom Bahndamm gelegt hatte, die, sagte er, Geleise und Schwellen zusammengehal-

ten habe, ein Verfahren, das selbst in Rußland nicht mehr üblich sei, und, dozierte er weiter, in Sibirien, wo extreme Hitze und Kälte die Ingenieurskunst herausgefordert hätten, würden Schienenstöße nicht mit Abständen dazwischen montiert, sondern aneinandergeschweißt, was eine neue Stahllegierung erlaube, die Verschiebungen durch molekulares Umpakken in sich selbst reguliere. Angela bespuckte den Grabhügel, verkündete, das Tier stinke, in einer Stunde sei sie auch tot. Sie war grausam geschminkt, hatte sich ungeschickt Lippen und Backen rot angemalt, die Augen schwarz umrandet und teilweise die Wimpern abgeschnitten. Die Utensilien dafür trug sie in einem Samtetui mit sich, auch Spiegelscherbe und zusammenlegbare Schere, ein Geschenk Hassel Ruth Weidenbachers.

Das Kind war uns nah. Wir hätten ihm nur noch einen Ruck geben müssen, und es wäre zu uns herübergewechselt, wofür es sich auf seine Weise zurechtgemacht hatte.

Sie wisse, sagte Angela, daß Poi Amber Braun nie der Geliebte iher Mutter gewesen sei.

Habe er auch nicht behauptet, antwortete er. Wenn sie zurück wolle, rufe er ihr ein Taxi. Die Lehrerin habe ihn nur beherbergt. Seine Heimat liege in den Dolomiten.

»Und ich«, rief sie. »Allein, allein!«

Das zugemalte Gesicht des groß gewordenen Kinds klärte sich jedoch auf. Sie komme nicht mit, sagte Angela, könne sterben, wann sie wolle, gleich oder später.

Könne sie nicht, entgegnete er.

»Kann ich«, wiederholte sie und fiel um.

Als er mit zwei Fingern gegen Angelas Halsschlagader drückte, spürte er schwachen, flach jagenden Puls, aber das Kind streckte sich und sagte blinzelnd, nun habe er Angst gehabt.

Er ließ Angela liegen, überquerte den Bahndamm, der von wildem Hafer und Spritzgurken bewachsen war, ging zur Straße, die am Fuß einer Felswand entlangführte, bei der Wirtschaft Klausenmühle eine enge Wendung machte und in einer Klamm verschwand, durch die auch der Weitnauer Bach floß.

Poi Amber Braun wollte telefonieren, fand keine Lücke im Verkehr, der in beiden Richtungen nicht abriß, so daß der Geliebte, von Fahrtwind eingehüllt, in den Straßengraben hinunter auswich, aber bald stehenblieb, als sich eine kleine, feuchte Hand in seine schob.
Es entschuldige, entschuldige sich, sagte das Kind.
Er schlug vor, sie sollten noch bis Seltmans, das höchstens einen Kilometer entfernt liege, durchhalten. Dort gebe es eine Omnibusstation, Angela könne zurückfahren.
Gehe nicht, sagte sie. Ihre Mama sei krank.
»Und dein Bruder?«
Nicht da, erklärte sie. Er bleibe ganze Nächte im Schießkeller von Besra Lu Winterstein, dem Lehrmeister, der mit David Wein trinke.
»Kind, du lügst«, sagte er. »Du bist umgeben von Leuten, die auf dich achten, jede Kleinigkeit loben: die Ärztin, die Assistentinnen, die Schuldirektorin und deine Freundin, die Zwergin.«
Susanne Stajadinovic sei keine Freundin, sagte es. Außerdem rauche Susanne Zigaretten wie ihre Mutter und trinke Schnaps.
»Und Timbur?«
Ein Vogel könne sie nicht beschützen, habe zuwenig Verstand, wie alle Tiere.
Wir entließen das Paar, das von der Straße wieder auf den Bahndamm hinübergewechselt war und dort seinen Streit fortsetzen mochte, der einer gegenseitigen Überredung gleichkam. Entweder die beiden marschierten Richtung Seltmans oder zurück nach Kleinweilerhofen, auch eine Haltestelle für Postomnibusse, während wir uns der Klausenmühle zuwandten, ein anheimelnder Ort, in dessen Wirtsstube Fernfahrer und Forstarbeiter geröstete Kartoffeln mit zerlassener Leberwurst aßen und eiskaltes Weizenbier in sich gossen, doch nicht deswegen bescherten wir ihnen Aufmerksamkeit, vielmehr interessierte uns der von Lastwagen und Schleppern vollgestellte Parkplatz, unter dem, wovon die lärmenden Futtervertilger

und Säufer keine Ahnung hatten, sich ein unentdeckter Friedhof befand, denn die Klausenmühle war im 16. Jahrhundert ein Pesthaus gewesen, in dem Verseuchte gestapelt wurden, und wenn alle gestorben waren, zogen, da es keine Kinder mehr zu ernähren gab, verarmte Ammen ein, die, Essayeusen genannt, so lang darin blieben, bis, falls sie nicht auch verendeten, dadurch der Beweis erbracht war, daß die Pest, endgültig zermürbt von der Beharrlichkeit der Prüferinnen, sich in andere Gefilde geflüchtet hatte, kein Gottesurteil, denn in den Städten Venedig und Petersburg herrschte trotz der Pest weiterhin ein Männerüberschuß, sonst nirgendwo im Abendland bekannt, obwohl die Männer meist vor den Frauen starben.
Hirse blieb freundlich, gedieh 20 Jahre lang. Baumbrot konnte aus dem Mehl der Edelkastanien hergestellt werden, als Teller dienten vertrocknete Brotscheiben. Gabeln, Taschentücher und Stühle waren Luxus; der erste tiefe Porzellanteller war eine italienische Erfindung gewesen, wie auch weißes Tafelgeschirr aus gesponnenem Zucker als mitverzehrte Nachspeise. Nachdem die Population wieder zunahm, sank der Fleischverbrauch; in Frankreich wurde mit der Zucht von Truthühnern begonnen. Der erste, gemalte Truthahn tauchte in einem Stilleben von Joachim Buedkalaer (1530–1573) auf, das noch im Amsterdamer Rijksmuseum hing. In China wurden rosa gefleckte Tiger gehegt, und Windmühlen drehten sich dort horizontal. Im niedersächsischen Uelzen waren zwischen 1560 bis 1610 mindestens 30 000 Pestfälle dokumentiert worden.
Die Gastwirtschaft wurde zum Siechenhaus, eine Zufluchts- wie Verbannungsstätte, in der Lepröse lebten. Jedoch in den Gräbern unter dem Parkplatz lagen nicht nur Skelette mit Mißbildungen der Gesichtsknochen wie bei Aussätzigen üblich, sondern zahlreiche, die Schäden an der Wirbelsäule Gelenkbrüche und Verwachsungen aufwiesen, obwohl die Medici des Mittelalters Versehrte sorgfältig nach Geschwüren, Flecken auf der Haut oder nach Knorpeln an Nasen untersuchten, sie auch der Nadelprobe auf Gefühlsverlust unterzogen oder das Temperaturempfinden mit heißen Prüfsteinen testeten. Da die

Leiden der Kranken nach dem Verständnis der Kirche alle Strafen im Fegefeuer ersetzten, den der Himmel ihnen garantierte, sollte schon vorher für ihr leibliches Wohl gesorgt werden, indem sie das Recht auf Bettel erhielten, weshalb in den Gräbern auch Tote im Greisenalter ruhten, Bucklige, absichtlich Verstümmelte, die sich ins Siechenhaus mit Gewalt oder durch Abstandspfennige Einlaß verschafft hatten, um als Privilegierte des Leprosoriums, das an einer Pilgerstraße nach Maria Hilf und nach Santiago de Compostela, Spanien, lag, vor der Tür mit Rasseln, Stöcken und Pferdemist mit Geschwüren im Gesicht vorbeiziehenden Wallfahrern unerbittlich Almosen abzuzwingen, eine sittliche Pflicht, bei der Kinder am erfolgreichsten waren, inzwischen ein Bandenideal in südamerikanischen Großstädten, was uns darin bestärkte, daß Tote jeher zivilisatorische Notwendigkeit bedeuteten, ordentlich in Schichten unter dem Parkplatz, auf Fernlastzügen, Personenwagen und Geländefahrzeugen vorrätig, auch des Forstpersonals neben der Klausenmühle, die den Ruf besaß, eine Säuferhöhle zu sein, deren Namen vom heiligen Nikolaus abstammte, Bischof von Myra, Kleinasien, ein unnachgiebiger Märtyrer und Bekenner, der während des Konzils von Nicäa, 325, die Wesensgleichheit der drei göttlichen Personen, Vater, Sohn und Heiliger Geist, verteidigte und besonders von Bauern, Bierbrauern und Herstellern von Schnäpsen in Rußland verehrt wurde, wo sich betrinken heute noch nikolitjsja heißt, was Heiterkeit oder Ernst der Gestorbenen in eine für Lebende schiefe Lage brachte, oder es war ein phantasievolles Relikt, daß, worauf wir uns immer wieder besannen, der Tod nur seine Macht behauptete, solang er rückerinnert wurde.
Irgendwann in der frühen Sammler- und Jägerzeit, als in menschenarmen Savannen und Wäldern erst Horden wohnten, Familienhaufen, die bestenfalls 150 Personen umfaßten und ein Nahrungsgebiet mit einem Durchmesser von 15 Kilometern besetzten, das pro Tag zweimal durchlaufen wurde, was dem Leistungsvermögen entsprach und nie leergeplündert werden konnte, glomm, vielleicht nachts am Feuer, dessen Flammen

Geisterformen, Gestalten der Beschwörung, der Abkehr und Vereinzelung gegen eine Felswand warf, die entsetzliche Erkenntnis empor, daß der Tod, obgleich den Gestorbenen Speisen, Waffen, Hunde und Diener mitgegeben wurden, keine Verlängerung enthielt, vielmehr der Sturz in echolose Tiefe bedeutete, doch zugleich brach sich ein Wissen Bahn, wonach Kinder nicht aus dem damals bekannten Universum der Grünpflanzen, Insekten, Raubtiere und Fackeln über Mooren beschert wurden, sondern als Samen in Leibern reiften, denn nur Frauen vermochten zu gebären, die für eine unendliche Gegenwart über das Erbrecht auf Hütten, Geräte, Kleider und Vorräte wachten. Die Männer mußten jeweils auswandern, sich andere Begattungswillige suchen, gehetzt von den Seelen geschlachteter Jungschweine durch Dickichte, wie Bella Mainz, die nie ein Kind zur Welt gebracht hatte, es gestern noch erlebte, bis Osika, der verfolgende Rubin nach dem Hitlerwall endlich mit dem Rot einer Verkehrsampel verschmolz.
In Seltmans, einem Industrieweiler aus spärlichen Reihenhäusern am Ellenbogen der unteren Argen, taten nicht Angela die Füße weh, sondern Poi Amber Braun. Das Kind wollte nicht in einem Postomnibus, der nur morgens und abends fuhr, zurückgeschickt werden, sagte, hier rieche es gut, nach Speck, nein, nach alten Zeitungen wie im Zimmer seiner Mama, die Schönste, Allerliebste, die lese und lese, alles wissen wolle, doch wenn sie enttäuscht sei vor Wut, schreie und fliege Timbur vor Schreck vom Bett hoch, stoße an die Decke. Sein Schnabel habe eine Delle.
Der im Tal hängende Duft rührte noch von einer Zellulosefabrik her, die, seitdem sie von einem finnischen Papierkonzern aufgekauft worden war, stillag, ein rosafarbener Zementwürfel mit eingelassenen Fensterschlitzen, der an die Neuerungsbewegung für klare Formen der Dessauer Baureformer erinnerte, nun aber hingen an der Umfassungsmauer verblichene Plakate, daß Fabrikationsräume, Büros und Lagerhallen zu vermieten seien.
Die Durchgangsstraße des kleinen Dorfes war leer. Eine Metz-

gerei, ein Genossenschaftsladen und eine Molkerei hatten geschlossen. Aus dem ehemaligen Papierwerk drang noch ein Rumoren, gepaart mit fremden Gerüchen, die den Geliebten veranlaßten, dorthin zu gehen, vielleicht, erklärte er, bekämen sie Auskunft.

»Und ich«, fragte Angela.

»Du kommst mit. Ein Schlaftier für dich werden wir finden.«

So was glaubten Erwachsene immer, entgegnete sie, die keine Ahnung hätten, wie schwierig, sie meinte, wie kostbar es sei, ein Plüschtier oder eine Pfote, die dauerhaft vernagelt, nein, geglättet, nein, rutschig sein müßten, damit sie zwischen Nase und Mund beim Einschlafen hin- und hergeschoben werden könnten, zu besitzen.

Der Geliebte ging voraus. Sie überquerten einen Platz, auf dem Öllachen schillerten, betraten durch eine Pforte die Portiersnische, in der niemand saß, dann den bis Brusthöhe, wie aus Arbeitsämtern bekannt, grün angemalten Korridor, in dem ein Zirpen und zerbröselndes Miauen zunahm, das weder den Widerhall von Metall, noch den von Holz, Erde, Wasser, irgendwelchen anderen Materialien besaß.

Sie sahen sich, eingekehrt in eine Halle, vor einer Videowand stehen, auf der sie auch abgebildet wurden, wie sie gerade Schritte taten, stehenblieben, sich umwandten, ob sie jemand verfolgte.

Beim nächsten unhörbaren Schlag veränderten sich mit einem Ruck alle Bilder zu Zahlen und Diagrammen, die Fieberkurven oder Wasserstandsmeldungen glichen, während im seitwärtigen Teil der Halle blaues Feuer ausbrach, das von Schneidbrennern herrührte.

Angela sagte, hier wolle sie nicht bleiben.

Poi Amber Braun widersprach, sie sähen kein Fernsehprogramm, sondern den Abschied einer Industrie.

Angela verstand nicht.

»Schau doch, sie verwerten noch mal.«

Sie begriff nicht, wollte gehen.

Er faßte sie an der Hand, murmelte eine Besänftigungsformel

auf cimbrisch, die nach Küchenlatein klang, und beide schritten sie auf ein Pult zu, vor dem, die Tastatur einer Schreibmaschine bedienend, ein Mann saß. Über ihm leuchtete das grüne Feuer eines Monitors.

Willkommen, sagte der Mann, er heiße Julius Andras Vochezer und besichtige sie schon seit einer Stunde. Die ganze Gegend sei wegen der umfassenden Programme der Bäume verkabelt, vertunnelt. Es gebe einen Innenbergnebel der Information, genannt die Schwelle, und einen Außenbergdunst, der sich allerdings oft selbständig mache, nur noch flüchtiges Rahmenwerk widerspiegle, trotzdem, er sei beglückt, daß sie, als Flüchtlinge, störten, da Fehler der Chaosforschung zuträglich seien.

Nun verstand auch der Geliebte nichts mehr, sagte seinen Namen, erklärte, woher er komme und wohin er unterwegs sei, zusammen mit seiner Freundin, dem Kind.

Sei sie keines, widersprach Angela.

»Stimmt«, sagte Julius Andras Vochezer. »Auf dich haben wir gewartet. Draußen, hinter der Fabrik, stehen Buchen, an die wir angeschlossen sind. Aber aus den alten Riesen fließt keine Antwort mehr. Vielleicht kannst du die Bäume überreden, sie möchten sich nicht mehr zieren.«

Was sie dafür kriege, fragte Angela.

»Einen Negerkuß«.

Fünf, sechs, verlangte sie.

Der Programmierer holte unter seinem Pult eine Schachtel hervor, deren Deckel er kurz öffnete. Nach erfolgreichem Kontakt erhalte die neue Mitarbeiterin, versprach er, die ganze Schachtel, siebzehn Schokoladeergüsse, eine Primzahl.

Poi Amber Braun wollte Angela von der Sichtkonsole, vor allem von dem Sitzriesen davor, der, obgleich es in der Halle sehr warm war, einen Regenmantel anhatte, dessen Rückenschlitz beinahe bis zum Kragen hinaufreichte, wegziehen, jedoch das betörte Kind fragte noch mal, wo die Buchen seien und ging, eine luminiszierende Spur auf dem Zementboden hinterlassend, als habe der Schwanz einer Echse darübergefegt, aus der Halle.

Sei Gewissenlosigkeit, sagte Poi Amber Braun zu dem Rechen-

führer. Das Kind habe zur Zeit keine Mutter, nur ihn, aber er beinhalte auch keinen Hort, ein Todesfall habe seine Geduld erschöpft.
»Die Mopedfahrerin auf der Kreuzung vor dem Rathaus«, fragte Julius Andras Vochezer und fuhr fort: »Es stand in der Zeitung. Unsere Firma hat sich auf Demontage und Verpakkung spezialisiert. Die stillgelegte Zellulosefabrik hier ist von einem volkseigenen Werk in Shantung, wo die Seideherstellung nicht mehr floriert, aufgekauft worden und wird von uns zerlegt, in Kisten verstaut und auf Reise geschickt. In China wird wieder ausgepackt und zusammengesetzt, eine heillose Aufgabe. Ohne unsere eigens dafür entworfene Rechenanlage wären wir verloren. Doch inzwischen ist sie schon überfordert, spuckt Cluster aus, Trauben, Büschel, Chaoswogen, obwohl wir uns an Molekularketten des Chlorophylls angeschlossen haben, aber Hämin, ein Blutfarbstoff, der von irgendeinem Kadaver stammen kann, stört, die Nanoschaltkreise brechen zusammen. Wir brauchen keine parallelen Millionensysteme, sie sind viel zu langsam, sondern eine billiardenfache Vernetzung, Knoten im Picobereich.«
Was dieser Wahn mit dem Kind zu tun habe, fragte der Geliebte.
Es solle die Leiche finden.
Wenn es überhaupt eine gebe, dann werde sie eher von der freiwilligen Feuerwehr der Gemeinde Seltmans, die sich hier auskenne, entdeckt.
»Ein Kind hat den besseren Spürsinn. Außerdem verspreche ich mir von jungen Adern, auch von dem raschen Stoffwechsel eine ähnliche Wirkung wie bei Hexakisotaedern, zwanzigflächigen Pilastern, noch besser wären Trapezoidale, sechsundzwanzig ähnliche Ecken, die, verknüpft mit der Blättermasse, etwa eine halbe Million Stück bei einer einzigen Buche die Ladungsspannung steigern würde. Es ist ein tropismischer Versuch.«
Ein Frevel sei es, die Hölle, sagte Poi Amber Braun. Er hole das Kind.
»Es ist völlig ungefährlich«, antwortete Julius Andras Voche-

zer. »Wir arbeiten nicht mit Haushaltsstrom. Es sind elektromagnetische Subspannungen zwischen Atomkern und Schale. Stellen Sie sich ein Fußballfeld vor, in dessen Mitte ein Staubkorn liegt.«

Und wenn sich das Kind darin wie in einem Bild verirre?

»Wir betreiben keine Heliumswirtschaft wie die Sonne«, antwortete der Programmierer. »Schauen Sie selbst.«

Auf der vielfach quadrierten Videowand erschienen Aufnahmen von Leuten, die Gestänge auseinanderschraubten, andere trennten mit Schneidbrennern eine riesige Trommel in vertikale Segmente auf. Zwei Packer nagelten, auf einer haushohen Kiste sitzend, Bretter fest, und in einer von Scheinwerferlicht bestrahlten Ecke wurden an fetttriefenden, hydraulischen Ketten schwere Klöppel heruntergelassen.

»Grobzeug«, sagte Vochezer, »unschwierig. Geschulte Gerätemechaniker kriegen es, selbst wenn sie keine Baublaupausen hätten, mit ein wenig Phantasie wieder zusammen. Bei chemischen Konvertern wird es komplizierter.«

Er schaltete weitere Kameras ein, mit denen zur Überwachung anscheinend die ganze Papierherstellung bestückt war und die sich von dem Steuerpult aus dirigieren ließen. Neue Bilder zeigten Lamellen, die dem Maulinnern von Walen glichen, Hände oder Finger, die sich an den Barten oder Apparaten zu schaffen machten, waren keine zu sehen. Magnetköpfe oder Saugschöpfe zogen Glieder heraus, schwenkten sie auf einen Stapel beiseite, der langsam in eine Wanne voll Flüssigkeit sich hinabsenkte.

»Wir lagern«, erklärte Vochezer, »sensibles Instrumentarium, damit es sich während des Transports nicht zersetzt, in Formaldehydtinte ein.«

»Wie Leichenteile?«

»So ähnlich. In einer Woche werden wir uns noch tiefer genagt haben, dann kommen Millionen Ösen, durch den der heiße Zellulosebrei gedrückt wird, an die Reihe. Wir müssen sie in potentielle Gruppen auflösen, aus denen, wenn der Rechner stolpert, ein grauenhafter Partikelsee statt Zahlen werden kann.«

Er danke für die Vorstellung, antwortete Poi Amber Braun, hole nun das Kind.
»Einen Augenblick noch! Sehen Sie doch, es freut sich, es geht ihm gut. Sein Stoffwechsel würde entgleisen, wenn Sie es jetzt unterbrächen.«
Angela, von zoomenden Kameras erfaßt, die mitschwenkten, als besäßen sie Richtfühler, die auf Körpertemperatur und minimalste Ausscheidungsgestöber der Haut folgten, bückte sich und las Bucheckern auf. Zwei steckte sie in den Mund, spuckte sie gleich wieder aus.
»Die harten Schalen«, rief Vochezer, »aber sie lernt.«
Angela stehe nicht unter Dressur, entgegnete Poi Amber Braun. Bei der nächsten Bemerkung verbeule er dem Rechenkünstler die Tastatur.
Julius Andras Vochezer entschuldigte sich, sagte, er sei bewegt, überfordert, gerührt, nur in seinen kühnsten Träumen habe er sich vorgestellt, daß Kind, Baum, Blättervielfalt und Programme, die durch Silicium jagten, in Assoziationen aufeinander reagierten.
Davon könne keine Rede sein, sagte Poi Amber Braun. Das Kind esse nur, schmecke das Öl der geschälten Kerne, die früher von Bauern ausgepreßt worden seien. Mit den grünen Blättern werde heute noch in seiner Heimat, den Sette Comuni, Likör angesetzt.
»Wir haben uns zunächst für das weißliche Wimpernhaar der Blätter interessiert«, antwortete Julius Andras Vochezer. »Sie gleichen Widerständen, könnten auch Flipflops sein, wie aus der Steinzeit der Computertechnik. Dann erst haben wir uns in die numerischen Reihen der Moleküle vorgewagt, und, kaum zu glauben, wir erhielten Parallelrechner, die selbständig operierten. Die Elektronen schlüpfen von einem Quantentrog in den anderen, benützen Tunnels in der Struktur.«
Warum er sich eine Buche ausgesucht habe, fragte Poi Amber Braun.
»Wegen der Klassik. Deutschland war von diesen Wäldern bedeckt. Sie stellen für mich ein Archiv dar. Zerlege ich eine

Fabrik, so schreibe die Historie mit, denn ohne Arbeit existierten wir nicht. In die glatte, graue Rinde wurden von den Kelten Runen geschnitzt, und aus geworfenen Buchenstäben, steht bei Tacitus, konnten Orakelsprüche gelesen werden. Es war Ehrfurcht oder Sentimentalität, daß die Phantasie sich mit der Idee beschäftigte, einen Baum als immenses Rechendepot zu benützen. Vielleicht finden wir Zugang zu einer unbekannten Bibliothek.«

Angela winkte, als wüßte sie, daß sie von Kameras erfaßt wurde. Sie pflückte blaue Lederblümchen und violettes Lungenkraut, die im Schatten wuchsen.

Vochezer lehnte sich zurück, betrachtete Zahlenschnüre, die sich von unten nach oben im Monitor aufbauten, sich abwechselnd, wie von Zugluft bewegt, aneinanderlehnten, weiter nach oben strebten, doch wenn sie am Bildrand angekommen waren, in sich zusammensanken. Dasselbe Manöver begann von neuem, wobei die Zahlen nun Kommastellen verschoben.

Schrauben seien an der Reihe, ein paar tausend, noch ungeordnet, sagte Vochezer, aber die Zahlen würden nicht damit übereinstimmen, tasteten eher die Ränder eines topologischen Raums ab oder eine, aus je größerer Nähe erblickt, desto gebrochenere Küstenlinie. Es könnte sich auch um ein Lungengeäst handeln.

Poi Amber Braun hatte eine leere Kiste geholt und sich neben den Programmierer gesetzt, der mit Eingaben, die Vochezer auf der Tastatur schrieb, entweder die Ergebnisse berichtigen oder durch Steigerung kenntlicher machen wollte. Vochezer löschte alle Zahlen und ließ sich ein Diagramm geben, das seine Stabilität einbüßte, sich spindelförmig zusammenschnürte und immer schneller drehte, bis es zu einem Punkt geworden war, der verschwand.

Das sei das Kind, sagte er.

»Angela hat einen Strauß gepflückt und sich hinter dem Baum versteckt«, erwiderte Poi Amber Braun. »Sie wird sich bald langweilen und, weil sie uns nicht sieht, zurückkommen.«

»Oder sie hat sich verletzt.«

»Warum? Sie war doch vergnügt?«
»Weil«, antwortete Julius Andras Vochezer, »mir auf dem Monitor ein Enzymzerfall signalisiert worden ist, den es weder bei den Konvertern noch bei den Gelenkstangen, die gerade verschalt werden, geben kann. Kein einziger der Mechaniker und Hilfsarbeiter, ob er gerade Bier trinkt, sich mit einem Hammer auf die Finger haut oder austreten geht, ist an das System angeschlossen. Wir erkunden nicht, wir demontieren. Fehlt ein Stück, muß es in Shantung nachgebaut werden, oder die Trödelkünstler dort stellen Ersatzteile her, die nicht passen, vertauschen sie, so daß zuletzt keine Zellulosefabrik wiederentsteht, sondern eine Maschine, die sich selbst verdaut. Dieses Ergebnis klingt zwar spaßig, aber unsere Firma muß Verluste bezahlen.«
Ein verschmutzter Mann, der eine brennende Grubenlampe an seinem Schutzhelm trug, kam durch die Halle und sagte zu Julius Andras Vochezer, in der Sickerwanne unter dem dritten Kessel liege Aas, halb verweste Eichhörnchen und Eichelhäher. Rätselhaft, wie die Tiere dorthin gekommen seien. Jemand, der sich auskenne und vielleicht den Überlauf habe verstopfen wollen, müsse sie versteckt haben. Einer der chinesischen Ingenieure, der ein bißchen Englisch könne, rede von Unheil, dem Jahr der Speere oder bösen Beeren.
Das sei die Leiche, nach der Vochezer suche, sagte Poi Amber Braun.
»Die Wanne auskratzen, reinigen und in einem Stück verpakken«, sagte Vochezer zu dem Mann. »Dem chinesischen Kollegen erzählen Sie bitte, daß Eichhörnchen und Eichelhäher germanische Glückssymbole seien, die in Fundamente, Brücken und unter Straßen einbetoniert würden.«
Das sei doch Unsinn, erwiderte der Mann.
»Im Gegenteil«, antwortete Vochezer. »Damit wird die Überlegenheit westlicher Technik brüchig. Doch wenn in Shantung die wiederaufgebaute Zellulosefabrik dann, so Gott will, funktioniert, stehen wir in dem fremden Land nicht als Giganten, sondern als Ebenbürtige da, denn dort brauchen wir die Chine-

sen, hier nicht.« Und zu Poi Amber Braun gewandt, sagte er, er vermute die Leiche am Rechenbaum, der ihn an das Werk von Leonardo Pisano Fibonacci erinnere, einen bedeutenden Zahlentheoretiker des Mittelalters.

Der eine Eule auf der Schulter sitzen gehabt habe, fragte Poi Amber Braun.

»Nein«, antwortete Vochezer. »Fibonacci verwendete für seine Exempel den Zimtbaum und den weißen Sassafras. Damals gab es in Italien keine Buchen und Eichen mehr. Die Römer hatten für den Schiffsbau schon alles abgeholzt. Wir besorgen bei uns und in den Tropen den Rest. Für die Wochenendausgaben aller europäischen Zeitungen werden ein paar Hundert Hektar Wald vernichtet.«

Der Mann mit der Grubenlampe war noch nicht gegangen, beobachtete mit den beiden, wie auf einem Teil der Videowand Bilder von Angela dahinzogen. Sie riß Buchenblätter ab, wozu Julius Andras Vochezer seufzend sagte, »ach, das Kind zerstört Megachips, hat keine Ahnung, was es tut. Aber auch Bruchstellen von Verletzungen verströmen Strudel und Verwindungen für die Organisierung des Chaos, eine Brücke, die wir brauchen. Aas allein genügt nicht.«

Angela glitt aus, fiel und bestrafte dafür, indem sie dagegen schlug, ihre Sandalen, deren Schließen seit der Durchquerung des Moors, in dem die toten Handwerker ruhten, geschlossen waren, doch die glatten Gummisohlen litten unter einem, würden wir sagen, Überdruß der Materie gegenüber Geheimnissen und Geschichtsträchtigkeit.

Das Kind winkte aus Trotz noch mal und wickelte sich in Blattwerk, das an geschwächten Zweigen hing. Schließlich ging es hinter die Buche.

»Dafür haben wir keine Kamera«, sagte Julius Andras Vochezer. Er zog seinen Mantel aus. »Das Kind mißtraut uns.«

Wäre es seine Tochter, sagte der Mann mit der eingeschalteten Grubenlampe, würde er sie aus dem Einflußbereich nehmen. Die Programme der elektronischen Anlagen beeinträchtigten das Nervensystem.

Vochezer widersprach. Der Mechaniker solle sich um die Wanne voll kleiner Tierleichen kümmern. Der Zeitplan müsse eingehalten werden.
Bevor der Mechaniker sich entfernte, sagte er noch, ihn erinnere das Unternehmen an Rumänien. Dort würden Dörfer eingeebnet und an ihrer Stelle agroindustrielle Zentren errichtet, Hochhäuser und Massenställe in Karrees. Aber die Armee habe es auch schlimm getroffen. Offiziere erhielten erst nach sechs Jahren eine neue Uniform, die nur im Dienst getragen werden dürfe. Auf der Straße, auch beim Anstehen vor Kaufläden müßten sie Zivil tragen. Vorteile und Bedeutung seien verloren, der Anfang des Untergangs.
Dann werde aus dem ganzen Land ein Klarissenorden, antwortete Vochezer. Für einen Edelprogrammierer wie ihn ein idealer Wandel nach der Monte-Carlo-Methode. Aus Zufallsprozessen könne sich statistische Wahrscheinlichkeit ergeben, so daß bei Abschaltung eines Teilsystems sich das Verhalten des Gesamtsystems ermitteln lasse, im Grunde ein feudalistisches Prinzip: teile und herrsche. Unergiebige Reste müßten versiegen.
In den Jagdgefilden der Informatik hatte sich inzwischen ein Rücksturz ereignet. Auf der Monitorscheibe lief durchgehend ein Text, der, wenn unten eine Zeile gelöscht wurde, oben eine neue ansetzte:
Heinrich von Isny, geboren 1222 als Sohn eines Bäckers oder Schmieds. Erster Unterricht in der Klosterschule: Latein, Rhetorik und Dialektik, die ersten drei Stufen der sieben Künste. Anschließend Studium der scholastischen Philosophie und Theologie in Paris. Erlangung der Doktorwürde. Lektor in Luzern, Basel, Ausbildung als Prediger. Ab 1270 Lektor im Mainzer Franziskanerkloster. Rudolf von Habsburg schickt seine Gesandtschaft, der auch Heinrich angehörte, zum Papst zwecks Anerkennung und Verhandlung über einen Termin für die Kaiserkrönung.
1275 wird Heinrich zum Bischof von Basel geweiht, ein Rang, der bisher nur dem Adel vorbehalten war. Heinrich führt Visi-

tationen durch, beseitigt Mißstände, reformiert Klöster, geht streng gegen ihren Idealen untreu gewordene Ordensgemeinschaften vor. In seine Regierungszeit fällt die Ausgestaltung der Westfassade des Basler Münsters.
1277 sendet Rudolf den »getreuen Freund« als Brautwerber für seinen Sohn Hartmann an den englischen Königshof, um die Heirat mit Edwards Tochter Johanna für das kommende Jahr zu vereinbaren. Als im Sommer 1278 der Böhmenkönig Ottokar Truppen mit denen seiner Verbündeten vereinigt, leisten dem Hilferuf Rudolfs nur wenige Fürsten Folge, doch Heinrich von Isny führt eine stattliche Reitertruppe zu. Sieg im selben Jahr in der entscheidenden Schlacht bei Dürnkrut.
1284 schickt Rudolf von Habsburg seinen Diener Heinrich erneut als Brautwerber aus, dieses Mal für sich selbst. Nach drei Jahren Witwertum war Rudolfs Wahl auf Elisabeth, die Schwester des Herzogs von Burgund, gefallen. Heinrich ist erfolgreich.
Am 15. Mai 1286 wird er Erzbischof von Mainz, damit auch Metropolitan von Deutschland und erster Kurfürst des Reiches. In dieser hohen Stellung behält Heinrich seine franziskanische Gesinnung und Lebensführung bei. Selbstlose Hingabe gegenüber Gott und König Rudolf. Ende Februar 1288 begleitet er ihn auf einer Reise durch das Elsaß nach Colmar. Am 17. oder 18. März stirbt Heinrich in Hagenau. Sein Leichnam wird im Mainzer Dom vor dem St. Peter- und Pauls-Altar beigesetzt.
Der ungewöhnliche Aufstieg des Heinrich von Isny setzte Spotterzählungen in Umlauf. Ab 1284 wird er von Neidern »Henricus dictus Kugulin«, eine Anspielung auf seine kugelförmige Franziskanerkapuze, genannt. Nach seinem Tod heißt er »Barfüßer-Kirchenfürst« oder »Göckelmann«, was Narr bedeutet, Schellenträger an der Kappe. – Marguerite Cassonade.
»Das war das Kind«, rief Julius Andras Vochezer.
»Angela hat doch keine Ahnung, weiß nichts«, sagte Poi Amber Braun.

»Sie hat sich eingeschaltet nicht als Wissende, sondern als Modem zwischen Baum, Wald, Zellulose, Papier, Landschaft, der Erinnerung an sie.«

»Und wer ist Marguerite Cassonade?«

»Wahrscheinlich die Archivarin der Kleinstadt, Frau Mehlzukker, die irgendwann einen Artikel für die Provinzzeitung schrieb.«

»Aber Angela kann sich nie und nimmer in dieser Form ausdrücken.«

»Muß sie auch nicht. Ihr Kreislauf und rascher Hormon- und Enzymhaushalt haben sich als Verstärker an die permanente Vernetzung, die wir nicht wahrhaben wollen, angeschlossen. Unser stümperhaftes Auswahlsystem profitiert davon. Was für ein Glück!«

Vochezer sprang auf, breitete seinen Mantel, der schon am Boden lag, aus, kniete sich auf ihn nieder und verneigte sich ein paar Mal, als wäre er Moslemschüler, doch er bekreuzigte sich auch, erhob sich wieder und stellte sich auf ein Bein, das andere wie ein Storch angezogen, die Hände gefaltet, den Kopf demütig gesenkt. Irgend etwas, sagte er, entspreche mythischen Regeln, deren Anzahl er nicht alle beachten könne, zum Beispiel die sumerische Feuerfaust, das polynesische Muschelschalenessen oder das ägyptische Verzehren verdorbenen Getreidebreis, an dem, Grabinschriften nach, kaum jemand gestorben sei, da im Schimmel auch Krankheitskeime abtötende Sprossen gediehen seien, die im europäischen Mittelalter dann als Drecksapotheke wiederentdeckt wurden.

»Schluß jetzt«, protestierte der Geliebte, der noch vor kurzem im Löß überlebt hatte. »Das Kind darf nicht ausgenützt werden. Es verdirbt sonst, verfällt der Auszehrung, kriegt einen Kollaps, das Herzflimmern, aus dem es kein Stromstoß mehr zurückholt.«

»Im Gegenteil«, erwiderte Vochezer, der sich vor das Eingabegerät setzte. »Schauen Sie doch.«

Auf der Videowand war zu sehen, wie Angela hinter der Buche hervorkam. Ihr Gesicht war verschmiert, als habe sie zerlau-

fene Schokolade gegessen, aber Negerküsse konnten es nicht gewesen sein.
»Das ist Blut«, sagte Poi Amber Braun, »Oh, mein Gott!«
»Möglich«, antwortete Vochezer. »Beim Bart der Elfen oder des Propheten, ab heute rasiere ich mich wieder. Sie hat sich am Arm verletzt, schleckt und mampft. Und weshalb? In ihrer tüchtigen Arglosigkeit spürt sie, daß sie sich, um uns zu helfen, dem Fluß des Gedächtnisses anschließen kann. Ausrinnendes Leben sammelt sich in Erinnerungstümpeln, von denen unser kybernetisches System nur ein winziger Teil ist. Selbst wenn der Speicher des Rechners Milliarden Mega-Chips umfaßte, wären in ihm nicht einmal alle Moleküle des Erdballs vorrätig.«
Julius Andras Vochezer gab Daten, Konterzahlen, asymptotische Längen- und Breitengradsekunden ein, doch auf dem melancholisch dunkelgrün gewordenen Monitorschirm ereignete sich nichts, außer daß das Wörtchen error flackerte.
Auch die Videowand verfiel zu Fehlern, wurde fahl wie zerronnene Milch, und ein paar Fäden zogen durch sie, als sinke irgendwo in den Räumen der Zellulosefabrik ein Gestänge flaumenleicht nieder oder als habe sich ein Arbeiter Speichel vom Mund gewischt.
»Ihre Tochter sperrt«, sagte Vochezer.
Sei nicht seine, antwortete der Geliebte, sondern ein Pflegekind der Lehrerin Hassel Ruth Weidenbacher, beide von den Unordentlichen Werkstätten. Angela sei seines Wissens in dem verwilderten Pioniergelände Morgenthau zwischen Wuppertal und der Grenze zur Deutschen Demokratischen Republik aufgewachsen. Ihre Mutter habe Rosa Kästle geheißen, gestorben. Der Vater könne Willy Quatander gewesen sein, ein Milliardär, der damals entführt wurde, auch tot. Oder aber die Eltern hätten Hella Munz, vormals Schmuck, und Johann Jakob Weberbeck sein sollen. Die Herkünfte kreuzten sich mit Angelas Bruder David, einem tauben Waffeneinschießer. Wer zu wem gehöre, habe für ihn keine Bedeutung. Er fühle sich verantwortlich ohne Unterschied.

»Sind Sie Panerotiker«, fragte Vochezer.
»Bei uns zu Hause«, sagte Poi Amber Braun, »heißt es kotidiano, täglich, schüa gut, schön gut, an naskondun, italienisch di nascoto, von Geburt an comme liesch, wie Flachs.«
Könne er nicht verwenden, sagte Vochezer. Dafür fehlten ihm jegliche Parameter. Simpelste Assoziationsknoten glichen Gewitterballungen, aus denen es donnere und blitze, daß alle Widerstände verschmorten.
»Was ist«, fragte Poi Amber Braun, sich über die Augen streichend.
»Weinen Sie?«
»Ich bin traurig, weiß nicht, ob ich in die Kleinstadt zurück soll oder ob mein Dorf Luserna auf einer Hochebene in den Dolomiten inzwischen nicht auch zu einem Aufmarschgelände geworden ist. Ich bräuchte einen Hubschrauber. Dann könnte ich Angela mitnehmen. Sie müßte nur wählen, wohin.«
»Warum soll die Entscheidung von dem Kind abhängen?«
»Weil ich mich nicht mehr auskenne. Meine Frau, deren Geliebter ich war, ist tot. Ihren Sohn, ein Student für Tropenmedizin in Hamburg, kenne ich nicht einmal.«
Der oder das Knäuel war perfekt geworden. Wir hätten es besetzen, befeuchten oder auch in Brand setzen können, jedoch, nachdem der Apparateenthusiast Vochezer, einer der fleißigen, akademischen Allgäuer, eine neue Generation von Kleinbürgern, und der Spätromantiker Braun, der in seiner Uferlosigkeit fast mit dem fürchterlichen Aquarellisten aus Braunau am Inn vergleichbar gewesen wäre, sich so nah gekommen waren, verzichteten wir darauf, da Geschichte, selbst wenn sie sich wiederholte, niemals dieselben Voraussetzungen besaß, und wir trauten dem Kind auch nicht die Geschicklichkeit eines Bamberger Simulators zu, geheißen nach einer Gruppe von Rechenopportunisten an der dortigen Universität, wenn Lemma-, Stützzahlen des Eudoxos, griechischer Astronom, 408–355, sich in potentiellem Wachstum, beispielsweise erst eines Viertels, bald eines Drittels, plötzlich über Nacht des ganzen zugewachsenen Teiches bemächtigen. Das

Kind unter der Fibonacci-Buche sollte eine nicht kalkulierbare Größe bleiben, deren Füße uns berührten und deren Kopf an das Gewabere, das wir um die Erdkugel als Schmutz, Echos oder Schutz veranstalteten, stieß.
Waren wir ebenso um Rührung bemüht wie Elterngespanne? Wir mühten uns darum, bevor wir endgültig verdarben.
Wollten wir uns, nachdem wir erst tot, aber noch nicht vergessen waren, rächen? Auf jeden Fall, wofür und wie auch immer.
Gab es dafür eine Lizenz, oder wie Julius Andras Vochezer es in seinem Monitor hätte ausschreiben lassen können, einen Dispens, einen Erlaß, die Aufhebung einer Verpflichtung, eine Befreiung, einen Urlaub, eine Ausnahmebewilligung, die ein Dispatcher erteilen mochte, ein Betriebs- und Abteilungsleiter für Produktionsplanung und Überwachung?
Die Regeln des Spiels bestimmten nicht wir, eher die Lebenden. Ihre Tatkraft und Vernichtungsbereitschaft rüttelt an dem gemeinsamen Planeten. Die Frage nach Gott, Ziel oder Bestimmung erübrigte sich, jedenfalls für uns, solang die Opferflammen noch loderten.
Die Geister verschmähten die Zellulosefabrik. Im Sichtgerät erschien, ohne daß sich auf der Videowand Bilder zeigten, ein Brief des Isnyer Münzmeisters Albert Baumgartner an den Schweizer Reformator Ulrich Zwingli in Zürich, verfaßt, als die Schwere des Kampfes zwischen Alt- und Neugläubigen um lebendiges Gottesvertrauen und für das Evangelium in ganzer Wucht entbrannt war:
In Ysen, 8. Jenner 1529.
Laus deo. Alleß gutzß wunsch ich uch und allen creystlychen brodern durch christum unsern hern.
Myn wyllich deynst und alleß gutzs, leuer her und broder. Myn unbedacht schreyben last uch nycht yrren; dann de meynun yst recht ghegen uch im hertzen.
Item, leuer her mester Olrych, sonder nu mer weyß ych nycht, dan wye yr vor ghut wyssen habt, daß by uns Christuß moß under den bonck lygen und der veruorysch antechryst oben uff

den vederkussen. In namen Gotz; so lang er wyl, lefft de kugel.
Item, leuer her mester Olrych: so yr etwas trostlycher nu mer by uch hetten, yst meyn freuntlich byt an uch, wolt myrß nycht vorhalten, besonder per tzeger lassen wyssen.
Item, ich hab umerdar verhoffet, yr Eydgenossen weren der sach allendhalb creystlychen eyndrechtyg worden. So hor ich ye leynger ye grosser twyspalttung under uch, deß sych dan der grosser hoff by uns und andern landern frowet. Doch byn ich in hoffnung, der alt stark arm (Ps. 89/11) werd syn wort nycht lassen underghaen; dan was er nycht halt, wurd daß hustzo boden vallen und wer met uns verloren. Darum wollen wyr ims trostlych und vertruwet heym setzen: wyrt eß wol schaffen. Doch wollen wyr in sinem wort unser besteß ouch thon.
Hiemet, leuer mester Olrych, seynd ich uch eyn sylbernen ffennjmil tzor gedechnus; byt uch: nemet im besten an; dan eß geschycht im ghutten hertzen. Und de Gnad gotz met uns allen. Amen.
Albert Bomghort tzo Ysen, mensmester.
Jetzt habe sich das Kind tief in die Landschaft eingeschaltet und übertrage Zweifel, Glaubensfragen und Hoffnungen, die zur Zeit der Reformation politische Konsequenzen gehabt hätten, sagte Vochezer. Doch einige Worte verstehe er nicht. Braun mit seinem Küchenlatein und seinen Dialektkenntnissen solle bitte übersetzen. Was veruorysch hieße?
»Verführerisch«, sagte der Geliebte. »Und ein tzeger ist ein Träger, Überbringer des Briefs, den wir gerade lasen. Der Münzmeister Baumgartner hat mit einem sylbernen ffennjmil den Ulrich Zwingli nicht bestechen wollen, gab dem Boten nur ein kleines Geschenk mit, ein silbernes Pfenniglein.«
»Wieviel war es wert?«
»Vielleicht drei Kannen Wein, ein Viertel Fuder Bier, zehn Brote oder ein Nychghtpfoid, ein Nachthemd aus Flachs.«
Müsse entsetzlich gescheuert haben, sagte Vochezer.
»In Luserna tragen wir sie noch. Sie werden vererbt, sind nach zwei Generationen Schweiß glatt wie Seide.«

Auf dem Monitorschirm stritten Zahlenkolonnen mit Textpassagen, doch die Wörter gewannen schließlich Vorrang. Ein Prediger namens Ambrosius Blarer schrieb am 20. Dezember 1532:

Hie zu Eisne seind die götzen auß den andren drey kirchen gerumpt; aber im kloster stond sy samt der meß noch gantz auffrecht. Und im nahen Dorf Christazhofen, fuhr Blarer fort, habe ein zwölfjähriger Knabe im Schlaf unter starken Schmerzen und krampfhaften Erschütterungen des Leibes von seinem Auftrag, das Wort Gottes zu verkünden, zu reden begonnen. Der Knabe beschuldigte die Priester, daß sie um ein paar Kreuzer täglich Handel mit Christo trieben, auch verfluche er Hände, die Heiligenbilder verfertigten, segne jene, die sie zestörten, eifere gegen Pracht, Hochmut und Wucher. Der große Tag des Herrn stehe vor der Tür, die Axt werde an die Bäume gelegt, wenn die Kirche sich nicht bessere, und dergleichen. Jedoch, erklärte Blarer in seiner Epistel, der Ulmer Arzt Wolfgang Rychard erblicke in solchen Erscheinungen nur den Ausfluß einer seelisch krankhaften Veranlagung, weil die Äußerungen des Knaben ans Schwärmerische grenzten, da er von ainem gar schwarzen teuffel besessen sei, wenngleich in weißem mentalin. Ein Bericht darüber bedürfe keiner Reklame, so wenig wie einst Paulus und Silas, Apostelgeschichte 16, sie wollten.

Auf der Videowand war zu sehen, wie Angela wieder hinter der Buche hervorkam. Das Mädchen schritt seltsam aufrecht, als fürchtete es, noch mal auszugleiten und zeigte demonstrativ seine Handflächen. Sie waren wie stigmatisiert. Auch auf ihrer Stirn trug Angela ein Mal, das sie, den Kopf ein wenig zurückgelegt, hütete.

»Sie hat sich gestochen«, rief Poi Amber Braun. »Das Kind verwundet sich, weil wir uns seiner nicht erbarmen!«

Geduld, Geduld, sagte Julius Andras Vochezer, das sei kein Blut. Die Male bewegten sich. Mit ein paar Griffen in die Tastatur veranlaßte er, daß die draußen installierten Kameras Schärfe für Großaufnahmen zogen.

Der Geliebte hustete, sah weg, blickte wieder zur Videowand,

faltete die Hände, riß sie auseinander, klopfte sich schließlich vor Erregung auf die Knie und murmelte, das Satansgewürm der Vergangenheit krieche ans Tageslicht.
»Mitnichten«, erwiderte Vochezer, »doch allmählich wird es mir auch bang. Ich glaube, wir haben zuviel gewagt.« Unter den Achseln hatten sich dunkle Schweißflecken in seinem karierten Skihemd, das für diese Jahreszeit zu dick war, gebildet.
Auf Angelas Handflächen kreiste je ein kleiner Schwarm schwarzer Wanderameisen, sowie einer mitten auf ihrer Stirn. Nicht auszumachen war, ob die Insekten vom Harz, das die Buche gar nicht ausscheiden konnte, oder durch einen für sie giftigen Rindensaft in Todeszuckungen lagen. Oder aber dem Kind war es, furchtlos in einen Strom greifend, der sie verfolgt hatte, gelungen, Ameisenportionen in Form einer Dreifaltigkeit auf sich zu plazieren, so daß, wie Vochezer argumentierte, infolge elektromagnetischer Ladungen die Ameisen, jetzt durch das Kind an das Sortierungssystem angeschlossen, in einem Zirkelschluß, aus dem sie keinen Ausweg mehr fänden, sich vergnügten. Das geordnete Chaos sei erreicht, oder: Schlage die Sohlenbenagelung seiner Cowboystiefel einen Funken, wenn er über den Beton scharre, gehe vielleicht in Kopenhagen eine Häuserfront in Flammen auf. Dort sei vor zwei Generationen zum ersten Mal das Atommodell vorgestellt worden.
Brauche er nicht, sagte der Geliebte. Auch das algometrische, nein, algorhythmische, nein, auch das synthetische Bourbaki-Modell, zusammengesetzt aus den Anfangsbuchstaben einiger Mathematikoperateure in Paris, benötige er nicht, nachzulesen in Handbüchern, die es selbst im cimbrischen Lusern gebe. Vochezer solle die Elektrik ausschalten, einpacken und sich nach China ausschiffen.
»Einverstanden«, antwortete der Programmierer. »Ich schicke meine Leute in eine Vesperpause. Fragt sich nur, wie das Kind darauf reagiert?«
Es wies, als habe es zugehört, noch mal seine drei Stigmatisierungen eingedenk des im Schlaf Priester, Götzen und Meßzere-

monien verfluchenden Knaben aus Christazhofen vor und blies die Ameisen dann einfach weg, ebenfalls die auf der Stirn, von denen ein paar noch zappelnd an den Haaren hängenblieben, bevor sie auch fielen und die Kameras erloschen.
»Vollbracht«, sagte Vochezer.
»Noch nicht«, sagte Poi Amber Braun. »Ich muß das Kind holen, es trösten oder wieder beschäftigen. Ich weiß nicht, ob wir zurück sollen oder ob wir weiterreisen können. Vielleicht ist die Lehrerin, Angelas Mutter, schon tot, hat tatsächlich einen Gehirnschlag erlitten, obwohl sie erst vierzig ist, zweiundvierzig.«
Er könne mit dem Kind hier übernachten, schlug Julius Andras Vochezer vor. Sie hätten in der Seltmanser Siedlung mehrere leerstehende Häuser zu komfortablen Herbergen umgestaltet. Gäste seien willkommen. Es habe sich eine kleine, dicke Person mit kurzen Haaren eingeschlichen, die, ihr Einfall sei es gewesen, ohne daß er dafür bezahlen müsse, Heimabende veranstalte. Die Frau heiße Luise Masch Babel, spiele virtuos Schifferklavier und eine, er habe nachgezählt, hundertfünfundsechzigknöpfige Ziehharmonika der Marke Hohner, was seine Mannschaft, die seit Wochen von ihren Familien getrennt allmählich nervös geworden sei, immer wieder zähme, als brausten Wolgawogen oder Bunkergesänge Stalingrads durch die Kantine.
»Nichts für das Kind«, sagte der Geliebte.
Nein, nein, entgegnete Julius Andras Vochezer. Zöge ich mein Hemd aus, wäre mir leichter. Gäbe es keine Buche in der Nähe, wäre das Mädchen von der keltischen Schuh-, Runen- und Zahlenseligkeit nicht betört worden. Wahrscheinlich hätte es sich oben in dem Fichtenstangenwald verlaufen. Und Sie, Verehrtester, hätten es nicht mehr erwischt.
»Doch«, sagte Poi Amber Braun. »Es fehlt immer noch die Leiche, das Aas, dessen Grundumsatz das System bereichern soll. Wir haben Verstärkung gehabt, einen toten Hasen, den ich am Bahndamm beerdigte. Das Tier war tollwütig.«
Er solle es holen, sagte Vochezer. Bis dorthin reichten seine Rechenstränge nicht.

»Ich denke, die ganze Landschaft ist eingesponnen in Zeit und Raum?«
»Als Idee, durch Assoziationsketten und -sprünge, nicht in Wirklichkeit. Die untertunnelte, molekulare Photosynthese der Buchenblätter speichert, was vorhanden war und zitiert es herbei. Dazu würde der Zerfall eines eiweißreichen Körpers passen. Wir schlössen uns an eine weitere Dimension an.«
»Sind wir doch bereits«, sagte der Geliebte. »Wir lasen Briefe aus der Vergangenheit, als wären es Romanvorlagen.«
Sei virulente Archivware, also vorhanden, sogar vermehrungsfähig je nach Tiefenschichten, antwortete Vochezer. Er brauche virtuelle Stücke, deren Existenz prinzipiell mit Energiesätzen nicht korrespondierten, aber wechselwirkend auf verschiedenen Bahnen scheinbar mechanistische Zustände einnähmen, für Augenblicke Kohäsion besäßen, den inneren Zusammenhalt zwischen Leben, Aas, Blattgrün und zählbarem Elektronenfluß veranschaulichten.
»Eine Teufelei«, erwiderte Poi Amber Braun. »Dann könnte Angela zum toten Hasen werden, zu einem Gestrüpp, einem Buchenkeimling oder zu welkem Laub.«
»Warum nicht? Es wäre nur scheinbar, eine Zufallsposition.«
Komme nicht in Frage. Es sei schon himmlisches Glück gewesen, daß das Kind von dem grünen Drachen, dann aus der Gletschermuräne, zuletzt aus dem Tal der Margeriten zurückgefunden habe. Der weiße Zuchthase des Bauernschlosses und der Motorradhelm der toten Ursula seien in den farbigen Gefängnissen dort geblieben.
»Sie hätten die Bilder zerstören sollen«, sagte Vochezer. »Nach der Kassentheorie der Festkörperphysik wären Helm und Tier auf die Dielenbretter gefallen.«
»Dort saß schon das Kind und hatte sich den Kopf am Eßtisch angeschlagen.«
»Sehen Sie, meine Vermutung stimmt. Schalten wir die Kameras wieder ein.«
In den Hallen der Zellulosefabrik war niemand mehr. Auf der Videowand kreuzten sich nur zerschnittene Kessel mit hängen-

den Gestängeteilen. Die Belegschaft machte von sich aus Vesperpause, ein Zeichen, wie Vochezer verkündete, der Reife, Souveränität. Das System feiere sich als Selbstlauf, halte weitere Überraschungen vorrätig.
Angela zeigte sich nicht, ließ sich auch nicht durch schwenkende oder zoomende Kameras einfangen. Vielleicht war sie wieder hinter die Buche geschlüpft oder sie hatte sich auf den Weg zum Werk begeben, irrte durch Räume und Korridore.
»Sie speist«, schlug Vochezer vor. »Gräbt vielleicht Engerlinge aus. Sie schmecken nach Nuß wie Bucheckern oder wie Köpfe von Maikäfern. Als ich klein war, habe ich mir in der Elementarschule damit Geld verdient. Meine Eltern waren arm, es gelang ihnen nichts. Nacheinander hatten sie eine Fischzucht, ein Gehege für Damwild, aber das Fleisch war trichinenverseucht, später eine Fälscherwerkstatt für alte Möbel und eine Spedition, die auch bankrott ging. Ich bin ein klassischer Aufsteiger sozialdemokratischen Erweckungsverlangens. Da sitze ich nun und schneidere konvexe Geflechte für Demontage.«
Er habe Architektur gelernt, sagte Poi Amber Braun, sei aber nie in diesem Beruf untergekommen. Steine tragen und Mörtel anrühren beherrsche er als überqualifizierter Bauarbeiter bestens.
Julius Andras Vochezer legte seinen Arm um den Geliebten und schlug ihm teilnehmend auf die Schulter, sagte, die Kluft zwischen Akademikern und Nichtwissenden werde immer größer. Im nächsten Jahrtausend gebe es in den Industriestaaten ein Millionenheer Arbeitsloser und eine zähe Obermengengruppe, die die Produktion steuere und verteile. Wer sich jetzt nicht mit Bildung und Körperfähigkeiten bewaffne, gehe unter. Die Distributionskämpfe würden so grausam werden wie jetzt schon in den armen Ländern.
Poi Amber Braun entzog sich der Zuneigung, ging zur Videowand und tupfte mit dem Finger gegen eines der alten Bilder, das verwackelt noch die angehobene Vorderseite der Sickerwanne, in der die in verschiedenen Graden verwesten Eichhörnchen und Eichelhäher gefunden worden waren, zeigte. Bei

ihm zu Hause heiße ein Spruch, sagte er: Mastix porco, viel Schwein, vu aikelan, Eicheln blycht duro, hart; vu fagus, Buche, trupft, quando heft, hängt dentro camino.
Er sei kein Speckliebhaber, antwortete Vochezer, aber auch kein Vertreter der Fleischlosigkeit. Er vertraue der Mischkultur, wenn Computerteile sich mit Fruchtfolgen abwechselten, der Trump-Tower in New York allmählich vollwachse, obwohl er auf einem Boden stehe, der so arm an Nährstoffen sei wie der in abgeholzten Tropen. Außerdem habe sich das optische Gedächtnis besser entwickelt als das chemische, akustische und haptische.
Nach dessen Furchen suchend, betätigte er die Tasten seiner Anlage und erhielt auf dem Monitor zunächst Diagramme, die ihn nicht zu interessieren schienen, da sie, wie er anmerkte, Größen von schon zugenagelten und beschrifteten Kisten bedeuteten, doch kurz danach sprang eine Aufnahme von seinem Sichtschirm zur Videowand, wo sie in den quadrierten Fenstern sich wiederholte. Es war eine unscharfe Gruppenfotografie der, hieß es, Maskerer-Gesellschaft von Rohrdorf nychst Jesny.
Verkleidete Personen hatten sich gestaffelt vor einem Auftrittspodest niedergelassen, und darunter stand, daß das zuschauende Volk des Bauerntheaters tausend Menschen betragen habe, die stundenlang unter freiem Winterhimmel ausgeharrt hätten ohne Kohleherde oder Branntwein.
»Das System arbeitet unabhängig«, rief Vochezer. »Es permutiert ohne Kind, dem Relais!«
»Ja, schrecklich«, sagte der Geliebte. »Angelas Blut fließt. Mein Engel ist die Tote, das Aas, das Sie haben wollten. Wir werden das Kind gemeinsam beatmen müssen, wenn wir es überhaupt noch finden.«
»Seien Sie nicht dumm, Herr Architekt«, beruhigte Vochezer. »Setzen Sie sich eine Pappnase auf. Gehen Sie und holen Sie Ihren Schützling.«
Step by step gehe er, erwiderte Poi Amber Braun. Er denke an den Motorradhelm, dessen Sterne er aus einer Dose Acryllack

aufgesprüht und dazu ausgeschnittene Weihnachtspassepartouts genommen habe.
Vochezer sagte, zum ersten Mal seien Vorgaben im Speicher und als Videobilder kongruent geworden, eine ergreifend autonome Göttinger Versammlung, wo David Hilbert, ein zarter Gelehrter, jeden Donnerstag Nachmittag in den zwanziger Jahren eine Teegesellschaft für Intradisziplinäre abgehalten habe, für Bauherren, Maler, Physiker, auch die Mathematikerin Emmy Nöther sei dabeigewesen, die, falle ihm ein, wie Luise Masch Babel, die Akkordeonspielerin, ausgesehen habe, blutdruckgefährdet, herzkrank und asthmatisch. Hilbert sei ein Primzahlenliebhaber gewesen, Vorkämpfer für die Vermählung unzerstörbarer Mengen. Die logischen Operationen dafür würden als wahr, halbwahr, falsch und ganz falsch charakterisiert. Erinnerung baue sich aus diesen Brückengliedern zusammen.
Auf dem Monitor erschien die Mitteilung, daß im letzten Jahrhundert in der Kreisstadt Wangen ein gewisser Christoph Frast von der Weidewirtschaft zu Stallfütterung übergegangen sei. Und in der Kuhstadt Leutkirch habe Fritz Möhrlin die landwirtschaftliche Genossenschaftsbewegung ins Leben gerufen.
Es folgten noch Stimmenaufgliederungen in Isny zur Reichstagswahl am 6. 11. 1932:
NSDAP (Hitlerbewegung) 746; SPD 95, KPD 180, Württ. u. Hohenzollerische Zentrumspartei 935; Christl.-sozialer Volksdienst (Ev. Bewegung) 118. Die anderen 16 Splitterparteien, darunter die Hörsing-Bewegung für Arbeitsbeschaffung, der Enteignete Mittelstand und eine Partei für Kleinrentner, Inflationsgeschädigte und Vorkriegsgeldbesitzer bekamen 1 bis 3 Stimmen oder keine.
»Die Landschaft gibt sich preis«, sagte Vochezer. »Es wird Zeit, daß wir uns wieder auf die Demontage der Fabrik besinnen, sonst kommen unsere Kisten nie in Shantung an.«
Doch das Auswahlsystem griff über die nächsten Gebirgsketten hinaus und ließ auf dem Schirm die höchste Pfeilerbrücke der Welt zeichnen, die Europa-Brücke bei Innsbruck, die als

Teil der Brenner-Autobahn in 190 Meter Höhe das Siltal überspannte.

Er sehe keinen Zusammenhang, sagte Vochezer. Ob es ein metaphorischer Hinweis sei, daß die Welt sich aus unendlich vielen kleinen und großen Stücken zusammensetze?

»Das gilt mir«, antwortete Poi Amber Braun. »Rhéomir ist schon weit voraus. Wenn er in nur einem Pfeiler genügend Saccharide findet, gibt es eine Katastrophe.«

Die Brücke zerfloß zu einer Mulde, die die Isnyer Senke mit ihren 7 Talausgängen und 7 Bibliothekstürmen sein konnte. In der Mitte mußte die ehemalige Reichsstadt liegen, durch die Verkehr floß, auf dem Monitor zu Punkten geschrumpft. Es konnte sich auch um ein horizontal aufgeschnittenes Gehirn handeln mit dem Thalamus als Zentrum nebst Frontal- und Seitenlappen, durch deren Furchen und Windungen eine schwach radioaktive Isotopenlösung nach einem Krankheitsherd suchte.

Von hinten legten sich um die Augen des Geliebten zwei Kinderhände, und Angela, die sich unbemerkt angeschlichen hatte, verkündete, ihrer Mama gehe es gut. Timbur sei im Baum gesessen und habe es ihr gesagt.

9

In der obersten Kammer des Kolosseums saß Hassel Ruth Weidenbacher auf dem Klavierhocker und wiegte sich hin und her. Ihr Kopf, dessen Haar im Krankenhaus kurz geschnitten worden war, spiegelte sich im Lack des Stutzflügels. Manchmal schlug sie, bedrängt von Angst, die in ihr lauerte, einen Ton auf der Klaviatur an, und schreckte, sobald er erklang, hoch. Sie wäre gern aufgestanden, doch traute sich nicht, als würde ihr, wenn sie sich erhöbe, das Gesicht zerspringen. Erst wenn sie, die Arme vor der Brust verschränkt, wieder sacht zu schaukeln anfing, beruhigte sich der Kampf in ihr, um nach einer Weile erneut zu beginnen.

Auf den Dielen verstreut lag welkes Gras, das sie nicht gesammelt hatte. Vielleicht war es von Timbur, den sie aber nie sah, im Schnabel hereingebracht worden. Sobald sie sich auf einen Halm konzentrierte oder eine der Blumen, es waren Margeriten und Kuckucksnelken, ansah, wanderten Schmerzen durch ihren Kopf, sprangen zu den Schläfen, in die Augenwinkel und setzten sich auf dem Nasenrücken fest, strahlten auch in den Kiefer hinunter und zählten Zahnwurzeln, bis Hassel Ruth Weidenbacher vor Angst wieder einen Ton anschlug, der die immer näher gekrochene Düsternis zwar durchbrach, jedoch eine weitere Runde zwischen Vernichtung und Überleben einleitete.

Die Unordentlichen Werkstätten waren leer, die ganze Landschaft schwieg. Manchmal glaubte Hassel Ruth silberweiße Ströme, die sich durch Gemäuer und Wälder ergossen, zu erblicken. Nur ein Tropfen der flüssigen Mineralien würde genügen, die Verschiebung von Gegenwart und Raum wieder zurechtzurücken, doch sobald sie die Hand hob, verflog der Traum. Aß sie Süßes, nach dem sie eine kaum zu sättigende Gier hatte, dachte sie an das Wort Lithium, als fehlte ihr das leichte Metall.

Bella Mainz, die ihr jeden Tag Kuchen brachte, sagte, sie solle sich einpacken und dick werden, dann verliere die Zerstörung ihre Gewalt.
In ihrem Kopf sei eine taube Stelle, die größer werde, entgegnete die Lehrerin.
Das Loch brauche Zucker, Fett und Zimt, müsse gestopft werden, antwortete Bella Mainz.
»Aber die Angst, die Angst?«
»Wovor fürchten Sie sich?
»Vor allem.«
»Das gibt es nicht«, sagte Bella Mainz. »Entweder ist es die Schule, oder es sind Ihre Kinder. Vielleicht wollen Sie nicht mehr Lehrerin sein?«
»Doch, doch, ich liebe meinen Beruf.«
»Kommen Sie zu mir und helfen Sie bei der Auflösung meines Puppenreiches. Ich schichte um, andere werden sich daran vielleicht ein Beispiel nehmen wie Meister Schwarzenberger, der ins Altersheim möchte. Ich machte ihm ein Angebot für seinen Laden, allerdings verstehe ich nichts von Uhren und Brillen.«
Hassel Ruth Weidenbacher antwortete nicht, aß ein Stück angebissene Torte, das auf einem Pappteller lag, zu Ende. Dann nahm sie noch ein Nußhörnchen vom Stutzflügel und verschlang es ebenfalls. Krümel, die zurückblieben, tupfte sie sorgfältig auf.
Bella Mainz lobte sie und sprach von einem Spaziergang. In der Stadt herrsche eine eigentümliche Atmosphäre. Einige Geschäfte hätten geschlossen, andere dagegen auf. Häuser würden zum Verkauf angeboten, als wollten die Bewohner umsiedeln oder flüchten. Nur der Verkehr habe nicht nachgelassen, eher zugenommen, obwohl noch keine Ferienzeit sei. In der Zeitung habe gestanden, aus der oberitalienischen Tiefebene trieben Eisberge auf die Dolomiten zu. Kameraleute, die von Fernsehstationen ausgeschickt worden seien, hätten nichts gefunden, schließlich Eiswürfel in Aperitifgläsern gefilmt. Die allgemeine Stimmung schlage immer wieder um. Mal sei das

Abendland bald verloren, gleich darauf finde es neuen Halt, da es mehr herstelle als vergeude.
Die Lehrerin reagierte nicht. Bella Mainz fragte, ob sie überhaupt zugehört habe?
»O ja! Es ist wie bei mir. Ich lebe, obwohl ich von Entsetzen zerfressen werde. Beide Zustände halten noch Gleichgewicht, fragt sich nur, wie lang.«
Bevor Bella Mainz antworten konnte, drückte die Lehrerin wieder einen Taste nieder, und ein Ton erklang, nicht laut, doch er schien als Fläche wie durch Holz und Steine zu schneiden.
Bella Mainz hielt sich die Ohren zu, sagte, vor ein paar Tagen habe sie sich eingebildet, von der Seele eines toten Ferkels verfolgt zu werden.
Überrascht blickte die Lehrerin auf, fragte, wo es gewesen sei?
»Im Gebüsch beim Kolosseum.«
»Vielleicht war es Angela? Sie hat mich gesucht.«
»Unsinn! Sie ging mit Poi Amber Braun weg, weil sie sich vor Ihrer Krankheit fürchtete. Die beiden haben im Bauernschloß der Malerin übernachtet und sind später in Seltmans gesehen worden. Angela ist nichts passiert. Sie macht einen Ausflug.«
»Und kehrt niemals wieder«, erwiderte Hassel Ruth Weidenbacher, wie singend.
»Ich glaube, Sie trauern Ihrem Gast nach«, sagte Bella Mainz.
»Dem Mann im Löß.«
Die Lehrerin schüttelte den Kopf, sah vor sich hin. Als sie schon wieder die Hand über der Klaviatur hob, umarmte Bella Mainz die vor ihr Sitzende und blies ihr ins kurze Haar, so daß sich für Augenblicke kleine Scheitel und Wirbel bildeten.
»Lehnen Sie sich zurück«, sagte sie. »Sie werden in keinen Abgrund stürzen.«
Hassel Ruth Weidenbacher gab nach, blieb für eine Weile an Bella Mainz, die sich über sie beugte, geschmiegt, und das Paar hätte, eingeschlossen unter dem Dach des Kolosseums, das Knistern der Zeit hören können, wenn die Hand sich nicht wieder auf den Weg gemacht hätte, bis der Mittelfinger eine Taste erreichte, es war dieselbe wie vorher, und ein schüchter-

ner Ton kaum zu vernehmen war. Die Verzweifelte löste sich von ihrer Beschützerin und begann zu weinen, geschüttelt von Pein, für die sie keinen Namen fand. Zuletzt stieß sie hervor: »Ach, wäre ich tot, wäre tot!«

»Sie werden es erst in vielen Jahren sein«, sagte Bella Mainz. »Jetzt müssen Sie leben.«

»Muß ich nicht. Ein Teil im Kopf ist schon gestorben. Ich spüre, wie die Verödung um sich greift. Es ist eine feindliche Leere. Ich rinne aus.«

»Sie stehen auf, klettern die steile Treppe hinunter, stoßen sich den Kopf an und holen zehn Pfund Kartoffeln ins Haus.«

Könne sie nicht, sagte Hassel Ruth Weidenbacher, ihr werde schwindlig.

»Dann bleiben Sie sitzen, bis Sie von Hunger und Durst in Bewegung gesetzt werden. Aber ich gehe.«

»Nein, nicht«, rief die Kranke. »Wenn ich allein bin, klopft mein Herz immer schneller. Es poltert und rast. Die Wände kommen näher, ich kriege keine Luft mehr.«

»Sie ersticken nicht.«

»Doch, ich habe das Gefühl.«

»Ist es Panik oder Angst davor?«

Die Lehrerin antwortete, sie wisse es nicht, obwohl sie sich ständig einrede, daß das Leben sich nicht aufhalten lasse, denn die Angst sei eine Macht, die dagegen ankämpfe und siegen wolle. Vielleicht könne sie ihr entrinnen, solang sie sich bewege.

»Dann stehen Sie auf und kommen mit mir.«

Sie sei zu schwach dazu.

»Probieren Sie es trotzdem«, sagte Bella Mainz. »Ich bin da und fange Sie auf. Wenn Sie zu Boden stürzen, haben Sie sich auf jeden Fall ein wenig bewegt.«

»Und wenn ich nicht umfalle«, fragte Hassel Ruth Weidenbacher. Sie lächelte zaghaft und schickte zu Bella Mainz, die vor das kleine Fenster getreten war, mit einem Tupfen des Zeigefingers gegen die Lippen einen Kuß hinüber. »Und wenn ich mich sogar wohler fühle«, fragte sie.

»Sehen Sie, Sie vergessen sich.«
»Irrtum«, erwiderte die Lehrerin. »Sobald ich nicht in mich hineinhorche, bilde ich mir ein, ich hätte nur geträumt, oder ein Virus habe sich in einer Ader des Gehirns festgefressen. In Wirklichkeit sitzt in mir Vernichtung. Seither ist alles anders.«
Das Gehirn habe mehr Zellen als ein Wald Blätter, sagte Bella Mainz. Ein paar Blitze und Hagelstürme machten nichts aus. Die Lücken schlössen sich wieder. Auch gefällte Stämme vermoderten allmählich. Der Boden schlucke sie.
Mit Bildern könne sie nicht leben, antwortete die Lehrerin. Sie habe Angst vor der nächsten Bewegung, der nächsten Stunde. Überall öffneten sich Fallen, in denen Not auf sie warte. Sie habe ihre Sicherheit, ihre Gewißheit, daß sie leben dürfe, verloren.
»Und Ihre Kinder«, fragte Bella Mainz.
»Sie brauchen mich nicht mehr. Ich bin ersetzbar. Es ist noch schlimmer. Ich mißgönne ihnen ihre Kraft, sogar ihre Gebrechen. Sie wehren sich, wollen nicht verlieren, vergleichen sich mit anderen und schreien manchmal vor Wut, daß sie nicht sind wie sie. Es ist mir gleichgültig geworden, weil ich nur noch mit meinen Schmerzen beschäftigt bin.«
»Möchten Sie wie David oder Angela sein?«
»Gern, sehr gern. Ich wäre nicht mehr ich.«
»Bleiben Sie aber.«
»Weiß ich nicht. Vielleicht werde ich verrückt.«
»Dann hätten Sie noch mehr Angst, Tag und Nacht.«
»Als Brückengeländer oder Hagebutte?«
»Das Geländer bricht«, sagte Bella Mainz, »und die Hagebutte wird abgerissen. Die Bedrohungen kommen von allen Seiten. Sie können nicht schreien, nicht weinen, nicht fliehen. Sie könnten sich als Hagebutte oder Geländer nicht einmal umbringen. Sie wären nur noch ein Gegenstand, wie meine Puppen, denen ich die Arme ausdrehe oder den Kopf abnehme. Ich zerlege sie und setze sie wieder zusammen.«
O ja, bat die Lehrerin, das solle sie mit ihr tun.

»Sie vermögen es nur selbst.«
»Mich umbringen?«
»Damit drohen Sie, und ich glaube es Ihnen. Ich werde mich aber daran gewöhnen.«
Sie sich auch, sagte Hassel Ruth Weidenbacher. Sie fühle, wie die Zeit durch sie hindurchfließe. Der Magen poche, und ihre Knie schmerzten. Sie wolle die Last, daß das Leben dauere, nicht mehr ertragen. Lieber wäre sie ein Käfer, der sich durch die Wildnis einer Wiese kämpfe, oder ein Vogel, der erfroren aus den Wolken falle. Am liebsten möchte sie eine Mauer sein, die abgetragen werde.
»Und wie war es, als Sie in der Klasse zu Boden fielen«, fragte Bella Mainz.
»Die Stimmen der Kinder wurden schneller. Sie sind auch zahlreicher geworden, doch ich sah nur noch Wände, die sich entfernten, als würden sie auseinandergezogen. Zuletzt blieb ein Fenster zurück. Es nahm den ganzen Platz ein. Dann bin ich erstarrt. In meinem Kopf wuchs Eis, das brannte.«
»Bald darauf kam die Ärztin.«
Sie wisse davon nichts, sagte die Lehrerin. Erst im Krankenhaus sei sie wieder zu sich gekommen, mitten hinein in die Angst, die sie seither nicht mehr verlasse. Vielleicht hätten die Schrecken schon früher in ihr gesteckt, und irgendwann sei alles plötzlich wieder vorüber.
Wie eine Überanstrengung, eine Schwäche, eine Wolke, sagte Bella Mainz. In der ganzen Landschaft komme das Leben zum Stocken, als besinne es sich. Einige Leute würden verreisen, andere hätten sich in ihre Häuser geflüchtet. Sie begegne niemandem mehr. Nur die Hauptstraßen füllten sich. Die großen Städte leerten sich, es gebe auch Streiks, aber sie würden geführt, als handele es sich um zusätzliche Ferien. Vielleicht solle die Arbeit ausgehen, bis alle Vorräte verbraucht seien, damit wieder von vorn begonnen werden müsse. Dafür habe es früher Kriege gegeben. Der Fortschritt fange mit freiwillig herbeigeführtem Mangel an, ein Zustand der Reinigung. Sie glaube daran aber nicht.

Es sei alles wahr, sagte Hassel Ruth Weidenbacher. Auch die Träume seien es. Sie dürfe nicht zwischen dem unterscheiden, was sie sehe, und dem, was sie sich einbilde.
»Und wenn ich Ihnen eine Ohrfeige gebe«, fragte Bella Mainz.
»Es tut weh, doch ich bin nicht geheilt.«
»Probieren wir es?«
»Bitte sehr.«
Bella Mainz schlug der Lehrerin ins Gesicht, wartete und schlug noch einmal zu, aber Hassel Ruth Weidenbacher lächelte und sagte, sie spüre den Schmerz, er sei überraschend, als Kind sei sie nie geschlagen worden.
»Möchten Sie bestraft werden?«
»Vielleicht wäre ich dann wieder in der Welt?«
»Wollen Sie sich verkleinern, in die Erde schlüpfen?«
»O ja«, antwortete die Lehrerin und fing wieder zu weinen an, aber diesmal umarmte Bella Mainz sie nicht, sondern drückte auf der Klaviatur die eine Taste nieder.
Hassel Ruth Weidenbacher rief, das sei verboten und riß Bella Mainz zur Seite. Der Feind warte nur darauf, daß er geweckt werde. Er habe lehmige Füße und keine Hände.
»Und bei dem Konzert wird er zornig und greift an?«
»Vielleicht kann ich ihn damit vertreiben?«
»Dann spielen Sie doch laut und lang.«
»Ich wage es nicht.«
»Soll ich es versuchen?«
Sie müsse es tun, sonst gelte es nicht, sagte die Lehrerin. Mit den Fäusten schlug sie gegen ihre Stirn, hielt inne, und schlug sich wieder. Am liebsten sitze der Feind dort drinnen, erklärte sie. Im Flügel sei er nur Gast.
Ein Stöhnen war zu hören, als spannten sich Klaviersaiten. Kurz darauf pickte es in der Stille an ein Fenster. Es war Timbur, der herein wollte.
Nicht öffnen, rief die Lehrerin. Der Vogel verspotte sie.
Dafür seien Vögel geeignet, sagte Bella Mainz. Sie werde die Holzkrähe bitten, sie zum Schwimmbad im Berg zu begleiten,

das sie aus Scheu seit dem Tod ihres Mannes nicht mehr betreten habe.
»Nehmen Sie Timbur mit und sperren Sie ihn ein. Ich will ihn nicht mehr sehen.«
Der Vogel verschwand vom Fensterbrett. Aus dem tiefer gelegenen Stockwerk war ein Krächzen und Schwirren zu hören, das wieder abbrach.
Bella Mainz hängte eine Jacke, die am Boden lag, über eine Stuhllehne, sammelte noch Pappteller, auf denen Kuchenstücke gelegen hatten, ein und stopfte sie in eine Plastiktüte, dann öffnete sie das Fenster und sagte, nun könne die Angst hinausströmen.
Sie komme herein, herein, rief die Lehrerin. Das Fenster zu! Stöhnend preßte sie die Hände vor das Gesicht.
Bella Mainz schloß das Fenster. »Was sollen wir tun«, fragte sie. »Ich kann Ihnen nicht helfen.«
»Töten Sie mich.«
»Wie?«
»Ich weiß es nicht, aber lassen Sie mich nicht allein.«
Die Herrscherin des Puppenreichs leerte die Plastiktüte und reichte sie der Lehrerin. Sie müsse sie sich über den Kopf ziehen und am Hals verknoten, sagte sie.
»Und Sie schauen zu?«
»Ich rühre mich nicht von der Stelle«, erwiderte Bella Mainz.
Langsam stülpte sich Hassel Ruth Weidenbacher die Tüte über den Kopf. Ihr Gesicht war nicht mehr zu sehen. Beim vorsichtigen Atmen, während sie die Tüte am Hals zuhielt, stülpte sich die Folie aus und ein, so daß sich immer wieder die Nase abprägte.
Es werde ihr heiß, sagte die Unglückliche.
Sie solle weitermachen, erhielt sie zur Antwort.
Die Angst vergehe, war gedämpft aus der Hülle zu hören.
Bella Mainz schwieg und setzte sich auf die Bettkante. Sie stand nicht auf, als die Lehrerin unter der milchigen Haube, die sie am Hals abzudichten versuchte, schneller atmete und sich blind zu dem Stutzflügel wandte, auf dessen Tasten sie mit beiden

Händen einhämmerte, wozu die Plastiktüte bei jeder Kopfbewegung mitschwankte.
»Die Welt in Scherben, das Dach entzwei«, rief Hassel Ruth Weidenbacher.
In durch das Fenster fallende Sonnenstrahlen schienen segelnde Staubflocken von der chaotischen Musik angestoßen zu werden, bevor sie von Schreien der Klavierspielerin vielleicht wieder in geordnete Bahnen gelenkt wurden.
Die Falltür hob sich, und empor schoß Timbur, der sich auf den Kopf der Kranken setzen wollte, doch von der Folie abrutschte und sich auf die mit auseinandergespannten Fingern hämmernden Hände der Lehrerin fallen ließ, aber Hassel Ruth Weidenbacher ließ sich davon nicht stören.
Inzwischen war David, der die Falltür zur Seite aufgedrückt hatte, bis sie von einem über eine Rolle laufenden Strick, an dem ein Gegengewicht hing, in der Schwebe gehalten wurde, ins Zimmer heraufgeklettert und umklammerte die Lehrerin. Er trug rosafarbene Wachspfropfen in den Ohren, rief, »aufhören, aufhören«, und riß der Unglücklichen die Tüte vom Kopf.
Bella Mainz, neben der mit neugierig schief gedrehtem Hals Timbur auf dem Bett trippelte, fragte, wer nun an der Reihe sei?
Der Lärm brach ab, doch noch zwei, drei Töne hingen nach, während David sich die Haube über den Kopf zog. Er könne das Durcheinander der Geräusche nicht mehr ertragen, sagte er. Die Bäume schrien, die Mauern stöhnten, und die Autos zerschnitten Würmer und Straßen.
Gebückt stand er unter seiner Kapuze neben der Lehrerin. Hassel Ruth streichelte seine Hände, deren Nagelbetten immer noch voll Ruß und Gewehrfett waren. Sie setzte sich und nahm das große Kind, das sie überragte, auf den Schoß.
Sich hin- und herwiegend hätte das Paar so eine Zeitlang bleiben können, wenn die Holzkrähe nicht vor Eifersucht die beiden umflattert hätte, wobei der Vogel mit Schnabel und Flügeln Hiebe auszuteilen versuchte, wodurch er, als er traf,

aus dem Flug zu Boden gerissen wurde. Unter dem Klavierhocker kam er auf dem Rücken liegend zu sich. Stumm hüpfte er über die Dielen in eine Ecke.
Er wolle wieder taub werden, sagte David erstickt.
Hassel Ruth Weidenbacher nahm ihm die Tüte vom Kopf, erwiderte, sie wäre gern auch tot.
Dann sterbe er mit ihr, antwortete David. Vorher müsse er aber noch seine Schwester suchen. Poi Amber Braun habe sie entführt. Er bringe ihn dafür um.
Bella Mainz erklärte ihm, wohin die beiden gegangen waren. Wie für Hassel Ruth wäre es auch für ihn besser, das Kolosseum zu verlassen. Entweder kämen sie zu ihr ins Lagerhaus hinter den Pappeln oder sie gingen ebenfalls auf Wanderschaft. Timbur zeige ihnen die Richtung. Vielleicht falle noch einmal Sommerschnee wie vor zwei Wochen, und die Täler würden gesperrt. Sie habe den Eindruck, daß die Verschlechterung von Mitteleuropa im Süden beginne. Nicht nur in Tirol stünden wieder alte, faschistische Parolen credere, obbedire, caminare an Hauswänden und Brückenbögen: glauben, gehorchen, marschieren. Nur die Römer wehrten sich noch, hätten die vatikanische Autonummer SCV, Stato della Città Vaticano, mit Se Christo Vedesse, wenn Christus das sähe, übersetzt und das SCV rückwärts gelesen mit Vi Cacciarebbe Subito: Er würde euch augenblicklich verjagen.
Es könne jedoch sein, daß der Schlüssel zur Befreiung in Puddingschalen und Joghurtbechern versteckt liege. Das leichte Leben in der Zivilisation halte Überraschungen vorrätig wie früher der Hexenglauben. Die Abiturabgänge des Gymnasiums unter den Eichen hätten vor den verriegelten Türen Süßspeisen aufgebaut und die Lehrerschaft dazu verurteilt, so lang zu essen, bis eine genügende Anzahl Nüsse entdeckt würde, aus der ein Zahlencode für die Schloßkombination des Haupteingangs errechnet werden müsse. Das Unternehmen sei gescheitert, vor allem an überfüllten Mägen am frühen Morgen. Der Hausmeister habe schließlich den Hintereingang zur Turnhalle geöffnet.

Wir hätten die im Kolosseum Eingeschlossenen an die Abhänge der Adelegg schicken sollen, wo zwischen Fichten und Buchen noch vereinzelt Lärchen wuchsen, deren weiche Nadeln violette Färbung besaßen. Durch das Grundwasser waren Spuren seltener Metalle wie Chrom, Nickel und Titan aufgestiegen, ein Hinweis, daß sich im Berg Kimberlitt verbarg, das Muttergestein für Diamanten. An einer Stelle, die Füchse und Rehe mieden, lag unter Efeu und Moos, über der die Schleier zerstäubender Rinnsale hingen, eine bloße Ader, so daß David und Hassel Ruth Weidenbacher, wenn sie dort gescharrt und geschabt hätten, aus ihrer Verdammnis mit glitzerndem Staub im Haar und Kristallen unter den Fingernägeln erwacht wären. Da es aber in menschlichen Träumen im Gegensatz zu denen der Tiere nie regnete, hätten die beiden den feuchten, erlösenden Ort, damit ihre Nacht sich illuminierte, nie erreicht.

Timbur flatterte aus seiner Ecke und nahm Platz neben dem Notenständer des Stutzflügels. Auch David hörte trotz seiner Pfropfen im Ohr Tritte zum obersten Stockwerk herauf und sprang vom Schoß der Lehrerin, doch bevor er die Falltür schließen konnte, erschien in der Öffnung der große Kopf Susannes.

Die Zwergin hatte einen Handfeger dabei, den sie auf ihrem mühsamen Weg über die für sie zu weit auseinanderstehenden Treppenstufen und Leitersprossen im Kolosseum gefunden hatte. Sie kehrte das Gras und die welken Blumen auf den Dielen zusammen, rief, sie brauche Platz.

Bei jeder wischenden Bewegung über den Boden stöhnte Hassel Ruth Weidenbacher auf, als würden Stiele in sie eindringen.

David wollte Susanne den kurzen Besen aus der Hand winden, aber Bella Mainz trat dazwischen und sagte, das Kind mache den Schmerzen ein Ende, gleich sei die Qual vorüber. Sie hielt die Lehrerin fest, die wieder auf den Tasten den sie durchdringenden Ton anschlagen wollte, und weil es ihr nicht gelang, sah sich Bella Mainz nach der Platiktüte um. Timbur

hatte die Tüte entdeckt, zerrte an ihr, worauf David den Vogel ergriff und hineinsteckte.
Für eine Weile aus Angst und Erwartung bewegte sich die Holzkrähe an Davids ausgestrecktem Arm in der geschlossenen Tüte nicht, dann fing der kleine Klumpen in der weißen Hülle sich zu regen an, tobte krächzend in seinem Verlies, dessen nachgiebige Wände er mit Schnabelstößen nicht aufzureißen vermochte und wäre, wenn Hassel Ruth Weidenbacher David die Tüte nicht weggenommen hätte, erstickt. Sie ließ den Vogel frei und öffnete für ihn auch das Fenster. Mit einem Schrei flog Timbur hinaus. David warf sich aufs Bett und weinte.
»Was machen die Schmerzen«, fragte Bella Mainz die Lehrerin.
»Sind noch da, jetzt auch im Hals.«
»Vielleicht müssen sie durch den ganzen Körper wandern, bis sie keinen Platz mehr finden?«
Hassel Ruth Weidenbacher ging zum Bett und wollte David streicheln, der sich jedoch zur Wand rollte und seinen Kopf unter einem Kissen vergrub.
Inzwischen hatte Susanne die Sitzfläche des Klavierhockers heruntergedreht und sich auf ihn hinaufgeschwungen. Mit ihren baumelnden, kurzen Beinen, die in roten Kniestrümpfen steckten, thronte die Zwergin vor dem Stutzflügel, erreichte aber die Tasten nicht. Jemand solle sie hinschieben, kommandierte sie.
Bella Mainz tat es, worauf Susanne, nur Daumen und Zeigefinger benützend, ein Lied zu spielen begann, das, wobei das kleinwüchsige, eifrige Kind sich immer wieder korrigierte, mit den einzeln zusammengesuchten Tönen nach einem Marsch klang.
Hassel Ruth Weidenbacher hielt sich die Ohren zu und rief, genug, genug! Es bohre ihr durch Mund und Zähne, gleich zerspringe ihr das Gesicht!
Die Lehrerin müsse mitsingen, befahl die Zwergin. Alle Kinder hätten das Lied bei Lothar dem Musik-, Turn- und Sportlehrer

gelernt. Auch Elsa, die Hündin der jugoslawischen Hausmeisterin, kenne es, knurre dazu und wedle mit dem Schwanz.
Bella Mainz wandte ein, vielleicht verberge sich in dem Lied eine Melodie, bei der die Spannung der Nerven nachlasse. Hassel Ruth solle sich zusammennehmen und zuhören, bis die Schmerzen überhandnähmen.
Hinter der Lehrerin hatte sich David aufgerichtet, kniete auf dem Bett und zog vorsichtig seine rosaroten Wachsstöpsel aus den Ohren, steckte sie aber gleich wieder hinein. Im Takt der Melodie wiegte er den Kopf und getraute sich noch mal ein wenig Gehör zuzulassen, bis er schließlich die Pfropfen triumphierend in die Höhe hielt und den ihm unbekannten Marsch von vorn anstimmte, so daß zwischen dem Klavier und dem Einschießer für Jagdwaffen ein Kanon entstand, dessen Intervalle einander verfolgten, sich jedoch nie einholten.
Zuletzt hörte Susanne zu spielen auf, sagte, ihre Finger bekämen einen Krampf, während David seinen Part zu Ende sang.
»Seid ihr wieder nüchtern«, fragte Bella Mainz.
Die Lehrerin antwortete, sie habe jetzt ein paar Tonnen zugenommen, jedoch die Schmerzen in Gesicht und Zähnen ließen nach. Außerdem wolle sie zu einem Friseur und sich kahl scheren lassen, damit der Feind kein Versteck mehr finde.
»Gut, dann gehen wir«, sagte Bella Mainz.
Die Zwergin, vom Klavierhocker kletternd, erwiderte, sie müsse nach Hause und Paprika mit Fleisch kochen, weil ihre Mutter im Wohnwagenwerk Spätschicht habe. Wenn die Mama komme, brauche sie etwas zu essen, sonst tobe sie herum und rauche zwei Zigaretten gleichzeitig.
Bella Mainz suchte in ihren Taschen, rief, das sei verständlich, fand aber nichts, drängte zum Aufbruch, hinaus zum nächsten Zigarettenautomaten, hatte aber keine Markstücke dabei und wurde noch ungeduldiger, weil sie Geld wechseln mußte.
David, seine Stöpsel wieder in den Ohren, sagte bellend, er habe Markstücke unten in seinem Stockwerk.
Die Lehrerin hob ihre Arme zu einer mahnenden Geste und holte aus einem Spind, einem alten Schrank der Nachkriegszeit,

der aus Preßplatten und einem Schloß bestand, durch das zwei Hölzer gesteckt waren, eine Tüte Tabak und gummierte Papierchen. Sie rollte mit nur einer Hand, als sei sie in einem Gefangenenlager aufgewachsen, ein, zwei, drei Zigaretten, keilförmige Gebilde, aus deren Mündungen die Fasern des schwarzen Krausers hingen.
Susanne gab Bella Mainz und der Lehrerin Feuer, auch David inhalierte und fing nicht zu husten an. Die Lehrerin sah erstaunt zu Boden, sagte, sie habe einen Vogel, doch besser wäre, Timbur kehre durchs offene Fenster wieder heim, während Bella Mainz, die Puppenkönigin, zur Balkendecke blickend, Zug um Zug aus der Nase gefilterten Rauch strömen ließ, ein, gestand sie, Lebensmittel. Irgendwann werde sie, nachdem sie an einem oberitalienischen See Ferien gemacht habe, überraschend sterben und auf dem katholischen Vorstadtfriedhof für Aussiedler und Fremde beerdigt werden mit einer aufrecht stehenden Holzplanke als Grabscheit am Kopfende.
Sie werde dann die Blumen und Brennesseln begießen, sagte Hassel Ruth Weidenbacher. Schmerzen spüre sie jetzt nur noch in den Füßen. Es sei ein Wunder oder eine Begnadigung.
Ein Fauchen war zu hören. Nicht wir waren es, denn wenn der Tod sich nähert oder er gefürchtet wird, ziehen wir uns zurück, einenteils gelangweilt, andererseits in die Flucht getrieben, da wir offenbaren müßten, daß es keine Erlösung gebe, eher durch ein milliardenhaftes Gedeihen der Ahnen in den Grannen der Ähren und in den Sprossen der Reispflanzen wäre der Erdball vielleicht noch zu retten, was wir nicht wünschten.
Schaben und Asseln hatten sich in einer feuchten, dunklen Ecke unter dem Dach des Kolosseums gesammelt, seit Millionen Jahren unveränderte Tiere, die jeder Strahlung widerstanden und, auch falls sie ein Jahr lang nichts zu fressen bekamen, trotzdem weiterlebten, zu Kannibalen geworden. An Schiefer oder Glasplatten konnten sie senkrecht hinaufklettern. Waren sie erbost, grimmig einverstanden, stießen sie, indem sie ihre Panzerplatten zusammenschoben, durch ihre Nüsternschlitze schnaubende Geräusche aus, Warnsignale oder Lockrufe.

Der aus freiem Willen wieder schwerhörig gewordene David auf dem Bett, bedeckt mit Schafsfellen und Kissen, spürte das leise Tosen und rief, es sei zu warm, tbili, wie in georgischen Schwefelquellen.
Susanne streckte ein Ärmchen aus, das David ergriff, damit die Zwergin rückwärts die steile Stiege hinunterklettern konnte. Mit dem kurzen Zeigefinger wies sie auf das Gegengewicht, den Sack voll Steinen, der die Falltür in der Schwebe hielt.
»Fällt er«, fragte sie.
»Wenn«, antwortete der Taube, »wirst du noch kleiner.«
Kindergrößen seien in der ganzen Welt billiger, erwiderte Susanne. Vielleicht gingen ihre Mama und sie wieder nach Jugoslawien ins Dorf der Großeltern, wovor sie Angst habe, zurück. Sie verstehe die Sprache fast nicht, werde dort Zigeunerin genannt, als müsse ihre Familie zum Betteln gehen.
David schlug vor, sie solle es hier doch einmal versuchen.
»O, nein«, widersprach sie würdig. »Ich bleibe in der Schule. Angela schreibt bei mir ab, auch Tacitus und Torsten tun es, aber manchmal sage ich, genug, genug, sie sollen sich selber anstrengen.«
Hassel Ruth Weidenbacher, ermuntert von Bella Mainz, stieg ebenfalls die Treppen hinab, scheu um sich blickend, als lade sie Schuld auf sich, wenn sie den Ort der Schmerzen verlasse. Jede Bewegung sei eine Anstrengung, ein Fluch, sagte sie. Wer sich nicht bescheide, entfache diese Krankheit von neuem.
Sie dürfe sich nicht einrichten, entgegnete Bella Mainz, sondern müsse der Pein einen Hieb versetzen, sonst würden auch noch die Zehennägel und die Haare davon ergriffen. Zuletzt sei sie dann nur noch ein Bündel voll Beruhigungschemie oder werde in eine Anstalt gesteckt.
Draußen auf der Empore lagen in den Geranienkästen Orangen zwischen den Blumen.
David behauptete, Timbur habe sie herbeigeschleppt, eine Unmöglichkeit, da jede Frucht mindestens dreimal mehr wog als der Vogel.
Susanne sagte, es sei eine Überraschung von Tobias und So-

bitka, die sie am Marktplatz getroffen habe, wo die beiden dem Verkehr zuschauen würden. Aus einem offenen Lastwagen, der auf der Kreuzung im Gewühl stehengeblieben sei, hätten sie Früchte geraubt, die frechen Buben. In der Klasse stritten und prügelten sie sich jeden Tag, aber nach der Schule verbündeten sie sich wieder. In Jugoslawien müßten sie nicht mehr lernen, wären Häuptlinge oder Erfinder.

Die Lehrerin aß zwei der Orangen und grub die Schalen in die Erde der Pflanzenkästen ein.

Sie freue sich, flüsterte sie, wiederholte es lauter und hätte noch eine dritte Orange gegessen, doch Bella Mainz nahm sie ihr aus der Hand, sagte, Mageninhalt und Gemüt tauschten sonst die Katastrophen aus: Auf, auf und davon!

Kamine, Hausdächer und die leere Fußgängerzone waren gelb bestäubt, als hätte sich der Sonnenschein in Schichten abgelagert. Der staubige Niederschlag stammte von Schwärmen exotischer Riesenbienen, die auf ihrem Hochzeitsflug über einem fremden Erdteil in die Irre geraten waren, weshalb sie in Panik, um Gewicht und Körpertemperatur zu senken, soviel wie möglich Exkremente abgelassen hatten.

»Goldlack«, sagte die Lehrerin. »Osika, die Ferkelseele, war wieder da. Sie sucht mich, wird mich an der Ampel über die Kreuzung führen wollen.«

»Papperlapapp.«

Bella Mainz, ein wenig Schleim, den eine Nacktschnecke auf einer der Orangen hinterlassen hatte, abreibend, entgegnete, sie befehle nun, daß sie alle zu ihrem Haus und den Werkstätten an der Adelegg führen, wo sich die Überlebenden sammelten.

Sie sei noch nicht tot, rief die Lehrerin. Karl der Böse, geboren in Salerno, habe sich im Frühsommer vor fünfhundert Jahren sterbenskrank in Leintücher einnähen lassen, die mit Schnaps getränkt waren. Die Binden hätten, als ein Diener mit Kerzen sich näherte, Feuer gefangen, aber Karl sei, die Wickel abwerfend, wieder auferstanden.

»Sehr gut!« Bella Mainz ergriff die Hand der Lehrerin.

»Noch einen Moment«, bat Hassel Ruth Weidenbacher.

»Wenn wir gehen, muß ich den Schlüssel umdrehen und wegwerfen.«
»Tun Sie es.«
»Soll ich?«
Die Herberge Kolosseum müsse verlassen werden, befahl die Königin der Rauschgoldengel, sonst verstopfe die Krankheit alle Adern wie der Verkehr die Straßen. Ihr Auto stehe an der eingestürzten Rotenbacher Brücke, bis dorthin müßten sie ein Taxi nehmen.
Gebe es nicht, sagte David. Er telefoniere mit Besra Lu Winterstein, seinem Lehrmeister, der sofort komme, oder Besras Frau, die Pflegerin der gemästeten Pfauen und Rebhühner, nehme ein Geländefahrzeug.
Susanne hatte sich von der Empore über die für sie zu hohen Stufen bis zum Ende des ersten Teils der Treppe, die nach rechts abwinkelte, hinuntergewagt.
Unten, in der Fußgängerzone, war Samuel Prinz, der Korrespondent von Radio Monte Ceneri und Mann der Ärztin Lillit Babett Prinz, unterwegs. Er verfolgte, gebückt über den goldenen Exkrementenpuder, Fußstapfen.
Samuel Prinz schien zu zählen, ging Tritt um Tritt wie ein Späher, der seine Spuren löschen möchte, zurück, taumelte und trat beiseite, zitternd sich aufrichtend.
Susanne rief, er sehe nichts, habe keine Brille!
Wir rieselten über die Unterschiede. Früher waren die Hauswände, eingebacken zwischen Balken, noch aus getrocknetem Kuhmist verfertigt gewesen, der Flöhe, Kakerlaken und andere Krankheiten übertragende Insekten abhielt. Oder die Dächer aus Stroh, Schilf und langstieligen Blumen wurden in Notzeiten wieder abgerissen und dienten, genügend verschimmelt gleich einem Pharmazeutikum, als Futter für hungerndes Vieh.
In Moskau dauerte das Aufrichten von Holzhäusern, vorher Brett für Brett geplant, einen Tag. Liselotte von der Pfalz, verbannt nach Versaille, schrieb in eines der 37 oder 48 Herzogtümer Deutschlands, schon nachmittags, wenn sie sich an der

königlichen Tafel im Speisesaal der Spiegelgalerie einfinde, regneten von den tausendkerzigen Kandelabern heiße Wachstropfen auf Brust und Schultern, trotzdem gefrören aber in den Kelchgläsern Getränke und Vanille; und im Allgäu wurde Nahrungsgetreide wie Roggen, Dinkel, auch Flechten aus Flachs und Moorgräsern noch mit Sicheln gemäht, was zur Folge hatte, daß das Getreide zu früh seine Körner verlor. Hobel, um Späne von Holz zu lösen, waren in Ägypten, Griechenland und Rom bekannt gewesen, doch nicht bei uns. Andererseits hatte es in China weder Seife noch Unterwäsche gegeben, vielleicht Zeichen, ein Gottesreich zu verhöhnen.
»Gehen wir«, fragte Bella Mainz.
Hassel Ruth Weidenbacher stürmte die Treppe hinunter und nahm Susanne, die nicht weiter hinabgestiegen war, unter den Arm geklemmt mit. David und die Puppenkönigin folgten.
Samuel Prinz stand starr in zwei Schuhabdrücken und behauptete, zwischen Gemeinderat und Bauunternehmern habe ein Komplott stattgefunden. Nachts würden die Fassaden letzter, alter Häuser, die noch Flecken, Risse und Schründe aufwiesen, renoviert, um Erinnerung an die Vergangenheit auszumerzen, an Schmach, Armut und Schande, damit wir uns, ledig geworden, der Zukunft zuwendeten. Was er in Radioreportagen aufzeichne, werde zwar noch gesendet, doch es kreise nur noch als Geräuscheschmutz um die Erdkugel.
Bella Mainz sagte, er solle mitkommen, sie bräuchten ein Auto.
»Meine Frau hat es in Verwahrung«.
»Es dauert nur eine halbe Stunde. Wir müssen über Rohrdorf zu uns nach Wehrlang fahren, so lang die Rotenbacher Brücke in der Argen liegt.«
»Und wenn meine Frau zu einem Notfall gerufen wird?«
Dann solle sie, erwiderte Bella Mainz, den Auftrag einem anderen Orthopäden, Dermatologen oder Leichenbeschauer überlassen. Es praktizierten sowieso zu viel Ärzte, als sei jede Kleinstadt zu einem Sammellager der Welthungerhilfe geworden.
Samuel Prinz trat hinaus ins gelbe Bienenpulver der Fußgän-

gerzone und berichtete überstürzt, gestern habe es im Dorf Eisenharz Explosionen gegeben. Er sei noch rechtzeitig dazugekommen mit Mikrophon und Aufnahmegerät. Bauern hätten ihre Kühe, die aus Bequemlichkeit der Landwirte zu lang im Stall gewesen wären, erzählte Samuel Prinz, wieder auf die Weide getrieben, aber dort habe es, verdrossen vom Silofutter, gierig frisches Gras gefressen, was trotz der siebenfachen Mägen verheerende Folgen gehabt habe. Die Kühe litten an Blähungen, so daß Jungbauern, Stiletts ihrer Vorfahren in der Hand, den klagend umherschwankenden Rindern nachspringen mußten und Rippen unter der vibrierenden Haut abgezählt hätten, um mit dem Dolch an der richtigen Stelle einen Stoß anzubringen, damit die tödlichen Gase entwichen. Drei Kühe lebten noch, Hochleistungsgeschöpfe mit Eutern wie Blasebälgen, die pro Tag 30 Liter Milch gäben. Alle anderen seien verendet, auf dem Rücken liegend mit Beinen und Klauen in der Luft.

»Und Sie«, fragte Bella Mainz.

»Ich habe Interviews aufgenommen«, sagte Samuel Prinz.

»Mit wem?«

»Mit den Tieren. Ich habe das Mikrophon an die Mäuler und an die Löcher in den Kühen gehalten. Es klang wie ersterbende Musik des italienischen Komponisten Giacinto Scelsi, längst tot, der gern blaue Bademäntel trug. Ich besitze Partituren und Redemanuskripte von ihm in meiner Bibliothek im Salzhaus. Er war ein schuldloser Musiker, aber auch eitel in seiner Seltenheit. In einem amerikanischen Artikel über ihn heißt es«, und Samuel Prinz zitierte auswendig: »Scelsi does not write or notes figures about music, nor does he care to speak of himself or furnish photographs. This is not through arrogance, nor is he a recluse; it's simply his way. He has given us the design and says that sight as it is smoothing to him, needed. His consumption is a symbol representing a sun rising, or setting on a large underlined zero. He admits to all these possible interpretations, and many others as well. Nonethless, he chooses to represent himself.«

»Wie die tödlich vollgefressenen Kühe«, sagte die Puppenkönigin.
Er habe das Band mehrmals abgehört, auch geschnitten, antwortete Samuel Prinz. Allerdings müsse er das Gestammel der Bauern, das er auch aufgenommen habe, ins Hochdeutsche übersetzen, doch das Trompeten, Pfeifen und Fauchen aus den Wunden des Viehs entspreche einer Bläsermusik wie von Scelsi.
Susanne Stojadinovic ging über das kleine Kopfsteinpflaster hinüber zum Brunnenhaus, vormals die Wäscherei Ruchte, um, während links und rechts von der watschelnden Zwergin die Bienenexkremente aufwirbelten, für ihre Mutter, wenn sie spät aus der Zwischenschicht des Wohnwagenwerks heimkehre, eine Schlammpfanne aus Wurstscheiben, Beutelreis und Paprika vorzubereiten.
David wollte das Kind begleiten, aber es wehrte ab.
Er erklärte, seine Wachspfropfen aus den Ohren nehmend, ab jetzt höre er wieder zu.
Die Lehrerin war nicht mehr da. Hassel Ruth Weidenbacher stand am Ende der Fußgängerzone zwischen der Klosterapotheke, dem Rathaus der Bufflers und einem rosarot angestrichenen Geschäft für Kosmetikartikel, das früher einem ehemaligen Fähnleinführer gehört hatte, vor der Kreuzung. Nach der Vermietung des Ladens war der Pensionist zu einem Aquarellisten geworden, der immer noch unter einer nicht aufgeschnittenen Phimose litt. Schon im geteerten Abtritt der Volksschule am 1. September 1939, als der letzte Weltkrieg begann, war der Junge verspottet worden, wieviel Zeit er brauchte, bis er aus den Häuten seinen kleinen Propfen zum Entleeren stülpte.
Außer ein paar Querschnittsgelähmten von St. Mathilden und St. Florian, einst Motorradfahrern, schaute noch Laura – die – Spinne, in ihrem Elektrowägelchen unter den Arkaden dem Verkehr zu, beschützt von ihren Eltern, die, es war erst wenige Tage her, nachts das Wachsen der Steine im Garten am Hang des Schafshirten vernommen hatten.

Die Lehrerin streichelte widerstrebend die bleichen Hände des Kinds, sagte, sie verlasse den Ort. Ob Laura ihr verzeihe?
Das Kind ruckte und zuckte, wehrte sich. Seine Eltern, umgeben von Einkaufstüten, widersprachen. Ohne die Frau Lehrerin hätten sie die letzten Jahre der Verderbnis nicht ausgehalten. Das Fertighaus am Ende der Birkenallee stünde ihr und allen Kindern offen. Ein Fest wäre der schönste Beginn.
Hassel Ruth floh ohne Rücksicht auf Omnibusse, Autos, türkische und griechische Lastwagen über die Straße, und vielleicht hätte es noch mal ein Unglück gegeben mit eingeschlagenem Kopf und dem Verrinnen der Zeit auf Teer wie bei der Mopedfahrerin Ursula Kappenmacher, wenn David der Lehrerin nicht nachgeeilt wäre. In der Gasse hinauf zum neuen Postamt zwang er sie, niederzuknien, während er sein Hemd auszog und es über sie warf.
Nun dürfe sie sterben, klagte Hassel Ruth Weidenbacher unter der Umhüllung. Die Schmerzen hätten ein Ende.
Nein, sagte David. Von ihm erhalte sie keine Plastiktüte. Er komme mit. Sie suche ihren Geliebten, und er seine Schwester.
Die Lehrerin, eine Lücke zwischen Ärmeln und Hemdenkragen ausnützend, blickte ihren Sohn, den sie nicht geboren hatte, an und sagte, daß sie einverstanden sei.
David schwitzte. Die bloßen Muskeln um seine Schulterblätter hatten marmorne Farbe angenommen, und seine großen Hände mit den berußten Nagelbetten pendelten hin und her.
Er wisse, wo Poi Amber Braun und Angela seien. Sie müßten nur der Spur nachgehen.
»Und wenn wir sie nicht finden?«
»Dann kehren wir wieder um.«
»Hierher? Niemals!«
»Du bist Lehrerin, und ich bin Lehrling bei Besra Lu Winterstein. Wenn wir arbeitslos werden, können wir nicht mehr das Kolosseum bezahlen.«
»Dann ziehen wir zu Bella Mainz«, antwortete Hassel Ruth. »Wir lernen, wie man Rauschgoldengel herstellt.«

Er hasse, antwortete David, die Schülerinnen und Schüler aus den Zementbaracken der Paradiesschule. Beinschienen, warme Bäder oder langsames Vorbuchstabieren habe er nie gebraucht. Nun höre er. Außerdem habe Angela jede Woche mindestens vierzigmal mehr Küsse bekommen als er.
Die Lehrerin bat um Verzeihung, wollte sich aufrichten, doch wurde von David wieder auf die Knie gezwungen.
Er werde, sagte er noch, eines Tags ein paar Präzisionsgewehre aus der Jagdwaffenfabrik holen und das Tal verteidigen. Schießen habe er gelernt. Er werde jeden treffen, der sich nähere.
»Und danach«, fragte die Lehrerin.
»Ist die Gegend leer. Wir werden nicht mehr gestört. Alles kann wachsen, wie es will. Es wird auch keine Verstümmelten mehr geben, ihren Speichel, das Geseire. Eltern sind überhaupt nicht mehr vorhanden, nur noch Bäume riesig groß, Schilf und Bäche. Wenn wir Fleisch essen wollen, erledige ich ein Rebhuhn, ein paar Kaninchen oder einen Damhirsch.
»Und Angela?«
»Gehört nicht dir. Wir stammen von anderen Leuten ab, die schon lang tot sind.«
Wisse sie, sagte Hassel Ruth.
Sie habe doch noch ein anderes Kind und einen Mann in England, sagte er. Dorthin könne sie fliehen.
Sie warf Davids Hemd ab und antwortete, sich aufrichtend: »Würden wir nicht zusammen im Kolosseum wohnen, wäre ich auch nie Lehrerin geworden für Gebrechliche und Gestörte. Ich hätte zum Beispiel als Devisenhändlerin Geld verdient mit genügend Sinn für Schmerzen und Alphabetisierung. Deine Wut ist nur Trotz, weil du immer noch ein Kind bist. Nimm dein Hemd.«
Bella Mainz war zusammen mit Tobias und Sobitka in der steilen Gasse eingetroffen. Wer mitkommen wolle, müsse sich entscheiden, sagte sie. Ein Taxi warte an der Ecke.
Die beiden Buben hatten einen Schäferhund dabei, den sie an der Leine führten. Er gehöre einem Onkel, behaupteten sie, der in Ferien sei.

Das nervöse, überernährte Tier schnüffelte in Kniekehlen, in Schritten und unter Röcken, war kaum zu bändigen. Tobias zerrte es immer wieder zurück, während Sobitka ihm einen Tritt versetzte, worauf die Bestie mit aufgesperrtem Rachen an David hochsprang, ihm die Pfoten gegen die Schultern stemmend.

David ächzte vor Entsetzen.

»Er begrüßt dich«, rief Tobias. »Er hat dich erkannt.«

Der Hund, nachdem er Witterung aufgenommen hatte, stürzte sich auf das verschwitzte Hemd, das neben Hassel Ruth Weidenbacher lag, und begann es zu zerfetzen.

»Braver Hund, schöner Hund«, sagten Tobias und Sobitka gleichzeitig, doch Bella Mainz machte dem hilflosen Lob ein Ende, befahl, in das Taxi, das rückwärts die Gasse heruntergefahren war, einzusteigen.

David wollte nicht. Der Lehrerin, während sie seinen feuchten Bauch über der Gürtelschnalle streichelte, die er aus Poulad Jauher, persischen Damaszenerstahlteilen, geformt hatte, welche nur bei niedrigen Temperaturen, nicht rotglühend geschmiedet werden konnten, damit die weißen Adern des Eisenkarbids auskristallisierten, gelang es, ihn neben die Chauffeurin des Daimler-Diesels auf den Vordersitz zu schieben, und neben ihn drängte sich noch die Puppenkönigin. Alle anderen, sagte sie, sollen hinten Platz nehmen.

Die Fahrerin, eine Blondine mit einem wehmütig großen Muttermal auf der rechten, den Gästen zugewandten Backe, protestierte. So viel Leute seien in einem Taxi nicht erlaubt.

»Kindchen, gib Gas«, befahl Bella Mainz.

Sie steckte der Chauffeurin einen blauen Hundertmarkschein in den Ausschnitt der Bluse und nahm der rauchenden Fahrerin die Zigarette aus dem Mundwinkel. »Ohne Gift«, sagte sie, »kein Leben.«

Hinten saßen Sobitka und Tobias, in ihrer Mitte die Lehrerin, den Hund auf dem Schoß, der aus Begeisterung zunächst nur gähnte, Aasgeruch ausströmend. Die spitzen Fangzähne waren blank, als bestehe der Schmelz aus reinem Porzellan.

Die Fahrt ging entgegen dem hereinströmenden Verkehr hinaus zum Galgenbühl, wo früher die Hingerichteten gehangen hatten, und hinunter nach Rengers, einer kleinen Bahnknotenstelle, als hier noch Züge unterwegs gewesen waren. Der Lagerschuppen für Speditionsgüter war zu einem Hühnerstall umgebaut worden, wenig Arbeit für die Bahnwärterfamilie, die dort lebte. Blusen, Hemden von Kindern und Kindeskindern hingen, die Ärmel auseinander, an einer gespannten Leine.
In Rohrdorf, wo seit dreihundert Jahren Theater gespielt wurde, im Winter einst vor brennenden Reisighaufen und offenen Öfen voll Holzkohlenglut, später in einer Scheune, aber seit dem Zeitalter des Fernsehens hatten sich die groben Dialektstücke hochdeutschen Boulevardschwänken angeglichen, nahm die Fahrerin die Strecke hinauf Richtung Wehrlang und gab eine zweite Zigarette, die sie angezündet hatte, der Puppenkönigin.
Im Fond zwischen Tobias und Sobitka saß immer noch der Hund auf dem Schoß der Lehrerin.
Sie rief: O wie schön sei Landschaft hinter Autofenstern!
Der Teer auf der Straße floß, als gehörte er dem nächst höheren Aggregatzustand an, wie dahin. Ein Habicht, herabschießend auf vermeintliche Beute bei einer Wiese, zog steil wieder hoch; und ein Huhn, das sich verirrt hatte, starb, als auf dem Asphaltweg das Dieselfahrzeug sich näherte, vor Entsetzen an Herzschlag, den Kopf mit langem Hals ergeben an den Wegrand gelegt.
Der Hund begehrte wieder nach David. Das Tier, sich aufrichtend, vollführte ruckweise Begattungszuckungen, die ins Rückpolster trafen.
David, ohne Pfropfen im Ohr, wurde nicht beschädigt, sagte aber, als die zwei Schüler das KZ-Tier zurückgerissen hatten, daß er wie sein Vater werden möchte, Johann Jakob Weberbeck, ein Bote und Märchenerzähler, längst tot. Er habe es seiner Schwester Angela erklärt, daß die jüngsten Weberbecks im Ahnenschrank des Friedhofs ganz oben vielleicht noch vorhanden wären.

Er sei nicht nur Einschießer, sondern besitze auch ein unsichtbares Samuraischwert aus Edelstahl, das auf seinem Rücken in gekreuzten Gurten stecke, und wenn er sich bewege, vibriere der schwere Knauf der Klinge leicht hinter seinem Kopf. Falls der Hund ihn noch mal angreife, steige er aus, und das Tier müsse mit, damit es schlecken oder pissen könne, doch plötzlich, nach einem einzigen Streich und einem Schritt vorwärts, bleibe der Hundekopf erstaunt mit heraushängender Zunge noch für eine Weile in der Luft hängen, während der Körper des Tiers schon zu Boden gestürzt sei. Dann falle der Kopf auch. Abgemacht?
Schweigen und Einklang. Bella Mainz wollte von der Chauffeurin noch eine Zigarette ohne Filter.
In Wehrlang, durch die Kurve vorbei am Flachdachbungalow der herzkranken Musikantin Luise Masch Babel, die vielleicht in der Kantine des abgewrackten Zellulosewerks Seltmans Chöre dirigierte, hielt auf Geheiß der Puppenkönigin die Limousine neben dem Hof von Theo, dem Rucksackbauern, und seiner Frau Charlotte, der Bedienerin. Niemand war da, auch der Stall stand leer.
Das Porzellan sei zerschlagen, sagte Bella Mainz. Die chinesische Schüssel für ihren Mann gebe es nicht mehr.
Nach dem letzten Rumpelweg aus Kies, Schotter und Lehm hielt die Taxifahrerin vor der Pforte zum Reich der Blumen und der Rauschgoldengel. Alle stiegen aus, auch der Hund, ängstlich kurzgehalten an der Leine von Sobitka und Tobias. Bella Mainz wollte noch mal bezahlen, doch die Fahrerin erklärte, sie habe genügend erhalten, außerdem sei sie eine Enkelin von Petronella Haggemiller, der Viehdiebin und Pflanzensteckerin.
Einverstanden, antwortete Bella Mainz. Sie ließ sich aber noch ein paar Zigaretten aus der Packung geben.
Unsere Aufgabe bestand darin, behutsam zu teilen: Den Hund, die beiden Buben und die Puppenkönigin geleiteten wir ins Wohnhaus, während wir David und vor allem der Lehrerin wieder Angst einjagten, so daß sich beide, nachdem sie von Bella Mainz einen kleinen, gelben Rucksack bekommen hatten,

auf den Weg machten. Wir begleiteten sie hinunter nach Rotenbach, wo David und Hassel Ruth auf dem Notsteg über den Fluß zu der überwucherten Eisenbahnstrecke gelangten, die am Baggersee vorbeiführte, in dem Taka Kose Schmitz sein Ziel erreicht hatte.
Isotropes Täschelkraut, das nach allen Richtungen gleich lange Wurzeln durch das Geröll schickte, gedieh blaßblau; ein Gingkobaum, fast tausend Jahre alt, der selbst die Strahlungen von Hiroshima überlebt hätte, fächelte mit seinen männlichen und weiblichen Samenblättern, die röhrenförmig zuliefen wie vor dreihundert Millionen Jahren, und Hassel Ruth Weidenbacher sagte, Verkehr durchströme ihr furchtsames Gemüt, der Geist von Nonnen und Mönchen.
Bald danach behinderte ein Gestrüpp aus meterhohem Bärenklau, der in Verbindung mit Sonnenschein näßte und nesselte, so daß David schreiend die Lehrerin mit sich durch das Dikkicht zerrte.
Seine Brust verbrenne, rief er.
Hassel Ruth Weidenbacher zerrieb Spucke auf dem bloßen Oberkörper ihres Sohns. Gleich sei alles vorbei, tröstete sie, gleich kriege er ein Gefühl, als habe er kühle Windeln um.
David stürmte vom Bahndamm hinunter, übersprang einen elektrischen Draht und wälzte sich in Gras, das noch nicht abgefressen war.
Eine Kuh schritt langsam näher und leckte den Liegenden ab. Ihre große, rauhe Zunge kratzte, während viel Schleim aus dem Maul auf Davids Haut troff. Stöhnend drehte sich David auf den Bauch und bot seinen Rücken dar, bis die Kuh, als sie keinen salzigen Schweiß mehr schmeckte, von ihm abließ.
Die giftigen Öle des Bärenklaus schienen dem Tier nichts auszumachen, aber es fing nicht wieder zu grasen an, stand nur da und blickte mit den feuchten Augen zu David, der kniend seine Haut betastete, auf der sich weiße Blasen bildeten.
Er sterbe, rief er.
Die Lehrerin hatte ihr Bluse ausgezogen und winkte, er solle

heraufkommen. Als er auf dem Bahndamm stand, versuchte sie, ihm die Bluse anzuziehen, doch sie war zu klein.
»Wir brauchen ein Hemd«, sagte sie.
»Es jault und schreit«, jammerte er. »Vielleicht hilft Milch.«
»Laß die Kuh. Sie traut sich nicht, das Maul zu öffnen. Sobald Licht auf ihre Zunge fällt, bockt sie vor Schmerz.«
»Sie soll verrecken.«
»Ich glaube«, sagte die Lehrerin, »du und die Kuh, ihr braucht Dunkelheit. Die Kuh behält die Zunge im Maul, und wir graben uns in die Erde ein.«
»Mit den Händen?«
»Wir könnten auch eine Hütte bauen, oder du legst dich am Baggersee ins Wasser, tauchst immer wieder unter.«
Sie müßten so schnell wie möglich zur Straße, sagte er und rief, die Zeigefinger in die Ohren gesteckt, die Vögel schrien, die Bäume, die Blumen, Brust und Rücken auch.
Hassel Ruth zog den kleinen, gelben Rucksack als Bedeckung ihrer Brüste umgekehrt an und eilte David von Schwelle zu Schwelle nach. Bei einer alten Eisenbrücke mußten sie über einen Schienenstrang, der ohne Stützen von einem Sockel zum anderen durchhing, balancieren, zuletzt schoben sie sich auf Knien weiter.
Nach einer Kurve, die durch wuchernde Weidenschößlinge führte, kamen die Holzstapel der verlassenen Station Großholzleute in Sicht, wo auch die Straße lag. Der Verkehrsstrom hatte nicht abgenommen. Unablässig schoben sich die Fahrzeuge in beiden Richtungen hintereinander her. Kein Auto, obwohl David winkte und einmal auf die Straße sprang, wobei er beinahe umgefahren wurde, hielt.
Es schreie und brenne, rief er. Hassel Ruth Weidenbacher mußte ihn zurückreißen, sonst wäre er unter einen Lastwagen gerannt.
Zwei Bundeswehrsoldaten, die vielleicht Rast im Gasthof Adler gemacht hatten, näherten sich. Sie hielten Listen in den Händen und erkundigten sich höflich, ob die Herrschaften sich nicht für eine Friedensmission eintragen wollten?

Die Lehrerin unterschrieb, auch für David und verlangte dafür die Uniformblusen der beiden jungen Männer, die nach kurzen Rückfragen ihre blauen Röcke auszogen und überreichten.
David kauerte an der Böschung. Er hielt die Augen geschlossen und hatte sich Gras mit feuchter Erde in die Ohren gesteckt. Im Hin- und Herwiegen konzentrierte er sich darauf, seine Haut zu besänftigen. Gleich kühle sie ab, behauptete er. Die Blasen trockneten ein. Er spüre, wie sie kleiner würden.
Die Soldaten sagten, sie hätten in ihrem Fahrzeug, das sie abhole, eine Apotheke dabei, auch mit Mitteln gegen chemische Verätzungen.
Die Lehrerin, der die Uniformbluse zu groß war, weshalb sie die Ärmel aufkrempelte, erwiderte, sie wüßten nicht, wohin sie wollten, doch zurück führe kein Weg.
David hielt seinen nassen Zeigefinger, den er in den Mund gesteckt hatte, hoch und erklärte, der Wind stehe richtig, sie müßten ins Gebirge. Angela und Poi Amber Braun seien hier vorbeigekommen. Wenn er die Holzstöße anschaue, sehe er zwei Schatten. Einer sei oben wie abgesägt.
Die zwei Soldaten fragten, ob David ein Infrarotgerät im Kopf habe?
»Nein, aber das Jakobsonsche Organ über der Nase. Jeder hat es. Wir müssen nur üben.«
Lachend wandten sich die beiden in ihren weißen Hemden, die dunklen Krawatten noch akkurat gebunden, um und taten so, als peilten sie Gegenstände in der Landschaft an. Einer sagte schließlich, er orte einen toten Hasen, begraben in einer Wiese weit weg.
»Das waren sie«, rief David. »Wir sind auf der Spur!« Er sprang auf, wollte wieder zur überfüllten Straße, über der Gestank, Lärm und Fahrsturm tobten.
Die Lehrerin gab David kleine Küsse auf die Hände, bat, er solle sich gedulden, sie komme ja mit, denn ihre Schmerzen, o Wunder, seien verschwunden!
Ob sie ebenfalls Verletzungen habe, fragten die Soldaten.
Nein, ihr habe das Bärenklaukraut nichts angetan. Frauen seien

resistenter, hätten einen anderen Zellenhaushalt. Er brauche weniger Sauerstoff.
Dann sei, antworteten die zwei jungen Männer, das Heer falsch aufgebaut. Muskelmasse und technischer Verstand müßten durch Ausdauer und Widerstandskraft ersetzt werden. Eine weibliche Armee wäre effektiver, und sie beide würden nicht mehr mit Friedenslisten umherziehen, als wären sie Mitglieder der Inneren Mission.
»Hatten Sie Erfolg«, fragte die Lehrerin.
Im Gasthof fast an jedem Tisch, auf der Straße nicht. Überall im Land sei es ruhig, nur im letzten Zipfel Süddeutschlands herrsche eine unerklärbare Panik. Auch fielen manchmal die Zündfunken in Motoren aus. Bei Leutkirch, wo es eine Staubexplosion in einem Getreidesilo gegeben habe, seien sie umgeleitet worden. Auf Feldwegen hätten sie sich verirrt, später in einem Wald. Der Flurschaden koste Geld.
Ein Krachen und Knirschen war zu hören. Der unablässige Verkehr hörte auf, denn von Großholzleute kam mitten auf der Straße ein Panzer, das Geschützrohr rückwärts gedreht, näher. Dahinter fuhren im Abstand wieder Autos und Omnibusse.
Die beiden Soldaten luden zum Mitfahren ein. David kletterte auf das gefleckt angestrichene Ungetüm hinauf und zog Hassel Ruth Weidenbacher, die sich den kleinen, gelben Rucksack wieder umgeschnallt hatte, nach. Dann folgten die zwei Soldaten, und alle vier nahmen vor dem Geschützturm Platz, aus dem ein junger Offizier, der eine Baskenmütze mit goldener Kokarde trug, ragte. Unten, im Vorderteil, sahen ein bleicher Fahrer und daneben noch einer, dessen Gesicht ölverschmiert war, aus aufgeklappten Luken.
»Willkommen«, rief der Offizier durch das Gedröhn der Motoren. »Die Friedenslisten füllen sich, doch wir haben kaum mehr Benzin. Wo gibt es eine Tankstelle?«
David wies voraus.
Als der Panzer wieder anfuhr, klammerte sich die Lehrerin an ihren Sohn, dem, die Uniformbluse offen, Wind und der rüt-

telnde, schüttelnde Ritt zu behagen schien, zunächst über kreuzende Bahngeleise, das alle jedesmal ein Stück hochwarf, und weiter über die Straße, von der Asphaltbrocken zur Seite flogen. Links und rechts wichen Autos an den Rand.
Von einem der Soldaten erhielt David eine Dose voll Salbe, die er sich auf die Brust schmieren solle, doch David nahm eine Fingerspitze davon in den Mund, spuckte das Mittel wieder aus und rief, es sei falsch, der Wind kühle besser.
Im Flecken Nellenbruck, wo die Hauptstraße nach Kempten abzweigte, zeigte David nach rechts ins enge Argental hinein. Dort sei eine Tankstelle.
Der Offizier gab einen Befehl durch ein Sprechfunkgerät, worauf der Panzer, sich drehend und eine häßliche Furche hinterlassend, mit kreischenden Kettengliedern in die andere Richtung fuhr, vor engen Kurven auch noch wie ein Bob in der Eisbahn beschleunigte. Fahrer und Monteur mit langen Hälsen aus den Luken hatten ihr Vergnügen daran.
Einem der beiden aufgesessenen Soldaten flog die Friedensliste davon. Sie flatterte über einen Zaun und blieb, nachdem sie über kurzes Steppengras getrieben worden war, vor einer kleinen Anhäufung liegen. Daß es sich um das Hasengrab handelte, wußten nur wir. David hatte den Kopf unruhig gewandt, und einer der Soldaten rief, er fühle ein Brennen im Gesicht. Der Kommandeur befahl: »Richtung beibehalten! In die Berge hinauf können wir nicht, sind zu steil.« Bei der Klausenmühle, der Wirtschaft für Fernfahrer und früher der Büßer unterwegs nach Compostela, starben die Motoren ab. Aus den Auspuffen quollen weiße Wolken.
Wir waren es nicht, jedoch im Friedhof unter dem vollgestellten Parkplatz rumorten andere um Platz, wollten ans Licht, so daß wir Mühe hatten, sie wieder zu beruhigen.
Die Devisen lauteten: Wer genug hat, gewinnt; im Reich der Bleistiftstriche und der Gemälde zerrinnt die Ichsucht; Tote sind naß, krumm und schlimm; wer noch glimmt, kann Englisch lernen.
Hinter Tannenreihen am Hang gegenüber lag das Bauern-

schloß von Traudel Herzgespann und ihrem Sekretär verborgen, und wenn deren Reitstrauße, aus ihrem Gehege befreit, durch das Nadeldickicht gebrochen wären, hätten wir zur Zähmung aufsitzen müssen. Die Motoren des Panzers sprangen spuckend wieder an, während der Offizier in seinem Turm den Fahrern durch das Sprechgerät erklärte, sie hätten nur noch für fünf Minuten Reserve.

Sie reichte bis vor die Zellulosefabrik von Seltmans. Alle stiegen ab. Auch Fahrer und Monteur, ebenfalls sehr junge Soldaten, kletterten aus ihren Schächten. Der Offizier sagte, eine halbe Stunde hinter ihnen komme ein Bergungspanzer.

Hassel Ruth Weidenbacher bedankte sich für das Vergnügen der kurzen Reise und fragte den Kommandeur: »Haben Sie genügend Geld dabei?«

»Für was?«

»Ich fürchte, in dem kleinen Ort gibt es keine Tankstelle.«

»In Durlach bei Kempten sind auf einem Flugplatz Hubschrauber stationiert. Ich kann über Funk anfordern, sie sollen ein paar volle Kanister bringen.«

»Umarmen Sie mich«, bat die Lehrerin.

»Weshalb?«

»Sie haben so große, hellblaue Augen. Ich hätte nie gedacht, daß es in der Armee schöne Männer gibt.«

Verlegen, vielleicht auch, weil die Friedensmission zu Ende war, eilte der Offizier hinter die Plakatwand neben dem Tor zur Zellulosefabrik, um sich zu erleichtern.

Die Lehrerin erhielt von den vier Soldaten in ihren gelben, kleinen Rucksack noch Notnahrung: ein Kommisbrot, eine Tubenwurst, die nie schimmle, Süßstoff und Vitaminpastillen.

David war vorausgegangen. Er stand vor einer Baracke, aus der die chromatischen Läufe eines Schifferklaviers erklangen. Wäre er von Hassel Ruth nicht zurückgehalten worden, hätte er sich in der überfüllten Kantine zu der aufspielenden Luise Masch Babel durchgekämpft, die in Zigarettendunst und Biernebel den Balg ihres Instruments hin- und herschob und mit ihren

dicken Fingern die Tastatur, vor allem die etwa achtzig Knöpfe der Bässe bearbeitete.
Hassel Ruth Weidenbacher drängte zum Aufbruch. Erst vor hundertfünfzig Jahren sei Tibet bis zum Himalaja im Auftrag der Briten von Kundschaftern, die als Mönche verkleidet waren, vermessen worden, nicht in Kilometern, sondern in Schritten. Zahlennotizen hätten die Boten in ihren Gebetsmühlen versteckt.

10

Der Späh- und Friedenspanzer blieb liegen, doch sein Otto-Motor, eine Schöpfung der Firma Daimler, würde alles verzehren, Benzin, Diesel, auch Heizöl.
Nach Seltmans, von den Klängen der klagenden Musik noch berauscht, verstopfte auch Hassel Ruth Weidenbacher ihre Ohren, und gemeinsam betraten die Lehrerin und David eine Röhre, über der das gesperrte Teilstück einer Autobahn lag, die von Kempten durch das schönste Tal, den Weitnauer Grund, gebaut worden war.
Über dem Tunnel mochten Skilangläufer auf kurzen Rollbrettern im Schmetterlingsstil mit kräftigen Stockschüben bereits für den nächsten Schneefall üben, darunter jedoch herrschte eine behutsamere Welt.
Türkische Familien hatten sich dort angesiedelt und vereinzelt Tamilen, die nach Asyl suchten. Karbidlampen und Kerzen erhellten die Horden. Zum Wohnen standen Zelte, Verschläge, alte Zirkuskarren, Loren, Güterwagen und eine Lokomotive bereit, als handelte es sich um ein Museum, in das sich auch jugoslawische, griechische und galizische Zigeuner geflüchtet hatten. David ging immer langsamer.
Der Tunnel, durch den Wasser hatte geleitet werden sollen, war umsonst gebaut worden. Jeder Hof an den Steilhängen besaß eine eigene Quelle, deren Überfluß vor den Gehöften in einen Brunnentrog sprudelte, bis im Winter ein Eispfropfen das Rohr schloß. Inzwischen waren den Bauernhöfen von den Gemeinden Abfalltonnen zugeteilt worden, in denen sich aber nichts sammelte, da alles, ob aus Plastik, Rinde, Euterresten, Dachsparren oder Papier im Herd und in Kachelöfen verbrannt wurde, die von der Küche durch die Wand in die Wohnstuben hineinreichten, wo eine um den Ofen gebaute Bank für Mittagsschlaf diente, oder die Alten begannen mit Kartoffelschälen auf ihr das Tagewerk.

Aus der Zementröhre hatten sich stellenweise Stücke gelöst, und nasse Erde war eingebrochen. David und Hassel Ruth Weidenbacher mußten durch Schlamm waten, auch über Wälle klettern, auf denen sie, obwohl sie schon krochen, mit den Köpfen an die Decke stießen.
David sagte, er sehe Fußstapfen, große und kleine, dazwischen sei ein Tier gegangen mit drei oder fünf Klauen, nicht vier. Bei Besra Lu Winterstein gebe es Präparate und Nachschlagewerke, aber diese Zehen, scharf wie Dolche, kenne er nicht.
David hatte schreiend erklärt. Die Lehrerin wollte antworten, doch rutschte über Erdreich wieder hinunter. Schließlich sahen sie beide wie Bergwerkszwerge aus, denen nur die Mützen fehlten, die jene, mit Schafswolle ausgepolstert, gegen Überhänge und Steinschlag getragen hatten, als sie noch in den Silberminen Kretas arbeiteten, danach schwärmten sie als Wanderarbeiter nach Europa aus, bis sie in diesem Jahrhundert in Vorgärten ihre Ruhe fanden, gegossen in Gips und bunt bemalt.
Unter den Marktflecken Ritzensonnenhalb und Ritzenschattenhalb, von denen die zwei in der Röhre nichts wußten, daß es sie gab, waren Lüftungsschächte hinaufgebaut. Oben hätten sie sich über Gaius Julius Caesars Kenntnisse mokieren können, der im sechsten Buch über den gallischen Krieg geschrieben hatte, Elche besäßen hier, herbeigewandert durch endlose Wälder, in den Beinen keine Gelenke mehr, lehnten sich zum Schlafen an Bäume und würden gejagt, indem die Kelten die Stämme ansägten.
David stöhnte, sagte, er bekomme Angst, höre trotz der Pfropfen immer mehr, und Hunger habe er auch.
Die Lehrerin gab ihm aus ihrem kleinen, gelben Rucksack einen Schokoladeriegel zu essen und ein paar Vitaminpillen, antwortete, sie könnten auch ins Kolosseum zurück, sie habe keine Schmerzen mehr.
»Und wenn wir dort sind?«
»Fängt vielleicht alles wieder von vorn an.«

»Am Spinett, Cembalo oder Hammerklavier?«
Nein, der sägende Ton schweige, die Mauern hielten stand. Die Vögel breiteten ihre Flügel aus, und der böse Kopf gehöre den Unordentlichen Werkstätten.
Aus dem Tunnel war nicht zu entrinnen. David riß seine Uniformbluse auf, kratzte sich und klagte, wollte noch mal lindernde Spucke auf der Brust haben.
Unter Weitnau, einem Dorf, in dem ein Erholungsheim für Gallenkranke gebaut worden war, und wo drei Metzgereien, ein Zeitungskiosk und eine Wirtschaft wiedereröffnet hatten, irrten die Lehrerin und David in der Tiefe umher, betraten eine Treppe, doch vertrauten eher einem glimmenden Fell, das in einem Seitenschacht lag.
Eine verschleierte Türkin oder Jordanierin sagte, »gut, gut, Waschmittel!«
Sei keins, rief David.
»Kriegen Geld«, antwortete die Frau.
»Wieviel? Von wem?«
»Weiß nicht. Mein Mann.«
Wo er sei?
»Weg, weg.«
Die junge oder schon alte Frau zog ihren Tschador über die Nase zu den Augen hoch und nahm einen Salzstein, einen fingerlangen Bergkristall, an dem sie zu lecken begann. Der Stein konnte Geld sein, wie im Senegal gebräuchlich, aber es gab noch andere Währungen, Stücke aus Maulbeerrinde und hebräische Wachssiegel. Adolf Hitler hatte einst verkündet, alle Nichtarier sollten auf die Insel Madagaskar verbannt werden und für Arbeit mit Beeren bezahlt werden.
Unter Gerholz zweigte eine schmale Röhre nach Eisenbolz ab, einem Flecken, wo Zimmerleute Fertigteile für Holzdächer zusammenfügten. Einer der Arbeiter, schon fünfzig Jahre alt, würde später sich umschulen lassen und Krankenpfleger in St. Florian werden. Dort lagen seit Ende des letzten Weltkriegs noch Verstümmelte ohne Glieder, ohne Augenlicht. Die kurzen Rümpfe wurden jede Stunde im Bett gewendet, damit keine

Wunden entstanden. Angeschlossen waren die Zerschmetterten an Nahrungsschläuche und Radioprogramme.
Ein Banngebet aus dem bolivianischen Hochland lautete: »Wer Zwillingskinder bekommt, braucht einen Lamafötus, dann zwölf Meerschweinchen und ein Dutzend Kerzen, alles komplett nachts in einem Boot auf dem See, bis Fische an Bord springen.«
Bei Hellengerst, früher eine Eisenbahnstation, endete der Zementdarm. Ein Steg führte zur leeren Autobahn hinauf, die entlang des Speckbachs weiter nach Kempten verlief.
Hassel Ruth Weidenbacher und David wanderten über eine Seitenstraße durch die Weiler Rechtis und Wenk nach Schwarzerd, wo neben einem Hochmoor, dessen Torf in den letzten Jahren ausgeplündert und in Säckchen an Blumenfreunde in Städten verkauft worden war, eine Baracke lag, in der sich am Ersten jeden Monats Nichtseßhafte trafen, Provinzpenner, wohl die härteste Sorte dieses Berufsstands. Sie aßen, tranken und musizierten dort, angeleitet von Luise Masch Babel. Manchmal gab es blutige Nasen oder gebrochene Schlüsselbeine, doch nach ein, zwei Tagen und Nächten verstreute sich die Gemeinde wieder über das Land. Einmal, als die Nebenstreckeneisenbahn noch fuhr, hatten die Zerlumpten einen Zug gestürmt und bis nach Buchloe dirigiert.
Die Baracke war leer. Ein paar Plastiktüten trieben im Wind, der durch zerbrochene Fensterscheiben blies, über den Fußboden, und vertrockneter Kot häufte sich in Ecken. Ein Eichelhäher flatterte zwischen den von Schimmel bedeckten Wänden hin und her, ließ sich schließlich auf Davids Kopf nieder, einen weißen Schwall aus dem After auf das Haar des Lehrlings pressend.
David griff nach oben, erwischte den erschreckten Vogel, drehte ihm den Hals um und schleuderte den Eichelhäher von sich.
Hassel Ruth Weidenbacher rief, das hätte er nicht tun dürfen, es sei Frevel! Welche Schmerzen, ach, die Schläfen! David begann, den Kadaver zu zerstampfen, was ihm nicht gänzlich

gelang. Flügelteile, Klauen und der Schnabel blieben noch vorhanden.
»Hinaus«, schrie er.
Die Lehrerin taumelte. In einem Gebüsch aus Riesenfencheln, genannt Stinkasant, und Kümmelstauden, die am Rand des Hochmoors, wo kiesiger Boden anfing, gediehen, und wo einst der Bahndamm gelegen hatte, brach Hassel Ruth Weidenbacher in die Knie. Sie könne nicht mehr weiter, erklärte sie.
»Du mußt aber«, befahl David. »Wenn wir Angela und den Geliebten nicht einholen, war alles umsonst. Sie sind irgend etwas gefolgt, einer Maschine oder einem Tier. Wir brauchen nur der Spur nachzugehen.«
»Wohin?«
»Ich weiß es nicht. Vielleicht ins Ausland. Hast du Geld dabei?«
»Genügend«, antwortete sie. »Auch Schecks. Liebst du mich?«
David küßte sie auf ein Ohr, nahm den Stöpsel heraus und entfernte auch aus seinen Ohren das zusammengedrehte Gras, so daß Wind, das Reviergeschrei der Vögel und entferntes Muhen weidender Kühe in die Gehörgänge eindrangen, ein Getöse, als sei die Welt in unsichtbare Würfel aufgeteilt.
Außerdem fand David ein rundes Stück Wurzel, das einer Taschenuhr aus Holz glich, einst geschnitzt und in allen Einzelheiten der Zahnrädchen, einer Unruh und gespannten Spänen von frühen Meistern ohne Nägel oder Leim nur hilfs winziger Steckzapfen zusammengefügt. Damals wurden auch in Portugal, der Großmacht, Schiffe gebaut und zu den Antillen gesegelt, wo die rohen Fahrzeuge, sogleich abgewrackt, als Feuerholz dienten, da die Eroberer bereits alle Wälder hatten fällen lassen.
Nach dem Flecken Kamm gelangten die zwei Wandernden über eine Steige nach Buchenberg, ein Dorf, in dem es jedes Jahr ein Hundeschlittenrennen gab. Wenn kein Schnee lag, wie seit ein paar Jahren üblich, als rückte die Sahara über das Mittelmeer nach Zentraleuropa vor, wurden die Schlitten mit

Gummirollen versehen, und über unebene Pfade karriolten die Vierer- und Sechsergespanne der Huskies, Hunde, die David noch nicht kannte.
In Buchenberg bestiegen der Lehrling und die Lehrerin einen Postomnibus, der gerade angekommen war. Die Fahrt ging hinunter durch Serpentinen und vorbei an Köpf, einem Flekken, der einen kleinen Bügellift besaß, eine vergebliche Errungenschaft. Manchmal wurde die Winterarmut von germanistischen Wissenschaftlern aus Duisburg oder Bielefeld, die Köpf als Tagungsort auserkoren hatten, benützt.
Die hügelreiche Landschaft, nicht mehr überhaucht von blauen Flachsblüten, entwickelte sich hinüber zu ersten Gebirgstürmen, dem Beginn der Alpen. Nebel floß noch durch Täler, aber Wärme würde den Dunst aufsteigen und zerfließen lassen, und der Postomnibus schwebte Kehre um Kehre hinunter in die Kemptener Pfanne. Cambodonum, ein kalter Ort, den Römer als Ringwall gebaut, doch bald wieder verlassen hatten, war im Dreißigjährigen Krieg in Flammen aufgegangen. Darüber hatte ein Hans Conrad Lang, weiland Kommissär in kaiserlichen, schwedischen und spanischen Diensten geschrieben:
Nachmittags um oder zwischen ein und zwei Uhr ist in der Stadt eine große Feuersbrunst entstanden. Ist in des alten Winnissers des Beckens Haus negst bey dem Kornhaus, darinn derzeit Davit Mayerhofer, ein Bekh gewohnt, ufgangen. Und sein in wenigen Stunden in die 370 Fürst Flächen verbrunnen. Item die Pfarrkirchen, drey Thor, der Pulverthurm, das Rathhaus, das Zeughaus, das Steuer- oder Neuhaus, die Kanzlei, der Salzstadel, drey Metzig, und Tuchhaus, die Waag, oder das Waghaus und unter anderem auch mein Aigen Haus und Hof am Oberthor, welches ich erst bei einem Jahr vast von Grund auf bauen lassen, sampt Allem, was darin war, ausgenommen daß in Abwesenheit meiner, guete Leuth etliche Bett in zwollen Tüchern herausgebracht, sampt etlichem Hausrath, welcher unten im Gewölb gelegen, und einem halben Kasten das ober Theil, als man das Untertheil auch wollte heraustun, ist das

Feuer schon im Haus gewest, daß alles hat derben müessen, was noch darinnen gewesen. In dieser Brunst sein acht Personen geblieben. Item das vast von neuem von Apt Wolffgang abgebrochen und ufs neu gebaute Closter ist sampt der Kirchen und Capellen und Libery alles verbrunnen. Und ist sich hoch zu verwundern, daß ein Haus mitten uf dem Kirchhof zwischen der evangelischen und der Closterkirchen, der Oelberg genannt, darin den armen Leuth bisweilen Spenden ausgethailet oder Almosen spendirt worden, ganz ohnversehrt geblieben. Welches ich hernach selber gesehen, als ich 6 Tag nach der Brunst hin kahm, da man noch feurige Balkhen aus meines Schwagers Haus zum Schlüssel gezogen, daß der Oelberg rechtschaffen stund, das Gras ringsum versengt gewesen und ich nit mehr Schaden am Oelberg weder an Holz noch Gemäuer gefunden, denn daß in dem höltzin Bankh, der dafor steht, ein groß und klein Loch gebrannt war, aber von freyen Stuckh, durch Bevelch Gottes, aufhören müessen. Auch sein unverbronnen geblieben Geistliche und Weltliche Oberherrn mehrerteil Häuser. Und sein zwar drey Schulen abgebrunnen, aber nachvolgende gestunden: Dreyer Prediger Häuser, Item Hrn. Bürgermeister Wolfen, Hern. B. Mathiä Risten, Hern. B. Joerg Eberzen Häuser und Stadtammann Caspar Hillers Haus und das verziehensgott Spital, da doch die Brunst am Spital Alles gegen den Oberthor wekh genommen. Der getreue Gott, der mitten im Zorn seiner Barmherzigkeit gedenckht, woll uns und unserer vihl, vihl vihlfaltigen Sünden willen nicht weiter strafen, sondern dieselben gnediglich verzeihen und vergeben und vor weiterem Unglückh bewahren. Amen.
Der Herr hats gegeben, der hats genommen, der Name des Herrn seye gelobt und gebenedeyet. Job am ersten, wanns Satan Ende kömmet.
Später hieß es in dem Bericht noch, in einem mit mannigfaltigen Blumen und Gewächsen überall anmutig bepflanzten Garten sei alles durch die Hitze verdorrt, und es sollte glauben gemacht werden, daß dort von den blattlos gewordenen Bäumen halbgebratene Äpfel herabhingen, jedoch in anderer Weise als in

den Gevierten der Hesperiden oder auf elsässischen Feldern. Der größte Teil des Hausgeflügels sei mit Geschrei dem Verderben entronnen, der Rest verbrannt.
Zwei indische Hühner hätten Glück gehabt, in einer Ecke, die sich durch das Zusammenstoßen zweier Mauern bildete, Asyl zu finden. Die braven Tiere duckten sich dort nieder. Da aber der Winkel zu eng gewesen sei, um beiden nebeneinander Platz zu gewähren, setzte sich das eine Huhn auf den Rücken des anderen und rettete sein Leben durch den Tod des unteren, gefunden am nächsten Morgen, verschmort.
Der Omnibus, in dem die Lehrerin und David saßen, hielt mehrmals in Kempten, zunächst beim Salzstadel, dann vor dem Kaufhof, schließlich am Ende einer Steige, auf der früher der Sackbahnhof aus Ziegelsteinen in der damals einzigen Industriestadt des Allgäus gestanden hatte. Der Reisepalast war geschleift worden, ein Parkplatz mit anschließenden Terrassengebäuden für Schulen hatten den Raum eingenommen.
Wenn Riesenfenchel und Kümmel, gut gegen Blähungen, sich auf dem Gelände ansiedelten, müßten wir uns eine Zeitlang nicht um jene kümmern, die noch lebten.
Im Kornhaussaal der Stadt war 1928 und vier Jahre später noch mal Adolf Hitler als bejubelter Redner aufgetreten. Die allerletzte Hexenverbrennung Mitteleuropas hatte 1775 vor den Mauern des wiederaufgebauten, kurbischöflichen Palais stattgefunden, während die zuschauende Menge schwieg. Inzwischen standen Zierbrunnen in den Gärten.
Bevor der letzte Weltkrieg im Mai 1945 endete, wurden junge Polen, als Landarbeiter ins Allgäu verschleppt, an Bäumen aufgehängt. Die Kinder hatten auch als Genesungsbanken gedient. Jede Woche war ihnen anderthalb Liter Blut für Verwundete in Lazaretten abgezapft worden.
Nach Hitlers letzter Rede in Kempten planten zwei Viehjuden ein Attentat. Sie wußten, daß mittags zwölf Uhr der Führer an einer bestimmten Ecke vorbeifahren wollte. Die beiden Terroristen erwarteten ihn mit verborgenen Waffen, jedoch vergebens.

Nach dreiviertel Stunden gaben die beiden Attentäter ihre Hoffnung auf, bemächtigten sich einer dreiachsigen mit sechs Panzerreifen versehenen Daimler-Limousine, die leer vor dem Bahnhof stand und fuhren mit dem geraubten Führerauto Richtung Berchtesgaden.
Unterwegs kam ihnen ein ähnlich schwarzes Fahrzeug mit einer SS-Standarte an der Kühlerhaube entgegen. Vielleicht saß Heinrich Himmler in dem Wagen.
Meine Güte, soll einer der Räuber gesagt haben, hoffentlich ist Hitler nichts passiert?
Die Spur der beiden Juden verlor sich. Die Widerstandskämpfer wurden nicht gehenkt, enthauptet oder vergast. Sie erzählten, gerettet in Nordamerika, später ihren Kindern und Kindeskindern nichts von ihrer Tat und ihren Ängsten. Erst als der eine auf dem Totenbett lag, begann der andere über die Vergangenheit zu sprechen. Kurz darauf starb auch er.
Draußen im neuen Hauptbahnhof von Kempten, hergestellt nach dem Vorbild sowjetischer Plattenbauweise, bestiegen die Lehrerin und David einen Schnellzug, der sie über Füssen und Garmisch-Partenkirchen nach Innsbruck in Österreich bringen sollte.
»Ist es richtig, was wir tun«, fragte Hassel Ruth Weidenbacher.
»Hast du Schmerzen«, fragte der Lehrling.
»Nein, aber sie könnten wiederkommen.«
Sie saßen allein in einem Abteil und sahen hinaus auf die frühsommerlichen, grünen Matten und bewaldeten Berge. In die Täler waren asphaltierte Wege eingebettet, an den Hängen standen erweiterte Bauerngehöfte, und kleine Seen stauten sich noch vor bewahrten Hochmooren. Manchmal überholten auf einer Straße neben dem Geleis in helles Licht getauchte Autos den Zug.
Er erwarte eine Brücke, sagte David.
Die Lehrerin verstand nicht.
Er habe den Verdacht, erläuterte er, daß eine auf der Strecke eingestürzt sei.

»Warum?«
»Weiß ich nicht, aber mit der Rotenbacher Brücke begann es.«
Das sei eine Anomalie gewesen, eine Materialermüdung, sagte Hassel Ruth Weidenbacher. Wer sich krank fühle, ziehe, als könne er sich dadurch retten, seine Umgebung mit hinein.
Ein Schaffner betrat das Abteil und wollte die Billets prüfen, aber die beiden hatten in Kempten vergessen, welche zu kaufen.
Ob sie nun aussteigen müßten, fragte die Lehrerin.
Der Beamte, ein junger, nervös wirkender Mann in hochgeschlossener Uniformbluse, der mit seinem kaum merkbaren Akzent ein Türke oder Jugoslawe sein konnte, schrieb auf den Knien die Fahrscheine aus und wechselte auch zwei von Hassel Ruths großen Scheinen.
»Gute Fahrt«, sagte er. »Gedeihen.«
»Woher wissen Sie das Wort«, fragte David.
Er habe immer ein Lexikon dabei, erwiderte der Schaffner.
Ob er allein lebe?
Sechs Geschwister arbeiteten hier, Vater und Mutter seien zurückgekehrt, bauten ein Haus. Seine Brüder und zwei verheiratete Schwestern reisten in den Ferien dorthin.
Hassel Ruth Weidenbacher wollte dem jungen Schaffner irgend etwas schenken, eine Vitaminpastille, ein Stückchen Dauerwurst oder ein wenig Grieß, den sie aus den Falten ihres kleinen, gelben Rucksacks herauszuschaben versuchte, doch der Beamte sagte, er habe keine Zeit, müsse noch die anderen Fahrgäste prüfen.
»Mach das Fenster auf«, befahl David seiner Mutter.
Sie tat es ohne Widerspruch, und Wind fauchte herein. Die beiden setzten sich auf die gegenüberstehende Bank.
Nach einer Weile fragte David: »Riechst du was?«
»Überhaupt nichts. Mach das Fenster wieder zu, ich friere.«
»Hast du Angst?«
»Ja, sehr.«
»Wir fahren doch zusammen?«
Was, erwiderte sie, solle sie sonst tun? Sich aus dem Schnellzug

stürzen oder an einer Station allein vor Schreck erstarren? Wenn David die Reise fortsetzen wolle, brauche er vor allem Geld. Sie gab ihm ein paar hundert Mark und drei Schecks, die sie ausfüllte.

»Ach, meine Mutter«, rief er, »ich liebe dich!«

Sie ihn auch, antwortete die Lehrerin, obgleich sie immer noch nicht wisse, weshalb sie das Land verließen.

»Riechst du nichts?«

»Nur Bauerngülle. Es ist abscheulich.«

Angela sei, behauptete David, hier vorbeigekommen, in der Eisenbahn oder zu Fuß mit Poi Amber Braun. Er spüre, ahne es. Seine Schwester und der Geliebte hätten kaum mehr etwas zu essen gehabt und seien über Nacht in einem der Dörfer geblieben. Angela habe mit den Toten gesprochen, die sie seit der Kemptener Pfanne begleiteten.

»Unsinn«, sagte die Lehrerin. »Deine Schwester kriegt wahrscheinlich zum ersten Mal ihre Tage und ist über das Blut entsetzt, obwohl ich es ihr schon lang immer und immer wieder erklärte. Ich wollte mit ihr an diesem Tag ein Fest feiern, nun muß sie damit allein zurechtkommen und schämt sich vor Poi Amber Braun.

»Tut sie nicht.«

»Desto besser. Aber wie können die beiden unentwegt weitermarschieren? Sie haben wahrscheinlich kein Geld, auch keine Ausweise. An der Grenze treffen wir sie.«

Sein Vater, der Bote, erklärte David, hätte gesagt, ein Kurier gebe nie auf, erreiche sein Ziel.

»Welches?«

»Weiß ich noch nicht. Vielleicht Italien, wohin Vorfahren ausgewandert sind, Schmucks, Weberbecks und Passmorés. Im Ahnenschrank auf dem Friedhof stehen ihre Namen. Angela kennt sie. Und Poi Amber Braun stammt sowieso aus einer anderen Welt. Er versteht cimbrisch.«

Er solle wieder seine Pfropfen in die Ohren stecken, erwiderte die Lehrerin. Sie wolle nichts mehr hören. Er sei taub erträglicher.

Manchmal hielt der Zug, und Leute stiegen aus und ein, auch einen klingelnden Wagen mit Eßwaren und Getränken schob ein Jordanier oder Marokkaner durch den Korridor entlang den Abteilen, aber Mutter und Sohn kauften nichts, taten, als ob sie schliefen.

Irgendwann, als zwischen Bergen ein noch oben mit Schnee bedecktes Massiv aufragte, wahrscheinlich der Säntis, sagte Hassel Ruth Weidenbacher, dahinter liege das Fürstentum Liechtenstein. Im Frühjahr 1945 hätten sich Kosakenfamilien, die mit Resten des deutschen Heers aus dem Osten flüchteten, dorthin gerettet und seien nicht an Sowjettruppen ausgeliefert worden. Andere, im englisch besetzten Kärnten oder in der französischen Besatzungszone Süddeutschlands, hätten trotz der Genfer Konvention, in Güterzüge gestopft, eine Reise zurück antreten müssen. Wer nicht Selbstmord beging, habe in sibirischen Gulags den Tod durch Arbeit und Hunger kennengelernt.

David wollte nichts wissen, sagte, bald seien sie da.

In Innsbruck verließen sie den Zug und übernachteten, nachdem sie durch die neblige Stadt bis zum Beginn der Brenner-Autobahn gegangen waren, in einer Billigherberge, die für Gäste nicht mehr eingerichtet war. Auf unbezogenen Betten lagen statt Plumeaus nur härene Decken, weshalb Hassel Ruth Weidenbacher nachts zwei-, dreimal am offenen Fenster stand und viel Willen aufbrachte, um sich nicht zu kratzen. David schlief tief und ohne Pfropfen.

Am nächsten Morgen kauften sie gebrauchte Fahrräder und begannen den Aufstieg über die alte Straße, die sich in Kehren, Schleifen, zum Teil wieder abfallenden Stücken durch Wälder wand. Sie mußten sich stets links halten, da auf der rechten Seite eine unablässige Kolonne von Fahrzeugen nicht vorwärts kam. Gestank und erbitterte Touristen, die ihre Autos verlassen hatten, behinderten.

Immer wieder rief die Lehrerin, sie könne nicht mehr. Schließlich lernte sie, wie David vorwärts gebeugt die Pedale im Stehen zu treten, so daß das Körpergewicht bei jeder Umdrehung mithalf.

Sie kamen durch die Dörfer Natters und Mutters, machten eine Pause gegenüber der Patscher-Alm, die, auf zweitausend Meter gelegen, von ein wenig Schnee bestäubt war, und holten aus dem kleinen, gelben Rucksack etwas Notnahrung der Panzersoldaten.
»Warum sind wir hier«, klagte Hassel Ruth Weidenbacher.
In der Nähe führte die Eisenbahnstrecke vorüber, auf der in Minutenabständen Güter- und voll besetzte Personenzüge, Pfiffe ausstoßend, höher krochen.
Ob ein Streik des Mautpersonals an der Autobahn angezettelt worden sei?
David sagte, er wisse es nicht.
Sie erhoben sich wieder über ihre Lenkstangen, erreichten keuchend die Abzweigung Außerkreith, wo die Straße endgültig blockiert war. Polizisten winkten mit Warnkellen.
David fragte, weshalb sie nicht weiterfahren könnten?
Verboten, es herrsche Gefahr.
Welche?
Einstürzende Bauten.
Er sehe keine.
Die Tschutschen, was sich auf deutsch wie Geduckte anhörte, müßten von der Straße weg, kommandierten die Polizisten, sonst gebe es Handschellen.
David und Hassel Ruth fuhren eine Gasse hinunter und stiegen ab, da es noch enger und steiler wurde, zurückgelehnt zu Fuß ihre Räder bremsend.
Vor einer offenen Stalltür saß ein Mann in einem Liegestuhl, neben dem ein Kofferradio spielte.
Die Lehrerin blieb stehen und fragte, wo die Kühe seien?
Er habe keine.
»Sehen Sie deshalb so zufrieden aus?«
Antwort, er sei Verteter für Melkapparate, Sojaschrot, Tabioka und Maniok geworden.
»Warum?«
Weil das Vieh der Bergbauern nicht mehr auf die Almen getrieben werden könne. Der Verkehr, die Innsbrucker Luft habe die

Weiden verseucht. Die Kühe blieben in den Ställen wie Touristen, die sich ausschliefen.
David fragte, was mit dem Gras an den Hängen geschehe?
»Wird nicht gemäht«, erwiderte der Vertreter. »Es wächst und verwildert, wird gelb und hält den Boden fest.«
»O wie schön«, rief David, »dann kommen wir wieder.«
»Wenn du magst.«
»Und die Rehe, Böcke und Gemsen?«
Würden abgeschossen, es gebe sowieso zu viele.
Die Lehrerin schlug ein Kreuz, sagte, sie glaube diesem präpotenten Schnösel kein Wort, worauf der einstmalige Jungbauer aus seinem Liegestuhl aufstand, das Kofferradio abstellte und erklärte: eins zu zehn.
Mutter und Sohn verstanden nicht.
Es sei einfach, sagte dieser Hansi, dessen blonde Haare gestutzt nach allen Seiten zeigten. Die Leute äßen Fleisch, als würden sie noch immer im Wald oder in Kiesgruben arbeiten, doch die Tiere, die geschlachtet würden, müßten zehnmal mehr Futter verschlingen für ein Kilogramm am Leib. Soviel Gras gebe es nicht, deshalb sei er Händler für Futter aus den Tropen geworden.
»Musik, Musik«, rief Hassel Ruth Weidenbacher.
Das wiederangestellte Kofferradio neben dem Liegestuhl verbreitete auf Kurzwelle Nachrichten und Melodien des Senders Monte Ceneri.
David und die Lehrerin stiegen wieder auf ihre Räder und fuhren, obgleich die Strecke voll Schlaglöcher und Kies war, hinab ins Tal der Sill, durch die kaum Wasser floß. Die milden Winter hatten sie ausgetrocknet. An den Steilufern hingen grüne und braune Flocken, als habe ein Satyr, der verzweifelt nach Schwimmöglichkeiten suchte, Teile seiner Lunge ausgehustet.
Über den beiden Reisenden ragte die Europa-Brücke auf, höchstes Zementgebilde, das in fast zweihundert Meter Höhe ein Tal überquerte. Oben war das Eisengeländer durchbrochen, und ein Wohnwagen, der zu einem Auto gehörte, hing über dem Abgrund.

Unten in der zu einem dünnen Bach gewordenen Sill lag ein abgestürzter, zerschmetterter Lastwagen, aus dessen Laderaum Tausende von Schuhen, Galoschen und Stiefeln sich ergossen hatten.
»Und der Fahrer«, rief David.
Die Kabine war leer. Entweder hatte sich der Tote aufgelöst oder der Chauffeur war rechtzeitig abgesprungen.
David watete durch die Schuhe, probierte eine Sandale, einen Pantoffel aus Lebkuchenstoff an und einen knöchelhohen Stiefel für Abfahrtsläufer.
»Wo ist der Papst«, rief er.
Hassel Ruth Weidenbacher erwiderte, die Lager seien leer. David müßte nicht immer daran erinnern, außerdem sei er zu jung dafür.
»Bin ich nicht!«
Sein Selbstmitleid rühre sie nicht.
»Dann geh in deine Schule oder zur Rauschgoldengelfabrik.«
Die Lehrerin blickte nach oben, sagte, David solle die Pfeiler betrachten, irgend etwas stimme nicht.
»Die Brücke macht eine langgezogene Kurve, was von unten aussieht, als schwanke sie.«
»Vielleicht tut sie es tatsächlich, und deshalb ist die Autobahn gesperrt?«
David stieg aus Pantoffel und Skistiefel, ging durch den Bach und schlug mit der Hand gegen die Flanke einer der mächtigen Säulen. Um auf den Sockel zu gelangen, hatte er, sich an Gestrüpp hochziehend, kriechend über eine Schräge klettern müssen, die einer gekippten Hauswand glich.
»Alles in Ordnung«, rief er. »Keine Brüche, nichts klingt hohl!«
Er ließ sich vorsichtig herunterrutschen, landete in Brombeeren, aus denen er sich, zerkratzt an den Beinen und auf der Brust, über der die enge Uniformbluse nicht schloß, fluchend befreite.
Die Lehrerin zeigte nach oben, flüsterte, »schau, schau.«
Über das Brückengeländer beugte sich eine winkende Gestalt,

verschwand wieder, dann sprang die Figur, nachdem sie einen Anlauf genommen haben mochte, mit ausgebreiteten Armen, einen kaum zu hörenden Schrei der Lust oder Angst aussto-ßend, in die Tiefe, knäulte sich zusammen und fiel, doch mit einem leisen Knall entfaltete sich ein Schirm, der einer in viele Segmente aneinandergenähten, flachen Wurst ähnelte.
Die Gestalt schwebte nieder, zog durch Aufwinde wieder höher, beschrieb enge Bögen hinaus ins Tal, damit der Schirm sich von den Pfeilern entfernte, in deren Nähe eine nicht kalkulierbare Thermik gefährlich werden konnte, um, während der Pilot mit den Beinen zu rudern begann und an den Halteschnüren zog, sanft sinkend und nach ein paar rudernden Bewegungen in der Sill landete. Der Schirm fiel zusammen, sog sich voll Wasser.
Es war Lothar, der Musik-, Turn- und Religionslehrer aus den Unordentlichen Werkstätten.
Hassel Ruth Weidenbacher und David planschten zu ihm, wagten aber nicht, ihn zu umarmen.
Er sei da, sagte Lothar stolz.
Warum? Ob die Schule geschlossen sei?
Ja, aber in der Zeitung habe er gelesen, daß die Europa-Brücke wegen Einsturzgefahr gesperrt werde, und weil er sich nie auf den Olympia-Turm von München gewagt habe, dessen oberste Plattform mit Staketenspitzen gegen Selbstmörder und Freifallspringer gespickt worden sei, habe er sich hierher bemüht.
Die Lehrerin faßte sich an die Schläfen, als bekomme sie wieder Kopfschmerzen im Anblick einer anderen Ferkelseele.
Ob er Angela und Poi Amber Braun suche, fragte David.
Der Turn-, Musik- und Sportlehrer hatte keine Ahnung, sagte, oben auf der Brücke stünden noch ein paar Begeisterte, die die Gelegenheit wahrnähmen, nach der Landung nicht gleich verhaftet zu werden. Es seien drei Mädchen, ein Abfahrtsläufer, der vor zwanzig, dreißig Jahren Olympiasieger war und ein Vertreter für Dosenbier.
»Und die Kühe«, fragte Hassel Ruth Weidenbacher.
Lothar begriff nicht.

»Wer versorgt den Stall deiner geliebten Charlotte?«
Er wußte es nicht.
»Und Theo, der Rucksackbauer, ihr Mann?«
Der Fallschirmspringer zeigte hinauf zur Brücke, die kaum mehr in einem sich gegenseitig durchdringenden Nebel aus Kälte, die vom Tal hochzog, und Sonnenschein zu sehen war, aber niemand warf sich über das Geländer. Nach einer Weile sagte Lothar, vielleicht habe es oben zu viel Bier gegeben.
Hassel Ruth Weidenbacher wollte wissen, ob die Direktorin der Schule einer Chemotherapie unterzogen worden sei?
Lothar wußte es nicht, sagte, er habe nur einen einjährigen Vertrag, danach gehe er stempeln oder werde Jäger.
»Wirst du nicht«, erwiderte David. »Wenn unser Tal verteidigt werden muß, dann stelle ich eine Truppe auf. Dich nehme ich nicht, du kannst nicht schießen.«
Lothar, noch berauscht von seinem Flug, versuchte in der Sill seinen vollgesogenen Gleitschirm zu bergen, ein schwieriges Geschäft, da immer, wenn er einen Abschnitt der Flugwurst ausgepreßt hatte, das nächste Segment Nässe durch die Kunstfaserseide aufsteigen ließ.
David sagte, Lothar solle sich um die Schuhe kümmern.
»Wieso?«
»Weil der Papst es nicht tut. Er schmatzt am Boden, wohin er kommt, aber Hilfsorganisationen sammeln unser Zeug ein, das wir nicht mehr wollen, und verkaufen es auf irgendeinem Schwarzmarkt in Afrika oder am Rand der Kordilleren.«
Der Religions-, Sport- und Turnlehrer, verwickelt in sein teures Kunstgewebe, antwortete, er brauche keine Belehrungen.
»Dann nimm ein paar Schuhe mit«, sagte David.
»Wohin?«
»In die Schule, solang du noch dort bist. Die Enten, sie werden sich freuen.«
Hassel Ruth Weidenbacher, die ungeduldig ihr Fahrrad den Weg höher geschoben hatte, sagte, daß in den Korridoren der Zementbaracken seit Jahren vergessene Schuhe der dummen Kinder von neugierigen Enten, eingewandert aus dem Olym-

piagelände, sortiert würden. Sie benützten Pantoffel auch als Nester, obwohl die jugoslawische Aufwartefrau mit dem Besen dazwischenstöbere.
Hoch auf der Brücke tat sich nichts. Oder doch? Drei, vier bunte Bälle, als wären es zusammengeballte Körper, fielen, wurden vom Wind abgetrieben und stürzten beiseite in Gehölze. Es waren Fallschirmpakete, geschleudert von den Springern und Springerinnen, die zu viel Dosenbier getrunken hatten.
Beim Dörfli Oberöllenbögen saßen David und die Lehrerin wieder auf und begannen, die alte Straße hochzustrampeln, deren rechte Seite immer noch von Kolonnen verstopft war. Ab Matrei, einer Station mit weißgeschlemmten Fachwerkhäusern und Jausenkiosken, floß der zurückgehaltene Verkehr wieder auf die Autobahn hinüber. Es hatte sacht zu regnen angefangen. David kaufte zwei durchsichtige Plastikmäntel, die sogleich anklebten, und zwei Käsesandwichs.
»Iß, iß«, sagte er. »Es sind nur noch wenige Kilometer.«
Nach einer weiteren Stunde rief die Lehrerin hinter ihm, sie gebe auf!
»Schau auf meinen Rücken, bis er brennt.«
»Laß mich hier.«
»Nein!«
Hintereinander in nieselnder Nässe über die Lenkstangen gebeugt, erreichten sie Steinach, wo die Straße durch ein Wäldchen wieder abfiel. Danach mußten sie Kehre um Kehre erneut aufwärts klettern, und Erschöpfung geriet zu einem Grad von Begeisterung.
Im Weiler Gries fiel Hassel Ruth Weidenbacher von ihrem Rad und erklärte: »Schluß, aus!«
David stieg ab, herzte die Lehrerin, sagte, bald kämen sie zur Abfahrt und dann könnten sie die Spur von Angela und Poi Amber Braun wiederaufnehmen.
Nach St. Sigmund, wo linker Hand die beflockte oder vereiste Vennspitze aufragte, kamen sie zum Brennersee, ein für Autofahrer, die sich hintereinander lang geplagt hatten, gut zu sehender Hinweis, daß in Kürze die Grenze auf dem Paß erreicht sei.

Die beiden Radler mußten noch eine halbe Stunde durch Schleifen, teils auch über Schotter sich verausgaben, bis sie beim Zollhaus waren, an dem sie von einem österreichischen oder italienischen Soldaten, der in einem gläsernen Kasten saß, vorbeigewunken wurden.
Im Dorf Brennero hingen außen an den Kaufläden Dauerwürste, Rotweinflaschen, Plüschbären und eine Art gelber Schmetterlinge aus Plastik, oder aber es waren sorgfältig konservierte, tropische Falter, die als Zopfmaschen verkauft wurden.
Sie brauche Handschuhe, sagte die Lehrerin.
Es gab keine.
David schwang sich auf sein gebrauchtes Vehikel und fuhr voraus hinunter; Hassel Ruth Weidenbacher folgte. Beim alten Radio-Thermalbad und bei der alten Kaserne, die nicht mehr besetzt war, sahen die eingeschlagenen Fensterhöhlen dunkler aus als einst der Schmutz an den Uniformen armer Soldaten gewesen sein mochte. In der Nähe rauschte der Verkehr durch Tunnels und über die auf Stelzen ruhende Autobahn.
Vor einer Kreuzung, wo Wegschilder nach Vallming und hinauf nach Hühnerspiel-Höh wiesen, zweigten die beiden Radler zu einem Dorf ab, das ein Lied bekannt gemacht hatte:

Es fuhr ein Bus durch Gossensaß,
dort waren alle Gossen naß,
so daß die ganze Gassensoß
sich über die Insassen goß.

Es begannen nach einer einst napoleonischen Fortezza und später auf langen Abfahrten bis Bressanone oder Brixen neue Gebrechen. Die Rücktritte in den Naben griffen kaum mehr, und die Gummis der Felgenbremsen verschmorten allmählich trotz der Kälte.
Die Lehrerin, ihre Hände von der Lenkstange nehmend, stürmte an David vorbei, er holte sie jedoch ein und dirigierte sie gegen einen Steilhang neben der Straße, wo sie schrammend hätte landen können, doch sie faßte wieder zu, stieg ab.

Sie aßen aus dem kleinen, gelben Rucksack Pastillen, welke Bananen und eine Dose Austernfleisch.
»Geht's?«
»Tut schon.«
»Wo ist der Mond?«
»Hinter uns.«
Sie solle sich die Pfropfen in die Ohren stecken, sagte er, sonst gebe es doch noch ein Unglück.
Auf den ausgekühlten Händen, die die Griffe der Lenkstangen umklammerten, blieb Schnee liegen, fraktale Objekte einer komplexen, nicht ganzzahligen Geometrie, wie sie überall gedieh und in der Natur, je näher betrachtet, desto vielfältiger wurde.
Ihre Kurven, Linien, Ecken, Buchten und Ausstülpungen störten die Harmonie der Rechenklassik, verwandelten sie in pathologische Gebilde, als hätten Moleküle wechselnde Phantomlinien erzeugt.
Der Schnee, gezackt und verästelt wie kleine Lungen, glich dem Mengerschen Schwamm, dessen Volumen zu Null werden konnte, während sich seine Oberfläche unendlich vergrößerte.
Unterhalb Tiroler Trutzburgen, teils verfallen oder wieder restauriert, war von den Hängen, an denen Generationen von Weinbauern gebaut hatten, um auf ihnen Reben zu pflanzen, die Erde zu Tal gerutscht, so daß die beiden Radfahrer manchmal schieben mußten, da die alte Straße verschüttet war. An einem verlassenen Gasthaus hing noch ein Schild: trote vive, frische Forellen.
Düsternis nahm bei Chiusa, einem finsteren Ort, zu, und vor Collabo mußte David eine Pause machen, weil er nicht mehr wußte, ob sie weiterkommen würden.
Hassel Ruth Weidenbacher, mit Sisu, einem zweiten, finnischen Wind, der neue Kräfte weckte, segelnd, bot David Panzervitamine an, küßte ihn auch, aber weder ihre noch seine Lippen besaßen genügend Feuchtigkeit, um aneinander zu haften.

»Liebster«, sagte sie.
»Such dir einen anderen Mann«, stammelte er. »Ich bin nicht dein Vater.«
»Niemals«, sagte sie, »aber du bist vorausgefahren.«
»Warum nicht du?«
»Weil ich es nicht wage. Du bist jünger, verbrauchst mehr Sauerstoff und wirst kürzer leben, jedoch lauter als ich.«
Sei eine Waffe, die kein Zielfernrohr brauche, erwiderte er.
Bevor sie nach Bolzano oder Bozen kamen, mußten sie noch zwei Moränen, die sich auf die Straße gewälzt hatten, überwinden. Die Dunkelheit begann, außerdem hatte der Regen zugenommen. Von Steilhängen hingen ausgerissene Bäume und Büsche, die bald abstürzen würden.
Bozen, in einem breiten Tal, durch das der Fluß Adige, die Etsch, floß, gewährte Schutz beim Güterbahnhof, wo Lastwagen in Reihen parkten.
Gegenüber befand sich ein Gasthaus, an dessen Namensschild alle Leuchtbuchstaben ausgefallen waren.
Mutter und Sohn erhielten ein Zimmer, in dem links und rechts ein Bett stand; auch ein Nachttischlämpchen brannte.
»Oh, wie wunderbar«, rief die Lehrerin.
»Scheußlich«, sagte David. »Hier sollen wir schlafen?«
»Ich beschütze dich.«
»Zusammen in einem Bett?«
Sie packte ihren kleinen Rucksack aus, damit die Geschenke der Friedenssoldaten trockneten, und zeige David, wie er die zwei dünnen, italienischen Decken übereinandergeschlagen dicker machen konnte. In der Fremde, sagte sie, fange das Gemüt zu flackern an, als beginne ein Delphin zu sprechen, dessen Gehirn sechzig Millionen Jahre Zeit gehabt habe, sich zu entwickeln, während das menschliche von innerhalb nur zwei Millionen Jahren sein Volumen explosionsartig verdoppelte, weshalb der dumme, instinkthafte, rechte Lappenteil von jeder Überraschung in Panik versetzt werde. Der Verstand der Delphine unterliege nicht einem System aus Aggression und Flucht, sondern er vertraue sich den Tiefen der Meere an. Nah

und fern, oben und unten würden sonar durchforscht und gleichzeitig in allen Dimensionen erkannt, wie zum Beispiel, fuhr sie übermütig fort, in einer verrauchten Wirtschaft, wohin sie jetzt beide gingen.
»Hast du Lire?«
»Nein.«
Sie erhielten sie an der Rezeption, hinter der ein Mann mit nur einem Bein saß.
Die Prothese lag auf dem schmalen Pult. Nachdem David gezählt hatte, sagte er, der Kurs sei falsch berechnet. Er gab dem Veteranen einen Tausendlireschein zurück und bekam zur gewechselten Summe noch ein wenig Geld dazu.
Die Wirtschaft war von Fernfahrern und Einheimischen überfüllt. Meistens wurde italienisch gesprochen, auch ein gutturales Tirolerisch, sowie hochdeutsch, dänisch, englisch, gälisch und deutsch mit skandinavischen Akzenten. Fast alle schienen sich zu kennen.
Die Lehrerin und David aßen saure Kutteln mit Kartoffelgeröstel, eine köstliche Speise, dazu tranken sie hellroten Wein. Eine Kellnerin, wasserstoffblond mit schwarzem Scheitel, bediente. Sie trug hochgeschnürte, über die Knöchel reichende Sandalen, wie sie einst römische Gladiatoren getragen hatten.
Es sei wunderbar, sagte Hassel Ruth Weidenbacher.
Nach dem zweiten, schnell hinuntergetrunkenen Glas bestätigte es David auch. Er fühle sich wie im Bauch eines Wals.
Eingezwängt auf der Bank hinter einem Tisch saß neben ihnen ein Mädchen mit einer unvorteilhaften Adlernase und zu dikken Augenbrauen. Es hatte, obgleich es stickig warm war, Handschuhe mit abgeschnittenen Fingerkuppen an. Das Mädchen rauchte unablässig, die Zigaretten steckten in einer langen Spitze.
Woher es komme, fragte Hassel Ruth.
Was es tue, fragte David.
Das Mädchen war ohne Gepäck und Geld unterwegs nach Nordafrika.
»Weshalb?«

»Zur Erinnerung an Isabelle Herberdt. Kennen Sie sie?«
»Nein.«
Erneutes Rauchen und Gedankenschwere, dann erwiderte das Mädchen, es heiße Emanuele Rosalie Katz, geboren in Frankfurt; Eltern aus Bialystok, über Israel zurückgewandert nach Deutschland. Emanuele Rosalie hatte nach dem Abitur die Gesellenprüfung für Kraftfahrzeuge gemacht, war jahrelang im Schichtdienst Fahrerin für Notärzte gewesen, würde Astrophysik studieren wollen, aber vorher gehe sie noch auf die Piste bis El Qued, zu dem Graben.
Sie erzählte von ihrem Idol Isabelle Herberdt: Vater reicher Russe, Mutter schweizerisch-welsche Genferin und irr; drei Brüder, die den Anarchisten Bakunin verehrten, hätten durch Selbstmord geendet; dem ihr Liebsten, dem Jüngsten, habe Isabelle eine Morphiumspritze gegeben.
Isabelle sei ins westliche Nordafrika gereist, in den Maghreb, habe sich als Knabe verkleidet, fließend Arabisch gelernt und sei, obwohl zweimal oder dreimal von den französischen Besatzungstruppen ausgewiesen, immer wieder ins Land der Geröllwüsten, Steppen und Gebete zurückgekehrt. Sie habe Liebhaber gehabt, junge Araber, unverzeihlich. Außerdem sei sie zu einer Vermittlerin zwischen religiösen, nationalistischen Sekten geworden, weshalb ihr Dossier bei den Franzosen, die sie als Spionin verdächtigten, an Umfang zunahm.
Ihr letzter Geliebter, ein algerischer Hilfssoldat, sei aus dem kleinen Ort El Qued versetzt worden, doch vorher habe es einen großen Regen gegeben, und durch einen Walid, ein ausgetrocknetes Flußbett, habe Wasser in Minutenschnelle alle Ziegen, Schafe, Kinder und Lehmziegel mit sich gerissen. Später sei Isabelle Herberdt, gekrümmt unter Brettern, gefunden worden. Einige Zeugen hätten ausgesagt, sie habe sich, die Flut erwartend, freiwillig umbringen lassen, andere hätten behauptet, ihr eifersüchtiger Geliebter Abdarahman, der Barmherzige, habe sie vorher mit einem Stich in die Brust getötet.
Emanuele Rosalie Katz wechselte ihre schwarz gewordene Denikoteapatrone in der Zigarettenspitze und erzählte noch, daß

Isabelle damals erfolgreich als Reporterin und Novellistin für Zeitungen in Marseille und Paris gearbeitet habe. Ein Romanmanuskript sei später auf dem Schwarzmarkt von Tanger aufgetaucht. Titel des Buchs: Sandmeere.

Alle drei tranken noch mal hellroten Tiroler, sprachen mit dänischen, italienischen, deutschen und gälischen Fernfahrern, die ebenfalls betrunken waren. Die Kellnerin löschte inzwischen immer wieder das Licht und beschrieb mit der Glut ihrer Brisago, einer langen, dünnen Zigarre, genannt Bitschine, feurige Kringel in der Dunkelheit.

Wer noch nicht bezahlt hatte, legte Geld nach Belieben auf den Tisch, wahrscheinlich genügend.

Nachts bekam die Lehrerin rasendes Herzklopfen, Todesangst, als wölbte sich ihr Brustbein nach außen, hochgetrieben auch von dem sauer gewordenen Mageninhalt.

Sie kroch ins andere Bett, preßte ihren Körper an den von David, der weiterschlief, allmählich mit einer Hand über sie strich, bei den Brüsten verharrte, zum Bauch hinunterpatschte und beiseite die Schenkel untersuchte, dem Zentrum voll Haaren jedoch auswich. Schließlich fing die Hand mit einem Finger in der Mitte des Scheitels zu forschen an, aber dort war alles trocken wie auf den japanischen Holzschnitten, die Taka Kose Schmitz verehrt hatte.

Hassel Ruth Weidenbacher flüsterte, David solle ihr Herz anhalten, es zerspringe sonst.

David murmelte etwas, wälzte sich herum und schlief weiter, die Pranke schwer auf dem Schoß der Lehrerin.

»Hörst du mich nicht?« Sie rüttelte ihn.

Er murrte und stank ein wenig, aber der Wind hätte nur als Brotaufstrich der Phantomatik verwendet werden können.

Hassel Ruth zog sich an, ging hinunter zu dem Prothesenmann, der in einem Sessel hinter der Rezeption schlief, schlug ihm auf den Kopf, ließ sich von dem Erschreckten den Hausschlüssel geben und lief hinaus in die Nacht der Fremde, vorbei an den Lastwagen beim Güterbahnhof, durchquerte Bolzano, dessen Lichtreklamen und Straßenleuchten sich zu einer einzigen Furt

vereinigt hatten, so daß die Lehrerin schnell bis zum Ende der Stadt geriet, wo eine Auffahrt zu der auf Säulen gebauten Autobahn sich hochwand und ein betrunkener Mann mitten auf der Straße mit erhobener Hand winkte.
Sie gab sich, auf einer Bank kniend und über die Lehne gebeugt, hin, die Strumpfhose heruntergezerrt. Feuchtigkeit, die von ihr stammte, rann aus ihr, derweilen ein Stecken oder eine Kerze ungeschickt in ihr stocherte. Das Herzklopfen beruhigte sich, der ächzende Koloß hinter ihr fiel zu Boden.
Frühmorgens setzten sich David und die Lehrerin wieder auf ihre Räder. Es regnete sintflutartig, so daß die beiden trotz ihrer Plastikumhänge bald durchnäßt waren und froren. Hassel Ruth Weidenbacher, aufholend, fragte David, während hinter ihnen Autos zu hupen begannen, ob der Weg richtig sei?
Er glaube schon, obwohl sie an keinen angenagten Brücken mehr vorbeigekommen seien, aber vielleicht wankten die Pfeiler der Autobahn über ihnen oder ein Tunnel beginne einzustürzen? Auf der alten Straße seien sie jedoch in Sicherheit.
Neben ihnen war die Etsch über die Ufer geflossen, riß mit sich Balken, Dächer, Kühe und ein paar Ziegen, deren Bäuche aufgeschwollen waren, die Beine standen starr in die Höhe. Manchmal tauchte ein Kopf, als wollte er sich in den lehmigen Fluten erholen, unter und erhob sich wieder mit dem erstaunten Blick toter Augen voll zu viel Weiß.
In Mezzocorona, Halbkron, es hatte im Gegenwind zwei Stunden gedauert, dorthin zu gelangen, war an der Durchgangsstraße Publikum versammelt, das jedem, der vorbeikam, applaudierte, besonders den zwei Radlern, deren Pellerinen vom Rücken flatterten.
»Forza, forza«, waren Rufe zu hören, Kraft, Mut, vorwärts, Beeilung, doch Forza bedeutete ebenso Forka, Vergeudung, Mist verstreuende Forke.
Mutter und Sohn traten kräftiger in die Pedale, als sei es zum Ziel nicht mehr weit.
Chauffeure wichen mit ihren Lastzügen kaum aus, ein Gebraus aus Nässe und Verdrängungssturm nachschleppend, weshalb

die zwei Einsamen mitunter absteigen mußten, um nicht in den Fluß geschleudert zu werden.
An einem Kiosk tranken sie hellblondes, italienisches Leichtbier, ein Labsal, danach überholten sie Emanuele Rosalie Katz, das Pistenkind, das, schon früher gestartet, links entgegen dem Verkehr laufend unterwegs nach Milano war und weiter nach Genova, von wo es wie einst Isabelle Herberdt auf einem Frachter übersetzen würde nach Algier, um von dort nach El Qued durch Geröllwüsten auf inzwischen geteerten und von Telefonmasten gesäumten Straßen zu rennen. Das Mädchen hatte enganliegende, glimmend blaue Hosen und eine Bluse aus einem Gespinst an, das auch Pilotinnen bevorzugten, wenn sie in Kapseln in den Weltraum geschossen wurden.
Ob es gut gehe?
Keine Antwort.
»Willst du eine Orange?«
Die Botin lief schweigend weiter. Wahrscheinlich hatte sie weder gesehen noch gehört, vernahm nur noch sich selbst.
In Trento bekam David Magenschmerzen, erklärte, er möchte mit dem Zug zurück. Die Lehrerin gab ihm eine Ohrfeige, küßte ihn sogleich und sagte, wenn sie schon so weit gekommen seien, dürften sie nicht aufgeben. Vielleicht gebe es bald eine unterbrochene Eisenbahnlinie, einen schief hängenden Getreidesilo oder eine beschädigte Brücke, an der Poi Amber Braun und Angela warteten. Forza, forza!
Es stank aus dem Fluß und in engen Fabrikvierteln. David, verstört, daß er hören konnte, hielt sich die Nase zu, obwohl er Sauerstoff brauchte, aber ihm als schlechtem Riecher, da unterschied er sich von niemandem, jagten jetzt aus Mangel verschüttete Erinnerungen auf der neuronalen Schnellbahn zum limbischen System, ins Gefühlshirn, so daß rasche Betawellen, obwohl David sich auf dem Fahrrad anstrengen mußte, von 13 auf 4 Thetaschwingungen sanken, als verbreite sich in der Vorstellung ein Bukett kulinarischer Genüsse.
Der Dramatiker Farbenglanz Friedrich von Schiller, 1759–1805, Sohn eines Feldschers, hatte, wenn er schrieb, immer einen

fauligen Apfel vor sich liegen, der ihm Kontemplation bescheren sollte. Der heftige, sich durch besänftigenden Duft beschwichtigende Dichter starb früh, bevor Magenkrebs, der in ihm keimte, ausbrechen konnte. Hätte Schiller Moschus genommen, wäre er durch Beschleunigung nicht nur älter, auch sexualisierter geworden. Vielleicht hätte er seine Krankheit, die er nicht mehr kennenlernte, überlebt? In dieser Phase wären Balladen, vor allem Tragödien entstanden, die sich nicht mehr in vergangenen Reichen abgespielt hätten.
Es gehe weiter nach Rovereto und dann links hoch in die Berge, behauptete David. Er rieche es nicht, aber glaube sich zu erinnern, als sei er schon einmal hier gewesen. Den Fluß kenne er.
Nach dem Weiler Acquaviva mußten sie durch Wasser fahren, das über die Ufer getreten war. In der Brühe trieben Teppiche aus Federn. Vielleicht hatte eine Hühnerschlachterei die Überschwemmung benutzt, lästigen Unrat loszuwerden.
Sie kämpften sich vorwärts, bis die Straße wieder trocken wurde. Auch hörte der Regen auf, während warmer Rückenwind, der ins Etschtal einfiel, wohltuend schob, ein Zusammenspiel von Reibung, Verschleiß und Schmierung, wie es von der Tribologie erfaßt wurde.
Zwischen Besenello und Nomi begann der Anstieg hinauf in die Lagarina, zunächst noch moderat und vorbei an einem Kastell, das mit dummen, ganzscheibigen Kippfenstern zu einem Hotel ausgebaut worden war.
Die Lehrerin meinte, dort ließe es sich speisen und übernachten, aber David wollte davon nichts wissen, sagte, es sei nicht mehr weit, nur noch ein paar Stunden.
Auf Hassel Ruth Weidenbachers Nasenwurzel bildete sich ein Grant, der übellaunige Entwurf sich kreuzender Falten. Sie überholte David, schließlich mußte sie jedoch absteigen. Die Kurven waren steil geworden, wanden sich neben einer Schlucht in die Höhe. Zwischen Felsabstürzen hatten sich auf einzelnen Erdpolstern kleine Gehölze angesiedelt, manchmal wuchs dort auch eine Kastanie. Über sie wurde geurteilt:
Sie hat ein ausgeprägtes Gerechtigkeitsgefühl, will niemanden

beeindrucken in ihrer zurückhaltenden Redlichkeit. Große Idealisten sind unter diesem Signum nicht geboren worden. Die Kastanie setzt sich für andere ein. Gerät jemand in Not, gibt sie alles, obgleich sie sparsam, fast geizig ist, es im Leben zu etwas bringen, zum Beispiel einen Haufen Laubgeld auf der Bank ansammeln möchte. Sie schuftet vor sich hin, stellt große Ansprüche an sich selbst und vergißt darüber das Leben. Zwar ist sie treuherzig, aber nur wenn sie weiß, daß ein anderer Baum sie liebt, trotz ihres geringen Selbstbewußtseins. Wird sie verletzt, zieht sie sich in sich selbst zurück und läßt ihre Früchte fallen. Deshalb findet sie oft keinen Partner im Gegenteil zum Nußbaum, der Leidenschaft. Wenn die Kastanie einmal gewählt hat, baut sie ein schönes Heim, wünscht sich viele Kinder. Ihr Familiensinn ist stetig, doch wehe der Partner schaut nach einem anderen Baum aus! Dann wogt sie vor Eifersucht und Zorn.
Von der Landkarte las David ab, daß diese Strecke für Fahrzeuge mit Wohnanhänger nicht empfehlenswert sei. Es gab auch keinen Verkehr, nur ein Motorrad, gefährlich rechts entgegenkommend und nur rechtshändig gesteuert, war im Leerlauf lautlos an ihnen vorbeigeflogen. Der Fahrer hatte in einer schwarzen Lederrüstung gesteckt mit einem silbernen Helm auf.
»Sie treffen sich.«
»Wer«, fragte David.
»Die Pistenläuferin und der stürmische Ritter. Er sah aus wie der Anfang des Schriftzeichens für Allah. Sie läßt sich mitnehmen, und gemeinsam fahren sie an der ligurischen Küste entlang nach Südfrankreich, weiter durch Spanien, setzen in Gibraltar über zum Maghreb, und irgendwann fallen sie völlig ausgetrocknet in den algerischen Graben von El Qued.«
»Tut Emanuele Rosalie Katz nicht«, rief David.
»Warum?«
»Weil sie stolz ist.«
Er bekam, an Hassel Ruth Weidenbacher gelehnt, einen Weinkrampf, stammelte, mußte gestreichelt werden, erhielt Spucke

auf die erneut brennende Brust und ein paar Tupfer über aufflammende Pickel im Gesicht.
Vor Folgári, immer noch schiebend, stoppte neben den beiden ein Pritschenwagen mit hochgerollter Plane.
Der Chauffeur sagte, uno spacco tempo, ein schlechter Spalt, ein Unwetter, ein Prahlhans komme. Er nehme sie mit, sonst täten sie verraschen.
»Wie bitte?«
Keine Übersetzung.
Sie stemmten ihre Räder hinten hinein und kletterten nach, saßen in Schwebe auf den eisernen Rahmen und schauten hinaus, wie Kehren und Steilen sich abspulten.
Die Hänge wurden kahler. Eifersüchtig Kastanie und leidenschaftlich Nußbaum hatten sich zurückgezogen. Gestänge von Schlepp- und Sesselliften standen wie Reihengalgen gestaffelt von Kamm zu Kamm. Daneben breiteten sich im Winter benutzte Skistrecken aus, auf denen kein Gras mehr wuchs.
Irgend jemand blicke auf ihren Rücken, sagte Hassel Ruth Weidenbacher.
Hinter den beiden lagen unter einer hochgerutschten Decke Schweinehälften, die bei jeder Erschütterung bebten. Rippen zeigten sich, und in weißes Fleisch waren blaue Stempel gedrückt worden, Veterinärszeichen, daß die Ware tuberkulose- und trichinenfrei sei.
»Sie ist mitgereist«, schrie die Lehrerin. »Osika, die Ferkelseele von der Ampel!«

David mußte die Lehrerin hin- und herwiegen und dabei summte er die Melodie eines Lieds, das er gar nicht kennen konnte. Der Text hieß:

Wenn die Barkassen
den Dampfer verlassen
bleibt der Matrose allein.

Die Lichter verblassen,
sehr fern sind die Gassen,
wie schwer ist es, einsam zu sein.

Mein Mädel, noch zucken
die Lippen, doch mucken,
das dürfen wir nicht.
Drum singen wir leise
die zärtlichen Weisen
usf...

Das Lied stammte aus dem Großen Schlager-Buch, das einst von einer Monika Sperr, geboren 1941 in Berlin, herausgegeben worden war. Später, gekrümmt von Krankheiten und seelischen Schmerzen hatte sie sich eines Mittags vor eine U-Bahn fallen lassen, um zerstückelt zu werden.
Nach dem Städtchen Lavarone hielt der Lieferwagen. Der Fahrer ging, ohne seine Gäste zu beachten, in eine Trattoria. David und die Lehrerin zerrten ihre Fahrräder von der Ladefläche und betraten dann auch das von Wind und Wetter zerschlagene Gasthaus, in dem es Milchkaffee und süße Hörnchen gab, aus denen Vanillepudding quoll. Im Fernsehapparat lief eine Übertragung des Giro d'Italia. Rennradler, meist in gelbe Trikots gehüllt mit Reklamepassepartouts für Mineralwasser, Schnaps, Automarken oder Nußriegel darauf, rasten, nachdem sie einen Paß erklommen hatten, wieder hinunter und stopften sich gegen Auskühlung unter die Trikots Zeitungen, die ihnen gereicht worden waren.
Alte Gäste, Rentner und Großmütter, johlten in der Schenke, behaupteten gegenseitig auf tirolerisch oder in einem französisch-italienischen Küchenlatein, dem Cimbrischen, daß sie den einen kennen würden, er habe vier Kinder. Ein anderer, mit Schaum vor dem Mund, mache seine Chose umsonst, obwohl er zu einem holländischen Rennstall gewechselt habe, aber nur noch als Wasserträger arbeiten dürfe. Es sei eine Schande.
David und die Lehrerin gingen, ohne bezahlt zu haben. Nie-

mand hielt sie auf. Draußen bestiegen sie ihre Räder und fuhren durch Nadelwälder. Es wurde kälter, und fraktale Monster wuchsen wieder auf den Handrücken. Die Lenkstangen waren kaum mehr zu halten.

»Wie weit noch?«

»Eine Stunde.«

»Woher weißt du das?«

Weil es keinen Zement mehr gebe, sagte David. Vielleicht liege eine von Angela weggeworfene Binde als neue Spur im Gebüsch.

Nach Lastebasso waren sie erst auf 600 Meter gelangt und mußten noch 1000 Meter überwinden. Vor allem die Kälte plagte, sowie Einsamkeit. Niemand, außer ihnen, war unterwegs.

Manchmal gab es links und rechts neben der buckligen, von Löchern gebrandmarkten Straße vereinzelt Grillplätze und Laubhütten für Reisende, die angenehme Feriensommer erleben wollten.

Als sie, erschöpft und vereist, den Dorfrand von Luserna erreichten, warteten wir bereits auf der Mauer des Friedhofs, als müßten wir die beiden Reisenden noch einmal anspornen, damit sie endlich einkehrten in den Ort des Friedens und Verzeihens.

II

Bei Moz und Zaiga nicht, weder bei Castelan noch bei Trogher und Maroder, auch nicht bei Gugole; sie hatten, blau gefroren, keine Scheu, an Türen zu klopfen und nach Poi Amber Braun zu fragen. Niemand schien zu wissen, wo er wohnte.
Ein junger Mann namens Simon Domenico Metèl, den sie auf der einsamen Dorfstraße trafen und der gleich sagte, er sei Student der Mathematik, riet ihnen, zum Bürgermeister zu gehen.
»Wo?«
»Chez la Birthaus.«
Sie wagten sich in die Wirtschaft nicht hinein, mochten längst aber durch ein Fenster beobachtet worden sein, wie sie ihre Räder über Schotter und Teerflecken schoben.
Ein alter Mann, der einen mächtigen Schnauzbart hatte und ähnliche Augenbrauen, trat schwankend heraus und stellte sich als Patsch Fridor Nicolussi vor.
»Nidar on au, duch on her«, dröhnte er, »sauge bolau, asto net vallst afti gler.« Nieder und oben, hier und nieß, paß auf, daß du nicht fällst in Kies.
Er zeigte zum Dorfende, während ihm von einer Hand ein Glas Tyroller gereicht wurde. Der Alte leerte und schleuderte es vor die Füße des Reisenden, jedoch es zersplitterte nicht, blieb liegen.
»Sait bouken!« Willkommen.
Vor Furcht saßen die Lehrerin und David hastig wieder auf und fuhren über den Rumpelweg vorbei an abweisenden Häusern, die aus Felsplatten gebaut waren und als Fenster in genauen Abständen nur Luken wie Kasematten besaßen, bis wieder das Gebiet der Bisalan und Bälderan begann, der Wiesen und Wälder.
Vor einem weißen Würfel, dessen Form dort quadrosch oder kubiassez genannt wurde, stiegen sie ab. David betätigte seine

Fahrradklingel, ein chinesisches Läutwerk, das auch in Ulan Bator Platz geschafft hätte.
Es dauerte, dann öffnete sich eine schwere Eichenholz- oder Eisentür, und heraus auf die Freitreppe trat der Geliebte. Er hob den Kopf und winkte.
Hassel Ruth Weidenbacher und David ließen ihre Räder fallen und stürmten hinauf. Sie umarmten den bartlosen, rothaarigen Poi Amber Braun, hingen sich an ihn.
Wir litten es gern, versammelten uns auf Speitäublingen, Pilzen, die als Aschenputtel, Tschenérentola, zwischen Schafs- und Ziegenkot wuchsen.
In der Diele stand zitternd Angela. Schritt um Schritt kam sie näher, schrie nicht, weinte nicht, stellte sich, als sie die Lehrerin erreicht hatte, auf Zehenspitzen, küßte Hassel Ruth aufs linke, aufs rechte Ohr, dann erst stürzte sie zu Boden, und alle vier, den Geliebten mit sich reißend, umschlangen sich. Hätte jemand eine Decke über sie geworfen, wären sie lang so geblieben.
Eine alte Frau, Philumene Auguste, Mutter des Geliebten, die auf dem rechten Nasenflügel eine Warze besaß, wie sie auch Geierwally, die Mutter des Kuriers Johann Jakob Weberbeck gehabt hatte, sagte in einem Gemisch aus Cymbrisch, Französisch und Altbayerisch, saint satisfaschissantes, ne voulons pas grainen.
Sie weinten nicht, erhoben sich wieder, ergriffen keinen Stuhl, Hocker oder ein Boissele, gingen, einander ausweichend, in der Diele umher, strichen über das geblümte Wachstuch des Küchentischs, und Poi Amber Braun rührte mit dem Finger in einer Pfanne voll Polenta, die auf dem Herd stand.
Sie aßen nichts, obgleich Philumene Auguste dazu aufforderte. Wir zogen als Schwarm mit der Warmluft durch ein Rohr hinauf in die Schlafkammern, wo wir die vier Einsamen, die sich wiedergefunden hatten, bewachen würden.
Draußen vor den kleinen Fenstern, es gab in diesem Würfelhaus davon 37 Stück, setzte nochmals frühsommerlicher Schneeregen ein, der entweder in langen Zügen über die Hänge

strich oder verwirbelt auf einem Fleck stehenblieb und einen großen Haufen mit abreißenden Kanten entwarf, eine Gähwinde.
Wir ließen Blumen erblühen und wieder welken, als handelte es sich um Begriffe in Bantusprache, die für Gestalt, Farbe und Verwendbarkeit von Gräsern 20 verschiedene Geschlechter besaß, doch in Papua waren allein für die Eßbarkeit von Blüten und Blättern 30 Möglichkeiten vorhanden, während das Indogermanische nur noch drei kannte, das Romanische noch zwei und das Finnisch-Ungarische gar keines mehr. Die steinige Zeit verrann.
Auf dem Friedhof hießen die meisten ebenfalls Nicolussi, Moz, Zaiga, Castelan oder Osele. Im ersten Weltkrieg wurden viele Familien von den Italienern gezwungen, nach Böhmen umzusiedeln, aber sie kehrten wieder zurück. Im Zweiten Weltkrieg schickten die Deutschen sie nochmals dorthin.
Eingewandert waren die Cimbern, aus Jütland kommend, vor etwa zweitausend Jahren, und hatten sich während dieser langen Flucht mit Altbayern und Bulgaren vermischt.
Im 7. Jahrhundert waren nach blutigen Kämpfen um die Thronfolge etwa 9000 Bulgaren aus Pannonien nach Bayern geflohen. König Dagobert ließ sie zunächst zum Überwintern in Gehöften unterbringen, in einer einzigen Nacht jedoch niedermetzeln. Ein bulgarischer Anführer namens Alciocus rettete sich mit 700 Frauen, Männern und Kindern durch Täler und über Gebirge auf die lagarinische Hochebene zu den versprengten Cimbern. An der damaligen Ostgrenze Altbayerns, bei der oberösterreichischen Enns, wies noch das Dorf Pulgarn auf das Verderben hin. Unter der dortigen Stiftskirche waren später die Gebeine tausender unbekannter Toter gefunden worden.
Auch das Nibelungenlied hatte damit zu tun. Es war eine Fälschung. Die getrennte Unterbringung und der Massentod der Bulgaren entsprach genau dem Mordplan am Hof des Hunnenkönigs Etzel, besungen in der ein halbes Jahrtausend später entstandenen Sage. Wenn in der Strophe Nummer 1640

König Gunther den Ritter Eckewart um einen Asylort bittet, handelt es sich nicht um Burgunder, sondern um Protobulgaren. Und die in einem Saal ausgetragenen Kämpfe des Nibelungen-Epos sind ins Heroische transportierte Relikte des Widerstands der Bulgaren in der bayerischen Mordnacht.

Die cimbrischen Urwälder boten Schutz. Kartoffeln gab es noch nicht, nur wilden Hafer, Kerbel, sowie Bucheckern, Eicheln, vor allem Wild. Auch Schnecken, Würmer und eine inzwischen ausgestorbene Sorte von Laubfröschen, die im Winter bei geringstem Stoffwechsel mit etwa sieben Herzschlägen pro Minute in ihrem Zellhaushalt Stärke in Zucker verwandelte, diente als Nahrung voll Süße.

Als der Feudalismus begann, durften die Siedler keine Rehe, Hirsche, Hasen, Füchse, Marder oder Gemsen mehr erlegen. Wer es trotzdem tat, wurde totgeschlagen. Aus Eiweißmangel konnte ein vereiterter Zahn zum Tode führen. Von zehn Kindern starb mindestens die Hälfte nach der Geburt.

Köhler, denn es waren Erze gefunden worden, für die zum Schmelzen Holzkohle benötigt wurde, legten damals die Wälder nieder. Davon hatte sich die Landschaft auf der Hochebene nie mehr erholt.

Die Sprachen vermischten sich, aber einzelne Namen hielten stand. Moz bedeutete im Moos; Zaiga hieß, daß jemand einen Saigen, einen Reigen um die Aschenputtelpilze machte; und Trogher oder Maroder versinnbildlichten den Kampf zwischen Reichen und Armen.

Eines Morgens war die Lehrerin nicht mehr da. Niemand kümmerte sich darum. Poi Amber Braun mauerte an einem Stall, dessen aus Lehm gestampftes und mit dickem Verputz gefestigtes Halbrund wie ein aufgeklappter Spiegel sich der Sonne entgegen öffnete. Philumene Auguste saß, da Blütensporen durch die Luft trieben, alle zwei Stunden vor einem elektrischen Gerät, genannt der blaue Anton oder das Kieswerk, das komprimierte Luft, vermengt mit fein verteilter Salzlösung, ihr, da sie an Asthma litt, Überleben bescherte.

David hatte Pfeil und Bogen geschnitzt, war auf die Jagd gegangen, jedoch zu erlegen gab es nichts, nicht einmal Mäuse. Vielleicht, sagte er, wäre ausgelegtes Gift erfolgreicher. Er lasse sich, wenn sie hier blieben, von Besra Lu Winterstein einen Schrotzwilling mit Zielfernrohr schicken. Warum denn nicht, rief er, aber niemand hörte zu. Darauf wollte er wieder taub werden.

Angela war erblüht. Sie hatte, wie ihr Bruder, im Gesicht eine Akne bekommen, die zu den kleinen Brüsten und auf dem Rücken bis zu den Schulterblättern hinunterreichte. Es brenne, beschwerte sie sich, vergaß es wieder und spazierte in immer größer werdenden Kreisen um das Würfelhaus, trug einen Kampf mit einer Ziege, die sich an ihr scheuern wollte, aus, wurde überholt und dann links und rechts von einem Paar indischer Enten, das die kurzen Flügel gleich hochmütigen Gebirgspinguinen angelegt, begleitet.

Poi Amber Brauns Mutter hatte die dünnen Enten auf einer Auktion für landwirtschaftlichen Fortschritt in Milano gekauft. Die Tiere waren dafür gutgeheißen worden, daß sie von Schafen, Kühen und Schweinen ausgehustete Würmer, die sich im Kreislauf der Natur zu Schnecken verlarvten, aus den Wiesen fressen würden. Ob diese List in 1300 Meter Höhe erfolgreich sein konnte, war noch nicht bekannt. Wurde der Geliebte darauf angesprochen, schwieg er, wie früher unter dem Mantel aus Löß.

Als die Lehrerin in der nächsten Nacht in ihre Schlafkammer nicht zurückkehrte, lief frühmorgens Poi Amber Braun los. Angela rannte aus Panik mit, hinunter zum Talausgang, wo es einen Dohlenfriedhof gab. David holte Angela zurück. Die Geschwister kämpften miteinander, bis Angela zu weinen anfing.

Der Geliebte sprang über Wurzeln und Steine weiter abwärts, fiel ein paarmal, erhielt jedoch Zuversicht aus einer Schramme an den Augenbrauen. Das dicke Blut schmeckte vorzüglich.

Zwischen den Dörfern Longhi und Soàlzeri, wo in einer feuchten Senke nach vielen Jahren ein Gehölz aus Bambuspflanzen zu blühen begonnen hatte, was zur selben Zeit auf der anderen

Seite des Erdballs in Neuseeland auch geschah, aber niemand wußte weshalb, fand der Geliebte in einer Erdfalte die zusammengekauerte Lehrerin. Leise rief er ihren Namen.
Metallisch blaue Eisvögel, die auf Sprossen saßen, schossen in das klare Wasser eines Bachs, der von Stufe zu Stufe stürzte, hinab. Den spitzen Schnabel vorgestreckt, spießten sie in den Strudeln kleine Fische und Einsiedlerkrebse auf und brachten sie zu Nestern im Bambus, wo kälteempfindliche Brut schrie.
Das Futterkarussel sollte von einem Wiesel unterbrochen werden, das sich ebenfalls dem Wasser näherte, jedoch eine Natter streckte auch schon ihren Kopf vor. Über ihr wartete eine Wildkatze auf eine Gelegenheit.
Der Umfang von Leben und Tod entsprach einem Ikosaeder oder einem Ikositetraeder, einer Zwanzig- oder Vierundzwanzigfläche, genügend Platz für uns, so daß wir am liebsten um Stellenwerte mitgerungen hätten.
Es wütete dort wahrscheinlich auch das St.-Franziskus-Virus, zunächst ansässig im Rückenmark, dann stieg es in die Schläfenlappen empor, vernachlässigte den linken, rationalen Teil, grub sich eher im rechten, dem gefühlig Dummen ein, wo es Verheerungen anrichtete.
Folgen: Koordinationsschwierigkeiten; Angst, vor allem anblicks geringen Raums, als würde Osika die Ferkelseele erneut aus einer Verkehrsampel blinzeln; 12–14 Stunden Schlaf; Lust auf Christstollen oder andere Süßigkeiten; schwarze Kleider, verhüllend die Zunahme an Gewicht.
Hassel Ruth Weidenbacher watete tiefer, aber das Moor um das Bambuswäldchen war zu niedrig, reichte nur bis zu den Knien.
»Soll ich zurück?«
Als die Verwirrte wieder auf sicherem Boden stand, hielt der Geliebte eine Packung Pralinen hoch, Spuk, den wir nicht bemüht hatten. Es war ein Werbegeschenk der Fußballmannschaft eines Turiner Fahrzeugwerks, abgeworfen von Flugzeugen aus Anlaß des nächsten Wettspiels.

»Nun komm«, rief Poi Amber Braun.
Die Lehrerin aß alle Pralinen, sagte, jetzt fühle sie sich besser. Sie hängte sich an den Arm des Geliebten.
»Du magst mich nicht?«
Keine Antwort.
»Ekle ich dich?«
Er sagte immer noch nichts.
»Ich lasse dir Angela und David hier, aber ich reise ab«, schlug sie vor. »Die Kinder sind bei dir besser aufgehoben als bei mir.«
Er hob prüfend die Hand und entgegnete, bald kämen Sturm und Regen, sie müßten sich beeilen.
»Küß mich«, rief sie.
Er schob sie über Steine, Geflechte und buckliges Gras, während sie klagte, sie wolle keine Schmerzen mehr bekommen oder sofort ein hohes Klavier-C hören. Ihr Mund war wieder schief geworden, als habe das St.-Franziskus-Virus in einer Kapillare die Sauerstoffzufuhr unterbrochen, so daß Gehirnpartien, die Lippenbewegungen steuerten, ausfielen.
Beim Dohlenfriedhof blieb sie stehen und klatschte begeistert. Anscheinend behagte ihr der Anblick von kleinen, graunackigen Krähen mit schwarzem Gesicht, die auf einer Felsplatte zahlreich übereinanderlagen, die Schnäbel zum Teil offen und die unbewegten Augen zum Himmel gerichtet.
Darüber kreisten Schwärme von braunen, im Gefieder weißgesprenkelten Tannenhähern, als begutachteten sie ein Werk, das sie angerichtet hatten. Die letzte Invasion dieser Allesfresser aus Sibirien in die Mittelgebirge und Alpen Europas war im Winter 1968/69 geschehen. Seither hatten die Häher Wald um Wald erobert, auch bevorteilt, da sie einzeln Nester bauten, während die zaghafteren Dohlen in Kolonien brüteten. Milben und auch anderes Ungeziefer zerstörten Tausende von Gelegen.
Poi Amber Braun sagte, sie müßten sich beeilen. Im Dorf Longhi fänden sie, wenn es zu regnen beginne, keinen Platz. Cimbern würden dort gehaßt.

Er könne doch Italienisch, erwiderte sie.
Drei oder vier Sprachen genügten nicht, antwortete er. Das Gesicht sei wichtig. Er werde sogleich erkannt, obwohl er sich schon vor vielen Jahren verabschiedet habe.
»Würden sie dich umbringen? Und mich auch?«
»Nein, wir sind zu leicht angezogen.«
Die Lehrerin wollte noch einen Augenblick im Dohlenfriedhof bleiben. Sie stolzierte durch die raschelnden Kadaver, nahm ab und zu einen der Vögel auf und prüfte den vertrockneten Leichnam. Die Verrottung sei nicht weit fortgeschritten, sagte sie, der Tod besitze hier oben kaum Geruch.
Poi Amber Braun hatte kniend nach etwas gesucht und es auch gefunden, einen blassen Krautstengel und eine aus dem Boden gezogene Wurzel. Er aß davon, gab zwei Hälften Hassel Ruth Weidenbacher.
Entsetzt wehrte sie ab, rief, niemals, sonst werde sie verkleinert und falle ins nächste Käferloch!
Er aß den Rest und blieb lächelnd so groß, wie er war. »Vielleicht«, sagte er, »wirkt es bei mir nicht. Mein Großvater hat erzählt, es gebe noch alte Erzgänge im Berg, Abkürzungen von Dorf zu Dorf. Aber für Erwachsene seien die Stollen zu niedrig und zu eng. Nur wer Rapunzeln esse, komme durch. Wenn ich jetzt im Boden verschwinde, weißt du, was geschehen ist.«
»Du kannst mich doch nicht allein lassen?«
»Du mußt nur immer geradeaus gehen, Pedemonte links liegen lassen, dann bist du in etwa einer Stunde in Luserna.«
Poi Amber Brauns rote Haare schienen fahler zu werden. Er stand abwartend bereit, als lausche er in sich hinein, daß eine segensreich gluckernde Schrumpfung einsetze, doch Nebel flutete aus einer Schlucht hinter dem Bambusgehölz herauf und tauchte in Sekundenschnelle alles in undurchdringliches Weiß.
Die Lehrerin rief nach dem Geliebten. Er antwortete von irgendwo, während lautlose Schatten, es waren Tannenhäher, durch das Gewölk huschten. Die beiden Getrennten warfen

mit toten Dohlen um sich, bis einem ein Kadaver vor die Füße fiel und der andere wußte, in welche Richtung er etwa zielen mußte. So trafen sie schließlich, immer mehr verdorrte Vögel schleudernd, aufeinander. Sie umarmten sich und hätten sich vielleicht geküßt, wenn nicht ein lautes Klopfen zu hören gewesen wäre. Es setzte aus, begann in Intervallen von neuem und brach plötzlich ab.

»Ein Specht aus dem Wald von Longhi«, sagte Poi Amber Braun. »Wir müssen gehen, sonst finden wir die Abzweigung nicht.«

»Oder wir bleiben, bis der Nebel weg ist.«

Es könne Stunden dauern, erwiderte er. Einmal habe es einen ganzen Sommer lang nicht geregnet, aber die Sonne sei auch nie zum Vorschein gekommen. Sie hätten nur in Wolken gelebt und den Tieren Glocken umgebunden, trotzdem seien viele verlorengegangen. Die Schulkinder mußten sich mit Schellen ihren Weg bahnen, und die Erwachsenen seien mit Stöcken an den Zäunen entlanggefahren, daß es knatterte. Diese Zeit trage den Namen: der Scampanio, das Geläut. Noch heute würden alte Frauen und Männer am Sonntag einen Stock mitnehmen, aus Angst, die Kirchenglocke rufe sie nicht.

»Dann soll der Pfarrer eben wie ein Muezzin durch einen Lautsprecher zum Gottesdienst rufen«, erwiderte die Lehrerin.

Der Specht war wieder zu hören, diesmal jedoch nicht rechts, sondern links. Poi Amber Braun wandte sich um, sagte, entweder sei der Wald gewandert oder sie stünden in falscher Richtung.

»Fürchtest du dich?«

»Noch nicht«, antwortete er. »Aber wenn wir nicht aufpassen, fallen wir in das Geldloch.«

»Kennst du es?«

»Dunque sain drei Diarnen und ein Bua hinauf nach ainer Milagruabm, einer Milchgrube, zu einer Alm«, berichtete er. »Der Bua war der Paule Paulàz, die Diarnen waren das Mariale von Dráizaner, die Ursula von Zett und der, heißt die Theresi

von Mentsch. Als sie bei der Hülbe, der Pfütze von Schwant, vor der Steigung kummen sain, hoben sie divorsiert. Der Paule und die Ursula sind hinüber zum Schwant, und die zwei Diarnla hinauf zur Schrottn.«
»Wohin?«
»Auf eine Hochebene voll Schotter.«
»Weiter«, sagte sie.
»Ein warmes Langesregele flugt daher, und die zwai Diarnla potochen unter a Fichte. Da gab es einen großen Tondar, und subito ist gewesen ein Loch. Vorher hatten sie es noch nie gesehen. Sie gingen hinein und schauten. Unten im Loch war ein schönes Körbele, ein Cesto voll Salat. Sie guckten hinter und für, ob ein Hinabsteigen sei, vermochten es aber nicht. Da saind sie gerennet zur Hülbe bei dem Schwant und püfften den beiden andren von dem Salat. Alle machten sich auf, den Korb zu holen, doch sind gefallen in die Tomba.«
»Ins Grab, ins Loch?«
Der Salat sei Satansgeld gewesen, sagte Poi Amber Braun, das der Teufel heraußen gehabt habe zum Sonnen.
»Und die drei Mädchen und der Bub?«
Damals, als der ganze Sommer in Wolken gelegt worden sei, antwortete er, hätten ein paar alte Frauen behauptet, den Paule, das Mariale, die Ursula und den, nein, die Theresi getroffen zu haben. Sie seien schwarz gewesen mit langen Nasen wie Spechte.
Der Nebel war nicht gewichen. Nach dem Eifer, die cimbrische Legende verständlich zu erzählen, ging der Geliebte im Kreis auf dem Dohlenfriedhof umher, als würde ihn ein Ausweg nicht mehr interessieren.
Hassel Ruth Weidenbacher bestimmte die Richtung, zog den Geliebten hinter sich her, hinauf über Felsbrocken und über von Schafen kurzgefressene Grasnarben, in denen eingetrockneter Kuhmist lag.
Wo die nächste Alm sei, eine Milagruabm?
Es gebe keine, sagte er.
»Und die Kühe? Fliegen sie davon?«

Es sei Jungvieh, das noch keine Milch gebe und in Pension von Frühjahr bis Herbst auf dem Altopiano bleibe, dann werde es wieder abgetrieben.
»Wem gehört es?«
»Der Fleischfabrik in Trento. Wir verpachten nur das Gras.«
»Bist du deshalb Architekt geworden?«
Er habe kein Diplom, sagte er, könne nur bauen, wie er es von seinem Vater und Großvater gelernt habe. Er sei unter Frauen aufgewachsen, denn die Männer hätten das Reisegelust gehabt, seien geflohen. Ein Luserner Freund seines Großvaters, beide Eisenbahnarbeiter im Valle der Etsch, sei nach Kroatien ausgewandert. Er habe Broz geheißen. Dessen Sohn Josef, Mechanikerlehrling in Wien, sei später Partisan geworden, dann der Marschall Tito von Jugoslawien.
Sie irrten durch den Nebel, wichen Schwaden, die sich anbiedern wollten, aus und verloren bald wieder die Richtung. Der Specht schwieg, schlug kein Fraßloch mehr in eine Rinde. Manchmal vernahmen sie Motorengeräusche eines Autos, das über die Straße durch das Val d'Astico hinter ihnen fuhr.
Das sei die Seele des Mario Marmolada, sagte Poi Amber Braun.
Er solle sich lieber darauf besinnen, wohin sie gingen, erwiderte die Lehrerin.
Mario hatte einer Kletterfamilie angehört und war eines Morgens aus Protest gegen den Seilbahnbau im Gebirge aus seiner Hütte verschwunden. Seither hatte ihn niemand mehr gesehen. Vielleicht lebte er als Bademeister oder Wundarzt in Katmandu oder er hatte sich in eine Gletscherspalte gestürzt oder in ein Salatloch.
Nach etwa einer Stunde, über Schröpfe steigend und Kaffs durchquerend, deren Beginn und Ende von Ginster bewachsen war, aus dem Nässe tropfte, als schwitzten die Büsche stellvertretend für die Wanderer, war ein Tuten zu hören.
»Der Postomnibus«, sagte der Geliebte. »Er kommt nachmittags vier Uhr. Bald sind wir da.«
Luserna jedoch schien unerreichbar zu bleiben. Sie stiegen über

Treppen in einem Torfmoor, das abgetragen worden war für Hauswärme und Backöfen.
Er wisse zwar, wo sie seien, sagte der Geliebte, aber wenn er nach links sehe, schaue alles blau aus, rechts gelb. Vielleicht seien sie in Kontemplations-, nein, Komplementärfarben gefallen. Nur noch David könne ihnen helfen.
»Schwerhörigkeit gleich bessere Sicht«, fragte die Lehrerin.
Ziegen, Schafe und Kälber hätten damals im Wolkensommer auch ohne Glocken in die Ställe zurückgefunden.
»Warum?«
Wisse er nicht, außerdem sei David nicht mehr taub.
Das Getute nahm zu. Aus dem Gewölk kam, mit ausgebreiteten Armen Gleichgewicht wahrend, das Kind über eine schlüpfrige Stelle herab. Es hatte den Seiher einer Gießkanne im Mund und blies durch den Stutzen. Angela ging unablässig tutend an den beiden vorüber und wäre im Nebel wieder verschwunden, wenn Hassel Ruth Weidenbacher nicht gerufen hätte, hier seien sie!
Angela ließ den Seiher fallen, sagte, endlich da, ihr Bruder habe keinen Mut gehabt.
»Wo ist er?«
»Bei der Mutter.«
Von dem Kind, das seinen Mund, das dritte Auge, offen ließ, an der Hand geführt, erreichten sie bald den Friedhof von Luserna. Auf der Mauer saßen Dohlen, die sich mit den Schnäbeln putzten und manchmal aufflatterten, als verhöhnten sie den Platz der Sterblichkeit.
Aus dem Birthaus drang Lärm, doch auf der Straße, wo der leere Postomnibus stand, war nur Simon Domenico Metèl zu sehen, grüßte Angela, die zu ihm lief und mit ihm flüsterte. Dann verabschiedeten sie sich voneinander mit einer schnellen Folge von Fingerzeichen.
»Ihr kennt euch«, fragte Poi Amber Braun mißtrauisch.
»Schon lang.«
»Wir sind doch erst ein paar Tage hier?«
Sie hätten ein Geheimnis, antwortete Angela.

Am Ende des Dorfs lag auf den abschüssigen Wiesen nasser Schnee, aus dem blauer Enzian, rotes Läusekraut und gelbe Felsenblumen ragten, alle zu früh gesprossen, da der Winter nicht stattgefunden hatte, nun erst zu beginnen schien.
Der Geliebte rief, er brauche ein Konzentrazionny Lager zum Schutz.
Sei eine Wortschöpfung Lenins, der in Zürich und München gelebt habe, erwiderte Hassel Ruth Weidenbacher. Lenin, der kahlköpfige Meister, habe mit dieser Erfindung 1918 den Bauernaufstand zum Schweigen gebracht.
Ursula Kappenmacher, seine Frau, sei tot, und Luserna sterbe auch aus, rief der Geliebte. Wohin er solle?
»In den Stall.«
»Zu wenig Lehm in der Gegend. Fiches le camp.« Sie solle die Platte putzen, abhauen.
Angela, in Not, rief, nicht streiten, bitte nicht, sonst weine sie wieder.
»Tu's doch.«
Sie sei nicht dumm.
»Bist du.«
Hätten in der Schule viele gesagt, sei aber nicht wahr. Sie könne sprechen, lesen, schreiben und rechnen.
»Kannst du nicht.«
Sie lerne es, doch es dauere. In der U-Bahn kenne sie sich aus und in Omnibussen; einmal hin, einmal her.
»Bei uns?«
»In der Stadt.« Angela schüttelte sich vor Lachen, sah aus, als trage sie einen wehenden Kimono.
Philumene Auguste hatte geheizt. Neben dem Herd saß David, den Hörknopf, an dem eine Leitung hing, im Ohr, die hinauf zu einem Kofferradio reichte, das auf einer Konsole über dem Herd stand.
Sich hin- und herwiegend stieß David Botschaften eines Kurzwellensenders aus. Die Fluten der Etsch hätten schon Verona erreicht; Häuser, Bäume und Teile von Gletschern trieben im Tal; in Süddeutschland und im Bregenzer Wald gebe es kein

Durchkommen mehr; die Europa-Brücke stehe noch; Streik der Lastwagenfahrer am Paß Brenner; verstopft auch die Grenze zu Dänemark. Der Benzinpreis sei um zehn Mark pro Liter geklettert.
Alle gingen, nachdem sie Polenta mit Fischschuppen darin gegessen hatten, jeder in sein Bett oben in den Schlafkammern. Nachts irrte Angela, einen verknüllten, seidenen Schal an sich gepreßt, umher, bis sie Hassel Ruth Weidenbacher gefunden hatte. Der Geliebte, der dort noch völlig angezogen ebenfalls lag, stand auf und entschuldigte sich.
Die nächsten Tage arbeitete er hinter dem Würfelhaus, das von Ludwig Wittgenstein, der Volksschullehrer in Österreich und unwirscher Sprachphilosoph in England gewesen war, hätte entworfen sein können, am neuen, gebogenen Stall, stampfte mit Strohhäcksel vermengten Lehm in die Verschalung der Wände und besprach sich mit Zimmerleuten, die an den Balkenkonstruktionen des Steildachs arbeiteten. Mitunter schrie er Befehle auf cimbrisch, wenn ihm ein Winkel mißraten schien, oder er verfluchte den zu fett oder zu mager gemischten Lehm. Während kurzen Gestöbern wiederholte er Umrisse im Schnee, denn eine Bauzeichnung gab es nicht. Löschte Sonne den Plan, sagte er zufrieden, es komme auf das Gebäude im Kopf an.
Die Zimmerleute ließen sich nicht beirren, erhielten, wie gewohnt, auch ihren Kasten Bier. Nur einmal, als einer Nägel statt Holzzapfen zur Befestigung von Brettern nahm, drohte Poi Amber Braun, er würde die Flaschen ausgießen.
Hassel Ruth Weidenbacher saß bei Philumene Auguste in der Küche und hörte Familiengeschichten zu. Eine hieß:
S'is khent aukontart sem az Monteruf hat da gelebet a vatar pit soinar tochtar. In an stroach bia da is gant dar vatar az Lusern zu provedra, is da geplibet die tochtar alua in die hütt. Vo dem hat sie gebarnt an mann, bo da is khent zua kan haus. Sie hat se gevörchtet un is gestiget au pa robalz af die tetsch un vo sem hat sie geschauget nidar ka dar khuchl bas da mag suzedern.
Dar vremige mann is kehnt, de tür is gebest offe un ar is gant in

die khuchl. Sem hat ar niamat gevuntet, hat se agezüntet a vaür un hat gelek soi pistola un soi messar au afn tisch un is inschlavt, umbrum machante in bege obar in perge is ar gebest müade. Biane zait darna is da khent a bolf, hat en ageschmekht un is gant bidar ausun hat agehevt zu gaüla um aso hat ar zuagelokht mearar andre bölf. Dise soin khent, soin gesprunkt afn mann un vor dar is gebest guat zu beare se hams en ganz ausgezeart.
Di tochtar au af die tetsch hat geschauget durchs lukh un segante bas da is suzedert, hat sie gevank an söttan schrakh, as si bintsche spetar is gestorbet. As si hebat gehat in korajo zo rüavan in mann um zu dorbekhan en hebat ar se gebeart un salvart.
Die Übersetzung hieß etwa: In der Zeit gab es bei Monterovere eine Käsehütte, wo im Sommer auch etwas Wein verkauft wurde.
Ein Vater mit seiner Tochter habe daselbst gelebt. Einmal, als sich der Vater nach Lusern begab, um ein wenig einzukaufen, war nur die Tochter in der Hütte. Sie gewahrte einen Mann, der auf die Hütte zukam. Sie fürchtete sich und stieg durch eine Falltür auf den Dachboden und blickte von dort hinunter in die Küche, was geschehen würde.
Der fremde Mann kam, die Tür war offen. Er ging in die Küche und da er niemanden fand und vom Weg über den Berg müde war, zündete er ein Feuer an, legte eine Pistole und einen Dolch auf den Tisch und schlief ein. Kurze Zeit danach kam ein Wolf, schnüffelte an ihm und ging wieder. Der Wolf begann zu heulen und lockte andere, mehrere Wölfe an. Sie ergriffen den Mann, ehe er sich wehren konnte, in der Kuchel und verzehrten ihn ganz und gar.
Die Tochter auf dem Dachboden schaute durch eine Lücke der Vorführung zu und erlitt einen solchen Schrecken, daß sie kurz darauf gestorben ist. Hätte sie den Mut gehabt, den Mann zu rufen und zu wecken, so hätte er sich gewehrt und gerettet.
Wer der Vater, der Käser, gewesen sei, fragte die Lehrerin.
»Ein Großvater mütterlichseits.«
»Und der Räuber?«

Vielleicht ein Franzos.
»Und die Tochter?«
Halt ein Kind, antwortete Philumene Auguste Braun. Auf dem Friedhof gebe es mehr davon als Erwachsene.
»Weshalb wurde damals in Sennereien Wein verkauft?«
Sei in Korbflaschen auf dem Rücken heraufgebracht worden aus Rovereto, denn ein Birthaus habe es noch nicht gegeben. Die Gente hätten birra di miele getrunken, Honigbier.
»Von den Bauersleuten gebraut?«
Die Mutter des Geliebten wandte sich vor so viel Unwissen verächtlich ab, sagte schließlich, die Kelten, Cimbern, Protobulgaren, die Kroaten, Italiener und Franzosen seien nicht dumm gewesen.
Hassel Ruth Weidenbacher errötete, bot an, ob sie Kartoffeln schälen oder Steckrüben kochen solle?
Rüben, Saubohnen, Fenchel und Kartuschen wüchsen hier oben nicht. Die Äcker seien zu steinig.
Was sie tun könne?
Die Wölfe verjagen.
»Gibt es noch welche?«
Da lachte Philumene Auguste, nahm eine Prise Schnupftabak und nieste schwarzen Schaum in die Kittelschürze. Bald darauf, als hätte sie eine Sünde begangen, mußte die alte Frau zum blauen Anton in der guten Stube gehen, um einzuatmen.
Gegen Abend leitete sie die Lehrerin an, mit einem Messer von einem Brett mageren Teig flockenweise in einen Kessel kochenden Wassers zu schaben. Daraus sollten minor gnocchi werden, Spatzen. Übergossen wurden sie mit Lammfett und bedeckt mit gebräunten Zwiebelringen.
Die Zimmerleute und der Geliebte kamen zum Essen, auch die zwei Frauen gabelten Portionen aus der gemeinsamen Schüssel, nur David weigerte sich, verlangte nach einem Teller.
Er hatte die ganze Zeit neben dem Herd gesessen, Musik und Katastrophenmeldungen mit dem Radioknopf im Ohr gehört. Manchmal hatte er zufrieden geseufzt, wenn, und auch wir und die Dohlen und die Nußhäher wußten es, der Benzinpreis noch

mal um fünf Mark gestiegen war und an Tankstellen Familienväter sich gegenseitig auf die Köpfe schlugen.
Angela fehlte. Sie war, begleitet von den indischen Rennenten, durchs Dorf geschweift und hatte Patsch Fridor Nicolussi getroffen, den Bürgermeister, der jeden Tag im Birthaus, wo er seine Formulargeschäfte erledigte, roten Tyroller trank. Von Simon Domenico Metèl, dem metallischen Studenten, hatte sie einen Engelsfisch geschenkt bekommen mit angeschraubten Rädchen unter dem Bauch.
Solche Versteinerungen aus dem Eozän, fünfzig Millionen Jahre her, gab es in einer Schlucht, einer Bolca bei der Cremona dell' Arsenale, von wo es zum Piz Kèserle ging, dem höchsten Berg.
Den schweren Fisch hinter sich an einer Schnur herziehend, riß Angela die Tür auf, erleichtert, daß alle um den Küchentisch saßen. Sie begrüßte umständlich die Zimmerleute, die sie noch nicht kannte.
Zum ersten Mal blieb sie diese Nacht allein im Bett, wandelte aber zehn oder fünfzehn Minuten, ohne daß der Mond geschienen hätte, über den Dachfirst des Würfelhauses, begegnete dort vielleicht Wittgenstein, der, gekleidet in einen schäbigen Trainingsanzug, bei einer befreundeten Familie in Cambridge an Magen- und Darmkrebs gestorben war. Schmerzmittel hatte der Leidende verweigert. Zuletzt sich auf die Seite drehend, soll er gesagt haben, alles sei gut gewesen. Das Kind hätte den eitel Bescheidenen, bevor es wieder ins Bett fand, vom Dach gestoßen.
Hassel Ruth Weidenbacher machte Spaziergänge, wich Poi Amber Braun aus. Als er sie fragte, ob sie sich langweile, sie könne ihm beim Stallbau helfen, beschied sie ihn verdrossen, er brauche sich nicht um sie zu kümmern.
Sie brachte aus dem Nebel, der immer noch über der Hochebene lag, Pflanzen mit, deren Namen sie sich von Philumene Auguste nennen ließ: Taubnessel, Stiefmütterchen, Gänsedistel und Kapuzinerkresse. Es waren Blütenkräuter, wie sie auch auf der verödeten Bahnstrecke nach Seltmans wuchsen.
Einmal kam sie betrunken zurück, hatte dem Bürgermeister

beim Sprengen eines alten Betonsockels, dessen Platz für eine Sickergrube gebraucht wurde, assistiert, ein über viele Stunden dauernder Vorgang ohne Lärm und Staub, da Patsch Fridor Nicolussi eine weiche, in gebohrte Löcher gestopfte Demolationsmasse verwendete, die aus Kalk und Zement bestand und mit solcher Kraft quoll, daß ihr selbst Travertin und Marmor, wie der von seiner Helferin hofierte Riese behauptete, nicht widerstünden.

Mehrere Flaschen Tyroller waren der Preis für das Warten in Nässe und Kälte gewesen, und wenn Zuschauer stehenblieben, darunter der Student, hatte sie Nicolussi davongejagt.

Schließlich waren die Mauern langsam in Brocken zerfallen, lautlos hochgetrieben wie von einer unsichtbaren Kraft aus dem Erdinnern, was noch mit Wacholderschnäpsen hatte begossen werden müssen, gebracht auf einem Tablett von einer Bedienerin aus dem Birthaus.

Poi Amber Braun erklärte abends am Tisch, das Erdferkel hätte mit seinen Krallen den Beton in ein paar Minuten entzweigerissen.

Seinen Rhéomir oder Celsius gebe es nicht, lallte die Lehrerin. Die Europa-Brücke stehe noch, und daß in Rotenbach der Steg eingestürzt sei, dafür mache sie den toten Taka Kose verantwortlich.

Angela schlug auf die Lehrerin ein, wurde von David abgedrängt, dann, als er sie losließ, umarmt, da das Kind kein Ende finden wollte aus Enttäuschung, daß seine Mutter betrunken war.

Philumene Auguste sagte auf Altodaitsch, ob Angela gebratene Hühnerschenkel wolle?

Die Mutter des Geliebten und das Kind gingen in den alten Stall, der hinter der Küche anschloß, und brachten ein rotes Zwerghuhn, an den Beinen gehalten, so daß es in Starre verfallen war, herein. Sie legten das Tier auf einen Block, dessen Oberfläche Generationen mit Sand blank gescheuert hatten.

Wer schlage zu?

Philumene Auguste hatte ein Beil in der Hand, schwang es; ihre

Warze auf dem rechten Nasenflügel funkelte unter dem Schorf.
Angela ergriff das Beil und hackte mit einem Streich, als habe sie es schon oft getan, dem kleinen Huhn den Kopf ab, der zu Boden fiel, doch das Federvieh, losgelassen, flatterte noch eine Weile, Blut aus dem Hals versprühend, durch die Küche, bis es auf dem Schoß von David liegenblieb. Tapfer hielt er es fest.
Im Abzug über dem Herd hatten sich mindestens drei Millionen von uns versammelt, die guthießen, bedauerten oder skeptisch kommentierten, wissend, daß sich die Frist, für immer gelöscht zu werden, verringert hatte.
Das Hühnchen wurde ausgenommen, in heißes Wasser versenkt, schließlich gerupft und zerteilt, mit Olivenöl auf einem Bett aus Thymian gebraten. Aus den gewaschenen Federn, die Kiele abgeschnitten, werde ein Kopfkissen gestopft, versprach die Mutter des Geliebten.
Poi Amber Braun trank aus einer Flasche Kroatzbeeren-Likör, die Lehrerin nahm auch noch ein paar Schluck. David trank nichts, aß nichts, erklärte mürrisch, Fleisch unterbreche die Kohlenhydrat-Trytophan-Serotonin-Kette, morgen früh drohe selbstmörderische Schwermut.
Angela, die zwei Schenkel und einen Flügel gegessen hatte, schlief im Himmelbett bei Philumene Auguste, doch irgendwann nachts wanderte sie im obersten Stock von Kammer zu Kammer, ließ zärtlich Spucke auf Davids Zehe, die sich aus der Zudecke geschoben hatte, rinnen und sah, als sie die nächste Tür öffnete, daß Poi Amber Braun und die Lehrerin zusammenlagen, sich nicht mehr umarmend nach Trunkenheit und Begehren. Auf einem Hocker stand ein Glas voll Wasser.
Vom Dohlenfriedhof hatten sich die Kadaver erhoben; aus dem Geldloch schwebte Salat und segelte wieder zurück in den Korb; Bergfalken brachen in Krähen- und Taubenschwärme ein, nahmen Beute in die Krallen; Springmäuse fraßen mit rasenden Herzschlägen, um ihr Gewicht zu wahren, Samenkapseln und fütterten aus den Backentaschen die noch blinde Brut; Kröten murrten und laichten im Bambusgebüsch; ein

Tausendstel der geborenen Quappen würde überleben. Nur der Mond kümmerte sich um nichts, blieb folgsamer Trabant.
Am nächsten Morgen kam ein Brief. Bella Mainz schrieb:
»Meine Lieben, ich habe zu wenig Matratzen. Viele Kinder sind eingezogen, auch Eltern, weil die Unordentlichen Werkstätten immer noch geschlossen sind und die Direktorin ins Strahleninstitut nach Lindau gebracht worden ist, wo in ihre nicht mehr vorhandene Brust eine Isotopendelle eingepflanzt werden solle. Schade, daß ihr nicht da seid, denn wir wurden erobert. Vor Schreck fielen Grabkreuze um.
Zwischen dem Halder-Hof und der Neu-Gablonzer Siedlung im Wasserschutzgebiet beim katholischen Vorstadtfriedhof, auf dem mein Mann begraben liegt, und später, wenn auch ich gestorben bin, wird dort ein Denkmal aus Marmor, Porphyrzierat und falschen Diamanten an uns zwei erinnern, standen eines Morgens in den Wiesen Zelte für mindestens hundert Bewohner.
Sie haben abscheuliche Trainingsanzüge an mit weißen Litzen entlang der Ärmel und den Hosenbeinen.
Kenner aus dem Gymnasium unter den Eichen behaupten, es handle sich um Russen, Usbeken, Kirgisen, Sibirjaken, Jakutsker und Tschuktschen, ein Volk, das an der Beringstraße wohnt. Die Hälfte unserer neuen Gäste könnten meiner Meinung nach Frauen sein, genauso schweigsam wie die Männer. Vielleicht sind sie nachts an Fallschirmen abgesprungen, und alles, was sie brauchen, wurde ihnen hinterhergeworfen. Oder aber sie kamen, da wir keine Eisenbahnverbindungen mehr haben, heimlich in Omnibussen über die Tschechoslowakei oder Jugoslawien zu uns, da es Grenzen nicht einmal mehr im Osten zu geben scheint.
Ich frage mich, wieviel diese unbekannten Touristen dem Großbauern Halder bezahlt haben, daß er sie auf seine wundervolle Wiese ließ? Und warum greift die Polizei nicht ein, wo doch im Wasserschutzgebiet nicht gegüllt, nur einmal im Jahr Mist mit Stroh verstreut werden darf? Hat unsere käfer-

grüne Staatsmacht Angst, fürchtet sie diplomatische Verwicklungen?

Diese Russen, Astraniden oder Semionoten sind stumm und freundlich, viele tragen mehrere Armbanduhren. Vielleicht vergleichen sie damit Zeitunterschiede. Sie kaufen Wasser und Milch, körbeweise Fleisch und Gemüse. Wenn sie Mehl verlangen, wollen sie vorher einen Löffel voll davon prüfen, als mißtrauten sie der Ware.

Ich habe es auch getan, aus einer Tüte, aber ich schmeckte nichts. Nur mein blendendes Gebiß blieb endlich ohne Schwierigkeit für längere Zeit haften. Ich kann mir nur schwerlich vorstellen, daß dies der Grund für die Mehlphobie der Jarmolatten oder Tsinketen sein dürfte.

Geld spielt für die bedürfnislosen Camper keine Rolle. Sie bezahlen jede Summe, als verstünden sie nichts. Kommastellen sind ihnen sowieso gleichgültig. Die Preise in unseren drei Großmärkten Hindelang, Minifuchs und Mädelegabel haben zum Leidwesen der Einheimischen schon angezogen, was mich freut, denn, wie ihr wißt, schätze ich die hiesige Bevölkerung nicht. Sie ist ein Abgrund an Habgier und Opportunismus. Bald wird es in der Volkshochschule Russischkurse geben.

Einige der Lapptosomen oder Jerimibiten sprechen ein wenig Deutsch, vor allem die Frauen, dabei verwenden sie, da sie meistens nur Substantive benützen, absonderliche Fälle wie den Ablativ – o, Birr! – auch eine Genetiv-Akkusativverbindung, zum Beispiel – des Haares dem Waschungen – dann folgt, wenn überhaupt, ein merkwürdiges Verb im Infinitiv: ruffen (?), bruchen (!), raskolnioffen oder benemmen, herrliche Aussagen im Tal der sieben Bibliotheksilos, meiner Puppen und der sieben Ausgangsschluchten.

Besichtigungstourismus hat begonnen. Aus Leutkirch, Wangen, Lindau, Kempten, selbst aus Stuttgart und Zürich kommen Autos, die auf der kurvenreichen, kleinen Straße unterhalb der Halder-Wiese, wo der Quelltopf der Aach liegt, im Schritt fahren. Zwischen dem Fruchthof und dem Wohnwagenwerk

wenden sie, um in drangvollem Gegenverkehr noch einmal dieselbe Strecke zu unternehmen.
Jedoch zu sehen gibt es kaum etwas. Die Parakruten, Belomenassen oder Jenessipoten zeigen sich kaum. Ihre Armeezelte, deren Farbe mich an Flüchtlingslager der Nachkriegszeit erinnern, bleiben geschlossen; keinerlei Rauch, auch keine Latrinen außerhalb. Entweder essen diese Tongerken oder Symptschikten nur kalt, oder sie verwenden Trockenspiritus, und wenn sie austreten müssen, benützen sie Chemieklosetts, in denen die Exkremente zu geruchlosem Puder zerfallen, der, gesüßt, wieder aufs Brot gestreut werden könnte. Es ist ihnen zuzutrauen. Wir haben in den letzten Jahren viel darüber gelesen, daß diese Räte- oder Rätselrussen in aneinandergesetzten Raumstationen erstaunlich robust bleiben, Pflanzen aus Abfall züchten und ohne Nabel- oder Versorgungsschnüre in den Weltraum hinauswandern, wo sie sich einen Spaß daraus machen, als in Silber gehüllte Satelliten in ein paar Stunden um die Erde zu kreisen. Den Amerikanern gelang bisher ähnliches nicht. Zwei oder drei ihrer Kosmosschlitten explodierten schon nach dem Start. Vielleicht heißt ein Ablativ dafür: och, deparwostmisnitschi!
Und unsere Polizei? Sie hat Sperrseile mit roten Wimpeln um Halders Wiese gespannt. Hubschrauber flogen Runden, und einmal jagten Düsenjäger, stationiert bei Landsberg, wo Adolf Hitler im Gefängnis saß, jeden Tag Gäste empfing und sein Werk ›Mein Kampf‹ schrieb, sehr niedrig, obgleich diese Angriffsübungen, seitdem die Grenzen offen sind, verboten wurden, über uns hinweg und mußten am Bodensee, wohin es für sie, wie mir ein bärtiger Realschullehrer erklärte, nur eine Minute dauere, steil hochziehen. Eine Maschine stürzte ab, jedoch der Pilot, der sich mit seinem Sitz hinausgesprengt hatte durchs Kabinendach, ist nie gefunden worden. Vielleicht haben ihn die Österreicher oder Schweizer aufgefischt und seziert.
Ich habe eine Theorie: Wir befinden uns im Anfangsstadium eines Komplotts oder gehören zu einer tückischen Inszenierung, als sollte geprobt werden, wie wir, am Ende Deutsch-

lands, wo sich Sprachen, Rassen, Galoschen und Trachten schon immer mischten, bei einer Invasion uns verhalten.
Meine Matratzenkinder sind nie da, sondern bei den Semliasassen, Primaverzeken oder Trotzgraden. Tobias und Sobitka, die beiden K 2, schieben Laura-die-Spinne in ihrem Wägelchen jeden Morgen zu den Zelten; Eva-mit-dem-Röhrchen geht auch mit; Tacitus läßt seine Haare wachsen und beschmutzt sich; und Susanne oder Suzanna, die Zwergin, sehe ich überhaupt nicht mehr. Ihre Mutter hat in der Wohnwagenfabrik von der Spät- zur Frühschicht gewechselt.
Die Eltern der Kinder trauen sich nicht, die russischen Zelte zu betreten. Zwar helfen sie mir bei der Produktion von Rauschgoldengeln, doch ihr verzweifelter Eifer steht in einem krassen Mißverhältnis zu irgendeiner Kunstfertigkeit. Manche haben zu trinken begonnen.
Lillit Babett Prinz, die Ärztin, hat ihre Praxis geschlossen. Ich denke, sie ist mit ihren zwei Kindern nebst blonden Assistentinnen zu unseren fremden Gästen übergelaufen. Neulich habe sie, heißt es, noch auf dem Geburtstag des Besitzers der Klosterapotheke, der seine Doktorarbeit im Berliner Max-Planck-Institut über Adrenalinfluß in Rattengehirnen bei Streß schrieb, im Goldenen Adler schweißübergossen mit einem Raupenschlepperfahrer, der seinen Pullover nicht auszog und deshalb wie eingetunkt war, die halbe Nacht getanzt; seither Schweigen.
Ihr Mann, Samuel Prinz, der Korrespondent von Radio Monte Cenerie, irrt durchs Städtchen, bier-, schlimmer, likörselig geworden, steht nachmittags zusammen mit den Verstümmelten von St. Mathilden und St. Florian unter den Arkaden und schaut dem Verkehr zu, zählt lallend Fahrzeuge und Nummernschilder.
Nur Timbur, eure Holzkrähe, hält die Stellung, sitzt auf der Wetterfahne des Kolosseums und scheint, da der Vogel seinen Platz nie verläßt, von Schwalben oder nachts durch Absonderungen des Monds gefüttert zu werden.
Meine Lieben, kehrt zurück. Ich brauche euch im Tal der

verstopften Straßen, wo meiner Ahnung nach die Welt kippt zu unserem Heil oder Verderben. Motoren, Eisschränke, sämtliche Elektrizitäten fielen, wie schon einmal, wieder aus. Aber mich stört es nicht. Mein Kerzenvorrat ist erheblich. Wer Naphta braucht, kauft es bei den Russen. In unseren Geschäftsläden ist dieser Brennstoff unbekannt. Nur die Vorkriegsgeneration kann sich an ihn erinnern wie auch an Bismarck-Lichter, Fettfunzeln und Dynamo-Taschenlampen: Ein Bügel mußte ständig niedergedrückt werden.

Besra Lou Winterstein läßt ausrichten, er habe seine Fabrik an die englische Konkurrenz verkauft, doch die besten Zwillinge und Drillinge gehortet. David wisse weshalb.

David wollte, obwohl alle dagegen waren, mit dem Postomnibus gleich am nächsten Morgen abreisen.

Vielleicht, sagte Hassel Ruth Weidenbacher, handle es sich bei den Russen um verkleidete Partisanen, die das Schwinden ihrer Ideologie, deren Kraft nachlasse, im Herzen des Fremdenverkehrs wieder zum Erglühen zu bringen versuchen. Es werde Kämpfe geben.

Gerade deshalb müsse er heim, antwortete David.

Oder aber, entgegnete sie, diese falschen Entwicklungshelfer würden nicht ausgehungert, vielmehr überfüttert, erhielten Freiplätze in Hotels, von denen es sowieso zuviel gebe. Sie würden in Alpina-Limousinen auf Besichtigungstouren geschickt, und allmählich verlören sie sich in den korrumpierenden Landschaften der Schweizer Alpen und Mittelmeerländer. Welche Mission hinter dem überraschenden Besuch auch stecke, sie werde scheitern. Gegen Wohlstand und Gleichgültigkeit versage selbst Terrorismus, falls er als letztes Mittel beabsichtigt sei.

David tat, als höre er plötzlich wieder nicht. Er zog die Uniformbluse, die inzwischen von Philumene Auguste geflickt und mit eingesetzten Streifen vergrößert worden war, an und zählte sein Geld, das ihm auf der Herfahrt die Lehrerin gegeben hatte.

Poi Amber Braun sagte, er verstehe David. Am liebsten würde

er mitkommen. Wo der Tod ihn in eine Lößwand habe kriechen lassen und Kinder ihn befreit hätten, überschlage sich jetzt die Zeit oder das Wetter, il Termodatsch. Aber eine Woche brauche er noch, um den Stall fertigzubauen. Ohne Dach hielten die frischen Lehmwände nicht, denn die Temperaturen hätten sich verschoben, als gebe es im Sommer noch einen zweiten Winter, und das Frühjahr fange erst im Herbst an. Er schaltete das Radio ein. Die Nachrichten lauteten: Innsbruck von Wasser eingeschlossen; Garmisch-Partenkirchen unter Geröllawinen begraben; die Marschwiesen Nordfrieslands versengt; das Vieh verdurstet.

Er komme nicht mehr durch, rief David. Wo der gelbe Rucksack sei?

Philomene Auguste beruhigte ihn, erzählte von Abkürzungen, die früher Zigarrenschmuggler benützt hätten.

»Aber ich kenne die Wege nicht!«

Er müsse sich an Tatrabäume halten, die allein stünden. Der nördliche Weg führe von Lärche zu Lärche.

»Und wenn ein Wald dazwischenliegt?«

Poi Amber Braun erwiderte, er gebe ihm einen Kompaß mit. Den gesperrten Paß Brenner könne er durchs Tal di Kaltere umgehen. Kalterer See werde so viel abgefüllt, als reichten die Weingärten bis nach Ungarn.

Plötzlich merkten alle, daß Angela verschwunden war. David behauptete, er habe sie noch weinen gehört.

Die ganze Familie schwärmte aus, fragte in den Häusern der Moz, Zaigas, Castelans, Gugoles, Troghers und Maroders, ob das daitsche Gigele, das Mädchen, gesehen worden sei? Auch aus dem Birthaus, in dem, völlig nüchtern, Patsch Fridor Nicolussi hauchdünne Fragebögen italienischer Verwaltung ausfüllte, war das Kind nicht beobachtet worden.

Poi Amber Braun und seine Mutter entdeckten Angela gegenüber dem Friedhof in der Wohnung der Witwe Metèl. Simon Domenico erklärte Angela gerade den Nestbau der Mörtelbienen. Er zeichnete leere Schneckengehäuse und Schilfrohre, die die Insekten dafür aussuchten. Frau Metèl ließ es nicht zu, daß

die Witwe Braun und ihr Sohn das Mädchen mitnahmen, sie mußten dem jungen Mathematiker zuhören, der zusammen mit dem Kind auf dem Boden über einem Stück Papier kniete.
In ungleichen Abständen waren in dem Nest ungefähr senkrecht zur Achse einzelne Trennwände angebracht. Dadurch entstanden Räume, die bei gleichem Grundriß verschiedene Höhen besaßen, folglich auch unterschiedliche Fassungsvermögen. Die untersten Wände, die ältesten, lagen am weitesten voneinander entfernt. Zwischen den Abteilungen oben zur Öffnung hin waren die Abstände am geringsten. Die größten Räume beherbergten die üppigsten Futtervorräte. Sie wurden auf die Hälfte, sogar auf ein Drittel in Brutabschnitten mit geringerer Weite reduziert.
»Warum«, fragte Angela.
Simon Domenico wußte es nicht, sagte, vielleicht streue die Natur, weil sie wisse, daß Jüngere eher überlebten. In der Simultanforschung werde auch ähnlich gedacht darüber. Jede Verwirbelung, Verästelung erzeuge, je eher sie an den Rand rücke, ein neues Durcheinander, aus dem wieder Cluster, Sternennebel oder Fraktale entstünden. Die Kraft nehme zu wie Hitze in einem Müllhaufen.
Impulsiv sudelte Angela Kringel auf das Rechenpapier, und der Student sagte: »Richtig.«
Für solche Ungleichheiten gab es Beispiele. Ein Schilfrohr mit einem Innendurchmesser von zwölf Millimetern bestand aus zehn Räumen. Die jeweiligen Abstände der fünf unteren Zwischenräume, gemessen von der zuerst gebauten Zelle, betrugen: 11, 12, 16, 13, 11 Millimeter.
Die Abstände zwischen den fünf oberen Trennwänden hießen: 7, 7, 5, 6, 7.
Ein kleines Schneckengehäuse von elf und mehr Millimetern Durchmesser enthielt fünfzehn Zellen, und die Abstände der trennenden Schichten maßen von unten ausgehend: 13, 12, 13, 9, 9, 11, 8, 8, 7, 7, 7, 6, 6, 6, 7, als würden Wände, näher beieinander, ebenfalls nach einem Plan gebaut, damit gegen-

seitige Abstände sich verringerten, je mehr sie sich zur Öffnung des Nests verschoben.
Ein Schilfrohr, das Simon Domenico aufgeschnitten hatte, wies folgende Segmentmaße von unten nach oben auf: 22, 22, 20, 20, 12, 14.
Ein anderes Rohr, mit neun Millimetern Durchmesser gleichbleibend, zeigte: 15, 14, 11, 10, 10, 9, 10.
Und in einem Glasrohr, das Simon Domenico als Verlockung auf das Gesims vor dem Fenster gelegt hatte, um den Eifer einer hinein- und wieder ausschwärmenden Mörtelbiene genau beobachten zu können, ergaben sich folgende Werte: 15, 14, 20, 10, 10, 10.
Die Witwen Metèl und Braun hatten den Stallarchitekten Poi Amber, dessen Vorname mit Dann-Gut-Duftend übersetzt werden konnte, in die Mitte genommen, denn er wollte Angela, der Zahlen durch den Kopf rauschten, festhalten, damit das Kind nicht außer sich geriet, aber obwohl es neue Kricksel-kracksel und Kreuze auf die Papierseite Simon Domenicos malte, blieb Angela ruhig.
Bewiesen die Zahlen, daß die Mörtelbiene ein Geometer war und sich streng eines auf ihre Körperlänge zugeschnittenen metrischen Systems bediente? Wahrscheinlich nicht, da viele dieser Werte die Länge der Biene überschritten.
Unmittelbar entstand nach einer niedrigen Zahl auch eine höhere, weil, behauptete Simon Sonntag, das Insekt nach seiner Mühe eine Art Summe zusammenfügen wolle, bevor es die Nester fülle.
Angela erklärte, jetzt könne sie rechnen, schreiben und lesen.
Die beiden Frauen bestätigten es.
Deutlich wurde nur, daß die Mauer- oder Mörtelbiene dazu neigte, die Zwischenwände enger aneinanderzurücken, je besser die Arbeit gelang. Die größeren Wohnungen waren für die Weibchen bestimmt, die kleineren den Männchen vorbehalten.
Poi Amber Braun rief, »genug, genug«, wollte Angela mitnehmen, doch die Witwe Metèl sagte, Simon Domenico erkläre

seine Doktorarbeit, die in seinem Fach kaum jemandem gelinge, schon gar nicht einem Bauernsohn.
Gab es eine Ordnung, die einem Geschlecht vorbehalten gewesen wäre? Auch nicht, denn in den Zahlreihen für Wohnungen der Weibchen wurde der Abstand von elf Millimetern, der am Anfang und Ende auftauchte, in der Mitte der Reihe durch katastrophale sechzehn Millimeter unterbrochen. In der zweiten Zahlenreihe, den Wohnungen der Männchen, betrug der Abstand in der Mitte nur noch fünf Millimeter.
Die Ziffernsprünge waren verheerend, als handelte es sich um Rauch, der sogleich, nachdem er einen Schornstein verlassen hatte, von unbekannten Gewalten auseinandergetrieben wurde.
Die Witwe Metèl verkündete, die Mörtelbiene wisse, was sie tue. Ein Tier sei klüger.
»Warum«, fragte der Sohn.
Weil es sich um Brut und Geburt kümmere. Sie sagte es auf cimbrisch, was wie Bußtong und Natatsch klang.
Angela streckte sich auf dem Bauch aus, Simon Domenico tat es ebenfalls. Vor den beiden lag auf dem Fußboden das Rechenblatt, bedeckt mit Zahlen, Koordinatenschwüngen, Kreisen und Kringeln.
Wenn die Mörtelbiene zum wiederholten Male mit ihrer Stirn die vordere Zwischenwand und mit ihrem Hinterleib die folgende im Bau befindliche Trennwand berührte, war die Eiablage erfolgt und der Nestzylinder voll. Nahe des Ausgangs errichtete die Maurerin ein Bollwerk, um anderen Insekten den Zutritt zu verwehren. Das Festungswerk schloß ein massiver Pfropfen, der, betonte Simon Domenico, der Menge entspreche, die zum gesamten Bau benötigt werde.
Beifall der Frauen, auch von Poi Amber Braun.
Mindestens einen Tag müsse die Biene noch für die Errichtung der letzten Barrikade verwenden, bis jeder Spalt verkittet sei, durch den irgend etwas hätte schlüpfen können. Poliert unter Stößen der Mundwerkzeuge und einem fortwährenden Kopfwackeln des Insekts schloß der Kapseldeckel endgültig.

Angela richtete sich auf, sagte, sie habe Durst.
Von der Witwe Metèl bekam sie Ziegenmilch, die das Kind wieder ausspuckte. Sei zu fettig, rieche schlecht.
Im Hochsommer, darauf wies der Mathematikstudent hin, bringe es der Milzbrand l'Anthrax sinué fertig, das Ende eines fast unsichtbaren Fädchens bis zu den Larven durch die zementierte Verschlußkapsel hinunterzusenken, das sich dann entlang der Kokons in die hintereinanderliegenden Wohnungen schlängle. Während des Nestbaus fliege vor den Gängen und Röhren der Räuber bereits hin und her, eine mörderische Trichinade, um ihre Kinder in die Eier der Mörtelbiene zu legen. Ergebnis: Es wimmle bald von Zweiflüglern, die alle Nahrung aus in kleinen Nudeln abgelegtem Blütenstaub verzehrten. Die Bienenlarven verhungerten.
Simon Domenico hatte keine Erklärung für die Zahlenfolgen der Nester in den Rohrhalmen und Schneckengehäusen.
Oder aber, sagte er, vielleicht müssen wir die Jahreszeiten ins Verhältnis zu den Trennwänden zwischen Weibchen und Männchen setzen.
Angela zerknüllte das Rechenpapier, schrie Vatermutterficker, Arschhund!
Poi Amber Braun riß sie vom Fußboden hoch, wollte sie umarmen, doch sie litt es nicht, schließlich schüttelte er sie heftig.
Angela erstarrte, sagte, »das darfst du nicht tun.«
Er entschuldigte sich.
Sie hieb auf ihn ein. Er wandte sich ein paarmal ab, damit er nicht im Gesicht getroffen wurde. Dann gingen sie alle, er, seine Mutter und das Kind.
Draußen auf der Freitreppe hob Simon Metèl den Schwungfinger und erklärte, er finde noch den Zahlenschlüssel.
Aus dem Birthaus erklang Musik, eine Geige und krächzende Schalmeien, Instrumente der kommunistischen Partei.
Die Gähwinden aus Schnee waren an diesem Sommerabend endgültig geschmolzen. Auf Fahrrädern streiften Mädchen und Jungen umher, dazwischen durchkreuzten ein paar Ziegen und Schafe den örtlichen Verkehr.

Im Würfelhaus verlangte Angela nach ihrem Bruder. Er war nicht mehr da, hatte sich, den kleinen, gelben Rucksack auf, davongeschlichen.
Auch Hassel Ruth Weidenbacher fehlte, kam erst spät aus dem Birthaus. Sie schwankte und lallte. Daß David gegangen war von Lärche zu Lärche, schien ihr gleichgültig zu sein, auch daß Angela, den Seidenschal und das Schlaftier an sich gepreßt, stumm am Küchentisch wartete.
Kinder, sagte die Betrunkene, seien ein Hindernis, eine Last. Sie wechsle ihren Beruf, werde Tierärztin oder Gemeindesekretärin bei Patsch Fridor Nicolussi. Alte Männer seien die schönsten, die besten. Als die Lehrerin, nachdem sie ein Fladenbrot mit Speck gegessen hatte, verlangte, zum neuen Stall gebracht zu werden, um in den Mauerverschalungen herumzustampfen, denn, rief sie, Lehm dringe durch die Zehen wie Trauben, Erde und Wein vereinigten sich zu einer himmlischen Speise, stieß sie Poi Amber Braun über die Stiege zu einer der Schlafkammern hinauf, zog die Taumelnde aus und legte sie in ein unbezogenes Bett. Sie schlief gleich ein, ab und zu schnarchend.
Es dauerte, bis der Geliebte flüsternd Angela überredet hatte, nicht bei ihrer Mutter bleiben zu wollen, sondern in ihre eigene Kammer zu gehen, die das große Mädchen ganz für sich habe.
Nachts wandelte das Kind umher, nicht auf dem Dachfirst, um einen Sprachphilosophen in die Tiefe zu stürzen, sondern es öffnete Türen und schaute nach, wer noch da war. Schließlich kroch es an die Seite von Philumene Auguste.
Ussa sei dös Liln, aus sei das Linsen, Beäugen, befahl die alte Frau. »Tenacitatis«, halt dich fest.
Auch wir waren zufrieden, ob vom Dohlenfriedhof aus Gräberspalten oder von Fichtensprossen kommend. Ein Regen toter Seelen tat wenigstens Schafswolle wohl, obgleich Tiere oft erschreckten, wenn wir sie in eine Atemwolke hüllten. Wir segelten auch durch sie, als wären es Geschöpfe aus Papier.
Am nächsten Morgen stand Simon Domenico vor dem Würfelhaus und trieb einen Holzkreisel, dessen spitzes Ende mit Blei ausgegossen war, mit Peitschenschlägen an.

Sei eine Frage von Verhältniszahlen, deren Gemeinsamkeit er finde, rief er.
Linksherum drehte sich das Spielzeug, bis es zu eiern anfing und zur Seite fiel. Doch rechtsherum, im Uhrzeigersinn, schien das Gewicht abzunehmen, so daß der Kreisel, kaum mehr zu sehen, an Geschwindigkeit zunahm, als vermochte er sich aufzulösen.
Entfalteten Magneteinflüsse, Variablen der Möbius-Schleifen oder der Gleichungen Schrödingers ihre Wirkung?
Japaner hätten das Phänomen entdeckt, erklärte der Student, beschrieben in der Physical Review.
Der Geliebte peitschte den Kreisel ebenfalls, aber das dumme Ding torkelte zur Seite.
Angela, noch verschlafen und verklebt, brachte den Kreisel so in Schwung, daß er für Augenblicke wie verschwand. Dann kam er wieder zurück und lag da.
»Schade«, sagte Angela.
Poi Amber Braun und Simon Domenico gerieten aneinander: Der eine sagte, es sei falscher Zauber; der andere behauptete, es gebe im richtigen Augenblick immer eine Gelegenheit.
Eine Ziege, begleitet von einer gemächlichen Rennente, streifte vorüber, und Philumene Auguste, gewickelt in einen Schal gegen Husten, Asthma, Bronchienübel, kam über die Treppe herunter, sagte, es sei schon sieben Uhr, die Kühe müßten gemolken werden.
Auch Ruth Hassel Weidenbacher war erwacht, obgleich es im Würfelhaus keinen Wecker gab, nur die Verfallszeiten von Torf im Herd, das Ticken der Holzwürmer in den Wänden und den langsam ausgestoßenen Mist des Viehs.
Der Geliebte fragte den Studenten, ob es tatsächlich möglich sei, daß eine Masse durch Geschwindigkeit abnehme?
»Jo, pertatsch.«
»Pirmolia bellaria belleorium?«
Hieß, auf einen Stoß frühlingshaft als Nachtisch.

12

Angela bekam ein neues Kissen, eine kleine, harte Rolle, gestopft mit den Federn des geschlachteten Zwerghuhns, aber Philumene Auguste hatte auch Daunen aus dem Untergefieder einer Rennente hineingetan, die vor Monaten von einem herunterfallendem Balken im alten Stall erschlagen worden war.
Das Kind wollte nicht mehr aufstehen, hielt das Kissen im Arm und sprach mit den Federn oder dem Huhn. Seidenschal und Schlaftier lagen neben dem Bett. Die Lehrerin horchte dem Geflüster am Türspalt zu, ging beruhigt wieder ins Birthaus, wo sie Patsch Fridor Nicolussi bei seiner Gemeindearbeit half, mit ihm aß und trank.
Angela sagte: »Keine Angst, wir sind im Haus, alle. Du mußt nicht weinen. Mein Bruder hat ein Gewehr. Er kommt wieder. Wenn er nichts hört, ist er stark. Und Timbur hilft ihm.«
Da sie keine Antwort erhielt, schlug sie auf das Kissen ein, aus dem trotz sorgfältiger Beschneidung der Federn noch ein paar Kiele stachen, besänftigte und beschwor es, ihr nicht weh zu tun.
»Magst du mich? Ja oder nein? Ich bin ein großes Mädchen, ich weiß, was ich will. Oder soll ich dich waschen? Brauchst du Creme?«
Angela versuchte das Kissen, das keine Knöpfe besaß, sondern von der Mutter des Geliebten vernäht worden war, aufzuschlitzen, was nicht gelang. Das Kind schleuderte das weiße Paket zum Fenster, wartete eine Weile, drehte und wand sich, ein Lied singend, das es aus seinem Walkman kannte, und gelangte dorthin, wo es zunächst zum neuen Stall hinaussah, dessen Lehmwände wuchsen, doch allmählich begann Angela mit den Füßen das Kissen über den Bretterboden zum Bett zurückzuschubsen.
»Jetzt sind wir wieder da.«
Nach einer Pause war zu hören: »Habe verstanden.«

Zu dieser Zeit, gegen Mittag, wenn es auch auf dem Altopiano wärmer wurde, kam Philumene Auguste in die Kammer, sagte, es gebe Suppe zu essen, aber Angela schrie, »hau ab, blöde Sau!«

Spätere Debatten zwischen Poi Amber Braun und der betrunkenen Hassel Ruth Weidenbacher über die Schimpfwörter halfen wenig, jeder wollte recht behalten. Nachmittags stand Angela auf und ging ohne Kissen vor das Würfelhaus, wagte sich auch ins Dorf, einmal mit einem der beiden Fahrräder, das sie bis zum Friedhof schob, wo Simon Domenico Metèl die Verhältniszahlen der nestbauenden Mörtelbienen ziegelrot auf die Mauer geschrieben hatte. Die letzte Ziffer war 7 prim gleich den Bibliotheksilos und Talausgängen der Allgäuer Kleinstadtmulde. Die Zahl konnte, gewaltig potenziert, auch mit der Blättermenge der tausendjährigen Linde am Obertor oder mit dem Umfang der fünfhundertjährigen Buche am Ende der Birkenallee zusammenhängen, wovon der Student nichts ahnte.

Gottlob kam von Bella Mainz wieder ein Brief. Er lautete: »Meine Lieben, die Russen, sie sind immer noch da, ernähren sich wie wir, stehen in der Stadt herum und photographieren die Häuser, unsere zu Erinnerungslosigkeit renovierten, schmucken Bauten mit weißem Verputz und doppelscheibigen Klappenfenstern, die auf französisch le-wa-is-da heißen. Diesen Ausdruck hörte ich zum ersten Mal in der Besatzungszeit, doch weder Offiziere noch marokkanische Soldaten konnten mir damals erklären, weshalb diese Art Luken durch ein deutsches Lehnwort beschrieben werden, als gebe es solche Fenster in Frankreich nicht. Oder aber sie bedeuten etwas Lächerliches, Muffiges. Welche Bezeichnung erhielten dann amerikanische Fenster, die sich nach oben schieben lassen? Allerdings wurde Amerika weder von den Deutschen besetzt, geschweige von den Franzosen zurückerobert.

Unsere verängstigte Bevölkerung hat Mut gefaßt und auf ihre Weise reagiert. Zentnerweise sind alte Röcke, Hosen, Jacken, Pullover, Blusen vor den düsteren Armeezelten auf Halders Wunderwiese gelegt worden, eine Kleidersammlung, die für die Armen Kolumbiens bestimmt war, wohin letztes Jahr drei Mitglieder des Gemeinderats für viele tausend Mark flogen, um das Elend zu besichtigen, das sie beschenken wollten.

Die Amenotitschen oder Retroziphagen lassen das scheußliche Zeug unberührt, sie tragen weiterhin ihre gräßlichen Trainingsanzüge. Bei Sonnenschein öffnen sie wenigstens die Reißverschlüsse, eine, wie ihr wißt, verheerende Erfindung, da der Knopf die Urform menschlichen Lebens in seiner Einfalt darstellt.

Sollte es mir gelingen, den Export meiner Rauschgoldengel in die reichen Saudi-Staaten zu erweitern, könnte sich ein Traum erfüllen: die Gründung eines Knopf-Museums. Auf kleinstem Raum ließen sich hunderttausende Exponate ausstellen vom Anfang des Homo erectus aus dem keniatischen Riff Valley bis zum Homo sapiens sapiens sapiens, dem Dreimalklugen an der Wende zum dritten Jahrtausend.

Die Tschergogessen oder Murmanskoliven, sie scheinen irgend etwas mitgebracht zu haben, das unsere Landsleute betört, geradezu närrisch macht. Beispielsweise hat Alois Fink in Rotenbach, wo die Brücke einstürzte und ich immer mit grausiger Sehnsucht zusah, wie Baumstämme auf einem Schlitten in die kreischenden Gatter hineingezogen wurden, seine Sägerei verlassen. Der Betrieb steht still, auch die Familie ist nicht mehr da. Was ist geschehen?

In der Bodenmühle am Ende des Rotmoos, wo die Hölzer nicht aus dem Wasser, sondern von Stapeln mit einem fahrbaren Kran, der aussieht wie ein Reihengalgen, vor die Sägeblätter transportiert werden, dasselbe: Haus und Hof verschlossen.

Die Baikalisten oder Amurphilitten sind inzwischen auch in Beuren, in Schweinebach und in Großholzleute gesichtet worden. In der Schwäbischen Zeitung stand, sie bezahlten in Gasthöfen bar, wiesen Wechselgeld ab, ein unhaltbarer Zustand.

Stellt euch vor, ihr würdet ein Schnitzel essen und euch nicht darum kümmern, wieviel von einem Fünfzig- oder Hundertmarkschein übrigbleibt. Soll die Bedienung den überheblichen

Rest an sich nehmen, was sie niemals, beobachtet von anderen Gästen, wagen würde, oder ihn den Fremden nachtragen?
Diese Moskowiter oder Krassnopöken benützen nie ein Fahrzeug, weder Taxis noch Fahrräder. Sie gehen in Gruppen, allerdings immer hintereinander, auf Straßen links entgegen dem Verkehr, manchmal auch quer über Wiesen, wobei sie elektrische Zäune mißachten.
Zeugenaussage eines Bauern: Sie husteten wie Vieh, Speichel rinne auf die Drähte hinunter, dann hechteten sie hinüber. Kein Laut sei zu hören.
Eindeutig: Der Bauer besitzt einen Fernsehapparat und kennt das Ächzen oder Jubilieren, wenn die hochgelegte Latte von einem Athleten überwunden oder gerissen wird.
Nächstes Durcheinander: In der Volksbank und in der Sparkasse wurde das Personal verstärkt, als habe der Kreditumlauf großstädtische Maße erreicht, für mich ein Vorteil, da ich Schulden habe. Ich könnte von neuseeländischen auf kanadische Staatsobligationen umstellen, jedoch beide hängen vom Dollar ab, der sinkt.
In Aigeltshofen, wo die von Gebüschen bewachsene Bahnlinie durchführte und der Himmel die Herrschaft eines neuen Straßenkreuzes widerspiegelte, waren die Nowasemljeten oder Baikallossen ebenfalls. Seither ist der Hof der Gebrüder Strugazki, keine Russen, sondern seit Generationen hier ansässig, die mir beim Beschneiden im Garten halfen und die Pappelallee gepflanzt haben, verlassen. Keine Kühe, weder Enten noch Hühner mehr; blinde Scheiben; ein neben dem Brunnen vergessener Weihnachtsbaum hat seine Nadeln abgeworfen.
Es ist entsetzlich, obgleich unsere Kinder manchmal bei uns einkehren, um sich von Charlotte verwöhnen zu lassen und zwischen ihren hilflosen Eltern auf den Matratzen sich auszuschlafen. Wir stecken die Verwahrlosten auch ins Bad, aber es bleibt rätselhaft, weshalb sie vor Schmutz starren, denn unsere fremden Gäste sind überaus sauber. Ich habe sie im Verdacht, daß sie sich nachts im Quelltopf der Aach waschen. Schampoon scheinen sie nicht zu verwenden, es zeigt sich auf dem

klaren Wasser keinerlei Schaum. Vielleicht benützen sie Kernseife, deren Fetteilchen junge Forellen verzehren. Ich werde mich aber hüten, im Rathaus eine Wasseruntersuchung zu beantragen.

Neulich nahm ich einen Feldstecher und sah vom Balkon aus hinunter ins Dorf Ratzenhofen. Der große Stall steht noch, in dem die höheren Töchter ihre Reitpferde zur Pension unterstellen. Auch auf der Koppel am Hang dahinter herrscht Betrieb, doch die an der Straße gelegene Schnitzerei hat aufgegeben. Am Donnerstag morgen parkte kein Lastwagen aus Lourdes mehr vor dem verwinkelten Holzbau, um ein paar hundert Marienstatuen und Jesusse einzuladen, die reihenweise an automatisierten Drehbänken hergestellt werden, ohne daß ein Schnitzer ein Messer anrührt.

Mir kam eine Idee: Die Russen haben alles gekauft, nicht nur die Ware, sondern auch das industrielle Verfahren, und wahrscheinlich sehen wir dort bald sowjetische Tieflader stehen. Der Atheismus führt einen Gegenschlag, rottet Irrglauben aus. Die Zeiten des bequemen Kalten Kriegs sind jedoch vorüber. Oder: Diese armen Baschkiren oder Amuretten suchen nach Devotionalien für entleerte Gemüter, baten vielleicht im tiefgläubigen Polen um Hilfe, aber keines der einstigen Bruderländer läßt sich mehr ausplündern, so daß den eingesickerten Religionswissenschaftlern, falls es welche sind, nichts anderes übrigblieb, als sich auf dem westlichen Markt umzutun, der alles liefert, auch seelische Ersatzteile.

Deshalb sind unsere schiefen Kinder so gern bei ihnen. Sie werden in den Armeezelten ernst genommen. Ihre stammelnde Sprache reicht bei weitem aus. Ich denke, die Rollen sind vertauscht: Die Kinder lehren und erzählen von der Welt, die Erwachsenen fragen und üben Wort für Wort Zusammenhänge. Es könnten einem die Tränen kommen.

Auf einer Bauernhochzeit waren diese Lwochosen, Bratsker oder Sachalinskmusen auch, selbstverständlich in Trainingsanzügen, aber, wurde im Lokalteil der Zeitung wohlwollend berichtet, zwei Frauen hätten Blusen angezogen, und ein paar

Männer seien mit geschenkten Hosenträgern aus Leder nebst eingestickten Edelweißblumen aufgetreten. Was für ein Anblick!
Ob literweise Bier, dazu Schnaps, diese Fallschirmspringer behielten Haltung bis zum Ende der Nacht, während die Einheimischen unter den Tischen lagen oder über Schnellstraßen nach Hause krochen. Zwei Landwirte sind wie Nacktschnekken überfahren worden, vier Jugendliche prallten auf ihren Motorrädern in Kurven gegen noch nicht gefällte Bäume. Überlebende Opfer werden wir querschnittgelähmt in St. Mathilden und St. Florian wiederbegegnen, ein Ergebnis unseres Bruttosozialprodukts.
Das Hochzeitspaar jedoch ist verschwunden. Heuwender, Traktor, Jauchenspritze und Melkmaschine stehen still. Im Stall brüllt das Vieh. Niemand will es wegen der Milchquoten haben. Die Kühe müssen notgeschlachtet werden. Das Fleisch, von dem es ebenfalls zu viel gibt, soll in einem WüWaLa, kein sowjetisches Kürzel, sondern Württembergisches Warenlager, eine Genossenschaft, eingefroren frisch bleiben.
Im Städtchen wird erzählt, die neu Vermählten hätten Barrengold, nein, Goldbarren, also pures Gold in Form von Kommisbroten erhalten. Ist das vorstellbar?
Sollen wir ausgerechnet von Leuten beschenkt werden, deren Land vor wenigen Jahren noch als der Kontinent des Bösen bezeichnet wurde? Entschieden ist nichts, da ich genauso an Träume glaube wie an die Theorie der unsere Erde umspannenden Geheimdienste, die ihr verabredetes Spiel weiterbetreiben, um ihre Budgets zu bewahren.
Wir feiern dieses Jahr den 250. Geburtstag des Scheusals Marquis de Sade, dessen Schriften ich dank meines Manns Taka Kose, der Leiche im Baggersee, kenne.
In de Sades Vermächtnis steht: ›Wenn das Grab zugeworfen ist, sollen dort Eicheln gesät werden, damit dieses Stückchen Erde bald wieder bewachsen und das Unterholz dicht wie vorher wird. Die Spuren meiner Stätte mögen von der Oberfläche der Erde verschwinden, wie auch das Andenken an mich ver-

löschen kann im Geiste der Menschen unter Ausnahme weniger, die mich bis zum letzten Augenblick liebten und an die ich zärtliche Erinnerungen mit mir nehme.‹
Das hat Charme und kindliche Vernunft. Jahre später wurde das Grab geöffnet, und ein Arzt, zugegen aus Neugier, nahm de Sades Kopfgebirge heraus, fertigte Abgüsse an und urteilte nach den damaligen Erkenntnissen der Gallschen Lehre (Franz Joseph, 1758–1828, Phrenologe): Gute Entwicklung der Knochendecke (Theosophie, Menschenfreundlichkeit); keine übertriebenen Vorsprünge hinter oder über den Ohren (senza Streitsucht); das Kleinhirn ist von maßvoller Größe ohne aufwendigen Abstand zwischen den beiden Warzenfortsätzen (weder Exzesse physisch, psychisch noch lymbisch). Der Arzt fährt fort, nichts deute auf den Autor von ›Justine‹ und ›Juliette‹ hin, die gleichmäßige Form des Schädels sei eher dem eines Kirchenvaters ähnlich.
Inzwischen begreife ich, weshalb ich den Einfall hatte, Rauschgoldengel herzustellen, wodurch ich zur Millionärin wurde. Ich wollte schon in der Nachkriegszeit, als viele noch geniehafte Erfindungskraft besaßen, einer spät beginnenden Entzauberung gegensteuern. Inzwischen gähnt sie uns aus geschorenen Fluren, von Tankstellen, Fabrikschachteln, aus denen kein Arbeitslärm mehr dringt, und aus Fußgängerzonen an, eine Bezeichnung, die Intellektuelle gern verachten. Sie irren. Es sind Orte der Widerkunft.
Das Volk ist gespalten, einerseits in gutbezahlte, braungebrannte Experten ohne Kinder, aber mit einem Surfbrett längs über dem Kopf, und in Lohnempfänger, deren Kinder zu Halbanalphabeten geworden sind. Bringt das Fernsehen nicht ihr Programm, kicken sie Bierdosen durch die abends leeren Passagen. Eines Tags metzeln diese Horden in uns hinein, und keine Rauschgoldengel oder Trachtenpuppen werden mehr helfen. Der Bann, daß die Vergangenheit schöner gewesen sein solle, als die Gegenwart es sei, ist gebrochen. Manchmal denke ich an Stalinorgeln, diese im Dutzend mehrschichtig gebündelten Rohre, aus denen die Granaten fauchten. Sie zogen Feuer-

schweife und Töne hinter sich her, die ich nie vergessen werde. Dantes Stanzenhölle gleicht dagegen einer Idylle der Paarhufer und Hirschhornknöpfe.
Der Goldpreis auf dem Weltmarkt sinkt. Nun wissen wir warum: Die Rossijawiten oder Ewenken kaufen in den USA, in Argentinien, selbst in der Türkei Getreide, um dreimal pro Tag von Odessa bis Wladiwostok frisches Brot zu haben, das sie tonnenweise wegwerfen oder an Schweine verfüttern, aber sie kolonisieren auch, nämlich uns.
Einst schrien Goebbels oder Hitler im Berliner Sportpalast: Volk ohne Raum! Und die Deutschen jubelten. Nun kehrt sich die Geschichte um. Wir werden erobert durch eine Metalloset-schantswitschija, oder wie immer das heißen mag. Die bärtigen Lehrer aus dem Gymnasium unter den Eichen werden mich berichtigen.
Wie geht es Angela? Hat sie die Reise gut überstanden? Drückt sie ihre Pickel aus? Im Gesicht scheint sie wenig Schmerzen zu verspüren. Ich wollte, ich hätte diese Minderung auch.
Kommt David? Bisher haben wir ihn noch nicht gesichtet. Besra Lu Winterstein fragt nach ihm, hat mir durchs Telefon beschwörend gesagt, er habe für seine Präzisionsflinten einen Satz Zielferngeräte mit Infraroteinstellung erstanden, damit auch nachts geschossen werden könne. Was haben diese Tüftler vor? Wollen sie verteidigen oder angreifen? Wen oder was? Oder wurde Winterstein von diesen trainierten Rachmonen und Schostakowzütschen gekauft? In der protestantischen Nikolaikirche auf dem Ölberg inmitten des Städtchens wird manchmal Orgel gespielt, nicht Sonntag morgens zu Gottesdiensten, sondern nachmittags oder früh abends. Es klingt rauschhaft trotz Dissonanzen. Die Isnyer stürmen gegen die Pforten, doch sie bleiben geschlossen. Der Grund: Gold.
Was macht meine Freundin Hassel Ruth Weidenbacher? Muß sie noch zwangshaft Tasten niederdrücken? Gibt es überhaupt bei euch auf dieser Hochebene ein Klavier? Hat Hassel Ruth noch Schläfenweh, Pulsrasen, Todessehnsucht? Ißt sie oder trinkt sie? Wenn ja, laßt sie. Es wird das Geheul, die Glut in

ihrem Gedächtnis löschen. Beste Mittel: Jägermeister oder Amaretto. Der Zucker dieser Liköre klatscht jeden Widerstand nieder.

Über Poi Amber Braun, die Lößmantelfigur, eingefangen von dem gehäkelten Zebrastreifen der Rüttel- und Schüttelkinder, will ich nichts wissen. Er hat euch verführt, zuletzt dorthin, wo ihr jetzt seid. Allerdings denke ich immer wieder an den lackblauen Sturzhelm mit Sternchen seiner Frau, der tödlich verunglückten Mopedfahrerin. Gibt es diesen Schutz noch, den vielleicht auch Pilotinnen aufhaben, wenn sie sich in den Weltraum hinauswagen?

Gute Nacht, meine Lieben. Ich bräuchte euch, doch ich bleibe da. Die Post, selbst per Expreß, braucht Zeit, obwohl sich die Zöllner und Lastwagenchauffeure am Paß Brenner geeinigt haben.

Charlotte, meine Bedienerin, jubelt, seitdem Lothar, der Musik-, Sport- und Religionslehrer, mit zusammengeschnürtem Fallschirm von der Europa-Brücke heimkehrte. Aber Charlotte leidet auch. Sie gestand mir ein Übel. Es ist das China-Problem, das ich von den abscheulichen Holzschnitten meines Manns kenne. Ich riet zu warmen Bädern, Salben und energischen Griffen im Bett. Mein Freund, der Optikmeister Schwarzenberger, würde es im Staub seines Ladens als Selbstgefälligkeiten bezeichnen.

Soll ich euch nach Hause expedieren? Nein, ihr müßt es selbst tun. Noch eins: Gebirgsfahrräder, diese aufgeblasenen United-States-Bikes sind billiger geworden, nachdem die Firma Mollnar ihr Geschäft an der Ecke zum Bahnhof, in dem Rumänen, Maschkiden und Astrarigosen untergeschlüpft sind, aufgegeben und über dem Bahndamm, unser neues Gewerbegelände, einen Bungalow gebaut hat, der einer Liftstation oder einer Schwarzwälder Torte gleicht. – Ich ehre und liebe euch, eure Bella Mainz.«

In der Küche des Würfelhauses wurde der maschinengeschriebene Brief mehrmals vorgelesen. Poi Amber Braun wollte von ihm nichts wissen; seine Mutter verstand ihn nicht. Angela tat,

als könne sie ihn entziffern, nahm ein Blatt Papier und versuchte eine Antwort, aus der, gemalt mit Buntstiften, ein blauer Gletschersee und braune Berge wurden. Sie zerriß das Gemälde wieder und ging mit dem Geliebten zum Lehmstall, den schwierig rollenden, auf ein Brett montierten Eozän-Fisch hinter sich herschleppend.
Hassel Ruth Weidenbacher weinte, verachtet von Philumene Auguste, die Sehnsucht oder Entzugserscheinungen nicht begriff. Die Nacht wurde furchtbar, nachdem die Lehrerin von Patsch Fridor Nicolussi persönlich zurückgebracht worden war.
In der Frühe am nächsten Morgen stand Simon Domenico Metèl in der Tür, ließ sich nicht abweisen. Da sich niemand um ihn kümmerte, ging er in den ersten Stock hinauf und fand Angela in ihrer Schlafkammer. Er hatte Honigwaben mitgebracht, die er auf dem Boden plazierte. Sie seien, sagte er, Spanioleggiati, hochmütige Materialien.
Auf dem Bettrand sitzend, fing er zu erklären an, daß er magische Verhältnisse zwischen den Nestern der Mörtelbiene und den Strukturen von Quasikristallen entdeckt habe. Angela hörte zu, Seidenschal und Schlaftier im Arm.
Die Lehre der Gesetzmäßigkeiten erscheine auf den ersten Blick unwesentlich, pronaisch schön, sagte Metèl, trotzdem spiegle sich in vielen Phänomenen der Natur ein Zusammenhang, wie er bei Fibonacci-Reihen des Goldenen Schnitts als kleinste, feste Körper mit außergewöhnlichen Eigenschaften bekannt sei. Neueste Untersuchungen hätten die Zahlen 1, 1, 2, 3, 5, 8, 13, 21, 34, 55 usf. ergeben.
Angela blickte zur Fensterluke im Gemäuer, hinter dem der Sommernebel abzog. Sie hätte, nochmals über schlüpfrige Felsen hinab unterwegs, nicht mehr durch den Trichter einer Gießkanne hätte blasen wollen, um den Dohlenfriedhof zu finden.
Bei genauem Erkennen, steigerte sich Metèl, ergebe ein Paar jeweils die Summe der beiden Vorgängerinnen, zum Beispiel 55, wenn 21 und 34 addiert werden.

Könne sie, antwortete Angela.
»Wie denn?«
»Zusammenzählen.«
»Suk's mai, probier's mal.«
Sie warf Seidenschal und Schlaftier von sich. Simon Domenico brachte beide zurück.
Der italienische Mathematiker Leonardi da Pisa, Spitzname Fibonacci, übersetzt der Fibernhafte oder Fasrige, auch Nasenlöchrige, habe seinen Vater vor siebenhundert Jahren auf einer Dienstreise nach Nordafrika begleitet und dort bei arabischen Magistern gelernt.
»Na, und?«
»Du magst doch Hasen?«
»Mein Tier«, antwortete Angela. »Es ist das allerbeste. Wenn du es wegnimmst, schlage ich dir den Kopf ab, oder mein Bruder tut es.«
»Angenommen«, sagte Simon Domenico, »du hast ein Paar junger Hasen. Sie erzeugen, erwachsen geworden, nach Wochen noch ein Paar und so weiter. Bei Fibonacci, damit er ohne Verluste weiterrechnen konnte, starben die Hasenfamilien nie.«
Begeistert von der einfachen Konstruktion der Hasen- oder Fibonaccistammbäume erzählte Metèl auf dem Bettrand weiter. Eine Strecke, in Abschnitte geteilt, wechsle sich gleichmäßig ab in lang oder kurz bis in die Unendlichkeit. Ob das möglich sei?
Angela antwortete nicht.
Simon Domenico behauptete, eine der Strecken habe die Länge, und es sei gleichgültig, ob in Millimeter oder Kilometer, von 1,6189 gleich unteilbar prim außer durch sich selbst, eine wichtige Eigenschaft. Auf cimbrisch: rechossen.
Er sprach über Nenner und Zähler, irrationale und rationale Zahlen, in der Natur keine Seltenheit. Sie kämen bei Kiefernästen vor, bei den Schuppen eines Tannenzapfens oder bei Blütenblättern einer Aster. Alle verfügten über den Bruchteil des Kreiswinkels von 360 Grad geteilt in $1/2$; $1/3$; $2/3$; $3/8$; $5/12$; $8/12$

usw. Dabei führe der Zähler vor, wie oft der Stengel umlaufen werden müsse, bis zwei Teile wieder übereinanderlägen, damit sich die Zahlenfolgen wiederholten heil der Rechenfibel oder des Gürtels Fibonaccis!
»Verstanden?« fragte er.
»Ja«, sagte Angela, »aber küssen tue ich dich nicht. In der Schule haben die Assistentinnen und die Lehrerin gemahnt, wir sollen warten.»
Sie ging, bedeckt von den Feuermalen der Mitesser, die auch vom Nacken in einem spitzen Winkel zwischen den Schulterblättern hindurchreichten, nackt hinaus auf das Klo, einem Plumpsabort aus Holz ohne Wasserspülung über dem alten Stall. Zurückgekommen, legte sie sich wieder ins Bett. Metèl hatte sich scheu zur Seite gewandt.
In Kristallen, fuhr er fort, das zeichne sie aus, ordneten sich die Atome zu periodischen Gittern.
Was Atome seien, fragte Angela.
»Geringste Teilchen«, antwortete er. »Wir sehen sie nicht, können sie nur durch Rechnen erfassen. Überall seien sie, in Bäumen oder auf Hunden, in der Haut oder am Himmel. Unsere und ihre Geschichte hätten denselben Ursprung.«
Sie wolle nichts mehr hören, sagte Angela.
»Mußt du aber.«
»Weshalb?«
Weil niemand Geduld dafür habe, entgegnete er.
Sie sei doch dumm?
Deshalb begreife sie besser als andere, könne sich auch vorstellen, daß, wenn auf jedem Knoten des Gitters ein Atom sitze, sich bei schnellen Drehungen trotzdem immer dasselbe Bild zeige, als habe sich nichts bewegt.
»Wie vorher?«
»Genau.«
»Warum?«
Weil sonst die Kopien, aus denen die Welt bestehe, zerfielen wie Kochsalz in einer Lösung. Das habe schon Johannes Kepler gewußt: Ohne Symmetrie keine Dauer.

»Mama und Papa«, fragte sie.
»Vielleicht?«
»Oder mein Bruder?»
»Probablemetnu«; eine italienisch-bulgarische Zigeunerkonstruktion.
David verstehe deutsch, tirolerisch, schweizerisch, berlinerisch, französisch, englisch, mesopan, merlokan, misokraut, habe außerdem einen Personalkomposter, sagte Angela. Sie streckte die Hand aus, dessen Rücken der Student flüchtig küßte.
»Die Toten«, sagte sie.
»Wo?«
»Unter dem Bett, der Staub.«
Simon Domenico legte sich auf den Bauch und versuchte, in die Dunkelheit hineinblasend, nachzusehen, wo wir waren, doch gab, nachdem das Gestöber ihn bedeckt hatte, wieder auf.
Wenn wir noch hätten trauern können, so wären wir wehmütig gestimmt worden, daß die Kindeskinder, unsere Nachkommen, eines der Fenster der Erinnerung nicht zu öffnen vermochten, bis die Deichsel im Sternzeichen des Wagens oder des großen Bären entzweibrächen. Zuletzt trieben noch ein paar erkaltete Eisenkringel durch das verfinsterte Weltenmeer, bevor es sich wieder zusammenzöge.
Die Überraschung für Mathematiker und Physiker sei gewesen, sagte der Student, daß Röntgenbilder aus dem entferntesten Raum zehnzahlige Symmetrieachsen gezeigt hätten, aufgebaut aus zwei identischen Elementen.
Angela warf sich im Bett auf die andere Seite. Simon Domenico sprang auf und rief: »Du weißt was! Sag es mir!«
Das Kind schlug mit seinem zerlumpten Schlaftier nach dem rechthaberischen Liebhaber, wollte ihn vertreiben, aber Metèl zog sich in den Totenstaub unter das Bettgestell zurück, nur noch sein Kopf ragte darunter hervor.
Es sei wie bei jedem Fußboden, hergestellt aus dicken oder dünnen, weißen oder schwarzen Brettchen, Fliesen, Kacheln, sagte Simon Domenico. Die Rauten bildeten Muster, die dem

Goldenen Schnitt glichen. Werde eine Stimmgabel irgendwo in die Fläche eingepflanzt, sei ein Klang zu hören, weil jedes Elektron von einem Atom zum anderen hüpfe.
»Und dann?«, fragte Angela.
»Ertönt Musik.«
»Mach doch mal.«
Könne er noch nicht, erwiderte er, unter dem Bett hervorkriechend. Aber er habe den Verdacht, daß es zwischen Quasikristallen, Dielenmustern und den Nestern der Mörtelbiene in Schilfhalmen Verbindungen gebe, die einen gemeinsamen Zahlenwert beinhalteten, den er finden müsse, sonst sei sein Leben verflogen.
»Willst du sterben«, fragte Angela.
»Nein, ich fange erst an.«
»Bist du ein Gelehrter?«
»Ja«, antwortete er. »Auch meine Mutter sagt es.«
»Und dein Papa?«
»Kontart«, entgegnete er, »as da is gebest an mann vo Lusern, bo da hat gemacht in soldado un hat se logart dahuam. In an tage ist khent an khutta soldan zu süacha in seln mann. Bia di soldan sein gerivt kan haus, han se gevundet die muatar, bo da hot gezittart vo forcht in gans laip. Bia di soldan han gevorscht bas sie hat, hot sie khöt, si i malade. Di soldan han gesüacht in tutta ferma. Au auf di tetsch han sa gestocht pin schbertan in höbe, as ar berat logart sem. Denna sein sa gant in stall, bo da is gebest darsel mann in parn von khüa. Bia sa se genempart in parn z'sega, is da augestan a khua, bo da hat gehat gelek in schbanz in a bal von mista un hat en gemeket in schnabl von soldan. Alora han se gevluacht und soin divorsiert.«
Sie verstehe nicht, rief Angela. »Noch mal!«
Simon Domenico mit seinen Stichelhaaren stand auf und wiederholte, zur Fensterluke blickend, als hole er sich von dort Kraft:
Erzählt, da sei ein Mann gewesen aus Luserna, ein Soldat, der sich verborgen habe daheim. Eines Tags sei ein Haufen, eine Horde Soldaten gekommen, um den Mann zu suchen. Als die

Soldaten im Haus eintrafen, hätten sie die Mutter angetroffen, die vor Furcht gezittert habe am ganzen Leib. Wiemals die Soldaten forschten, warum sie leide, habe sie geantwortet, sie sei krank. Die Soldaten hätten gesucht im ganzen Haus. Auch auf dem Dachboden hätten sie gestochert mit Bajonetten in das Heu, ob er dort vielleicht logiere. Dann seien sie in den Stall gegangen, wo der Mann in der Parm von des Kühen gelegen habe. Als sie sich der Futterkrippe genähert hätten, um zu erkunden, habe sich eine Kuh aufgerichtet, die, in einen Misthaufen ihren Schwanz gelegt, ihn in den Schnabel, in den Mund eines Soldaten getan habe. Dann hätten alle geflucht und sich zerstreut, wären geflüchtet.
Angela begriff immer noch nicht: »Und der Mann?«
»Ist tot.«
»Wo? Warum?«
»Im Krieg«, antwortete Simon Domenico.
»Wie schade«, erwiderte das Kind, wollte Metèl umarmen, der auswich.
Er sei zu jung, um der Sohn dieses Mannes an der Krippe, einer Parm für Kühe hätte sein können, sagte er. Seine Mutter habe später einen Italiener, Polen oder Bulgaren erhört, über den nie gesprochen worden sei.
Er glaube, sagte Simon Sonntag, es gebe eine gemeinsame Zahl, die Verluste in der Natur aufhebe, egalisiere. Sie sei klein, viel kleiner als der Abstand zwischen den Prismen des Zahnschmelzes oder den Staubplättchen auf den Flügeln der Schmetterlinge. Er bräuchte einen Rechner, habe einen gebaut aus Blech, Stahlstiften und Schaltreihen wie vor dem Krieg Konrad Zuse, der am 22. Juni in Hünfeld, einer Stadt in Osthessen, 80 Jahre alt werde, doch jeder Tischcomputer verkrafte heute das Megafache an Ziffernmengen. Am besten wäre eine Parallelanlage, angeschlossen an den Molekülenfluß der Photosynthese, und überall, wo ein Baum stehe, verschlänge das Blattgrün in einer Sekunde ein paar tausend Milliarden Einsen und Nullen, denn um mehr handle es sich bei Denkmaschinen nicht.

Bekannt, sagte Angela. Sie stand auf, zog sich an, bettete Schlaftier und Seidenschal, an denen sie noch mal roch, unter das Kopfkissen aus Hühnerfedern, doch dann stolperte sie, schlug lang hin, wie es schon oft geschehen war. Sie wälzte sich zur Seite und sperrte den Mund auf, aus dem Blut floß. Vom rechten Schneidezahn war ein Splitter abgebrochen.

»Hilfe, Hilfe«, rief sie.

Metèl besprach und stützte sie. Gemeinsam humpelten sie über die enge Stiege in die Küche hinunter.

Niemand war da. Simon Domenico stillte das Blut und die geplatzte Oberlippe mit einem kalten Lappen, den er unter einen Hahn hielt. Das kalte Wasser pumpte er neben dem Spülstein mit einem Schwengel hoch.

Angelas Schienbeine waren auch wund. Die Male erhielten ebenfalls kühlende Auflagen, sollten ständig gewechselt werden, was Metèl nicht einsah. Murmeltierfettsalbe sei besser, behauptete er.

»O, ich Arme«, klagte Angela. Ihre Oberlippe schwoll an, und bei jedem Laut zischten Pfiffe durch die Zahnlücke.

Das Kind saß auf der Bank, die Beine auf einen Stuhl gelegt; es schluchzte und jammerte. Erst als es Tier und Seidenschal erhielt, beruhigte es sich ein wenig.

Simon Domenico wechselte die Beinwickel, betupfte immer wieder Zahnfleisch und Lippe, bis das Blut versiegte, dann ging er, sagte, er hole seine Mutter.

Angela blieb allein in der dunklen Küche, starr vor Angst. Sie glaubte, verlassen worden zu sein. Kein Zwerghuhn oder eine der Rennenten kamen durch die angelehnte Tür herein, um zu trösten, nur der Engelsfisch unter dem Tisch, wohin ein Fußtritt Metèls ihn befördert hatte, schien um die Ecke zu blicken, was er schon seit Jahrmillionen tat.

Wir hätten mit dem Mädchen sprechen können, das heißt, vielleicht wären wir für es hörbar geworden, wie es uns auf seiner Wanderung mit Poi Amber Braun im Kemptener Tal vernommen hatte, als es dem Widerhall des Knisterns der Reisigbündel lauschte, die während der letzten Hexenverbrennungen entzündet worden waren, und dem Würgen junger Polen, hochgezogen an Stricken. Später ließen sich Mücken auf den klaffenden Mündern nieder, aus denen die dicke Zunge hing, wie auch bei Angela, wenn sie sich konzentrierte.

Durch den Spalt der Küchentür fiel ein Streifen Licht auf einen Kessel neben dem Pumpbrunnen. Das Gefäß war mindestens einen halben Meter hoch, geschmiedet aus zusammengesetzten Silberplatten und feuervergoldeten Treibarbeiten. Reiteraufzüge und Opferhandlungen, Fabelwesen und Kampfszenen umschlangen es, auch Blumen und Schmuckzeichen. Auf der Schulter einer Frau, die nur mit Bändern bekleidet war, sah Angela im funkelnden Metall einen dicken Vogel sitzen, der ihr zuzublinzeln schien.

Es konnte ein Marabu oder Pelikan sein, die es, als erst 10 Millionen Menschen in den Wäldern, Sümpfen und Steppen lebten, bis zum Ural noch gegeben hatte. Außer der einen Frau waren nur Männer abgebildet, ein Zeichen für Entbehrungen: Während Wanderungs- und Kriegszeiten wurden weniger Kinder geboren. Diese Blockade hing mit dem Ausfall des Eisprungs zusammen, oder schwangere Frauen erzeugten in der dreizehnten bis fünfzehnten Woche einen Überschuß an Testosteron. Hielt die Not an, verdoppelte sich in der neunundzwanzigsten Woche das männliche Hormon, was bei der sich entwickelnden Gehirnstruktur der noch Ungeborenen im Gefühlsbereich zu Verarmung führte. Später begann ein Kreislauf von Männerbündnissen, Sprachlosigkeit und Streit. In ruhigen und ernährungsreicheren Siedlungszeiten dagegen vermehrten sich die Mädchen, nachdem sich die Männer, sowieso überzählig, gegenseitig ausgerottet hatten.

Jedoch wenn sich ein Mann blicken ließ, der Talent besaß oder Geistesgaben enthüllte, versank alles in Liebe, vollständig hingegeben. Kein eigenes Selbst war mehr da, nur noch das andere.

Der Bildhauer Leonardo da Vinci hatte es in Spiegelschrift in sein Tagebuch geschrieben, als er im April 1476 wegen homophiler Handlungen mit dem Strichjungen Jacapo Saltarelli an-

gezeigt worden war. Schrecken und Wirrnisse müssen vor der Geburt Leonardos geherrscht haben, weshalb sich im Fruchtwasser der Mutter und im Blutkreislauf des Kinds die Testosteronkonzentration dramatisch erhöhte. Allerdings führte ein Umkehrschluß daraus nicht notwendigerweise zur Genialität des Künstlers, eher sprach seine nicht durch eine dominante Mutter geprägte, sondern hormonal erworbene Sexualität für Leidensdruck und begeisternde Sinnlichkeit, danach gemeißelt in Marmor.
Der dicke Vogel saß unbeweglich auf der Schulter der Frau, während um ihn herum geschlachtet, geopfert, gekämpft, verfolgt und getanzt wurde. Ein Elefant erhob sich auf den Hinterbeinen, ein Wolf riß ein Lamm, und ein Schwertträger mit Sporen an den Fersen sprang über einen gewaltigen Stier. Der Kessel zwischen Spülstein und Herd mochte dröhnen.
Angela stand unbeholfen auf und ging, obwohl ihre Schienbeine schmerzten, hinüber zu dem in der Abendsonne sprühenden Gefäß. Vor Erregung zog sie laut Luft durch die Zahnlücke ein. Mit dem offenen Mund peilte sie, als hörte sie deshalb auch genauer, oder ihr geheimes, drittes Auge hatte sich ebenfalls auf eine Wellenlänge eingestellt, die über zweitausend Jahre gebraucht hatte, hierherzugelangen.
Es habe auch einen Vogel, sagte das Kind. Er heiße Timbur und beschütze sie, aber manchmal sei er frech, fliege davon und komme erst nachts wieder. Beim Frühstück stecke er den Schnabel ins Glas und schleudere Marmelade über den Tisch.
Zunächst war keine Antwort zu erhalten, doch dann konnte sich die von Bändern umwickelte Frau bewegt haben, so daß der dicke Vogel einen Sprung vollführte, mit dem Kopf gegen eine Verzierung stieß, die sich zu einer tief hängenden Wolke entwickelte, aus der es gerade zu regnen begann, und auf der anderen Schulter wieder Platz nahm. Außerdem hätte der Pelikan oder der Marabu in dem Getümmel der Tiere und Menschen nicht einmal für ein paar Flügelschläge genügend Raum gefunden.
Angela streckte die Hand aus und sagte: »Komm, sonst mußt

du verhungern. Magst du Speck, willst du Milch? Mehr gibt es hier nicht, oder Polenta?«
Draußen ließ eine rasch heraufziehende Nebelwand das Licht ermüden, während auf dem Kessel die Frau den schweren Vogel abzuschütteln versuchte. Sie wurde ihre Last jedoch nicht los, da das Tier sich in die Bänder verkrallte, sie abzureißen begann, und nach einem kurzen Kampf war die Frau nackt. Nur noch kleine Einstiche, als sei der Leib gepunzt worden, saßen an den Stellen, welche vorher die in Streifen geschnittene Kleidung bedeckt hatte.
War die Frau verwundet? Hatte sie ihren Verband verloren? Angela wußte nicht mehr, um wen sie sich zuerst kümmern sollte: um die Frau oder den Vogel?
Am liebsten hätte sie einigen Schlächtern und Priestern befohlen, sofort zur Seite zu rücken, oder den Elefanten gebeten, er solle jeden, der den Weg versperre, niedertrampeln, damit der Vogel von der Schulter hüpfen und die verletzte Frau sich auf dem Boden ausstrecken könne.
Der Elefant blickte mißtrauisch mit seinen kleinen Augen, ließ, den Rüssel erhoben, nicht von einem Strauß Blätter ab, den er pflücken wollte, was ihm bisher noch nicht gelungen war, worüber sich der Vogel, der als einziger Augen aus Lapislazuli besaß, freute. Gleich würde er seinen Schnabel öffnen, mit ihm klappern.
»Ruhe im Stall«, rief Angela, »sonst drehe ich euch weg!«
Ein Seufzen war zu hören. Das Lamm hatte dieses Geräusch hervorgebracht, von dem der Wolf schon ein Stück gefressen hatte. Auch das Kind erinnerte sich an seine eigenen Wunden und klagte, allein in der Küche zu sein.
Angela kniete sich, für sie eine Tortur, umständlich nieder und begann zu beten, zunächst reformatorisch mit gefalteten Händen, daß die irdische Welt eine Kugel sei, dann mit aneinandergelegten Handflächen auf katholische oder thailändische Weise, während Kontinente und Meere in der Vorstellung der Gläubigen noch eine unbewegliche Scheibe und Mitte des Himmels bildeten, eine Idee ohne Sorgen.

Das Gemurmel des Kinds schien der Frau zu behagen. Rasch, da draußen wieder Sonne durch den Höhennebel brach, zog sie ihre Bänder an, stieg nicht von dem Kesselrand herab, sondern zwang den Pelikan oder Marabu, den alten Platz auf der rechten Schulter einzunehmen.
Die Männer, was mehrmals bei anderen Gelegenheiten früher schon geschehen war, verloren ihre Schuhe; es waren Sandalen, deren Riemen sich gelöst hatten.
Angela humpelte zu ihrer Bank zurück, legte die Beine auf den Stuhl und nahm Tier und Schal. Leise singend und mit den Gefäßbildern sprechend, schlief sie ein, den Mund offen, durch dessen Lücke zwischen den beiden Schneidezähnen der Atem strich, weshalb wir nach vielen Seiten und in vergangene Zeiten zerflossen, wo einst auch der dicke Vogel gewesen war.
Die Ausnüchterung von Hassel Ruth Weidenbacher dauerte zwei Tage. Sie bekam nur Wasser zu trinken und Hafermus ohne Schmalz zu essen. Wenn sie wieder ins Birthaus gehen wollte, hielt sie Poi Amber Braun zurück oder seine Mutter überredete sie, mit ihr zusammen Kartoffeln zu schälen.
Das Dach über dem Stall war fertig geworden. Die kleinen, schwarzen Rinder, die wenig Milch gaben, konnten einziehen, dazu ein paar Ziegen und Schafe, deren Geschäftigkeiten nicht störten, vor allem hatte ein trächtiges, gestreiftes Schwein Wohnung in einem Koben bekommen, dessen immer wieder gewechseltes Stroh trotz Kot roch, als handelte es sich um einen Belag für Frühstücksbrote.
Am nächsten Morgen hievte sich der Geliebte den Kessel, versehen mit Stricken, auf den Rücken. Die Lehrerin erhielt eine gefüllte Tasche, die sie an der Hand oder an zwei Riemen als Rucksack tragen sollte.
Angela wurde befohlen, sie solle ihre besten Schuhe anziehen.
»Wohin, warum?«
Sie gingen jetzt, sagte Poi Amber Braun, um eine neue Heimat kennenzulernen.
»Und mein Bruder«, fragte das Kind.

Er schreibe einen Brief, wenn er angekommen sei.
Philumene Auguste stand winkend vor der Tür zum Abschied. Aus dem Dorf zeigte sich niemand, weder Patsch Fridor Nicolussi noch Simon Domenico Metèl, auch kein Castelan, Trogher oder Maroder.
»Schnee, Schnee«, sagte Hassel Ruth, »begehrt«, und sie stampfte durch Gras.
Auf der Hochebene der Sette Comuni gab es keine Wanderpfade wie in den Gebirgen Süddeutschlands, behaftet mit Stahlseilen, aufgemalten Wegzeichen und installierten Nottelefonen, sondern nur Steige, die entlang der gewellten Hänge ausgetriebenes Jungvieh getreten hatte.
Poi Amber Braun schritt dahin, die Lehrerin und das Kind konnten kaum folgen.
Nach Stunden erreichten sie den Ort Forte Verena, wo sie in einer Caffè-Bar ein paar Gläser Mineralwasser tranken.
Hassel Ruth Weidenbacher wollte einen Campari dazu, erhielt ihn aber nicht, obgleich fünf alte Männer, die vor dem Fernsehapparat einem Giro Pedale zusahen, das Getränk spenden wollten.
Es gab Auseinandersetzungen auf cimbrisch, das der Geliebte besser beherrschte als die verwitterten Krauter oder die Wirtin. Sie stammte aus dem Friaul, einer Enklave nördlich Triest, wo ein Mischmasch aus Österreichisch, Italienisch und Serbokroatisch gesprochen wurde.
Furlani waren vor dreihundert Jahren Bergarbeiter und Köhler gewesen, später Glasbläser in Venezia, wo sie auch Zucker kunstvoll in Bestecke verwandelten, die während einer Mahlzeit unter tausend Kerzen schmolzen, zuletzt nur noch eine süße Spur auf dem Tafeldamast hinterließen, Zeichen für Reichtum des Adels.
Poi Amber Braun marschierte weiter, nahm keine Rücksicht. Angela fing zu hinken an, hatte sich einen Fußknöchel verknackst, erhielt eine strammgezogene Wicklung aus Salbeiblättern, die dort wuchsen. Der Geliebte sagte, früher hätten sie sich damit die Zähne geputzt.

Schließlich überquerten sie eine Paßstraße, die neben dem Gebirgsflüßchen Assa hinunter nach Asiago führte. Ein Schild warnte wieder: Für Wohnanhänger nicht empfehlenswert.
Unweit davon nahmen sie Quartier im Albergo Ghértele, einer Hütte, die jedem offen stand. Holz war vorhanden, auf den Pritschen lagen Decken, und Wasser rann unablässig durch eine Rinne im Steinfußboden.
Poi Amber Braun kochte in seinem Kessel einen Brei, der nach Maggi schmeckte, hinterher verteilte er aus der Tragetasche Schokoladeriegel.
Die Lehrerin und das Kind schliefen zusammen auf einem Bett, zwischen sich das zerschlissene Bärchen und den ausgebreiteten Seidenschal, der köstlich nach Rotz, Tränen und wundem Zahnfleisch roch.
Nachts trafen sich alle draußen vor der Tür, als habe der Mond am blanken Himmel den Urin in ihnen zur selben Zeit zusammengezogen wie auf dieser Hälfte des Erdballs die Fluten der Meere.
»Hoffentlich regnet es morgen nicht«, flüsterte der Geliebte. Er legte sich, obgleich kaum Platz mehr dafür war, neben Angela und Hassel Ruth unter die Felldecke. Sie fingen bald zu schwitzen an, weshalb sie zeitig das Bett verließen.
Hinter dem Rifugio wütete der Geliebte dann mit einem Beil in Gestrüpp, um das Holz, welches er verbrannt hatte, für nächste Gäste zu ersetzen. Ein Frühstück würde es erst später geben, da ein gefüllter Magen behindere.
Stundenlang durchquerten sie ein Lupinenfeld. Die aggressiven Kerzenblumen hatten alle anderen Gewächse unter sich erstickt. Lupinen wuchsen vor allem in Nordkanada, gemieden von Nieder- und Großwild.
Links ragte die Signora Larici, ein Dolomit mit Lärchenbewuchs, rechts die Cima Busa del Molto, ein Nacktkegel auf. Dazwischen verlief der Weg zum Campo Verde, eine grüne Ebene, auf der das Arsenale Dodiele lag, eine bröckelnde Festung aus dem Ersten Weltkrieg.
Darüber gab es eine Legende: Pan khriaga dar forte hat se

gebaeart gerecht. Di earstn tage von khriaga dar kommandant a Tschechoslowako habet in forte gebelt augem un hot augezoget di bai bandiara un is vongan pin soldan. A trunkhantar soldado alua is no gestan sem forte. Bis da soin zuakhent dei Belischan zu giana drin in forte, in se darbekht dar a trunkhante soldado un hot angehevt z'schiassa. Di belischan soldan ha gemuant da soin khent tradirt und soin bahemme gekheart bedrum. Intanto is da khent a bravatar aspiarant ufficiale pin soin soldan un an andrar kommandant un is bidar gant drin in forte, bo da is gebest durchaus untar starchn vaür von Belischan. Segante se han en nyt getan, han sa gehoast disan forte padre eterno comme piscator:

Während des Kriegs die Festung hat sich gehalten gerecht. Die ersten Tage von dem Krieg, der Kommandant, ein Tschechoslowake, hat die Fortezza aufgegeben und hat gezogen die weiße Bandiera (Fahne, Flagge) und ist weggegangen mit den Soldaten (seinen). Ein betrunkener Soldat ist noch geblieben (gestunden) in den Bunker (seinem). Bis da gekommen sind die Welschen, hineingegangen in die Gebauten, haben wahrgenommen (derblickt) den betrunkenen Soldaten und haben angefangen zu schießen. Die welschen Soldaten haben gemeint, da sind Verräter, und sind heimgekehrt darum. Intanto (derweilen) ist da gekommen ein braver (tapferer) Aspirant (Anwärter) mit seinen Soldaten und ein anderer Kommandant und sind weslang eingetroffen in die Promatsch, den Fürkrieg, der gewesen ist durchaus noch unter Feuer von den Welschen. Segante (sei's drum), sie haben sie nicht genommen, haben fortan die Fortezza geheißen padre eterno, Ewigvater, oder piscator, Fischer.

In den Gemäuern der Festung, deren Zementdecke von den Wurzeln kleiner Birken und Akazien aufgerissen worden war, streifte der Geliebte durch Brennesseln, ohne sich weh zu tun, nachdem er, seine Hände mit Spucke naß gemacht, die Blätter niedergedrückt hatte.

»Kommt«, rief er.

Angela und die Lehrerin blieben draußen. Die Dunkelheit

mißfiel ihnen, außerdem roch es aus den Schächten nach Kot und, behauptete Angela, nach Orangensaft, den sie haßte.
Als Poi Amber Braun wieder herauskam, hielt er einen Fund hoch. Es war kein Eozänfisch, sondern der verbackene Rest eines Trommelrevolvers mit abgebrochenem Lauf.
Wer ihn wolle?
Niemand.
Er warf ihn weg. Noch ein paar Stunden aufwärts, sagte er, dann seien sie da.
Wo?
Beim Piz Kèserle.
Die Lehrerin fragte: »Der Gipfel kleiner Käser? Steht dort eine Molkerei?«
Niemand halte sich mehr dort auf. Seine Mutter habe von seinem Vater erzählt bekommen, eine traccia di ferro, eine Kleinspurbahn führe hinauf, erklärte der Geliebte. Er kratzte über zurückgebliebene Feuermale, da er anscheinend die Brennesseln nicht geschickt genug vermieden hatte.
Angela klatschte in die Hände und sang, trug die Kopfhörer ihres Walkman umgestülpt. Sie ging unbeschwert auf federndem Moorboden, der sich den Hang hochzog, vereinzelt bewachsen von Latschen und Krüppelkiefern.
Poi Amber Braun, dem die Schultern schmerzten, setzte seinen Kessel ab. Das Korpussilber und -gold war von Nässe beschlagen. Aus dem Schnabel des dicken Vogels, auch aus den Augen der Göttin rannen Tropfen.
Der griechische Geograph Strabo hatte über einen Flottenfeldzug des Kaisers Augustus im Jahr 5 zur Nordküste Jütlands berichtet, daß die Cimbern nach Rom ein Mischgefäß gesandt hätten, das sie als ihren kostbarsten Besitz betrachteten, um Verzeihung bittend nach Kämpfen, denn nochmals eine Landung römischer Legionen würden sie nicht überstehen.
Der Geliebte wies auf einen Menschenkopf mit Geweih, gemeißelt in eine Schmuckplatte, hin, den Hirschgott Cernunnos, der bei den Cimbern unbekannt gewesen sei, aber in Thrakien eine Rolle gespielt habe. Von dort sei die Tschinge-

lessbruschtla, die Zigeunerbrust zu ihnen gekommen, gebracht von Bulgaren, die das bayerische Schlachten überlebt hätten.
Hassel Ruth Weidenbacher lachte Tränen, sagte, sie könne nicht mehr gehen, wolle getragen werden wie Carl Peters durch den Busch von Uganda oder wie die Anthropologin Rea Love Hazelwood durch die Wüsten Australiens.
Nachmittags erreichten sie eine Geröllhalde am Fuß des Piz Kèserle. Hitze und Trockenheit standen über den Steinen. Poi Amber Braun schöpfte aus einer Spalte mit den Händen eingesickertes Gletscherwasser.
Er sei schon einmal hier gewesen, sagte er, habe einer jungen, allein gelassenen, beinahe verhungerten Gemse zerkautes Brot in den Mund geschoben.
Angela fiel um, strampelte mit Armen und Beinen, behauptete, sie sei das Tier, brauche Gras, einen Ast oder einen Bypass, nachahmend Erwachsenensprache.
»Und nun«, fragte die Lehrerin im Schutt.
»Abwarten.«
»Warum?«
»Wir sind da.«
»Weshalb?«
»Weil«, entgegnete der Luserner, »ich nur leben kann, wenn ich allein bin, doch mit euch freue ich mich.« Als Ruth Kappenmacher auf der Kreuzung starb, und er in der Telefonzelle von Eisenharz das Krankenhaus angerufen habe, hätten ihn die Flügel von Krähen gestreift.
Die drei lagerten vor einer Steilflanke, über die der russische General Surowow mit seinen Truppen vor den französischen Verfolgern des Marschalls Massena hinab zum Ursprung des Rheins geflohen war, wo mit den Franzosen verbündete Österreicher einen Steinsturz auslösten, der die Eindringlinge unter sich begrub.
Der Geliebte saß gegen einen Felsen gelehnt und schaute auf seine Knie. Die Lehrerin schritt zwischen Trümmern und Splittern umher, noch ein paarmal lachend, schließlich suchte sie sich auch einen Platz.

Angela, teils kriechend oder wacklig aufrecht, pflückte Blumen und Kräuter, die vereinzelt zwischen Steinplatten und -brocken wuchsen, wollte wissen, wie sie hießen, doch niemand antwortete.
Sie kaute ein Blättchen, nahm davon mehr, spuckte alles wieder aus. Ihre Zunge blutete, aber Schmerzen schien sie nicht zu spüren, sei es, daß wir der Wunde ein wenig schmeichelten oder weil Nervenzweige, bevor sie den Hypocamus erreicht hatten, seit Geburt verödet waren, eine der Behinderungen des Kinds.
Gegen Abend wurde es kühler. Die Sonne verrann hinter dem Cima Pórtule, Larici und Mandriolo, einer Gipfelkette im Westen. Aus den Tälern entwickelten sich Schwaden, in denen, wenn Feuchtigkeit und Hitze aneinanderstießen, Blitze zuckten.
Gleich donnere und regne es, mahnte Hassel Ruth Weidenbacher.
Poi Amber Braun blieb unbewegt, sagte, hier nicht.
Eine Thermik- oder Theolateriewalze schob Wolken beiseite, so daß die Glut anhielt, gefürchtet von Freikletterern, die ohne Seilsicherung sich im Zehenhang kopfunter über Abgründen erholten.
Der Geliebte erwartete die Nacht. Die Lehrerin sagte, sie könnten nicht im Freien sitzenbleiben, aber Angela fand die Idee vorzüglich, vielleicht kämen Hasen, Frösche oder Zwerge zu Besuch? Niemand dürfe sprechen oder sich bewegen.
»Und essen«, fragte Hassel Ruth Weidenbacher.
Antwort: Sie sei sowieso zu dick.
Die Lehrerin zweifelte am Verstand der anderen, rief, es sei lasterhaft:
Sie marschierten zwei Tage vorbei an Dolmen und über Alpen und säßen ohne Grund in Geröll, dessen Anblicke den Reiz von Material für Straßenbau vermittle. Der von Trauer geplagte Architekt eines Lehmstalls schweige, und das Kind hoffe ausgerechnet im Gebirge auf Frösche. Ob es Tiere mit einer Lederhaut seien oder übriggebliebene Miniaturwesen der Gattung Parasaurolophus?

Angela kümmerte sich nicht um Hohn, hatte sich wieder die Hörer ihres Walkmans umgestülpt. Poi Amber Braun erwiderte leise, es gebe hier sehr kleine Hirsche, und Rhéomir halte sich auch irgendwo auf.
»Deshalb die Anstrengung?«
Er sei sich sicher.
»Wofür noch?«
Sie müsse sich gedulden.
»Willst du in deinem lächerlichen Kessel, den du hierhergeschleppt hast, wieder kochen? Ein Stückchen Damwild oder ein junges Erdferkel?«
Sie habe nicht unrecht, antwortete er. Früher seien in dem Tschingeleszuber wahrscheinlich Menschenopfer zubereitet worden.
»Ach, ja? Mahlzeit!«
Sie ergab sich in ihr Schicksal, hockte auf einem Schroffen, den Kopf in die Hände gestützt und die Beine auseinander, zwischen denen ihr verdreckter Rock hing.
Als es Nacht geworden war, regte sich Wind, der vertrocknetes Moos vom Geröll löste und zum Rascheln brachte. Manchmal segelten ein paar Polster gleich Rauminseln vorüber, die vielleicht die neue Nachbarschaft ausspähten, und in der Ferne glomm da und dort ein Licht, Widerschein gegen den geschwärzten Himmel aus fernen Dörfern.
Das Kind fürchtete sich nicht, hatte sich neben Poi Amber Braun gesetzt, hielt dessen Hand.
Nach Stunden stand der Geliebte auf, wandte sich zum Berg und sagte laut, gleich sei es soweit.
Was oder wo?
Sie würden sehen.
Oben in der senkrechten Wand des Piz Kèserle fing ein Rand zu glänzen an, vergrößerte sich allmählich, wurde zu einem Goldstück, das entweder durch die Felsen geschmolzen war oder eine Höhle ausfüllte. Strahlen berührten Zacken und Vorsprünge, streiften weiter, so daß auch die Staunenden von den dünnen Leuchtpfeilen getroffen wurden, doch der Mond

hüpfte weiter, verließ die Lücke und schlüpfte hinter den nächsten Berg, den Monte Magari, dem »ach, wollte Gott« oder »und aber wie«!
Kind, Lehrerin und Geliebter rückten zusammen. Es wurde wieder finster und weitaus kälter.
Poi Amber Braun erzählte, daß der irische Mönch St. Martin, der nicht nur fromm gewesen sei, sondern auch über Bärenkräfte verfügt habe, seinen Eichenspeer, als ein Riese ihm ein Schaf stehlen wollte, mit solcher Wucht nach dem Dieb schleuderte, daß die Lanze ein Loch in den Felsen gebrochen habe.
»Und der Riese«, fragte Angela. »Ist er verhungert?«
»Nein, er ging mit dem Mönch zurück auf die Insel Irland, wo beide Abschreiber geworden sind und bester Zeichner von Buchstaben für Kapitelanfänge der Bibel. Unterwegs haben sie viele Schafe gegessen.«
Angela legte sich über die nebeneinandergestellten Knie der auf einer Schieferplatte sitzenden Erwachsenen und schlief mit Tier und Tuch ein, bis morgens Poi Amber Braun, zermürbt von Unbeweglichkeit und Frost, ergeben Benandanti, Wohlfahrende, zu beschwören anfing.
Er redete über Marias Bestattung: Es seien Engel mit Aposteln gekommen, hätten gesungen und die ganze Erde mit dem Lobpreis eines wundervollen Lebens erfüllt. Viele seien von den Melodien erwacht, gingen vor die Stadt und, nach ihrem Tun von anderen gefragt, habe einer gesagt: Die Jünger trügen Maria, die tot sei, und sängen um sie im Kreis.
Ein Hoherpriester habe das gesehen und verkündete voller Grimm: Hier war die Hütte derer, die uns und unser Geschlecht verwirrten!
Als der Würdenträger solches gesagt habe, seien seine Hände zum Bett, auf dem Maria lag, geschloffen, willens, den Körper zur Erde zu stürzen, jedoch jählings habe eine Verdorrung die Finger ergriffen und sie an das Bett geheftet: Wehklagen, Geschrei, Zunahme der Marter. Volk, Engel und Wolken seien von Blindheit geschlagen worden.

An der Pforte zum Himmel habe der Hohepriester den heiligen Petrus angefleht, ihn nicht in Drangsal wegen einer Tormagd zu belassen.
Darauf habe Petrus gesagt: Wir sind behindert durch die Bestattung unserer Gottesmutter und können gegenwärtig nicht Sorge tragen für eine Genesung. Ich hoffe, daß die Gesundheit bald folgt.
Alsbald, erzählte der Geliebte weiter, seien die Hände des Würdenträgers von der Leichenbahre gelöst worden, aber eine Dürre in den Armen sowie schlecht abziehende Schmerzen seien dort fürderhin verharrt.
Angela erwachte, wollte wissen, ob der Riese noch da sei?
Hassel Ruth Weidenbacher erwiderte böse: »Das war aus Trinitatis Errobis, über die Irrtümer der Dreieinheitslehre; verblaßt, verglast, eingefroren.«
Die Sonne füllte das Martinsloch am Piz Kèserle. Glanz und Wärme ergossen sich über die Geröllhalde darunter.
Ob, fragte die Lehrerin, es sich bei der Scharte im Fels um einen vorjulianischen, lunar-solaren Kalender handle?
Der Geliebte antwortete nicht, begann Steine, Platten, Trümmer und Keile auf einem kleinen Platz zu sammeln, als wollte er einen Ring bauen.
Hassel Ruth Weidenbacher behauptete, gleich werde sie blind, die Sonne sei zu stark, und in den Ohren knacke es.
Nachdem Angela der Lehrerin Speichel auf die Lider gerieben hatte, nahm die Blendung wieder ab.

13

Poi Amber Braun, dessen roter Bart, obwohl er ihn mit Feuersteinsplittern abzuschaben versuchte, wieder wuchs, baute ein Haus, schleppte Steine, Quader und Holzkrüppel, irgendwo im Kar entdeckt, herbei, trieb Frau und Kind an, dasselbe zu tun.

Hassel Ruth Weidenbacher lamentierte, sie wolle zurück nach Luserna, doch Angela hatte an der wackligen Hütte Gefallen gefunden, stopfte Moos und kleines Gestrüpp, die von Stürmen aus dem Martinsloch geblasen worden waren, in Ritzen und hauchte einem Siebenpunktkäfer nochmals Leben ein, dem vor Furcht Tropfen seines gelben Bluts aus den Beingelenken sickerten, eine Ekelflüssigkeit, die Vögel warnen sollte.

Der Geliebte sagte, Marienkäfer könne es hier gar nicht geben, sie bräuchten für ihr kurzes Leben zehntausend Läuse, Milben und Mehltaupilze wie in einer Obstplantage.

Sie habe aber einen, erwiderte Angela, »schau, er zittert.«

»Dann stirbt er.«

»Wird er nicht!« Sie legte ihn in dem oben noch offenen Gebäude auf ein Stück Gneis, häufte um den Käfer, damit er nicht fliehen konnte, Sand und schmutzigen Altschnee, verkündete, das sei Licht.

Poi Amber Braun brachte, bevor die nächste Nacht begann, auch das Dach zustande, eine haubenartige Konstruktion ähnlich der eines Trullos, von außen nach innen geschichtete Platten, die sich gegenseitig in der Schwebe hielten.

»Nun schlaft«, sagte er.

»Wie denn?«

Er führte vor, wie sich gebettet werden könnte. Wichtig sei vor allem eine Stütze, ein Vierkant im Nacken, der, wenn der Kopf nach hinten kippe, die Wirbelsäule entlaste, deren Biegungen sich jeder Unebenheit anpassen. Fellachen ruhten heute noch so.

»Nein, ein Kissen.«
»Haben wir nicht«, erwiderte der Baumeister.
Eine zu schließende Tür fehlte, Wind drang ein. Der Geliebte zog seine Kleider aus und hing sie in die Pforte, fing aber bald zu schnattern an, benötigte Schutz von Angela und der Lehrerin, die ihn in die Mitte nahmen.
Nachts glomm auf dem kleinen Altar ein wenig der Marienkäfer, bevor er durch die Lücken des Vorhangs davonschwirrte und draußen in der Kälte abstürzen würde, oder es gelänge ihm, sich auf größere Höhe tragen zu lassen, wo Wärme ihn über die Dolomiten weiterbeförderte bis in die Ebenen von Verona.
Zwei Tage hatten die beiden Erwachsenen und das Kind nichts zu essen, vor allem plagte sie Durst. Poi Amber Braun schweifte mit seinem Kessel umher, doch grub nicht einmal genügend Altschnee aus. Zwar wäre eine lange Wanderung nach Osten zum Rossem-Gletscher möglich gewesen, der wie ein zwischen zwei Gebirgsgraten verzerrter Pferdekadaver aussah, benannt nach dem rätowelschen Komponisten Danroll Rossem, der einst in eine Spalte gefallen und nach hundert Jahren von einem Bach aus dem Frostmassiv wieder freigegeben worden war, die Augen blau, die Haare blond, die selbst nach Stunden noch nicht zerfallen wären, wenn der Leichnam die nächste Herberge in einem Eisschrank gefunden hätte. Der Geliebte brachte seinen Kessel leer zurück.
Hunger war für mindestens einen Monat lang zu ertragen, Durst nur eine Woche, sonst würden die Körperzellen schrumpfen, sich nicht mehr teilen.
Poi Amber Braun hatte Fleisch gesehen, doch nicht mitgenommen, eine Gemse, die sich, erblindet, auf der Stelle drehte. Wahrscheinlich sei das Tier vom englischen Rinderirrsinn infiziert worden, der frühestens nach einem halben Dutzend Jahren ausbreche, übertragen während Wärmesommern, die Larven, unsichtbare Fruchtwolken des Fuchsbandwurms, habe gedeihen lassen. Schon etwas strapaziert, stimmte der Geliebte ein Lied über unaufhaltsam kleines, süßes Gewürm an, das sich

nähere mit einer Feder auf dem Kopf, was Angela begeisterte und sie ohne Kopfhörer des Walkmans frohlocken ließ.
Hassel Ruth Weidenbacher rief, Schluß, futschikado!
Mitnichten, das Steinhaus hielt und wurde mit noch mehr Moos und anderen Nützlichkeiten ausgestattet, beispielsweise zog der Geliebte in die Mauern aus Steinplatten Teile des Gerippes eines Urhais ein, einst gestrandet in einem flachen Meer wie Angelas Eozänfisch.
Der Durst war entsetzlich. Nachts beschwor der Geliebte das Martinsloch, hinter dem der Mond vorüberhüpfte, es solle Regen bescheren, jedoch nur kalte Luftströme verausgabten sich im Kar.
Blut helfe.
»Wer soll es bei wem abnehmen«, fragte die Lehrerin.
»Erst die Erwachsenen, zuletzt das Kind.«
»Wir sind nicht Zulus, haben keine Kuhherden. Fang eine Gemse oder erlege einen kleinen Hirsch.«
»Mit was? Einer Steinschleuder wie David?«
Bei diesem Namen erklärte Angela, die Schweiß und Salz von ihren Armen geleckt hatte, ihr Bruder komme bald mit einem Faß, einen Wassersack, einer gefüllten Trommel, und das Kind, sprachmächtig halluzinierend, hätte ähnlich weitergemacht, wenn es nicht ohnmächtig geworden wäre. Hassel Ruth erweckte es wieder mit verdicktem Speichel, der die Langerhansschen Inseln im Körper befeuerte, Adrenalin auszuschütten für Flucht, doch danach sänke der Zuckerspiegel wieder, auch die Flüssigkeitsdepots in den Zellen verringerten sich.
»Wo bin ich«, fragte Angela.
»Bei mir.«
»Mama, bist du da?«
»Immer und immer.«
Eine Lüge, denn es war gleichgültig, wer wen pflegte, wichtig blieb die Konstanz, das Kontinuum, die Rücklage, die wir, tot, tot, nicht mehr besaßen, außer in Erinnerungen der Lebenden.
Warum teilten sich Zellen?
Eines Morgens beschwor Poi Amber Braun mit weißem Schorf

in den Mundwinkeln nochmals das Martinsloch, das keinen Regen freigegeben hatte, rezitierend den Anfang eines Epos:

Und wieder strandeten Seeleute
im Meer Ozean auf neuem Land,
nie gesehen, noch gehört,
an einem Berg aus geriebenem Käse,
auf dessen Gipfel ein Kessel angebracht war.

Ein Fluß Milch entrann der Grotte
mitten durch Felder und Wiesen,
deren Dämme aus Quark waren.

Der König des Orts hatte den Namen
Bugalosso, größter Faulenzer und Strohschober
in einem und mächtig.

Aus seinem Hintern strömte Manna,
eine Art Vogelfutter,
und wenn er spuckte, roch er nach Marzipan,
besaß anstelle Läusen auf dem Kopf Fische,
zierte sich nicht, rauchte Zigaretten
und schloß le-was-ist-das.

Hassel Ruth Weidenbacher fragte, was der eingedeutschte Begriff bedeute?
»Klappfenster.«
Seine Mutter habe, sagte der Geliebte, ihm die Verse zum Einschlafen vorgesprochen, eine begola contra la bizaria, ein Blök- oder Scherzgedicht aus Modena gegen das Wunderliche, entstanden im 16. Jahrhundert.
»Eine Festung?«
»Damals schon, jetzt innen Touristik, außen herum Chemie und Hartfasern.«
Wie könnten sie in der Einöde weiterleben, fragte die Lehrerin.
Antwort: Warten und sich sonnen.

Aber das Kind sterbe.
Es kenne Leere und ein paar Takte aus dem Felsen, vermöge sich lang zu behaupten, antwortete Poi Amber Braun.
»Und Angelas Gehirn?«
»Wechselt die Farbe, singt.«
Der Geliebte hatte recht. Angela ohne Walkman erkundigte sich nach ihren Geistern, klopfte, mit Händen und Füßen Takt gebend, auf Steine, wandte sich, ohne Blicke aufzunehmen, hin und her, beredete, was sie, um ihre dünne Haut zu bewahren, erlebt hatte und trank aus einem imaginären Kelch Schmetterlings- oder Käfersaft, dessen Rest sie mit einer Geste weiterreichte.
Poi Amber Braun tat, als habe er verstanden. Die Lehrerin wollte aus Bösartigkeit nicht begreifen, sagte, als Pythagoras seinen Lehrsatz a^2 plus b^2 gleich c^2 entdeckte, habe er den Göttern hundert Ochsen dargebracht. Seitdem zitterten alle Ochsen der Welt, sooft eine Wahrheit ans Licht wolle.
Habe sie schon einmal erzählt, antwortete der Geliebte. Ob der Durst sie schädige?
Sie mußten noch eine Nacht aushalten, bebend vor Kälte. Am nächsten Tag kamen Patsch Fridor Nicolussi, Simon Domenico Metèl, eine Lea Maroder und eine Lavignia Trogher das Kar herauf, brachten zu trinken und zu essen.
Nicolussi rief, »perdatsch!«
Mit roten Farbklecksen hatten sie den Weg markiert, damit sie zurückfänden. Sie blieben ein paar Stunden, bis Nicolussi, nachdem er sich erholt hatte, gegen Abend wieder hinuntersteigen konnte. Strahlen von Taschenlampen irrten über Wände, verloren sich im Fels.
Angela sagte, Marienkäfer seien unterwegs, Freunde, Gefährten.
Hassel Ruth Weidenbacher ärgerte sich über die vorlaute Sprache des Kinds, verweigerte ihm, sich mit dem großen Schafswollmantel auch zuzudecken, den Metèl für Angela in der Tageshitze heraufgeschleppt hatte, lag beiseite in der Hütte und fror trotzdem.

Nahrung, Polenta und Trockenfisch, vor allem gegorener Holundersaft in einem Fäßchen von Metèls Mutter, waren für eine Woche vorhanden. Als die Vorräte geringer wurden, setzten Wallfahrten heilsuchender Dörfler aus den Weilern Alba Barricata, Rifugio Cecchin, Rif. Dodici und Campo Gallina durch Täler herauf ein. Überhäuft von Devotionalien, die sie segnen sollten, von Flaschen, gefüllten Beuteln und dem Inhalt Dutzender Rucksäcke, ergriffen die drei Versprengten die Flucht, kletterten zum Martinsloch hinauf, um sich zu verstekken, was nicht gelang. Begeisterte holten sie ein und geleiteten sie wieder zum Trullo hinunter, der inzwischen von hölzernen Klappern und kleinen Trommeln aus Weidengeflecht besteckt worden war, die im Wind sich drehten und stöhnten ähnlich Gebetsmühlen.
Die Lehrerin nahm einen Ast und schwang ihn wie einen Bihänder, schreiend.
Ein paar alte Frauen und Männer rutschten auf Knien über das Geröll, bis Hassel Ruth Weidenbacher Steine schleuderte, dann erst liefen die Frömmler, obgleich es in der Scharte dunkel wurde, ohne zu stürzen abwärts.
Sie zeigten sich nie wieder. Die Nahrung reichte noch für eine weitere Woche. Der Geliebte sagte, perdatsch. Die Lehrerin fragte, was das Wort bedeute und erklärte es sogleich: Es stehe für niedergeschlagen, durchgebrochen.
Nicht richtig, sagte Angela. Perdatsch sei eine Ziehharmonika, die sie höre ohne Kassette.
Poi Amber Braun hatte aus Schwemm- und Flugholz eine Tür konstruiert, die an abgeschnittenen Rucksackriemen hing. Nachts kratzte an der Pforte ein Tier, morgens führte über Gestein eine feuchte Spur, der alle drei nachgingen, durcheinanderrufend: »Da sind Kratzer, hier liegt Kacke, dort Schaum.«
Nach einer mühevollen Wanderung kamen sie zu einer Gletscherzunge, in der es Dome und Gewölbe gab.
Angela rief: »Komm, komm!«
Der Geliebte wollte, auf dem Bauch liegend, hineingreifen in

eine kleinere Höhle, doch die Lehrerin zog ihn zurück, klagte, sie habe Brust- und Schulterschmerzen, Herzangst.
Angela fragte: »Willst du wieder ein Klavier?«
Nach einer halben oder ganzen Stunde während stummen Dasitzens und Zuhörens, wie das Eiswasser murmelte, zeigte sich, zunächst kaum wahrnehmbar, eine Pfote, bestückt mit Krallen, verschwand, tastete erneut vor, dann kroch Rhéomir, das Erdferkel, aus seinem Versteck und richtete sich auf.
Das Tier war groß, wog wahrscheinlich soviel wie ein Afrikaner, besaß ein kurzhaariges Fell und eine dünne Schnauze, aus der immer wieder eine lange Zunge hervorschoß.
»Bin da, bin da«, rief das Kind.
Das Tier murrte, nahm Witterung auf, schloß, geblendet von hellen Wänden und Inseln aus Altschnee, mehrmals die Augen und schrie. Es war ein kurzes Jauchzen, dann zog Rhéomir sich wieder zurück.
»Er braucht Milch«, sagte Angela und bat Poi Amber Braun, er solle eine Gemse melken.
»Sind alle krank.«
»Und Kühe?«
»Gibt es nur auf der anderen Seite, wo Gras wächst.«
Die Bauern hätten Milch, rief sie.
»Zu weit unten im Tal. Bis wir wieder oben sind, ist die Milch sauer.«
Mache nichts, sagte Angela. Rhéomir esse auch Quark oder Käse.
Das Kind wollte bleiben. Vielleicht würde sich das Erdferkel nachts aus seinem Loch trauen? Aber der Geliebte und die Lehrerin drängten zum Aufbruch. Wenn das Tier wild werde, könne es mit seinen scharfen Klauen einen Arm abtrennen oder den Kopf zertrümmern.
Tue es nicht! Niemals! Es habe geblinzelt, freue sich.
Angela mußte getragen werden, wehrte sich und schrie wieder ihre Verwünschungen wie krumme Sau, blöde Sau, Arschlochficker! Schließlich ging ihre Wut in Weinen über, zuletzt marschierte sie allein voraus und fiel prompt, schlug sich ein Knie

auf. Als sie endlich in der Hütte unter dem Fellmantel lag, stülpte sie sich die Kopfhörer über und stellte den Walkman so laut, daß Mäuse und ein Murmeltier, die sich hinter den Vorräten versammelt hatten, entsetzt flohen. Auch Asseln und Käfer verschwanden zwischen Ritzen und Moos. Nur die Hälfte eines nicht ganz verzehrten Wurms krümmte sich hilflos, würde vielleicht regenerieren, obgleich Würmer in einem Kar auf zweitausend Meter Höhe, wo Erde fehlte, gar nicht leben konnten. Poi Amber Braun meinte, das Murmeltier habe den Wurm als Notnahrung mitgebracht.
Gleichmäßig brannte tagsüber die Sonne, nachts schien der Mond im Martinsloch zu gefrieren.
Einmal tauchte ein Hubschrauber auf, flog hoch vorüber, kehrte niedrig zurück, schräg eintauchend und taumelnd von Scharte zu Scharte, so daß der Lärm des Rotors, zurückgeworfen von Überhängen und Klüften, sich vervielfältigte.
Die Besatzung mochte die Hütte nicht entdeckt haben, die Maschine entfernte sich wieder.
Die Lehrerin behauptete, das sei das Italienische Rote Kreuz gewesen oder ein alpiner Rettungsdienst. Wenn der Helikopter lande, werde es teuer. Jede angebrochene Stunde koste ein Pfund Lirescheine.
Sie gingen, hatten noch einen von den Frömmlern zurückgelassenen Rucksack vollgestopft und trabten, nachdem ihnen diese Entscheidung aufgezwungen worden war, in Serpentinen über Geröll hinunter, sich duckend hinter Krüppelkiefern, als das flatternde Kreischen sich noch einmal näherte.
Zurück benötigten sie nicht zwei, sondern drei Tage, wurden überall, wo sie Station machten, ob im Albergo Ghértele, in der Forte Verena oder im Rifugio Verenetta feierlich empfangen, erhielten zu essen, zu trinken und die besten Betten, durften nichts bezahlen. Der Ton der Fernsehapparate, in denen diesmal kein Giro, sondern eine Parlamentsdebatte aus Rom lief, wurde abgedreht. Nur bei Reklame, die halbnackte Mädchen auf Sand oder Kokosrum trinkende Mulatten zeigte, verlangten ein paar Greise, sie wollten auch hören.

Zuletzt, als die drei, bevor sie Luserna erreichten, hintereinander auf der linken Seite einer Paßstraße gingen, hupten überholende Autos, und Fahrgäste eines Omnibusses winkten hinter Scheiben.

Philomene Auguste stand in der Tür, litt an einem Asthmaanfall. Ihre Nasenlöcher waren schwarz von Schnupftabak.

»Saind nyt Khnot«, Stein geworden, sagte sie, »händ no Knüdele«, habt noch Knöchelchen. »Essayez, essayez.«

Die Geflüchteten versuchten, die Treppen hinaufzugelangen, blieben aus Müdigkeit auf den ersten Stufen sitzen. Im Tal fraß sich eine Herde Schafe durch kurzes Gras; die indischen Rennenten standen vor dem Würfelhaus still und beguckten die Ankömmlinge; mehrere Buben wagten sich auf Fahrrädern näher und kehrten klingelnd wieder um; und wenn noch die Kirchturmglocke geläutet hätte, wären die Dohlen und Krähen von der Friedhofsmauer herbeigeflogen.

Wir waren ebenfalls kurz zugegen, nur ein paar Millionen aus jüngerer Vergangenheit, um Antriebskräfte besorgt wie Verantwortung, Selbstschutz, Schuldzuweisung, vor allem Habgier, stärkste Potenz, die in den eine Millionmilliarden Zellen, aus denen jeder Mensch bestand, ihre Schachzüge vollführten, wobei die sich überkreuzenden Anlagen zu einer explosiven Mischung werden konnten. Da jedoch bei jeder Befruchtung etwa zwei Dutzend Tausend Milliarden Kombinationen möglich waren, behinderten sie sich auch gegenseitig, so daß über alle Generationen die Lebensdauer konstant blieb, außer ihrer verheerenden Verlängerung seit der industriellen Revolution, erst zweihundert Jahre her.

Die Lebenden atmeten, nachdem die Weltbevölkerung katastrophal zugenommen hatte, mehr Tote ein, was nicht nur ihren groben Stammbäumen aus Nukleinsäuremolekülen zugute kam, auch im kleinen Reptilienfond des Gehirns sammelten wir uns und schickten Botschaften in den linken und rechten Schläfenlappen, die uns selber wegen der Sauerstoffblutschranke, ein notwendiges Hindernis gegen zu viel Rückerinnerung, versperrt blieben.

Hätte beispielsweise der Nadlergeselle Johann Jakob Weberbeck und vorherige Matrose auf einem holländischen Kreuzfahrer zu Angela, einer seiner vielen Urenkelinnen, vordringen wollen, um ihr eine Botschaft zu überbringen, wäre das Kind nicht noch entrückter geworden, sondern der längst Tote hätte sich in den endgültigen Tod verwiesen.
Ein Spruch während der Bauernaufstände 1381 auf der britanischen Insel hieß: When Adam delved and Eve span, who was then a gentleman? Als Adam grub und Eva spann, wo war da der Edelmann?
Es gab auch andere Sinnvermutung: Als eine infolge Wärmezunahme erneute Sintflut vorhergesagt wurde, und es gab nichts, wodurch sie hätte verhindert werden können, schlachtete die Sekte der Hutterer ihr Vieh.
Ein Inder oder exilierter Tibeter erschien im Fernsehen und flehte, sich zum Buddhismus zu bekehren. Auf diese Weise sei zumindest die Erlösung ohne jenseitigen Himmel möglich.
Der in Polen gebürtige Papst zeigte sich in der italienischen Televisione mit einer ähnlichen Botschaft. Noch sei es nicht zu spät, verkündete er, bekennt!
Der Chefrabbi Israels sah die Bedrohung nüchterner: »Wir haben«, sagte er, »noch wenige Tage Zeit zu lernen, wie man unter Wasser lebt.«
Den Geliebten interessierte am nächsten Morgen, als alle ausgeschlafen hatten, nur sein Lehmstall. Kleinigkeiten fehlten noch wie hohe Latten um die Schweinekoben, ein langer Futtertrog ohne Sperrgitter für die englischen Dexter-Rinder und ein großes, ovales Loch in der Tennendecke zum Hinabwerfen von Heu.
Das Balkendach, mit freigelassenen Ritzen und schiefergedeckt, war wie zu einer ventilierenden Konstruktion geworden. Wittgenstein, der Volksschullehrer und Philosoph, hätte vor Begeisterung den Reißverschluß seines Trainigsanzugs bis zum Nabel geöffnet.
Der gepunzte Kessel war nicht auf seinen Platz beim Herd zurückgekehrt. Der Geliebte hatte das schwere Gefäß in der

Steinhütte gelassen, wo es, wie Poi Amber Braun behauptete, wieder für reguläre Winter bürge.
Bereits anfangs September sprossen Herbstzeitlosen, blaßblau; einige Schafe, die die giftigen Blumen nicht mieden, starben unter Krämpfen; die Enten benötigten Zusatznahrung, Getreidekörner; ein Rind verendete, weil seine Geburt quer lag, obwohl, den Arm eingefettet, Poi Amber Braun mit einem Sägeblatt in der Hand das Kalb im Leib der Mutter zu zerschneiden versuchte. Die tote Kuh kaufte ein Viehhändler, das Kalb, schon zerlegt, wurde in der Kühltruhe des Würfelhauses eingefroren.
Dann begann der Winter mit minus zehn, zwanzig Grad. Schnee fiel, überhäufte Straßen und Dächer und stapelte Schicht um Schicht an der Westseite der Häuser auf. Manchmal kämpfte sich im Gestöber durch die einzig freigeschaufelte Schneise bis ans Ende des Dorfs der Gemeindediener und rief, seine Schelle in der Hand, daß der Omnibus aus Trento nicht komme, es keine Briefmarken in der Poststelle mehr gebe, die Schule geschlossen sei und der Konsumladen nur abends öffne.
Patsch Fridor Nicolussi wollte mit Demolationsmasse Wächten, die den Paß nach Lavarone sperrten, beseitigen, jedoch der Sprengstoff verpuffte in den Schneebergen. Der Patrone verschanzte sich im Birthaus, wo die Lehrerin bei Tyroller, Pataten und Lardo, Kartoffeln und Speck mittat. Wenn sie nach Hause kam, schwankte sie nicht, hatte dazugelernt.
Angela sagte, Frau Weidenbacher, wie sie Hassel Ruth nun nannte, werde immer dicker.
Das Kind pfiff, wenn es sprach, nicht mehr durch seine Zahnlücke. Eine Fleischlamelle war hineingewachsen, die aussah wie ein geröteter, kleiner Eiszapfen, der von der Zunge ständig abgetastet wurde. War Angela im Stall, blieb der Mund offen, denn Schwein, Ferkel, Rinder, Schafe, Enten, Hühner und ein Pfau, der nicht wußte, wohin und oft schrie, benötigten Aufmerksamkeit, vor allem Pflege. Der hinausgekarrte Mist erstarrte sogleich, weiß geworden.

Poi Amber Braun lobte das Kind, brachte ihm das Ausbessern von Holzrechen bei oder das Schlingen von Seilknoten: Trosse, Wurf, Kreuz und Achter oder Pfahl, Doppelschlag und Clinch, auch Weber, Galgen und Zimmermann.

In der Küche beklagte sich mitunter Philumene Auguste, daß der Keltenkessel fehle. Sie behalf sich mit einer hochbordigen Pfanne, die nicht nur Methangas, auch Holz- und Torffeuer aushielt.

Nicolussi wurde eines Morgens zwischen Birthaus und Municipio gefunden und, nachdem die steif gewordenen Glieder gebrochen worden waren, festlich angezogen in einem offenen Sarg in der Aussegnungskapelle aufgebahrt, wo der Bürgermeister, bebändert und mit Papierblumen besteckt, bleiben würde, bis das Erdreich taute.

Irgendwann erreichte den Villagio Luserna ein braunhäutiger Skifahrer, der behauptete, er sei Bibi Maméle, aber der legendäre Langstreckenläufer war schon, als Kaiser Haile Selassi noch lebte, nach einem Autounfall an Kreislaufschwäche im Rollstuhl gestorben. Der Tourist brachte in seinem Rucksack Rentenschecks, die aus Mangel an Bargeld nicht ausbezahlt werden konnten, mit, vor allem Post. Darunter war ein Brief von Bella Mainz. Sie schrieb:

»Meine Lieben, wir sind verlassen worden. Fetzen der Zelte flattern noch im Wind. Die Russen haben alles aufgekauft. Land und Kleinstadt sind beinahe leer, selbst die Bankfilialen schlossen.

An der Zürcher Börse ist der Preis für ein Kilo Gold gesunken, und Kartoffeln, Bohnen, Mais, Kaffee, Manjok und Tee, auch Klee fallen auf dem Terminmarkt endlos. Von allem, ob Edelmetall, Nahrungs- oder Genußmittel, gibt es Überangebote. Ich habe meine Ersparnisse in Luxemburg angelegt. Zinsen werde ich stehenlassen oder später selbst abholen. Fragt sich nur wie? Zu Fuß, mit dem Auto oder per Eisenbahn? Steuern werde ich dem Fiskus nicht mehr bezahlen.

Unsere Gäste wurden derart bedrängt, daß sie nur noch Notare zur Beglaubigung von Wiesen, Häusern und Grundstücken

vorließen. Wir schleppten Taschen voll Lebensmittel durch Schnee und Sturm in das Lager, denn es gibt wieder einen Winter. Eines Morgens waren die neuen Besitzer, obwohl ihnen das Wetter zu behagen schien, verschwunden, entweder von Helikoptern aufgenommen, die nachts in den Luftraum eindrangen, oder sie bedienten sich Omnibusse, deren Motorengeräusche wir auch nicht hören wollten.
Die Einheimischen haben aus Habgier zum zwei- oder dreifachen Wert verkauft, die Sowjets aber kümmern sich nicht um ihren Erwerb, als sei er lästig, voll Sünde. Dieser Zwiespalt, ob es sich dabei um Materialismus oder Spott handelt, wird uns noch beschäftigen. Reichtum wurde zwar anders verteilt, doch wer hat nun gewonnen? Jedenfalls ziehen Bauernfamilien und Städter ins Tessin und in die Toskana oder sie wandern nach Australien, Kanada und Neuseeland aus. Geld für verlangte Bürgschaften haben sie genügend.
Der Export meiner Waren wird eingestellt. Ich hasse sie, diese Rauschgoldengel, Pflaumenmännchen, den Moses auf dem Schlitten, Engel Gabriel oder den Teufel mit Klumpfuß und Glatze, alle kostbar in Brokat gehüllt für Nordamerika oder die Emirate. Es gibt außerdem keine Heimarbeiterinnen mehr. Geschwaderweise sind sie in Limousinen davongefahren.
Lothar, der Musik-, Turn- und Religionslehrer, ist nach Holland zu einem ehrgeizigen Training abgereist, will, nachdem es kalt geworden ist, am Elfstedentocht teilnehmen, ein Schlittschuhrennen in der Provinz Friesland, das 199 Kilometer über zugefrorene Kanäle und Grachten durch elf Städte führt. Charlotte ist untröstlich, hat sich eingeschlossen. Hoffen wir, daß das Eis trägt, oder Lothar bricht sich, was auch eine Lösung wäre, vorher ein Bein.
In Seltmans wurde die ehemalige Zellulosefabrik ausgeräumt und, kaum vorstellbar, in Kisten verpackt nach China verschickt. Unsere Russen sollen, wird gesagt, nicht dahinterstekken, was mir einleuchtet, denn sie hatten es vor allem auf Grund und Boden abgesehen. Für moderne Produktionsstätten, wie zum Beispiel das Wohnwagenwerk oder die Vorhang-

schienenfabrik, haben sie sich nicht interessiert, außer für die Madonnenschnitzerei in Ratzenhofen. Ich werde mich trotzdem nicht um eine Einfuhrlizenz meiner Kreationen in die Sowjetunion bemühen. Falls in dem auseinanderbrechenden Reich eine neue Religiosität beginnt, möchte ich Schwarzhändlern nicht die Tische garnieren. Außerdem, was sollte ich mit Rubel anfangen? Ein paar Tagesspaziergänge verseuchtes Flußufer mieten oder Geld für den Bau der zwölften Untergrundbahnstation von Nowosibirsk spenden?
Vielleicht kehren unsere Geistergäste auf ihr mit Gold bepflastertes Land zurück und bleiben? Besitz ist bei uns heilig. Dann müßte ich pausbäckigere Devotionalien entwerfen.
Seit Seltmans leer ist, irrt durch die Gegend ein bärtiger Riese namens Julius Andras Vochezer, also ein Hiesiger. Bei mir war er auch, schloß Rechenmaschinen, gekoppelt mit Aufzeichnern, zu den Wipfeln meiner Pappelallee an, doch es seien, bezichtigte er mich, als wäre ich dafür verantwortlich, zu wenig Blätter an den Bäumen. Er und seine Geräte wurden von Schnee überwältigt. Inzwischen hat er sich in der verlassenen Molkerei Rimmler an der Ausfallstraße zum Galgenbühl verbarrikadiert. Macht er sich ein Bett in den Gestellen für Käselaibe oder setzt er Buttertrommeln wieder in Gang? Vielleicht fällt er in einen rotierenden Molkekessel und wundert sich, falls beizeiten die Sicherung durchbrennt, daß er noch lebt?
Aber meine Kinder, sie haben mich verletzt. Sie hefteten sich abgerissenen Stoff der Russenzelte mit Sicherheitsnadeln an die Brust und wollten nicht weichen. Zunächst konnten wir sie überreden heimzukehren, wobei die Eltern wenig überzeugten. Lillit Babett Prinz, die Ärztin, half, auch die Direktorin aus den Unordentlichen Werkstätten wurde energisch.
Auf dem Matratzenlager schliefen sich die Kinder aus. Charlotte, trotz Trauer um ihren Geliebten, den mutwilligen Eisschnelläufer, kam und versorgte die im Traum Weinenden mit Kakao und geleitete sie, während sie taumelten, zum Klo.
Zuerst ging Susanne, die Zwergin, zusammen mit ihrer Mutter

Mia Stojadinovic, die meine Zigaretten rauchte, weshalb wir uns manchmal stritten.
Dann wurde die spinnendürre Laura von ihrer bleichen Mutter im Wägelchen davongekarrt, und ich weiß nicht, wie sie über die eingestürzte Rotenbacher Brücke gekommen sind.
Eva-mit-dem-Röhrchen-hinter-dem-Ohr behauptete, sie kenne den Weg. Ich ließ sie ziehen, sie war mir sowieso unsympathisch. Wir müssen, denke ich, nicht jedes Leid verstehen wollen.
Tacitus, der schlurfende Tänzer, entfernte sich an der Hand seines akademischen Vaters, der der einzige war, der sich bedankte, als hätten ihm alle Wunder und Gebrechen wohlgetan.
Auf Torsten und seine blonde Mutter Argat wartete ein Taxi an der Rosenpforte. In dem Auto saß ein Bundeswehroffizier.
Larissa-mit-der-Zahnspange, die sich unter Garn und Kalbsleder versteckt hatte, wurde von Gregor, dem Inhaber des Cafés Schatten am Marktplatz, abgeholt. Warum, weiß ich nicht, aber mir war es recht.
Zurück blieben Tobias und Sobitka, die K 2 oder Kaschmir und Katmandu.
Sie schwammen mit mir im Berg, denn die Öltanks sind voll, das Hallenbad dampft. Am nächsten Tag waren die zwei Buben, die in ihrer Wildheit prachtvolle Rauschgoldengel abgegeben hätten, auch nicht mehr da. Um sie ist mir nicht bang, sie werden sich durchschlagen.
Unsere zahlreichen Türme, Kirchen, Spitale, Krankenhäuser, Erholungs- und Altersheime werden nicht verkauft. Die Stadtverwaltung scheint, soweit sie noch amtiert, Stolz gezeigt zu haben, obwohl Gemeinderäte, noch reicher geworden, mit ihren Familien ebenfalls abwanderten. Zunächst gingen Inhaber von Baufirmen und Architekten, danach Apotheker, Metzger, Drogisten, später Ärzte. Lillit Babett Prinz bleibt, auch, weil ihr Mann für Radio Monte Ceneri über den Verfall oder, wer weiß, die Rekultivierung berichten will.
Das lutherische Gemeindeblatt und die Schwäbische Zeitung

erscheinen weiter. Sie werden jedoch unregelmäßig geliefert, da noch zwei Brücken eingestürzt sind und die Talausgänge durch Wächten versperrt werden. Die Deutsche Post, ein noch größerer Arbeitgeber als die Armee, bemüht sich. Ab und zu kämpft sich ein gelbes Auto mit Schneeketten um die Reifen zu mir herauf, und der Beamte, der keine Uniform, sondern einen Pelzmantel trägt, überreicht mir stolz ein verschnürtes Paket aus Mahnungen, Briefen, Rechnungen und Drucksachen. Dieser Fleißige, der dafür bekannt ist, daß er in einer Garage die besten Salatgurken züchtet, bekommt von mir immer einen Schnaps; später einen dritten. Er ist mein Informant, weiß fast alles.
Frau Mainz, beteuert er, solang wir noch leben, können Sie sich auf mich verlassen. Ich weiche nicht, habe Töchter.
Eine proletenhafte Begründung, als seien weibliche Personen nicht so schlau wie Männer oder, noch schlimmer, als scheuten sie Geld, was ich von mir nicht behaupten kann. Marx, Engels und Max Weber haben in ihren Schriften uns Intransigenz bescheinigt, ein falscher Begriff, denn Starrsinn kann auch Beharrung bedeuten. Ich kenne die Nachkriegszeit, die sich, durchaus möglich, in eine vorteilhafte Abmagerungskur verwandeln ließe. Meinem Postler, der an Migräne und Kniescheibenschaden leidet, täte der Schwund gut. Seine älteste Tochter ist ähnlich dick, seine jüngere dünn, ein elfenhaftes Wesen, das einen geblondeten Haarkamm trägt mit ausrasierten Streifen für die Hörbügel ihres Walkmans. So geht sie durch enge Straßen, hört weder Autos noch Lastwagen, die an ihr vorbeifahren, wird nie verunglücken, eher eines Tags mit Musik im Ohr über die Dächer schweben und ohne Beschädigung wieder auf ihren Füßen landen.
Solche Eskapaden sind einer alten Frau nicht mehr erlaubt, es sei denn, sie gestattete sich Schmutz. Dafür habe ich wenig Mut.
Hinter den Pappelreihen stehen meine Häuser. Im Berg wartet das Bad, und im Garten wurden von Charlotte die Sträucher und Blumen hochgebunden, damit sie der Schnee nicht erdrückt.
David ist da. Er hat mir einen Zettel geschickt, oder Timbur ließ die Botschaft fallen, diese penetrante Holzkrähe.

Das Kolosseum steht leer. Türken, Tamilen, Rumäniendeutsche und andere Asylanten haben es geplündert. Einheimische wagten sich erst später hinein. Auf der Empore sind die Primeln in ihren Kästen verdorrt. An der Pforte, hinter der die gewundene Stiege zur ersten Kammer, Davids Ort, zur zweiten Kammer, Angelas Schlafzimmer, und zur dritten Kammer, Hassel Ruth Weidenbachers Klavierstube hinaufführt, hängt ein Stück unbeschriebenes Papier.
David sehe, wird erzählt, nach und werfe Neugierige die Treppe hinunter. Eine Frau habe einen Schädelbruch erlitten, und einem Lama, gemeint ist wohl eine Wollziege, sei ein Knöchel gebrochen worden.
Unser Held hat keine Pickel mehr im Gesicht. Er läßt die Tür zum Kolosseum offen und wird, ich bin mir dessen ziemlich sicher, im Schießkeller von Besra Lu Winterstein, seinem Lehrmeister, wohnen.
Nachdem die Jagdwaffenfabrik an den englischen Konkurrenten verkauft war, hat Winterstein großzügig Entschädigungen gezahlt und alle Angestellten nach Hause geschickt. Seither herrscht Schweigen. Mein Postler erzählte, abends brenne nirgends Licht in dem Betonbau. Das Gebäude sehe wie unser modernstes Altersheim aus, die Sonnenhalde.
Was macht, frage ich, Frau Winterstein? Ist sie weggezogen? Trainiert sie in einer Großstadt junge Hürdenläuferinnen? Und was treibt der Meister im Schießkeller? Erfindet er zusammen mit seinem Lehrling Waffen noch mal, die seit Generationen bekannt sind? Gewehre mit zehn Läufen, die sich drehen? Daraus entstand das Maschinengewehr mit nur einem Lauf, der sich nicht dreht. Vorbild war der Trommelrevolver.
Ich fürchte, die beiden graben sich, seit die Russen uns den Spiegel der Habgier vorhielten, in einen Wahn ein. Vielleicht wollen sie das geleerte Tal verteidigen oder Nichtsympathisanten ausrotten, als müßten sie einer Lehre wenigstens auf kleinstem Raum zu letztem Glanz verhelfen, ein Irrtum, der nur staatliche Gegenmacht herausfordert.
Frage: Stürzen Hubschrauber ab, wenn die Rotorenblätter von

Schrotladungen getroffen werden oder nur bei einem Schuß in den Kopf des Piloten? Aber wie wird gezielt?
Können Schützenpanzer oder Polizeitruppen ohne Minen und Granatfeuer aufgehalten werden? Vielleicht basteln die zwei Empörten an Sprengstoffschnüren, die sie wie Maulwürfe um das Städtchen legen?
Ich denke, es wird nicht geschehen, und hoffe, daß der Schnee ganz Europa vom Atlantik bis zum Ural zudeckt, so daß langes Schweigen uns gnädig bis zum nächsten Frühjahr verbirgt.
Ich bin allein und trinke Liköre, die mein Mann, dieser Taka Kose Baggersee, nicht mehr bewältigte.
Der Berg ist geheizt. Ich schwimme im Hallenbad und liebe euch, ob ihr zurückkehrt oder fernbleibt.«
Der Brief machte wenig Eindruck. Der Geliebte las ihn vor, stellenweise ins Italienische oder Cimbrische übersetzend, damit Philumene Auguste ihn auch verstand. Danach buchstabierte ihn die Lehrerin, deren Betrunkenheit jedem Wort Feierlichkeit bereitete, die Satzzeichen ebenfalls betont. Zu essen gab es an diesem Abend nichts.
Angela hatte die Kopf- oder Zweitstimme entdeckt, lag in ihrer Kammer und sang Kassetten hinterher.
Wer an der Tür lauschte, hörte, wie die Stimme emporkletterte und das Gerüst der Musik mittrug, davonschwang, wiederkehrte, und manchmal versuchte Angela, ganz tief zu singen, als trete sie Orgelbässe nieder.
Ob jemand da sei, rief sie.
Keine Antwort.
Sie fing von vorn an, eine bei Entrückten majestätische Ordnung, die Normale entweder in die Flucht treibt oder zu kämpferischer Haltung zwingt.
Poi Amber Braun, dessen roter Bart wucherte, blieb in seinem der Sonne, die sich nicht mehr zeigte, zugewandten Stall.
Angela kam durch einen ausgeschaufelten Gang jeden Tag zu ihm, streichelte die englischen Rinder, die kaum mehr Milch gaben, und sprach mit dem Mutterschwein, von deren Ferkeln

zwei, drei oder vier gestorben oder aufgefressen worden waren.
Der Pfau und Hühner, hoch oben im Gebälk unter dem Dach, schrien und segelten, wenn wir nachhalfen, zu Boden, Schnäbel und Gefieder geöffnet.
Es sei nicht mehr dumm, sagte das Kind.
»Hast du einen Ausweis«, fragte der Geliebte.
»Kriege ich, und dann kann ich fahren, wohin ich will ohne Geld.«
Mist mußte ausgeschaufelt und durch frisches Stroh ersetzt werden, damit der Stall wieder nach Brotaufstrich roch. Angela half, leerte draußen Karren um Karren, beobachtet von Poi Amber Braun in der Tür.
»Bist du jetzt froh«, fragte das Kind.
»Ja.«
»Ich bin nicht deine Tochter, und die Lehrerin, diese Weintrinkerin, ist nicht meine Mutter.«
Angela verkroch sich bei dem gestreiften Schwein, versaut, doch kaum beschmutzt im Schutz des Tierbauchs.
Schnee häufte sich vor Hauswänden und, zusammengepreßt durch Stürme und Kälte, an Straßenkehren.
Metèl kam, hatte eine Strickkappe auf, die bis zu den Schultern reichte mit Schlitzen für Augen und Mund, nicht für die Nase. Er brachte Kinder mit.
Die Horde saß in der Küche von Philumene Auguste und langweilte sich. Der junge Mathematiker schrieb eine grüne Tafel und einen Türflügel voll eckiger Zeichen und behauptete, sie seien wie Blumenkohl oder Dummkopf, Strohkopf, ein Glück für schöne Kirschen, quelle belle ciliege.
Er tat sich schwer, während die Kinder mit farbiger Kreide Kartonstücke bemalten. Hassel Ruth Weidenbacher rauchte eine Zigarre, denn Zigaretten hatte sie nicht mehr, und sagte, eine italienische Fibel benützend, zu Angela, »offrimi un bicchiere di vino.«
Empört lehnte Angela ab, während Simon Domenico über die große Mauer sprach, die sich durch das Weltall ziehe, beste-

hend aus Milliarden von Galaxien, die nach allen Seiten auseinanderflögen, so daß dazwischen großartiger Raum entstehe, in dem nichts sei, niemand, nessuno, höchstens signore sottosopra.
Herr Kopfunterkopfüber war Hauptfigur aus einem Bilderheft. Der kugelige Herr verstand es, auf dem Kopf Treppen zu ersteigen oder rückwärts aus dem Fenster zu schauen. Ärgerte er sich über etwas, ballte er sich zusammen und rollte, eine Schleife aus Schimpfwörtern hinter sich herziehend, davon. Wurde er in einem Restaurant nicht sofort bedient, aß er von den Tellern anderer Gäste, jedoch in Rückenlage. Wut und Omnipotenz ergänzten sich bei ihm auf wunderbare Weise.
Metèl gelang es nicht, die Kinder mit Hilfe Sottosopras für das Universum und seine überwältigenden Summen zu begeistern, auch nicht, als er einen Zaun aus Primzahlen einziehen wollte, deren Ziffern sich nie wiederholten und von allen Rechenmaschinen der Welt nicht bis zu ihrem Ende verfolgt werden konnten.
Die Kinder gingen, verpackt in Mäntel und Pelzhauben, hinaus in den Schnee, und Angela schloß sich oben in ihrer unheizbaren Kammer ein.
Die Vernichtung von Zeit war eine Last. Hassel Ruth blieb allein in der Küche. Weder blinzelte ihr Osika die Ferkelseele, zu, noch stand der Kessel, der die Kälte gebracht hatte, an seinem alten Ort. Seit Patsch Fridor Nicolussi steifgefroren in der Friedhofskapelle lag, wagte sie sich auch nicht mehr ins Birthaus. Vielleicht wäre sie dort ausgelacht worden oder sie hätte trotzdem aus Begierde und Verzweiflung Einladungen der arbeitslosen Holzknechte und Straßenhändler angenommen, die Moz, Zaiga, Castelan und Gugole hießen und von ihren Familien mit genügend Geld versorgt wurden, jedoch, wenn es keines gab, Kredit besaßen, bis ein Kreis junger Männer über die Lehrerin am Boden uriniert hätte?
Vielleicht besaß irgendein reicher Sammler einen japanischen Holzschnitt, auf dem eine gelbe Frau die Macht der Wünsche, ihre unablässige Gegenwart darstellte?

Der Geliebte lebte nur noch im Stall, sah verwildert aus. Seine Mutter klagte, er wolle nichts zu essen haben. Trotzdem fehle, sie zähle die Hühner, immer wieder eines, bald hätten sie keine mehr. Doch ein Rind habe er noch nicht geschlachtet.
Angela entdeckte eines Morgens Spuren im Schnee, behauptete, Poi Amber Braun treffe sich mit Rhéomir. Das Tier brauche Eier und Körner, sonst verhungere es. Wo Zucker sei? Sie müsse es dem Erdferkel bringen.
Die Schreie des letzten Pfaus hörten auf. Auf der vom Sturm blankgefegten Wiese lagen hinter dem Würfelhaus schillernde Federn, als seien nachts Gravitationsfäden, wie Metèl das Ereignis bezeichnet hätte, vom Himmel gefallen, die, da das All seit seinem Ursprung trotz Sternen- und Sonnenfülle zuwenig Masse besaß, dem Mangel entgegenwirken sollten.
Windstöße aus wechselnden Richtungen trieben die Federn zusammen, hoben sie auf und trugen sie hinüber zum Dorf, wo ein paar von ihnen noch am Kirchturmdach hängenblieben, bis das nächste Gestöber sie davonjagte.
Pikele Trogher starb, achtundneunzigjährig. Sie hatte noch Suppe gegessen und alle um sich geschart. Schmuck, es war eine Brosche aus Granat, den sie ihrer Tochter geben wollte, die auch schon über siebzig war, fiel in den Teller. Pikele Trogher mußte neben Patsch Fridor Nicolussi aufgebahrt werden. Als es im März immer noch nicht taute, wurden zwei Grabstellen im Friedhof mit Dynamit freigesprengt.
Angela war in den Stall zu Poi Amber Braun gezogen. Die Lehrerin übte Nüchternheit und das Verschwinden in der Zeit. Bei Philumene Auguste lernte sie kochen, und wenn die beiden Frauen das Essen zu den zwei Verwilderten brachten, hörten sie manchmal von weitem nicht nur ein Singen, sondern auch ein Murren, Bellen und kopfstimmiges Stöhnen, das wie Gelächter klang. Dann stellten sie ihre Schüsseln oder eine volle Pfanne vor der Stalltür ab und eilten zurück in die Wärme, denn Rhèomir zu begegnen, wagten sie nicht.

14

Im Mai fiel Schneeregen, und im Tal lagen auf Schattenseiten noch vereinzelt weiße Flecken, aber alle Hausdächer waren abgetaut. Entlang der Wasserläufe begannen Gräser zu wachsen und kleine, gelbe Kopfblütler sich zu zeigen. Auch Frösche, die vereist im Sumpf ihren Todesschlaf gehalten hatten, krochen ans dämmrige Licht, durch das Sonnenstrahlen manchmal Schneisen schlugen.
An der Adelegg war von Stürmen der Wald teilweise niedergelegt worden. Schneelasten hatten Äste, selbst Stämme abgebrochen, so daß die Hügelkette aussah, als seien Lavazungen an ihr herabgeflossen.
Zwischen übriggebliebenen Bäumen trabten Schweine umher, die Schlachtungen entronnen waren oder aus aufgekauften, dann verlassenen Bauernhöfen stammten. Es konnten viele Tiere gewesen sein, nur wenige hatten überlebt. Sie suchten auf ihren für die Wildnis zu kurzen Beinen, jedoch die mageren Körper waren inzwischen von einer Borke aus wärmendem Schmutz und Laub bedeckt, die Erde aufwühlend, nach dünnen Wurzeln, Asseln, Würmern und Käferpuppen. Selbst ein paar gestreifte Frischlinge, zu früh geboren, waren mit unterwegs. Sie quiekten vor Schreck bei überwältigenden Gerüchen. Bruchharsch, scharfe Steine und gespleißte Zweige hatten ihre Fußgelenke verletzt.
Ein Hirsch trat langsam ins Freie einer Schonung, senkte sein Geweih und reckte den muskulösen Hals wieder.
Wir wären, auch Gäste dazu auffordernd, gern in seinen Bauch gekrochen, wo Wehmut und Kraft an Magen- und Darmwände pochten und ein von dem Pflanzenfresser, der Gemischtfutter nicht vertrug, unüblicherweise verschlungener Maulwurf noch mit seinen zierlichen Klauen, die vor Jahrmillionen Flossen gewesen waren, in den salicylsauren Säften ruderte, bevor er endgültig unterging.

Der Hirsch schrie, als sei er ein Farzowschiki, ein enttäuschter Schwarzhändler, der sein erobertes Gebiet verlassen mußte. Zwei Gemsen waren aus verschiedenen Richtungen auf die Blöße getrabt, rieben ihr Gehörn, das Duft verströmte, an Wurzelstöcken und kugelförmig zusammengepreßten Büschen ähnlich Pinifexsträuchern, die über die Trockenebenen Australiens rollten, vorwärts geblasen von Windhosen und Sandfontänen.
Der Hirsch schritt in den Wald zurück. Die beiden Gemsen gingen aufeinander zu, fanden jedoch wenig Gefallen daran, um das Revier zu kämpfen und trennten sich. Jedes Tier hob zum Abschied sein Hinterteil, von dem ein Kranz weißer Haare abstand. Wir verloren uns in deren Säle, die jedes Haar in hadronenfacher Menge besaß.
Auf der Schletteralm, früher eine Wirtschaft mit Stall, die die letzten Besitzer angezündet hatten und darin verbrannt waren, stand, den kleinen, gelben Rucksack umgeschnallt, Angela und sagte, sie brauche Zuspruch.
David hatte seine Schwester, da der Winter nicht weichen wollte, aus Luserna geholt. Mit Schlitten, dann in Omnibussen und Eisenbahn waren sie bis Kempten gelangt. Von dort gab es keine Verbindung mehr.
Sie marschierten über Einöd, Rechtis und Kenels nach Schwarzerd, wo Luise Masch Babel versammelten Landstreichern in einer Baracke mit Harmonikamusik aufgewartet hatte.
Der Weg war vorbei an Schwanden und Schmieden noch steiler geworden. Zuletzt, als die beiden endlich auf der Adelegg ankamen, lag unter ihnen Überruh, ein Sanatorium, einst für Tuberkulosekranke, jetzt ein Asyl für Alkoholiker und Immungeschwächte.
Das Kind sagte, es sterbe vor Müdigkeit.
Sein Bruder erwiderte, die Hand austreckend, im Tal seien schon das Wohnwagenwerk, die Nicolaikirche und St. Maria zu sehen. Es müsse nur noch tausend Schritte zurücklegen.
»O, ja«, sagte Angela, »eine blaue Tüte!« Sie wollte Milch.

»Unten«, rief er.
Sich durch Gezweig, quere Äste kämpfend, auch über den Lehm kahler Schonungen schlitternd, erreichten sie nach einer Stunde die Pappelallee. An der Pforte zum Rosenhaus klingelten sie. Niemand zeigte sich, jedoch die Tür war offen.
Im Garten auf dem Plattenweg saß ein Huhn, gestruppt wie eine Echse. Es floh und hinterließ ein unzerbrechliches Ei aus Kalk oder Steingut. Und noch ein Huhn flatterte aus der Mitte eines Rhododendrons davon, ohne, wie sonst üblich, wenn Hühner sich im Freien aufhielten, einem Herzschlag zu erliegen.
Drinnen im Haus wechselte sich das Knacken von Pendeln mit dem Ticken von Federuhren ab. Alle Geräte wiesen etwa dieselbe Zeit auf, nur eine Kartoffeluhr, in die Knollen waren Metallpole für den Molekülenfluß gesteckt, hatte sich um Stunden verspätet.
Rosarote Sessel, gepolstert mit Kissen, waren gebleicht. Im Zimmer des Hausherrn standen auf Beitischchen noch Pillendosen, Tinkturflaschen und Violen, die Gifte als Heilmittel enthielten. Im Schlafgemach von Bella Mainz hatte sich eine Schlingpflanze zum Schminktisch hinaufgewunden, über dem ein barock gerahmter Spiegel hing mit schwarzen Flecken.
Wir versuchten, die zwei Heimkehrer hinauszubugsieren, indem wir ihnen Higgs-Partikel einsenkten, die sowohl den blind gewordenen Horizont des Weltalls wie Gehirne füllen sollten, aber weder Angela noch David wollten gehen, weshalb wir schnell wechselfarbenen Quarkbrei bemühten, der laut dem Theorem eines Helmut Satz entstanden war, als sich innerhalb zwei, drei Sekunden nach dem Urknall das auseinanderstiebende Plasma auf ein paar Millionen Grad abgekühlt und ein Kubikzentimeter Gas nur noch wenige Nukleonenmilliarden Gramm gewogen habe, doch damals fehlten wir noch, das Anthropozentrische an der Schöpfungsgeschichte, sonst wäre der Raum mit zuviel Masse bevölkert worden und sogleich in die nächste Finsternis gestürzt.
Im Werkstattgebäude mit den Fachwerkbalken war auch nie-

mand. Matratzen lagen umher, an Haken hingen Parkas und graue Regenhäute. Auf Arbeitstischen häuften sich Rauschgoldengel, vergoldete Besteckbänkchen und Mosesschlitten für die Emirate und den Oman. Eines der vielen Telefone läutete. David hob ab.
»Seid ihr da?« Es war Bella Mainz. »Willkommen.«
David antwortete, sie bräuchten Milch oder eine Tüte Kakao.
»Geht nach Ratzenhofen zur Madonnenschnitzerei oder zu einem Bauernhof, in dem vielleicht noch jemand wohnt«.
Angela sei auf einer der Matratzen schon eingeschlafen, sagte David.
»Soll ich euch Susanne schicken?«
»Wer ist das?«
»Die Zwergin. Ihre Mutter ist weg, nach Slowenien. Susanne will ständig wissen, ob Angela kommt? Das Kind kennt fast niemanden mehr.«
David fragte, wo Timbur sei?
»Verschwunden. Der Vogel ist zu euch geflogen oder hat den Winter nicht überlebt.«
David weckte Angela. »Wer da«, fragte sie in den Hörer.
»Ich.«
»Bist du tot?«
»Nein.«
»Was machst du?«
»Ich räume im Kolosseum auf.«
»Laß deine Finger von meinem Kopfkissen«, rief Angela. »Ich schlage dich, wenn du meine Sachen berühren tust. Wo sind meine Kassetten? Hast du meine Hosen mit den roten Knöpfen gewaschen?«
»Nein.«
»Das darfst du auch nicht.«
Bella Mainz sagte geduldig, sie habe nachgesehen, ob das Wasser fließe, auch die Heizung müsse geprüft werden.
»Und?«
Alles in Ordnung, nur ein Waschbecken sei zerschlagen worden, und Schutt liege auf der Wendeltreppe.

Angela reichte David den Hörer. Er fragte Bella Mainz, wo es etwas zu essen gebe?
»Im Schwimmbad«, erwiderte sie. »Spring hinein und wenn du gegenüber auftauchst, beginnt dort der Korridor im Berg. Links im Fels wurde ein Kühlschrank mit Zahlenschloß eingemauert: eins, zwei, drei, fünf, sieben, elf, dreizehn, siebzehn und so weiter. Es ist idiotisch, doch Taka Kose war stolz darauf. Wenn du richtig weiterschraubst, wird irgendwann die Tür aufgehen. Es ist unser Notbunker voll Konserven, Pilzpastete und Rehmus. Auch Dauerwürste und getrocknete Nudelgerichte sind darin. Kartoffeln fehlen, sie wären erfroren. Als vor einem Jahr die Elektrizität ausfiel, war der ganze Vorrat verdorben.«
David antwortete nicht.
»Bist du noch da«, fragte sie.
»Genügt«, sagte er und legte auf.
Angela hatte im Lagerraum ein Paar Damenschuhe aus lackiertem Eidechsenleder mit Stöckelabsätzen entdeckt. Sie versuchte in den hohen Kreationen über die glatten Dielen zu gehen, kippte und fiel auf eine der Matratzen, wo sie, unter eine Decke kriechend, wieder einschlief.
Modelle dieser Art hatte Bella Mainz gesammelt, um sie als Vorlagen für weihnachtliche Schiffe oder Gondeln mit Engeln zu verwenden. Pumps auf dünnen Pfennigabsätzen waren vor zwei Generationen von dem neapolitanischen Schuster Vicenzo Valentino entworfen worden. Er arbeitete für Mitglieder europäischer Königshäuser, in seiner Werkstatt hingen auch die Leisten von Greta Garbo. Als eine reiche Amerikanerin sich einmal bei ihm beschwerte, die Sohlen ihrer Schuhe seien schon nach zwei Wochen durchgelaufen, soll der Meister gesagt haben: »Madame, wahrscheinlich sind Sie damit auf die Straße gegangen.«
Angela und David schliefen oder sahen auf einem Fernsehgerät amerikanische Spielfilme und Katastrophenmeldungen an. Im Westen waren Politiker während Wahlversammlungen erschossen worden, im Osten ebenfalls.

Versorgt wurden die Geschwister von Theo dem Rucksackbauern. Er brachte Käse und alte, steinharte Brezeln, die, zu einem Brei aufgeweicht und mit Maggi gewürzt, himmlisch schmeckten.
Charlotte, Theos Frau, war nicht da. Vielleicht hatte sie Lothar nach Holland zum Elfstedentocht begleitet, der dank des eisigen Winters veranstaltet worden war.
Theo lud die Geschwister ein, bei ihm zu wohnen. Bald stehe auch wieder Vieh im Stall. Er werde Rinder einfangen und Reitpferde.
Ob Strauße unterwegs seien, fragte David.
Theo war noch nicht bis Nellenbruck gekommen, wo oben am Waldrand das Bauernschloß der Landschaftsporträtistin stand. Autoverkehr oder Omnibusverbindungen gab es kaum mehr, alle Straßen und Brücken hatten unter Frost und nicht geräumtem Schnee gelitten. Mit Holzstämmen beladene Schlittengespanne waren gesehen worden, auch auf Kufen gestellte Leiterwagen, Transportkisten und ausrangierte Badewannen, gezogen von Skifahrern.
David fragte, ob Theo auch verkauft habe?
»Nur eine Feuchtwiese an der Argen beim ehemaligen Kieswerk. Die fremden Besitzer vieler Höfe sind nach dem ersten Schnee abgereist. Sie kümmern sich nicht um ihr Eigentum. Niemand mäht Gras, die meisten Kühe wurden im Herbst notgeschlachtet.«
Angela wachte auf, wollte von Theo wissen, ob er neue Kassetten kenne?
Der Rucksackbauer wies zu den Telefonapparaten, dem Fernsehgerät und zu einem Radio, sagte, es sei alles da.
Das Kind versuchte, Theo zu schlagen, doch David drängte seine Schwester hinüber zu den Werkstattischen, auf denen Ledersorten, künstliches Moos, Straßbruchstücke, Stoffe und Watterollen wie für eine neue Kollektion bereitlagen. Angela begann zu arbeiten, verwendete für ihr Werk einen Schuh von Vicenzo Valentino. Der Pfennigabsatz stellte einen Turm dar, über dem ein ausgepolstertes Wolkenschiff schweben sollte.

Theo ging nicht in seinen einsamen Hof zurück, er übernachtete im Rosenhaus. In Taka Koses Zimmer probierte er von den Gesundheitspastillen und Erfrischungssäften. Parfüm ließ er unbenützt und das andere Gemach wagte er nicht zu betreten.

Am nächsten Morgen sprang er nackt ins Schwimmbecken wie David und tauchte ihm zum Bergstollen nach. Eine halbe Stunde experimentierten die beiden am Zahlenschloß des Kühlschranks herum, der nicht aufgehen wollte. Sie versuchten es prim im ersten Hundert, in dritten und fünften Tausend, benützten Zwillinge, Trippelschößlinge und Hochstände, beispielsweise 3217, 3221 und 3229 oder eine Fürstlichkeit wie 5003, hinter der ein bequemes Doppel anschloß, aber die Tür rührte sich nicht.

David redete von meteorologischen Geschwisterpaaren und Turbulenzen, über glückliche und unglückliche Zahlen, die den Verfallszeiten der Transurane ähnelten, wogegen Theo sagte, ihn interessierten eher Kupfer und Salze im periodischen System. Taka Kose habe Metallpräparate gegessen, aber beim Anblick einer Packung Reichenhaller Kochmadam sei sein Blutdruck in die Höhe geschnellt.

Auch diese Abschweifung half nicht. David, der Jüngere, war begeistert und sagte zu Theo: »Ich habe Primzahlen nie auswendig gelernt. Ich weiß nur, daß es sie gibt, weil Besra Lu Winterstein mit ihnen Schrotladungen bestimmt.«

Theo antwortete, ein Bauer, der sich heutzutage nicht um Naturwissenschaften kümmere, sei verloren.

»Und wenn er trotzdem genügend verdient?«

»Geht er unter in Chemie.«

Zuletzt stellten sie, nachdem sie die Summe einer ungerad Zehenamputierten ins Quadrat, Kubik und so fort erhoben und Pyritkies, eingebacken in die Felswand, gezählt hatten, 999983 und 1000003 ein, Ziffernlängen, die zwar andächtig klangen, in einem Schwung jedoch kaum auszusprechen waren, und der Kühlschrank, zermürbt im Schloß durch Quotierungen gehäufter Fehlinformationen, öffnete sich.

Er war leer. Theo sagte tröstend, jeder kriege ein Pferd oder dürfe Schwäne, Pfauen und Wildkatzen füttern.
»Nix da«, schrie David. »Der Rauschgoldengel hat Russengold genommen und in Frankfurt am Main oder an der Oder ein Hochhaus mit Bachanschluß ersteigert!«
Theo stieß David zum Schwimmbad, in dem, auftauchend und wieder untergehend, beide Wasser schluckten, bis sie sich rücklings paddelnd erholten, zu den Lorbeerbäumen am Beckenrand blickend und hinauf zu einer funkelnden Kachel, der Monstranz in der Stirnwand der Halle.
Bella Mainz rief an und verkündete, im Kolosseum sei jetzt Ordnung, sie könnten kommen.
David schnaubte nur in den vom Dampf nassen Hörer hinein.
»Warum sagst du nichts«, rief sie. »Stellst du dich wieder taub?«
Der Rucksackbauer antwortete anstelle Davids, sie hätten den Kühlschrank aufgebracht, aber nichts darin gefunden.
»Wieso?«
»Wann hat Ihr Mann zum letzten Mal Vorräte gekauft?«
»Bevor er starb.«
»Wer hat ihm dabei geholfen?«
»Charlotte.«
Theo erwiderte, seine Frau kenne weder Rehmus noch Pilzpastete.
»Verehrtester«, antwortete Bella Mainz, »die Liste stellte ich zusammen. Damals gab es solche Konserven noch in jedem Geschäft. Hätte ich selbst hinfahren sollen? Ihre Frau erhielt doch ein monatliches Gehalt!«
»Wir bedanken, bedanken uns«, sagte Theo.
Ob er nun auch Renitenz wie die Gymnasiallehrer aus dem Eichenhain trainiere? Die bärtigen Gesellen strengten sich an, nur noch russisch zu sprechen.
Angela schlafe zwischen Watte und Leder, und David höre nichts mehr, erwiderte Theo.
»Ruft Besra Lu Winterstein an.«
Die Telefonnummer sei tot.

»Nehmt Kühe und reitet zur Waffenfabrik.«
David riß den Hörer an sich und zerschmetterte ihn auf einer Marmorkonsole. Bella Mainz sei, sagte der vermeintlich taub Gewordene, eine Spionin, die den Platz der Lehrerin einnehmen wolle. Er warte auf Hassel Ruth Weidenbacher und Poi Amber Braun, die, sobald es wärmer werde, aus Luserna zurückkehrten.
Die zwei jungen Männer erhielten, obwohl außer ihnen niemand in der Schwimmhalle war, einen Stoß und fielen ins Wasser. Als sie wieder auftauchten, wurden sie noch einmal hinuntergedrückt, genügend lang, so daß sie, wenn nicht Angela gekommen und zu ihnen hineingesprungen wäre, vielleicht hätten ertrinken müssen. Als sie das Kind mit geschlossenen Augen und aufgerissenem Mund zwischen sich treiben sahen, entfachte sich in ihnen Kraft und Orientierung, und sie retteten sich, indem sie das Mädchen zur Oberfläche brachten.
Sie zogen Angela aus und hüllten sie in ein Badetuch. Angela erbrach wäßrigen Schleim und sagte, die Augen aufschlagend, sie sei mit einer Frau, die ein rotes Kleid angehabt habe, durch Feuer gegangen ohne Schmerzen. Oben auf dem Dach sei ein Vogel gesessen. Er habe sie mitgenommen. Ach, wie schön!
David, entweder von den Lippen ablesend oder hörend, wollte wissen, wer die Frau gewesen sei?
»Meine Mama.«
»Die Lehrerin?«
»Nein, meine Mutter. Kennst du doch!«
Wie sie heiße?
»Hella Munz.«
David öffnete eine Fenstertür des Bads, zögerte noch einen Augenblick, während feuchtes Gewölk auf der Trennungslinie zwischen draußen und drinnen gleich einem beginnenden Gewitter sich rieb, dann rannte er nackt hinaus, rief, er kenne den Namen von der Friedhofstafel.
Er blieb im Garten, bis er vor Kälte unter einem kahlen Holunder sich auf den Boden warf, wo ihn Theo fand und wie einen Sack sich über die Schulter legte. Im Werkstatthaus schliefen

später die Geschwister Seite an Seite, zugedeckt mit Lederresten, Lamawolle und Goldflitter.

Am nächsten Morgen verabschiedeten sich David und Angela. Theo wollte nicht mitgehen, würde die Pappelallee und das Rosenhaus bewachen, vor allem für seinen Hof junge Rinder einfangen, die von einem Bullen erst gedeckt werden mußten, damit sie Milch gaben. Erwachsene Kühe, nicht mehr gemolken, waren, die Euter geschwollen, vereitert, geplatzt, auf dem Rücken liegend mit hochstehenden Beinen, verendet.

In der Siedlung Wehrlang an der Straßenkreuzung zwischen den Orten Rohrdorf und Großholzleute hatte auf dem Flachdach des Bungalows von Luise Masch Babel die vielsprossige Fernsehantenne einen Knick bekommen. Vielleicht würde die todkranke Dirigentin und Schifferklavierspielerin jedoch heimkehren, um zu Hause zu sterben.

In Rotenbach unten lag die Argenbrücke noch immer im Wasser. Vor dem Notsteg stand in einem Gehäuse aus Zement und Glas ein neuer und bemalter Nepomuk mit einem Zepter in der Armbeuge.

Angela kniete vor dem Mahnmal nieder, bekreuzigte sich und betete murmelnd, ohne die Walkmanmusik auszuschalten. David zitterte vor Ungeduld.

Im Flußbett überschlugen sich Wellen von einer aus Kanisfluh zusammengebackenen Schwelle zur anderen, danach beruhigten sich die Wirbel, und das Gewässer flutete an einer entblößten Stelle im Ufergehölz vorbei, wo früher Zigeuner ihre Wohnwagen abgestellt hatten. Seitdem die Feiersteins, Mochepaß, Rikomans, auch Schäfers, Zingeles und Putzbrunns ausgerottet worden waren, die einst Kupferkessel oder Pferdegeschirre geflickt hatten und manchmal, wurde behauptet, silberne Löffel gestohlen hätten, obgleich Sintis niemals Wohnungen betraten, klang auch das Rauschen der Argen entschiedener, eingezwängt in Armierungen aus Drahtgeflechten, die mit Geröll gefüllt waren.

Das Wasser floß schneller ab, ergoß sich in den Bodensee, aus dem noch mal der Rhein entsprang, der ebenfalls wie in einen

Kanal verwandelt worden war. Und wenn die Pracht voll Quecksilber und anderen teuren Metallen die Niederlande zur Nordsee verließ, waren auch wir versöhnt.
Angela und David schlüpften durch das noch höher und breiter gewachsene Gesträuch auf der verlassenen Bahnstrecke. Hinter ihnen schien sich der blaue Baggersee, in dem Millionen Libellenleichen schwammen, die im Frühsommer den Larven der Eintagsfliegen wieder als Futter dienen würden, an der Wolkendecke widerzuspiegeln, deren bleierne Farbe zum letzten Mal Schnee verhieß.
Im Schutz der Büsche war schon Bocksbart gewachsen samt frühem Samen. Er bebte vor Fluglust und besaß wie alle Haargebilde, die ähnlich den Radialen einer Rakete aus einem Punkt heraus zur Kugelschale sprossen, eine zusammengefaltete, riesige Tragfläche. Sorgfältig ausgebreitet, wäre sie dünn wie Blattsilber gewesen. Zusammengenommen, hätte die Oberfläche jedes einzelnen Haars einschließlich der daraus gebildeten Raumfigur und ihre vielfältigen Kanten und flaumigen Schirme nicht nur den Boden eines Tanzsaals bedeckt, sondern auch dessen vier Wände. Jeder Hauch, der die Konturen umschloß, strömte nur noch in eine Richtung, so daß die umspülten Fäden und Tentakel seitlich jedem Zug und Druck widerstanden, selbst wenn er sprunghaft anstieg. Und vom Stengel der Pflanze erhob sich der in seinen immensen Einzelteilen geordnete Samen, um im schräg einfallenden Licht gebündelter Photonen davonzuschweben. Die Natur verbreitete ihre Früchte auf Art der Toten.
Angela atmete ein und aus, verschluckte ein paar Millionen Ahnen, die vor verödeten Kapillaren, auch behindert von der Gehirnblutschranke, Platz nahmen, weshalb das Kind, das sowohl schimpfte, wie sang, mit uns laut zu reden begann.
David, verwickelt in Dornen und Ranken, fragte, ob es Angst habe, sich nicht weitertraue?
Angela antwortete in einer unbekannten Sprache.
»Was hast du gesagt«, rief David.
Sie wiederholte Schnalz-, Labial- und Rachenlaute, die selbst

Dohlen oder Schleiereulen Mühe bereitet hätten, doch wir, unterstützt von ein paar nachlässigen Pygmäen Afrikas und Ureinwohnern Australiens, die in lautlosen Nasenliedern, welche magnetischen Feldlinien glichen, sich verständigten, wurden davon angezogen. Rauschend entfaltete sich der Schirm des Bocksbarts. Moleküle glitten an Gräsern hoch und hinab zu Erdkrümeln und erzeugten eine Klangfülle, die aufzuzeichnen selbst Flüssigkristallen nicht möglich gewesen wäre.

Angela redete nun, nie gelernt, in den riskanten Wortschlangen des Quechua, bestehend aus Substantiven mit angehängten Nachsilben, deren Betonungen sowie Lautfärbungen eine Rolle spielten, Artistik aus fernen Zeitaltern, die einem Kassettenkind behagten. Zum Beispiel:

T'ika – Blume.

T'ikacha – kleine Blume.

T'ikachay – meine kleine Blume.

T'ikachallay – nur meine kleine Blume.

T'ikachallaymi – dies ist nur meine kleine Blume.

T'ikachallaymichà – dies kann und darf nur meine kleine Blume sein.

T'ikachallaymipuni – das ist grundsätzlich nur meine kleine Blume und keine andere.

T'ikachallaymipunis – man sagt, daß dies grundsätzlich nur meine kleine Blume ist und keine andere.

Der Samen des Bocksbarts war davongeflogen und nach kurzer Strecke irgendwo hängengeblieben. Dort verdarb er, jedoch Millionen Schirme würden sich noch entfalten, in Driften vergangener Heimat begegnend, gejagt von Böen, gezerrt und zum Absturz gebracht durch Fallwinde, denen Niederdruck den schönen, bösen Schein des Föhns verlieh.

David rief, es sei nicht mehr weit, sie kämen schon an Waidach vorbei.

Es handelte sich um Kiesgruben an der Argen. Ein kleines Schotterwerk aus Balken und ein paar Eisenträgern war längst aufgegeben worden. Daneben lag jetzt eine Mülldeponie und ein eingezäuntes Gelände zum Trainieren von Schäferhunden.

Zwei Baracken standen auch noch auf Steinsockeln dort, damit Ratten und Mäuse Mühe hätten, sich durch die Fußböden zu nagen. Die Gehäuse gehörten früher den Ärmsten.
Es wohnten darin Familien mit vielen Kindern, von denen die Hälfte, bevor sie das Schulalter erreichte, starb. Die Kinder schliefen, wenn es in den schimmligen Zimmern zu eng wurde, in Leiterwagen oder in Heuhaufen. Für ein Pfoid, Hemd, ein Paar Schuhe aus Leder, nicht Holz, und tägliches Essen arbeiteten sie bei Bauern. Ein Hauptlehrer Hofer aus Neutrauchburg, wurde erzählt, habe sie manchmal, nachdem er sein Amt verloren hatte, auf Wiesen und in Ställen besucht, um ihnen Bruchrechnung, amerikanische Lieder und Atemübungen beizubringen. Hofer zog, beschimpft und verjagt, mit Zigeunern davon.
Die Waidacher züchteten Hunde, die sie als Zugtiere vor ihre Karren spannten, wie es Eskimos taten. An Weihnachten wurde das älteste Leittier geschlachtet. Es gab Fleisch zu essen.
An den Hängen des Römerkastells vor dem Sägewerk von Rotenbach gruben die verzottelten Kinder nach alten Münzen, fanden hin und wieder auch ein paar und bissen in den Rand des Gelds. Fing ein Milchzahn zu wackeln an, wußten sie, daß sie Wertvolles, das verkauft werden konnte, entdeckt hatten.
Bella Mainz hatte, nachdem sie in den Hungerjahren vor der Währungsreform in der bayerischen Wieskirche gewesen war, um Überladung, Faltenwurf und Stützkorsetts des Barocks zu studieren, in einem der Waidacher Zimmer, wo eine Madonna aus Karton und bemaltem Ofenblech hing, ihre nächste Eingebung für Rauschgoldengel und Jesusse gehabt.
»Bin da«, rief Angela auf der verwucherten Bahnlinie.
David antwortete nicht, schnaufte nur.
»Liebst du mich«, schrie das Kind.
»Ja«, heulte David, ob taub oder nicht.
»Liebst du mich wirklich?«
Angela wartete, bis ihr Bruder sich zu ihr durch Büsche gerungen hatte, verletzt am Schienbein, weil er auf eine rostige Geleisschiene gefallen war.

»Wie vor einem Jahr«, sagte er.
Angela verstand nicht.
Sie seien, antwortete er, wieder hellhörig, vor allem wütend geworden, beim Friedhof doch in einen Keller gefallen?
»Ach ja«, sagte das Kind, »unsere Fahne aus der Hölle. Die Toten waren da.«
Das Mädchen, dessen Pickel oder Mitesser auf dem Gesicht und in zwei Strängen zu den Brüstchen hinunter, sowie auf dem Rücken in einem spitzen Winkel zwischen den Schulterblättern wieder zu glühen anfingen, ließ sich durch Sträucher, die nachgaben, auf eine Wiese rollen, wo Kuhfladen lagen, schwarze Inseln, um die Gras wuchs, verschmäht von Rindern, Schafen oder Ziegen, auch von bereits zurückgekehrten Schwalben, die ein Gespür besaßen, welche Stellen, Ammoniak, ägyptisches Gift, enthielten.
Angela winkte. Unter ihrem hochgerafften Rock bearbeitete sie ihr Knötchen, auf dem wir schon einmal im Mondschein Platz genommen hatten, aber es gelang dem Kind nicht, Frieden zu erlangen.
Sollten wir zu helfen beginnen? Wäre nach milliardenfacher Auslese ein Einzelschicksal teurer gewesen?
Angela stapfte zur Bahnstrecke und befahl ihrem Bruder, er müsse vorausgehen.
Zwischen den Geleisen lag noch Schotter, in dem Hundskamille, Wegerich und, da die Erde darunter zugenommen hatte, Sauerampfer gedieh.
Beim Weiler Achen duckte sich am Fuß des Bühlbergs ein Fachwerkgebäude, in dem früher der Ortsgruppenleiter der NSDAP, der Nationalsozialistischen Arbeiterpartei, gewohnt hatte, ein umgänglicher Mann, der zwar jagte, doch Rehe, weil er sie nicht ausweiden wollte, ins Schlachthaus brachte. Seine Frau war Führerin des BDM gewesen, des Bunds Deutscher Mädel. Vor dem Einmarsch der französischen Truppen hatten sich beide durch den Mund erschossen, wobei, wenn der Lauf der Pistole in angehobenem Winkel zum Gehirn richtig plaziert wird, der Hinterkopf zerspringt.

Ein Bahnwärterhäuschen daneben hatte lange Zeit leer gestanden. Inzwischen waren ein paar Asylantenfamilien, Tamilen, Äthiopier oder Malesen hineingestopft worden, keine Türken. Deren zweite Generation redete bereits Dialekt. Ein mehrere Dutzend umfassender Sippenverband Yilmaz, verschwistert, verschwägert, auch ein wenig inzestiös verkürzt, stammte von einer Hochebene, wo es im Sommer sehr heiß, im Winter sehr kalt war, aus der nordöstlichen Ecke Anatoliens. Dort wurde kirgisisch und kurdisch gesprochen, die beiden nächsten Kolonialidiome waren türkisch und deutsch.

Wenn, was immer noch geschah, ein Onkel oder Vater mindestens ein Jahrzehnt lang Geld gespart hatte, kaufte er sich einen Traktor mit mannsgroß hohen Stollenreifen und fuhr den Koloß durch Österreich, über jugoslawische Putniks, dann zum Bosporus und immer weiter in die Heimat. Die Reise dauerte Wochen.

Geschlafen wurde am Straßenrand, den Leib von einer mit einem Markschloß gesicherten Kette umwickelt, deren verschlungenes Ende nicht den 450-PS-Motor, sondern durch ein Loch im Bodenblech entweder das Getriebe oder die Kardanwelle blockierte.

Die Heimkehrer mußten, falls sie nicht verunglückt ihr Ziel, das Zuhause, erreichten, bald zu Spottpreisen Latifundienbesitzern, ohne Äcker in Miete gepflügt haben zu können, die herrschaftlichen Maschinen verkaufen. Meistens wanderten die Enttäuschten zum zweiten Mal nach Deutschland aus, mit Fleiß von neuem beginnend, bis sie starben und alle Unterschiede sich aufhoben.

Wo die tote Strecke aus bayerisch Kempten sich mit der gleichfalls aufgegebenen aus dem württembergischen Leutkirch, einst eine Schnellzugstation, traf, schlugen im Wind die offenen Türen einer Reparaturwerkstätte für Daimler-Benz-Limousinen hin und her. Ein paar vergessene Wracks und ein noch intakt wirkender Lastzug für Containerfracht, der nicht mehr benötigt wurde, warteten dort, da außer einer Lederfabrik und einer Baufirma im Bahnhofsviertel auch eine Spedition zur

Verteilung italienischer und spanischer Früchte den Betrieb eingestellt hatten.
David rief: »Leuchtspur!«
Angela verstand nicht.
Ihr Bruder meinte wahrscheinlich, es müßten aus Freude grün, rot und gelb explodierende Kugeln in den Himmel geschickt werden. Waffe und Munition dafür besaß aber, wenn überhaupt, höchstens Besra Lu Winterstein in seinem Keller.
Die Kinder gingen entschlossen hinüber zu Narrmok, dem Narrativen-Motations-Kombinat, an dessen aus Zementelementen jeweils Jahr um Jahr angestückelten Wänden Arbeiter lehnten, die Pause machten und Flaschenbier tranken.
»Willkommen«, sagten sie. »Einen Schluck oder ein Stück Wurst?«
David trank; Angela aß, spuckte das kaum zu kauende, fettige Gerölle wieder aus und säuberte ihre Zähne mit Salbei. Die Pflanze war, obwohl das kalte Frühjahr erst wenige Sonnentage beschert hatte, aus dem Loch eines weggeworfenen Zahnkranzes gewachsen.
Narrmok arbeitete als einzige, übriggebliebene Fabrik ununterbrochen in Tag- und Nachtschichten und stellte das Krakatau-Visualisierungssystem her, komplexe Steueranlagen für Fördergeräte, Trocknungsbatterien und dosierte Mischspritzverfahren der Automobilindustrie.
Auftraggeber war der Moskauer Sochwos Sil, der außer Kipplader für Übertageerzabbau in Sibirien auch gepanzerte, achtsitzige, 3 Tonnen schwere Fahrzeuge für staatliche Würdenträger montierte. Nachdem aber die Föderation der zentral kommandierten Räterepubliken anfing, auseinanderzustieben, versuchte Sil einerseits Lackierungsschichten seiner Autos zu erhöhen, zugleich auch durch Einspritzelektronik den verheerenden Benzinverbrauch der Karossen, deren eckige Eleganz von Fiat, der Federatione Italiana d'Automobile, abgeguckt worden war, zu vermindern.
Bezahlt wurde Narrmok mit Barrengold, das Viehhöfe und Landschaft geleert hatte. Der Wechselkurs fiel, trotzdem stie-

gen die Erträge für Steuerelemente. Vielleicht hatte das Direktorium in dem deutschen Barackenverhau begriffen, daß nur Verteilung in Exotenwährung nach Neuseeland, Australien oder Malta, verquickt mit Anlagen im Platinabbau auf der Halbinsel Sachalin, Geld brachte.

Schaum im Gras, Flocken um den Mund: Ein besonnt an der Mauer sitzender Arbeiter sprang auf und rannte davon. Auf einer Weiche, wo sich rostige Geleise vereinigten, fiel er um, wand sich noch ein wenig, behielt die geballten Fäuste hochgestreckt.

Angela schlenderte durch eine Pforte und nahm Geruch auf, auch Signale durch ihr drittes Auge, den geöffneten Schlund. Sie schritt entlang einer automatischen Fertigungsstraße und beugte sich, da kein Aufsichtspersonal sie daran hinderte, nieder, um über einem Riß im Betonboden gehäuften Schleim zu verrühren.

David riß sie zurück, rief, gefährlich!

Das ganze Werk war verseucht. Tollwütig gewordene Füchse waren eingedrungen, hatten nicht nur dünne Verbindungsschläuche zerbissen, sondern auch Siliconplättchen, deren eingeätzte Mikrospuren erlesen wie Orchesterpartituren aussahen, verschlungen. Das Kalzium tat den kranken Tieren wohl.

Angela wollte die Füchse verscheuchen, was, obgleich das Kind schwarze Heilung in unmäßig rückerinnerndem Quechua sprach, nicht gelang.

Falsch, falsch, wehklagte es, Kröte, Kacke von Esel, Murmel und Wollnashorn fehlten, einem noch kaum gepanzerten Pflanzenfresser, der vor 30 000 Jahren am Ende der letzten Eiszeit gelebt hatte.

David verlangte nach einem Schrotdrilling, den es in der Firma für Elektronik nicht gab. In der Telefonzentrale wollte er Besra Lu Winterstein anrufen, bekam aber keine Verbindung.

Männer in blauer Kluft und Dispatcherinnen, die Hauben und einen Mundschutz trugen, nahmen nach der Vesperpause ihre Arbeit wieder auf. Füchse, die störten, erhielten einen Tritt.

In der leeren Kantine trank Angela aus einer Limonadenflasche. An einer Seite des fensterlosen, summend belüfteten Raums hing ein Plakat mit den blaß goldfarbenen Köpfen von Engels – Marx – Lenin, auf der anderen Seite ein breites Banner, auf dem stand:

Spätzle sind ein gutes Essen,
ich selbst hab' zwar noch keine 'gessen,
doch meines Vaters Bruder Sohn
hat neben einem Mann gesessen,
der sah schon einen Spätzle essen.

Ein nicht zu flüssiger, nicht zu zäher Teig dieser Speise bestand aus Wasser, Mehl, drei, je nach Menge, vier Eiern, aufgeschlagen und geteilt in Cholesteringelb und Ammonweiß. Dazu gehörte noch Hirschhornsalz, ein inzwischen unbekannt gewordenes Treibmittel.
Die Spätzlesmasse konnte, wie früher geschehen, mit einem Messer Zug um Zug von einem Holzbrett in das siedende Wasser eines Topfs geschabt werden. Geduld und Geschicklichkeit dafür besaß fast niemand mehr.
Später war eine Maschine erfunden worden, in deren durchlöcherter, mittels einer Handkurbel bewegten Walze der Teig herumgeschleudert wurde, bis er ins erhitzte Wasser tropfte. Aber der am Gefäßrand festgeklammerte Apparat rüttelte und rutschte ständig, hielt nie fest. Manchmal kippte auch die segensreiche Wucht, löschte das Feuer und ergoß sich auf den Boden. Wutschreie erfüllten die Küche. Ein schachtelförmiger, in Schienen geführter Schaber aus Zinkblech hatte sich bisher als am umgänglichsten erwiesen, wobei es auf die Löcher ankam: Durch ovale Aussparungen fielen bloß Salzburger Nokkerln oder bayerisch dumme Pfropfen; wenn die Öffnungen jedoch schnäuzchenartig nach unten gebogen waren, floß der Teig in Strähnen, und die Spätzle, die nach kurzer Zeit aus dem heißen Wasser gefischt werden mußten, hatten ihre beste Konsistenz erreicht. Das Gericht, entweder pur oder mit Soße

serviert, für Kenntnisreiche auch mit in dünne Streifen geschnittenem Endiviensalat vermischt, eine schwäbische Spezialität sonntäglicher Hausmannskost, nährte, habhaft den Mund festlich füllend, und forderte, immer zu schnell in die Speiseröhre rutschend, sogleich um Nachschub.
Daß in der Werkskantine dieser Nahrung gehuldigt wurde, hing mit dem Visualisierungssystem Krakatau zusammen, erinnernd an vulkanische Ausbrüche in der Sundastraße zwischen Sumatra und Java, da die von einer sensiblen Küchenbrigade verwöhnten Kybernetikerinnen und Ingenieure erst durch Gedanken an Synergie und Chaos zwischen Teig und kochendem Wasser auf tragende Ideen für komplizierte Steuerungen geraten waren, ein Triumph, wie verschiedene Gesellschafts- und Bildungsklassen sich ergänzten.
Auch der Währungsfluß hatte neue Umläufe entdeckt: Narrmok, bezahlt mit Barrengold, tauschte es in Milliarden Zigaretten um, die von fabrikeigenen Lastzügen zu Sil transportiert wurden, damit das Moskauer Werk mit dieser seltenen Ware aus dem russischen Inland notwendige Vorerzeugnisse beziehen konnte, und beinahe doppelt soviel Gold als vorher kehrte ins Allgäu zurück, ein Ringverfahren, das mittelalterlichen Sitten und Maßen entsprach.
Wir waren bescheiden geblieben, doch irgend jemand mußte sich anders besonnen haben, denn diesmal erhielt Angela einen Stoß und wäre, wenn ihr Bruder sie nicht an sich gerissen hätte, in einen offenen Liftschacht gestürzt.
Sei er gewesen, schrie das Kind.
»War ich nicht«, ereiferte sich David. »Gerettetet, gerettetet!«
»Hast du Bier getrunken?«
»Ja.«
»Tu das nie mehr.«
Der je nach Laune Taube versprach es.
Die Geschwister verließen den vordersten und ältesten Teil der Fabrik, in der nach dem letzten Weltkrieg zunächst Sägemehlöfen, dann elektrische Heizsonnen hergestellt worden waren.
Draußen eilte Angela einem Irrlicht hinterher, das Hella Munz,

Bella Mainz oder Rosa Kästle hätte gleichen können. Der Gestalt nach war es aber eher Johann Jakob Weberbeck ähnlich, oder Willi Quatander, dem Milliardär, der von kommunistisch begeisterten Anarchisten entführt wurde und Geißeltierchen für Zeugung des einen oder anderen Kinds spendete.
»Wo ist er«, rief sie.
Antwort: Nicht mehr da.
»Ich brauche ihn aber.«
»Ist tot.«
»Stimmt nicht«, sagte sie.
Das Mädchen nahm noch mal Witterung auf, doch wir entzogen uns.
Im Bahnhofgelände, wo keine Personenzüge mit Trittbrettern vor den abgeteilten Coupés mehr ankamen noch abfuhren und auf den verästelten Schienen keine Güterwagen mehr hin- und herrangiert wurden, fiel Angela um, war ohnmächtig geworden.
David wartete, bis sie wieder erwachte.
»Wo bin ich«, fragte das Kind.
»Soll ich meine Maschinenpistole holen«, sagte sein Bruder und hätte hinzufügen können, große Waffen seien immer einsatzbereit, weil er sie mit Rhizinusöl einfette, das weder gefriere noch koche und deshalb auch in der Raumfahrt verwendet werde.
Drüben, in der verlassenen Molkerei, den Molekülenfluß zerfallender Butter-, Käse- und Quarkreste benützend, las von der Sichtscheibe seiner biologischen Parallelrechner der bärtige Julius Andras Vochezer eine in der Nähe nicht von Fahrzeugen ausgelöste, konfuse Bewegung ab. Die Zusammenballung bildete ein Fraktal mit einem Seepferdchen im letzten Zipfel, das sich, je tiefer gesehen und mehr gerechnet, wiederholte.
Ob jemand Hilfe brauche, rief Vochezer durch ein Mikrophon, obwohl es an keine Lautsprecher angeschlossen war. Außerdem strömten die Mandelbrotmengen auseinander und hinterließen gesellige Zahlen, die dem Rauminhalt eines zerstörten Gebäudes oder der Höhe, Schwärze und den Abständen, die eine Allee einfaßten, entsprachen.

Die Geschwister betraten einen Ort, wo früher der Lokomotivschuppen gestanden hatte, aus dem abends Rauch gestiegen war. Vor dem Holzgehäuse hatte es eine von Hand betriebene Drehscheibe gegeben, auf der morgens die Lokomotive für den ersten Zug wieder in Fahrtrichtung gebracht wurde.
Tote Eisenbahner flüchteten vorüber, die Vochezer eine Ziffernwirrnis bescherten, während die Kinder zur Leutkircher Straße kamen, eine einst eng durch mächtige Kastanien beschützte, jetzt kahl und breit asphaltierte Rennbahn mit einem weißen Mittelstreifen. Weiter unten war die Teerdecke der Kreuzung zerstört, als habe ein Friedenspanzer mehrmals auf der Stelle gewendet. Daneben, zwischen verlassenen Schrebergärten und dem abgerissenen Ziegelschloß für Eisenbahnerfamilien, erhob sich das Betonskelett einer Diskothek, das wahrscheinlich noch fertiggestellt werden würde und aus dem nachts Laserstrahlen zur Adelegg geisterten und an deren Bergwänden in Sekundenschnelle wilde Tiere, Hirsche, Gemsen oder grün beleuchtete Sauen entwürfen.
Angela und David wanderten rechts in die Reiffenstraße hinein. Ein neunzigjähriger Zahnarzt, hinter einem Zaun stehend, was er von morgens bis abends, auch bei schlechtem Wetter tat, winkte den beiden, als kenne er sie. Überall an den Häusern rankten sich alte Obstspaliere hoch.
In Mochebabels Wiese, auf der vor einer Generation noch Stadtkinder gelernt hatten, wie mit einer Sense gemäht, Gras ausgebreitet, wieder, wenn Regen drohte, zusammengerecht auf Huintzen, eingeschlagenen Pfählen mit rundum versetzten Stecken, gehängt wurde, war ein holzverschalter Großmarkt errichtet worden. Unter einer zweimal so langen, angebauten Parkhaube standen noch vergitterte Einkaufswagen kreuz und quer.
Über die Aach schwang eine flache Brücke zur Omnibusstation und zum Kurhaus, dessen Dach, gestützt von architektonisch hilflosen Pfeilern, aussah, als beherbergte es unter sich einen Schwarzwälder Bauernhof oder eine Tiroler Sesselliftstation. Das Restaurant war geschlossen; den Theatersaal benützten

Aussiedler, die das Gestühl zu Betten aneinandergestellt hatten. Vor den Türen lag Müll und Kot, durchsucht von Enten- und Schwanenschnäbeln.
Auf dem Platz davor fehlte das verzweifelte Gartenhäuschen, ein hochbrüstiger, mehrgeschossiger Bau mit Außenstiege und Fensterluken, in dem vor einigen Generationen noch katholische Knechte und Mägde gewohnt hatten, die nach dem abendlichen Vesperläuten die protestantische Innenstadt verlassen mußten. Anscheinend war das Häuschen ausgewandert, hinüber in die Gewerkschafts-, dann Hitlersiedlung der dreißiger Jahre und weiter zu den Hochhäusern am Dreifingerbach, der durch eine verborgene Drainagenröhre floß, doch vielleicht würde das mittelalterliche Kleinod zurückkehren, streitend um Raum mit dem Schlachthof, der vor Monaten der Omnibusstation Technologitschewskij hatte weichen müssen.
Ein Christian Adolf Weberbeck, Vater des Kundschafters Johann Jakob, wurde, nachdem er der Nationalsozialistischen Arbeiterpartei beigetreten war, angestellter Fleischbeschauer im Schlachthaus, worauf er sich ein Ford-Kabriolett kaufte, dessen aufklappbares Heck als Rückenlehne für zwei offene Notsitze diente. Wenn der Veterinär, einziger Akademiker der Familie Weberbeck, müde nach Hause kam, zog er seine Gummistiefel aus und schleuderte sie durch die Küche in die Veranda, die seine Mutter hatte anbauen lassen.
Der Tierarzt untersuchte getötetes Vieh nach Tuberkulose und Trichinen. Fand er Krankheitserreger unter dem Mikroskop, drückte er den nicht genießbaren Stücken, es konnte eine Milz, eine Leber oder eine Keule sein, violette Stempel auf. Ob die ludrige Ware in der Abdeckerei vernichtet wurde, darüber erfolgte immer wieder Streit, da zu Weihnachten die Weberbecks oft Geschenkkörbe von verschiedenen Metzgereien erhielten.
Im Sudhaus des Schlachthofs kreisten in dampfenden Kesseln ausgenommene, bleiche Schweine, deren Borsten nach dem Bad abgeschabt wurden. Aus Gattern trieben Bauern unter Stockschlägen Kühe und Kälber in einen düsteren Dom mit

Oberlicht. Schreie, klagendes Muhen und Schüsse hallten, wenn angesetzte Bolzenapparate Tierschädel sprengten und mächtige Körper zu Boden stürzten, wobei sie andere, die gespreizter Beine und bebender Flanken auf den Tod noch warteten, manchmal schon mit sich rissen.
In den Hinterkeulen eingehakt wurden über rasselnde Kettenzüge die Leiber hochgezogen. In Pfannen und Eimern fingen Schlachtergesellen das aus geöffneten Halsschlagadern strömende Blut auf und rührten es, damit es nicht klumpte.
Die Meister schnitten mit langen Messern geschickt durch die Bauchdecke, so daß Fell zur Seite gezogen werden konnte. Heraus quoll zuerst grüner Mist, dann in einen Schubkarren die überwältigende Masse der schlüpfrigen Gedärme. Um die kostbaren Innereien zu bergen, zu denen der vielfache Magen gehörte, genannt Kutteln, wie auch eine in gebräunt saurer Soße gekochte Mahlzeit hieß, wurde mit Beilhieben das Brustbein gespalten.
Nach den hastigen und lauten Stunden des Vormittags kehrte Ruhe ein. Die Metzger tranken Schnaps, der Veterinär holte sich zur Prüfung einen halben Lungenflügel oder ein ganzes Herz, und Lehrlinge spritzten den schwarz zerklüfteten, immer wieder mit Zement geflickten Steinboden sauber. Aus den Nüstern still herabhängender Tierköpfe, deren weiße Augen durch die Mauern des Schlachtdoms zu blicken schienen, rannen noch Tropfen.
Ein Wilhelm Baptist Weberbeck war in der Kleinstadt einer der letzten Bauern gewesen, der, wenn er morgens sein Vieh hinaus- und abends zurücktrieb, den Verkehr behinderte. Fuhr er, auf einem über einen Leiterwagen liegendem Faß vorn sitzend, Gülle aus, dauerte es lang, bis der Einspänner, gezogen von Mocka, der blinden Stute, endlich die Bahnhofstraße verließ.
Wilhelm Baptist bekam mit zweiundneunzig Brand im rechten Fuß, doch er weigerte sich, ihn amputieren zu lassen, um vielleicht hundert Jahre alt zu werden, und legte sich auf das Kanapee in der Wohnstube, die von der Küche her durch

einen Kachelofen beheizt wurde. Er starb, als das ganze Bein schwarz geworden war.
Auf demselben Sofa starben später noch Anna, seine Frau, an Darmkrebs, und Anna, die jüngere Tochter, an Immunschwäche, wie es bei Mongoloiden oft üblich ist. Paula, die ältere Tochter, die alle drei gepflegt hatte, lag nun auch dort, litt an Poliarthritis und Gürtelrose. Ihr Kopf war von Cortison geschwollen.
Weil Paula das lutherische Gemeindeblatt nicht mehr austragen konnte, hatte Pfarrer Huizinga sie besucht, ein eingewanderter Niederländer aus Groningen.
Er habe gehört, sagte er, daß es ihr schlechtgehe. Wer sie verköstige?
Antwort: Sie kriege Essen auf Rädern. Übers Wochenende koche sie selbst.
Ob er das Haus besichtigen könne, fragte er.
Paula begleitete den Pfarrer durch die Schlafkammern zur Tenne und zum Heuboden, dann hinunter in den leeren Stall und wieder zurück, eine beschwerliche Reise, die Paula kaum auszuhalten vermochte.
Wem das ganze Anwesen gehöre, wollte Huizinga wissen.
»Nu wem«, erwiderte Paula. Sie sei die letzte.
Frage: Ob sie auch Wiesen habe?
»Jo.«
Welche?
»Links und rechts vom Rotenbacher Weg.«
Er garantiere ihr, sagte der Pfarrer, ein Bett im Altersheim Sonnenhalde, falls sie ihren Besitz der evangelischen Spitalpflege vermache. Außerdem könnten auf den Feldern Flüchtlinge aus der DDR, damals schon ins neue Reich eingegliedert, oder arme Russen angesiedelt werden. Häuser würden gebaut, auch Kanalisation entstünde.
Als Paula, der Kopf hochrot, zu weinen begann, trieben wir Huizinga, der Werke verfaßt hatte wie »Im Schatten des Morgens«, »Homo ludens« oder »Die Waffen schweigen«, hinaus in die Küche und hinunter auf den Anna-Platz, wo neben dem

Brunnen das verwinkelte Gasthaus »Zum Storchen« lag, in dem für die ältesten Trinkerinnen und Säufer, es waren meistens ehemalige Eisenbahnbedienstete, jeden Mittwoch saure Kutteln gekocht wurden. Die Wirtsleute besaßen außerdem noch doppelstöckige Omnibusse, die das ganze Jahr an den Gardasee, zur Costa Smeralda oder an Ostern nach Rom gefahren werden mußten, damit der teure Kauf sich lohnte.
Wir schickten die zwei Kinder weiter durch die Seidenstraße, vorbei am Altersheim Konradi, überfüllte Stätten dieser Art waren zahlreich vorhanden, jedoch ein paar Schritte weiter stand die Chemieschule Lermontov verödet, da Schüler und Schülerinnen jeweils einen halben Barren bekommen hatten.
Angela fragte, wo die Leute seien? Sie werde doch auch bald eine Jugendliche? David schrie, nicht taub, er wolle nichts mehr hören, blieb aber plötzlich vor einem kleinen Fenster links in der niedrigen Häuserzeile stehen.
Dort hatte Albert, der Schäfer, gewohnt, der in den zwanziger Jahren einen Güterzug voll Schafe in die Ukraine, wo Hungersnot herrschte, begleitete. Wenn an Stationen gehalten wurde, schlachtete er schnell ein Tier und warf es hinaus. Später, bevor er zu trinken anfing, nagelte er im Rotmoos Antennen für Kurzwellenempfang an die Wipfel von Kiefern und Pappeln. Für den jüngsten Johann Jakob Weberbeck war er ein Beispiel für Dauer, Hilfsbereitschaft und Wissensdurst gewesen.
Angeekelt wandten wir uns ab, weil die Menge der gerade Lebenden, etwa fünf Milliarden, inzwischen die Summe aller bisher Gestorbenen überstieg.
Sollten wir uns freuen, daß wir eher erinnert würden und erst nach der langen Hoffnung um Vergessen vergnügt in die Erde sänken?
Beim ehemaligen Gerberhaus, Ende der Seidenstraßen, an der Kurve zur Rainstraße hinauf, kam den Geschwistern die Zwergin entgegen.
»O, Susanne«, rief Angela.
»O, Freundin«, antwortete das Kind, in dessen aufgetürmter

Frisur eine aus Perlmuscheln geformte Spange steckte, die es früher, hundert Jahre alt werdend, in allen Bächen gegeben hatte, obwohl von etwa vier Millionen Larven, die während des Sommers aus jedem Muschelweibchen strudelten, höchstens fünf Stück überlebten, da sie, parasitär an Forellen geheftet, Wirtsgeschöpfe benötigten. In einem verzweigten Rinnsalsystem bei Volary in der Tschechoslowakei setzte sich zur Feier biologischer Wissenschaft diese Symbiose noch fort. Die Zwergin trug im Haar teuren Import.
Auf der Wendeltreppe im Kolosseum begegneten den zwei Mädchen eine Ziege, die Schwierigkeiten hatte über die steilen Stufen hinab.
Angela streichelte das erschreckte Tier, sagte ihm, es solle vertrauen, im Eisschrank seien Milch und Kringel. Jedoch die Ziege hüpfte hinunter, fiel und brach sich ein Bein.
Angela sagte, sie sehe kein Blut.
Die Zwergin hielt sich die Hand vor die Augen.
Im Mittelstock des Kolosseums nach der zweiten Falltür warf sich Angela auf ihr Bett, und Susanne legte sich neben sie. Sich umarmend, schliefen die beiden Kinder ein, während der Sonnenball, beschützt durch Nebel und Erinnerungen, hinter dem Kammerfenster vorüberzog.
Abends stampfte David die Treppe herauf. Über seinen Schultern hingen zwei ausgeweidete Tiere, die Ziege und ein Rehbock, dessen Geweihsprossen noch von Bast umschlossen waren.
Die Läden seien leer, erklärte David. In den Regalen lägen nur noch Konserven.
Sie möchten nicht essen, erwiderten die Mädchen, nur etwas zu trinken haben.
»Cola?«
»O, ja!«
David, einen Schrotdrilling quer vor die Brust gehängt, warf zwei Dosen auf das Lammbett. Dann zog er den Kadavern das Fell ab, indem er zunächst oberhalb der Klauen kreisrund einschnitt, so daß die Decke angerissen und schließlich das

ganze, innen noch blutige Gewand bis über den Halsstumpf, von dem der Kopf schon abgeschlagen worden war, gestülpt werden konnte.
Die Zwergin sagte, da sei noch etwas.
Aus dem Hals des Rehbocks ragte eine weiße Schleife, die Speiseröhre. David hatte sie verknotet, sonst wäre sie beim Ausweiden weggeschlüpft und das an ihr hängende Gekröse aus dem klaffenden Bauch gerutscht.
David wollte kochen, braten.
Die zwei Mädchen erklärten: nein.
»Wo soll ich hin damit?«
Rhéomir fresse Fleisch.
»Scharrt Brücken auf, sucht nach Süßstoff.«
Ob er das Erdferkel gesehen habe?
»Noch nicht.«
Geschoßgeschwindigkeit, Masse und Einschlagswucht von Davids Schrot entsprach etwa der Energie Einsteins, als er, Zigarre rauchend und mit dem Fuß die Wiege seines Kindes schaukelnd, im Schlafzimmer saß und Ideen für die Relativitätstheorie niederschrieb, wogegen seine Frau, eine Ungarin, die auch Physik und Mathematik studiert hatte und zweimal durchs Examen gefallen war, als Hilfslehrerin nach Arbeit suchte. Später wurde das Paar geschieden.
Einstein soll alles Geld, das er für den Nobelpreis erhielt, seiner Frau geschenkt haben, weil sie weniger begabt gewesen sei als er.
Ihre schönsten Sommerferien erlebten die Einsteins oberhalb von Brig im Bergdorf Mund. An sonnigen Hängen blühte hellvioletter Krokus. Pilger hatten im 15. Jahrhundert die Safranpflanzen aus Spanien ins Wallis eingeschmuggelt. Oder waren es Söldner gewesen, die das teure Gewürz zum Färben von Brustpanzern aus Wolle verwendeten?
Die Liliengewächse gediehen am besten auf Sandböden, nachdem darauf im Jahr vorher Winterroggen gereift war. Der Safran wurde aus den drei dunkelroten Narben der Krokusblüte gewonnen, ein mühsames Geschäft: Für ein Kilogramm

mußten 12 000 Narben gezupft werden, weshalb das Kilo vor dem Ersten Weltkrieg schon 10 000 Franken kostete.
Die Einsteins aßen Safranreis, Safranbrot, Safranmais und verfielen am hellichten Tag in ein scherzare, berauscht auch davon, daß sie es wagten, von einem versalzenen stoccafisso abzubeißen. Snitsel oder l'ersatz, Malzkaffee, verschmähten sie. Albert, bekannt für sein schallendes Lachen, hieß damals in Mund la bomba oder le petit mortier, der Böller.
Auf dem Totenbett erinnerte er sich an diese glückliche Zeit, als die Blut-Hirnschranke, die nur Sauerstoff und fettlösliche Substanzen durchließ, von dem gelben Opiat, um das er nochmal gebeten hatte, überwunden wurde, und auf Deutsch soll der gebürtige Ulmer gesagt haben, nun sei er nicht mehr ganz dicht, lächelnd hinter seinem weißen Schnauzer, bevor sich die Lippen spannten und aus den Gefäßen seiner großen Ohren, auf die er, laut und rücksichtslos Geige spielend, immer stolz gewesen war, die Wärme wich, wie bei Elefanten.
Akkorde erklangen. Angela richtete sich vom Bett auf und sagte zu Susanne: »Mama ist da.«
Die zwei Mädchen schlichen den letzten Treppenabsatz hoch, doch in Hassel Ruths Kammer war niemand. Weder wir hatten den Stutzflügel benutzt, noch ein durch Safran, Heidel- oder Holunderbeerlikör betorkelter Timbur war über die Gletscherstreifen der Tastatur gestolpert.
Die Zwergin setzte sich an das Klavier und begann, als wäre sie Schülerin von Czerny, dem Meister der tausend Etüden, gewesen zu spielen. Im Falsett sang sie mit, zunächst das Lied »Nichts kann uns rau-au-ben, Liebe und Glau-au-ben«, dann »Hohe Nacht der kla-aren Sterne«, obwohl sie, zwei Generationen später geboren, nie auf einem Appellplatz gestanden hatte, gekleidet in braune Kluft mit schwarzem Schlips und Lederknoten.
Dazu hätten noch die Schwarzweiß-Filme »Fridericus Rex«, »Lebensborn« und »Quax, der Bruchpilot« gehört, dessen Protagonist ein junger Schauspieler namens Horst Rulamann gewesen war, der immer noch lebte, die Haare angeklebt, die

Leberflecken überschminkt, da er in Gesprächsrunden auftrat und das Publikum, weil er an der Hand geführt werden mußte, um Nachsicht bat, bevor die Kameras von ihm weg in den vollen Saal schwenkten.

Sie müsse, sagte Susanne, zu Hause aufräumen, bóg gospoválen, Herrgottnochmal, was phonetisch vielleicht mit hospitalisierter Gosse zusammenhing.

David stieg, vorsichtig eine Pfanne, in der gebratenes Fleisch lag, vor sich hertragend, über die Wendeltreppe herauf, jedoch die beiden Kindern wollten nichts davon.

Die Zwergin sang, sie gehöre auf einen finnischen Bahnhof, der Apu heiße, was Hilfe bedeutete.

Wir halfen nicht ihr, sondern David, der anfing, den zwei Mädchen Ziegen- und Rehbockstückchen in den Mund zu stopfen. Als Angela sich erbrach und die Zwergin aus der Fensterluke nach Timbur rief, waren auch wir satt.

15

In der kleinen Stadt herrschten Geruhsamkeit und Stille. Kein Verkehr floß mehr durch die beiden Hauptstraßen, als besonders frühmorgens Autos und Lastwagen sich ins Industrieviertel hinter dem Bahnhof drängten und abends durch das Wassertor wieder zurück.
Viele Häuser standen leer. Einem alten Wagenschmied namens Benedikt Schlehfuß Rimpacher war es mit Zinken und Haken gelungen, zugesperrte Türschlösser zu öffnen, damit die Wohnungen zugänglich blieben, nicht Pilz und Schimmel einzögen. Begleitet wurde er von Meister Schwarzenberger, der, als sei er Kommissar geworden, eine Strichliste mit sich führte.
Manchmal verirrte sich eine Kuh auf den Marktplatz, blickte ins Schaufenster von Elisabeths Blumengeschäft, in dem es keine holländischen Nelken und Rosen oder malayische Lilien mehr gab, nur Asparagus, Thujazweige und schnittlauchähnliche Grasgebinde. Die Kuh reckte dann ihren Hals zur grünen Markise des Café Schatten, dessen Betrieb ebenfalls Barrengold zum Schweigen gebracht hatte, und hinterließ einen Fladen. Früher, mindestens zwei Generationen her, schabte ein Wegwart mit einer spitzen Schaufel Roß- und Viehmist aus den Fugen der Kopfsteinpflaster und warf den Dünger in einen Karren.
Ziegen, vor allem Schafe erklommen Treppen und taten sich in Wohnungen um, knabberten an Tischdecken, besetzten Betten oder stießen mit der Stirn zufällig gegen die Einschalttaste eines Fernsehgerätes, so daß laute und vielfarbige Bilder sie in die Flucht trieben. Überlebende Schweine, inzwischen zu Rennsäuen geworden, umkreisten die Stadtmauer und rieben, da ihr Intelligenzquotient fast dem von Delphinen entsprach, ihre Schnauzen an den versiegelten Bibliothekstürmen.
Wilhelm Baptist Weberbeck mit dem brandigen Bein hätte gesagt: Gelernt wird bis zum Grab.

Antwort der jüngsten, noch lebenden Tochter Paula, in Lehre bei nebenan wohnenden Türken gegangen, wäre gewesen: bir, iki, üç, hıçkırık; ein, zwei drei Schluckauf.
David kehrte nachts verdreckt und von Blut bespritzt ins Kolosseum ein. Diesmal hatte er eine Zwillingsflinte für Stahlmantelgeschosse dabei. Er wollte duschen, doch der Boiler funktionierte nicht, weil die Elektrizität wieder unterbrochen war.
Susanne, bei Kerzenlicht auf dem Stutzflügel Etüden der Geläufigkeit übend, fragte in der Sprache ihrer Großeltern, zu denen sie in den Sommerferien hatte reisen müssen: »Poznajete li dobar restoran u blizini?«
Nein, er kenne kein gutes Restaurant in der Nähe, erwiderte David.
»Woher weißt du, was ich sagte?«
Antwort: Er habe, seit er das Tal verteidigen müsse, sich kleine, gelbe Wörterbücher gekauft, für arabisch, polnisch, russisch, bulgarisch, somalisch, rumänisch, amharisch, auch für serbokroatisch.
»Du kannst doch nicht alles auswendig lernen?«
Hinten stünden gebräuchliche Redewendungen, sagte er. Begonnen habe er mit ihrer Muttersprache.
»Bei jèzik?«
»Ja.«
Heiße nicht jetzt, sagte die Zwergin, sondern Zunge.
Wütend stieg David in seine Kammer hinunter, wo er einen batteriegespeisten Kurzwellenapparat einschaltete. Zunächst war nur ein Rauschen, überlagert von Gekrächze, zu hören, dann ließ sich die Stimme von Besra Lu Winterstein vernehmen.
»Bin da«, rief David.
»Wo ist das Reh«, fragte Winterstein.
»Auf dem Parkplatz neben der Klausenmühle unter einem Lastzug.«
»Und der Fahrer?«
»In seiner Kabine.«
»Wie sieht er aus?«

»Er liegt über dem Steuer, als sei er eingeschlafen.«
»Tu das nie wieder«, sagte Winterstein. »Wir schießen nur in Notwehr.«
»Er hat uns verfolgt.«
»Die Armee löst sich auf, und der Geheimdienst weiß sowieso nichts mehr, seit die Mauer gefallen ist«, erwiderte Winterstein. »Steht sogar in der Zeitung, wenn wir eine kriegen.«
David verteidigte sich: Im November vergangenen Jahrs, als er noch in Luserna gewesen sei, habe er nichts darüber gehört, und im Corriere dello Sport, in der rosarot gedruckten Gazetta dello Sport und im Tutto Sport, die manchmal das Dorf erreicht hätten, sei nichts davon gestanden.
Ob David Munition habe, fragte Winterstein.
»Zehn Kugeln für den Zwilling und vier Magazine für die alte Maschinenpistole.«
Diesen Mörser dürfe er nicht benützen.
»Warum?«
Selbst Einzelfeuer reiße einen Elefantenschädel in Stücke.
»Ist doch gut.«
Keinesfalls, sie müßten beschützen.
»Wo treffen wir uns?«
Morgen früh hupe er vor dem Kolosseum, sagte Winterstein. Sie führen dieselbe Strecke noch mal bis zum Zollhaus hinter Scheidegg.
»Wieviel Autos haben Sie denn? Jeden Tag lassen wir dort eines stehen und gehen zu Fuß zurück.«
Falls er verwundet werde, sagte Winterstein, wolle er keinen Gnadenschuß. Er habe Morphinpflaster dabei und für den schlimmsten Fall eine Zyankalikapsel.
»Uns erwischt niemand«, behauptete David.
»Und was geschieht mit den Flüchtlingen?«
Seien schon lang unterwegs und deshalb gut trainiert.
»Hoffen wir, daß du recht hast. Jetzt Schluß, wir müssen Batterien sparen.«
David sagte noch, er nehme im Rucksack etwas zu essen mit.
In der Nacht kamen Eva-mit-dem-Röhrchen, Tacitus, Torsten

und Larissa-mit-der-Zahnspange ins Kolosseum. Sobitka und Tobias trugen Laura-die-Spinne über die Treppe hoch.

»Wo sind eure Eltern«, fragte David.

Die Kinder schwiegen. Angela, auf deren Stockwerk sich alle drängten, verkündete, sie bräuchten keine Erwachsenen.

»Doch, Lehrerinnen und Lehrer«, sagte David.

»Verschwunden«, erwiderte Tobias.

Die Russen hätten sich nicht für die Unordentlichen Werkstätten interessiert, sagte David. In sowjetischen Schulen sei der Unterricht diszipliniert. Die Schüler trügen Uniform und die Schülerinnen einheitliche Röcke, Blusen und Zopfmaschen.

Eva meinte, vielleicht habe die Direktorin Gold bekommen, um zu verraten, wie ohne Zwang gelernt werde?

Das altkluge Mädchen konnte nicht wissen, daß es schon die Nikitin-Methode gab, die im Gegensatz zum militärischen Drill Makarenkos stand, der in den elenden zwanziger Jahren verwahrloste und hungernde Kinder von der Straße geholt und wieder an ein geregeltes Leben gewöhnt hatte.

Fünfzig Jahre später unter weit besseren Bedingungen und mit stillschweigender Billigung der kommunistischen Akademie für Pädagogik war das Ehepaar Nikitin bei seinen fünf Kindern spielerisch vorgegangen, allerdings zu Hause. In eine Schule mußten die Geschwister zunächst nicht.

Die Kinder ahmten die Eltern nach, lernten nähen, Latein, Englisch, Kopfrechnen, wie Holz gespaltet oder ein Schuh besohlt wird. Auch durften sie mit einem Schlachtermesser erlegte Hasen ausweiden, und manchmal hing zum Spaß, wie es der Vater tat, eine Vierjährige im Hof an der Teppichstange und machte etliche Klimmzüge. Bildung und Fertigkeiten sollten sich gegenseitig ergänzen, was auch zu Extremen führte: barfüßiges Gehen in Schnee, bis sich Frostbeulen zeigten.

Als die Wunderkinder auf die staatliche Schule kamen, langweilten sie sich, waren ihren Mitschülern überlegen. Später klagten sie darüber, daß es ihnen aufgrund ihrer Selbstsicher-

heit immer gelungen sei, sich ohne viel Anstrengung durchzuschlängeln, denn einige Eigenschaften hätten sie nicht gelernt: Durchsetzungsvermögen, Konkurrenzbereitschaft und Neid.
Das Ehepaar Nikitin, das sich Berufseltern nannte, hielt immer noch Vorträge im ganzen Land, empfing wöchentlich zwei-, dreimal in einem Dorf bei Moskau angereiste Neugierige und Hilfesuchende, und wenn es wieder ein Buch veröffentlichte, wurde die Auflage bei einer Million wegen Papierknappheit vorsorglich begrenzt.
Insofern hatte Eva-mit-dem-Röhrchen recht, wenn sie die Direktorin der Unordentlichen Werkstätten verdächtigte, ein paar Barren angenommen zu haben, denn bei den Nikitin-Kindern handelte es sich nicht um Spastiker oder geistig Behinderte, die auch im Sowjetreich nach Stalin nur notdürftig kaserniert wurden, wogegen Anton Marakenko, zeitweilig Tscherkistenoffizier, protestiert hätte. Doch Krüppel waren nie vergast und verbrannt worden, wie es während der nationalsozialistischen Herrschaft Hitlers geschah, damit aus einem Volk ohne Raum unnötige Esser entfernt wurden.
Torsten verlangte im Schlafgemach Angelas nach seiner Mutter Argat, die, sagte er, seinen Papa getroffen habe. Vielleicht war der ehemalige Bundeswehroffizier einem umherirrenden Friedenspanzer aufgesessen und hatte seine Frau mitgenommen.
Tacitus, erbärmlich hinkend, behauptete, auch sein Vater sei weg, habe das Krankenhaus verlassen.
Dort hatte der Orthopäde sich dagegen gewehrt, daß hundertfünfzig hydraulische Betten durch neue, fast wellenförmig verstellbare, die pro Stück doppelt soviel kosteten, ersetzt werden sollten.
Der Gemeinderat wollte die alten Betten Uganda spenden. Frage war nur noch, ob per Schiff oder mit Flugcharter?
In Uganda, hatte Tacitus Vater gesagt, rätselten Barfußschwestern dann, ob es sich bei den Betten um Abschußrampen für Raketen handle oder um besonders strapazierfähige Waagen für europäische Konserven. Es erinnere ihn an jährliche Klei-

dersammlungen, denen ein paar Würdenträger, was wenigstens zehntausend Mark koste, hinterherflögen, um in einem der Armenviertel von Sao Paulo die Verteilung abgelegter Anoraks, Pullover, Skihosen und Mäntel, damit in Allgäuer Schränken wieder Platz werde, zu beaufsichtigen.
Tacitus Vater war zwar geflohen, aber im Krankenhaus, von den Einheimischen Päckles-Post geheißen, da es nach Umbau und mit gelben Farbstreifen versehen einem Paketamt glich, hatten inzwischen idyllische Zustände Platz gewonnen. In den Korridoren häuften sich nicht verbrauchte Einwegspritzen und Taschen voll Eßwaren. Kurden, Kirgisen, Marokkaner und andere Asylanten besuchten kranke Familienmitglieder und blieben bis nachts. Die Ärzte machten täglich mehrmals Visite, während Pfleger und Pflegerinnen übten, wie über offener Flamme Tee gekocht wurde, den Eritreer und deren Gegner, verarmte Amharen, wehmütig, denn auf fremden Boden bekämpften sie sich nicht, Haile Selassi nannten.
Im Kolosseum konnte Torsten nicht schlafen, zappelte und schlegelte, daß in der Küche Pfannen und Tiegel erklangen. Als Angela und Susanne den Erregten festhielten, fing Tacitus an, Treppen hinauf- und hinabzusteigen. Von unten rief David, wenn es nicht ruhig werde, blase er jedem Kind Baldrianpulver ins Nasenloch.
Eva-mit-dem-Röhrchen, die in ihrem Dirndl neben Laura gelegen hatte, stellte sich in die Mitte und kommandierte Anleitungen aus dem Haushaltsunterricht: »Wir nehmen Kohlrabi, entfernen die Blätter und waschen das Gemüse. Noch mal!«
Die Kinder antworteten nicht, schrien sich gegenseitig an.
Eva fuhr fort: »Wir vierteln und schälen, schneiden in Scheiben, Streifen und Würfel, bis Blut von den Fingern rinnt.«
Bei diesem Satz hörten die Kinder zu und wiederholten ihn.
»Und dann«, fragte Eva.
Die anderen antworteten im Chor: »Laß Margarine zerlaufen und Mehl andünsten, tu Kohlrabi dazu und gieß Brühe auf.«
»Wo?«
»Im Topf!«

Laura-die-Spinne war über die Dielen gekrochen und sagte, sie müsse aufs Klo, wofür niemand Zeit hatte, weshalb ein Bächlein in Bretterfugen versickerte. Auf dem gewachsten Holz blieben ein paar Tröpfchen zurück, deren Oberflächenspannung sich verringerte, so daß sie schließlich auch davonschlüpften und herbeigeeilte Hausameisen, die keine Tag- und Nachtschranke kannten, ins Leere stießen.
Die Kinder riefen: »Aufkochen und köcheln lassen!«
Eva: »Wie lang?«
Die Kinder: »Fünfzehn Minuten.«
»Nein, sechzehn.«
»Nein, siebzehn.«
»Nein, achtzehn.«
»Nein, neunzehn, zwanzig, dreißig!«
Larissa-mit-der-Zahnspange sprengte, irgendwo verborgen, krachend ein Gehäuse, wie es mit der Lebkuchenhütte aus bemaltem Karton im Klassenraum geschehen war, und rief, das Gemüse brenne an!
Tacitus, der seine Schnürstiefel ausgezogen hatte, in deren Sohlen eine Bleischicht eingegossen war, damit der kreuz und quer Hinkende Haftung behielt und vor Weihwasserkesseln, wenn sein Vater mit ihm Sonntag morgens zur Messe ging, sich einigermaßen mit nassem Finger bekreuzigen konnte, sagte: »Schnittlauch waschen und kleinschneiden.«
Richtig, erwiderte Eva, aber zuerst komme noch Rahm in den Topf, und Muskat müsse gerieben werden.
»O ja«, antworteten alle, »und dann essen wir!«
Nach einer langwierigen, gemeinsamen Mahlzeit, die, weil von den Verstümmelten selber zubereitet, vortrefflich schmeckte, mußte das Geschirr unter strömend warmem Wasser abgewaschen, sorgfältig getrocknet und in Schränke eingeräumt werden, wobei jede Sorte, zu Türmen geschichtet, einen angestammten Platz hatte. Ging etwas zu Bruch, wurde es beklatscht, so daß ausgerechnet Laura einmal auf die Idee gekommen war, mit ihren Spinnenarmen ein Tellerschmeißen zu veranstalten.

Die Rüttler und Schüttler wurden Phosphorkinder genannt, da Fertiggerichte, Wurstwaren, Colagetränke, Schmelzkäse, Dosenmilch und Fischstäbchen, die ihnen häufig verabreicht worden waren, besonders viel von diesem Nervengift enthielten, unter dem vor allem Larissa-mit-der-Zahnspange litt, deren Mutter in der Gastwirtschaft »Zum Bären« als Bedienung gearbeitet hatte.
Larissas Vater war Schiffsmaschinist auf einem Frachter gewesen, der bei Sturm vor der Bretagne unterging, wo an der Steilküste ein entlaufener Mönch während jahrzehntelanger Arbeit wilde Gestalten und die Köpfe Angeschwemmter aus den Felsen gemeißelt hatte, weshalb Larissas Mutter in Ferien immer wieder dorthin fuhr, um, durch die Gliedmaßen, Buckel, Ohren, herausquellenden Augen und Zungen von ein paar hundert Versteinerten kletternd, vielleicht ihren verschollenen Mann zu entdecken.
Larissa, die beim mehrstimmigen Lehrchoral darauf hingewiesen hatte, daß, wenn die Kohlrabi zu lange kochten, das Gemüse anbrenne, war wie die anderen dank Evas angestimmtem Ritual ruhiger geworden, und David konnte, nachdem die Kinder sich wieder zum Schlafen legten, die Falltür des Zwischenstocks schließen.
Tacitus rief noch: »Und wohin mit den Lappen?«
Hätten sie beim Abwasch nie gebraucht, antwortete Susanne. Seien unhygienisch.
Ihr Vater nehme einen Schwamm, war von Laura zu hören.
Seien auch verboten, erwiderte die Zwergin. Ihre Mutter spüle mit den Händen ab.
Von neuem begann eine Debatte, ob Frau Stojadinovic Gummihandschuhe anziehe oder nur kaltes Wasser benütze? Das Fett jugoslawischer Fleischspeisen bleibe kleben, wogegen sich Susanne verwahrte. Sie äßen Nudeln, Reis und Griesbrei. Wer Ohrfeigen wolle, solle sich zu ihr herunterbeugen.
Wahrscheinlich taten es Tobias und Sobitka, denn es klatschte und es gab Beifall und Gelächter.
Nachts umkreiste Timbur, begleitet von ein paar Ackerkrähen,

das Dach, ohne Kamin oder Antenne als Schlafbaum zu benützen. Das Geschwader, in dem es dem fehlfarbenen Timbur gelungen war, die Spitze zu erobern, entfernte sich wieder in die Dunkelheit.

Besra Lu Winterstein und David fuhren in der Frühe nach Scheidegg, nahmen den Weg aber über Eglofs, Heimenkirch und Lindenberg, da sie der neuen, aus Spannbeton gegossenen Tobelbrücke zwischen Maierhöfen und Grünenbach mißtrauten. Die alte, eine Eisenkonstruktion, hatte der Lastwagenverkehr derart erschüttert, daß Schrauben und Nieten aus Kreuzverbindungen der Träger gesprungen waren.

Winterstein stellte das Auto in einem Gehölz bei Unterschwenden ab und tarnte es mit abgebrochenen Zweigen. Ob David bewaffnet sei, fragte er.

»Nein.«

»Keine Automatik?«

Er wisse doch, daß Winterstein Pistolen verachte, sagte David.

»Oder ein Messer?«

Demonstrativ klopfte David seine Jacken- und Hosentaschen ab und berührte zum Zeichen, er sei wieder taub, mit der Hand ein Ohr.

»Gut«, antwortete Wintersein. »Wer nicht kapiert, wird sehen.«

Im Schutz von Lärchen und Buchen umgingen sie ein kleines Zollhaus, das einträchtig von einem deutschen und einem österreichischen Grenzbeamten besetzt war, und begannen, teils rutschend, teils enge Haken schlagend, einen steilen Abstieg durch den Bergwald. Eile war vonnöten, bevor die Sonne den Bodennebel auflöste.

Eichelhäher, deren Populationen nach grünen Wintern zugenommen hatten, begleiteten sie lärmend von Krone zu Krone. Auch Gemsen, die, zu zahlreich geworden, auf Futtersuche in für sie fremde Gebiete eingedrungen waren, flüchteten zwischen Stämmen, doch blieben bald wieder stehen.

David, von Jagdeifer gepackt, wollte ein in der Nähe sicherndes

Leittier anschleichen, aber Winterstein stieß einen Pfiff aus. Das ganze Rudel stürmte davon, den Hang hinauf, als wollte es oben die Schranke der Zollstation durchbrechen. Letzten Herbst hatte einmal zur Mittagszeit ein Gamsbock mit auffallender Stirnblesse durch die Panoramascheibe der vollbesetzten Kantine einer Hutfabrik in Lindenberg geblickt.

Unten im ausgetrockneten Bachbett der Köhlersau, um die früher Meiler für Holzkohle errichtet worden waren, wartete eine Familie, geführt von einem Drogensüchtigen aus Bregenz, so daß eine Briefstelle Franz Kafkas, Hilfe komme von dort, wahr wurde.

Winterstein übergab dem Zitternden ein Päckchen. Der Kranke riß es auf, schnupfte, ohne auf Verschwendung zu achten, weißes Pulver und grüßte, sichtlich heiter und stabil werdend, indem er, ohne sich weh zu tun, Steinbrocken wegzukicken versuchte, obwohl er nur Turnschuhe anhatte.

»Sarkoma«, rief er. Vielleicht meinte er keine Geschwulst, sondern Sayonara.

Die sechsköpfige Familie – zwei Erwachsene, eine Großmutter und drei Kinder – besaß kein Gepäck, war in Mäntel gehüllt und schwitzte.

Winterstein fragte, ob sie Babels oder Lwows seien?

Jemand erwiderte leise, nitschewo, Lemberger.

David signalisierte mit einem Hagelschlag aus Fingerzeichen, wer er sei und was er wissen möchte.

Er bekam Antwort von einem Kind, das Kreuze und Kurven über Gesicht, Brust und gegen den Bauch schlug.

»Waswowije«, rätselte Winterstein.

Die Familie heiße Motekat, antwortete, sein Gehör wieder benützend, David. Sie stamme aus einem galizischen Dorf.

»Woher weißt du das?«

»Das Kind und ich haben es uns gesagt.«

»Auf russisch?«

»Taubstumm in Esperanto.«

Es war die Erfindung des Augenarztes Dr. Zamenhof, gebürtig aus Byalistok, gewesen, dessen Name auf dem letzten übrigge-

bliebenen Wegweiser im völlig zerstörten Warschauer Ghetto gestanden hatte.
»Wir gehen«, befahl Winterstein.
David wiederholte das Kommando auf Esperanto.
Durch den Bergwald hinauf mußte die Großmutter geschoben werden. Sie atmete schwer, wollte sich setzen und ausruhen. Ihr Mund war voll schwarz angelaufener Stahlzähne, ein furchterregendes Gebiß, wenn sie um Verzeihung lächelte, daß es wegen ihr nicht schneller gehe.
Die Motekats hatten seltene Schuhe an, Galoschen aus zichoriebrauner Plastik mit Spangenverschluß. Die Kinder trugen weder Strümpfe noch Socken. Vielleicht gab es diese Strickware in Galizien, wie es im einst ländlichen Allgäu auch lange der Fall gewesen war, nur für Erwachsene.
Als die Gruppe oben ankam, warteten dort in ihren jägerfarbenen Uniformen der österreichische und deutsche Zöllner. Sie grüßten und warnten vor einem Rudel Wildschweine.
Winterstein bedankte sich, doch die Beamten wichen nicht, bis der Fabrikant, der sein Präzisionswerk für luxuriöse Jagdwaffen nicht, wie laut Bella Mainz in einem ihrer Briefe, seinem englischen Konkurrenten, sondern den Russen verkauft hatte, aus einer der tiefen Taschen seiner Windjacke zwar keinen Barren, sondern zwei Golddukaten zog.
Die Zöllner nickten und sagten, hoffentlich habe er eine Pumpe dabei.
Bei dem unter den Zweigen verborgenen Auto war die Bescherung zu sehen: Ein Hinterreifen war platt, das Ventil aufgedreht. Fluchend machte sich Winterstein ans Werk, abgelöst von David, der sang: »Wer hat uns verraten? Die neuen Demokraten.«
»Sie wollten nur Gebühren«, widersprach Winterstein.
»Und wenn sie nichts gekriegt hätten?«
»Wäre es teurer geworden. Entweder hätten sie über Funk einen Friedenspanzer gerufen oder einen Sanitätshubschrauber.«
»Wir sind nicht verunglückt«, sagte David.

»Wir schleusen Galizier ohne Visum ein. Die Flüchtlinge würden abgeschoben werden. Wir brauchen sie aber für unser Tal, damit Höfe und Häuser sich wieder füllen.«
Acht Personen zwängten sich, nachdem der Reifen mit Luft versorgt war, ins Auto, dort Schoß auf Schoß sitzend. Die Flüchtlinge lachten, erwärmt von Unbequemlichkeit.
Großmutter sagte in einem Deutsch aus dem letzten Jahrhundert, wessen Prediger zürne, erreiche das Himmelreich, worauf die drei Kinder und deren Eltern ihr die Hand küßten, ein Durcheinander in der Enge.
David verteilte kleine, schwarze Speckwürste und Semmeln aus Angelas Rucksack.
Lob und Segenswünsche erklangen, während draußen eine Fichtenlandschaft vorüberflog und der Wagen durch Schlaglöcher rumpelte.
Winterstein meinte, je mehr es davon gebe, desto besser.
Nach Harbatshofen und Ebratshofen führte eine Schotterstraße jenseits der Tobelbrücke über Motzgardried, Staufenberg, Au, Knobel und Horben bis Schnatters. Er kenne die Strecke, erklärte Winterstein, vor Jahren sei er sie auf Ski gelaufen.
Wer die Spur gelegt habe, fragte David.
»Ich selber.«
»Bruchharsch oder Pulverschnee?«
Firn, antwortete Winterstein. Er habe die Handschuhe und den Pullover ausgezogen und in der Hitze an Zerfall gedacht. Nun gebe es wieder Kraut- und Kartoffelarchipele wie Sachsen-Anhalt, Vorpommern und Thüringen, ein Beispiel auch für das Allgäu. Hätte die Bevölkerung der Ostzone nicht dafür gestimmt, daß der Westen sie kaufe, wäre ein Bürgerkrieg ausgebrochen. Schattenwirtschaft und Schmuggel zerschlügen vielleicht sogar Handelsketten und Industriemonopole.
»Und das Gold«, fragte David.
»Ist bald weniger wert, aber Boden steigt im Preis.«
Im Weiler Hubers stellte Winterstein das Auto ab. Er warte hier auf den nächsten Transport aus Vorarlberg, sagte er.

Auf bequemen Serpentinen ging David voraus, doch die Motekats, die eine wochenlange, beschwerliche Reise über mehrere Grenzen hinter sich hatten, vermochten kaum zu folgen.
Die Großmutter sagte, da sie jetzt bald in der Heimat seien, aus der ihre Vorfahren im letzten Jahrhundert emigrierten, fürchte sie sich nicht mehr. Wenn Soldaten kämen, bleibe sie stehen, die anderen sollen sich in den Wald retten.
Ein Kugelblitz schlug Zickzackfurchen durch Löwenzahn, Kuckucksnelken und lila Schaumkraut, die, nachdem ein Jahr lang nicht gegüllt worden war, im Gras wieder wuchsen, und zerplatzte mit einem Knall, ohne weh zu tun, vor den Gesichtern der Motekats. Der Großmutter Stahlzähne zogen noch Elektrizität an, so daß die Greisin gleich einer Spindel ein paar Mal herumgewirbelt wurde, bevor sie fiel.
Tot, rief sie. In Christo lägen alle Schätze der Weisheit und Erkenntnis verborgen!
Sie bräuchten keine Hilfe, sagte David. Es handle sich nur um eine Entladung bei Niederdruck vor einem Gewitter, deshalb Beeilung. Regenschirme habe er nicht dabei.
Der vorlaute Retter würde dorthin zurückkehren müssen, woher er stammte, zum Friedhof, in dessen Ahnenschrank die Namen der verästelten Familien Schmuck, Passmoré, Hiller, Weberbeck, auch Quellmalz und Prellox, die bisher noch nicht aufgetreten waren, standen.
Auf der Schweineburg, einer grünen Kuppe, sprudelte zwischen einem Gehöft und einer Linde, die nicht so alt wie die tausendjährige unten beim Obertor in der Stadt war, aus einer Holzröhre eiskaltes Wasser. Die Motekats erfrischten sich.
Eines der Kinder sagte, bei ihnen zu Hause sei Milch, wenn es sie gegeben habe, schnell gelb geworden, und Wasser hätten sie nur abgekocht trinken dürfen. Aber an der Grenze von Ungarn nach Jugoslawien habe Limonade in einer roten Dose nach Kaffee geschmeckt. Sie seien alle fröhlich geworden.
»Amerikanisches Gesöff«, erklärte David.
»Es ist koscher, bleibt flüssig und wird vom Roten Kreuz verteilt«, antwortete das Kind. »Sind Sie von der Polizei?«

Nein, hätte David erwidern können, sonst würdet ihr immer noch im trockenen Bach der Kummersau stehen.
Aus dem Bauernhof stürmte Bella Mainz, rief hosianna, kniete nieder, faltete die Hände, bekreuzigte sich, zog einen schwarzen Schleier über das Gesicht und warf ihn wieder zurück, weil sie genauer sehen wollte.
David sagte, keine Hast, sie seien durchgekommen. Besra Lu Winterstein begleite die nächste Fuhre.
Bella Mainz küßte nacheinander die Hände der erschreckten Motekats, beteuernd, es sei eine Ehre, daß Nachfahren Verfolgter, denen das Land einst Wissenschaft, Medizin, Kunst, Finanzwesen, Architektur und formschöne Möbel verdankte, zurückkehrten.
Weiter geriet die Peinlichkeit nicht, weil, begleitet von einer Kuh, ein grauhaariger, junger Mann mit wirschem Gesicht aus dem Schatten des Brunnens trat. Bella Mainz stellte den Arzt Gernot Seiler Fritzenschaft vor.
»Wo ist Lillit Babett Prinz«, fragte David.
»Bekommt Zwillinge und schwimmt zur Entlastung jeden Tag in meinem Hallenbad«, antwortete Bella Mainz. »Der Baggersee ist noch zu kalt.«
»Und Samuel?«
»Hat sich mit den Rollstuhlfahrern unter den Arkaden zusammengetan. Sie trinken und beschwören den Verkehr, den es nicht mehr gibt.«
Der Arzt bat um Erlaubnis, die Flüchtlinge untersuchen zu dürfen, trug in einem abgewetzten Köfferchen alles dafür Notwendige mit sich. Er maß Blutdruck, hörte das Herz ab, ließ sich die Fingernägel zeigen, diagnostizierte auch die Iris und die Festigkeit der Ohrläppchen.
Die Motekats waren gesund, litten nur, vor allem die Kinder, an Vitaminmangel. Die Großmutter besaß ein Lungengeräusch und hatte wahrscheinlich beginnende Anämie, die aber kuriert werden könne.
Gernot Seiler Fritzenschaft klappte sein Köfferchen zu und sagte, er gehe nach Hubers hinunter, um auf den nächsten

Schub zu warten, den Winterstein bringe. Hoffentlich gebe es keine Schußverletzungen. Die letzten Blutkonserven im Krankenhaus stammten aus Ghana oder Haiti und seien hepatitisverseucht.
Der Arzt benutzte nicht die Serpentinen, sondern kürzte über die steilen Wiesen ab. Hinter ihm trabte, so daß ihr Euter hin- und herschlenkerte, eine Kuh. Diesmal schoß kein Kugelblitz aus der sich heranwälzenden Gewitterfront, vielmehr kreuzte durch einen Dunststreifen stoßend, über Rind und Mediziner die Staffel Timburs und verabschiedete sich wieder mit Geflatter und Gekrächze.
Für Bella Mainz war es ein gutes Zeichen.
David meinte, es sehe eher aus, als wollten die Krähen vor irgend etwas warnen. Die Motekats bekamen Angst und drängten sich zusammen.
Fritzenschaft sei Ornithologe, sagte Bella Mainz. Er züchte Wellensittiche und besitze zwei Lämmergeier. Schon einmal habe er Psittakose gehabt, eine meistens tödlich verlaufende Lungeninfektion, die in der Luft fein verteilter Vogelkot, der eingeatmet werde, verursache. Fritzenschaft habe, obwohl er 41 Grad Fieber hatte, sich selbst geheilt.
»Also, ein Wunderdoktor«, stellte David fest.
»Im Gegenteil! Er haßt Kranke, Berge, den Winter, Skifahrer und liebt Autos.«
»Dann ist er am richtigen Platz. Ich werde ihm zeigen, wie ein Drilling funktioniert.«
»Vielleicht kann er deine Taubheit kurieren«, sagte Bella Mainz.
»Lieber nicht.«
Ferner Donner und zunehmende Schwüle mahnten zum Aufbruch. Von der Schweineburg führte David über Altringenberg, Birkach und Rauen nach Schweinebach hinunter.
Es war ein beschwerlicher Weg. In Gehölzen lagen Äste und umgestürzte Bäume, Sturm- und Kältebruch des letzten Winters, während im Freien Brennesseln, Hundsgarbe und wie Schilf meterhoher Nolimetangere wucherten. Die Fruchtkap-

seln des Springkrauts würden, wenn sie in einem Monat reif waren, gleich zündenden Geschossen platzen und ihre Ladung im Umkreis verstreuen.
Eine Furt bahnend, warf sich David in das Dschungelkraut und rief, beim nächsten Mal nehme er eine Machete mit!
Die Motekats gingen, galizisch das Alter ehrend, hintereinander, so daß Bella Mainz mit dem jüngsten Kind den Zug beschloß. Im Haar der Puppenkönigin saßen Samenfallschirme des Löwenzahns.
Als Großmutter Motekat zu schwanken begann und sich gegen ihren Sohn lehnte, suchten dessen Frau und David, ohne sich darüber verständigen zu müssen, gemeinsam an Eiben, Pappeln und Weiden nach Judenstricken, die nur Laubbäume als Wirte benutzten. Aus noch nicht verholzten Lianenranken, die sich wie Hopfen herabreißen ließen, flochten sie eine vielfach gewundene Trageschlinge, in der die Älteste Platz nahm, und schaukelnd wurde die koloniale Dame durch das Steppengras getragen.
Die Kinder pfiffen Signale durch die Finger, eine in Lwow und Odessa bekannte Praxis, wenn Gefahr im Ghetto der Häuserblocks drohte. Vor der Ortschaft Schweinebach, wo es wieder eine Straße gab und Großmutter zu Fuß gehen konnte, bedeutete es Entwarnung.
Erst bei Dunkelheit erreicht die Gruppe den Stadtrand. Am Kino ragten brennende Fackeln aus den offenen Schaukästen, und auf dem Blaserturm, wo früher ein Feuerwart mit Trompete nachts gewacht hatte, loderten Magnesiumbüsche. Anscheinend war wieder die Elektrizität versiegt, oder die Leutkircher Umspannzentrale hatte zur Warnung den Strom abgeschaltet. Kühe galoppierten von der Grabenstraße über die Kreuzung neben der tausendjährigen Linde zum Hitlerwall, wo sich im Pulverturm das Versammlungslokal der Eltern befand und einsam von seinem Sockel das geschnitzte Denkmal des Rennschweins Alma mit der Operationsnaht am Bauch sich majestätisch erhob.
Beinahe wäre Bella Mainz von einem Kuhhorn erfaßt worden,

wenn die Motekats, als kennten sie Tierpanik, nicht schreiend und Steine werfend das wild gewordene Rindervieh zur Seite getrieben hätten. Ein Kalb zerschmetterte mit seinem Kopf die Glastür eines Friseurgeschäfts, hielt inne und leckte, bevor es in eine Seitengasse sprang, Blutstropfen von den Nüstern.
Bella Mainz war empört, verlangte, die Tiere bräuchten einen Gnadenschuß.
Habe Winterstein verboten, erwiderte David. Je mehr herumliefen, desto besser.
»Wenn sie nicht gemolken werden, krepieren sie sowieso.«
Wer Milch wolle, bediene sich.
»Stadtleute«, höhnte Bella Mainz, »die zum Brotholen, auch wenn die nächste Bäckerei nur ein paar hundert Meter entfernt war, mit dem Auto fuhren?«
Darauf wußte David keine Antwort. Wichtiger sei, sagte er, wo die Motekats wohnen könnten?
»Natürlich im Kolosseum.«
»Ist voll Kinder, und ich bin auch dagegen.«
Sie gingen Richtung Marktplatz die Obertorstraße hinunter. Passanten, die ihnen begegneten und zum Teil beladene Karren zogen oder Rucksäcke trugen, grüßten manchmal in unbekannten Sprachen. Die Motekats umringten ein Paar und redeten auf es ein. Es waren Tomsker oder Omsker, die sich über Polen und die Tschechoslowakei durchgeschlagen hatten.
Bella Mainz ließ fragen, ob sie schon letztes Jahr hiergewesen seien?
Sie kannten nicht einmal den Unterschied zwischen der Schweiz, Österreich und Süddeutschland. Aber sie befänden sich in Sicherheit, erklärten sie. Suppenwürfel, Kartoffeln und Eier gebe es im Überfluß.
Bella Mainz riß Streichhölzer an und beleuchtete die beiden. Trainingsanzüge mit Seitenstreifen hatten sie nicht an, allerdings italienische Seidenjacken, vielleicht Beute aus einem verlassenen, dann geplünderten Modeladen.
Enttäuscht sagte die Puppenkönigin, auf nichts sei mehr Ver-

laß. Sie möchte nach Hause. David solle ihr ein Fahrrad besorgen.
»Nachts ohne Licht?«
»Wer für Gold verkauft hat und im Tessin sitzt, hat keine Fahrräder mitgenommen.«
Hätten sich schon die Türken und Tamilen geholt.
»Und was ist mit Kurden, Kirgisen, Mazedoniern, Rumänen, Afghanen«, rief sie, »mit Esten, Letten oder sibirischen Schamanen, die ihre Zaubersprüche vergaßen?« Weinend lief sie davon, David konnte sie nicht aufhalten.
Er entschuldigte sich bei den Motekats. Die Herrscherin über Rauschgoldengel habe viele Fußmärsche hinter sich, sei müde, überfordert.
Die drei Kinder waren es ebenfalls. David blieb nichts anderes übrig, als zu behaupten, er wüßte, wo sie Platz fänden.
Häuser, hinter deren Fenster Kerzen brannten, kamen nicht in Frage. Andere, die im Dunkeln lagen, wie zum Beispiel eine chemische Reinigung, konnten leer sein oder ihre Bewohner, von den russischen Touristen aus dem Vorjahr nicht für goldwürdig befunden, hatten sich darin verbarrikadiert.
Die geduldigen Motekats, vorausgegangen und ihre Großmutter stützend, warteten beim Schaufenster der Klosterapotheke, in dem sich ein mit bunten Glühbirnchen bestückter, stoppelbärtiger Greis fortwährend an einer Reckstange überschlug. Die Reklamefigur für Knoblauchkapseln war allem Anschein nach batteriebetrieben. David stieß gegen eine schwere Pforte; sie ging auf.
Er zündete ein Gasfeuerzeug an. Im Flur standen mehrere Fahrräder, auch neuester Konstruktion aus Leichtmetall mit breiten Stollenreifen und siebzehn Gängen für die Eroberung von Gebirgen.
»Zurück«, rief David. »Besetzt!«
Die Motekats stampften unbeirrbar eine eckig angelegte Betontreppe hinauf und drangen im zweiten Stock, wahrscheinlich, weil das Parterre und das erste Stockwerk ihres Wissens nach stets staatlichen Machtmitgliedern gehört hatten, ein.

David, dem sein zu heiß gewordenes Feuerzeug entglitten war, drehte an einem Schalter. Licht flammte auf, Elektrizität war wieder da.

In dem fensterlosen Raum, einem Berliner Zimmer, stand an der Wand ein Klavier, bestrahlt von einem Punktscheinwerfer. Das Mädchen der Motekatkinder, welches Dr. Zamenhofs Esperanto und Taubstummensignale kannte, spielte den christlichen Choral »Nun nimm denn meine Hände«, überleitend in einen Lemberger oder bessarabischen Foxtrott: »Passepartout, Passepartout, a Genou änd a Leible saint assez genug.«

Waren die Motekats keine Aschkenasim, sondern Sepharden, die mit Protobulgaren zusammengelebt hatten? In der Geschichte der Literatur gab es dafür einen überaus eitlen Vertreter, der als Wiedergutmachungsknüppel sogar Nobelpreisträger geworden war, doch seine Zunge, von der massenhaft biographische, einst berühmte Namen tropften, hatte sich dadurch nicht retten lassen.

In den Schränken der Küche lagerten herrliche Vorräte: Verschiedene Nudelsorten, Trockenwürste, Gemüse- und Dessertkonserven, sowie Tüten voll Roggen-, Weizen-, Gerste-, Grünkern-, Dinkel-, auch Musmehl, eine Spezialität, die, in einem Topf zur Bräune gebracht und mit Wasser verrührt, einen Brei ergab, den vor allem Bauernknechte und Waldarbeiter schon morgens gegessen hatten. Seit sich die meisten Fleisch gönnen konnten, diente die eingebrannte Armutsspeise für wohlhabende Familien zur Erinnerungspflege.

Das Geheimnis des Herds kannten weder die Motekats noch David. Es war ein mit glasiger Oberfläche verschalter Pult, der sich nach allen Seiten bewegen ließ, ohne daß er eine Klappe für Holz, Torf, Kohle oder einen Anschluß für Strom oder Gas besessen hätte. Vielleicht verbarg sich in ihm ein Heiznukleon, oder Kurzwellenstrahlen schossen aus dem Abzugsschacht herunter, der einem englischen Kamin glich.

Die Großmutter sagte, kalt zu essen schade nicht, sie hätten es oft getan. Auch ungekochte, kleingeschnittene Kartoffeln würden verdaut.

Nachtschattengewächse seien roh giftig, erwiderte David.
»Woher weißt du das?«
»Meine Mutter hat am Ende des Kriegs erlebt, wie auf dem Bahnhof in einem Güterzug Polen, Serben, Franzosen und Ungarn an noch grünen Kartoffeln gestorben sind.«
»War es deine Mutter?«
»Doch, ich weiß es aus dem Ahnenschrank.«
Dann müsse diese Frau sehr jung gewesen sein, sagte die Älteste der Motekats, und David sei der Enkel eines Flakhelfers oder eines Wehrwolfs.
Im großen Wohnzimmer neben der Küche hatten die Kinder einen Fernsehapparat entdeckt. Sie lagerten sich auf schwarzen Ledersofas und tippten mit einem Akustikkästchen durch Haupt- und Regionalprogramme, konnten auch österreichische und Schweizer Sendungen sehen, deren Dialekte, vermengt mit Küchenlatein, Italienisch und Napolionisch, es war Rätoromanisch, sie mitunter verstanden.
David war durch die ganze Wohnung gegangen, hatte suchend sie besichtigt. Vier Schlafstuben gebe es, sagte er. Zwei seien voll Spielzeug, Plüschtieren, Laubsägearbeiten und Knallfröschen. Am Ende des Korridors hänge ein wackliger Balkon ohne Geländer. Darunter befinde sich ein Milch-, Butter- und Käsegeschäft. Er müsse nun gehen.
Alle Motekats waren in einen Kriminalfilm vertieft. Seine Personen hatten nur nachts eine Chance. Die Landschaft, in der sie sich bewegten, bestand aus Palmen, Autobahnen, Hochhäusern, Samt und Müllecken. Manchmal lichtete sich der internationale Nebel und ein Flugzeug startete.
Die Klosterapotheke war Eigentum der Familie Friedell, die gerettet entweder an der Riviera oder an der portugiesischen Küste grammweise Gold, um es in Papiergeld einzuwechseln, von Barren abschabte.
Einer ihrer Vorfahren, Egon Friedell, Feuilletonist und Amateurhistoriker, hatte Freuds erste, psychoanalytischen Schriften als eine Mischung aus Talmud und Junggesellenliteratur bezeichnet.

Jenem berüchtigten Friedell gelang es, Selbstmord zu verüben, indem er, obwohl er dick war, sich durch ein vorsorglich geöffnetes Fenster zwang, als ein SA-Trupp in seine Wohnung eindrang, wie es damals in vielen Wiener Stadtvierteln geschah.

»Timbur, mein Timbur«, rief David.

Der Dohlen- und Krähenschwarm kam nicht, biologisch eine Selbstverständlichkeit, so daß David, der nächste Anwärter für Kurierdienste, allein ins Kolosseum zurück mußte, wo ihn Rüttler, Schüttler und Speierinnen erwarteten.

Bella Mainz würde in ihrem Rosenhaus hinter der Pappelallee nach langer Zeit sich wieder an einen Entwurf wagen, eine Weihnachtskrippe mit Maria, Joseph, dem Kind, Ochse, Esel, Schaf und Kuh, aber auch einem Schwein, historisch betrachtet ein Sakrileg.

Und Hassel Ruth Weidenbacher? Sie ließ nichts von sich hören. Vielleicht hatte sie den Geliebten geheiratet, falls es Poi Amber Braun gelungen war, ihr Stallarbeit beizubringen.

Weder das Fernsehen noch Zeitungen brachten irgendwelche Nachrichten über das verwunschene Tal, dessen Bevölkerung zwar wieder zunahm, doch extrem gemischt, als handelte es sich um eine Versuchsenklave für statistische Abweichungen.

Im Glanz des Schweigens gediehen die kleine Stadt und die Landschaft. Alle Brücken waren eingestürzt oder mutwillig unpassierbar gemacht worden. Die Straßen wiesen Schlaglöcher und Risse auf oder in ihrer Teerdecke steckten Nägel und Zacken zerfetzter Dachrinnen. Manche Kurven versperrte eine Ladung Erde oder Kies. Irgendein Fuhrunternehmer, der sogar Barren hortete, hatte mitgespielt. Seinen Grabstein würden wir in Gold tauchen.

Fremde kamen, zunächst aus den nahe liegenden Städten Leutkirch, Memmingen, Wangen, Ravensburg und Lindau am Bodensee. Die Katastrophentouristen sickerten vor allem an Wochenenden ein, nachdem sie ihre Fahrzeuge hatten stehen lassen müssen und gewandert waren. Es gab neue Pfade, verborgen in Unwegsamkeit und Gestrüpp. Außerdem plagten

Mückenschwärme, da die gestaute Argen einstige Sauerwiesen überschwemmt hatte. Artig gewachsene Schilfwälder wogten in Föhnlicht, es rauschte und krachte, als kehrten Saurier durch das Röhricht zurück. Wer bei Wetterwechsel, wenn es überraschend kalt wurde, das Hebelchen seines Heizungsthermostats vorrückte, konnte sich daran erinnern, daß in den Tanks das Ergebnis einer umfassenden Verrottung lagerte, die einige Jahrmillionen alt war.
Wären wir immer noch fürsorglich gewesen, hätten wir die Kondenzstreifen der Düsenclipper am Himmel mit Banngattern versehen und den silbrigen Kot von Fischreihern in Broschen gefaßt, Orden der Teilnehmer eines vaterländischen Gefechts.
Junge Türken der zweiten Generation und Nachkommen der italienischen Eisdielenmafia erfanden zur Freude der Besucher ein waghalsiges Geschicklichkeitstraining, das zuletzt Pimpfe und der Bund Deutscher Mädchen vorgeführt hatten. Danach war das Spiel vergessen worden.
Die Kinder sprangen im Sauweiher an der Kastellstraße über Baumstämme, die, damit die Rinde sich löste, im Wasser lagen. Ganze Holzteppiche, nicht durch Eisenkrampen zusammengehalten, lockten, das andere Ufer zu erreichen. Jeder Schritt mußte genau abgeschätzt werden, denn die schlüpfrigen Stämme sanken nicht nur ein, sondern drehten sich auch. Zweimal hin und zurück bedeutete Meisterschaft, erreicht von Neschla Yilmaz, die nicht wußte, weshalb sie am besten Gleichgewicht halten konnte.
Ihr Schwerpunkt lag niedriger. In ihr wuchs ein Kind, das weder das Ergebnis einer Liebschaft mit einem Vetter dritten oder vierten Grads war noch mit einem Deutschen, sondern einem Äthiopier war es gelungen, Neschla in einer nächtlichen Ecke zu betören.
Das Verhängnis würde seinen Lauf nehmen. Falls es der Türkin nicht gelang, bevor ihr Bauch sich wölbte, zu fliehen und im Verborgenen abzutreiben, könnte ihr Bruder, beauftragt von seinem Vater, sie zu einer Autofahrt einladen, um sie irgendwo

zu erschießen, zu erschlagen, zu erwürgen oder totzusteinigen. Viele Jahre Gefängnis wären bis nach Hinteranatolien der Beweis, die Familienwürde wiederhergestellt zu haben.
Noch war es nicht soweit. Neschla schwebte, gefährlichen Lücken, indem sie auf einem schwabbenden Stamm auch längs lief, ausweichend, über den Weiher, die Arme ausgebreitet, und ihr Lächeln korrespondierte mit dem Wehen ihrer Haare.
Als einer der italienischen Ehrgeizlinge ins Wasser stürzte und, weil sich ein paar Bäume zusammengeschoben hatten, nicht wieder auftauchte, ließ sich Neschla fallen. Sie zog den Jungen aus den Schlingpflanzen am Grund zur Oberfläche. Gemeinsam schwammen die beiden zu einem schräg in die Tiefe verlaufenden Steg, auf dem Kettenglieder das Holz zu einer Sägerei, die russisch stillgelegt worden war, sonst hinaufschleppten. Es gab Beifall und Fotoblitze zuschauender Gäste vom Ufer.
Eine der Amateuraufnahmen, später in einer Zeitung veröffentlicht, hielt das Ereignis fest. Die Direktorin der Unordentlichen Werkstätten nahm danach die junge Türkin zu sich. Auf dem friedlichen Versammlungsort, dem Gottesacker, würden wir die schwangere Neschla wiedersehen.
Noch andere Merkwürdigkeiten, die zu Phantasien verleiteten, ereigneten sich. Einheimische, die im letzten Jahr nichts zu verkaufen gehabt hatten, erhielten manchmal einen Stoß, und Besucher, weich gestimmt, fingen die Taumelnden, obgleich sie übel rochen und schlecht gekleidet waren, auf.
Solche Gefühlsprogressionen hatte es nur zwischen Ende des letzten Weltkriegs und dem Beginn der Währungsreform gegeben, als Reichsmarkscheine pfundweise gewogen wurden, im Wert etwa eine Stange Zigaretten Chesterfield oder einer Dose Fliegerschokolade, versetzt mit Pervitin, einer Beschleunigungsdroge, vergleichbar. Mit denselben Waren hatten auch Taka Kose Schmitz und seine Frau Bella Mainz gehandelt, bevor sie, begeistert von Freiheit, die in diesem Maß nie wiederkehren würde, im Tagblatturm Stuttgarts eine Zeitungslizenz erhielten.
David, unterwegs auf der Hauptstraße zum Wassertor, wurde

von einem mächtigen Hieb gegen die Reklametafel eines Restaurants für chinesische Speisen geschleudert. Die Besitzer des Lokals hatten längst Konkurs gemacht.

Gebückt ging David zur Klosterapotheke zurück und läutete. Im Schaufenster wirbelte nicht mehr der Knoblauchgreis um seine Reckstange; die Batterie war leer.

Die Motekats öffneten nicht, oder aber die Patrizierfamilie Friedell war, sich ihrer Herkunft besinnend, heimgekehrt und hatte die galizischen Besetzer aus der Wohnung gewiesen.

»Timbur, mein Timbur«, rief David.

Aus den Arkaden der nächsten Apotheke rollten die Verstümmelten von St. Mathilden und St. Florian herbei. An eines der Elektrowägelchen klammerte sich Samuel Prinz, der, jedoch der Bericht müßte zusammengeschnitten werden, in das Mundstück eines Kassettenrecorders radebrechte.

David schlug den Reporter nieder, weil ihm, ohne daß ein Angreifer sich gezeigt hätte, dasselbe geschehen war. Zudem hörte er jedes Wort und Geräusch, wurde aber wie früher, wenn die Welt an Ausmaßen zunahm, nicht taub. Er sehnte sich nach der Stille des Schießkellers, als er noch Flinten justierte und Syrphos, deren milliardenfachen Schwärme im Niedrigwasser der Großen Syrte Libyens brüteten, über Kimme und Korn aufgestiegen war, um in Kurven und rücklings geflogenen Winkeln verwirrende Diagramme zu beschreiben, wobei die Fliege an Energie die Hälfte ihres Gewichts verbrauchte, bevor sie wieder auf dem Lauf des Jagdgewehrs landete.

Die Einheimischen fürchteten die lästigen Stöße und Rempler, trauten sich kaum mehr vor die Tür. Andererseits ärgerten sie sich über neugierige Besucher, die niemals von dieser Linearenergie, Korpuskelwellen oder Schwerkraftballungen, getroffen wurden.

Sie verkauften den unerwünschten, in Bergsteiger- und Freizeitkluft verkleideten Gästen, da alle Wirtschaften und Geschäfte geschlossen waren, trotzdem nichts, bedrohten sie mit Zaunlatten, Schlagringen, auch mit Ochsenpeitschen aus dem Heimatmuseum.

Die jungen Türken hatten Banden gebildet. Sie riegelten vor der Stadt Straßen ab. Die Kämpfer verwendeten außer Spraydosen, deren Strahl nicht weit reichte, Gummischleudern. Die Geschosse daraus waren mit Nägeln gespickte Kartoffeln. Es floß Blut.
Rinder, deren Milchproduktion sich den verminderten Bedürfnissen angeglichen hatte, ließen sich melken. Ziegen war das Treppensteigen zur Gewohnheit geworden, und die vom Winter trainierten und gewitzten Schweine trieben auf dem Marktplatz einen Hühnerschwarm zusammen, wo das chaotische Federvieh Eier legen sollte, die, kam es dazu, meistens die Schweine fraßen. Nur Kindern gestatteten sie, auch ein paar zu nehmen. Erwachsene wurden weggebissen.
Eines Morgens tauchten mit den roten Rückstrahlern an den Steigbügeln die zwei Geisterreiter wieder auf. Sie trabten durch die Stadt und warnten durch Megaphone, daß niemand verletzt werden dürfe, sonst habe die neue Natur bald ein Ende. Polizei, Spähpanzer und Friedenstruppen stünden in Bereitschaft. Auch hätten Kamerateams Hubschrauber gechartert, und Lastwagen mit angeschraubten Schneepflügen könnten jederzeit alle Hindernisse beiseiteräumen.
Tobias und Sobitka wollten den beiden Pferden, deren Reiter Helme mit dunklen Visieren wie Motorradfahrer trugen, Akeleiensträuße zu fressen geben, aber die Tiere verweigerten das Blumengift.
Laura-die-Spinne kroch auf eine Kreuzung; Larissa-mit-der-Zahnspange häufte Ecke Kemptener-, Wangenerstraße Kartonstücke, ihre liebste Herberge, auf; Eva-mit-dem-Röhrchen versuchte zu argumentieren, doch niemand hörte zu. Tacitus und Torsten beobachteten das Durcheinander aus dem Schutz der Arkaden und sprachen Kommentare auf das Band für Radio Monte Ceneri, wofür sich Samuel Prinz überschwenglich bedankte und die zwei Buben als jüngste Mitglieder in den Rotary- oder Lionsclub aufnahm.
Nur Susanne und Angela gelang es, bewacht von einer Türkenrotte, Hand in Hand kurz eine Sperre zu bilden.

»Wir brauchen euch nicht«, riefen sie den Reitern zu.
Antwort des einen: Mut sei auch Gefährdung.
Die Mädchen: »Immer wenn ihr kommt, stirbt jemand.«
Antwort des anderen: Jetzt nicht mehr.
Angela: »Ist die Mopedfahrerin im Himmel?«
Erster Reiter: Wo sonst?
Susanne, die Zwergin: »Wer hat sie begraben? Auf dem Friedhof ist sie nicht.«
Zweiter Reiter: Sie kümmerten sich weder um Leichen noch Asche.
Angela rief: »Wir haben die Schule, Timbur, die Türken und meinen Bruder! Wer nicht mittut, wird dumm!«
Einverstanden, erwiderten unter ihren strahlenden Hauben die beiden Ritter. Es klang, als freuten sie sich, so daß Angela fragte, ob sie nicht einen der Helme aufsetzen dürfe? Sie habe auch einen gehabt, von der verbluteten Frau. Er sei blau gewesen mit Sternen.
Antwort: Verloren im Margeritenfeld.
»Dann holt ihn.«
Nicht wünschenswert, Gleichgewicht werde sonst uneins.
Auf ihren Pferden, die Scheuklappen über den Augen trugen, sprengten die Polizisten davon. Die beiden Kinder und einige Erwachsene fingen zu schluchzen an, als wüßten sie, daß sie ihren Freunden kaum mehr begegnen würden.
Da Belästigungen, Stöße und Niederschläge zunahmen, entwarf Julius Andras Vochezer im leeren Milchwerk ein Programm zur Krankheitserforschung. Die Parallelrechner meldeten nur bekannte Übel: Rinderirrsinn, Parkinson und Veitstanz von Rehen und Füchsen. Tollwutviren schienen auch die Intelligenzware infiziert zu haben, eine Gelegenheit für statistisch sich überschlagende Hackerverfahren, um neue, noch unbekannte Ergebnisse zu erzielen.
Vochezer, eine lange Computerliste schwenkend, wollte jedem, den er draußen vor dem einstigen Milchwerk traf, erklären, es sei kein Grund vorhanden, Angst zu haben. Gefühle und Gedanken ergäben eine unerschütterliche Einheit.

Niemand hörte zu, nur David, an dessen Seite blutbesprenkelt Winterstein sehr aufrecht ging, fragte, ob Vochezer Daten von Follikelsprüngen mit denen von Erdbeerfeldern gekreuzt habe?
»Wieso?«
»Wegen der Schmerzen.«
Seien nur eingebildet.
»Und wenn wir sterben?«
Zerfalle Milchsäure über Salpeter und Monosacchariden zu Teer, dann zu Eisen in Geschwindigkeiten, die emergierten. Alles würde vernichtet.
Besra Lu Winterstein mußte verarztet werden. David schleppte ihn ins Krankenhaus, wo in der katholisch-evangelisch Doppelstockkapelle sich Flüchtlinge eingerichtet hatten, Rückwanderer aus Rowno, Dubno, Zubowice, auch Radziechow, Städte eines vom polnisch-sowjetischen Krieg verwüsteten Galiziens, worüber einst der Reiter und Militärberichterstatter Isaak Babel ein verzweifeltes Tagebuch geschrieben hatte.
Von den verarmten Ankömmlingen wurden schon nach Wochen jedoch alte Berufe wiederentdeckt: Bierabklopfer und Maischemädchen; Bauholzzurichter und Laichschwenker; Schmiede und Klöpplerinnen. Ein Ofensetzer, der nur russisch sprach, tat sich mit einem Staniolstecher zusammen, und eine Gardinenstopferin eröffnete eine Werkstatt, in der auch ein Lederstoller arbeitete, dem es an Aufträgen zum Flicken von Geschirren noch fehlte, statt dessen besohlte er Schuhe.
Eine Zuschneiderin rädelte Schnittmuster für Röcke und Blusen aus Papierbögen des Versandhauses Quelle; es war ein ehrwürdiges Katalogexemplar. In dem Werk stand: Ein besonderes Ereignis zu aller Geburtstag sei, daß Heinrich Himmler die Einrichtung eines Konzentrationslagers in Auschwitz befohlen habe.
Tief flog Timburs Geschwader entlang der beiden Hauptstraßen, zog um den Blaserturm hoch und brauste nochmals niedrig zurück, so daß selbst drei Chassidim, die sich in das aufblühende Städtchen hatten retten können, nicht mehr nach oben

zu blicken wagten. Ein paar Krähen berührten sich mit den Flügelspitzen, andere prallten gegeneinander, im Schwarmverhalten von Vögeln eine seltene Verirrung oder Krankheit, als seien durch Teslastärken die Steuerkristalle in den Köpfen der Tiere gestört worden. Timbur flog auf das Dach des Kolosseums.

Der Kristalle- und Mädchenmaler Louis Ferdinand Pfrang, der seit Jahren in einem Blockhaus auf dem Herrenberg der Adelegg wohnte, hatte sich von seiner Familie getrennt. Seine Frau Erika und die Kinder waren, an einer Winterallergie leidend, ins leere Schulgebäude des Schlosses Zell bei Leutkirch gezogen, wo es auch einen Rasenplatz für Sportflugzeuge gab, der Mailand hieß, was nicht Milano bedeutete, vielmehr »Mein Land«.

Die Fürsten von Zeil verdankten ihren Wald- und Bodenbesitz Jörg dem Schlächter, der vor vierhundert Jahren aufständische Bauern bei Ravensburg besiegt hatte. Wer noch nicht tot gewesen war, wurde gepfählt, enthauptet, stranguliert, gevierteilt, gerädert oder verbrannt.

Pfrang hatte sich ins nicht mehr bewirtschaftete Café Schatten einquartiert. Er warf nicht nur Blumenkübel, Tische und Eckbänke hinaus, sondern riß auch die Täfelung von den Wänden. Als der Raum kahl war, installierte er einen Zahnarztstuhl, auf dem er saß, wenn er malte, und Zweihundertwattlampen. Bevor er sich wieder seinem Handwerk zuwandte, verfaßte er eine rituelle Schrift:

1. Materia Prima

Eine alemannische Speerspitze, gefunden im Schilf am Bodensee bei den Pfahlbauten von Unteruhldingen, soll der Beginn einer transmentalen Bilderserie werden.

2. Solvo

Die Waffe, circa 1500 Jahre alt, wird mataliert (arabisch: zerstückelt). Ein Schmied, der sich mit dem Herstellen von Hieb-, Stich- und Wurfgeräten auskennt, soll das Fundstück zerschleifen und seinen Staub sammeln.

3. Coagulum
Durch das Material, simplem Eisen, vermischt mit Bindemitteln, wird ein Speer neu erschaffen, ein gemaltes Symbol seiner selbst oder anderer Herkunft.
Teils als Paste aufgetragen oder trocken darübergestreut und zum Oxydieren gebracht, beginnt eine Metamorphose, getrennt vom ursprünglichen Zustand, gereinigt und frisch gebunden.
Die Erinnerung an die Materie, eine Speicherung von Geschichte, neutralisiert und heilt.
Eine homöopathische Lösung von Ferrum (C 30), über das Bild gesprüht, leitet die Umwandlung gewisser Partien zu Rost ein.

4. Transmutation
Der Verkauf an eine Bank findet statt. Der Empfänger kann das Gemälde als Symbol für Tatkraft und Stärke interpretieren. Den Betrag läßt er sich in Form eines Goldbarren auszahlen.
Auch auf materialler Basis ist nun Verwandlung vollzogen worden, parallel zur Vergeistigung des Gegenstands, der sich von eisigem Staub zu Gold verdinglichte. Alchemie ist keine Träumerei, sondern eine realistische Veredlung von Stoffen zu Heilungsprozessen.

5. Sapa
Der Most spaltet sich in Polaritäten, beleuchtend das Innere. Hin- und hergerissen zwischen Liebe und Haß, Männlichem und Weiblichem, dem Heute und der Ewigkeit, verbünden sich die Widersprüche zu einer Einheit.
Der Ursprung verharrt, erkennt seine Seele trotz Verunreinigung durch Schutt. Ruhe und Unrast bilden die große Mauer der Galaxien im Universum gleichermaßen.

6. Step by Step
Das erhaltene Gold aus der Speerspitze muß wieder in den Kreislauf gebracht werden. Abgesehen von einem Symbolge-

halt, bedeutet das Metall Geld, das seinem Wesen nach nicht an einem Platz bleibt, eher fließt wie Wasser in der Wüste.
Zerteilung der Barren: Eine bestimmte Menge wird abgelöst und zum Basismaterial für ein nächstes Werk. Der Rest des Metalls soll verkauft werden. Er verwandelt sich in den benötigten Zeitaufwand zur Schaffung eines nächsten Bildes. Mit anderen Worten:
Energie beschleunigt die Hände, Forschung betreibend über den Sinn der Welt und für Formen des Geistes.
Der Titel des leuchtenden Gemäldes steht fest: Aurum, Gold.

Da die bunten Butzenscheiben des Café Schatten von innen beleuchtet waren und Streifen davon aufs Trottoir fielen, ging Bella Mainz, die sich nach ihrem Zusammenbruch wiedergefangen hatte, in das Lokal.
Pfrang saß vor einer in einen Rahmen eingespannten noch leeren Leinwand, bestrahlt von den Zweihundertwattlampen.
Ob er einen Auftrag annehme, fragte die Königin mit den Leberflecken auf den Handrücken.
»Welchen?«
»Ein Portrait.«
»Junger oder alter Kopf?«
»David und Angela in Öl.«
Er male nur noch die Gesetzmäßigkeiten von Schneekristallen und fossilen Bäumen.
Streusalz und Haferflocken seien solchen Gebilden ähnlich, entgegnete Bella Mainz. Sie ließ sich auf der Bank am Kachelofen, den Pfrang vergeblich abzutragen versucht hatte, nieder und trank aus einer Rotweinflasche, letzter Vorrat des Lokals.
Ob der fleißige Künstler auch etwas wolle?
»Alkohol? Niemals!«
Sei verfärbte Nahrung wie Rotgold.
»Unmöglich!«
Die Herrscherin von Saba habe im Saft von Purpurschnecken ihren Schmuck aufgelöst und darin gebadet, erklärte Bella Mainz.

Meister Schwarzenberger, der Optiker und Chronologe, betrat das Café. Er labte sich mit einem langen Schluck, dann versetzte er Pfrang links und rechts eine Ohrfeige. Der Kunstmaler rührte sich nicht.
Schwarzenberger steckte ein Automatenphoto von Angela und David, deren ernste Gesichter sich einander zuneigten, oben unter den Falz des Bilderrahmens und befahl: »Mal, Maler, mal.«
Pfrang fing an, mit einem Kohlestift Umrisse zu skizzieren. Die leere Mitte würde er farbig ausfüllen, und je länger es dauerte, desto genauer gestalteten sich die Inhalte.

16

Ein leises Trommeln war zu hören, als würde gegen hohle Kürbisse geschlagen. Die Schallwellen setzten sich nicht durch die Luft, sondern über den Boden fort, auf Straßen beschleunigt und Sockelkanten von Häusern umlaufend, bevor die Musik nach allen Seiten wieder ausstrahlte.
Es waren Hilferufe der Raupe Thisbe irenea, einer zornigen, babylonischen Geliebten, die, eingewandert, dem mitteleuropäisch mild gewordenem Klima vertraut hatte, doch nun atmete ein wiedergekehrter Winter nochmals aus.
Raubameisen eilten herbei, die ansonsten kleines Gewürm oder Insekten einspannten und leerschlürften, aber Thisbe offerierte eine nährstoffreiche, vor Angst ausgeschiedene Substanz süßer Monosaccharide, wie sie in Brückenbeton auch eingelagert waren.
Die Raupe wurde von Fühlern und Füßchen betastet, drehte und wand sich wohlig, während Vibrationen weiterliefen, sich mit Wirbeln auf Pfützen vereinigten, auch zu Antennen hinaufstiegen. Von dort gab es kein akustisches Weiterkommen mehr. Nur die Resonanz retrotiefer Lernfelder, die Gegenwart mit Vergangenheit verknüpften, pflanzte sich unabhängig weiter.
Angela sagte zu ihrer Freundin, sie müßten gehen.
»Warum«, fragte Susanne. »Wir haben alles, sind gerettet.«
Sie höre Rufe, sagte Angela.
Sie vernehme nichts, erwiderte die Zwergin. Auch das Klavier bleibe stumm.
»Bist du taub wie mein Bruder?«
»Er tut nur so, weil er sich fürchtet.«
Gleich komme er und jage sie aus dem Kolosseum.
Susanne schloß die Falltür und setzte sich darauf. Angela stapfte über Laura-die-Spinne und Larissa-mit-der-Zahnspange, die auf dem Boden lagen, zu ihrem Bett, an dessen Ende

Tobias und Sobitka kauerten. Sie zählten und schichteten Hartgeld, als wären sie Farzowschiki, die sich für Schwarzhandel vorbereiteten. Angela brachte die auf der unsicheren Unterlage schwankenden Münztürme zum Einsturz, was vor allem Sobitka wütend machte. Tobias hielt ihn zurück, das Mädchen zu schlagen.

Angela fing zu zählen an, unterschied nur manchmal zwischen fünf und zehn Pfennigen, während sie silbrige Fünfziger, Ein-, Zwei- und Fünfmarkstücke beiseite schob. Die Zahlen sechzehn bis achtzehn, nicht nur schwierig zu sprechen, ließ sie aus, weshalb Laura, die näher gekrochen war, mit ihrer schleppenden Stimme wieder von vorn begann und, wenn auch langsam, mit einem Blick addierend sogar bis hundert gekommen wäre, aber Angela hielt die Schmach nicht aus und fegte das Geld vom Bett.

Sie rief, gleich weine sie, brauche Hilfe.

Tacitus, sein steifes Bein schwenkend, hüpfte herbei und richtete das Mädchen, welches demonstrativ gebückt geblieben war, auf.

»Fertig«, verkündete er.

Danke, es gehe ihr besser, sagte Angela.

Tacitus verlangte nach Schokolade, worauf Torsten aus seiner Ecke verkündete, er wolle auch eine, was Tobias und Sobitka nicht interessierte. Die zwei rafften das Geld zusammen, stopften es in ihre Hosentaschen.

Susanne rutschte von der Falltür und öffnete sie. Schokolade liege oben im Klavier, versprach die Zwergin.

Niemand traute sich, außer Larissa, die ein Schafsfell, unter dem sie sich verborgen hatte, abwarf und über die steile Treppe emporkletterte zur letzten Kammer. Die Kinder warteten, rührten sich nicht.

Es polterte, und chromatische Akkorde erschallten, als stützte sich jemand auf die Tasten, um unter den Deckel des kurzen Konzertflügels zu schauen.

»Beschosjaistwennost«, rief Larissa, in der Mitte betonend, herunter, ein Wort, das Mißwirtschaft hieß und nicht einmal

die lernwilligen Gymnasiallehrer vom Eichenhain kennen konnten, es sei denn, sie hätten eine neue Ausgabe der Prawda gelesen.
Tobias und Sobitka spuckten in die Hände, kreuzten und schlugen sie einander entgegen, führten das Freundschaftszeichen verschnellert noch ein paarmal vor. Sie schickten auch Küßmündchen, die, gespickt mit Mittelfinger und Daumen, nicht knallten, hinüber zu Susanne. Die Zwergin gab die Wendeltreppe frei.
»Ciao, bimba«, verabschiedeten sie sich.
Neprijatéljstvo sei, antwortete die Zwergin, Feindschaft. Sie warf aus dem gefüllten Sack, der über den Seilzug die Falltür offenhielt, Hände voll Sand. Er prasselte durchs Kolosseum hinunter, als ein zartes Grollen einsetzte und der ganze Bau, zusammen mit Kleinstadt und Ausfallstraßen, unter Schockwellen erzitterte. Dasselbe fast lautlose, jedoch erdbebenhafte Murren geschah noch mal.
Wir hatten, obzwar die Toten, damit der Erdball nicht einseitig berücksichtigt wurde, jedem Sterbeort freiwillig angeschirrt blieben, als kosmische Körper aus dem letzten Stadium einiger Sternenleben, ein Materienball höchster Dichte und Anziehungskraft, dem weder Licht- noch Röntgenstrahlen entwichen, eingeschlagen, bestenfalls ein Atom groß, jedoch mindestens eine halbe Milliarde Tonnen schwer. Daß es uns in dieser Form geben könnte, war eine Idee des Astrophysikers Anastas Petrowitsch Trofimenko gewesen, Mitglied der russischen Toursteninvasion.
Um uns herum würde Gold verdampfen und zu Eisen werden gleich Ordensschnallen, hatte Trofimenko vorausgesagt, schaudernd in seinem Trainingsanzug aus Kunstfasern, die nicht wärmten. Wahrscheinlich war es ihm gleichgültig geworden, ob Neutrinokollektoren, installiert unter tausend Meter Gebirge, damit das Hintergrundrauschen des Weltalls ausgefiltert wurde, uns als Teilchen einfingen und zählten oder nicht.
Eine Zibaldone entstand, ein Sammelsurium, denn ein Follikelsprung trennte natürlicherweise Elektronenschalen entzwei,

deren Ladungen etwa wie Läufer um die Grenzen eines Fußballfelds irrten, in dessen Mitte der gewürfelte und aufgepumpte Quarkknäuel des Kerns lag, weshalb bei solchen Entfernungen niemand verletzt wurde. Aber die Kraft der allerwinzigsten Einheit, ohne irgend etwas Sichtbares zu beschädigen, genügte, daß das Kolosseum implodierte, wie es während eines Feuersturms auch die Gesamthochschule der Stadt Essen getan hatte.

Als die Mauern des Wohnturms in sich zusammenstürzten, waren die Kinder, ohne sich umzudrehen, schon in der Espantorstraße unterwegs. Sie überquerten den Marktplatz und gingen die Bergtorstraße hinauf. Andere Bewohner schlossen sich an, alte, kranke oder sehr junge, sowie ein paar Ziegen und Kühe, die verschreckt von den unsichtbaren Stößen aus dem Erdinnern oder aus dem Firmament nach Schutz suchten.

Bei St. Maria, der pseudogotischen Backsteinkirche, rief Angela, sie brauche Milch! Niemand besaß noch eine dieser blaufarbenen Tüten.

Bei der Baracke, wo Meister Ehingers flüsternde Rhododendronbüsche blühten, traten der Schneider mit dem nach außen gewachsenen Gehörknöchelchen, seine Frau und deren Sohn, der entrückte Koch, durch ein Tor im Spalier. Sie fielen bald in Gleichschritt.

Im Süden jenseits der Talausgänge waren Dörfler aufgebrochen, aus Stoffels, Kimpflersau, Ober- und Unterlanzenbach nach Dorenwaid. Von dort war es nicht mehr weit.

Im Norden vereinigten sich Marschsäulen der Weiler Allmisried, Winnis im Wald, Enken- und Gottratzhofen. Die Geher würden länger brauchen, das Zentrum zu erreichen, und ein paar Erschöpfte blieben an der Strecke liegen.

Motorradfahrer und Autobesitzer versuchten überholend, sich an die Spitze zu setzen, jedoch der Straßenzustand war verheerend. Stoßdämpfer brachen, ebenfalls Steuersäulen. Entweder krachten die Fahrzeuge in Löcher oder sie wurden in Wiesen hinausgetrieben, wo sich unnachgiebiges Steppengras um die Achsen wickelte.

Auf der abfallenden Kreuzung zwischen Herrenbergstraße und Bufflerweg regelte David, der ein frisches Hemd anhatte, den Fußverkehr.

Angela rief: »Bruder, mein Bruder!«

David wies, sich taub stellend, die Marschierer in den Friedhof hinein und bellte, Winterstein sei tot!

Er nahm aus einem Schulterhalfter eine Pistole und schoß Leuchtspurmunition in die Luft, wo sich in Höhe irisierenden Schirme gleich entzündete Nolimetangerekapseln entfalteten. Dann zielte David hinüber zum rund gebauten Gehöft der Zahnarztpraxis, die aussah wie ein Trullo. Doppelscheiben barsten, vom Dach rutschten Ziegelpfannen.

Im Geröllkar unterhalb des Piz Kèserle war der Rundbau, in dem Angela mit Poi Amber Braun gehaust hatte, bereits eingefallen. Niemand wohnte mehr dort. Nur der Mond und die Sonne zeigten sich jeweils auf ihrem Gang in der Martinsscharte.

Trulli waren eine Erfindung des Conte Acquaviva gewesen, der Bauern beibrachte, wie ohne Kalk oder Zement aus Steinplatten Tonnengewölbe aufgetürmt werden konnten, die sich auch schnell wieder abbauen ließen, bevor napolionische Steuereinzieher kamen, die für jedes Haus eine jährliche Gebühr verlangten. Ein Trullo, hieß es, könne über Nacht seinen Platz wechseln.

Als der Zug den Friedhof erreichte, lief eine alte Frau zum Ahnenschrank. Sie suchte nach ihrem Namen und fand ihn nicht. Sie gehöre dazu, rief sie.

Eine andere alte Frau, die einen Schubkarren, in dem eine Gießkanne lag, schob, fragte, wie sie heiße?

»Petronella Haggenmiller.«

»Die Viehdiebin und Pflanzensteckerin aus Kreuzthal hinter der Adelegg?«

Antwort: Kühe habe sie nie gestohlen, nur Kälber.

»Sie können gar nicht mehr leben«, sagte die andere alte Frau. »Sie sind doch verunglückt?«

»Woher wissen Sie das?«

»Weil es damals in der Zeitung stand.«
Antwort: Gelogen werde immer.
Die zwei Frauen betrachteten sich skeptisch, doch berührten sich mit der Hand. Nachdem die Prüfung zu beidseitiger Zufriedenheit ausgefallen war, nahm Petronella Haggenmiller die leere Gießkanne aus dem Schubkarren und begleitete die andere Frau.
Nicht nur durch den Haupteingang, auch durch Seitenpforten und den oberen Einlaß an der Kemptenerstraße, wo neue, noch kaum benützte Planquadrate angelegt worden waren, strömten Leute in den Friedhof. Viele hatten Taschen dabei, manche trugen Rucksäcke, einige schleppten Holz mit sich. Eine Truppe Jugendlicher spielte auf Gitarren, Flöten, Saxophonen und Klarinetten eine getragen wehmütige Melodie, die nach einem amerikanischen Schlager klang und hüpfend lauter wurde.
Kieswege wanden sich hinauf und hinab. Zwischen den Gräbern wuchsen Büsche, mitunter auch von Blitzen gespaltene oder durch Unwetter verkrüppelte Bäume, deren Rinde asphaltierten Schuppen glich, als stammten die Fichten, Buchen und Linden noch aus der Zeit der Bufflers.
An einer Mauer häufte sich Müll, daneben hatten Gärtner einen Komposthaufen errichtet, dessen Erde, um sie von kleinem Wurzelwerk und Steinen zu reinigen, durch ein schräg stehendes Sieb geschaufelt wurde. In den Drahtmaschen verfingen sich auch Würmer, Futter, das sich Krähen holten. Manchmal gelang es Möwen vom Baggersee und vom Hengeles Weiher bei Großholzleute, bis zu der städtischen Pfründe vorzustoßen, und wenn niemand an dem Sieb arbeitete, bebte es, bedeckt von sich streitenden weißen und schwarzen Vögeln, unter Schnabelhieben und Flügelschlägen. Timburs Staffel hatte sich noch nicht gezeigt, würde vielleicht später einschweben.
Vor einem Monument aus rotem Sandstein saß eine Deschurnaja, keine Französin, vielmehr eine Russin als Concierge, die es seit der Invasion im letzten Herbst verstanden hatte, sich

irgendwo zu verbergen, und bewachte den Eingang zum Grabmal, das der Familie Vinzenz Aar gehörte.
Ins Kapitel der Stätte eingemeißelt stand: Kein Ruß mehr, weg zum Licht!
Die Aars waren Köhler gewesen. Später hatten sie eine Speditionsfirma gegründet und Kohle, Brennholz, Schmierstoffe und Heizöl verkauft. Ihr Güterschuppen neben dem Bahnhof, der zu einem rot angestrichenen Videobordell geworden war, hatte zunächst einem Bierdepot weichen müssen.
Gebückt hatten die Aars Säcke voll Steinkohle in die Stockwerke der Haushalte hochgetragen. Während des letzten Kriegs verteilten sie, unempfindlich gegen Bestechung, Braunkohlebriketts und Torfstollen. Kleinwüchsig mit breiten Rümpfen und geringer Beinlänge, auch hätten sie keine Wimpern gehabt, wurde behauptet, waren die Aars Muschiks genannt worden, russische Bauern, damals so viel wert wie Untermenschen.
Der letzte Aar verunglückte nachts in einem italienischen Sportwagen; Die Frau des Toten brachte sich um. Kinder, hieß es, hätten sie keine gehabt.
Die Deschurnaja, auf einem Klappbett aus Stangen und Zeltstoff liegend, einem Feld-Günther, den im Ersten Weltkrieg Offiziere verwendet hatten, lud die Wächterin, mit einer Blechbüchse rasselnd, in der sich Kieselsteine und ein paar Münzen befanden, zur Besichtigung des Grabmals ein.
»Podarok«, rief sie, »duraki!« Geschenk, Dummköpfe.
Angela, sicher ihrer Tritte, als sei der Friedhof ihr Heimatplatz, schwebte quer über Untiefen, Stollen im Rasen und betonierte Einfassungen um Blumenbeete, hinter sich die Kinder. Laura-die-Spinne, die vor Eifer speichelte, weil sie nicht mithalten konnte, wurde getragen.
Ein Kind näherte sich, entfernte sich wieder, war verstört, weil ein Huhn, das in Freiheit noch keinem Kollaps erlegen war, sich auf dem Rücken einer jungen Kuh festgekrallt hatte.
Angela grüßte die Deschurnaja und stieg eine Treppe hinunter. Hinter den Kindern schrie die Alte her, sie seien lischnij tscheloveh, Überflüssige, Nutzlose!

Im Dämmer gab es gleichmäßige Temperatur und ordentliche Stapelware. Nur aus einem Sarg, eingelassen in die gemauerte Wand, ragte ein skelettiertes Bein.

Angela wollte es zurückstopfen, was nicht gelang. Immer wieder rasselte es heraus, bis es abbrach.

Eine kleine Goldkugel irrte, ohne jemanden zu berühren, herum, dotterhaften Schein verbreitend, bevor das Währungskorpuskel, nachdem es aus einem Loch im Gemäuer geschwebt war, wieder in sein Gefängnis zurückkehrte.

Susanne rief: »Wo ist das Geld?«

Tobias und Sobitka leerten ihre Hosentaschen. Die Menge der Münzen konnte kaum gezählt werden. Für Angela waren es Schätze, mit denen sich später in einer Großstadt zwar die Fahrscheinautomaten der Untergrund- und Straßenbahn füttern ließen, aber frühmorgens, bevor Angela zur Berufsschule ginge, würde sie im nächsten Bäckerladen eine Brezel stets mit einem Schein bezahlen, um sich nicht bloßzustellen, so daß sie nach wenigen Jahren ein ganzes Zimmer voll Metallgeld besäße, eine neue Spur entlang der Entropie.

Draußen auf dem Friedhof führten zwei Kraniche ihren Hochzeitstanz vor, beugten sich nieder und zurück, kreuzten die Schnäbel, hoben die Krallen, doch niemals hätten sie sich irgendeinen Schaden zugefügt. Sie beachteten die Grenze zwischen Imponiergehabe und Kampf.

Irgend jemand kam vorbei: Vielleicht waren es Lehrer Freitag oder Adrophina, die Gobelinpauserin, Lina, die eine Schiffschauel betrieb, oder Joselfranz, der Fensterfabrikant?

Thomas, Chauffeur einer tonnenschweren SIL-Limousine, wollte nichts wissen, weste weiter.

Und Lina die Milchmaus? Torsten traute sich, sie an sich heraufklettern zu lassen bis zum Kragen, wo Lina aus Verlegenheit ein wenig Nackenhaare zu benagen begann. Spuckend sprang die Maus wieder ab.

Die Kinder entdeckten einen Topf voll gelber Masse; entweder war sie verfault oder gefroren.

Torsten, einziges Kind, dem keine Beschädigung anzusehen

war, erklärte, wie es auch sein Vater, der entflohene Bundeswehroffizier getan hätte, es sei nur Urin, salzig und bekannt.
Allmählich, hofften wir, es würden, ob zum Sterben bereit oder nicht, die Jüngsten einen Bund mit Allerältesten suchen, aber soweit war es noch nicht, auf Grund morphischer Resonanz, die noch nach Halt suchte, eine hierarchische Hintergrundstapelung der Gestalttheorie, gleichgültig, ob es sich um das Wachsen von Schneeflocken oder Galaxien handelte, oder wie Sprachen, auch ein einsilbiger Stammesdialekt aus den Urwäldern Borneos von jedem Kind gelernt werden konnte, jedoch nur mit Mühe von Erwachsenen, oder aber weshalb die lästig sich vermehrende Taufliege Drosophila in Laborversuchen geradezu schadenfroh mutierte, vier Flügel bekam, die von der Fliege nicht mehr synchronisiert werden konnten: Sie blieb im Reagenzglas.
Nicht zu entdecken war die Lamarcksche Vererbung, auch nicht die Darwinsche Vernichtungslehre, daß beispielsweise der seit Jahrtausenden auf eine ozeanische Insel verbannte Spatzenfink zwei hintereinandergelagerte Mägen besaß; der erste für Fleisch und Aas, die es dort nicht gab; der zweite für Körner und Gras.
War die platonistische Idee richtiger, es genügte, sich ein Pferd vorzustellen, ein sehr kleines, eingeschlossen wie in ein Ei, und bald würden auf der Erde Formen entstehen, die Pferd genannt wurden? Allerdings könnten sie auch, je nach Sprachlaune, Nashorn oder Rhinozeros lauten. Wo saß der Unterschied? Das genetische Inhaltsverzeichnis für Formen gab nichts preis, außer scheinbar auf dem Friedhof.
Draußen vor dem Grabtempel auf ihrem Feld-Günther rief die Deschurnaja: bysmertnich; ohnsterblich!
Die Sonne sank, Nebel floß über die Mauern, und ein gußeiserner Turm, der von einer Handwerkerfamilie errichtet worden war, glich dem für verdiente Familien und Veteranen bewohnbaren Stalindenkmal, das sich der Diktator Ecke Sojmononwskija und Estradentheater gewünscht hatte, mit nachts aus den Augen über Moskau schweifenden Scheinwerferstrahlen, aber

Statistiker waren überzeugend gewesen, der moorige Grund halte dem Monument nicht stand. Inzwischen befand sich dort ein im Winter geheiztes Freiluftbassin.

Unten im Grab der Aars, die wahrscheinlich einem Zigeunerrudel entstammten, ziehend durch Jahrhunderte aus Indien über Persien nach Europa, wollten Tobias und Sobitka die gelbe Tunke trinken.

Schmecke gut, behaupteten sie.

Angela riß ihnen den Napf aus der Hand. Auf dem Boden kristallierten versprühte Tropfen zu mathematisch anmutenden Modellen, deren Gitter zwar symmetrisch waren, doch keines glich dem nächsten, ein Phänomen, daß Teile stets ein Ganzes vermittelten, schwingend in subtilen Strukturen, auch vergleichbar langen Theta-Wellen im Gehirn, wenn Körper und Gemüt sich eins fühlen.

Von der notdürftig vernagelten Brauerei, die dem letzten Fürsten der Stadt gehörte, dessen Vorfahren aus der Rheinpfalz oder aus dem Badensischen auf Napoleons Befehl hierher verpflanzt worden waren, wehte Gestank herüber. Die in Maischekesseln und Vorratskammern zusammengepferchten Hühner als permanente Eierleger unter Rotlicht würden sich vielleicht zu befreien versuchen, um in die Friedhofsruhe einzubrechen.

Aus einer Ecke, wo reihenweise unter teilweise nicht beschrifteten Holzkreuzen Verstorbene der Altenhospitäler St. Mathilden und St. Florian lagen, auch russische, serbische und marokkanische Soldaten, sowie ein amerikanischer Neger, den Kinder im Heck hinter einem überschweren Maschinengewehr in einer abgestürzten, fliegenden Festung im April 1945 gefunden hatten mit einer goldenen Armbanduhr, die fast nicht zu entfernen war, weil ein unbekannter Klettenverschluß mit dem Fleisch schon eine breiige Verbindung eingegangen war: Aus diesem Zeitwinkel ertönte ein schwermütiges Lied, gesungen von schwarz angezogenen Familien, die vorher noch nie gesichtet worden waren. Die Männer trugen steife Hüte, die Frauen hatten Kopftücher um. Der Choral verhieß:

Die Felder trauern weit und breit,
die Früchte leiden Schaden,
weil sie mit vieler Feuchtigkeit
und Nässe uns beladen.

Dein Segen, Herr, den du gezeigt,
uns Armen sich zur Erde neigt,
der will gar fast verschwinden.

Das litte unsere Missetat
und ganz verkehrtes Leben,
so deinen Zorn entzündet hat,
daß wir in Nöten schweben,
weil wir nicht suchen deine Huld,
durch Buße bei der Sündenschuld,
weshalb der Himmel weinen muß.

Eine Rotte Hutterer, einst ausgewandert in die Getreideprovinzen Kanadas, nahm, nach Gebet und Gesang, aus Plastiktellern eine Katuffelsupp und Zwiebock ein, außerdem Pampkin, Schwarzbrotscheiben.
Darauf wurden aus einem dampfenden Kessel Antenkepf verteilt, eine köstliche Speise. Kinder und Erwachsene zupften das Backenfleisch aus den Schädeln, nagten Hälse bis zu den Wirbeln frei, um schließlich mit den Zähne die Entenköpfe aufzubrechen und das Gehirn zu schlürfen. Dabei entstanden Geräusche, als würden Äste zerhackt. Danach sprach der Säckelmann, der das Geld der Gemeinde verwaltete und zugleich Prediger war, ein Schlußgebet: »Lob, Preis und Dank für Speis und Trank in Jesum Christum, Amen.«
Die Hutterer waren Bauern und verachteten alles Weltliche. Sie lebten nach biblisch ausgelegten Sätzen, zahlten keine Steuern, anerkannten weder Obrigkeit noch Militär, besaßen keine Radios, Fernsehapparate oder Kassettenrecorder, die einzige Uhr verwahrte der Säckelmann.
Sie sehnten sich nach dem Tod, der sie erlösen würde aus dem

Jammertal. Starb ein Kind, wurde es nur verscharrt, denn eine Taufe gab es bei den Hutterern erst nach dem 14. Lebensjahr. Lag jemand auf dem Sterbeschragen, versammelten sich alle Familien um das Lager, Tag und Nacht endlose Strophen, wobei Gemeindeteile auch in Ohnmacht sanken, singend und betend, bis die Seele des Totbereiten sich zum Himmel erhob. Aber damit war der Weg erst beschritten. Es hieß in den von Generation zu Generation von Hand abgeschriebenen Chroniken:

Auch den Herren und Königen hat Gott das Feuer der Pein tief und heiß gemacht, und ihre Gewänder werden hitzig sein. Da ist Holz ohne Zahl, welches den Atem der Herren anzünden wird wie einen Schwefelbach. Und sie werden ihre Mütter verfluchen, die sie geboren. Ihre Zungen werden sie zerbeißen und nimmermehr werden sie können satt sein. Ihr Trank wird gleichen allerbitterster Drachengalle und dem Gift der Schlangen. Ihre Augen werden tränen, mit den Zähnen werden sie knürschen, ihre Lefzen werden stinken, und ihre Ohren werden stecken voll Geschrei der Teufel. Schaben und Würm stecken ihre Kleider an, ihre Hände und Füße gehören feurigen Banden. Also werden die Verdammten sagen: O selig und heilswürdig sein diese, welche mit den grausamen Sünden nicht befleckt sind und die nicht in Wollust und Freud, nicht in Eitelkeit und Thorheit auf dieser Welt gewandelt haben. Was nutzen jetzt Hoffart, Fleischeslust, köstlich Zier, Knöpf, Bänder und Putz samt Wohlsinn, darin wir eitel unser Leben zugebracht und verzehret haben? Diese Dinge sind vergangen wie Schatten und Dampf, geblieben ist ewiges Brennen. Nur der Zopf hält stand, an dem wir ins Paradies gezerret werden.

Die Frauen und Mädchen besaßen in mehreren Schlingen um die Köpfe geflochtene Frisuren, aber die Männer hatten kurze Haare, geschnitten, als sei ihnen ein Topf aufgesetzt worden. Allerdings trugen sie Bärte, an denen sie hochgezogen werden konnten. Doch was geschah mit den Jüngeren, denen noch kein Bart wuchs? Blieben sie, auch wenn sie schon getauft waren, unerlöst?

Architektur und Wanderlust des Glaubens hatten schon immer phantastische Maße geschaffen.
In Birma knieten buddhistische Mönche hoch im Gebirge vor einem wie mit Gold überzogenen Felsbrocken und versuchten, ihn durch die Kraft ihrer Gebete ein wenig anzuheben. Irgendwann würde es gelingen, vielleicht erst, wenn der neue Meister käme und es auf der Erde keine Berge mehr gäbe.
In Indien küßten Prostituierte und Priester die gewaltigen Zehennägel einer Statue, denn das Heilige wohnte überall, in Mücken und Grasspitzen, auch in Windschutzscheiben oder im Kot einer Kuh, doch bis die nächste Reinigung erfolgte, würden wieder ein paar tausend Jahre vergehen.
Oder Sufis, islamische Mystiker, drehten sich auf einer türkischen Ebene vierundzwanzig Stunden im Kreis, angetrieben von Gesang und Trommelschlägen, bis sie sich innerlich völlig entleert hatten und Erleuchtung oder Verzückung in sie einkehrte, zum Teil auch als Folge übersäuerter Muskulatur und mangelnden Sauerstoffs.
Die Hutterer verhielten sich trotz ihrer Sterbensseligkeit praktisch. Ihre Sorge galt zunächst den Kindern. In Schriften wurde angeleitet:
Ein Schulmeister soll die Buben morgens und abends, auch des mittags einmal lassen zu ihrer Nothdurft gehen miteinander und soll selbst hinachschauen. Doch soll er den Kindern dazwischen auch nicht wehren, ihrer Noth nach hinaus zu gehen. Dan die natürliche Durft laßt kein Gesatz geben. So ist es der Natur schädlich, lang zu verhalten. Desgleichen soll auch mit den Dürnen gehandelt werden und nicht ohne Sorg sein.
Morgens soll man die Dürnen um fünf Uhr winters Zeit zum Spinnen wecken, danach um sechs Uhr mag man die Buben stören, und wie sie sich kamplen, sollen sie sich waschen, daß sie zum Gebet fein gerichtet sein und an der Tafel sitzen. Alsdann mag man die kleinen Kinder auch fluchs aufheben, anlegen und saubermachen.
Des Nachts soll man sonderlich Fleiz haben, daß man die Kinder nicht zu früh oder bald aufs Essen niederlegt, welches

unnatürlich ist, sondern soll allzeit nach dem Essen umführen und umgehen lassen, klein und groß. Winters Zeit bis hin auf sechs Uhr, sommers Zeit aber bis die Sonn untergeht. Und weil es sonderlich im Sommer oft warm und dampfig in Betten ist, soll man sie desto länger sperren. In der Nacht sollen die Wächterinnen darob sein, daß die Kinder fein schlafen und fleizig zugedeckt werden, nicht erfrüren. Und man soll ihnen bei der Nacht und mittags kein Essen oder Schleckwerk ins Bett geben, es sei denn einem Kranken eine Labung oder Trinken. Auch soll man die schlafenden Kinder nicht aufzustehen zwingen, sondern sie so lassen. Ist es einem vonnöthen, die Natur wirds selber auftreiben.
Es sei denn, daß etwa ein Bub oder eine Dürn unsauber Gewohnheit hat. Dieselben mag man wohl aufwecken und sie mit gebührlicher Zucht abnehmen. Wenn es einmahl oder zweimahl ungefähr geschieht, daß es das Bett netzt, etwa im Traum, mag und soll man ihnens nachlassen, auf Besserung. Geschieht es öfter, mag mans drum züchtigen. Die Wächterin soll aber nicht gleich mit der Ruthen schlagen, wenn ein Kind in der Nacht zu weinen anfangt, vielmehr mütig sein mit anderen Mitteln zu stillen.
Die Hutterer waren im 16. Jahrhundert über Österreich in die Slowakei ausgewandert, dann im 17. Jahrhundert nach Transsilvanien und die Walachei, wo sie wegen ihrer Störrigkeit, weder eine andere Sprache noch neue Sitten anzunehmen, verfolgt wurden. Ihre Märtyrertafel umfaßte viele Namen, wer wo gesteinigt, gespießt, gerädert, in dürres Holz geflochten und verbrannt worden war, und alle Frauen und Männer hatten während ihres Sterbens lange Lieder gesungen, wenigstens vierzig Strophen.
Im 18. Jahrhundert brachen die Hutterer zur Schwarzmeerküste auf und in die Kartoffel- und Getreidegebiete bei Kiew. Sie errichteten Dörfer, legten Makadamstraßen an, verkauften nichts von ihren Ernten, sondern verzehrten sie selbst nach ihren Regeln. Ein Mehrertrag war nicht erlaubt. Von handwerklich geschickten Juden übernahmen sie die Glasbläserei

und fügten in die Fronten ihrer Höfe große, sprossenlose Fenster ein. Es war die Entdeckung der Panoramascheiben. Nach mehreren Pogromen flohen die Hutterer aus Katharinas Reich, wie sie Rußland nannten, via Kanada, wo sie von der Regierung ebenfalls Freibriefe erhielten. Daß nun ein paar Familien in den äußersten Zipfel Süddeutschlands zurückkehrten, war ein gutes Zeichen.

In der Aussegnungskapelle des Friedhofs gehörten Augentrost und Totenhemd zusammen. Ablaßbilder und Reliquienhandel hatte es schon vor tausend Jahren gegeben, als die heilige Ursula in Köln auf Steinplatten geröstet worden war. Im nächsten Jahrhundert verhängte der Papst über die wirtschaftliche Spekulation ein Verdikt.

Abends, es war noch warm, sprenkelten Boten, die nur glühten, wenn der Insulinmotor in ihren Panzern auf Hochtouren geriet, die Wege. Glühwürmer flogen über ihnen dahin.

Eines Nachts, schwärmten wir, würden sich Aas, Gebein, Asche und Kalk über offenen Massengräbern in Duft verwandeln.

Er röche nach Safran, Kamel, Dill, Salbei, Henna, Narde, Krokus, Gewürzrohr, Myrrhe, Zimt und Thuja, aber auch nach Ziege, Wollfett, saurer Milch, Blut, Pech, Rauch, Holz, Zwiebeln und Knoblauch.

Im Totenreich begattete eine Frau einen Hund, ein Mann ein Schwein. Die Größe eines Glieds sowie der Schlund einer Scheide glichen sich in Länge, Breite und Schwere.

Plinius der Ältere, der in seiner Sommervilla starb, als der Vesuv Feuer und Asche spie, beklagte sich in seiner Naturalis Historia, der ersten Enzyklopädie der Weltgeschichte in 37 Büchern, die Einfuhr von Parfüm und Gewürzen aus Arabien und Indien stelle einen Sittenverfall dar.

Die Importe kosteten pro Jahr 100 Millionen Sesterzen, eine Summe gleich 2½ Millionen As Silber oder 4 Millionen Münzen in Messing. Diese Währung verfiel, da ihre Legierung gefälscht werden konnte. Die römische Sklaven- und Kriegswirtschaft wurde durch Wohlgerüche zerfressen.

Die Kinder, außer Laura-die-Spinne, hatten aus der alten Brauerei Stroh, dürres Holz und Eier geholt. Mit dem Stroh polsterten sie die Grabkammer aus, das Holz brauchten sie für ein kleines Feuer vor dem Sandsteintempel. Mit Steinen, die sie von einer zerfallenen Beetumrandung losbrachen, bauten sie einen offenen Herd, auf den sie den Topf voll Urin stellten.
Die Pisse müsse gekocht werden, erklärte Susanne.
Tobias und Sobitka kümmerten sich um das Feuer, das nicht zu stark brennen durfte, sonst zersprang der Topf.
Torsten sagte, es sei zu wenig darin. Er pieselte, auf Zehenspitzen stehend, während Hitze an ihm hochleckte, hinein.
Jetzt werde alles wieder kalt, ärgerte sich die Zwergin.
Angela benützte die Gelegenheit, bevor der Sud wieder heiß wurde, vorsichtig Eier hineinzulegen.
Sobitka und Torsten schürten und ließen zu, daß Larissa-mit-der-Zahnspange Zweige in die Glut nachstieß. Selbst Eva-mit-dem-Röhrchen tat mit, hatte wilden Salbei und Thymian gefunden und streute Blätter in den Topf, was wenig nützte. Als die Brühe zu kochen anfing, stank sie, später verströmte sie einen säuerlichen Geruch. Der Dampf zog weiter unten im Friedhof über Gräber mit polierten Marmortafeln, um die noch keine Besucher lagerten.
Überall brannten Lichter, hinten im ältesten Teil zwei größere Feuer, über denen zwischen Gestellen sich Klumpen drehten. Es wurde nicht nur gekocht, auch gebraten.
Laura-die-Spinne, wie immer auf dem Boden, wenn ihr Elektrowägelchen fehlte, sah begeistert dem Feuer im Herd zu und lachte beim Knacken des Reisigs, das von Flammen verzehrt wurde. Sie sagte, das seien die Haare ihres Vaters.
»Ist er tot«, fragte Susanne.
»Er schaut und schaut, bringt mich zum Klo, ich kann aber alles selber.«
»Und deine Mutter?«
»Hat ihn in die Kur geschickt. Er muß dort bleiben, bis sein Schlaganfall weg ist.«
Plötzlich wurde Laura von einer unsichtbaren Gewalt hochge-

worfen und landete, ohne sich weh zu tun, wieder auf der Erde. Sie wollte dasselbe noch mal erleben, doch nichts geschah. Was das gewesen sei, fragte sie.
»Das waren die Toten«, erwiderte Susanne. »Die gekochte Pisse hat sie gefreut. Jetzt müssen wir uns nicht mehr fürchten.«
Torsten fragte, ob sie trinken sollen? Vielleicht könnten die Toten sie dann sehen?
Angela trat vor und sagte übersetzend:

daß das Mahl vollständig sei,
nichts mehr fehle auf dem Tisch.
An Gaben werde nicht gegeizt,
entsprechend schlügen auch
warme Blitze ein, und es würden
faulen die Teufel
wie Erdbeeren auf einem Berg.
Wer rauche und trinke,
sättige die Toten
Seite an Seite
mit den erhängten Polen,
den Zigeunern und Krüppeln
im Irrenhaus an der Bahnstrecke
nach Kaufbeuren.

Hätte Angela damals gelebt, wäre sie und die anderen Kinder dort totgespritzt, vergast oder in eine Hungerkammer gesperrt worden. Als die Amerikaner die Stadt besetzten, rauchte noch im Mai der Schornstein des Heizwerks, bis die verstörten Soldaten endlich entdeckten, was in der Heilanstalt geschah.
Der Topf auf dem Herd platzte, und die kochende Flüssigkeit löschte das Feuer. Aus Grabsteinen sprangen da und dort Stücke von Goldmosaiken und emaillierten Fotos Verstorbener.
Wir waren zufrieden, konnten uns abwenden. Alles, was sich noch ereignete, würde allein das Echo dieses Landschaftsflecks sein.
Die Deschurnaja, zugedeckt mit Farn, schlief schon auf ihrem

Feld-Günther, als durch den Seiteneingang, dem gegenüber einst die Peitschen- und Skistockfabrik der Schmucks, Passmorés & Konsorten gestanden hatte, Darius Rembrandt Natterer, gestützt auf zwei Urenkelinnen, den Friedhof betrat. Das Männlein schlurfte über den Kiesweg, knickte manchmal ein. Angekommen an der Gabelung, wo es links in die jüngere katholische und rechts in die alte, evangelische Abteilung ging, zog er eine Schelle aus der Manteltasche und begann zu läuten.

Die Musikanten- und die Türkenbande schloß einen Kreis um ihn. Erwachsene, die sich lachend näherten oder sprachen, wurden von den Jugendlichen drohend zum Schweigen aufgefordert.

Darius Rembrandt Natterer, früher Gemeindediener, als erst ein paar Honoratioren, vor allem der Arzt Franklin Oehrle, Erfinder des Fieberthermometers, ein Radio besaßen, schellte noch mal und rief eine Verordnung des Bürgermeisteramts aus der stillstehenden Zeit über den Weg:

»Der Stadtrat hat beschlossen, daß Roßbollen auf den Straßen nicht entfernt werden dürfen. Der Mist gehört der Stadt, wird vom Wegwart gesammelt. Wer Kuhfladen für seinen Garten braucht, darf sie nehmen.«

Die Türken riefen, »toplamak, toplamak!«

Nachdem die Deutschen sich erkundigt hatten, was das Wort bedeutete, riefen sie ebenfalls, »einsammeln, einsammeln!«

Der Ausscheller schwang wieder seine Glocke, die an einem Holzstiel befestigt war, und fuhr fort:

»Zwei Weihwasserkessel fehlen, einer in St. Maria und einer in St. Georg. Das ist eine Sauerei! Wer sie zertrümmert hat, kann beichten oder Geld an der Kirchentür hinterlegen. Der Bischof und der Bürgermeister garantieren, daß niemand in die Zeitung kommt.«

Weder die Mohammedanischen noch die ungläubigen Deutschen antworteten, nur ein Mädchen blies eine kurze Melodie auf ihrem Fagott, was Darius Rembrandt Natterer erbitterte. Er riß sich von seinen beiden Urenkelinnen, die darüber froh waren und in der Menge verschwanden, los, trat weiter vor und

erklärte zur Verblüffung aller, er sei kein arka çantas, keine Rückentasche, kein Rucksack.
Antwort gemischt: güzel, güzel; schön, gut, wunderhübsch.
Natterer: »In Rimpach wurde eine Scheune angezündet. In Gestratz gibt es Löcher in der Straße. Auf der Schweineburg wird ein neuer Hof gebaut dank der Gemeinschaft in Brüssel.«
Der Ausscheller brachte Jahrzehnte durcheinander. Stolz drehte er sich um, marschierte zur Pforte hinunter und sank vor dem Ausgang zusammen, noch ein wenig scharrend im Kies. Seine Urenkelinnen zeigten sich nicht.
Er blieb dort liegen. Später legten die Türken, unter denen es vielleicht ein paar Nachkommen von Sufis gab, den kleinen, dürren Greis auf einen Scheiterhaufen, dessen Hölzer sie kreuzweise luftig geschichtet hatten, damit der Leichnam hurtig verbrannte. Die Urenkelinnen erhielten Malzbonbons für und gegen Schluchzen.
Ein Schwein rannte vorüber und sprang trotz seiner kurzen Beine über die Umfassungsmauer. Es quiekte und entfernte sich Richtung Vorstadtfriedhof, wo unter einem Meter Erde Taka Kose lag, der Schwimmer.
Eine der Legenden des Liebhabers langer Schamlippen, worüber er berichtet hatte, war gewesen, daß ein Eskimo namens Nukarpiartekak, was in der für Kinder und Erwachsene unterschiedlichen Sprache der Inuit entweder Abwärtsschweben-in-maulende-Beeren oder Schneeschaufeln-in-heißes-Gebüsch hieß, habe während eines Sturms gerade noch einen Iglu erreicht, in dem eine Frau wohnte. Auf dem Schneebett sei Nukarpiartekak, nach dem Essen einer rohen Seehundsleber, der Frau zu Willen gewesen, immer wieder. Am nächsten Morgen habe die Frau beim Urinieren am Ufer ein kleines Gerippe ausgeschieden.
Als auf dem Friedhof der Scheiterhaufen noch brannte, hatten ihn Montenegriner, die der in Süddeutschland ansässigen Gemüse- und Fruchtmafia angehörten, mit Tausend- und Zehntausenddinarscheinen gefüttert, doch hinterher, um das Land

ihrer Rettung zu ehren, warfen sie Fünfzigpfennigmünzen und Markstücke in die Glut.

Später, das Publikum war wieder zu anderen Grabstätten gegangen, näherten sich die Hutterer. Sie füllten Ledersäckchen mit erkalteter Asche, die sie zum Zähneputzen benutzten, da sie Salbei, den sie sonst dafür bevorzugten, noch kaum gefunden hatten.

Sie sangen ein einhundertfünf Strophen langes Lied der Gevatter und Mütterle aus dem 16. Jahrhundert, das mit den Zeilen »Gott, du gewaltiger Herr, in Majestäten Pracht« begann und mit »daß wir zu einem Ende in Ehren bleiben sacht« endete.

Dann zogen sie sich wieder zurück und schaufelten im Areal der Unbekannten Soldaten und Opfer der Grippewelle von 1921 und 1923 mit ausklappbaren Kurzspaten, wie sie auch die Armee verwendete, Schlafmulden. Gutes Werkzeug achteten die Ereiferten.

Irgendwo gab es ein Getümmel. Kühe, auch Ziegen und hustende Schafe, die an Bronchialkatarrh litten, ein unausrottbares Übel, das Schäfer kannten, weshalb sie jedes Jahr mindestens zehn Prozent ihrer Tiere schlachten mußten, jedoch seit Türken ansässig waren, blieben die Fleischpreise akzeptabel, trotten auf Suche nach Aufmerksamkeit zwischen den Gräbern umher, stampften Windlichter nieder oder zerstörten mit den Hufen ausgebreitete Devotionaliengerichte im Kreis sitzender Familien, die mit den Ahnen sprachen.

Die Kühe konnten weggescheucht werden. Die Schafe wurden gesteinigt oder legten sich, Schaum aus den Nüstern stoßend, freiwillig nieder. Nur den Ziegen, die es in dieser Zahl bisher nicht gegeben hatte, war kaum beizukommen. Sie erklommen Kreuze, auch den Vorentwurf für Stalins Denkmal aus Schmiedeeisen oder kletterten über Verzweigungen in Bäume hinauf und blieben dort liegen, Weiden-, junge Buchenblätter und die weichen Nadeln japanischer Trauerlärchen fressend, die Beine, als seien sie Arme, um Äste geschlungen.

Bella Mainz tauchte auf, begleitet von Meister Schwarzenberger. Mit einer Taschenlampe leuchtete er hinter eine Hecke aus Asparagus und Wacholder. Dort lägen sie, sagte er.
Sie sehe nichts, erwiderte Bella Mainz.
»Soll ja so sein«, antwortete Meister Schwarzenberger. »Keine Blumen, keine Kreuze, keine Namen, nur Gras. Sie sind heimlich vom Soldatenfriedhof Costermano am Gardasee, wo es immer wieder Protest gab, hierher umgebettet worden.«
Tote seien sich ebenbürtig.
»In der Erinnerung noch nicht.«
Der Optiker zählte Namen auf: SS-Sturmbannführer Christian Wirth, Erfinder der Gaskammern und Inspekteur der Vernichtungslager Treblinka, Sobibor und Belzec; SS-Hauptsturmbannführer Franz Reichsleitner, Kommandant von Sobibor; und SS-Untersturmführer Gottfried Schwarz, stellvertretender Lagerchef von Belzec.
Die drei seien 1943 und 44 auch für die Eindeutschung der Region Friaul-Julisch-Venetien verantwortlich gewesen und hätten in das Todeslager San Sabba bei Triest Juden aus Italien, vom Balkan und gefangene, italienische Widerstandskämpfer transportieren lassen.
Am liebsten würde sie einen Kranz holen, sagte Bella Mainz.
»Für diese Verbrecher?«
»Wir ehren uns selbst, wenn wir verzeihen.«
»Tausendfachen Mördern?«
»Kennen Sie noch die Henker, die während der Französischen Revolution den Adligen die Köpfe abschlugen?«
»Natürlich nicht, denn ich lebe jetzt.«
»Worin besteht der Unterschied«, fragte Bella Mainz.
»Daß«, sagte Meister Schwarzenberger, »so lang es eine Erinnerung gibt, keine Wiederholung geschieht.«
»Bei uns?«
»Warum nicht? Wir laden Türken, Russen, Tamilen, Pakistani und Marokkaner ein, weil wir von ihnen lernen können und ein anderes Tal haben wollen, aber draußen wird geschossen. Die Reichen schließen ihre Grenzen, wenn Millionen verhungern.«

Bella Mainz nahm Schwarzenberger am Arm und kommandierte, »gehen wir, alter Mann, wir müssen auch vergessen können.«

»Nein!«

»Wie Sie mögen. Ich kaufe Ihren Laden. Genügen hunderttausend Mark?«

Antwort: So viel sei er nicht mehr wert.

»Dann zweihunderttausend Mark.«

Ob sie ihn korrumpieren wolle?

Ja, damit er seine Blasenkrankheit kuriere und sich, wie andere, ins Tessin zurückziehe.

Untergehakt stolperten die beiden in der Dunkelheit über Schollen und Kiespfade an Lichtinseln vorbei, um die Einheimische oder Fremde saßen. Es wurde geflüstert, gebetet, gelacht, auch laut gestritten.

Bei einer Feuerstelle gab es Fleisch. Bella Mainz ließ sich eine Portion geben, doch spuckte den ersten Bissen gleich wieder aus. Sei zu heiß und zu fett, sagte sie.

Meister Schwarzenberger aß ohne Rücksicht auf Ruß und eingebrannte Tannennadeln das ganze Stück und spülte aus einer Flasche Rotwein, die ihm eine Türkin, welcher Frevel, gereicht hatte, nach.

»Ich hoffe«, sagte er, »diese Nacht nimmt kein Ende.«

»Sie wird es aber tun.«

Aus der Ferne klang die Musik eines Schifferklaviers, gespielt mit chromatischen Bässen, die in 7/8-Takten einen Tanz begleiteten.

»Das ist sie«, rief Meister Schwarzenberger.

»Wer? Wo?«

»Luise Masch Babel, die entsetzliche Marxistin!«

Keine Angst, erwiderte Bella Mainz. Er kenne die Geschichte von John Harrison, der dreißig Jahre an einer schiffstauglichen Uhr gearbeitet habe, die, und es sei dem Tüftler gelungen, sich pro Tag nur 14 Sekunden verspätete. Die Welt konnte seit dem erfundenen Nullmeridian in Höhe der Sternwarte Greenwich bei London erobert werden. Inzwischen gingen Atom-

uhren nach 3 Millionen Jahren nur eine Sekunde nach, was nachprüfbar sei.
Woher sie das alles wisse?
»Aus dem Lexikon, Volksausgabe.«
Die Musik kam näher, verwirrte sich, gewann wieder an Kraft, brach aber ausatmend ab.
»Jetzt ist sie gestorben, diese Person«, sagte Meister Schwarzenberger.
Bella Mainz antwortete, sie glaube nicht daran.
»Warum?«
»Weil sie sich neue Adern um das verstopfte Herz legen ließ.«
Eilig zog Meister Schwarzenberger seine Altersgenossin an der Hand über Unebenheiten weiter, nahm Näpfe, die ihm von Lagernden gereicht wurden, entgegen, trank aus ihnen, konstatierend, vielleicht handle es sich um eine Trüffelbrühe oder um einen Tollkirschenaufguß, jedenfalls bilde er sich ein, besser zu sehen.
Die Puppenkönigin schmiegte sich an den Optiker, wurde jedoch von einer anderen Frau, deren Gestalt kaum Umrisse besaß, beiseitegestoßen.
Bella Mainz rief von einem Abfallhaufen: »Wer war das?«
Vielleicht Hella Munz, Mutter eines der Kinder, oder Rosa Kästle, beide längst tot, die zusammen mit dem entführten Willy Quatander in einem Küchenkäfig Angela gezeugt hatten, der wir Dauer, rückbezügliche Sprache wie auch Blicke auf uns verdankten.
Meister Schwarzenberger half der wütenden Bella Mainz wieder herunter. »Wir müssen uns gefaßt machen«, sagte er, »daß in dieser Nacht Tumultschäden eintreten werden. Dazu kann ich Ihnen von einem Ereignis erzählen, das es am 9. November 1923 gab. Sagt Ihnen das Datum etwas?«
»Soll es?«
»Es war die Nacht vor dem Marsch zur Münchener Feldherrnhalle, als Hitler die Macht ergreifen wollte, was ihm noch nicht gelang. Verbände der Deutschen Arbeiter-Partei, der Sturmabteilung SA und anderer Nationalrevolutionäre hatten ihr

Hauptquartier im Bürgerbräukeller aufgeschlagen. Sie aßen und tranken, sangen und hielten Reden gegen die vaterlandslose, sozialistisch-jüdische Schweinebande. Deutsche Ordnung und deutsche Sitte sollten wiederhergestellt werden. Wir wüßten wenig über diese Versammlung von Rabauken, wenn nicht der damalige Wirt des Bürgerbräukellers, ein Korbinian Reindl, eine Rechnung aufgestellt hätte. Ich besitze das Dokument. Ein Sammler hat es mir gegen drei schwarze Württemberger getauscht.«

»Was sind das«, fragte Bella Mainz. »Sklaven in Spiritus?«

»Nein, Briefmarken.«

Sie brauche, um besser zu sehen, nun auch ein Belladonna-Getränk.

»Ich bin überzeugt«, fuhr Meister Schwarzenberger fort, »wir erhalten heute Nacht geschenkt, was wir uns wünschen. Die Revolutionstruppen dachten ähnlich. Sie tranken etwa 13 Hektoliter Bier, 2000 Kaffees, aßen 2000 Brote und 800 Portionen Essen. Zu Bruch gingen, schrieb Reindl, 143 Maßkrüge, 80 Gläser, 98 Stühle, 2 Musikständer und gestohlen worden seien 148 Bestecke, das Paar zu eineinhalb Goldmark.«

»Damals war doch schon Inflation«, sagte Bella Mainz.

»Richtig! Die gesamte Rechnung belief sich auch auf 189 Millionen und ein paar Hunderttausend. Bezahlt wurde nicht alles, es blieb ein Rest von ungefähr 11 Millionen übrig. Damit wandte sich Reindl an einen Ausschuß zur Feststellung für Kompensation von Aufruhrschäden im Regierungsbezirk Oberbayern. Der Ausschuß lehnte den Antrag ab, da der Wirt, laut Auskunft des Finanzamts und des zuständigen Bezirksinspektors, in günstigen Vermögensverhältnissen lebe, außerdem Kraftwagenbesitzer und Rennstallinhaber sei, so daß ihn die angegebene Höhe des Ausfalls nicht im entferntesten gefährde.«

»Und was erbitterte den Wirt so sehr?«

»Daß Adolf Hitler seine persönliche Rechnung nicht bezahlte. Bevor er zur Feldherrnhalle aufbrach, bestellte er in der Frühe einen Glühwein, zwei Eier im Glas, eine Portion Tee, zwei Brote und einen Leberkäs.«

»Hat er das alles zu sich genommen?«
»Wahrscheinlich.«
»Was heißt Brote? Es klingt biblisch.«
»Belegte Schnitten oder Klappsemmeln.«
»Ach, Meister Schwarzenberger, Sie sind ein Schatz«, sagte Bella Mainz. Sie küßte ihn und er sie.
»Geht gut«, antwortete Schwarzenberger. »Jetzt brauche ich Nitritkapseln.«
»Möchten Sie sterben?«
»Im Gegenteil! Das Herz muß freigesprengt werden.«
»Dann tun Sie es«, sagte Bella Mainz.
Ein Grollen wie nachmittags, als das Kolosseum einstürzte, war zu hören, und die Erde zitterte. Die Erschütterungen beschränkten sich jedoch auf den Friedhof. Einige Weihemale schwankten, die Wipfel der Bäume rauschten, die Holzkreuze der Soldaten- und Altenstätten hüpften auf der Stelle. Ein paar Gäste, deren Anwesenheit eher zufällig war, trampelten verstört umher, bevor sie sich bei irgendeiner Familie wieder niederließen.
Rhéomir, das Erdferkel, herbeigewandert aus den verarmten Sette Comuni, hatte auf Suche nach Einfachzucker mit ein paar Krallenhieben die neue Mauer zerlegt und durchstöberte Gräber, schleuderte Zementbrocken und Findlinge empor, wobei eine Leiche, die erst seit einigen Wochen in ihrem Sarg, aufgeschwollen von Verwesungsgasen, geruht hatte, platzte. Rhéomir sprang zur Seite und fauchte dem Gestank entgegen, aber in zerbrochenen Röhrenknochen fand das Tier, seine lange Zunge benützend, einige Ketten Monosaccharide.
Hassel Ruth Weidenbacher und Poi Amber Braun betraten den Friedhof durch die Mauerlücke. Sie sahen wie Rucksacktouristen aus: verfilzt, dreckig, erschöpft.
Die Motekats, die sich mit anderen Russen, Sibiriaken und Kamtschatken in den neuen, fast unbelegten Teil zurückgezogen hatten, zündeten eine alte, zusammengerollte Prawda an und leuchteten den Ankömmlingen entgegen.
»Willkommen«, sagten sie.

Hassel Ruth Weidenbacher weinte; Poi Amber Braun war wieder glattrasiert, doch streckte einen vergipsten Arm hoch. Unten im Sandsteintempel der Aars schlief im Stroh mit den anderen Kindern Angela, den Mund, ihr drittes Auge, geöffnet, das sie zwang, aufzustehen und hinauszugehen.
»Mama«, rief das Kind.
Es eilte, ohne zu stolpern, durch die Dunkelheit, nahm ein brennendes Stück Holz, das in einem Blumenbukett steckte, und prallte gegen Hassel Ruth Weidenbacher.
»Bist du tot«, fragte Angela.
»Nein, wieder da.«
»Liebst du mich?«
»O ja.«
»Wo ist das Schwein?«
»Frißt sich satt. Hier gibt es wenigstens Maden und Würmer.«
Die Lehrerin erzählte, daß Rhéomir abgemagert sei, deshalb hätten sie sich entschlossen, mit ihm den Gletscher zu überqueren und ins nächste Tal abzusteigen. Sie seien in Lastwagen, Omnibussen und mit der Eisenbahn gereist, das Erdferkel immer dabei.
»Hat es Angst gehabt?«
»Wir haben es in Decken gewickelt. Es verkroch sich unter Sitze und Bänke. Je näher wir dem Allgäu gekommen sind, desto mehr Viehzeug haben andere Leute dabeigehabt: Enten, Hühner, die durch die Abteile flogen, auch junge Schweine, einmal zwei Ziegen. Nur eine Kuh, die ein paar Mädchen unbedingt mitnehmen wollten, konnte in den Gepäckwagen nicht einsteigen. Ein Schaffner und der Zugführer sind ungeduldig geworden.«
Angela klammerte sich an die Lehrerin und sagte, obwohl Hassel Ruth sich Tage nicht hatte waschen können, sie rieche wunderbar. Dann ging Angela, das brennende Scheit in der Hand, zu Poi Amber Braun und klopfte gegen dessen Gipsarm.
»Bist du kaputt?«

»Nicht schlimm.«
»Bleibst du da?«
»Ja.«
»Liebst du mich?«
»Auch.«
»Im Kolosseum können wir nicht mehr sein. Es ist auseinandergefallen.«
»Macht nichts, wir bauen ein neues Schloß.«
Sei nicht notwendig, erwiderte Angela. Meister Schwarzenberger verteile leere Wohnungen. Galizier und Marokkaner kriegten die größten. Im Krankenhaus gebe es Pfefferminztee, von dem es einem schwindlig werde.
Poi Amber Braun war um Rhéomir besorgt, rief nach dem Erdferkel, aber es zeigte sich nicht. Aus dem ältesten, dem protestantischen Teil des Friedhofs drangen manchmal Schreie, die mitunter belustigt klangen. Wahrscheinlich grub sich das Schwein, seine Krallen wie Baggerschaufeln benützend, durch ehrwürdige Gräber, als seien die Schichten aus Knochensplitter versenkte Termitenbauten. Spuren von Calcium, Magnesium und Kalium ließen sich finden, Elemente des Lebensgerüsts, doch auch Blei, das einst viele vergiftete, weil sie Becher aus dem Schwermetall benützten oder, wer sich den Luxus leisten konnte, daraus Brillen geformt wurden, deren Fassungen geschmeidiges Plombum bargen. Der kurzsichtige Scholastiker und Naturwissenschaftler Baruch Spinoza, der seine Gläser selbst schliff, klagte, daß es nicht Geometrie noch Gottesnatur seien, die ihm Kopfschmerzen und Ränder um die Augen bescherten, sondern es peinigten ihn cartesische Affekte.
Angela führte die Lehrerin und den Geliebten zum Sandsteintempel der Aars, wo auf ihrem Faltbett, umgeben von Farn, die Deschurnaja saß. Sie schüttelte ihre Blechbüchse.
»Moment, Moment«, sagte Angela, »bin gleich wieder da!«
Sie stapfte hinunter und holte aus der Grabkammer eine Handvoll Geld. Proteste von Tobias und Sobitka, die den Münzschatz bewachten, waren nicht zu hören. Entweder schliefen sie oder die Summe hatte sie gleichgültig werden lassen.

Hassel Ruth Weidenbacher und Poi Amber Braun durften auf das Strohlager hinab, begleitet von Verwünschungen oder Beschwörungen der Deschurnaja, die sich eine Rippe aus den Brustlumpen riß. Es war ein gebratenes Kotelett, gespendet von einer in der Nähe nachtmahlenden Horde.
Angela blieb oben, mit ihrem besten Auge die Umgebung sichernd. Ein Pferd sprengte vorüber, stieß gegen Kreuze und wieherte panisch, sich in Thuja und anderen Hecken verfangend.
Theo, der Rucksackbauer, schien seine Idee, er werde jedem, der das Tal beschütze, ein Sattelpferd einfangen, aufgegeben zu haben, da diese Tiere dümmer als Ziegen und Schafe waren. Pferde hatten nur ein Verlangen, nicht hochspringen zu müssen, vielmehr Hindernisse zu umlaufen. Daß sie klettern und auf Felsvorsprüngen oder Astgabeln, die Hufe darumgewikkelt, schlafen könnten, würde ihnen nie gelingen.
Angela schmierte sich Ruß ins Gesicht, wurde zu einer Kriegerin und zertrümmerte eine Vase. Mit einer Scherbe öffnete das Kind am Handgelenk eine Ader, aus der Blut quoll, jedoch nicht viel: Der Schnitt war rings, nicht längs geführt.
»Pferd«, rief Angela, »schnell, schneller!«
Im Schein lodernder Zweige war das Tier kurz zu sehen, den Kopf mit aufgerissenen Augen und geblähten Nüstern über ein Gebüsch gereckt. Das Pferd rührte sich nicht, als sei es zu einer Statue geworden.
Irgendwo entstand Gedränge, nicht unterscheidbar, ob es sich um lebendes oder schon gestorbenes Publikum handelte oder ob noch mehr Landbevölkerung den Friedhof besetzte und Platz begehrte.
Angela schritt los, ihren blutenden Arm vorgestreckt, der vielleicht die Toten rühren sollte, sich deutlicher zu zeigen, doch es war Simon Domenico Metèl, der ihr entgegenkam. Er taumelte vor Müdigkeit. Angela hielt ihm ihre Wunde hin, von der Metèl ein paar Tropfen auffing.
»Bist du tot«, fragte sie.
»Perdatsch«, antwortete er. »Durch die Mauer.«

»Die Lehrerin und ihr Mann sind schon da. Sie schlafen.«
Simon Sonntag seufzte.
»Willst du essen?«
Der junge Mathematiker, dessen Stichelhaare vor Schmutz wie kurzes Gehölz hochstanden, sammelte zerbrochene Ziegel, Holzstücke und Marmeladengläser, aus denen er verwelkte Blumen schüttelte, ein und baute daraus eine kleine Pyramide. Darauf legte er eine tote Biene, zwei Knöpfe und eine vertrocknete Froschhaut.
Sei nicht genug, behauptete er.
Angela tat noch eine Brille, die Laura gehörte, einen Kaugummi und ein Stirnband von Tobias dazu.
Simon Domenico verschwand in der Dunkelheit und tauchte mit einer brennenden Kerze auf, über der er eine Zigarre, die er aus der Jackentasche holte, hin- und herdrehte.
Rauch blasend, ging er mehrmals um die Pyramide oder den Altar herum, wobei er immer an derselben Stelle über eine im Weg liegende Hacke stolperte. Murmelnd beschwor er:

Der Boß, die Gans,
der Fuchs, der Hals,
der Fuß, die Nuß,
das Schloß, der Strauß,
der Fluß, das Floß,
das Faß, der Bus
und endlich auch
der Reißverschluß.

Sie habe keinen, sagte Angela, erhielt die Zigarre gereicht und schritt, Rauchwolken ausstoßend, ebenfalls im Kreis, ohne Mühe das Hindernis vermeidend, die Hacke.
Aber der Vers gelang ihr nicht. Schon nach wenigen Hauptworten, zwischen Fuß und Hals oder Boß und, kaum erreichbar, später Schloß, wußte sie nicht weiter, wurde zornig, sog noch heftiger an der Zigarre, bis sie schließlich hustend und sich erbrechend in die Arme von Simon Domenico sank, der

mit Spucke den Glutpfropfen des Stumpens löschte und ihn zu den anderen Devotionalien legte.
Nun brauche er Benzin, sagte er.
Angela hatte keines.
Neugierige waren hinzugekommen und beratschlagten, ob nicht Karbid, Spiritus oder Petroleum genügten? Im Notfall könnten Hindenburglichter zusammengegossen werden.
Metèl bestand auf Benzin, denn dieses Jahr werde Nikolaus August Otto, der Erfinder des Viertaktmotors, hundert Jahre alt, Gelegenheit zu einer Feier: ohne Otto kein Fremdenverkehr.
Ein Motorradfahrer, dessen Schutzanzug zerfetzt war und dem am Kopf die Ohren und ein Stück Schädeldecke fehlten, so daß eine Portion Gehirn bloßlag, brachte einen Kanister und übergoß Simon Domenico mit Benzin. Niemand protestierte, auch Angela nicht.
Der cimbrische Student, in seinem Todeskreis stehend, verlangte nach einem Feuerzeug oder einer Schachtel Streichhölzer.
Die Leute wichen zurück. Kinder, die sich zwischen die Beine der Erwachsenen gezwängt hatten, wurden hochgenommen.
Schließlich flog eine angezündete Zigarette auf Metèl zu. Vor seinen Füßen erlosch sie in nassem Moos. Er nahm sie trotzdem und begann, sie zu essen.
Wieder ertönte aus der Ferne nicht nur Schifferklavier-, auch Harmonikamusik, sowie das Trommeln auf Blechdeckel von Abfalltonnen. Provinzpenner aus der verlassenen Bahnstation Schwarzerd an der Strecke nach Kempten zogen ein.
Es war kälter geworden. Bei den Gräbern hüllten sich Lagernde in Decken; Touristen holten aus ihren Rucksäcken Jacken und Fellstiefel; Feuer wurden mit von Bäumen abgeschlagenen Ästen neu entfacht; eine Schar Vögel blieb sitzen.
Beim Ahnenschrank gab es Aufregung. Winterstein und David waren von einem Fuhrwerk des Samariterbunds gebracht worden.

Der Waffenfabrikant hatte einen Schulterdurchschuß und hing an einem Tropf. Angelas Bruder war zerschürft wie von Kiesmartern.
Bella Mainz, hinter sich Meister Schwarzenberger, kniete vor den Verwundeten.
Winterstein sagte, Blut spuckend, die Grenze sei geschlossen.
»Haben Sie sich gewehrt?«
»Ja.«
»Wieviel haben Sie noch mitgebracht?«
Antwort, niemand, bevor Winterstein wieder ohnmächtig wurde, während aus dem durchsichtigen Schlauch eines hochgehängten Gefäßes Perle um Perle salziger Lösung in angestochene Venen floß.
Meister Schwarzenberger, von seinen Nitritkapseln, die ihn gerettet hatten, berauscht, stieß David mit dem Fuß an und wollte wissen, ob noch galizische Akademiker kämen oder nur noch Hilfsarbeiter aus Anatolien?
David wälzte sich herum, konnte hören und sprechen.
»Willst du schon sterben?«
David sagte, alles tue so weh. Er schaute zum Ahnenschrank, als könne von dort einer der Weberbecks, Nadlergeselle oder Kundschafter, Angela benachrichtigen.
»Hast du eine Pistole«, fragte Meister Schwarzenberger.
»Unterm Hemd.«
Schwarzenberger holte sie sich und prüfte das Magazin. Scheine in Ordnung zu sein, sagte er.
Bella Mainz rief, ein alter Hecht ziele schlecht, doch wurde von Gernot Seiler Fritzenschaft unterbrochen, der durch die Seitenpforte an der Kemptener Straße gekommen war. Auf den Schultern des Arztes saßen links und rechts ein Lämmergeier.
»Gottlob«, flüsterte die Puppenkönigin.
Die Raubvögel erhoben sich und machten Jagd auf Finken, Krähen, Dohlen und Spatzen. Timbur, längst Anführer gemischter Geschwader, rettete sich vorbei an der Deschurnaja ins Grab der Aars.
Im Hintergrund stritten die Geier mit Rhéomir; es krächzte

und bellte. Das Erdferkel verteidigte ausgegrabene Gerippe, in denen Ameisen, Asseln und Würmer saßen.
Fritzenschaft zog die Sonde aus Wintersteins Ader und sagte, das Einschußloch sei nicht groß. Nachher bringe er ihn ins Krankenhaus, denn die mittelalterliche Dreckapotheke aus Urin, Humus und Gras benütze er nur bei Schlachtvieh.
David befahl der Arzt, sich zu bewegen, oder ob der Held auch an einen Tropf wolle?
Fritzenschaft gab dem enttäuschten Kurier ein Säckchen voll Pulver, mit dem er seine Abschürfungen einreiben solle. Es sei Theriak, der, selbst gegessen, nicht schade. Das Heilmittel bestehe aus getrocknetem Mohn, vor allem Pimpinelle und Engelwurz.
Meister Schwarzenberger schoß mit Davids Pistole in die Luft, rief, Lob den Friedhöfen, Vergnügen den Toten!
Er hasse sie, sagte der Arzt und entwaffnete den süchtigen Optiker.
Bella Mainz, die Winterstein, der ebenfalls aufgestanden war, und David stützte, rief Fritzenschaft entgegen, er solle seine Geier mitnehmen!
Antwort: Blieben da.
»Sind eine Gefahr!«
»Nicht die Vögel, ich bin eine. Komme ich, haben die Patienten Hoffnung. Gehe ich, ist meine zu Ende. Ich verlängere nur. Ohne Ärzte gäbe es weniger Kranke. Morgen früh wandere ich nach Spanien an die Küste aus. Ich kann auch Winter und Allgäuer Berge nicht leiden.«
Er half dem verwundeten Waffenfabrikanten auf einen Leiterwagen des Samariterbunds, und gemeinsam fuhren sie, gezogen von einem Traktor, davon. Das Gefährt riß einen Flügel der vergitterten Friedhofspforte ab und schleppte sie scheppernd eine Zeitlang noch mit.
Ein Panzer, der sich verirrt hatte, bremste auf dem Gefälle entlang der Mauer zu spät und krachte an der Ecke in das Schaufenster des Heizungsgeschäfts für Ölbrenner und finnische Sägmehlöfen.

David, umarmt von Bella Mainz, lehnte am Ahnenschrank und versuchte, mit einem brennenden Feuerzeug die verzweigten Inseln der Familien zu lesen. Plötzlich flammte der dicke, trockene Lack der Bildtafel auf, und Schatten um Schatten flüchteten, verfolgten einander, hoben ab oder gewannen wieder an Haftung.
David löschte das Feuerzeug, indem er es in den Mund steckte.
Meister Schwarzenberger, der ein Stück Wurzel als Waffe auflas, starb an Herzschlag. Er fiel in den Müllhaufen oben rechts im ältesten Bufflerwinkel, was ein paar Kopten, die eine lange Reise hinter sich hatten, störte. Sie wälzten den Leichnam von dem kostbaren Unrat aus Kunststoffen, Beinkleidern, Pullovern und Brillengestellen. Leere Benzin- und Heizölkanister, die sie in Sicherheit brachten, bedeuteten für sie Reichtum, da sich mit ihnen Wasser sammeln ließ. Zuhause am Rand Kairos hatten sie auf Friedhöfen ebenfalls von Müll gelebt.
Angela, die im Stroh zwischen dem Geliebten, dessen vergipster Arm hochragte, und der Lehrerin geschlafen hatte, fror. Leise, und nur Torsten und Eva-mit-dem-Röhrchen blinzelten, aber regten sich nicht, stieg das Kind hinauf. Draußen, erstarrt auf ihrem Feld-Günther, lehnte die Deschurnaja mit dem Rücken gegen den Tempel der Aars.
Angela schritt über letzte Lichter und Gluthäufchen, umging Planen, Decken und aufgehäuftes Laub, unter denen Besucher sich wegen der Kälte nicht mehr zu regen trauten oder sie flüsterten noch mit den Toten, baten um Beistand, erzählten vor allem von sich.
Flocken trudelten herunter und tauten, blieben, nachdem das Gestöber abnahm, auch liegen. Es waren bunte Papierschnitzel darunter. Von stillen Explosionen geschüttelt, hatten die sieben Bibliotheksilos die Sammlung von Kinderzeichnungen ausgestoßen.
Bei seiner kleinen Pyramide stand immer noch Simon Domenico Metèl, war aber nicht mehr zu sehen, da Knöterich, ein verheerend sich ausbreitender, kilometerlanger Efeu ihn

überwuchert hatte. Stecklinge der von der Insel Sachalin stammenden Pflanze, die Schwermetalle und Benzin verdaute, waren letzten Herbst durch die Goldrussen eingeschleppt worden.

»Bin da«, rief Angela.

Simon Sonntag regte sich nicht. Das Mädchen faßte das Gebüsch an einer Hand und versuchte, es loszureißen. Es gelang erst, als David, verschmiert von Theriak, zu Hilfe kam.

Gemeinsam schleppten sie den grünen Metèl, der seine Füße verwechselte, zum Schlafgrab, vorbei an notdürftigen Zelten, in denen es seufzte und schrie. Es wurde nicht nur begattet, sondern auch geboren. Vielleicht kniete die Direktorin der Unordentlichen Werkstätten fassungslos neben Lillit Babett Prinz und mußte zusehen, wie die Ärztin, die ihr medizinisches Wissen vergessen zu haben glaubte, zu früh ihre Zwillinge herauspressen wollte.

Besser wäre gewesen, wenn Neschla, die Balkenläuferin vom Sägeweiher, hätte helfen können. Sie stritt sich jedoch mit sehr jungen Kerlen, die einen Friedenspanzer in das Ofengeschäft gesteuert hatten.

Später trafen auf ihren Reitstraußen noch die Landschaftsporträtistin Traudel Herzgespann und ihr Sekretär, Joseph der Knecht, ein. Sie brachten den Motorradhelm mit. Er war, obwohl die beiden nicht mehr darauf gehofft hatten, aus dem Margeritengemälde gepoltert, und seither war das Bild wieder rein.

Sekretär und Malerin stiegen ab. Ihre großen Vögel trabten über das Gelände und brachten mit ihren harten Klauen Kreuze und Beete durcheinander, wurden jedoch von den beiden Lämmergeiern zurückgetrieben, die ihr neues Aasgebiet bewachten. Auch das Erdferkel, das draußen in der neuen Friedhofsmauer, die nicht aus Steinen, sondern aus Beton war, grub, rannte herbei und richtete sich wie ein fauchender, kleiner Drache auf.

Schließlich schliefen alle, auch die Tiere. Nur aus der Ecke bei den unbekannten Soldaten, wo die Hutterer ihre Mulden gegraben und mit Zweigen überdeckt hatten, wehte einmal Gemurmel. Es klang nicht nach Klagen, eher wie ein Dankgebet. Frühmorgens stapfte Angela, den blau glitzernden Helm auf, als erste durch den von Sonne beschienenen Schnee des Gräberfelds. Das Kind begutachtete sein Reich, sang und sprach mit seinen Geistern, mit uns.